诺曼·梅勒作品

刽子手之歌 上

The Executioner's Song

〔美〕诺曼·梅勒 著 邹惠玲 司辉 杨华 译

上海译文出版社

Norman Mailer
THE EXECUTIONER'S SONG
Copyright © Norman Mailer, Lawrence Schiller and the New Ingot Company Inc., 1979
Simplified Chinese edition copyright:
2024 SHANGHAI TRANSLATION PUBLISHING HOUSE (STPH)
All rights reserved.

图字：09-2021-154号

图书在版编目（CIP）数据

刽子手之歌 /（美）诺曼·梅勒（Norman Mailer）著；邹惠玲，司辉，杨华译. — 上海：上海译文出版社，2024.5
（诺曼·梅勒作品）
书名原文：The Executioner's Song
ISBN 978-7-5327-9371-6

Ⅰ.①刽… Ⅱ.①诺…②邹…③司…④杨… Ⅲ.①纪实小说—美国—现代 Ⅳ.①I712.45

中国国家版本馆CIP数据核字（2024）第053479号

刽子手之歌（上、下）
［美］诺曼·梅勒 著 邹惠玲 司辉 杨华 译
责任编辑 / 宋玲 装帧设计 / 张志全工作室
上海译文出版社有限公司出版、发行
网址：www.yiwen.com.cn
201101 上海市闵行区号景路159弄B座
上海盛通时代印刷有限公司印刷

开本 889×1194 1/32 印张 37.75 插页 12 字数 664,000
2024年5月第1版 2024年5月第1次印刷
印数：0,001—3,000册

ISBN 978-7-5327-9371-6/I·5849
定价：198.00元（上下册）

本书中文简体字专有出版权归本社独家所有，非经本社同意不得转载、摘编或复制
如有质量问题，请与承印厂质量科联系。T: 021-37910000

译者的话

一九七六年七月，美国犹他州普罗沃市接连发生两起凶杀案，一个名叫加里·吉尔摩（Gary Gilmore）的假释犯仅仅为了发泄自己的怨愤，就残忍地杀害了与自己素昧平生的一位加油站服务员和一位汽车旅馆经理。当年十月，吉尔摩被判死刑；十一月初，他表示放弃上诉，要求按照预定行刑日期处死自己。但是，他的母亲以及其他团体和个人出于不同的动机一再提出上诉，以致行刑日期数次推迟，直到一九七七年一月十七日吉尔摩才被枪决。这一死刑的执行打破了美国整整十年的无死刑记录。

吉尔摩本来是个普通的死囚犯，只是在他放弃上诉、表达了死的愿望之后，才逐渐引起了媒体的普遍关注。后来，吉尔摩生平故事的专有权落到了摄影记者兼制作人拉里·希勒的手中。在对吉尔摩、他的亲属、他的女友等进行了多次采访、积累了大量录音和文字资料之后，希勒邀请著名作家诺曼·梅勒（Norman Mailer, 1923—2007）撰写一部吉尔摩生平故事的纪实作品。梅勒接手这项工作后，亲身进行了几百次采访并仔细阅读了希勒提供的资料、吉尔摩的来往信件以及法律文件、警方档案等等，耗费近两年的时间写成了一部长达千余页的纪实小说《刽子手之歌》(*The Executioner's Song*)。

《刽子手之歌》发表于一九七九年，一九八〇年获普利策文学奖。无论是在美国文坛，还是在传媒界，这部书都得到了广泛的好评。然而，人们也普遍注意到，在这部书中，梅勒的写作风格发生了根本性的变化。在梅勒以往的纪实小说如《夜幕下的大军》(*The Armies of the Night*, 1968) 和《迈阿密与围攻芝加哥》(*Miami* and the Siege of Chicago, 1969）中，"自我是最重要的人物"，作为作者的梅勒既是叙述描绘者又是被叙述被描绘的主人公，他对自我的关注与宣扬是贯穿全书的主题。但是，在《刽子手之歌》中，作者的自我销声匿迹了，梅勒以一种不带个人情感色彩的超然态度客观地转述通过调查采访获取的第一手材料，语言"朴实，没有修饰，没有隐晦的比喻，没有联想和典故"。此外，这部纪实小说结构严谨周密，全书由上卷"西部的声音"和下卷"东部的声音"组成，两卷各分为七部，每部由十至二十页不等的若干章组成，每章又分为几节至十几节。这种条理性极强的布局使得该书线索清晰、叙述明畅，一改梅勒以往作品散乱、跳跃性强的风格。由于这一切，许多评论者认为，"梅勒在以前那些作者本人极为活跃的纪实小说中所明确表达的东西在吉尔摩的故事中消失了。在这个故事中，作者不再是无所不在的，而是悄悄躲在了一边"。甚至梅勒本人也声称，在创作《刽子手之歌》时，"我把我在三十年写作生涯中形成的态度和立场统统抛到一边去了"。

的确，《刽子手之歌》的写作风格与梅勒的前几部纪实小说迥然不同，但从基本的创作动因讲，《刽子手之歌》与梅勒的其他纪实小说，乃至他在此之前发表的全部主要作品一脉相承。纵观梅勒的创作，我们不难发现其作品具有一个显著的共同点："源于梅勒对美国文化的持久关注"。不论是小说，还是纪实作品，梅勒的作品中大都有那种孤独、与社会格格不入、决意与主流文化相对抗的人物。通过这些明显带有作者思想印记的人物，梅勒明确表达了他对美国社会主流文化的态度，宣扬了他在《白色黑鬼》（The White Negro, 1957）中阐述的"嬉皮精神"。在那篇著名的文章中，梅勒把从美国黑人的生存哲学中汲取营养的美国式存在主义者——嬉皮士称为"白色黑鬼"，将他们描绘成一种勇敢、冷静、放任自我、具有潜在暴力倾向的人。在梅勒的其他纪实作品中，他大多通过极端的自我标榜把他本人的形象作为嬉皮精神的化身淋漓尽致地展现出来；而在《刽子手之歌》中，梅勒则精心刻画出加里·吉尔摩这样一个性格复杂的杀人犯形象，通过这个形象表现作为美国社会非主流文化一个重要侧面的嬉皮精神。在这一意义上，我们可以说，吉尔摩是梅勒在七十年代末塑造的又一个"白色黑鬼"。

"白色黑鬼"即嬉皮士诞生于美国社会非主流文化与令人精神窒息、丧失活力的主流文化的对抗之中，因而他们的一个主要特征是力图摆脱主流文化强加于他们的重重束缚，"四处漂泊，寻找通向反叛传统、复归自我的未知道路"。在《刽子手之歌》中，吉尔摩对主流文化的反叛、对复归自我的追求不仅表现在他对种种传统行为准则的不屑一顾、肆意践踏上，而且更集中地体现在他对以摩门教为代表的犹他保守社会的蔑视与反抗上。当吉尔摩的母亲因无力交税即将失去房产时，摩门教会不但没有理睬她的求救，反而趁火打劫，压价购进她的房产，使得她晚年只能在破旧的活动房中栖身。这件事在吉尔摩的心灵深处埋下了仇恨的种子。当他假释出狱、来到普罗沃这个摩门教的大本营之后，严厉而苛刻的摩门教义更加激起了他的敌意与怨恨。他酗酒，斗殴，偷窃，纵欲，专去涉足"那些被正人君子不假思索地指责为违法、邪恶、畸形、病态、自我毁灭或堕落的精神荒野"，因而与严守教规的摩门教徒屡屡发生冲突。这种冲突逐渐升级，直至两位摩门教徒成为无辜的受害者。对吉尔摩的两次谋杀，梅勒本人认为，"在犹他，你很容易分辨出虔诚的摩门教徒，他们具有某种表情……吉尔摩有一个信奉摩门教的母亲，又是在盐湖城度过童年的，我认为对他来说，认出摩门教徒并不难。因此，他很可能是故意选择摩门教徒作为谋杀对象的"。我们可以这么推论，摩门教徒及其信仰代表着犹他这个秩序井然、恪守传统的保守社会。吉尔摩出狱来到这个地方后，发现自己再次置身于一种牢狱般的氛围之中，摩门教那些束缚自由的教义仿佛就是这儿的狱规，而摩门教徒则好像成了时刻严密看管着他的狱卒。这种处境既使他感到窒息，更使他生出越来越压抑不住的反抗欲，实质上是这种反抗欲最终导致两个与他毫不相干的摩门教徒惨死在他的枪口之下。所以，尽管吉尔摩从未正面表达自己对摩门教的态度，也未明确解释自己的谋杀动机，但我们可以把他的两次谋杀视作他个人对作为主流文化象征的摩门教的盲目反抗，视作一种挣脱社会超我的约束、努力实现自我的极端行为。从这个角度出发，我们就不难理解为什么吉尔摩在死刑之前宁可让天主教牧师为自己举行临终弥撒，也不愿接受摩门教牧师的劝戒。他是在以这一行为向世人宣布，他至死也没有向摩门教低头屈服。

然而，如梅勒在《白色黑鬼》中所指出的，嬉皮士与主流文化对抗"仅仅是为了达到自我满足这个目标"，因而对他们来说，"唯一的道德标准是无论何时何地一有可能就去做自己感觉到的事情"，实现"利己主义的野心"。吉尔摩正是这种一切以自我感觉为转移的嬉皮精神的身体力行者。他自少年时代起便追求嬉皮生活方式，"我留着个鸭尾巴头，抽烟，喝酒，注射海洛因，吸大麻，服用可卡因，打架斗殴，追逐调戏漂亮小妞……偷，抢，赌……"。长大成人后，"他的自私简直难以形容，并且他绝对不愿考虑他人的需要"。他看电影看到高兴处可以跳起来满嘴脏话大喊大叫，而且并不认为这种行为妨碍了全场观众；为了寻开心，他可以在好友脖颈上先文上一个裸体小人，后来又改成一只三头公鸡，弄得人家从此不敢在人前露出脖颈；假释出狱后他不仅在姨父弗恩家白吃白住，而且常常拿弗恩的钱到外面寻欢作乐，却全然未考虑到弗恩窘迫的经济状况。在与女友尼科尔的关系上，吉尔摩这种极端自私的品性表现得尤为明显。当尼科尔因时常遭他毒打而躲起来不愿再与他来往时，他竟口口声声要杀死尼科尔。后来他被捕入狱后，又给尼科尔写了许多封信，情真意切地向她表达爱情，实际上却是要阻止她与别的男人来往。更有甚者，为了不让他人占有尼科尔，他竟引诱尼科尔与他一起殉情自杀，使得尼科尔由于大剂量服用安眠药造成严重的脑损伤；他自己却只服了二十粒药，"并没有真的打算杀死自己"。直到临刑前夜给尼科尔录最后一盘录音带时，他仍试图说服尼科尔在自己的死刑之后自杀，到来世去与他相会："我想几个小时后我就要死了……我就能自由了，我就能和你在一起了……我不在乎你是不是想活下去……我只要你属于我。"显然，如书中一位精神病医生所指出的，支配着吉尔摩的是"以自我为中心的道德观"。和五十年代的嬉皮士一样，他的所作所为，"无论隐藏在何种伪装之下，都体现了旨在满足自己直接愿望与欲望的尝试"。

为了自我感觉的满足，嬉皮士们往往不惜付诸暴力，因而嬉皮精神的另一主要方面是"无论付出多大暴力的代价也要复归自我"。在这一方面，吉尔摩这个人物也是具有代表性的。先前坐牢时，他常常用铁管、匕首等行凶伤人；保释出狱后，他又数次为了区区小事和人打得头破血流；最后在失去尼科尔后为了发泄怒气连杀两人。从表面上看，吉尔摩的这些行为和其他普通的犯罪没有多大区别，但若追根求源，他对暴力的认识却具有鲜明的嬉皮特点。其一，在暴力行为上他没有是非道德感，给别人造成了致命的伤害"却丝毫没有感到自己是在犯罪"。不仅如此，他还常常炫耀自己那些令人发指的暴行，诸如捅了一个黑人五十七刀、把烧红的烫发钳插入受害者肛门等等，以此标榜自己是个强者。其二，他把暴力行为看作一种合理的宣泄方式，"杀人就是杀人，是怒气的发泄，而怒气是没有理智的——所以对谁发泄怒气又有什么关系呢？"他对自己谋杀罪的这番解释表明，他认为对受自我感觉支配的暴力行为不应用理智加以约束。其三，也是最重要的，他像梅勒在《白色黑鬼》中所指出的那样，"把暴力行为视作开辟成长道路的精神净化"。在一封信里吉尔摩写道，那两次谋杀使他"第一次自觉地承认这个疯狂的真理"，使他"开始成熟"。

这即是说，在吉尔摩的心目中，暴力行为不仅是实现自我的手段，而且是获得精神成熟的途径，所以只有"果断地用暴力方式解决问题"，才能够获得满足的喜悦，才能够认识自我、成为自我。

付诸暴力是需要勇气的，因而五十年代的嬉皮士对海明威的硬汉哲学推崇备至。他们认为，若要在一个邪恶的世界里以极端行为复归自我，取得嬉皮意义上的成功，"必须具备异乎寻常的勇气"。吉尔摩也是这样一个极为看重勇气的人。"我也从来不是个胆小鬼，我一直在抗争——我不是这一带最强悍的恶棍，但我一直挺直腰杆站在男子汉的行列中。"不过，与五十年代借助勇气求得生存的嬉皮士不同，吉尔摩的勇气主要表现在毫无畏惧地迎接死亡上。他原本是个地位低下的普通罪犯，在人们对凶杀已经习以为常的美国，他本来很可能默默无闻地在死囚室里度过余生，但由于他被宣判死刑后放弃上诉，表示要"带着一个男子汉的体面和尊严"接受死刑，因而一跃成为轰动全国的新闻人物。当他的家人以及各种社会团体为了他的案子或上诉或奔走呼吁时，他却不仅镇定自若地等待死刑，而且以自杀、绝食、发表要求处死自己的谈话或声明等手段逼迫有关方面按期行刑。他这种弃生求死的坚定决心或许源于他所信奉的灵魂转世说，或许仅仅由于他不愿在监狱中度过余生，但无论如何，他面对死亡表现出的惊人勇气使他虽然身为一级谋杀犯却逐渐赢得了广泛的同情，以至于到了执行死刑的前夜，"人人都喜欢加里了，甚至以前对他嗤之以鼻的人也不例外"。也正是由于吉尔摩一直保持带着尊严赴死的勇气，他的社会地位逐渐上升，由一个为社会所不齿、听候法律发落的罪犯摇身变成能够超越、驾驭一切的"圣徒"。他虽然完全失去了人身自由，却能够巧妙地周旋于各个媒体之间，"通过控制自己的生死操纵新闻界"，使自己成为举国关注的新闻焦点。而在与法律、与犹他州、与保守派和自由派势力的较量中，他凭借带着尊严赴死的勇气取得了最后的胜利，以从容镇定迎接刽子手子弹的行为向世人宣布:"社会没有摧毁他,他依然是男子汉,他没有被摧毁。"

如以上所分析的,吉尔摩的所作所为充分表明,他是一个继承了五十年代嬉皮精神的"白色黑鬼"。而引起梅勒兴趣的也正是这一点。尽管梅勒声称,在创作《刽子手之歌》时,"我完全置身书外,我所采用的材料全都来自采访和文献",但从书中所谓客观描述的字里行间我们仍然能感觉到梅勒对吉尔摩的赞同与认可。其实,梅勒之所以在书中对受害者们的遭遇一笔带过,却不惜笔墨把吉尔摩塑造成一个艺术天才、一个具有超人勇气的圣徒,就是因为吉尔摩体现了梅勒本人十分赞赏且大力提倡的嬉皮生存哲学。对梅勒来说,"不管加里·吉尔摩是好是坏,他是在创造历史",他是把吉尔摩作为一个代表美国七十年代非主流文化倾向的典型展示给读者的。因而,虽然《刽子手之歌》以一个残暴的杀人犯作为主人公,且又以写实手法描绘了美国社会庸俗、卑劣、丑恶的一面,但这本书对我们了解研究美国社会,尤其是与这个社会主流文化相对抗的非主流文化,还是大有裨益的。

邹惠玲

一九九八年七月二十日

谨以此书
献给诺里斯、约翰·布法罗和斯科特·梅雷迪思

目 录

上卷　西部的声音

第一部　加里　— 003
第二部　尼科尔　— 079
第三部　加里和尼科尔　— 133
第四部　加油站和汽车旅馆　— 231
第五部　梦的阴影　— 349
第六部　加里·M.吉尔摩的审判　— 427
第七部　死囚区　— 517

下卷　东部的声音

第一部　在好国王博亚兹的王国里　— 577
第二部　专有权　— 655
第三部　绝食　— 757
第四部　假期　— 841
第五部　压力　— 899
第六部　进入光明　— 1019
第七部　心力衰竭　— 1125

在我深深的地牢里
　　　我迎接你的来临
在我深深的地牢里
　　　我羡慕你的恐惧
在我深深的地牢里
　　　我生活着。
我不知道
　　　我是否希望你平安。

　　　　　　——古老的囚歌

上 卷

西部的声音

第一部　加里

第一章 第一天

一

六岁时,布伦达有一回从苹果树上摔了下来。她爬到苹果树顶上,压断了挂满大红苹果的树枝。断枝擦着树身坠落下来,加里在树下接住了她。他俩吓坏了,苹果树是姥姥最心爱的东西,她不准任何人在果园里爬树。布伦达帮着加里把断枝拖走,两人提心吊胆,唯恐给人撞见。这是布伦达记忆中有关加里的第一件事。

那年布伦达六岁,加里七岁,她觉得加里帅极了。加里有时对别的孩子挺粗暴,可是一直对她很好。每回家里人到乡下布朗姥爷的农场过阵亡纪念日①或者感恩节时,布伦达都只跟男孩子玩。当年那些聚会平静而温馨,没人大声嚷嚷,没有污言秽语,是非常愉快的阖家团圆。记得那个时候她的心思全在加里身上,从来不理睬别人——嗨,姥姥,给我一块小甜饼吃吧?——快点,加里,我们快走吧。

门外有一片开阔地。出了后院就是果园,果园连着田野,田野又连着大山。一条泥土路从房前经过,蜿蜒爬上山坡,又斜插入谷底。

加里不大讲话,这是他们能和谐相处的原因之一。布伦达爱唠叨,加里则是个极有耐心的听众,他们玩得开心极了。加里虽然年纪很小,却已经非常懂礼貌,你若是遇上麻烦事,他会帮忙帮到底的。

后来，加里和比他大一岁的哥哥小弗兰克跟着妈妈贝西搬到西雅图他父亲老弗兰克那儿去了。布伦达和加里很长时间没见面。直到十三岁那年，布伦达才又听到加里的消息。妈妈艾达告诉她，贝西姨妈从波特兰打来电话，她的情绪很低落，因为加里被送进少年管教学校了。于是，布伦达给加里写了一封信，加里从遥远的俄勒冈回信说，让家里人为他操心，实在过意不去。

可是，加里显然不喜欢管教学校。他在信中写道，他的梦想是出来以后当个强盗，闹得老百姓鸡犬不宁。他还说他最崇拜的电影明星是加里·库珀[2]。

加里这种男孩，不接到你的回信是不会写第二封信的。如果你不回信，他很可能一连几年不再给你写信。不久，布伦达结婚了——她已经十六岁，觉得自己生活中没有男人不行——结婚后，她越来越懒得写信了。虽说她偶尔给加里寄封信，但是直到几年前，加里才又真正回到布伦达的生活中。贝西姨妈又一次打来电话，她仍在为加里的事烦心。她在电话中告诉艾达，加里已经从俄勒冈州州立监狱转到伊利诺斯州的马里恩去了，那儿新建了一座监狱以代替阿尔科拉兹[3]。她不愿意相信自己的儿子是个必须关在一级警戒监狱里的危险罪犯。

这件事使布伦达回想起贝西的往事。在布朗家的七个女儿和两个儿子中，贝西招人议论最多。她长着一双绿眼睛，乌黑油亮的头发，是镇上数一数二的漂亮姑娘。贝西具有艺术家的气质，

---

[1] 美国内战阵亡士兵纪念日，在5月30日。
[2] 美国电影演员，以演西部片中的牛仔著称。
[3] 旧金山海湾中一小岛，1934—1963年间联邦监狱的所在地，又被称为"恶魔岛"。

她讨厌干农活,生怕太阳把自己又白又嫩的皮肤晒黑晒粗了,她希望永葆青春美貌。布朗家是到西部垦荒的摩门教徒①,可她却偏偏喜欢穿漂亮衣服、赶时髦。那时,她常常穿上自己手工缝制的白色中国式宽袖筒外套,戴上自己织的白手套,打扮得花枝招展,和女友一起搭便车去盐湖城逛街,可现在她老了,并且有关节炎。

布伦达又开始给加里写信了,他们的通信很快频繁起来。从信上看得出,加里的智力相当发达。他还没有上高中就进了少年管教学校,所以他肯定在狱中下了一番苦功读书才达到这么高的文化水平。他能够熟练地使用大词,他信中有些比较长的词,布伦达连音都发不准,更不用说知道它们的意思了。

有时为了逗她开心,加里在信纸边上添上幅小画。这些画画得好极了。布伦达回信说自己也想学点美术,并且寄给他一幅自己的习作。加里修改了她的画,指出哪儿画得不合适。亏他想得出,隔这么远教她画画。

每隔一段时间,加里便在信中发牢骚,说在监狱里蹲久了,觉得自己不像是干坏事的罪犯,倒像是受害者。当然,他不否认自己犯过几次罪。他总是坦率地告诉布伦达,自己不是个规规矩矩的好人。

他们通信一年多之后,布伦达注意到一种变化,加里不再觉得自己一辈子都不能出狱了,他的信开始流露出希望。有一天布伦达对丈夫约翰尼说,嘿,我敢说加里已经做好出狱的准备了。

---

① 1830年由约瑟夫·史密斯创立,信条之一是节俭。

布伦达已经养成习惯，把加里的信念给约翰尼、爸爸、妈妈和妹妹听。念完信，大家总要议论一番。有时，布伦达和爸爸弗恩、妈妈艾达一起商量怎么写回信。他们都十分关心加里的情况。妹妹托妮常说，加里的画深深打动了她的心，画中流露出深深的苦楚，尤其是孩子们那一双双忧郁的大眼睛。

有一次布伦达在信上问加里："住在你们那个乡间俱乐部里感觉如何？你究竟生活在怎样的一个世界中呢？"

加里在回信中写道：

我实在想不出合适的语言向一个从未亲身体验过这种生活的人描绘这种生活。布伦达，我的意思是，这种生活对你和你那种思维方式是完全陌生的，好像是另一个星球上的事。

布伦达在起居室里读到这些话时，眼前似乎出现了凄凉冰冷的月亮。

住在这里好比走到悬崖边上，一天二十四小时想着那些你不堪回首的往日。

信的结尾写道：

总之，关键在于无论什么情况下都要保持强壮的体格。

全家人围坐在圣诞树旁，十分怀念加里，很想知道明年他能不能和他们一起过圣诞节。他们谈论着加里假释出狱的可能性，他曾来信要求布伦达为他作保。布伦达回信说："你要是干坏事，我将是第一个起来阻止你的人。"

虽然如此，布伦达家还是愿意保加里出狱。从来没给加里写过一行字的托妮主动提出当共同担保人。尽管加里的许多来信调子低沉得可怕，那封要求布伦达作保的信简直像一封干巴巴的商业信函，然而，毕竟有几封信写得真叫你感动。

亲爱的布伦达：

今晚接到你的信，非常高兴。你的热心肠使我重新打起精神。有个住处，有份工作，对我获释出狱当然十分有利，不过假释委员会认为有人关心我这个事实本身更为重要。在此以前，我几乎一直是无依无靠的。

只是在圣诞晚会结束后，布伦达才忽然意识到她将为一个自己已经近三十年没有见过面的人作保。她想起托妮的那句话，加里每次照片上的面孔都不一样。

现在轮到约翰尼担心了。他一直赞成布伦达和加里通信，可是当加里真的要进入他们这个家庭时，约翰尼心里七上八下的。这倒不是因为家里住着个罪犯使他感到难堪，他根本不是那种人。他只是预感到会有麻烦事。

首先，加里即将进入的不是一个普通的社会，而是摩门教派的根据地。对一个刚出狱的人来说，生活本来就够艰难了，何况还要跟连喝咖啡和饮茶都被认为是罪孽的人打交道呢。

得了吧！布伦达反驳他，朋友中有谁那么死板地遵守教规呢？她和约翰尼就很难算是一对标准的循规蹈矩的犹他夫妻。

不错，约翰尼说，可是想想周围的环境吧。布里格姆·扬大学[①]

---

① 犹他州普罗沃市的一所摩门教会创办的大学。

里那些天真单纯的小伙子个个争着出去做传教士，甚至走在大街上都使你觉得是在参加圣餐仪式。有压力啊，约翰尼说。

布伦达和约翰尼做了十一年夫妻，知道丈夫是个把平安无事看得比什么都重要的人，他想方设法使自己的生活风平浪静。并不是布伦达喜欢自找麻烦，她只是认为生活中偶尔涌起几朵浪花才更有意思。布伦达提议让加里平时跟她的父母弗恩和艾达同住，只来他们家度过周末。约翰尼这才满意了。

好吧，他咧嘴笑笑说，凡是我不同意的事，你总要干到底。他说对了，布伦达一向十分同情落难的人。"他已经付出了代价，"她对约翰尼说，"我一定要带他回家。"

她对负责加里假释的警官也是这么说的。那人问她为什么保加里出狱，她回答道："加里一连蹲了十三年牢，我想是他回家的时候了。"

布伦达挺得意，自己在这类谈话中颇能迷住对方。她清楚地知道，自己虽然已经结过四次婚，而且看起来更接近三十五岁而不是三十岁，可是仍旧风韵十足。金发碧眼、魁梧健壮的假释官蒙特·考特是个相貌平平的普通美国男子，属于那种廉洁奉公的正人君子之列。尽管如此，布伦达觉得他还是蛮讨人喜欢的。考特倾向于给犯人一个改邪归正机会的观点。如果理由充足，他是很容易被说服的。反之，他会变得难以对付，布伦达认为他就是这种人，他对加里倒是满合适的。

蒙特·考特告诉她，他和许多刚刚走出监狱的人打过交道。他提醒布伦达，会有一个反复过程的。很可能出现一些小麻烦，例如酒后闹事什么的。布伦达暗想，在摩门教徒中，蒙特·考特算是宽宏大量的了。考特解释说，一个人不可能一出监狱大门就立刻开始正常人的生活，这就如同一个刚刚退役的军人——尤其是那些当过战俘的人——不可能马上变成平民百姓一样。他告诉布伦达，要是加里遇到问题，她应当鼓励加里来找他谈谈。

几天以后，蒙特·考特和另一个假释官一起考察了弗恩的鞋铺并调查了解了他修鞋的水平。他们非常满意，因为这一带没有人对各式各样的鞋比弗恩·达米科知道得更多。而弗恩将不仅仅给加里提供住处，而且还答应让他在自己的铺子里打工。

加里来了封信，宣布他将于两三周之内获释。四月初他从监狱里给布伦达打来电话，告诉她自己即将出狱。加里说，他计划从马里恩乘公共汽车到圣路易斯，在那儿转车到丹佛，然后再到盐湖城。电话里，他的嗓音柔和，略带鼻音，听起来和蔼可亲，充满真情厚意。

当时，布伦达激动万分，根本没有想到近百年前他们那位信奉摩门教的外曾祖父用小车推着全部家当从密苏里出发，越过大草原，穿过落基山脉，来到普罗沃市这个距盐湖城仅五十英里的德塞瑞特摩门王国定居时，走的几乎是同一条路线。

二

加里乘车离开马里恩大约四五十英里路以后，从一个停车站打电话给布伦达，说他从来没有坐过颠得如此厉害的公共汽车，他决定在圣路易斯退掉车票，改乘飞机。布伦达想，就让加里像个阔佬似的旅行一趟吧。他也应该享受享受了。

当天晚上他又一次和她通话。他已经在当天最后一趟班机上搞到坐位,抵达盐湖城后他会再打电话的。

"加里,我们得花四十五分钟才能赶到机场呢!"

"我不在乎。"

这事可真新鲜,布伦达想,大概是因为他很少乘坐飞机,需要几十分钟放松放松吧。

连孩子们都兴奋不已,布伦达哪能睡着觉啊。午夜过后,她和约翰尼守在电话机旁等着。她发誓说,谁敢这个时候给她打电话她就宰了谁。她希望家里的电话一直畅通。

"我到了。"是加里的声音。这是凌晨两点钟。

"好吧,我们去接你。"

"快点啊!"电话挂上了。这是个绝不多说一句话的家伙。

在路上,布伦达一个劲地催促约翰尼开快些,约翰尼却依然保持着每小时六十英里的速度。尽管夜深了,公路上空无一人,毕竟他们是在州际公路上行驶,稍不注意就会收到一张违章通知单的。布伦达不再坚持开快车了,再说她也太激动,根本无法争论下去。

"我的上帝啊,"布伦达说,"不知他个子有多高。"

"什么?"约翰尼问道。

她开始猜想加里大概身材矮小。这太可怕了。布伦达自己身高虽只有五英尺五英寸,但这个高度已经让她够受的了,因为从十岁起她就一直这么高,体重一百三十磅,一直戴一种规格的胸罩——C罩杯。

"你是什么意思,他个子高吗?"约翰尼问。

"我不知道，希望如此。"

上初中时，如果布伦达穿上高跟鞋，只有体育老师的个子可以跟她配对跳舞。那时，她特别讨厌跟男孩子道晚安时吻对方的前额。说句实话，她对于高个矮个过于敏感，要不是因为这个，她也许会长得更高些。

这样一来，她当然喜欢那些比自己高的男孩子，只有他们才使她觉得自己是个女的。汽车到达机场时，布伦达脑子里突然冒出一个可怕的念头，加里的个子会不会只到自己的胳肢窝呢？要真是这样，她会立刻撒手不管，叫他自己想办法去吧。

他们在与候机大厅正门平行的停车场边上停下车。车刚停稳，布伦达就跳了下来，约翰尼却坐在车里慢条斯理地把衬衣下摆往裤腰里塞。布伦达简直气炸了。

她远远望见加里倚在大厅的墙壁上。"他在那儿等着呢。"她大声喊叫着。可约翰尼说："别急，等我拉上裤子拉链。"

"谁他妈的在乎你的衬衣下摆呢？"她忍不住骂道，"我先去了。"

当她横穿停车场和候机大厅正门之间的道路时，加里看见了她，他提起了帆布背包。随即，两人互相迎着跑了上去。当他们跑到一起时，加里扔下包，看了她一眼，便马上抱住了她。他用劲那么大，简直像一头熊。约翰尼还从来没有这样紧紧地拥抱过她呢。

加里松开手，把她放回地上。布伦达退后一步，从头到脚仔细打量着加里，她要把他看个够。"我的上帝，你真高啊。"她说。

他哈哈大笑起来："你原来以为你会见到什么？一个侏儒？"

"我不知道，"她回答说，"但是，感谢上帝，你挺高的。"

约翰尼站在一边，那张大脸盘上一副憨相，嘴里咕咕噜噜不知说些什么。

"嗨，老兄，"加里转向他，"见到你真高兴。"他们握了握手。

"介绍一下，加里，"布伦达一本正经地说，"这位是我的丈夫。"

"我早就猜到他是谁了。"加里说。

约翰尼问："你的东西全带来了吗？"

加里拎起旅行包——这包真是小得可怜，布伦达想。他说："瞧，我的东西全在这儿。"这话听起来既不像开玩笑，也不像诉苦。显然，他对财产之类并不看重。

这时布伦达才注意到他的衣着。他臂弯里挂着一件黑色军用雨衣，上身的褐红色运动茄克里面——简直令人难以置信——是一件黄绿条相间的衬衫。他下身穿着做工蹩脚的涤纶哗叽裤，脚上是一双黑色塑料鞋。由于受父亲职业的影响，布伦达总是很注意别人的鞋子。她想，天哪，这鞋太次了，他们甚至没有给他一双皮鞋穿着回家。

"走吧，"加里说，"让我们离开这个鬼地方。"

看得出来，他刚才喝过酒。虽然他没醉，可肯定喝了不少。当他们向汽车走去时，他特意伸出胳膊挽住她的腰。

他们上了车，布伦达坐在中间，约翰尼开车。加里问："嗨，这车真棒，是什么牌子的？"

"黄色麦渥瑞科，"她回答说，"我的小柠檬。"

车开动了,他们第一次沉默下来。

"你累吗?"布伦达问。

"有点累,不过我也有点醉了。"加里咧嘴笑笑,"我在飞机上灌了一肚子香槟。不知是因为高度,还是因为很久没有喝到好酒,好家伙,天旋地转,真他妈的痛快。"

布伦达笑起来。"依我看,你有权喝得烂醉。"

监狱把他的头发剪得那么短。布伦达相信,等它们长起来时,肯定是一头浓密漂亮的褐发。可现在,他后脑勺上一根根头发茬竖着,活像个乡巴佬。他不时用手压压它们,可根本不顶事。

虽然如此,她还是挺喜欢他的模样。汽车行驶在横穿盐湖城的州际公路上,两侧的城市一片寂静。借着车窗外射进来的微光,布伦达上下打量着加里,不错,和她心目中的加里一模一样。长长的、优雅的鼻子,完美的下巴,线条分明的薄嘴唇,一脸男子气概。

"想喝杯咖啡吗?"约翰尼问。

布伦达感到加里的身体顿时绷直了,就好像去一个陌生地方走一趟这个提议本身都使他心惊肉跳似的。"来吧,"布伦达对他说,"我们简单喝一点。"

他们走进琼斯咖啡馆。盐湖城南只有这儿凌晨三点仍未打烊。今天是周末,咖啡馆里的顾客个个衣饰华丽。他们找了个火车座坐下来,加里说:"我想,我应该买几件衣服。"

约翰尼劝他吃点什么,可是他吃不下,显然是因为太兴奋了。他目不转睛地打量着自动电唱机,仿佛让布伦达感觉到了电唱机上每一道强光的震颤。他又紧紧盯住香烟售货机电子屏幕上闪烁不定的红、蓝、金黄三道光束,眼都快看花了。他那种专心致志的神情深深感染了布伦达。当几个俊俏的姑娘走进来时,加里咕哝了一句:"长得不丑。"布伦达给逗笑了,加里讲话真坦率。

从聚会上归来的人们成对成双走进来,又成对成双走出去,外面停车和开车的声音不断,可布伦达始终没朝门口看一眼,即使她最好的朋友这个时候走进来,她也宁愿跟加里单独待在一起。在她的记忆中,从来没有人对她产生过这么大的吸引力。她并非有意冷落约翰尼,不过她确实忘了他还坐在旁边。

加里却把脸转向桌子对面的约翰尼。"嗨,老兄,多亏你和布伦达费心保我出来,太感谢了。"他们又握了握手,这次加里竖起了大拇指。

加里一边喝咖啡,一边向布伦达询问她的亲戚、妹妹和孩子的情况以及约翰尼的工作。

约翰尼在太平洋铸铁管道公司当维修工。别看现在只干铁匠活,从前他亲手制造过铁管,熔化,浇铸,偶尔还要做铸模。

谈话僵住了,加里想不出应该再向约翰尼问些什么。布伦达暗想,他对我们一点不了解,我对他的生活也知之甚少。

加里谈起狱中的朋友,说他们有多么多么好。紧接着他便道歉,对不起,你们不愿意听监狱的事,这不是个愉快的话题。

约翰尼回答说,他们一直小心翼翼地兜圈子讲话,唯恐伤他的自尊心。"我们的确很好奇,"约翰尼说,"但是,你知道,我们不会问你:监狱里什么样子?他们是如何对待你们的?"

加里笑了。他们又沉默下来。

布伦达知道，自己这样目不转睛地盯着加里，已经弄得他坐立不安了。但是她总觉得他脸上还有自己没看到的地方，阴影太多了。

"上帝啊，你能来这儿真好。"这话她说了不下十遍。

"能回来是不错。"

"过一段时间，你会熟悉这个地方的。"她说。她有多少话要马上对他讲啊！他们要带他到犹他湖上游玩，到峡谷里露营。虽然这儿的沙漠和别处的沙漠一样灰蒙蒙，光秃秃，一片荒凉，但是这儿有高达一万两千英尺的大山，有美丽的绿色森林覆盖下的峡谷，还有朋友们济济一堂、乐趣无穷的狂欢酒会，他们还要教他如何搭弓射猎。她正要开口，突然一道强光闪过，使她看清了加里的脸。尽管刚才她盯着他看了那么长时间，现在却好像头一回看见他似的。她心里一阵酸楚，加里脸上的伤疤比她预料的多得多。

她伸手摸摸他面颊上一块丑陋的瘢痕。加里问："挺好看，是吗？"

布伦达忙说："对不起，加里。我不是有意出你的丑。"

好大一会儿没人吭声，最后约翰尼问："是怎么落下的？"

"一个警卫打的，"加里笑了笑，"他们把我绑起来注射氟奋乃静①。我啐了大夫一脸唾沫，结果被狠狠揍了一顿。"

布伦达又问："要是你碰上那个打你的警卫，你怎么对待他？"

"别逼我表态。"

"好吧，"布伦达说，"但你恨他，对吗？"

"天哪，当然喽，"加里反问她，"你不恨吗？"

---

① 一种治疗精神病患者的镇静剂。

"我也一样，"布伦达说，"不过为了证实一下。"

半小时之后，他们在驱车回家的路上从山口堡经过。这儿州际公路的左边是从大山深处延伸出来的一道长长的小山冈，山脊如同野兽的前腿一直伸到公路旁。路的右边，沙漠深处坐落着犹他州监狱，那儿黑沉沉的，只有几处微弱的灯光。他们把监狱大大地嘲笑了一番。

三

坐在布伦达的起居室里喝着啤酒，加里不那么拘谨了。他承认他喜欢喝啤酒。在监狱里，他们知道如何用面包酿制淡啤酒并把这种酒叫做普鲁诺。事实上，布伦达和约翰尼都注意到加里喝酒速度之快，是他们从未见过的。

约翰尼累极了，不一会就去睡了。加里和布伦达真正开始了他们的谈话。他讲了几个监狱的故事。在布伦达看来，这些故事一个比一个疯狂。也许它们只有一半是真实的，另一半是酒后狂言，因为他已经喝得晕晕乎乎了。

布伦达望望窗外，发觉天已经亮了，这才意识到他们已经谈了很长时间。两人走出门，望着太阳从她的农舍、也从邻居们的农舍后面冉冉升起。草坪上乱七八糟堆放着被春天的露水打湿了的破玩具，加里站住脚，仰脸朝天，深深地吸了一口气。

"我浑身上下简直散架了。"他叹道。

"虽然你很疲倦，可是不能松劲啊。"她说。

他伸伸懒腰，又深深吸了一口气，开心地笑了。"嗨，好家伙，我真的出来了。"

远山谷地里的积雪忽而铁灰,忽而绛紫,朝阳山坡上的白雪却闪着金光。天愈来愈亮,山顶的云彩渐渐消散了。布伦达与加里四目相对,心里又是一阵悲哀,加里眼里的表情跟被她从草丛中惊起的兔子眼里的表情一个样。人们常常说起受惊的兔子,可有几个人像她那样仔细观察过受惊的兔子的眼睛呢?它们的目光平静,温柔,略带好奇。它们不知道今后会发生什么事情。

第二章　第一周

一

布伦达打算将加里安置在电视室的折叠床上。她动手铺床时,站在一边的加里笑了起来。

她停住手问:"你做出那副龇牙咧嘴的鬼样子是什么意思?"

"你知道我有多长时间没在床单上睡觉了吗?"

加里说他不要枕头,只拿了条毯子。布伦达回到自己的房间,她不知道那一夜加里是否睡着了,她隐约觉得他只是脱掉衬衣穿着裤子上床休息了片刻。几小时后她起床时,加里早已起身出去了。

他们喝咖啡的时候,托妮来了。加里先是紧紧地拥抱她,接着退后一步,双手托着她的脸,说:"我总算见到了小妹妹。好家伙,我见过你的照片,你真是个迷人的姑娘。"

"你这话太叫我难为情了。"托妮回答道。

她和布伦达十分相像。同样圆圆的黑眼睛,同样乌黑的头发,同样俊俏的脸蛋。只是布伦达体态丰满,托妮却很苗条,足可以做个模特儿。她们各有所长。

大家重新入座。加里不时探身过去搂住托妮的腰,或者拉拉她的手。他对托妮说:"真希望你不是我表妹,也没有嫁给那个又高又大的家伙。"

事后,托妮对布伦达说,霍华德要她"自己去看加里吧",真是太得体太明智了。她绘声绘色地告诉布伦达,加里使她感到周身暖洋洋的,不过不是情欲,而是兄妹之情。她说她很惊奇,加里对她的个人生活了解得那么详细,连霍华德身高六英尺六英寸都知道。布伦达差点脱口提醒她,加里并不是从托妮的信中知道这些事情的,因为她从来没给他写过一行字。

布伦达带加里拜访弗恩和艾达之前,约翰尼进行了一次力量测试。他拿来浴室里的握力器,双手用力捏紧,直到指针指向二百五十磅。

加里试了试,只有一百二十磅。他挺恼火,用尽力气捏住握力器,直到累得浑身颤抖才达到一百五十磅。

"不错,"约翰尼说,"有进步。"

"你的最高纪录是多少?"加里问。

"这握力器最高限额是二百八十磅,我已经超过它了,大概是三百磅吧。"

去鞋铺的路上,布伦达又告诉加里一些有关她父亲的事情。她说弗恩也许是她认识的人当中力气最大的。

比约翰尼力气还大吗?

这个嘛,布伦达解释道,捏握力器,没人是约翰尼的对手,但是她没有听说过有谁掰手劲掰得过弗恩·达米科。

她接着说,弗恩虽然力气大,待人却一向很和气。"我长这么大父亲只打过我一次,那次是我自找的。他只是在我的屁股上轻轻拍了一下,可是他那只巴掌大得好像能把你整个儿压在下面似的。"

黎明那会儿,远山或者金黄或者绛紫,可现在到了上午,它们却呈现出土褐色,光秃秃的,显得十分高峻。山脊上淋过雨的积雪看上去灰蒙蒙的,这种凄凉的景色深深感染了他俩。从布伦达居住的厄伦姆北郊到普罗沃市中心弗恩的鞋铺仅仅六英里路,他们却花了好长时间。公路两侧购物中心、快餐馆、旧汽车寄卖场、连锁服装店、加油站、工具店、交通标志牌和水果摊连绵数英里,还有银行、一家家房地产公司的平房小院和一排排复折式矮屋顶的公寓。几乎所有的建筑物都油漆得像托儿所似的:淡黄色、淡橘红色、淡褐色和淡蓝色。从厄伦姆到普罗沃的这公路两旁,褪色的两层木楼为数很少,看样子是三十年前建造的。它们又破又旧,简直像拓荒时代的酒吧间。

"确实变样了。"加里说。

头顶上是美国西部广阔的蓝天,只有它没有变。

厄伦姆和普罗沃交界处的山脚下是布里格姆·扬大学,崭新的教学楼看起来好像是用积木堆砌而成的。布伦达告诉加里,二十年前这个学校仅有几千名学生,现在登记注册的人数已经接近三万。这所学校对摩门教徒如同巴黎圣母院对虔诚的天主教徒一样重要。

二

"我还要告诉你一件弗恩的事,"布伦达说,"你必须弄清楚爸爸什么时候是在开玩笑,什么时候不是。这不太容易,因为爸爸有时开玩笑也板着脸。"

她没有告诉加里,父亲生就一副兔唇,她以为他知道。弗恩上颚完整,说话跟正常人一样,只是豁嘴非常明显,留着胡子也遮不住。布伦达说弗恩进学校不久就成了学校里最厉害的学生之一，任何一个拿他的兔唇开心的同学都要在鼻梁上挨一皮带。

弗恩的个性就是这样形成的。直到现在，当孩子们走进鞋铺第一次见到他时，没等他听清楚他们讲些什么，他们的妈妈就会说："嘘——"他对这已经习惯了，一点也不在乎，不过他曾经为此苦恼挣扎了许多年，结果他不仅体格健壮而且性格直爽。布伦达告诉加里，父亲常常挺身而出表明自己的观点，不过他说话的口气是很温和的。但这一点可能不大招人喜欢。

但是当加里与弗恩见面时，布伦达意识到自己对加里说得太多了。加里怯生生地说了声你好，四下望望，装出一副对店铺的规模很吃惊的样子，好像他没有想到鞋铺会这么大。弗恩答话说，店里没有顾客时还算宽敞。话题接着转向弗恩的骨关节炎，弗恩膝关节增生得很厉害，疼痛难忍，已经僵直了。听到这儿，加里露出一副很关心的表情。他不是假装的，布伦达想。她似乎感到弗恩膝关节的疼痛已经传入加里的体内。

弗恩主张加里马上搬过来跟他和艾达一块住，不过不要忙着上班，歇几天再说。他认为，适应自由的环境需要时间，毕竟加里刚刚进入一个陌生的城市，不知道图书馆在哪儿，不知道到哪儿去买杯咖啡喝。他一字一顿地讲着话。男人们这种慢条斯理的交谈布伦达早已听惯了，可要是你没有耐性，会被逼得发疯的。

当布伦达和加里来到弗恩家里时，艾达激动万分。她对加里说："贝西是我的大姐姐，她最喜欢我。"艾达有点发福了，可她那一身鲜艳的衣服，再加上红褐色的头发，使她看上去像个迷人的吉卜赛女郎。

艾达立刻和加里谈起往事，谈起加里小时候常去布朗姥爷家玩。"我怀念那些日子，"加里说，"它们是我一生中最幸福的时光。"

在这间小小的起居室里，高大的加里站在艾达身边显得非常滑稽。尽管弗恩的宽肩能够把门堵得严严实实，尽管他的任何一根手指都有别人的两个指头宽，他的个子并不高，艾达则更矮，因此他们喜欢比较低的天花板。

起居室内摆着许多件漆成金秋般颜色的家具，里面全塞得满满的。地上铺着鲜艳的地毯，墙上挂着镶在金框内的色彩浓烈的油画。壁炉旁有一尊陶塑，是一个身着红制服的黑人马倌，地上摆着中国式茶几和大块的彩色厚坐垫。

在铁栏、钢筋混凝土建筑和水泥板墙壁里面住了十几年的加里将在这儿生活很长一段时间。

回到家里，布伦达借口帮他打点行装，瞥了一眼他背包里的东西。里面装着一盒剃须膏、一把剃刀、一把牙刷、一把梳子、几张快照、假释证和几封信，没有换洗的内衣。

弗恩递给他几件内衣、几条茶色便裤、一件衬衫和一张二十美元的票子。

加里说："眼下我没法还你钱。"

"这钱是我送给你的。"弗恩说，"如果你需要更多的钱，只管来找我。我的钱不多，但我会尽力帮忙的。"

布伦达理解父亲的苦心：一个口袋里没钱的人容易出事。

星期天下午，弗恩和艾达驾车带加里去拜访托妮和霍华德，他们住在与厄伦姆相邻的莱希。

托妮的两个女儿安内特和安吉拉兴奋得围着加里团团转。布伦达和托妮一致认为，加里对孩子很有吸引力。在他出狱两天后的这个星期天，他坐在铺着金黄色坐垫的椅子上，用粉笔在小黑板上为安吉拉画画。

他画出一幅美丽的图画，六岁的安吉拉便擦掉一幅，他煞费苦心画出一幅更好的，那个小丫头过来一下子又擦光了，这样他可以再接着画。他开心极了。

过了一会儿，他坐到地板上和安吉拉打牌。

安吉拉只会打"钓鱼"，可是她记不住每张牌的叫法。"6"的钩朝上，她便把"6"叫做"上"，把"9"叫做"下"，把"7"叫做"钩"，加里给逗得哈哈大笑。她还硬说"Q"应该叫"女士"，"国王"叫"大孩子"，"J"叫"小孩子"。

加里叫道："托妮，你来解释一下好吗？我是不是在这儿跟你的女儿玩什么非法的游戏？"他觉得这太有意思了。

后来霍华德·格尼和加里坐下来聊天。霍华德一直在建筑业做电工，是个工会会员。除了少年时代被关过一夜之外，他从未坐过牢。他们之间的共同点太难找了，加里知道的事不少，又能说会道的，然而他们各自的经历没有丝毫相似之处。

三

星期一上午，加里破开弗恩给他的那张票子，买了双田径鞋。那个星期他每天六点左右起床外出跑步。他从弗恩家出来，沿着西五街大步疾跑，然后绕过公园返回家。四分钟内他能跑十几个街区，速度挺快的。膝盖有毛病的弗恩认为加里是个出色的长跑运动员。

开头，加里拿不准自己在这座房子里能做什么不能做什么。住进弗恩和艾达家的第一个晚上，他问弗恩自己是否可以喝杯水。

"这是你的家，"弗恩回答道，"你没有必要请求批准。"

加里端着杯子从厨房回来时对弗恩说："我开始明白了，这太好了。"

"对，你想干什么就干什么。不过别出格。"

加里不喜欢看电视，大概是因为在监狱里看得太多了。晚上弗恩躺下后，他便和艾达聊天。

艾达回忆起贝西当年多么善于梳妆打扮。"在这方面她很有办法，也很有眼光，总是把自己打扮得漂漂亮亮的。和我们的母亲一样，她气质高雅。母亲是法国人，一副贵族气派。"艾达告诉加里，母亲的良好教养对她们影响很大。饭桌总是布置得井井有条，当然并不是十分讲究——要知道他们是穷摩门教徒——只是铺着桌布，并且摆上几件银器作为点缀。

加里告诉艾达，贝西眼下患有严重的关节炎，几乎无法行动。她住在一座小小的全塑活动房里。由于波特兰气候湿润，房子里总是湿乎乎的。他说他要攒点钱，想法改变妈妈的处境。有天晚上，加里给母亲打电话，他们交谈了很久。艾达听见加里说他爱她，预备接她回普罗沃长住。

虽然仍是四月，这个星期的天气却格外暖和。他们天天畅谈到深夜，商议夏天的计划。

大概是第三天晚上，他们谈起弗恩的车道。车道太窄，只能单车行驶。紧挨着车道的是一段差不多有辆汽车宽的草坪，只是被一道水泥路缘隔开了。从人行道到车库门口，这条路缘长三十五英尺、高六英寸、宽八英寸，铲除它要花不少工夫，弗恩的腿不好，所以迟迟没动工。

"我来干。"加里说。

果然，第二天早上六点钟，弗恩被加里抡大锤干活的声音吵醒了。天刚蒙蒙亮，砰砰砰的声音震动着左邻右舍。弗恩想到住在隔壁市中心汽车旅馆里的顾客会被这声音震醒,不禁打了个寒颤。加里苦干了一天。他把大锤高高举过头顶砸向路缘,然后用撬杠一英寸一英寸地撬出水泥块。用不了多长时间弗恩就得买把新锤。

铲平这条长达三十五英尺的路缘用了一天半。弗恩想搭把手,加里不让,他咧嘴笑笑说:"砸石块我挺内行。"

"我能为你做点什么呢?"弗恩问。

"这个嘛,干这活渴极了,"加里说,"我可离不了啤酒。"

事情的确如此。他拼命喝啤酒,拼命干活,两人都挺高兴。等到活干完了,他发现手上起了好几个跟弗恩手指甲一般大的血泡。艾达坚持为他包扎,他却像个孩子——说大人从不缠纱布——不一会就把纱布揭了下来。

这次劳动彻底放松了他的精神,他决定出去逛逛这个城市。

普罗沃这座城市布局整齐划一,像个棋盘。宽敞的街道两旁只有几幢四层楼房,市内一共有三家电影院,两家位于主要的商业街中心路上,还有一家在另一条商业街大学路上。普罗沃也有自己的时代广场①,是在一个十字路口上。这个广场的一角有座教堂,旁边是所公园,斜对面是家大药房。

白天,加里各处走走。如果午饭时间他正好经过鞋铺,弗恩便带他到普罗沃餐馆或者约瑟新新咖啡厅去,那儿的咖啡是全市最好的。新新咖啡厅门面小得可怜,只有二十个坐位,每逢午饭时间门外街上便站了一大群等候入内用餐的人。当然喽,弗恩解释说,普罗沃不以餐馆著名。

"那么它以什么著名呢?"加里问。

"我也说不清楚,"弗恩答道,"也许是低犯罪率吧。"

---

① 纽约有一个时代广场,是该市最繁华的地方之一。

加里一旦开始在鞋铺工作，每小时就能挣两点五美元。有几次午饭后他留在鞋铺里熟悉熟悉环境。观看弗恩接待几位顾客后，他得出结论，自己最好专干修鞋的活，他可对付不了那些粗暴无礼的顾客。他对弗恩说："我还是躲在一边悄悄干活吧。"

看到旁人的衣着，加里决定脱掉涤纶裤，买几条牛仔裤穿。他又向弗恩借了些钱，跟着布伦达到一个购物中心去买东西。

他告诉布伦达，他从来没到过这种地方，简直叫人晕头转向。一进门，他的眼光立刻黏在姑娘们身上了。他只顾斜眼瞅她们，竟然走到喷泉的水帘下面去了，要不是布伦达拉了拉他的袖筒，他还要继续往里走。布伦达对他说："你肯定长着眼睛吧。"他根本没听见，依旧痴呆呆地盯着那些如花似玉的姑娘。他的衣服几乎全湿了，心里却甜滋滋的。

在平纳购物中心的李维斯专柜前，他默默站了好一会才说："嗨，我不知道怎么买。应当你自己动手从货架上取下裤子，还是叫别人拿给你呢？"

布伦达真为他难过。她说："你自己看好后告诉售货员。如果你想试穿，也是允许的。"

"不用预先付钱吗？"

"噢，不用，可以先试穿。"她说。

四

到鞋铺上班的第一天，一切顺利。加里热情很高，弗恩没有什么不满意的地方。加里洋洋得意："你瞧，我对修鞋一窍不通，可是只要教我，我就能学会。"

弗恩安排他干的第一件活是坐在鞋楦旁拆旧鞋。这鞋楦像只倒置的铁脚，加里的任务是把鞋套到上面，撬开鞋底，取下后跟，拔出钉子，抽出线头，收拾好鞋帮以便装新跟新底。干这种活，你得当心别把皮子划破了，更不能拆得乱七八糟，叫做下一道工序的人没法干。

加里干活速度很慢，可是质量不错。开头的几天，他的言谈举止无可挑剔，谦逊、文雅、和蔼可亲。弗恩有点喜欢他了。

问题在于必须保证他手头有活干。弗恩常常忙着赶急活没时间教他，况且弗恩和他的助手斯特林·贝克已经习惯于两个人分工操作，自己干活当然比手把手教一个新手容易得多。所以，当加里急于学会下一道工序时，却不得不干等着。他学会了卸旧跟，就想学装新跟，可是有时要等二十多分钟弗恩才得闲。

加里抱怨说："你要明白，我可不喜欢站着傻等，就像橱窗里的模特儿。"

弗恩已经看出问题来了，加里希望立刻学会全部手艺，能够像他那样从头至尾修好一双鞋。这样可学不好手艺。弗恩对他说："你不可能马上掌握一切的。"

加里很听话。"好吧，我明白了。"但是没过多久，他又开始急躁起来。

当然，加里与斯特林·贝克相处得不错。斯特林二十岁刚出头，是个招人喜爱的小伙子。他眉清目秀，从不大声嚷嚷，而且也不介意谈论鞋子。上班的头几天，加里开口闭口不离鞋，大有不掌握有关鞋的全部知识决不罢休的劲头。唯一能转移他注意力的是来店里修鞋的漂亮姑娘。"瞧瞧那边，我已经许多年没见过这么好看的女孩子了。"

他说他最喜欢二十岁左右的妙龄女郎。想到十三年前他告别社会时还很年轻，弗恩觉得现在他乐于跟斯特林·贝克这样的小伙子交朋友也是很自然的。

然而,由弗恩和艾达牵线,加里的第一次约会是和一个跟他年龄相仿的离婚妇女,她叫露·安·普赖斯。听到这消息,布伦达对约翰尼说:"这件事一定要办好。"

五

布伦达认为露·安对加里不合适。她瘦骨嶙峋,眼睫毛是粉红色的,又有好几个孩子,并且非常自信,这将是个糟透了的结合。
可话说回来,她长着一头红发,这个加里也许会喜欢的。

弗恩老两口则认为露·安值得一试。眼下他们想不出别的合适人选,而露·安毕竟在布伦达与加里重新通信之后听说过一点他的情况。当她得知加里既不懂如何待人接物,又几乎不会料理自己的生活时,她表示愿意与他交朋友。"为什么不呢?"她说,"他已经付出了可怕的代价。"也许一个朋友可以向他说明家人无法启齿的事情。

于是,在离加里从圣路易斯飞来盐湖城的那个星期五不到一周的星期四晚上,露·安打电话给弗恩,问加里能不能陪她出去喝咖啡。
"我认为这是个好主意。"弗恩说,被叫来听电话的加里赶快连声应允。

大约九点钟,露·安来了。见她进来,加里惊慌失措,仿佛没有料到她竟是这副模样。露·安后来告诉朋友,当时她拿不准加里是高兴还是失望。他结结巴巴地问好,然后坐到房间另一头的一把椅子上去了。

他穿着一条老式便裤,裤腿太短,臀部又太瘦。外套大概是借弗恩的,前胸太肥,后摆却向上翘着。可是跟露·安一比,他还是穿得过分讲究了。那个晚上天气挺暖和的,露·安只穿着圆领衫和李维斯牛仔裤。

他坐着不吭气,弗恩和露·安闲扯了半天,最后,露·安有点过意不去,问:"加里,你是愿意出去喝杯咖啡呢,还是愿意留在家里呢?"
"那就走吧。"他说。他回自己的房间戴上一顶渔民帽回来了。帽子上面布满红白蓝三种颜色的星星图案,这原本是弗恩偶尔戴戴寻开心的,加里说喜欢,弗恩就送给他了。他无论到哪儿都戴着它,并且常常问弗恩:"你觉得我戴着它好看吗?"
弗恩回答说:"你戴不戴都一个样。"
露·安觉得,这顶帽子和他那身衣服配在一起格外刺眼。

他们出门来到她的汽车旁时,他忘了应该替她打开车门。车开动后,她问他是否想好了去哪家咖啡馆,他缩了缩脑袋,说:"我宁愿喝啤酒。"
露·安开车把他带到弗雷德酒吧。那儿的人她很熟,无须担心有谁会跟加里过不去。在一个陌生场所,他穿着那身显眼的衣服太容易惹麻烦了。可是市内很难找到家高级鸡尾酒吧。摩门教徒认为,聚众饮酒不需要舒适的环境,你要想喝啤酒,就到下等酒吧去好了。因而在普罗沃和厄伦姆,酒吧外面停放的汽车与摩托车的比例是一比三或者一比四。
在弗雷德酒吧,加里不停地四下里打量,好像看不够似的。
酒吧招待走了过来。露·安说:"加里,你点吧。"听了这话,他的脸上露出迷惑不解的神情。酒吧招待是个姑娘，胖乎乎的，体态丰满，颇有几分姿色。

他想了一会，说："我要喝啤酒。"

露·安问他："你要喝哪种啤酒？"

他点了酷尔斯啤酒。露·安告诉他酒的价钱，他把钱交给女招待。当女招待递给他找头时，他显得很得意，好像刚刚做成一笔棘手的生意似的。

他在坐位上转过身，望望弹子球桌，随后逐个细看墙上的画、镜子和柜台后面挂着的格言。尽管他不打算吃东西，却仔细研究了一番墙上深灰色菜单板上嵌着的一个个白色字母，他那副专注的表情就好像是在智力竞赛中拼命往脑子里记图画上的物体。

露·安问："加里，你最近到过酒吧吗？"

"出来后从来没有。"

酒吧里几乎空了，只有两个顾客在同女招待掷骰子。露·安告诉加里，输家必须往自动电唱机里投硬币，请大家听音乐。

加里问："我可以玩玩吗？"露·安说："当然可以。"他又问："你帮我掷骰子好吗？"露·安答道："好吧，我帮你。"

他们要了一只掷骰子的杯子。加里问："我赢了吗？"露·安说："我想你这次输了。"他问："我应该往唱机里放多少钱？"她告诉他："五十美分。"他又问："你帮我选一支曲子好吗？"

他们喝着酒，露·安把自己的身世讲给加里听。她告诉他，她的头发原先并不是红色的，她曾经有过一头金发；金发之前，她试过各种颜色，浅褐、淡灰、淡黄等等。她说她这么干只是为了开开心。她最后之所以选定红色，是因为红色适合她的气质。

她解释说,她的第一个女儿生下来时是红头发,碰巧她那会的头发是浅黄色的,人们没完没了地问她这是怎么回事,她烦透了,于是不顾丈夫的反对,把头发染成了耀眼的红色。事后,两个人的看法颠倒过来了,丈夫觉得红发挺好看,她却不以为然。她依了他,多年来一直保持着一头红发。她常跟旁人说:"红头发就是我,我就是红头发。"

她是个犹他姑娘,一直漂泊不定。她从小跟着双亲在州内到处迁徙;后来,她那上高中时就是她情人的丈夫参加了海军,她又随他到过东西两个海岸——加利福尼亚和佛罗里达。这种不安定的生活一直持续到他们离婚。

现在她又回到犹他老家了。这儿的每条街都连着沙漠,只有东面是州际公路,路那边是大山。整个州差不多都是这样。

她承认对他的生活很好奇。她问:"监狱是什么样子?你是怎样设法生存下来的?"

加里回答说:"我想方设法闹事,让他们把我关进隔离牢房,这样就没人找我的麻烦了。"

他们动身离开时,加里问:"我可以买一箱半打装啤酒带回家吗?"她回答说:"随你的便。"他又问:"我可以在你的车子里喝酒吗?"她告诉他可以。

加里问她为什么愿意跟他见面,她说这非常简单:他需要一个朋友,她呢,也需要一个新朋友。这个答案并没有使加里满意。他说:"在监狱里,交朋友必须有所表示。"

汽车开动了,他两眼直勾勾地望着前面的路面。过了好大一会,他抬起头来问:"你做事这么正经——仅仅出来兜兜风吗?"

"不错,"露·安回答说,"出来散散心。"

"你这么做不烦吗?"他问。"不,"她说,"一点也不烦。"

汽车飞驰着。突然他转身面对她,问:"我们去汽车旅馆好吗?"

露·安说:"不行。"

"不行。"露·安告诉他,"我是跟你交朋友的。如果你需要别的东西,最好到别处去找。"她把"别的东西"几个字咬得很重。

他连忙说:"对不起,我没跟女孩子在一起待过。"他垂下眼盯着仪表板,沉默了几分钟以后,又说,"人人都捞到一份,只有我一无所有。"

露·安回答道:"这必须用劳动换取,加里。"

他说:"我不想听这种高调。"

她在路边停住车,说:"我们一直没有坦率地交谈,现在希望你听我讲几句话。"她说她所有的朋友都是靠着努力工作才有了家、有了汽车、有了孩子的。

"你和你们,"他说,"全都轻而易举地得到了一切。"

她说:"加里,不要认为你跨出狱门时,一切全为你预备好了。我是个女工;布伦达则在家终日操劳,照料孩子和丈夫——难道她不是用汗水换来这一切的吗?"

她讲话时他烦躁地扭动着身子,听到这儿他打断了她的话:"在这车里我是客人。"

露·安回答道:"不错,你是在我的车里。但是除非你步行,否则你哪儿也去不成。"直觉告诉她,倘若他认得路,他会立刻下车的。

加里喊道:"我一句也不愿听了。"

"但是你必须听下去。"

突然，他扬起拳头。

她问："你要打我吗？"她相信他不会真动手，不过她感到他的怒气像一阵狂风直扑自己的面颊。

露·安探过身去说："你脑袋里的电门松动了，我听见它喀嚓喀嚓直响，把它拧紧点，加里。你听我说，我愿意和你交朋友。"
"开车回去吧。"他说。
她送他回到弗恩家门口，两人坐在车里默默无语，最后加里问他可不可以拥抱她，他问话的口气好像是在请求恩准。她回答道："我和许多人友好相处，但很少和人交朋友。"他在坐位上侧转身，伸出双臂将她搂到怀里。他紧紧地抱住她说："事情和我原来想的完全不同。"

她感到他什么都想抓到手，好像整个世界都在他手底下搁着似的。她说："别那么着急，加里，你有时间，有充裕的时间。"他反驳道："不，我没有时间了，我失去了一切。这么多年的光阴已经无法补偿了。"
"是的，"她说，"也许无法补偿了，但是过去的事就让它过去吧。如果你一步一步慢慢来，你会得到妻子儿女的，你还有希望。"

他问："你还会再来跟我见面吗？"
她答道："会的，如果你愿意让我来，我会的。"
他亲了亲她，她勉强接受了。然后他松开她，两手按在她的肩上，望着她的脸。
他说："对不起，今晚让我给弄得一团糟了吧？"

她说："不，加里，你没有。我会来看你的。"她拿出晚上开啤酒瓶用过的那把小起子递给他,他连声道谢。她又说:"加里,如果你想找人谈谈,我的电话一天二十四小时畅通。"

他下了车,回身说:"对不起,我真太浑了。弗恩准会对我大发雷霆的。"

六

他进门时弗恩还没有躺下。他对弗恩讲了晚上发生的事,弗恩听了觉得他太急于求成了。

他对加里说:"你不应该第一次约会就什么都想试试,首先要互相了解。"

加里打开冰箱找啤酒,弗恩不用问就明白了,他已经喝了不少了。

弗恩说:"加里,是你自己放规矩点,还是等我揍得你屁滚尿流?"

"你要干什么?"加里问。
"我要揍你一顿。"
"你不怕我吗?"加里又问。
"不怕,"弗恩说,"为什么要怕你呢?"他尽量语气温和地说,"我打得过你。"

加里顿时容光焕发,仿佛他第一次感到这个家里需要他。
"你不怕吗?"他又问了一遍。
"不,"弗恩说,"我不怕。我希望这听起来不像疯话。"
两个人同时哈哈大笑起来。

加里环顾四周,对弗恩说:"这正是我渴望的。"

"是吗?"弗恩问,"你渴望的是什么呢?"

"唉,我渴望有个家。"加里说,"渴望有亲人,渴望和其他人一样地生活。"

弗恩说:"你不可能在五分钟之内得到这一切,也不可能在一年之内得到这一切。你必须付出辛勤的劳动。"

第二天一早,加里给露·安打电话,露·安不在。他留了个口信。

当露·安往鞋铺打电话时,加里出去了。

斯特林·贝克接的电话,他告诉露·安,加里去酒吧了。

"那么,斯特林,"露·安说,"请转告他,我是他的朋友,他来电话时我真的不在,而且我的确给他回电话了。"

斯特林答应告诉加里。此后露·安再也没有接到加里的电话。

几小时后加里回来了,看上去头脑还清醒。那天是发薪日,但他已经预支了工资,所以一分钱没领到。可当他嚷着缺钱花时,弗恩还是给了他一张十美元的钞票,并且说:"加里,如果你认为这工作对你不合适,那就告诉我。我们可以为你另找份工作。"

七

当晚,加里应邀到斯特林·贝克家赴宴。他逗他们的小宝宝玩了很长时间。收音机里传出他喜爱的乐曲,他和着西部乡村音乐的节拍把孩子抛上抛下。斯特林的妻子鲁丝·安对他印象不错。他在交谈中透露,他一直特别喜欢约翰尼·凯什[①]。有一回出狱后,

---

① 美国著名乡村歌星。

整整一天他什么也没干,光听他的唱片。

鲁丝·安问,他一共在监狱里关了多长时间?她身材娇小,一头浅色长发,像是天生的淡金黄色。她要是个男的,人家准会叫她"白小子"。

这个嘛,加里告诉他们,要是把断断续续的在押时间全加在一块,他估计自己在过去这二十二年里蹲了十八年监狱。坐了这么多年牢,现在总算出来了,不过他感到自己还很年轻。斯特林·贝克真为他难过。

吃饭时,加里给他们讲监狱里的事。一九六八年他参加过犯人暴乱。当地一家电视台从几个暴乱头目中挑出他来在电视上讲几句话,他的外貌以及他的言谈举止引起了公众的注意。他收到许多来信,其中包括一封措词动人的情书,写信的是一个叫贝基的姑娘。在书信往来中,他爱上了她。后来她去监狱探望他。她胖极了,必须侧着身子才能挤进门。不过他仍然很喜欢她,打算跟她结婚。

他告诉他们这并不稀奇,监狱接待室里总能看见几个胖女人。因为某种原因,胖女人和罪犯特别合得来。"一旦进到铁栏后面,"加里解释说,"也许你就更需要大地母亲了。"

他们正在筹备婚事时,贝基不得不入院动手术。她死在了手术台上。这就是他的狱中罗曼史。

加里接着讲下一个故事。在俄勒冈州州立监狱有个叫勒鲁瓦·厄普的小伙子,是他的密友之一。勒鲁瓦比他晚两年入狱,他因为杀死一名妇女被判无期徒刑,这辈子没什么盼头了。于是他染上了吸毒的恶习,常常一连几个月沉醉在地西泮①乌七八糟的幻象中。

"他欠了比尔的债,比尔是监狱里的毒品贩子。"说到这儿,加里看了看斯特林和鲁丝·安,"比尔总他妈的欺负人。有一天勒鲁瓦捎来话,说比尔找到他的牢房里揍得他鼻青脸肿,把他推倒在地,用靴子猛踢,然后抢了他的全部家当扬长而去,注射器、针头、钱,一切一切。"加里一仰脖灌下去半听啤酒,接着往下讲。"地西泮能使你产生幻觉,所以我拿不准勒鲁瓦的话是不是真的。我和一个马上要在隔离牢房里蹲七天的犯人谈起这件事,他帮我调查了一下,证明属实。那家伙问要不要他帮忙对付比尔。

"我告诉他我要一个人干,因为勒鲁瓦是我的朋友。当时监狱院子里正在施工,我到工地上偷了把锤子,找到正在看橄榄球赛电视转播的比尔,朝他的后脑勺猛击一锤,转身就走。"加里晃晃脑袋,观察着他们的反应,"比尔被送到波特兰做脑外科手术,这小子成了个傻瓜蛋。"

"你后来怎样了?"鲁丝·安问。

"电视室里有两三个狱方的线人,他们看见了我,报告了狱长。可是这些线人不敢在法庭上露面,狱长只好把我在隔离牢房里关四个月了事。我回来时,我的那位小兄弟送给我一把挂在链子上的玩具锤,给我起了个绰号叫锻工。"

加里是用得克萨斯语调讲这个故事的,一点不动声色。他是在向斯特林暗示自己的处世原则,那就是:忠于自己的朋友。

加里问鲁丝·安是不是认识能够陪他出去玩玩的姑娘。

眼下她一个也不认识。

---

① 又称苯甲二氮䓬,一种麻醉剂。

第三章 第一个月

一

加里回来和布伦达夫妇共度复活节周末。星期六的晚上，孩子们入睡后，三个人围在桌边画复活节彩蛋。加里开心极了，画出许多漂亮的彩蛋，并在上面用哥特体写上孩子们的名字。这种字体富有立体感，虽然字很小，看上去却如同石刻的一般。

画了一会儿，加里和约翰尼两个开始胡闹了。他们不再往彩蛋上写"克里斯蒂，我爱你"或者"坚持下去，尼克"，而是乱涂乱画诸如"复活节兔崽子，滚你妈的"之类的字眼。布伦达急得直嚷嚷："不许你们把这些彩蛋藏起来[①]。"

"好吧，"加里咧开大嘴笑了，"我们只好吃掉了。"他和约翰尼饱餐了一顿涂得乱七八糟、煮过火了的鸡蛋。

接着，他们开始设计路线图——必须走多少步；看看石头底下；只能在一面镜子里找到下一条线索，等等。他们闹腾到半夜，把糖果、彩蛋和小玩意在院子里一一藏好。

布伦达开心地看着加里在树上爬来爬去。这是个细雨蒙蒙的复活节，树身湿漉漉的。他的身影在枝叶间时隐时现，藏完糖果下来时，他的衣服全湿透了。

然后，他在自己房间里到处摆上豆形软糖。他特意在床头上

[①] 西俗，让孩子们根据所提供的路线图找出藏着的复活节彩蛋。

方的架子上放了一大堆。这样,第二天早上孩子们起床后必须从他的身上爬过去才能拿到糖。

四岁的小托尼顺着加里的胸脯爬到他的脸上,那双小脚先是踩到他的鼻子上,随后滑下来压住了他的耳朵。加里笑得眼泪都出来了。

整个清晨欢声笑语不绝。天稍稍放晴之后,他们玩起了掷马蹄铁游戏①,约翰尼和加里相处得挺好。

在厨房里,布伦达问加里:"嗨,看见那个里维尔牌陶瓷平锅了吗?是你母亲送给我的。"

"噢?"

"真的,这是我第一次出嫁时她送的结婚礼物。"

加里惊呼一声:"好家伙!这玩意早该砸碎了。"

布伦达正色道:"太放肆了。"

布伦达觉得该问问加里是否见过蒙特·考特了。加里说他见过了。

"你对他印象如何?"

"不坏,是个好小子。"

"加里,"布伦达劝道,"你要跟他合作,他也会跟你合作的。"

加里嘴角浮起一丝苦笑。他说,他跟许多负责管教他的人打过交道,他们都是监狱的人,是为监狱效劳的。他还没见过一个真心实意与他合作的人呢。

晚餐不像布伦达希望的那样愉快。前来做客的有弗恩和艾达、

---

① 参加者轮流试着将U形铁环套入四十英尺外一根竹竿上的游戏。

霍华德和托妮以及他们的孩子，当然还有她和约翰尼的孩子，其中包括约翰尼和前妻生的儿子肯尼。所有的人加在一起正好十三名，大伙都拿这个数字开玩笑①。晚餐的主食是以蘑菇、胡椒、葱头、薄荷和蒜泥为佐料的意大利面，这是应加里的请求、按照布伦达西西里祖父的烹饪方法做的。作为餐后的甜食，布伦达准备了蒙难节圣糕②，每只圣糕上都有一个糖霜做成的白十字，另外还有充足的咖啡。如果不是加里一直紧绷着脸，这顿饭本来能够吃得有滋有味的。

饭桌上并不沉闷，人人有说有笑，唯独加里不合群。偶尔，有人出于礼貌向他提个问题，或者他自己说上一句："好家伙，这饭可比马里恩的强多了！"但其余时间里，他一直低着头猛吃猛喝，借以掩饰自己的沉默。

布伦达生气地想，加里没点吃相，真糟透了。她一向讲究饭桌上的礼数，最讨厌有人吃饭时狼吞虎咽，口角流涎。

读了他的那些信，她还以为他是个十足的绅士呢！其实她早就该料到他举止粗俗的。本来嘛，监狱里一日三餐既不用餐巾，又不摆成套的餐具。话虽这么说，她仍然很恼火，加里长着艺术家的细长手指，一双手像钢琴家的那样漂亮，可他竟然满把攥住叉子，大块大块地往嘴里扒拉。

而加里呢，他坐在桌子靠近冰箱的一头，洗涤池上面的日光灯正好照在他的脸上。灯光下，他的双眼炯炯有神，布伦达叫道："唷，我从来没见过你这样蓝的眼睛呢！"

他听了不大高兴，说："我的眼睛是绿色的。"

---

① 西俗十三是个不吉利的数字。耶稣遇害前的最后的晚餐参加者就是十三个人。
② 一种上面有十字架花饰的小甜圆面包，是复活节传统食品。

布伦达盯着他的眼睛坚持道:"不是绿色的,是蓝色的。"

他俩你一言我一语争个没完。最后,布伦达让步了,"好吧,你发脾气时,眼睛是绿色的,没发脾气时,眼睛是蓝色的。现在它们就是蓝色的,你没感到忧郁吗?①"

加里冷冷地说:"行了,吃你的饭吧。"

弗恩和艾达走了,霍华德和托妮也带着孩子走了,约翰尼上床睡觉了,只剩下布伦达和加里。他们喝着咖啡,布伦达问:"你今晚快活吗?"

"噢,还可以。"加里耸耸肩,又说,"只是有点不自在,好像没话说。"

"唉,你干吗一直愁眉苦脸的?"

"得了吧,谁要听我讲监狱里的事呢?"

布伦达说:"我只是怕提起往事会惹你不痛快。你愿意和我坦率地谈谈吗?"

"好吧。"

加里给她讲了几个监狱里的故事。天哪,简直不堪入耳。有一个故事下流到极点。讲完这个故事,加里乐得前仰后合,布伦达直担心他会把面条全笑出来。终于,他止住笑,默默地盯着她,仿佛在问:"现在你明白我刚才为什么不讲话了吧?"布伦达心里高兴极了。

二

瑞基·贝克是斯特林·贝克的固定牌友之一。他的个头非常

---

① 英语中,蓝色象征忧郁或者烦闷。

非常高，大约有六英尺五英寸，但是他并不臃肿。在那些牌友中，他是唯一比加里个子高的人。因此，从一开始加里就被他吸引住了，他们相处得不错。

瑞基和斯特林是堂兄弟，加里从马里恩出来之前瑞基就听说过他。瑞基在海军服役时学过修理柴油机，可是由于经验不足，退伍后无力胜任修理工作，只好碰上什么干什么，到处做零工。有时实在找不到工作，他便到弗恩的铺子里打打下手，跟斯特林学修皮鞋。弗恩谈起他有个外甥即将出狱时，瑞基正好在场。后来瑞基在铺子里见到加里，觉得这家伙一副怯生生的徒工模样。只是当他们在一起打牌时，他才意识到弗恩的这位亲戚决非等闲之辈。

加里在牌桌上跟在铺子里判若两人。瑞基从一开始就看出他是个滑头，有许多很不礼貌的习惯。例如，他爱俯过身去看别人手里有什么牌；他对打牌的规则了如指掌，总是随意曲解它们；他还常常嘲弄那些不懂囚犯打牌规则的人。十美分的赌注太少了，提高到二十五美分吧，有时甚至一局下注十美元。显然，加里玩牌的目的是赢钱，不是交朋友。

那天打完牌，斯特林的两位牌友宣布退出。斯特林做出一副忠于加里的姿态，对他们说，这正合我意。可是当屋里只剩下瑞基和他时，斯特林开始整治加里，瑞基也跟着起哄。他俩都知道，不能从加里那儿赢太多的钱。不过，跟加里待在一块，瑞基总有芒刺在背之感，他可不想为一点小事和加里闹翻。要是加里找他的麻烦，他倒不怕打架。只是一想到加里可能从兜里掏出件凶器，他心里便有几分发怵。

然而他们两个都为加里难过，加里有个毛病，没耐性。

牌依旧打下去，人却换了。到了第三天晚上，斯特林把瑞基拉到一边，问他能不能想法带加里出去，这家伙实在闹得大伙不得安生。

于是，瑞基问加里愿意不愿意去找姑娘，他连声说愿意。

瑞基心里说，这是我遇见过的最好色的家伙，简直是个色情狂。

瑞基又跟妻子分居了。他十七岁那年和十五岁的苏结婚，至今已经六年，生了三个孩子。两人三天两头打架，都打出经验来了。瑞基开始哄骗加里，向他描述苏如何漂亮，是个富态、标致、性感却又文文静静的金发小妇人，眼下她正跟丈夫怄气，也许乐意陪陪加里。

事实上，瑞基上次出走时跟妻子大闹一场，把家里的钱、食品券和救济卡席卷一空。如果他再送去加里这么个欲火中烧的宝贝，妻子肯定会气炸的。所以，瑞基这么说只不过是开开心。

可是，加里听说有这样一件美事，便缠住瑞基不放了。瑞基向加里解释，他只是开个玩笑，苏毕竟是他的老婆呀！但加里仍一个劲地央求瑞基带他去找苏。当瑞基断然拒绝时，加里火冒三丈，差点跟他打起来。为了转移加里的注意力，瑞基提出开车带加里沿中心路兜风。他向加里夸口说，他瑞基追姑娘可有一手呢。

于是，他们开着瑞基的跑车上了车水马龙的中心路，加入阿飞流氓的汽车、姑娘们的轿车和轻型货车的长列，每辆车的收音机都开得震天响。他们遇见开车兜风的姑娘就招手叫她们过来，随后绕个弯折回到中心路上，迎着人家的车开过去，继续招手。

这种无目的的追逐，加里很快厌倦了。当他们被红灯拦住，看见前面停着的车上是方才曾取笑过他们的那群姑娘时，加里跳下车，一头扎进人家的车窗。瑞基听不见他说了些什么。当绿灯亮了姑娘们要开车时，他的脑袋却赖在车窗里不出来。他才不管后面卡住一大串车呢！那辆车终于开动后，加里叫瑞基赶快追。

"追不上。"瑞基说。

"快追！"

交通这么拥挤，根本追不上。加里急得大喊大叫，声称他说到就得做到。

然而他们出来得太晚了，车倒是不少，可姑娘不多，而且她们只是出来散心的，不轻易上钩。必须一步步地接近她们，免得把她们吓跑了。瑞基答应下次早点带加里出去。

分手告别时，加里提了个建议：瑞基愿意跟他合伙打牌捞点钱吗？

瑞基听斯特林说过这件事。他的回答和斯特林的一样："听着，加里，我不能欺骗朋友。"

加里又问："我可以开你的车吗？"瑞基的跑车速度相当快。这回他没有拒绝，心想他最好同意，否则又要把加里惹火了。

加里开起车来简直不要命。他一个急拐弯，差点碰倒一根停车标志杆。车呼啸着冲过十字路口，在专为减速设置的排水坎上颠得老高，接着又几乎把别的车挤下公路去。事实上，一辆迎面而来的汽车不得不拐到路肩上。瑞基觉得自己好像是和个疯子在一起，拼命大叫停车。加里不但不听，反而吹牛说，考虑到自己这么久没摸方向盘，车开得还不坏。瑞基差点给他吓出心脏病来。最后，他猛地踩了一下离合器，由于油不多了，发动机熄了火，他没法再发动起来。这辆车的电瓶有毛病。

这时，他才让位给瑞基。看到电瓶坏在他手里，他垂头丧气，那副模样像是在为阴雨天发愁似的。

三

第二天午饭时，托妮和布伦达开车到鞋铺找加里，请他去吃汉堡包。她俩一左一右在柜台前他两边坐定后，便你一言我一语地说开了。她们直截了当地告诉他，他借钱太多了。

托妮慢声细语地说，他今儿个向弗恩借五块，明儿十块，过几天又是二十块。可他从未打算全天干活。加里问："弗恩和艾达对你们说的？"

"加里，"托妮说，"我想你不了解爸爸的经济状况。他自尊心太强，不愿告诉你。"

"要是他知道我们对你谈这个，他会发脾气的。"布伦达插话道，"但爸爸眼下的处境的确不妙。他是为了使假释委员会同意放你出来才答应提供一份工作的。"

托妮接过话头说："要是你需要十美元，爸爸会给你的。不过可不是供你买半打装啤酒带回家喝的。"

托妮按事先想好的往下讲。她和布伦达都清楚，加里不善理财，不管怎么说，他以前从来没有领过周薪。

加里应声道："对、对，我好像一点都不懂。我去买东西，钱很快就不够用了，一转眼我就身无分文了。"托妮叮问了一句："加里，现在你知道爸爸没那么多钱借给你，你不会再向他开口要了吧？"

"这件事我很难过，"加里说，"弗恩没钱了吗？"

"他还有点钱，"布伦达说，"不过，他手头很紧。他在攒钱动手术。别看他表面上若无其事，他那条腿一直折磨着他。"

加里低头沉思着。"真没想到我把弗恩拖入困境了。"

托妮劝道:"加里,我知道这不容易,但你应该试着认真干点事。虽说你在啤酒上花的钱并不太多,但你若是能买哪怕五块钱的食品带回家,爸爸妈妈一定非常高兴。因为,你也知道,是他们供你吃饭、穿衣和住宿的。"

布伦达把话题转向另一件事。她说她知道加里需要在弗恩这样一个很少对他发号施令的老板手下干上一阵,放松放松。但是他也许应该开始考虑单独安个家,找份真正的工作了。她正在为他找工作。

加里说:"我想还没到时候。谢谢你为我奔走操劳,布伦达。但是我打算跟你们的父母多住几天。"

"托妮结婚后,爸爸妈妈一直单独生活,"布伦达解释说,"已经十一二年了。加里,他们是爱你的,但说句老实话,你已经搅得他们不得安宁了。"

"你最好谈谈我的工作吧。"

"我和一家绝缘材料装修厂老板的妻子提起这件事,"布伦达说,"那老板叫斯潘塞·麦格拉思。据我所知,斯潘塞从来不摆老板的架子,他和雇员们关系融洽。"

布伦达解释说,尽管她没有见过此人,她和他的妻子玛丽亚愉快地交谈过几分钟。她长得挺富态,总是笑吟吟的,活脱脱的是一个胖茶壶大妈。

玛丽亚曾对布伦达说:"如果你不伸手拉一把那些刚出狱的人,他们便会垂头丧气,他们会重操旧业,再次犯罪。"她认为社会必须给愿意改邪归正的人一条生路。

"好吧,我去见见这个人。"他看了她俩一眼,又说,"不过再给我一周时间。"

下班后，加里带回家一包食品，全是些零零碎碎的东西，根本凑不成一顿饭。尽管如此，艾达还是很高兴。她回想起三十多年前弗兰克·吉尔摩入狱时她借给贝西四十美元，贝西苦干了将近十年终于还清了这笔钱。加里也许具备同样的品格吧。她决定告诉他玛吉·奎因的事。

玛吉是一位朋友的女儿，是个好姑娘。六年前她生了个孩子，现在她独身带着孩子，日子过得挺好。她在街那头当女招待，晚上住在姐姐家。

"她长得不错，"艾达说，"深深的、水汪汪的蓝眼睛，就是眼神有点忧郁。"

"有你的眼睛漂亮吗？"加里问。

艾达骂道："滚你的，这混小子！"

加里说他希望马上见到玛吉。

一个在峡谷汽车旅馆办公室值夜班的姑娘看到一个高个子男人走进门。他笑嘻嘻地问："喂，你就是玛吉吗？"

"不，"她说，"玛吉不在班上。"

那家伙转身走了。

玛吉·奎因接到个电话，听筒里传来一个愉快的声音："我是加里，艾达的外甥。"她向他问好，他称赞她的嗓音悦耳动听，说想见见她。她回答说，晚上她有事，明天来吧。她知道他是谁。

玛吉·奎因的母亲说起过，艾达有个外甥刚出狱，问玛吉愿意不愿意和他出去玩玩。玛吉问他是因为什么进去的，妈妈回答说是因为抢劫。她想，不算太糟，总比谋杀好。她眼下正跟另一个家伙谈朋友，不过没有确定关系。她想，跟他玩玩也无妨。

她打开门,看到他笑容可掬地站在门外。除了头上那顶滑稽可笑的帽子,他的外表还行。她问他要不要来杯啤酒,他走进起居室,舒舒服服地仰靠在沙发上,举杯一饮而尽。玛吉把他介绍给和自己及女儿同住的姐姐桑迪。过了一会,她提议开车到峡谷转一圈。

没走多远,加里便说:"再来点啤酒吧?"玛吉答道:"随你便。"

他们在峡谷中段的新娘瀑布前停下车,一股激流从一千英尺的高崖上飞泻而下。他们没有乘吊舱上山,价钱太贵了。

他们在水边交谈了片刻。天渐渐黑了,加里仰望着星空,告诉她自己非常爱看星星。在监狱里很难见到星星,白天你出来放风时可以看到墙外广阔的蓝天,但能见到星星的唯一机会是在冬天,如果你因为被人告发或因其他事被押往法庭,天黑以后才被带回监狱的话,你可以看到晴朗的夜空中闪烁的繁星。

他话题一转,称赞起她的眼睛来。它们真美呀,他感叹道,她的眼睛饱含着忧伤,又闪着月亮的银辉。

她觉得他讲话很讨人喜欢。当他约她去看电影时,她欣然同意了。

然而不一会儿,当一辆州里的警车呼啸着穿过峡谷时,他的情绪陡然一变,破口大骂警察。他越骂火气越大,简直像熔炉里的一团烈焰。她真后悔,方才不该答应陪他看电影。

夜幕完全降临了。他们沿着峡谷把车开到希伯,停车喝了几杯啤酒,然后往回开。那时肯定有十点半了。当汽车驶下山进入普罗沃时,她问:"我现在送你回家好吗?"

"我不想回那儿。"他说。

玛吉说:"我明天要早起上班呢。"
"明天是星期六呀。"
"星期六汽车旅馆忙得很。"
"我们到你家去吧。"
她让步了:"好吧,去坐一会儿,可不能时间太长。"

她姐姐已经睡了。他们在起居室里坐下,他亲了亲她,接着便动手动脚。
她说:"还是送你回家吧。"
他答道:"我不走,那儿不是我的家。"
她坚持送他走。她必须送他走。她费尽了唇舌,总算把他劝上了车。路不远,只有几个街区。他们到那儿时,房子里的灯全熄了。他说:"这不是我的家。"

她突然意识到自己已经醉了,手脚都不听使唤了。她竭力保持头脑清醒,问:"你要我送你去哪儿呢?"
"斯特林家。"
"你不能进这儿去吗?"
"我不愿意。"
于是,她开车直奔斯特林家。到了门口,他说:"看来斯特林睡了。"她说:"你也不能在我家过夜呀!"

可他们还是回到她的住处。她不想因为酒后开车被捕,至少她还认得回家的路。

在起居室里,加里又开始吻她。她感到很难受,一心想摆脱他。就在她交叉双臂护住身子,想低头躲避他时,突然失去了知觉。她醒来时,他已经不在了。她记起他们已经约好下周去看电影。

四

第二天一早，加里打来电话。玛吉叫姐姐告诉他，自己还没起床。一小时后他又打来电话。玛吉说，告诉他我不在家。她希望这件事就这样结束算了。

星期六晚上，加里喝得醉醺醺的。天黑后不久，他找到斯特林·贝克，求他开车送自己去盐湖城。斯特林好不容易把他劝回家。到了家，他又去鼓动弗恩。弗恩回答说，快半夜了，一个单趟就是五十英里，算了吧。加里说，好吧，把你的车借我使使。弗恩不答应："不行，你不能开车。"

加里瞪了他一眼。此刻他的眼神比关在笼里的秃鹫的眼神还显得狠毒。这眼神等于威胁弗恩："你的六九年金色庞蒂亚克和七三年绿色福特货车全停在车道上，你竟敢不借我一辆车！"他大声嚷嚷着："我搭车去。"

弗恩仿佛看到加里在盐湖城的一家酒吧间里寻衅闹事。他对加里说："你爱干什么就干什么，不过我希望你留下。"

"我非去不可。"

他走后，弗恩坐立不安。没出三分钟，他便对艾达说："真该死！我开车去送他。"他钻进汽车，想像着当自己在路边停下车并打开车门时加里脸上的表情，似乎听见了他的咆哮："你何必跟一个大傻蛋一块上盐湖城？"但是，他没有找到加里。西五街的一个地方常有人等着搭便车，现在那儿却空无一人。他一条条街来回寻找着，心想加里肯定一出门就搭上了车。

星期天上午八点钟,加里从爱达荷打来电话,说他远在三百英里之外。弗恩问:"你是怎么跑到那儿去的?"

加里说,一个家伙让他搭车,他上车就睡了。车经过盐湖城时那人竟没叫他。等他一觉醒来,发现自己已经在爱达荷了。"弗恩,"他央求道,"我身无分文了,你能来接我吗?"

"布伦达也许愿意去,"弗恩说,"我才不干呢。"他松了一口气。

"你不愿意来接我?"听起来他真火了。他们吵了一通,最后弗恩说:"你在原地等着,我打电话找布伦达。"

布伦达问:"你上北边干什么去了?"

"我打算去看妈妈,"加里解释道,"听我说,我在普罗沃碰上一个开车的,他在爱达荷有朋友。他说:'我们先去找我的哥们儿,然后一眨眼就把你送到波特兰。'"

"天哪!"布伦达惊叫一声。加里违犯了假释条例,按规定,他不能离开本州。

加里接着说:"可是一到爱达荷,这家伙就跟我翻了脸,撇下我跑了。布伦达,我困在这家酒吧里了,最好能快点回去。你能来接我吗?"

"你这可怜虫,"布伦达骂道,"你他妈的再靠伸大拇指搭车回来呀!"

几小时后,一个长途电话打到蒙特·考特家中,要他与爱达荷州特温福尔斯市的詹森警长取得联系。于是,蒙特·考特得知假释犯加里·吉尔摩因无照驾车被捕了。詹森警长问,下一步怎么办?蒙特·考特考虑了片刻,提议准许吉尔摩交保释放,立刻回犹他州向他报到。

布伦达又接到加里的电话。他说他眼下在特温福尔斯。他一路搭便车，最后遇上一个开轻型货车的家伙。他们在当地一家酒吧里休息时，那家伙举动下流，他当场和他打起来。后来他俩到停车场去决一胜负，结果那家伙让他打昏了。

"布伦达，当时我以为把他打死了。上帝作证，我真是这么认为的。我把他抱到车上，发疯似的开着车，想找家医院把他送进去。

"后来那家伙开始抽风。我停下车，掏出他的钱包，找他的名字——防备他万一死了。然后我又把车开得飞快，想找家医院。很快，警察拦住了我，那家伙也苏醒了，他对警察说他要控告我殴打、绑架、偷钱包、抢汽车。"

布伦达竭力想听明白这一切。

"我身上带着这星期的工钱，足够交无照驾车的保释金。现在我没事了。"

"真的？"布伦达吃了一惊，"我的上帝，怎么可能呢？"

"你听我说，那家伙搞同性恋，在这儿臭名昭著。我想警察是站在我一边的，他们说服他撤回起诉。我不必回来受审了。"

"我简直不能相信。"

"只有一件事，表妹，"加里说，"我的钱全部交了保释金，我没法回去了。"

"你最好快点回来。"布伦达说，"如果到了中午你还没赶回来，我只好给蒙特·考特打电话了。他会高高兴兴地免费接你回来的。"

"他已经知道了。"

布伦达发火了："你这糊涂虫，你真是个大笨蛋！"

这是个漫长的星期天。春雪越下越大，到了傍晚几乎成了暴

053

风雪。起居室的红色地毯、红色家具和黑色锻铁灯叫布伦达心烦,她恨不得抬脚把孩子们的玩具全踢一边去。她和约翰尼商量来商量去,绞尽脑汁想为加里找条出路。她想,还算运气,他把那人打得半死不活之后没有一走了之,这至少表现出某种责任感。但话说回来,他开车带那家伙逃走是不是因为那人在昏迷中容易抢劫?他又是如何让那人放弃起诉的?靠他那孩子气的笑容吗?

布伦达沮丧地想,应该承认,跟加里在一起,你会产生许多无法解答的疑问。雪继续下着,外面白茫茫的,一望无际。

五.

晚上九点左右,加里从盐湖城打来电话,说这回他真的没有一分钱了,而且被困在雪地里。

约翰尼正在看他喜爱的电视节目。他说:"听着,我可不去接那个混蛋。"

布伦达说:"我娘家的人出事了,可以借你的卡车用用吗?"她那辆麦渥瑞科过于轻巧,而约翰尼的是辆越野车,并且有私人波段①无线电对讲机。

托妮正巧来了,她提出和她一同去。布伦达很高兴,因为托妮对盐湖城的道路比她熟悉。

雪下得太大了,布伦达差点没找到州际公路的出口。那家酒吧在机场的另一边,布伦达从来没见过这么乌烟瘴气的鬼地方,加里专爱找这种最龌龊的地方落脚。

她们进门时,加里正和酒吧招待聊天。布伦达一眼看到他面

---

① 美国政府拨给私人无线电通讯使用的波段。

前的柜台上摆着一大堆零钱。

加里嬉皮笑脸地迎上来:"世界上最迷人的两位女郎,你们好吗?"他洋洋得意:他的两只光彩夺目的孔雀终于来到了。唉,他又是满身酒气!布伦达看看托妮,说:"我们拿这醉鬼怎么办呢?"

她们伸出胳膊揽住他的脖子扶他站稳,他顺势把手搭在她们肩上。
"准备走吧,加里?"
"等我喝完这杯。"
布伦达说:"到门口去喝。"她不愿站在酒吧中央,让一群醉鬼围着自己起哄。在那三十秒里她平生头一回产生衣服被人扒得精光的感觉。

"加里,你找了个多么干净的地方歇脚呀!"
"这儿暖和嘛。"他说。他什么时候都有理。

"噢,我还有件事,"他把酒杯举到唇边,"该轮到我打弹子球了。"
布伦达问:"你打算留在这儿打弹子球吗?"
"当然,我今天手气不错。"
"你不是说你没钱了吗?"
他俩的目光同时转向柜台上酒杯旁边的那些钞票。他忙说:"今晚是别人出钱请我喝的酒。"
"你这坏蛋又说瞎话了,"布伦达说,"我可要走了。"
加里害怕了。"好好好,"他大声说,"为了使我心爱的女郎高兴,我马上走。"他遗憾地看看弹子球桌,做了个滑稽的鬼脸,然后吻吻布伦达的鼻尖,又亲亲托妮的面颊。"快点,你们这两个小妖精，走吧！"

要不是她俩架着他走到卡车前，他肯定会摔倒在雪地上。突然间，他软得像摊烂泥，她俩好容易才把他塞进前排座位里，一边一个撑住他。他嚷道："哎呀，不行，我受不了，我要吐了！"

布伦达尖叫一声："快让我出去。"

他们重新坐定，托妮在中间，加里靠外边，车窗半开着。一路上，这混蛋唱个没完，难听死了。

歌的名字叫"墙上的瓶子"。墙上有一百个瓶子，碎了一个还剩九十九个。歌的曲调有点像《我在三叶草上打滚》。他一直唱到一百个瓶子全碎了。

布伦达说："你为什么不试着干点力所能及的事呢？上帝作证，你根本不会唱歌。"

"谁不会唱？"他说着又开始唱另一支歌，只好跟着他活受罪了。

过了山口堡，州际公路上风雪弥漫，根本看不见前面车辆的尾灯，加上他们这辆车的车厢里没装货，车很快开始打滑，像是轧到一堆滑溜溜的蛇上了。布伦达打开对讲机，想跟山那边的车取得联系，询问一下天气情况。如果气候太恶劣，她就停车等暴风雪过去再走。

布伦达调整私人波段时，加里坐立不定。他听说过这玩意，但并不了解它的真正用途。他又犯了疑心病，以为布伦达正在和警察通话。"你在干什么？"他问。

"听听斯莫基熊[①]的报告。"

"斯莫基熊是什么意思？"加里问。

"就是警察呀。"布伦达说。

---

① "斯莫基熊"是美国人给沿公路巡逻的州警察起的绰号。

"喂,你要把我送进去吗?"加里问。

布伦达说:"为了什么?因为你是个王八蛋吗?王八蛋进监狱还不够格呢!"

"嗬,算了吧,我明白了。"

"不,你没明白,"布伦达说,"我并不打算送你进去。但是提这种问题太蠢了。"

"我一点也不蠢。"他声明道。

"加里,你智商很高,就是一点常识都没有。"

"这只是你的看法。"

他似乎认为陷入最糟糕的境地后能设法脱身就是具备常识了。

斯莫基熊的报告说山那边的天气好些,但布伦达仍然犹豫不决。跟在她后面的一辆十八轮平板货车的司机通过对讲机告诉她,前边的路不好走,接着又问她驾驶的什么车。布伦达告诉他自己这辆轻型货车的样子,他说:"我看到了,你的车就在我前面。我后面还有个弟兄,我们俩护送你。"

"可是,"布伦达说,"我要一直开到厄伦姆呢。"

"没关系,我们陪着你。"

于是,在州际公路上,两辆平板货车一前一后把布伦达的车夹在中间。她紧跟着前面那家伙的尾灯,后面那家伙则紧跟着她。他们一起慢慢移动着。

领头的货车沿着左边行驶,以防她撞到安全岛上,后面的一辆则跟在她的右后方。如果她的车尾滑向路肩,他可以从后面顶住她左后轮的保险杠,阻止她的车往下滑。货车司机懂得怎么办。他们的帮助太及时了。由于长年雨水冲刷,这一段州际公路的路肩全都坍到排水沟里了;加上是春雪,冬天的雪早已荡然无存,因此，路的右边空荡荡的，除了砾石就是陡坡。后面的那位司机不住地安慰她："别怕，你不会掉下去。"

这一切给加里深刻的印象。他说："有人保护你呀。"接着他又嬉皮笑脸地问："你不认为你需要人帮忙对付我吗？"
"天哪，"布伦达说，"这话多下流！你敢伤害我吗？"
"喂，"加里说，"提这种问题太愚蠢。"
"和你刚才的问题差不多。"
托妮插话说："孩子们，孩子们，别吵了。"
他们就这样一直开到家。那天晚上，加里是在布伦达家过的夜。

六

星期一上午，加里踏着雪水和烂泥去见蒙特·考特，他对自己的假释官讲了这么个故事：

他参加了一个酒会，有点喝醉了，打算到盐湖城去找个妓女玩玩。他搭上一辆车，司机说他在爱达荷的特温福尔斯认识几个小妞，她们可以陪他睡一觉。谁知到了特温福尔斯，那家伙说话不算数，撇下他走了。

随后，他打电话回犹他，他的表妹叫他搭便车回来。在一家酒吧里，他遇上个开车的，那人同意让他搭车。半路上，那家伙突然抽起风来，最后昏倒了。他只好坐到方向盘后面，开车去找医院。就在这时，警察以无照驾车为由逮捕了他，并通知了考特先生。现在，他，加里·吉尔摩遵命向考特先生报到。

蒙特·考特对这个故事不甚满意。坐在他办公室里的吉尔摩举止文雅，彬彬有礼，但却不主动开口说明情况，只是问什么回答什么。这一点让他很反感。可是，没办法，许多案犯都是如此，只好对他们睁一只眼闭一只眼。

考特负责八十个假释犯和缓刑犯，每周要进行三四十次面谈，每次五到十五分钟，这意味着必须担点风险。昨天他就冒了一次险，把赌注押在加里自愿从爱达荷返回上。

另一方面，如果加里被关在爱达荷监狱里，考特只得向俄勒冈当局报告此事，因为他的假释证是他们签发的。但是，在大雪封门的星期天下午很难找到俄勒冈假释委员会的任何一位成员。事实上，他们也许要拖好几天才开会讨论加里违犯假释条例的问题。在此期间只好把加里留在特温福尔斯的监狱里，而任何一个律师都可以援引人身保护令使他获释。你越是跟他作对，他越会破罐子破摔。反之，等待他自愿返回，有助于调动他的积极因素，使他明白考特一直信任他，这将为改造工作打下良好的基础。要知道，只有当罪犯与权威之间建立起某种积极关系时，他才有可能转变。

考特曾经在新西兰当过摩门传教士。他相信权威的感召力，就是说，相信权威能够促成人格的真正转变。当然，前提是诚心诚意地承认权威，无论它是《圣经》，还是摩门教义，或者是眼下这种现实：他，蒙特·考特，既非冷漠无情之辈，又非热情洋溢之人，他只是个直言不讳并愿在合乎情理的范围内为你冒几分风险的假释官。他的工作是提供帮助，而不是当一个人初次轻微违例时就把他赶回拥挤不堪的监狱。

当然，他训了他一顿。吉尔摩确实违犯了假释条例，而任何违例行为都可以导致假释的终止。吉尔摩恭恭敬敬地倾听着，频频点头。他显得老气横秋。考特想，他们俩年岁相仿，但是吉尔摩看上去老得多。然而，如果你想雕刻一尊中年艺术家侧面塑像的话，拿加里做模特再合适不过了。

考特看见过加里的一些作品。加里出狱前，布伦达曾经给考特看过他的几幅素描和油画。俄勒冈州州立监狱当局提供给考特的材料上写得清清楚楚，吉尔摩是个性格暴烈的人。但从这些画上，考特看到他性格中没有载入服刑记录的一面，那就是柔情。考特认为，加里不可能百分之百的邪恶，他还是有救的。

见过考特之后，加里决定跟斯潘塞·麦格拉思谈谈那件新工作。布伦达陪他去林登见麦格拉思，她对麦格拉思印象不错，觉得他的确是个好人。他长得敦敦实实，五官粗重，又黑又浓的八字胡，态度朴实诚恳。你第一次见到他时，大概会以为他是个管子工。他属于那种走过去告诉手下人"好吧，伙计们，让我们把活干完"的人。她想，虽然他个头不高，却也算得上个男子汉。

几天前，加里和一家广告公司的头头谈过工作的事，那人说每小时只能付给他一点五美元。当加里争辩说这甚至没达到最低工资标准时，那人反问道："你想挣多少？要知道你有前科。"斯潘塞也认为这不公平，加里应当与别人同工同酬。

可是，干这儿的活加里没有多少经验。他擅长绘画，但他们很少画广告画，倒是常用喷枪给机器喷漆。"不过，"斯潘塞说，"我看你挺聪明，我想你能够学会。"他决定每小时付给加里三点五美元。政府有项改造罪犯的拨款计划，可以代付一半工资。他告诉加里第二天开始上班，从八点到五点，包括喝咖啡和吃午饭的时间。

从普罗沃弗恩家到林登麦格拉思的装修厂要沿着两侧全是平房的州街走七英里多路。头一天早上是弗恩开车送他去的。从第二天起，他每天六点出发，这样即使搭不上便车也有把握在八点以前赶到。有一次他刚出门便碰上了顺路的车，结果六点半就到了，整整提前一个半小时。但大多数日子里没有那么快。有一天黎明时分山外边暴雨倾盆，他淋着雨一直走到林登。下班后他常常步行返回。天天走这么远的路到一个厂房简陋、泥泞的院子里摆满卡车和重型设备的工厂去干活，实在令人感到乏味。

他一开始的确规矩了几天，这显然是他不懂行的缘故。叫他刨一块木板，他刨好一面就坐着不动，直到人家告诉他翻过来刨另一面。有一次，膀大腰圆、中等身材的工头克雷格·泰勒发现他开动电钻钻了十五分钟竟没能钻出个眼来。

克雷格告诉他，钻头装反了。他耸耸肩，说："我哪知道这玩意还有正反啊！"

对他的议论逐渐传到斯潘塞·麦格拉思的耳朵里。他们说他人倒不坏，就是懂得太少，和高中生差不多，连多面磨床、喷砂器和喷漆枪都得对他解释一番。而且，他不合群，天天中午坐到墙边的机器上一个人吃装在褐色纸袋里的午饭。他一边吃一边沉思，谁也猜不透他在想些什么。

七

夜晚的情形完全不同，加里几乎天天晚上外出。

瑞基对他渐渐生出几分惧怕。他暗暗告诫自己，跟加里相处要小心点。在牌桌上，加里告诉大伙自己在爱达荷是怎样把那个家伙打得住进了医院的。

加里逢人就讲自己在监狱里杀死过一个黑鬼。那家伙逼着一个白人小伙做他的娈童,小伙子向加里求援,加里知道那黑鬼当过职业拳击手,野性十足,便找了几根细铁管,和一位好友一起在楼梯上截住他,把他打了个半死后拖进牢房,用一把土造匕首在他身上捅了五十七个窟窿。

瑞基认为这是吹牛,加里四处张扬这件事是为了抬高自己。虽然这么想,他仍然浑身不自在。一个瞎编这种故事往自己脸上贴金的家伙,一旦沾上你,就很难摆脱掉。

可有时加里又显得傻里傻气的。他坐着瑞基的跑车追姑娘追了这么多日子,硬是不开窍。瑞基反复对他说明,和姑娘交谈应该像斯特林·贝克那样柔声细语,而不是粗声大气。加里却说他没工夫玩这套把戏。瑞基略施小计就能使姑娘们停下车过来谈谈,可加里一句话就把人家吓跑了。

一天晚上,瑞基跟在一辆载着三位姑娘的轻型货车后面转悠了好半天。那车行驶在他的左手边,他摇下车窗跟姑娘们聊天,终于使她们确信他是个规规矩矩的漂亮小伙。随后,姑娘们把货车拐入一条黑胡同,瑞基也跟进去停下车。开车的姑娘过来跟加里搭话,瑞基则下车走到那辆货车跟前。他彬彬有礼地和另外两位姑娘打招呼,问可不可以到她们的住处搞个聚会。不料没出两分钟,开车的姑娘神色惊慌地跑回来,说:"你应该教训教训你那位同伴。"说罢,钻进汽车一溜烟开走了。

"出了什么事?"
"嗨,我下了车,求她跟我干一回。我说:'我憋了不少时候了,恨不得立刻干上几回!'"加里摇摇头,又说:"我忍不住了,为什么不找两个婊子玩玩呢?"

瑞基字斟句酌地说："加里，这我恐怕不能干。"

汽车继续行驶着。加里说，他认识一个叫玛吉·奎因的小姐，"漂亮极了。"现在他决定去找她，非去不可。她住在一幢两层楼的公寓里，那幢楼看上去像家汽车旅馆。

加里嘭嘭嘭砸了十分钟的门，玛吉的姐姐才出来。她把门打开一条缝，悄声说："玛吉已经睡了。"

"告诉她我来了。"

"她已经睡了。"

"只要告诉她我来了，她会立刻起来的。"

"她需要休息。"

门关上了。

"骚货！"加里大吼一声。

他简直气炸了。下楼时他对瑞基说："我们去把她的车翻个底朝天。"

听了这话，醉眼蒙眬的瑞基觉得挺好玩的，他还从来没有给汽车翻个呢。

她的车是辆老掉牙的外国货，非常笨重。他俩用肩膀抵住车身，使出吃奶的力气，汽车只是微微晃动了两下。加里抓起瑞基车里换轮胎用的撬杠，跑到玛吉的车前，把挡风玻璃砸了个粉碎。

稀里哗啦的破碎声吓得瑞基撒腿跑回自己的车里。看到车开了，加里才紧追几步拉开车门跳进来。他直埋怨瑞基，要是车不开，他会把所有的车窗玻璃砸个稀巴烂。瑞基只能嘿嘿干笑。

他们决定去看看斯特林。半路上加里问:"帮我抢银行怎么样?"
"我从来不干这种事。"

加里说,抢银行太容易了,他懂得怎么下手。如果瑞基坐在车里等他出来开车送他逃走,他就把赃款分给瑞基百分之十五。他知道瑞基是个脱逃的好手。

加里说:"不需要你进入银行。"
"恐怕我不能干。"
加里冒火了。"你不是天不怕地不怕吗?"
"加里,我不愿意干。"
此后一路上他们一直默默无语。

到了斯特林家,加里清醒多了。他开始编造一个可以自圆其说的故事,以防玛吉报告警察。他们可以说,晚上到盐湖城去了,第二天早晨才回来。玛吉的姐姐准把另外两个家伙当成他俩了。

星期五早上,玛吉发现车窗玻璃碎了。她立刻猜到是加里干的,不过她希望这不是事实。楼下的邻居说:"是的,那辆车花花绿绿的,车上有两个醉汉。他们紧挨着你的车停下来。我不知道后来出了什么事。"
她不想追究了。不愉快的事这么多,现在又加上了一件。

八

同一天早上,加里打电话找布伦达。这天晚上他发工资,这是斯潘塞·麦格拉思发给他的第一张工资支票。"喂,我打算请你们的客。"

他们决定去看场电影。加里以前看过这部《飞越疯人院》,他曾透过牢房的窗户看人家在监狱门外路上拍摄这部片子。另外,他告诉她,他坐牢时进过几回电影里的那个精神病院。和电影中的杰克·尼科尔森一样,他被送去时戴着手铐脚镣。

影片在普罗沃的尤娜剧院上映。布伦达和约翰尼从厄伦姆开车过来。他们到弗恩家接加里时,他为了庆贺发薪已经喝下四五听啤酒了。

上车后,他抽了根大麻,精神立刻上来了。他们穿过几个街区来到影院前,他格格傻笑着下了车。布伦达暗想,今晚算是倒大霉了。

开场不久,加里便开始了滔滔不绝的议论。"看见那小妞了吗?她真的在那家医院工作。不过旁边那家伙是演员装的,真没劲!"他大大咧咧地对整个影院嚷着。

过了一会,他的话越发下流。"看那边的那个屌蛋,"他说,"我认识他。"

布伦达恨不得死了,那就没有痛苦了,"加里,别人还想听呢,你能不能闭上嘴?"

"我惹人烦了吗?"

"你声音太大了。"

他转过身问后面的观众:"我声音太大了吗?我妨碍你们了吗?"

布伦达用胳膊肘碰碰他的肋骨。

约翰尼站起身,往外挪了两个位子。

加里问:"约翰尼要上哪儿去?他要去撒尿吗?"更多的人起身挪远点。

约翰尼拼命把身体往坐位里缩,直到谁也看不见他的脑袋。加里对《飞越疯人院》的解说继续着。"狗娘养的,"他嚷嚷着,"就该这么干!"

后排的人说话了:"前边的,坐下,安静点!"布伦达扯扯他的衬衣下摆,说:"你真讨人嫌。"

"对不起,"他压低了点嗓门,"我小点声就是了。"但实际上他依然在大吼大叫。

"加里,大伙笑话我们呢,坐在这儿我简直无地自容了。"

"好吧,我不说了。"他抬起脚搁到前排椅背上,来回摇晃着。坐位上的妇女大概一直强忍着不换坐位,现在她终于受不了了,起身坐到别处去了。

"你为什么这样干?"

"天哪,布伦达,你怎么处处管着我呢?我又不是牲口。"

"你把那位太太赶走了。"

"她的头发挡我的眼。"

"那你就坐直点嘛。"

"坐直了不舒服。"

回弗恩家的路上,加里显得洋洋得意。布伦达和约翰尼没有随他进门。

"怎么回事?"他问,"你们不喜欢我了吗?"

"现在吗?你是我所认识的人中最迟钝的家伙。"

"布伦达,别人骂我迟钝的时候我可一点也不迟钝。"

他一路吹着口哨跑上楼梯。

早饭时，他的心情很愉快。他发觉弗恩在看自己吃饭，便问："你是不是以为我吃饭狼吞虎咽的，活像头猪啊？"

"不错，我注意到了。"

"你听我说，在监狱里吃饭必须快。从领饭到坐下吃完，一共只有十五分钟。有时根本领不到饭。"

"你是怎样设法领到饭的呢？"弗恩问。

"我嘛，我在食堂干过一阵，我的工作是做色拉。有一次我花了五个小时做了一大堆色拉。现在我碰都不想碰它。"

"那太好了，"弗恩说，"你不需要吃色拉了。"

"弗恩，你身体很棒，是吗？"

"数一数二。"

"咱俩掰手腕比比吧。"加里说。

弗恩摇摇头。艾达插话说："来吧，和他比比手劲。"

"是呀，快点吧！"加里眯起眼盯住他，"你有把握赢我吗？"

弗恩说："那还用问，当然能赢。"

"好吧，我今天力气特别大，弗恩。你为什么认为一定能赢我呢？"

"我一旦下定决心，"弗恩说，"就准能赢。"

"那么来吧。"

"等等，"弗恩说，"你先吃完早饭。"

饭桌还没收拾，他们就开始了。弗恩一边用左手吃饭一边用右手跟他掰手腕。

"狗娘养的，"加里嚷嚷道，"你这老不死的这么有劲。"

弗恩回敬道："瞧你那副可怜样。幸好你吃过早饭了，换到这会，我才不给你饭吃呢。"

弗恩把加里的手臂掰向一边，左手放下叉子，拿起几根牙签举到加里面前："喂，朋友，你要是认输就松开手。要是你还不认输的话，我就把牙签插到你手背里去。"

加里绷紧全身每块肌肉，从坐位上探起身，发出"嗨嗨哈哈"的叫声，但是无济于事。弗恩用牙签尖逼着他坐下。加里松开了手。

"弗恩，有件事我想问问。要是我坚决不认输，你真的会拿牙签扎我吗？"

"不错，我不是告诉你了吗？"

"你这畜生。"加里甩甩手腕说。

过了一会儿，加里提出掰左手腕试试。他又输了。

然后，他又和弗恩比掰手指头。弗恩掰手指从来没败在任何人手下。

加里说："你知道吗，我挨一顿鞭子后很少忍气吞声。"

弗恩两眼死盯住他。加里又说："弗恩，你放心。"

弗恩心里直打鼓，猜不透加里怎样看待这场比赛。

九

斯潘塞·麦格拉思在自己的专业领域里搞过好几项新技术发明。例如，他能够利用旧报纸制成用于住宅和商业建筑的高质量绝缘材料。现在他正致力于一项在全县范围内回收利用垃圾的计划。二十年来，他一直试图引起人们对诸如此类发明的兴趣，现在门终于打开了。两年半前，厄伦姆的德汶工业公司与斯潘塞·麦格拉思达成协议，把他的工厂从华盛顿州的范库弗迁到犹他。

斯潘塞手下有十五名工人，他们的任务是制造用以履行他与德汶工业公司之间的合同所必需的机器。这项合同规模巨大,麦格拉思正为此努力工作。他知道,这是人生的紧要关头之一,他或者争取两年内使自己的事业和资本有十年的发展,或者失败,除了知道自己可以努力到何种程度外,一无所获。

因此,他的社交活动少得可怜。每周七天,他天天从早上七点一直干到深夜,只是晚春时节才偶尔到犹他湖滑水,或者邀请朋友来吃烧烤,但通常连续许多天他甚至来不及赶回家看晚上十点钟的电视新闻。

其实,他少干点也说得过去。但他觉得应当给那些远不如自己走运的人们留出他们必需的时间。所以,雇用加里之后斯潘塞不仅一直留心观察他,而且找他谈过几次,就是很自然的了。起码斯潘塞还没有看到任何人以任何方式贬低加里。工友们当然知道加里曾经坐过牢,不过他们都是些好心人。斯潘塞认为告诉他们加里的罪犯身份是合情合理的(对加里也一样),如果说有什么区别的话,那就是人伙知道这件事可能对加里有好处。

但是加里上班整整一星期后,斯潘塞才得知他搭不上便车时只得步行上班。有一天早上下雪,雪地里走路更费时间,结果吉尔摩迟到了,斯潘塞这才发现了这件事。

这件事打动了斯潘塞。吉尔摩从没对任何人说过此事,这种强烈的自尊心是正派人的基本素质。麦格拉思决定晚上无论如何帮他找辆便车。

那天晚些时候,他们交谈了一会。加里竭力回避大多数人有汽车而他没有这个事实。斯潘塞又一次被打动了。他说,加里再领一两次工资后，他可以带他去见一个跟自己有点交情的旧汽车商，那人叫瓦尔·吉·科林。买科林的车只需先缴少量现金，以后每周付一小笔钱。这次谈话似乎使吉尔摩受宠若惊。

斯潘塞感到一切正常。一个星期过去了，吉尔摩看上去不那么拘谨了，他逐渐意识到斯潘塞不喜欢手下人将他看作老板。他和他们干同样的活，从不凌驾于别人之上。对他来说，雇员们只要像他所期待的那样忠于职守就足够了，没有必要对他们指手画脚。

第二天，加里问斯潘塞，汽车的事他是不是当真。他想知道那天下午他们能不能去挑辆车。

瓦尔·科林车行里停着一辆半新的六六年六汽缸野马牌汽车，它的轮胎轻度磨损，车身完好。斯潘塞认为这辆车值得考虑。这车的拍卖价是七百九十五美元，老板说，看在斯潘塞面上，他可以把价钱降到五百五十美元。开这车比走路可强多了。

于是，星期五加里领工资后，斯潘塞又带他来到车行。三人商定，加里自己付五十美元，斯潘塞·麦格拉思替他垫五十美元——这笔钱将从他未来的工资中扣除——其余部分加里每两周付五十美元。考虑到他每周挣一百四十美元，拿回家九十五美元，这笔交易还是可行的。

加里提出星期一请假去办理执照，斯潘塞告诉他这不成问题。他允许加里星期一去办执照、取车，然后再来上班。

星期一加里到厂后告诉斯潘塞，驾驶员管理处说，除非他以前持有驾驶执照，否则必须参加驾驶员训练班。加里告诉他们他在俄勒冈领过执照，他们准备写信去核实。在此期间，他只得眼巴巴地等着。

可是星期三下班后,他去把野马开了出来。当天晚上在斯特林家,为庆祝买车,他和瑞基·贝克进行了一场掰手腕比赛。尽管瑞基憋足了劲,加里还是赢了,他没完没了地自吹自擂,直到打完牌。

瑞基觉得难堪,好几天没露面。当他几天后再去斯特林家时,却听说,一天晚上他的妹妹尼科尔到斯特林家来玩,碰巧加里在场,两个人当晚便好上了。现在他们一起住在斯班尼西福克镇。他那个一贯我行我素的妹妹尼科尔居然和加里同居了!

瑞基心中老大不痛快。在他看来,尼科尔是他们家最宝贵的东西。他对斯特林说,如果加里敢伤她一根毫毛,他就宰了他。

然而,当瑞基亲眼见到他俩在一起时,他意识到尼科尔对那家伙一往情深。加里走过来对瑞基说:"喂,你妹妹是世界上最美的女人,我从来没遇见过她这样的好人。"加里和尼科尔手拉着手,好像有根锁链把他们的手腕锁到一起了。这完全出乎瑞基的意料。

星期天上午,加里带着尼科尔前来拜访麦格拉思夫妇。斯潘塞见到的是一个容貌姣好的姑娘,她个头不高,身段优美,有着丰满的嘴唇、小巧的鼻子和美丽的褐色长发,年龄大约在十九或二十岁,显得很有主见。她穿着截短到大腿处的牛仔裤和T恤衫,光着脚板。从她的汽车里隐约传来婴儿的啼哭声,但是她没有起身出去的意思。

加里一副洋洋得意的样子,仿佛跟他一起进来的是玛丽莲·梦露。他们肯定相亲相爱,如胶似漆,加里一个劲地嚷嚷:"瞧瞧我的小妞!盖帽了吧?"

他们告辞后,斯潘塞对玛丽亚说:"这正是加里所需要的。一个正抚养着婴孩的女友。看来对他来说,她是再宝贝不过了。"他眯起眼瞅着他们的车,"我的上帝,他把野马漆成蓝色了?我记得是白色的呀。"

"也许是她的车吧。"

"同样的型号和式样?"

"这有什么大惊小怪的。"玛丽亚说。

十

斯潘塞家住工厂隔壁,因而早上玛丽亚常从窗户里看见加里提前半小时到达,有时她招呼他进来喝杯咖啡。

加里呷着咖啡时,总爱把脚伸到桌上,玛丽亚每次看见后都要绕过桌子,朝他的脚腕上"啪"的一巴掌。

加里对布伦达说:"你瞧,这位太太有见识,敢作敢为,"他咧嘴笑了笑,"我跷脚专为气气她。"

"既然她是这么位好太太,你为什么专要气她呢?"

"大概因为我的脚腕喜欢挨巴掌吧。"

布伦达不愿往坏处想,不过她总担心一旦环境许可,加里也许会做出许多疯狂的举动。

所以当他带尼科尔来她家时,布伦达不太高兴。她对自己说,上帝啊,加里竟然迷上一个太空人。

尼科尔坐在那儿看着布伦达。一个小女孩倚在她的臂膀上，而她却像全然不知女孩的存在似的。这个年方四岁、一脸倔强的女孩仿佛和尼科尔分别生活在两个世界里。

布伦达问："你住哪儿？"

尼科尔欠欠身，"噢，"她又欠欠身，"在路那头。"她的声音温柔，稍微有点沙哑。

布伦达继续刨根问底："斯普林维尔镇？斯班尼西福克镇？"

尼科尔露出天使般的微笑，"斯班尼西福克镇，你瞧，她猜中了。"她对加里说，仿佛她面前的生活大道上处处是鲜花般的奇景异色。

"你觉得她长相如何？"加里问。

"挺不错，"布伦达说，"你找了个美人。"

唉，布伦达想，又一个不到十五岁就生孩子，此后一直靠政府救济度日的姑娘，又一个挣扎在贫困之中的娼妇。但是必须承认，尼科尔是个相貌超群的美人。

我的上帝，她和加里都被对方迷住了。看样子他们宁愿整天待在家里，互相依偎着打情骂俏。布伦达想，该请消防队给他们降降温。

尼科尔刚走加里就对布伦达说："告诉你，她今年十九岁。"

"真的？"

"你不觉得对我来说她年龄有点大吗？"他问。看到表妹脸上的神情，他咧嘴笑了。

"不，"布伦达回答道，"坦率地说，我认为在智力和精神方面，你们俩的成熟程度同属一个等级。仁慈的上帝啊！加里，她那么年轻，足以做你的女儿，你怎么能和个小姑娘混在一起呢?"

"我觉得自己只有十九岁。"

"那么在你变老之前,为什么不设法长大成人呢?"

"喂,表妹,你太尖刻了。"加里说。

"你不承认这是事实?"

"也许吧。"他咕哝了一句。

他们坐在院里眯缝着眼晒太阳时,尼科尔回来了。加里装出刚才她不在时什么也没说的样子,轻轻抬手指了指自己小臂上刺着的一个心形图案。

他告诉大家,一个月前他离开马里恩时,这个心形图案的中间还是空白,现在它被尼科尔的名字填满了。他千方百计使字母的颜色与原来的藏青色花纹相配,结果竟弄成了青绿色。"喜欢吗?"他问布伦达。

"比空着好看些。"她说。

"你瞧,"加里说,"我一直盼着填满它。但首先得找到这样一位女士啊。"

尼科尔也文了身。她的脚腕上刺着"加里"两个字。

"你觉得如何?"加里问。

"我不喜欢。"约翰尼回答道。

尼科尔笑得合不拢嘴。看来逗她朗声大笑的最佳方法就是讲真话,大概真话中的某种东西能触动她的笑神经。她伸出脚,"瞧!多好看!"她那曲线优美的小腿和肌肉丰满的大腿毫无遮掩地裸露出来。

"不错,这两个字刺得十分精致,"布伦达说,"不过一个女人脚腕上刺着花纹,叫人看上去以为她一脚踩到大粪上了呢。"

"是我刺上的。"加里搭话说。

"好吧,实话告诉你,"布伦达说,"我对这花纹的看法和我对你那顶蠢驴帽子的看法一样。"

"你不喜欢我的帽子?"加里问。

"加里,谈到帽子,我从来没有见过你这么粗俗的眼光!"布伦达气得忍不住叫起来。

不到一周前,他上门为自己在电影院的失态道歉。他打扮得整整齐齐,穿着米色斜纹便裤和做工讲究的棕黄色衬衫,脑袋上却扣着顶五彩阔边的白色巴拿马礼帽。他戴着这顶连黑老鸦都嫌扎眼不愿要的帽子,学着"教父"的样子,故意让前帽檐耷拉着,后帽檐翘起来。他双手插在衣袋里,一副松松垮垮的样子,站在她门前的门垫上,嘭嘭嘭踢着门槛。

"你为什么不自己拨开门闩进来呢?"布伦达迎出来问。

"我不能,"他说,"我的手在衣袋里呢。"他站着不动,等着她为自己的这身装束喝彩。

"帽子本身倒不难看,"布伦达说,"但是你戴不合适,除非你变成个拉皮条的。"

"布伦达,你太损了,"他愤愤地说,"你什么都不懂!"他那副架势顿时消失了。

现在她又给他泼了一盆冷水。她既不喜欢他的帽子又不喜欢尼科尔的文身,这使他感到没趣。他起身告辞,布伦达陪他们走出大门。看到那辆浅蓝色的野马,她露出惊讶的表情。

他的兴头却又上来了。他告诉她,别大惊小怪的,他买的车和尼科尔的车式样、型号完全相同,这是个象征。

这一天的其余时间里,布伦达一直心绪烦乱,脑海里不时浮现出尼科尔脚腕上的花纹,越想心里越不舒服。

十一

她回想起加里告诉她的最叫她恶心的一个故事。一天晚上，在她的起居室里，他讲起他如何给一个叫富古的囚犯文身时，笑得透不过气来。

"他身体挺棒，脑袋却是个木疙瘩。"加里说，"他很崇拜我。一次，我们俩都被关进隔离牢房。他值日扫地从我的牢房前经过时，他妈的死缠着我，叫我在他的后脖梗上刺玫瑰花苞图案。我拿来针头、墨汁，没给他刺玫瑰图案，而是刺上了个瘦骨嶙峋的小光腚人。

"可巧，他的父母第二天来探监。他发现我刺的是什么之后，简直急疯了，最后只好脖子上系着条毛巾去见他爹娘。那天华氏一百多度①，他对他们解释说他喜欢热天系毛巾。"讲到这儿，加里笑得前仰后合，差点从沙发上摔下来。

"但是，富古生性迟钝，竟没生我的气。他跑来对我说：'加里，脖子上画着个光腚，我没法见人了。'

"我告诉他：'好吧，我把它改成一条蛇。'可是我灵机一动，把它改成了一只三头公鸡，鸡嘴下面的肉赘要多难看有多难看。我一边刺一边忍不住发笑，富古不停地嘱咐我：'千万刺条好看点的蛇。'"加里放声大笑起来，好像事情就发生在眼前的起居室里。"'嗨，'我对他说，'我相信这是我所见过的最漂亮的东西。'

"当富古终于从镜子里看到那玩艺时，他大吃一惊。不过他没有揍我，我们在隔离牢房里藏着偷运进来的大麻，他以为我是抽大麻抽昏了头，觉得责任在大麻而不在我。我最后一次见到他时，他整个脖子被一条巨大的响尾蛇覆盖着。到了这一步，他谁都不

---

① 华氏100度约等于摄氏38度。

敢信任，这条蛇是他自己用煤灰和水刺上的。"布伦达和约翰尼脸上的笑容像冷牛排上的牛油那样凝住了。

"嘿，这故事挺恶心吧？"加里问。"不错，有时我也觉得怪不是滋味的，富古这辈子全叫它毁了。我想，我这么可恶，肯定不得好报，可又忍不住……"他叹了口气。

加里出狱来到他们这儿已经五星期零两天了，现在布伦达相信这个故事了。"上帝啊，他怎么这么毒辣，"她问约翰尼，"他怎么能对一个信任他的人干这种事呢？"
"我想他是在暗示，一个人关在监狱里必须想方设法寻开心，否则就完了。"

听约翰尼这样讲，布伦达对他越发爱慕。丈夫胸襟宽广，对潜在的敌手怀有怜悯之心，这一点比她强多了。"上帝啊，"她叫道，"加里是爱尼科尔的！"

第二部　尼科尔

第四章　斯班尼西福克镇的房子

一

父母分居的前几天，尼科尔在斯班尼西福克镇找到幢小房子。这似乎是个良好的开端，她打算单过，有了房子就方便多了。

房子不大，坐落在位于丘陵地带边缘的一条僻静的街上，离普罗沃大约十英里路。这幢房子是街区里最老的建筑，它的两边全是沿人行道建造的牧场式平房住宅，那些房子就像超级市场画报上的建筑那样整齐、气派，而她的房子却像童话插图里简陋的小草棚。房子里只有一间起居室、一间卧室以及厨房和卫生间，外墙粉刷成淡紫色，配上巧克力色的窗框。顶梁中间弯曲变形了，前门则突出到人行道上，可见这房子建造很久了。

后院有棵枝繁叶茂的老苹果树，树枝被几根锈铁丝围住。尼科尔喜欢这棵树，它如同一只离群的狗，没人注意它，它也不在乎——它仍然很漂亮。

偏偏就在她刚刚搬入新居、为自己能亲手照料两个孩子而感到欣慰并竭力让自己单身独处时不胡思乱想的时候，凯思琳和查尔斯闹分居了。尼科尔清楚，虽然可怜的爸爸妈妈刚进高中就结婚，共同生活了二十多年，生了五个孩子，可他们彼此从来没有互相喜欢过，只是偶尔相爱过。现在他们终于分居了，如果没有斯班尼西福克镇的那所房子，她可真成了无家可归的人了。房子比男人强多了，尼科尔已经几个星期没跟任何男人睡觉，没有欲望，对此连她自己都感到吃惊。她只想静下心来回顾一下自己的生活、三次婚姻、两个孩子和数不清的情夫。

生活继续着。尼科尔在普罗沃美景餐厅找到份很不错的工作，当女招待。后来她又到一家工厂做缝纫女工，这工作比当女招待略为体面些，挺称她的心。工厂把她送进学校培训，一星期后她便掌握了使用电动缝纫机的技术。现在她挣的钱比任何时候都多，每小时两块三毛，每周能带回家八十块钱呢。

当然，干活很累。尼科尔知道自己手脚并不特别灵活，做事不利落，而且脑袋瓜迷迷糊糊的，一遇事就手忙脚乱。常常发生这样的事，她在一台机器上刚刚摸出点门道，产量眼看快达到小时定额了，却又被调到另一台机器上。结果在她最意想不到的时候，那台机器就会跟她捣蛋。

话说回来，事情还算差强人意。从以前人家零零星星给她的各种面值的小费中，她省吃俭用攒下一百张一美元一张的票子，加上干活挣的七十五美元，她一次拿出一百七十五美元，从隔壁邻居的哥哥手里买来一辆旧野马车。本来那人要价三百美元，因为喜欢她，降到这个价。她的确是个幸运儿。

遇见加里的那天晚上，她开车带森妮和杰里米兜风——孩子们喜欢汽车。同车的还有她的嫂子苏·贝克。虽然她俩并非亲密无间，却常常一块玩。苏和瑞基分居了，她怀着身孕，情绪低沉到极点。

她们驱车从离她堂兄斯特林家仅一个街区的地方经过时，苏提议去她堂兄家坐坐，尼科尔同意了。她疑心苏对斯特林有点意思,并且肯定已经听说斯特林这个星期跟老婆孩子分家单过了。

这是五月里一个凉爽的黑夜,山区的空气依然冷丝丝的。斯特林家的门只闪开一条缝,所以房里挺暖和。她们敲门走进去,看到一个怪模怪样的家伙。当时,尼科尔只穿着牛仔裤和背心,她想,这人的相貌既奇怪又普通。他有好几天没刮脸了,正坐在沙发上喝啤酒。斯特林只顾和她俩打招呼,竟没有给他们介绍一下。

起初,尼科尔故意不理睬这个陌生的家伙,但是他身上有某种东西吸引了她。当他们四目相对时,他看着她说:"我认识你。"尼科尔没搭茬,心里却有什么东西一闪而过。可她转念一想,不,我从来没有见过他,这我很清楚。也许下回见他时我会认得的。

事情就这么开始了。她已经很久没有那种欲望了,如今却春情复萌。她知道他的意思。

他那张三角长脸上的两只蓝眼睛直勾勾盯着她。他又说了一遍:"喂,我认识你。"尼科尔只得笑笑说:"是吗?也许吧。"她想了一下,看了看他,又说了一遍,"也许吧。"此后两人有好一会没再交谈。

她把注意力转向斯特林。事实上,两个女人都在围着他转。斯特林是世界上最易相处的男人,他和气、热情、非常好客、人味十足,而且事事宽容大度。尼科尔一直很喜欢他。

苏也拼命讨好他,这个夜晚的气氛开始有点令人兴奋了。谈话中,尼科尔向斯特林承认,她从小就迷上他,已经许多年了。他随即告诉她,他也一直渴望得到她。堂兄妹竟然互相迷恋,两人不由得都笑了,那家伙则一直坐在沙发上望着她。

过了一会,尼科尔开始觉得那家伙模样挺帅的。他看上去年近四十,配她是老了点,但他身材修长,眉目英俊,嘴唇棱角分明。他显得既聪明又狡诈,像一个混在飞车队里的老家伙。尼科尔开始对他发生兴趣了,尽管她不愿承认自己兴趣强烈。

苏没有和他讲一句话,好像他压根不在场似的。四岁的小森妮出来解围了。这孩子坏得很,她先是故意当着这个陌生人的面声嘶力竭地大吵大闹发脾气,支使尼科尔干这干那,接着仰起红扑扑的小脸,做出种种媚态,对他卖弄着风骚。那家伙看着看着,突然转脸对尼科尔说:"这孩子会给你惹出乱子来的,她总有一天要进少年管教学校。"

这句话刀子般尖刻,一下子攫住她的心,也许她真是那种可能把孩子送进管教学校的母亲。尼科尔想,今后几年这句话将会像一把钩子似的钩着她。

她开始怀疑这家伙具备某种通灵力,能够预知未来。大概他对催眠术之类挺内行。她拿不准自己是否喜欢这种人。

而他却似乎认为这足以作为交谈的开场白,没过多久便死皮赖脸地凑过来跟她讲话。他说他想到店里买一箱半打装啤酒,央求她陪他去。她不住地摇头,苏和她已经准备告辞,她不想这会儿跟他出去,这家伙叫人捉摸不透。当然,出门不远就是商店,没有什么可担心的。

然而对他有利的是,苏看上去没有马上起身的意思。她和斯特林正谈得热乎,显然非常愿意跟他单独待一会。尼科尔只得说,那就走吧。森妮已经睡了,她带上杰里米做保镖。

他们到那儿时商店已经打烊了。他们又往市内走了一段路,尼科尔根本没下车,坐在车里等这个大个子进去买一箱或两箱啤酒并给杰里米带回一根香蕉。这是他的主意。

令人奇怪的是,他这辆野马和她的车一模一样,相同的式样相同的型号,只有颜色不一样,所以她坐在里面感到很舒服。

他拎着啤酒回来时,她正倚在车门上。他把酒朝她膝盖上一放,她开玩笑地叫道,哎呀,压得好疼!他连忙为她揉揉膝盖。他做得非常得体,既不显得过分亲昵,又使人感到十分惬意。他们开车回到斯特林家,在车道的尽头停下来。她刚要下车,他侧身盯住她的脸,问可不可以吻她。沉默片刻之后,她说可以。他探过身子亲了亲她,这一举动增加了她对他的好感。事实上,她不由得鼻子一阵发酸,自己都感到吃惊。很久以后,她仍清楚地记得这第一个吻。然后,他们走进房间。

尽管尼科尔仍然坚持坐到房间的另一头去,她已不再做出对他不理不睬的样子。苏显然受不了这家伙,看都不看他一眼。尼科尔感到奇怪,苏这么讨厌他,他竟一点不在乎。虽说苏的肚子有点隆起,可尼科尔觉得她还是个美丽的金发女郎,而且在她们两个中,苏大概更引人注目。然而他一点不在乎,好像情愿一个人干坐着,斯特林也不吱声,看来这个晚上要这么毫无进展地混过去了。

局面这样尴尬,尼科尔和苏只得没话找话说。尼科尔常常觉得,当苏和瑞基关系正常时,对她与许多男人幽会很不以为然。有一次她带一个男人去曾祖母家睡觉时,他们两口子告过她的状。打那以后,她对苏总存有几分戒心,现在她当然不愿让苏以为她仍旧那么轻浮。所以,当她准备带孩子回家,加里向她要电话号码时,她有点不自然。今晚她发了一大通决心开始新生活的议论,现在如果又当着自己嫂子的面跟男人勾搭,实在显得滑稽。她告诉他不能给他号码,他听了大吃一惊。

他劝道,你这样一走,我们永远不能再见面,这未免太不通情理,纯粹是浪费青春。见她仍然不答应,他有点光火,坐在那儿朝她直瞪眼。她逼视着他的蓝眼睛,告诉他自己不愿意。接着,给孩子们收拾,苏和斯特林互相告别,折腾了好一会他们才离开。出了房门,尼科尔真想大喊大叫,她多么想给他电话号码呀!

其实,她根本没有电话,她能够给他的只是自己的住址或者邻居家的号码。

一路上,尼科尔恨透了自己。她先把苏送回家,然后开车回到斯班尼西福克镇,在白家房前停下车,坐在车里一动不动。过了一会,她自言自语骂了一句,见鬼去吧,便驱车直奔斯特林家。在路上,她暗暗骂自己是个大混蛋,那家伙也许早已走了,也许正搂着另一个姑娘求爱呢。斯特林完全可能给他另找一个来。

二

尼科尔想像着自己将要陷入的处境,心中非常害怕。她说不上来自己为什么要这样做。自杜德·布罗克之后这是她第一次主动追男人。布罗克是唯一一个竟敢撵她滚蛋的混账东西。他的年纪比她大得多,可她偏偏喜欢上他了。有段时间她在盐湖城的一家汽车旅馆干活，他住在不远的拐角处。有一天他提出雇她为自己打扫房间，将她骗进门之后，他立刻兽欲大发，事后他告诉她任何时候都可以来找他。一天晚上，她久久不能入睡，一个人闷得慌，便起床步行到他的住处。当时已经是凌晨两点钟，他赤条条地出来开门，问她，你他妈的半夜三更来干什么？他一脸凶相，举出另一个家伙的名字，说自己不想跟一个水性杨花的娼妇有任何来往。他说这话的口气就像个工头——碰巧这正是他的职业。紧接着他告诉她，自己正跟另一个姑娘忙着呢！凌晨两点钟在他的家门口他竟说出这种话，太没教养了。尼科尔再也没去找过他。事实上，她几乎把他给忘了。直到现在，在去斯特林家的路上，当她疑心加里已经离开时，突然记起了他。

接着她想到自己这回可能要陷入的处境，心中非常害怕。她感到浑身轻飘飘的，似乎吸入了某种奇怪的气体，搞得自己既头晕目眩又精神亢奋。以前她从来没有产生过如此强烈的欲望，这回她拿定主意无论如何不能放过这家伙。

他的汽车还在，她把车停在他的车后面。她没有叫醒在后座上熟睡的孩子，把他们留在这样一条僻静的街道上是安全的。她走到依然敞着一条缝的门前，刚要举手敲门，却听到一句令她难以置信的话。她听见他说："伙计，我喜欢那丫头。"她敲了敲门。

看见她进来，他走过来拥抱了她。他没有紧紧搂住她接吻，只是轻轻碰碰她。她感到心满意足，一切顺利，她做对了。他俩在沙发上坐下，有说有笑地聊了两个钟头，根本不去留意斯特林是否还在屋里。

聊了一会之后，她决定留下不走了。他们出去到汽车里把熟睡的孩子抱回屋，安置在斯特林的床上，然后继续聊天。

他们嘻嘻哈哈笑个不停。他打算数数她脸上有多少点雀斑，可怎么也数不清。他打趣说，精灵的雀斑是没法数清的，两个人于是一起放声大笑起来。待到笑声渐渐平息后，他语调平淡地告诉她，自己的前半生是在监狱里度过的。

虽然尼科尔并不怕他，她还是吓了一跳。自己居然要和另一个失败者、另一个因缺乏自信心而无法成功的家伙相依为命了。她觉得生活中随波逐流是很糟糕的事情，下辈子你也许要为此付出昂贵的代价。

他们谈到因果报应。从孩提起，她一直相信灵魂转世，认为这是唯一合情合理的事情。你有一个灵魂，你死后你的灵魂附在一个新生儿身上重返人间，在来世生活中你将因自己前世造的孽而受苦受难。她希望自己这辈子清清白白，免得下辈子遭罪。

令她惊异的是，他表示同意。他说他很久以来就相信因果报应，相信惩罚就是强迫你来世面对你今生今世设法躲避的东西。

然而，他告诉她，如果你谋杀了某个人，你也许下辈子转世投胎做他的父母，这就是生活的全部真谛：面对自我。如果你不敢正视自我，压力便会加重。

她从来没有和任何人谈得这么投机过，以前她一直以为这种交谈只能在自己的心里进行。

后来，他坐在沙发上，双手捧起她的脸，说："听着，我爱你。"说这话时他的脸离她仅仅两三英寸。尼科尔没有马上回答他。她讨厌"我爱你"这句话。事实上,她鄙视这句话。不知有多少次她违心地讲过这句话,现在只好再说一遍了。正像她预料的那样,她的声音很不自然,在自己的脑海里留下刺耳的声音。

他说:"听着,黑暗中有块地方,明白我的意思吗?我想我是在那儿碰见你的,我知道你在那儿。"他朝她笑笑,又说:"斯特林是否知道这地方?我们应当告诉他吗?"他俩同时看看斯特林,那家伙坐在一边,脸上浮现出那么古怪的笑容,仿佛他早已料到事情会这样发展似的。接着,加里说:"看得出来,他知道,从他的眼睛里可以看出来。"尼科尔开心地笑了,太有趣了,这家伙年龄比自己大一倍,却仍有几分天真。他讲起话来挺老成,可内心依然年轻。

加里一听接一听喝啤酒,尼科尔则每隔一会进去给斯特林的婴孩喂点牛奶。鲁丝·安上夜班去了,虽然她已经和斯特林分居,但两人仍旧同住一套房子,谁都没钱另找个住处。

加里一遍又一遍地央求尼科尔跟他睡觉,她一遍又一遍回答他,她不想当天晚上就开始。他说:"我不是要跟你性交,我是想跟你做爱。"

过了一会,她起身到卫生间去,回来时正好碰上斯特林出门,这使她产生了一种滑稽感。斯特林倒是没有任何被迫离开的迹象,看上去他不像是被撵走的,可她还是担心加里可能对他有点不礼貌。细细一想,她更觉得加里异常粗暴无礼,喝了这么多酒,他渐渐变得脾气暴躁。虽然这么想,当只剩下他俩时,她再也想不出什么拒绝他的理由。过了一会,她脱光了衣服,他们一起躺到了地板上。

三

他没能勃起。他看上去像是给人砍了一斧头似的,可仍然强作笑脸。他不愿意停下来。他只勃起了一半。

他沉甸甸地压在她的身上,一次次努力着。过了一会,他开始道歉,说这是因为啤酒喝得太多了,央求她帮帮忙。她把自己能做的都做了,直到脖子感到从未有过的酸痛,他仍不肯罢手。这件事太难了,她有点冒火了。

她告诉他,他们应当停下来冷静冷静,等一会再试。后来,他请求她躺到他身上,他口气十分温柔地请求她。他对着她的耳朵说,他希望她永远这么躺着,问她能不能就这么躺在他身上睡觉,那将会使他非常快活的。她试了很长时间。她告诉他,他应当休息,不要操之过急。然而,虽说弄得汗流浃背、筋疲力尽还是不能成功,她对他却依然一腔柔情。她感到十分惊奇,自己怎么会有这种柔情呢。看到他醉醺醺的样子,她忧心忡忡,而他那心急火燎的样子又使她觉得他可怜。也许她爱他,但叫她恼火的是,他过度兴奋,不肯放弃努力睡上一觉。他一个劲地道歉,再三强调是啤酒和菲奥瑞纳①在作怪,他告诉她,自己因为头疼天天服用菲奥瑞纳。

斯特林从外面敲门,问自己能否回到屋里,加里叫他见鬼去。她告诉他,她不愿看到他对斯特林无礼。过了好一会,加里才拉过条毯子盖住她,打开门放斯特林进屋,然后回身钻到毯子下面,继续缠着她做爱。整整一夜都是如此,他们几乎没合眼。

---

① 一种镇静剂。

早晨六点左右，鲁丝·安从她工作的养老院回来了。尼科尔有点难为情，她猜想，鲁丝·安未必瞧得起自己。但她又很高兴，因为终于有个爬起来的借口了，她想单独待一会。

分手前，她告诉他自己的地址，他一再追问这到底是不是她的房子。得到肯定的答复后，他说他下班后直接去那儿。

他果然去了。她外出买东西前给他留了张条子，上面简单地写着："加里，我一会就回来，请随便，别客气。"他们在一起的那段时间，这张纸条一次次出现在房子里。她一次次藏好它，孩子们一次次找出来，于是她和加里又会在房间里看到它。

这天下午她进门时，他正站在前厅等她。他一副邋遢相，裤子上搭拉着的大口袋像是专为电话修理工装工具预备的，上身的T恤衫沾着一块块油渍，大概是干活时弄的。尼科尔觉得他看上去很帅。

她那位住在斯班尼西福克镇山谷中的祖父傍晚路过她家时进来坐了一会。老头子朝她挤眉弄眼，像是在说，老天呀，你怎么又勾搭上了一个，我的胖小鸭？胖小鸭是她小时候他给起的外号。祖父了解她能把自己拖入什么境地，当然也看出眼下她正需要这个家伙，所以不一会便告辞了。

在别人的房子里，加里显得不太自在。见她忙着照料孩子，他便出去转了一圈。孩子们睡着后，他俩才坐下来聊天，一直聊到深夜。尼科尔感到不安，因为这家伙已经准备搬过来跟自己同住。事实上，她甚至感到非常害怕。她一直认为，自己在爱情上不过是逢场作戏，刚开始可能是诚心诚意的，但自己似乎从来没有真正爱过任何一个男人。她对情人无微不至，温情脉脉，有时甚至一往情深，不过这多半是因为他们相貌英俊或者是因为他们对她体贴入微。可是当她打量加里时,她不仅注意到他的外貌和举止,而且隐约感到自己第一次找到了心上人。跟他在一起,每时每刻都是快乐的。

她记不清第二夜里床上的情景,总之比第一夜好多了,虽然不是创纪录,起码不像第一天那样狼狈。从此以后,他们不分昼夜寻欢作乐。第一个星期加里的东西并没有全搬过来,但是他夜夜和她厮混在一起。

四

他周末带她拜访弗恩和艾达时显得十分自豪。尼科尔很欣赏他介绍自己以及杰里米的方式。杰里米的绰号叫皮博迪,他们听说过比这更好的绰号吗?当他说"弗恩,我决定搬去和尼科尔一起住"时,没有人感到吃惊,他们早已经心中有数。而对加里来说,宣布这个决定本身就是一种满足。

弗恩表现得非常出色。他说,加里需要什么就应该得到什么。他认为由于尼科尔也工作,两个人的薪水加在一起,日子会过得蛮像样的。此外,加里有了自己的房子自由多了,这和做一个住在底层按周缴房租的房客大不一样。

看到加里的房间,尼科尔想,这简直像个老鼠洞。墙上既没有图片,又没有灯,叫人觉得这是廉价旅馆的单间。他的衣物少得可怜,抽屉里仅有一条裤子、几件衬衫和一个绿皮影集,影集里夹着几张他的同牢狱友的照片。尼科尔感到莫名其妙,不理解加里为什么带她上这儿来,直到他找出一顶古里古怪的渔民帽戴上,她才恍然大悟。他照照镜子,装出一副庄重的样子,接着又换上顶红白蓝条相间的帽子。他自以为这些帽子很好看,其实戴上它们他显得傻里傻气的,这是他最可笑的地方。

五

苏·贝克压根没听说加里和尼科尔来往,更不用说知道他俩同居了。有一天尼科尔打来电话,说她今天不去服装厂上班,打算利用这个机会和苏好好谈谈。她们带着孩子到公园去野餐。在那儿,尼科尔谈起她以前对任何人从来没有过现在对加里的这种感情,她爱加里。

她说,他们相识的第三天或者第四天晚上,他喝醉了,醉成一摊烂泥,这使她非常生气。后来,他坐起来为她画像。在那之前,他讲过自己擅长绘画,曾多次在比赛中获奖,但从来没有当着她的面画过画,她也根本没相信他的话。许多家伙都对她吹嘘过自己的本事,这种牛皮她听得多了。可是她的那幅肖像画得好极了,加里不是能画一点,他是个真正的艺术家。

等到该离开公园去接加里下班时,尼科尔双眼熠熠闪光,这完全是由于想到马上能见到加里的缘故。不用任何人提醒,苏一眼看出她的感情有多么真挚。如果她爱得那么专一,自己的第一印象又有何妨呢?苏愿意改变对那家伙的看法。

苏和瑞基分居后没有了汽车,所以她和尼科尔同车前往林登。回来的路上,她渐渐对加里产生了好感。他和蔼可亲,一再声明自己感到非常荣幸,居然有两位美丽的女郎前来迎接他。

这是句恭维话。她的肚子已经明显地隆起了。虽然这些日子她仍不时外出赴约,有一次甚至去参加舞会,但她的身子已经非常臃肿。这是瑞基干的好事。他抱怨她的避孕环妨碍他,她就将它取了出来,结果怀上了孩子。她是十个孩子中最小的一个,在娘家是个招人白眼的受气包,现在瑞基又把她甩了。

此时,如果没有加里的这些恭维,苏·贝克肯定会陷入痛苦的沼泽中。

话说回来,既然尼科尔的命运有了转机,自己的命运也许能改变,也许不知哪天夜里幸福会降临到她的生活中。

苏下车后,尼科尔给加里看自己带来的枕头。为了离他近些,她总是伏在汽车前座的扶手上,而不是坐在自己的位子里。在野马的两个活动凹背单座上,这么坐不大得劲。今天她终于想出个好主意,带来一只枕头。这样不仅坐着舒服,而且屁股下垫上枕头后,身子高了一截,正好伸出胳膊揽住他的脖子。他单手驾驶,另一只手放在她的大腿上,握住她的手。

这天,当他们在商店前停下车时,他没有下车买东西,反而对她谈起自己的母亲。他说他很久没和母亲见面了,母亲有严重的关节炎,几乎无法行走。泪水涌上他的眼眶,他说不下去了。尼科尔愣住了,她没想到他对母亲的感情这样深厚,更没想到他竟然哭了,她原以为他是个硬汉子呢。她一言不发,紧紧依偎在他身上,为他擦眼泪。往常,她厌恶男人的眼泪。以前和别的男友绝交时,对方有时泪流满面。每逢遇到这种情景,她转身就走。她觉得为女人伤心落泪是软弱无能的表现。现在面对着加里,她想到的不是软弱,而是为他做点什么。比如,想想办法把他母亲接来。

他们开始商量到波特兰去一趟,也许他们可以攒点钱,开她的车去,或许他的车也能够跑完全程。接着他们转而谈起可以让他们连续租用九十九年的岛屿,加里说这件事他知之甚少,不过打算去打听一下。

六

平时上班的日子里,他必须早起,对此他已经习惯了。她发觉,在黎明前的黑暗中躺在他的怀抱里,听他悄声诉说对自己的爱是十分惬意的。两个人都一丝不挂,他双手搂住她以确保她在自己身边。当然,这就产生了个问题:到了那个时候,尼科尔不想吻他。他不吸烟,他的呼吸里没有怪味,而她却烟瘾很大,早晨五点半时她已经满嘴臭味了。

不一会,她起身下床,到厨房为他准备三明治,煮咖啡。她偶尔穿一件短短的浴衣,多数时间干脆光着身子忙活。他坐起来喝一杯速溶咖啡,再吃一把维生素片当早餐。他是个维生素的信徒,坚信维生素可以强身。其实,他工作一天后大量饮酒,第二天早上当然感到疲劳。尽管如此,他还是个好伴侣。他尽量抽时间和她坐在一起喝咖啡,并且目不转睛地望着她,夸赞她美貌迷人,使自己神魂颠倒,说自己从没想到女人能够像她这样清新芬芳。听到这些话,尼科尔满心欢喜。她喜欢洗澡,无论房子还是孩子脏成什么样,她总是注意保持肌肤柔嫩。

他告诉她,即使没有化妆,她的脸庞也和露水一样清新,她是他妩媚动人的小精灵。尼科尔渐渐明白了,加里那样喜欢自己,以至于根本不理解究竟发生了什么事情。他只有身旁躺着个美人这一种感觉。

出门之前,他把自己在浴室里反锁二十分钟,尼科尔猜想他是在里面梳妆打扮。然后,他们用五分钟时间在前门口吻别,她站在门口看着他钻进汽车。汽车经常难以发动,有时她穿上牛仔裤出去帮着推,有时他只好开她的车去上班,这要看哪辆野马车的汽油多些。他们经常买不起汽油。

然而,辞掉工作她一点也不后悔。自从那天从服装厂旷工和苏一起野餐之后,她就明白自己不打算继续工作了。她需要时间遐想。如果你时时刻刻思念自己的男人,那是很难在缝纫机旁集中精力干活的。何况他们还有他的工资和她的救济金,再说她辞掉工作加里高兴极了。

他不在家时,她感到百无聊赖,打扫打扫房间,喂喂孩子,到花园干活或者喝杯咖啡。她常常一坐几个小时,一边呷咖啡一边想加里,有时想着想着竟笑出声来。她太快活了,以至于不敢相信自己的感觉是真的。为了和他在一起,她经常开车给他送午饭,他总是出来坐在车里吃。

她开始频繁出入母亲家。凯思琳的住宅离加里的工厂不远,尼科尔和母亲一起喝完咖啡,把孩子托付给她,然后一个人去找加里。这种时候她的心情特别愉快。从工厂回来她再到母亲家坐上个把钟头,才返回斯班尼西福克整理房间,等候加里归来。她平生第一次感到自己是个悠闲安逸的太太。

一个星期天,她在花园翻地时,加里用一把小折刀在苹果树上刻上他俩的名字。字刻得精致匀称:加里爱尼科尔。从来没人干过这种事。

第二天她不得不出门办一大堆事情,恨不得一步跨回家。当她终于到家时,她先把汽车擦洗干净,然后爬到树上,在加里刻的字的上方刻上:尼科尔爱加里。她刻完回到屋里正赶上加里进门。

他端着一听啤酒来到后院,她示意他看看苹果树,可他竟什么也没有发现。她只好指给他看。这下他快活得像个孩子,夸奖她刻得比自己好,特别是名字周围的那个心形图案漂亮极了。

七

加里搬来约一个星期后,她在他的衣物中发现一个黄纸夹,里面有一沓纸,上面打印着他与一个监狱牙医的争吵过程,监狱俚语。这种语言读起来非常滑稽,逗得她捧腹大笑。所有这些令人忍俊不禁的字眼全都与一副假牙有关,可是当她告诉加里时,他却面色尴尬。他从来没有讲过自己有假牙,没想到这件事竟弄得他心烦意乱。

当然,这对她并不是新闻,她第一夜就觉察到这个秘密。以前她曾和一个装着一副假牙的家伙同居过,知道假牙给人的感觉。假牙是容易分辨的,因为接吻时对方从来不许你把舌头伸进他的嘴里;相反,他总是把舌头伸到你的嘴里。她故意取笑他的咀嚼声,这使他很不高兴,脸上像阴了天似的。她继续拿他寻开心,以此暗示她自己不在乎假牙。她无意拿他和别人比较,也不愿把他归到这类或那类人之中,她宁愿将礼物连同包扎它的绳子一并接受下来。

每天他都会做一些使她惊喜交加的小事情。例如,他不吸烟,但看到她吸烟,他便带回家一条香烟。这些体贴入微的细节太感人了。

他们天天晚上互相依偎着喝啤酒,总觉得时间太短了。她尽可能坦率地对他讲述自己的过去，他总是边听边发议论。若是换一个家伙这样喋喋不休地插话，她早烦了。可现在她一点也不在乎。她同样也在观察加里。

她唯一的愿望是有更多的时间和他在一起。以前她总喜欢一个人单独待着，现在却急不可耐地盼他回家。每天下午五点钟过后，他便会在门口出现。于是，快乐的时光开始了。她喜欢亲手为他开启第一听啤酒。

有时，他带上气枪和她来到后院。在茫茫暮色中，两人轮流射击瓶子和啤酒罐，一直玩到只有凭借子弹反弹声和玻璃破碎声才能分辨出是否击中为止。暮色渐渐降临，你仿佛嗅到一阵阵玫瑰花香，空气就像大麻一样沁人心脾。

如果晚饭后他们留在家里，总有一群孩子围着他们。他们的钟点保姆是个叫劳雷尔的小姑娘，她天天带着一大帮小表亲来上班。有时，看到尼科尔和加里兜风归来，这帮孩子便一拥而上，缠着加里跟他们一起玩耍。他让他们骑在自己的肩膀上，或者干脆站到自己的肩头上伸手去够天花板。他特别喜欢跟那些有胆量站在他肩上任他在房里走来走去的孩子一块玩。孩子们都爱听他吹牛皮。

然而，更多的时候，他一回到家，他们就把孩子交给劳雷尔看管，单独驾车外出。

通常他们在路旁汽车餐馆用餐，有几回他带她到鹳鸟俱乐部玩弹子球。下午下班后他们常常直接去购物中心为她选购那种性感内衣，或者买些啤酒和香烟带着去露天汽车电影院看电影。

在电影院停车不一会儿，他便叫她脱下衣服，躺到前座上和他做爱。加里特别喜欢她一丝不挂,他总摆脱不了怀里搂着个裸体女人的念头。

有一次,看电影《彼得·潘》时,她光着身子随他钻出汽车,两人背靠背坐到车厢顶后部。虽然野马车停在电影院边缘,但旁边仍有别人的车,而她却赤身裸体。上帝呀,这是最惬意的感觉!经过这么多年狱中生活的加里看到她在自己面前走来走去,全身袒露,乳房颤抖,乐得快要发疯了。她理解他,知道他喜欢自己赤身裸体。不管他如何随意摆布她,她都不生气。

可是,他并没有因此而得意忘形,不论叫她干什么,他总是小心翼翼的。有一天深夜,她居然在位于普罗沃公园里的摩门第一教堂的后门台阶上脱下衣服,而这个公园几乎就在市中心。夜深人静,他们坐在台阶上,她的衣服扔在草地上。随后她翩翩起舞,他则模仿约翰尼·凯什的嗓音为她伴唱。当然,只有爱他的人才会认为他的歌声优美动听。他唱的是一首名为《惊人的格雷斯》的流行歌曲:

穿越无数危险、艰辛和罗网,
我们已经走过来了,
是格雷斯带着我们一路平安,
格雷斯将带领我们继续向前——

凌晨两点钟,她赤条条地坐在他身旁。这是春天里一个炎热的夜晚,热风从沙漠里吹来,挡住了高山上的寒气。

清晨,她坐下来给他写了一封信,告诉他自己是多么深深地爱着他,自己的爱永远不会终止。她把这封信放在他的维生素旁边，读信后他什么也没讲。两天后的一个夜晚，他们沿着中心路散步，经过摩门第一教堂时，看到一颗流星。两个人各自许了愿。他问她许的什么愿，起初她不肯讲，后来她承认她希望她对他的爱天长地久。他告诉她，他许的愿是不必要的悲剧永远不会降临到他们的头上。听了这话，往事涌上她的心头，她产生了一种梦中从高处跌落下来的感觉。

第五章 尼科尔和李叔叔

一

有一次，加里问她是否还记得第一次跟人做爱时的情景，她想了想，说："模模糊糊。"

"模模糊糊？"加里问，"这是什么意思？"

"这不算件大事，"尼科尔说，"当时我只有十一二岁。"

当然，她没有立刻对他和盘托出自己的经历，而是只拣那些趣闻讲给他听。例如，六岁时她养了一只小浣熊，天天在肩膀上托着它去上学，自以为成了引人注目的大人物。

她告诉他，自己经常逃学。有时她爬上学校后面的山头，坐在松树上看下面那帮正在上课的小白痴。有一回，她干了件傻事。她没有躲在树林里，而是沿着大道往回走，不料在一个拐弯处迎面碰上母亲的汽车，当场被抓住。迄今她还记得母亲当时说的话，"好哇，死丫头，上车！"

母亲把她的头发剪得非常短，短得甚至可以看到耳朵后的头皮。人们常常错把她当作男孩子。有一回在操场上，几个男生说她是男的，她向他们证明了自己不是男的。

加里哈哈大笑。这促使她讲出了更多的往事。

记得十岁或者十一岁时，她给一个满嘴脏话的坏小子写过一封下流的情书。现在她已经忘了为什么要写这封信。信写好后她读了一遍随手扯掉了。凯思琳从废纸篓里拣出碎纸片粘到一起，责骂她竟敢干出这种令人震惊的事情，特别是她居然写上：听着，关于那种事你吹了不少牛，让我们干一回吧。

后来，尼科尔认识到母亲非常聪明，因为她能够猜出别人在想什么。尼科尔从来不相信凯思琳关心过自己的灵魂，她总是想方设法折磨别人的灵魂。如果你和她住上一段时间后，她会事事想在你的前头，这样她就有了治服你的手段。虽然凯思琳是个身材瘦小的妇人，她却敢当面骂她那个高大英俊、蓄着漂亮黑胡子的丈夫是个一钱不值的蠢材，叫他跟刚才陪着他的女人交配去。查理①下班后通常很晚才到家，这是因为他路上要在酒吧停下喝几杯。到家时，他并没有醉得步履踉跄或者口齿不清，只是脸上浮现出克拉克·盖博②式的似笑非笑的表情，尼科尔能看出父亲心情愉快。可往往就在这时候，凯思琳的一通训斥一下子弄得他垂头丧气，她不能原谅他的地方太多了。

有一回，当他从一家汽车旅馆的楼梯上下来时，凯思琳拦住了他。他在二楼养着个情妇。凯思琳举起他的军用手枪，声言要打死他，但她并没有真开枪。尼科尔的父亲反过来指责凯思琳与

---

① "查理"是"查尔斯"的昵称。
② 美国电影演员，曾扮演《飘》中的男主角。

人通奸。指责她的母亲！查理·贝克是她的第一个男人，她从来没有过第二个。可父亲仍要往那方面想。有一天他很晚才回去，家中没有一个人。他认定凯思琳带着孩子跟某个男人跑了。其实，她带孩子到露天汽车电影院看电影去了。他们回家后，查理根本不信她的话。孩子们只好跑出屋爬到汽车里，当妈妈跳上车把车开走时，查理追出来朝车厢纵身一跃，结果摔断了腿。那年尼科尔七岁，她的父亲年仅二十五岁。

他们没完没了地为钱争吵，母亲指责父亲舍不得出钱养家，却把钱花在买猎枪或者和军队里的伙伴饮酒作乐上。尼科尔清楚地记得，她十岁时父亲去越南打仗，母亲终日担惊受怕，唯恐他被打死。夜深人静时，他们常听到她的哭泣声。

二

当加里说他想见见她的母亲时，尼科尔没有告诉他自己最近一次与凯思琳的谈话内容。母亲说人家告诉她这个新的男朋友有点老了，而且蹲过监狱，这种影响可真是好极了！

尼科尔回答说："我他妈的喜欢谁就跟谁过。"

然而，他们会面时一切顺利。加里彬彬有礼。他抱着杰里米站在餐具柜旁，挨个打量着每个人，一言不发地喝酒。他好像被钉在那儿了，双眼熠熠闪光。离开时，他对凯思琳说："见到你很高兴。"尼科尔听得出来，这句话说得不大自然。

她更在乎旁人对他的态度。和气味不相投的人在一起时，他像个十四岁的孩子那样拘谨。她理解这点。她知道蹲监狱是怎么回事，仿佛她也蹲过监狱似的。蹲监狱就是别人把手指按在你的鼻子上，憋得你透不过气来。而他们一旦把手指拿开，空气会使你头晕目眩的。进监狱和过早结婚生育是一回事。

她记不清楚给他讲过哪些故事。无所谓，有些故事很难听。多数情况下，她感到只需几个词就可以把自己的思想传达给他。不知不觉中，她告诉他越来越多的事情。听她讲时，他没有丝毫烦躁不安的迹象，这是非常重要的。

八九岁时，她在自己的心目中仍是只丑陋、胆怯的小鸟。突然有一天，她变成了一朵盛开的鲜花。六年级时，她的乳房是全年级最丰满的；事实上，有段时间在整所学校她的乳房都是最丰满的。根本不必设法引人注目，别人会自动来找她的。大伙都叫她"泡沫橡胶"。

十一岁前，她就不再允许任何人把手伸进她的衣服里，可她仍然喜欢脱掉衣服给别人看，让男孩子摸摸。她喜欢引诱那些相貌出众的男生，这是由于她知道自己的名声一向不佳。没人邀请她参加聚会，正派摩门教家庭出身的主日学校女生对她又恨又恼。

进了初中以后，她和一帮坏小子交上了朋友。其中一些是无恶不作的捣乱分子，另一些则丑陋不堪。她偷过不少东西，行窃的主要目标是男生的贮物柜。虽然从来没有被逮住，但人们却一直怀疑她，讨厌她。然而，没有任何人有足够的兴趣愿意帮她学好，她感到，即使自己做一个常去教堂、成绩优秀的好姑娘，又会有谁承认呢？

十三岁那年，她被送进精神病院。人家将她介绍到一位神通广大的女士那儿就诊，那位女士说服她进精神病院治疗。去的时候，人家告诉她只需要在里面待两三个星期，但由于她无意中泄露了李叔叔的事,她被关了七个月。

她刚进小学时,父亲的一位战友搬来跟她家同住。父亲叫他老伙计,孩子们叫他李叔叔。其实,他根本不是叔叔或者别的亲戚,可爸爸把他看得比亲兄弟还亲。他甚至长得有点像查理·贝克。如果他俩一起出去,简直就像埃尔维斯·普雷斯利和埃尔维斯·普雷斯利一起沿街散步似的。

李叔叔已经死了,可从她六岁起,他便断断续续地生活在她家里,尼科尔认为李叔叔的事她的双亲负有一定责任。他曾多次奸污她,她甚至认为是这家伙使自己成了荡妇。

李叔叔总是趁父亲在基地值夜班、母亲也上夜班、哥哥又睡着了时对她下手。每逢父母深夜未归时,尼科尔就预感到事情不妙。她忐忑不安地等着李叔叔从浴缸里出来,不一会,当他俩单独坐在起居室里时,他便解开浴衣叫她干,他把这叫做"揉嘎嘎"。

灯关着,她根本弄不清自己正在干什么,也不知道他叫自己吻的是什么。一段时间后,她对此已经习以为常了,每当他问话时,她会有礼貌地答应着。感觉舒服吗?她回答道,是的。

十二岁那年,尼科尔告诉他,他休想再强迫自己干那种事。当时她和艾普丽尔一起睡,李进来把她叫醒了。她知道艾普丽尔也醒着,所以告诉他不行。于是李说,她在卫生间干的好事他全看到了,接着详细讲述了她是如何手淫的。他说,你的灵魂是自由的,你可以和我干嘛。她答道,我才不在乎你看见了什么呢,你去告诉全世界好了。不久,李去了越南,在那儿被打死了。他的死使尼科尔疑心自己是否诅咒过他,因为自己对他可以说是恨之入骨。

她从来没有把他的所作所为告诉家里人，她担心他们不会相信。然而，现在他们好像知道了。也许是那位送她去精神病院的好太太告诉他们的。

加里沉默了很长时间才说："那个老家伙是应该被枪子打死。"

"我讲的这些，你真的愿意听吗？"她问。

他点点头："我当然要听。"

于是她开始对他讲述精神病院的生活和自己的第一次婚姻。她没有隐瞒这两件事中间的那段纵欲狂欢，否则便无法解释她为什么第一次结婚前就认识了自己的第二个丈夫。

三

实际上，那地方半是精神病院，半是管教学校，像个青少年收容所。里面的情况并不是一团糟，不过尼科尔一直憋着一肚子火，把自己关进这里真是莫名其妙。她常常问自己，我又不是疯子，干吗给关到这儿来了呢？每逢夜深人静附近传来尖叫时，一阵凄凉孤独之感便袭上她的心头。

第一次探亲假她是在祖母家度过的。隔壁的几个小阿飞问她愿不愿意和他们聚一聚。她偷偷溜到他们的房子里住了几次，结果因为超假给自己惹下麻烦。回到病院后，院方将她置于严密监护之下，直到六个月后，她才有机会再度出逃。

那天，轮到一个糊里糊涂的老太婆在她的房门口看守，尼科尔成功地从她的眼皮底下溜了出去。她跑过运动场，翻过两道篱笆墙，穿过几个后院，来到一条大路旁。她搭上辆便车到了瑞基和苏的家，在那儿住了几天。就在那时，她开始和后来成为她第一个丈夫的吉姆·汉普顿来往。他声称自己第一次约会就爱上了她并决定娶她,她却认为他是个乳臭未干的傻小子。尽管如此,那些日子她天天和他幽会,使她颇为得意的是觉得自己比他优越。

后来她的父亲打听到她在哪儿,设法找到了她。他既不恼火也没不高兴,只是说她能从精神病院逃出来真有两下子。他建议她结婚。

尼科尔一直感到自己是被"麦克卡车"撞进这桩婚姻中来的。这是精神病院里形容一个人被比自己强大的势力推进婚姻中去时常用的一个词——"麦克卡车式的婚姻"。尼科尔看透了父母的用意,他们想把自己甩掉。

另一方面,虽然她不喜欢汉普顿的性格,对他的智力状况也印象不佳,但她觉得他长得挺帅。而且,爸爸反复告诉她,结了婚,她就不必回精神病院了。当汉普顿请求爸爸答应这门婚事时,他说:"行啊。"根本没人征求尼科尔的意见。

他和吉姆·汉普顿跟老相识似的一起上了汽车——爸爸还不到三十岁,吉姆已经二十出头了——他们把她塞到后座上,开动了汽车。尼科尔清楚地知道,和吉姆·汉普顿结婚并不能使自己获得自由。他们在前车上边开车边喝酒。尼科尔对自己说,反正已经陷进去了,不妨碰碰运气吧。

她坐在后座上,眼前浮现出十二岁时爸爸带她去一家酒吧的情景。她原以为他要拿自己炫耀一番,但很快发现他要炫耀的是在那儿跟他约会的女友,而且他知道她是不会向母亲告状的。在酒吧门口她停住步,因为招牌上写着"未满二十一岁者恕不接待"。

父亲指指"二",又指指"一",说,是未满十二岁,你已经够年龄了。她到读数字时总是稀里糊涂的,所以那天把"二十一"当成了"十二"。

如今她已经十四岁了,她能做到的只是不再为此事发笑。

查理和汉普顿一起喝酒时出尽了洋相。事实上,她的父亲长得有点像她未来的丈夫。她甚至觉得两个人看上去都有点像李叔叔,那个畜生!

不管怎么说,这次旅行总算差强人意。他们中途带上她的一位叫彻里尔·孔默的朋友,她上了车陪他们前往内华达州的埃尔科市,尼科尔和吉姆·汉普顿在那儿结为夫妇。

吉姆对她一向温柔体贴,把她当作一个珍贵的布娃娃对待。他常对那些单身汉朋友吹嘘说,嗨,瞧瞧我弄到手什么宝贝?你们懂吗?他没有工作,两人只能靠失业救济金过活。他不愿意找活干,但对使用指甲锉撬开可口可乐自动饮料器倒很内行。尽管尼科尔不怎么喜欢靠角币度日,但她觉得他们的日子过得还是有滋有味的。

几个月过去了,她依然钟情于他,这次旅行的确不坏。她努力克服自己的性障碍。他们的性生活由过少发展到过分。可在那些日子里,她从未达到真正的性高潮。她也知道,责任不在汉普顿。除了李叔叔的那件事外,她过去的生活中还有另外一件一直瞒着汉普顿的重大秘密。这件事发生在她第一次获准离开精神病院回家度周末期间,她参加了一个持续两天两夜的聚会。数月之后她才跟汉普顿初次相识。

说服她溜出祖母家去参加聚会的那家伙大约二十八岁,他说那儿有酒喝,有大麻抽,而且她也的确看上那小子了。他把她当成小孩子,对她大献殷勤,寸步不离她的身边。和他做爱时,她的感觉那么甜美。完事后,他对他的伙伴们说,卧室里有个可爱的小东西,去跟她聊聊吧。你知道吗,甚至当那家伙暗示她,必须跟他的每位朋友都做一回爱才真正算是他的朋友时,她仍然对他依依难舍。

事情发生时,尼科尔心里酸甜苦辣五味俱全。她竭力置身事外,从远处打量自己。这是一种思考的方式,可以帮助你发现问题。

她打心眼里感到自豪。即使在某种程度上可以说这帮家伙轮奸了自己,但自己毕竟算是参加了一个自己那些胆小如鼠的朋友避而远之的聚会。太令人激动了。于是,她的情欲突然爆发了,和房子里的每个人都干了一回。或者她在那儿住了三天吧?她压根没出门。

就是在那场淫乱中,她头一回遇上巴雷特。那是在第二天,当她单独一人神思恍惚地躺在床上时,进来一个男人。这是个她从来没见过的瘦骨嶙峋的小个子。他站在门口对她说,你知道你没有必要这么干,你不至于这么下贱。听着,他说,你不应该这样糟踏自己。这是她的记忆中有关自己第二个丈夫吉姆·巴雷特的第一件事情。他总共在那儿站了几分钟,但她永远忘不了当时他脸上的表情。

再次见到巴雷特是回到精神病院一个月后。他也被关了进来。他并没有神经错乱,而是从军队开了小差。他的父亲在证明文件上签了字,将他送到那儿,精神病院总比军事监狱好些。巴雷特告诉她,自己的父亲从前是州警察,现在是一家保险公司的经纪人,所以当局认定他的这个儿子精神不正常。

在精神病院里,她真正爱上了巴雷特,两人同病相怜。他看上去那样精明、那样可爱,像一只小猫咪。他的脸上总是挂着甜蜜的微笑,脚蹬牛仔靴,身穿海军裤和紧身衬衫,头发梳理得油光铮亮,衣着整洁,真是个好小伙。后来他被接回军队,很长时间杳无音信。于是她逃了出来,嫁给另一个吉姆——吉姆·汉普顿。

几个月后的一天,巴雷特突然出现了。他在超级市场的停车场等候她,两人见了面欣喜若狂。他问她,怎么能跟他结婚呢?她爱他吗?他们有没有谈论过单独住一幢房子、避开一切干扰?如果她和自己的丈夫生活在一起感到幸福的话,他巴雷特自动退出。他爱她,希望她能爱情美满,一帆风顺。但是,如果她并不幸福……他的手腕太高明了,半小时后,她在心里对汉普顿说声再见,便和巴雷特私奔了。

四

他们直奔丹佛市。这是一次寒冷的旅行。他们在他的一个朋友家过了一星期,然后返回犹他州和他的亲人团聚。尼科尔尝试着叫他吉姆,但这也是汉普顿的名字,所以叫他巴雷特她感到更自在些。

回犹他后,他的母亲玛丽亚·巴雷特,一位和蔼可亲的太太,热情接待了他们,但就是不允许他们在家中过夜。她说你们如果想住在这儿,非得先结婚不可,这是她划定的界线。尼科尔倒无所谓。她一生最快活的事情就是从家里跑出来在果园里睡觉,所以她对在大众牌汽车后座上过夜无所谓。但巴雷特觉得在大街上太惹眼了。他从父亲处得知,他们在丹佛时,吉姆·汉普顿和查理·贝克一起来找过他们。尼科尔认为汉普顿和父亲是狗咬耗子多管闲事,但巴雷特对她解释说,自己的身体不够强壮,打起架来不是他们的对手,于是他们找了一处较安全的藏身之地。

他们在莱希镇的主要街道上找到一套狭窄破旧的公寓。通向房门的楼梯被从楼下的酒吧出来的那些步履跟跄的酒鬼弄得污秽不堪。街道的尽头就是沙漠,终日狂风呼啸。窗户面对着街道,尼科尔站在那儿可以看见爸爸进出楼下的酒吧。

有一天,查理突然出现在门口。大家都在寻找他们,她的爸爸费了好大劲才打听到他们不仅在州内,而且就在本镇,事实上,就在他常去的酒吧的楼上。爸爸一步跨进门,皮笑肉不笑地向她问好。巴雷特迎上前去,查理说:"小子,我要把你那该死的屁蛋剁下来!"他讲话的口气很像克拉克·盖博。巴雷特低声下气地说:"我们先谈谈这件事好吗?"他告诉她的爸爸他并无恶意,他深深爱着尼科尔。尼科尔死死盯着查理的眼睛,终于,爸爸泄了劲,心平气和地回家了。她几乎不相信这是真的。

两天后,警察找上门来,以行为不端为由逮捕了巴雷特。可怜的巴雷特竟落了这么个罪名——行为不端。她估计是母亲从父亲那儿得到消息后前去告发了他。幸亏那个为巴雷特贩毒提供货源的人出面保释他出来。然后,祸事轮到尼科尔的头上。她突然精神崩溃了。一天深夜,她和巴雷特坐在朋友的大篷车内服用装在一只火柴盒中的橙色兴奋剂。第二天晚上,药力耗尽了,他俩又各自服用了一剂,结果尼科尔眼前出现了幻觉。当时车停在普罗沃的中心路上,收音机开着,Grand Funk乐队①正在演奏,乐声中夹杂着刺耳的警笛声。突然,篷车里所有的人一齐激动地前摇后摆起来。砰!尼科尔身不由己地沿着公路飞跑起来,是的,就

---

① 美国一支著名摇滚乐队。

那么飞跑。巴雷特追上她,把她拖回来,但他自己也感到头晕目眩。尼科尔上气不接下气地尖声大叫,巴雷特将她送入医院,但医生也拿她没办法。她四处乱窜,对护士说她们全是些丑八怪,说她看见狮子老虎了。最后他们把她送进青少年收容所。

凯思琳不准她出院。她告诉巴雷特,他要是打算娶尼科尔,必须先付清住院费,否则尼科尔就得进管教学校。巴雷特只好向家里人求援。"让我和她结婚吧,这是我唯一的愿望。"他终于说服父母为他垫付必需的一百八十美元。

母亲给她一件黑礼服穿着结婚,衣服很短,两侧开着口子。为此,尼科尔情绪非常低落,十五岁时穿着黑礼服结婚太丧气了。没有人愿意为他俩拍照,尼科尔虽然没向母亲抱怨,心里却很不是滋味。她一直以为他们在什么地方有架照相机,以为他们也许想要一张他俩的结婚照,可根本没人给他俩拍快照。两个星期后,查理带着凯思琳和孩子迁往中途岛的新基地,她的家庭撇下她远走高飞了。

和巴雷特的性生活与和汉普顿的差不多。那些日子里她还是个新手,快感并不像她假装的那么强烈。直到结婚一个月以后,她才摆脱了自己的性冷淡。自然,和巴雷特性交时她再也没有第一次和李叔叔时的那种冲动了。说句实话,性交时间过长会使她感到周身火烧火燎的,乳房被他粗暴的抚摸弄得隐隐作痛,这后一种感觉倒是跟儿时一样。尽管如此,她依旧迷恋着巴雷特,他和气可亲,跟自己很合得来。他俩发誓婚后永远同甘苦共患难。

然而,从一开始他们的生活就不如意。巴雷特整天为某件事焦虑不安。终于有一天,他心事重重地登门向他的父亲求援。这一举动极富戏剧性,简直像电视连续剧里的场面。他的父亲,那位前州警察，居然相信了他的话。"听着，"吉姆·巴雷特说，"有人赊给我一些毒品，我全抽光了，可我没钱给他们。他们要找我算账，我必须离开这儿。"他父亲信了他的话，为他搞到一辆旧篷车。他在后座上铺了条褥垫，开车溜之大吉。很久以后，尼科尔终于断定，叫巴雷特着急的根本不是那种麻烦，他把他爹给耍了。

他们来到圣地亚哥，住在一家叫"海军准将"的客店里。这是一幢古老的木房子。她看见公路中间一只胖乎乎的小黑猫差点被汽车轧着，便跑出去把它抱回来。可这并不是一只猫咪，而是只怀孕的母猫。两周后它生下一窝小猫。

这段生活叫人哭笑不得。他们既快乐又痛苦。她跟着巴雷特颠沛流离，他却在她身上打主意，动员她卖淫。她当然不愿意干，可他是个天生的推销员，总想推销点什么。他俩都喜欢花样翻新，这在她心里唤起种种无法向加里表达的疯狂情感。有时他们彼此相当粗暴，但她从来没有同意过卖身。经过一番考虑之后，她得出结论，巴雷特嫉妒心极强，最好不要去干涉他的"自我"。

后来，他们把猫送了人，开车回犹他。到达厄伦姆之后，他们把车扔在州际公路的一个入口处就离开了。经过家门时，巴雷特没有停步，只是给家里人寄了一张明信片，告诉他们藏匿篷车钥匙的地点，并为自己无力继续付车款表示抱歉。他对尼科尔说，想到他那两位以为儿子仍在加利福尼亚的双亲会意外地收到盖着厄伦姆邮戳的明信片，他感到非常可笑。

随后，他们搭便车到了莫德斯托，一个总是眯着一只眼的古怪家伙租给他们一个小房间，租金每月五十美元。房间里蟑螂成群，晚上闭灯躺下后常常不得不再爬起来开灯打蟑螂。就在那儿，她发现自己怀孕了。

为了这个即将出世的婴儿，他俩大吵一场。他争辩说，他们养不起孩子。后来，他们回到犹他，尼科尔感到他们已经来到一个三岔路口。她督促他找份工作，他几次三番答应去找，可总是说话不算数。有位妇女打算出售一套有十三个房间的房子，巴雷特凭着三寸不烂之舌说服她以每周八十美元的租金将房子租给他，理由是这样更容易招揽买主。他们搬进去后，巴雷特终日游手好闲，不是邀朋友来家就是出门做客，并且又开始贩卖毒品。直到尼科尔怀孕六个月时，他的聚会依然接连不断。

一天，警察所长和女房东一起来找他。房东退给他半个月的租金，所长命令他立刻搬出去。他想赖着不走，可他们把钱塞到他手里叫他马上滚蛋。这件事弄得尼科尔心烦意乱，巴雷特回他母亲家去了，自己身怀六甲却不得不寄宿在祖母家里。他们不光欠下一屁股债，而且巴雷特一天到晚聚众酗酒。生活变成了个累赘。

正巧，她的爸爸从中途岛回来出差，他开玩笑地问她："愿意跟我走吗？去看看海岛？"她说："他妈的正合我意！"

五

这就是她如何第一次与巴雷特分开的。和当初抛弃汉普顿一样突然。坐在飞机上，她回想起自己和巴雷特共同生活的初期。那时，她爱得那样深，甚至他感觉到什么她也能感觉到什么。当然，仅仅是在获准登上飞机之后，她才想起这些的。这次旅行一开始就不顺当。她和查理花了几个小时在飞往夏威夷的军用班机上搞坐位，可位子一次次被人抢去。问题在于查理身边没有她的出生证明，因此，军人卡上尼科尔的身份一栏不能填上"女儿"。由于怀有身孕，她显得比平时年龄大些，站在她旁边的查理看上去不像父亲倒像男朋友或者丈夫。想到这儿，她脑海里突然闪过李叔叔的影子，心头一阵狂乱。说到这件事，爸爸待她一贯如同对待性感女郎一样，大献殷勤。

也许她的想法被查理察觉了，他显得心烦意乱，因为他们很可能要在这儿困上一夜。"如果不许我带女儿上这架该死的飞机，"他破口大骂，"我他妈的要劫这狗娘养的！"

他们出门来到餐厅。紧接着，四个宪兵走上前来说，贝克先生，跟我们走一趟吧。宪兵把他俩带到外面，命令查理伸开双臂靠墙站立，使劲摇晃他，随后把他拉到警卫室去了，撇下尼科尔一个人坐在餐厅里，身旁围着八个流里流气的水兵。当她起身去寻找父亲时，看到了她平生所见过的最大的一只蟑螂。这只如同老鼠般大小的东西窜进尼科尔站的门厅，她尾随它走下台阶，绕过大厅。挺着那么个大肚子，她除了追赶这只巨大的老蟑螂还能干什么呢？

不一会，爸爸从警卫室出来了。他笑得合不拢嘴，因为一切都搞清楚了。为了弥补过失，他们现在对待他和尼科尔如同对待国王和王后一样，毕恭毕敬的。她风光体面地抵达中途岛。

当她走进房间时，凯思琳吃惊得眼珠子差点瞪出来。尼科尔仍记得她那皮包骨头的模样，记得她如何拥抱自己。凯思琳那种仿佛喜出望外的表情叫人感到有点做作，已经长成青少年的艾普丽尔和迈克又变得放荡不羁，这使尼科尔非常难过，有好几天她甚至不愿意当着母亲的面吸烟。

巴雷特打听到她在什么地方之后，搞得他家老头子的电话费直线上升。他告诉她，他心中激情奔涌，重新燃起了爱火，他已经去工作了，甚至还在银行开了户头。他要来看她。

尼科尔在电话里向他表达了爱，但叫他别来，因为这将使她父亲陷入麻烦。为了节省旅费，查理是把她作为靠父母养活的女儿带来的，所以人人都知道她是个没结婚的孕妇。

该死的巴雷特却非来不可。在盐湖城机场，他开了一张由他父亲支付的支票，登上飞机，来到医院，找到妇产病区，守在她的窗外。凯思琳一离开，他就溜了进来。看到他，尼科尔很高兴，她有点感动了，但并不是深受感动。她不能原谅他的所作所为。两天以后，她打发他回家了。

第六章　尼科尔在河上

一

现在，尼科尔想听加里讲讲他的生活，可他不愿谈论自己，宁愿听她讲。经过一段时间之后尼科尔才意识到，由于加里从少年时代起一直住在狱中，他对她那幼时发生的事情更感兴趣。他和她不同，他的成长过程中没有欢乐。

实际上，即使他真的讲点什么，也多半是关于他孩提生活的。她十分欣赏他的讲述方式，和他画画一样，简洁明了，三言两语便结束了。A首先发生，然后是B和C，D是结局。

A. 上七年级时，全班投票表决是否互赠情人节卡片。他是唯一投反对票的，因为他认为他们已经是大孩子了。结果他输了。他买了情人节卡片给所有的同学寄去，但没有一个人寄给他。几天以后，他厌倦了，再也不愿到邮箱跟前去了。

B. 一天夜间，他路过一家商店，看到橱窗内陈列着枪支。他找到块砖头砸碎了窗玻璃。虽然手被划破，但毕竟得到了渴望已久的枪。这是支温彻斯特半自动步枪，五三年那会儿标价一百二十五美元。后来他搞到一箱子弹，便到处胡乱打枪。"我的两个朋友查理和吉姆非常喜欢这支点22口径的步枪，"加里告诉她，"而我呢，整天得把枪东塞西藏，唯恐叫我家老头子发现，也实在烦了。于是我说：'我把枪扔到河里，如果你们两个有胆量跳下去捞，它就是你们的。'他们以为我胡说八道，直到听见水面上扑通一声才相信。吉姆一头扎进水里，结果让一块大石头碰伤了膝盖。河水太深了，他们永远得不到那支枪。我笑得尿都出来了。"

C. 十三岁生日那天，母亲让他在举行生日宴会和得到二十美元之间选择，他选择了前者。他只邀请了查理和吉姆两个人来参加宴会。他们把父母给他们为加里买礼物的钱自己花掉，然后才告诉他。

D. 他和吉姆干了一架。他火冒三丈，把吉姆打了个半死。吉姆的父亲，那个粗野莽撞的老混蛋，把他推到一边，对他说："不许再来这儿！"不久，他因为别的事陷入麻烦，被送到管教学校。

有时，他的故事变得干巴巴的，听他讲故事就如同看一个老年牛仔把一块干肉切成小块放在嘴里咀嚼一般。每当这时，他便一仰脖灌下一大口啤酒，讲起他的神力吉他来。他能够在睡梦中用它弹奏音乐，"一把很大的旧吉他，"他告诉尼科尔，"上面有个舵轮，还有舵轮把柄。在梦中，当我转动舵轮时，里面就会传出乐声。我可以弹奏出世上所有的曲子。"

后来，加里向她描述自己的守护天使。在他三岁、他哥哥四岁那年，有一天他的父母在圣巴巴拉的一家饭馆用餐。他的父亲说他得去换点零钱，马上就回来，可他一走就是三个月。他的母亲带着两个小孩子，身无分文，举目无亲，于是她决定搭便车回普罗沃。

在内华达的洪堡盆地，他们被困住了，很可能就这么死在沙漠里了。他们没有钱。第二天，他们一天滴水未沾，就在那时，一个男人沿大路走过来，手里拎着个褐色的布包。他说，这是我妻子为我准备的午餐，可我吃不了那么多，你们愿意吃点吗？他的母亲说，当然愿意，非常感激。那人把布包递给她，继续往前走去。他们在路边坐下来打开布包，里面有三块三明治、三个橘子和三个小甜饼。贝西转过身想谢谢他，但他早已不知去向，他们面前只有一眼望不到头的平展的内华达公路。

加里说，那是他的守护天使。每当你需要他时，他就会出现。童年的一个冬夜，冰雪覆盖着大地，他站在停车场中，双手冻得疼痛难忍。就在那时，他一眼看到雪地上有一副毛皮镶边的新手套，戴在他的手上正合适。

是的，他有个守护天使，只是很久以来它杳无踪影。但是，那天晚上，当尼科尔走进斯特林·贝克的家门时，他又找到了自己的天使。每当他们驱车沿街兜风，她抬起没穿内裤的双腿搁在汽车的仪表盘上时，他都要这么告诉她。

她根本不在乎给人看见。有一回，一辆大卡车和他们的车并排停在灯光下，坐在高高的驾驶室里的那家伙直往下瞅他们。加里和尼科尔相视一笑，他们才不在乎呢！加里点燃一支大麻，说这是最好的一支。他们各自吸了一口，加里说："你知道吗，是上帝创造了一切。"

一天傍晚,他们早早来到露天汽车电影院,发现自己是第一个到达的。为了寻开心,加里驾车在排与排之间的坎子上驶来驶去。真他妈的丧气,一个管理人员开着一辆车追上来,粗声粗气地命令他们立即停车。加里停下车,跳出来走到那家伙面前,臭骂了他一通。那家伙嘀咕道:"喂,你没有必要发这么大的火呀。"

但加里的确火了。天黑后,他摸出钳子,拧下了好几个喇叭。下回去电影院时,他又设法偷了两个。家中有几个喇叭的确不错,一间屋里挂上一个,整幢房子便会乐声悠扬。可他们总也顾不上装喇叭,它们一直躺在她的汽车行李厢里。

有时他们在大山与精神病院之间的草地上游逛。站在精神病院背后的山冈上对尼科尔是一种刺激,真他妈的!这正是六年前关她的那所精神病院。

森妮和皮博迪不太喜欢那儿。到了夜里,这些山显得阴冷阴冷的。当一阵古怪的寒气旋风般袭来时,孩子们吓得魂飞魄散。后来,她和加里常常单独去那儿。

有一次,她正围着精神病院溜达时,听到他叫自己,他的声音中有某种东西使她撒腿狂奔起来。她没命地往前跑,一下子和他撞了个满怀,膝盖摔得生疼。加里抱起她,她双腿缠住他的腰,胳膊搂着他的脖颈,双眼紧闭。她产生了一种奇怪的感觉,仿佛一个来自加里体内的邪恶灵魂正在向她逼近。她发现这种感觉竟带来了几分惬意,她对自己说,随他去吧,如果他是魔鬼,也许我愿意离他更近些。

这与其说是恐怖感,还不如说是一种强烈而奇怪的情绪。就好像加里是块磁铁,身上吸附了许多精灵。当然,到了夜间,谁知纱窗后那些疯子会唤醒精神病院后面野地里的什么鬼怪呢?

她在黑暗中问:"你是魔鬼吗?"

听了这话,加里默默地放下她。四周的原野上寒气逼人。他告诉尼科尔,有个叫沃德·怀特的朋友也这样问过他。

多年前,加里还在管教学校时,无意中走入一间房子,撞见沃德·怀特被另一个男孩鸡奸。加里从未对人讲过这件事。他和沃德·怀特各奔东西,几年后才又在狱中相逢。他们仍未提起此事。可是,一天加里走进监狱的业余爱好者商店,沃德告诉他,自己刚刚收到一家邮购商店寄来的银子,求加里将银子打制成一只戒指。根据一本书名为《地狱判官的戒指》的埃及图形集提供的材料,加里仿制出一只叫做"霍鲁斯眼睛"的戒指。戒指做成后,加里说这是只魔戒,他想自己留着。根本没提那件往事,没有必要,沃德·怀特乖乖地把"霍鲁斯眼睛"送给他。尼科尔心里老是想着那只从那个遭人鸡奸的小伙子手里抢来的戒指。

现在,加里要把戒指送给她。他告诉她,印度教徒相信,在你的前额正中有一只隐形眼,这只戒指可以帮你用这只眼看东西。他们到家后,他叫她躺到地板上,告诉她应当耐心等待两只闭着的眼睛中间出现第三只眼。她必须集中注意力,直到这第三只眼睁开。如果它睁开了,她便能透过它看到一切。

那天夜里,什么都没发生。她笑得太过火了。她一直盼望出现一座金字塔,可她什么也没看见。

但是,另一个夜晚,她相信她的确看到某种东西绽开了,也许是因为抽了根优质大麻吧。她从那只眼里看见自己过去的生活,她记起已经忘掉的往事。但是，在她的心目中，这些往事显得那么遥远，她不知道是否有必要把一切都告诉他，她担心这将会引来更多的幽灵。

她继续向他讲述自己的身世，但不像以前那样坦率了。她一次又一次甩掉旧的男友，装出一副他们在自己的生活中无足轻重的样子，把最优秀的部分留给自己。精神病院附近的那一夜之后，许多往事在她的脑海里浮现，她好像在观看一部记述自己顺流漂泊的影片。自己几乎从头到尾看了一遍，却只把其中的一两个场景讲给他听。

二

森妮出世不到十个星期，尼科尔便开始了新的生活。她专找中途岛上那些不谙男女之事的小伙子约会。她这么做一半是由于巴雷特使她相信她的床上功夫不行，因此她宁愿跟不懂什么是床上功夫的人睡觉。当然，巴雷特也有他的障碍——除了她，他跟任何女人做爱都兴奋不起来。所以，他背地里嫉妒得发疯。有时，他们在镇郊散步，某个男人会对她笑笑，巴雷特便暗自断定，她跟那人睡过觉。不过，他当时一声不吭，三四天之后才发作。他拿她当妓女对待，翻来覆去计算遇见他之前她跟人睡过多少回觉，用最残忍的字眼指责她身材臃肿。她总想回敬他一句：他哪怕是个那玩艺儿比手指粗一点的家伙，情况也不至于这么糟糕。所以，她觉得自己需要和那些对自己感激涕零的家伙相处一段时间。

然而不久，尼科尔决定从中途岛返回犹他。经过一段健身活动之后，她感觉良好，身材苗条，她的小宝宝又非常逗人喜爱。当时是夏天，巴雷特在机场迎接她。他每天推销两三磅大麻，看上去像是发了大财。他要她跟自己回去,但她有了一个新想法。"我不是你的老婆子,"她告诉他,"你也不是我的老头子。我想干什么就能干什么。"可她还是搬了回去。整个夏天,他们靠着优质四氢大麻酚和大麻醇,一直保持情欲旺盛,她感到自己迫切需要性爱。

和巴雷特在一起的这段时间里,她彻底克服了自己的性障碍。她不知道这是否意味着巴雷特就是那个将会与自己长久相伴的家伙。也许只是一种条件反射,巴雷特一进门她立刻情欲高涨。服用四氢大麻酚使她成熟丰满,时时刻刻想跳舞(但每回平静下来之后,她便开始头疼、牙疼、肚子疼。这玩艺劲真大)。不过,它却使性爱妙不可言。

然而,她感到孤独。巴雷特一心想做大男子汉,一点也不了解她的内心世界。他所欣赏的只是像个大毒品贩子似的四处游逛,吸引人们的目光,对因果报应之类他一无所知。尼科尔给了他一本鲁思·蒙哥马利·福特写的《冥冥世界》,他后来只讲了一句关于这本书的话:读过了。他这么个聪明人竟对这本书不加评论!鉴于服用大麻使尼科尔脑子里自杀的念头越来越强烈,这件事对她肯定没有好处。她梦见自己死后被埋入沙漠中的坟墓,在生命的最后几秒钟里,温柔的黑夜覆盖住她的全身,对她说:"到我这儿来吧。"

她感到心绪不宁。她告诉巴雷特死亡在召唤她,她也欢迎死亡。喂,听着,他说,你太宝贵了。但对这个话题他却避而不谈。

他们的私生活中也出现了裂痕。他的合伙人斯托尼和他们住在一起,她很喜欢他。一天夜里,她感到自己的情欲和夏季的夜晚一样燥热难忍,便走到巴雷特面前娇声娇气地说:"你为什么不在长沙发上睡觉,给斯托尼一个休息的机会呢?"巴雷特差点气晕了，但她和他有约在先，她已经不是他的老婆子了。他只好躺到沙发上去，听任斯托尼上了她的床。可是巴雷特越想越窝火，他爬起来开车离开家，二十分钟后才回来，进门就叫他的合伙人滚出去。这事似乎就这么结束了。

两天后，巴雷特大概开始领悟到这正是她所需要的。他带她去参加一个峡谷聚会，故意叫她轮流陪着他和几个朋友。事后，他突然发起火来，他们两个大打出手。尼科尔朝他扔过去一把大砍刀，那刀穿透纱门飞了出去。接着，她又扔过去一把斧头，砸破了厨房的窗户。两个人闹翻了。她带上森妮，来到曾祖母家与瑞基和苏同住。

一种痛苦取代了另一种痛苦，她和苏从没相处得这么糟糕过。苏到处扔脏尿布，弄得房里臭气熏天。

后来有一天，瑞基和苏发现尼科尔和方汤姆一起躺在曾祖母的床上。他是个和蔼可亲的华人，在一家中国餐馆工作，靠着蒙骗老板捞了不少钱。他向她求婚。她的生活中又多了一个想娶她为妻的男人。她带汤姆到那间房里去是为了避免干扰——他给她按摩，那是他的拿手好戏。正当她达到高潮时，瑞基和苏进来了。方汤姆走后，爆发了一场激烈的争吵。她说了不少难听话，瑞基警告她说，她要是再讲这种不要脸的话，他就要把她的屁股打个稀巴烂。后来，叔叔和婶婶来了。听说她竟在那张床上乱搞，他们火冒三丈，骂她是个婊子，根本不容她辩解。叔叔甚至扇了她一耳光。她把尿布、婴儿食品和奶瓶等一大堆物品塞进一只枕套，找出个背包，抱起森妮走了。

她是哭着离去的。曾祖母是个好人，但却是个虔诚的摩门教徒。她回忆起小时候看到这位曾祖母从浴缸爬出来擦干身子后立刻贴身穿上教袍。这件粗糙的布袍弄得她身上所有的衣服都显得很难看。如果你是在教堂结的婚,你就必须贴身穿教袍。

从前,曾祖母常常带她去主日学校。无聊极了。他们教训你说,如果你犯下罪孽,等待你的将是一片黑暗与混乱;如果你做个好姑娘,你将会坐在上帝的膝前。

可麻烦在于所有的好姑娘都不喜欢她,总挖苦她和那些男孩的事。她们走过她身旁时嘴角挂着冷笑。床上事件之后,这一切全都涌入她的记忆之中。她极力忍住泪水,沿着公路往前走。

一个开车去宾夕法尼亚的结巴让她上了汽车,她根本不在乎车往哪儿开。尼科尔不知道自己是否喜欢这家伙,但他的确需要一个女人,而她对去什么地方又根本不在乎,所以她跟他来到宾夕法尼亚的德文,在那儿和他同居了。他在当地经营一家皮匠铺,收入相当可观。他们甚至开始商量结婚的事。在床上,他是个了不起的演员,竭尽全力讨好她。

三

这个叫基普·埃伯哈德的家伙实际上很难相处,他有许多幻觉。她犯了个错误,把自己的过去告诉了他。他只要一出门上班,便立刻开始担心尼科尔会招野汉子来他们的活动房。从来没人来过,可她没法叫他相信这一点。她深深地陷入了困境。叫她烦心的是,她的确有过带个可爱的小伙子来家陪自己消磨一个下午的秘密想法。基普做起爱来像个魔鬼,但有时他出门后她又渴望魔鬼。

基普的偏执狂发展到了荒谬的地步,他甚至诬赖她和一个满脸灰土的胖老头睡过觉。有时，他把她打得鼻青脸肿。唉，耶稣啊，她爱他，他有那么可爱的屁股。这一点比其他所有男人加在一起还叫人伤心。

想到自己奉献给他一年时间，想到他几乎逼得自己发疯，尼科尔对他殴打自己的行为很是瞧不起。他只不过是个小矮子，瘦弱干巴，削肩膀，所以他们常常打得不亦乐乎，有几次她差点打赢了。

十七岁时尼科尔发现自己又怀孕了。一听到这个消息，基普心花怒放，为自己、也为他俩高兴。他一天到晚念叨，他们要有孩子了。她感到恶心，她可不愿意在这个家伙身边度过余生。

她以前一向不懂如何避孕。事实上，只是到了这个时候，她到德文附近的计划生育联合会大楼去领取避孕器时才知道是怎么回事。尼科尔从来不吃药，也不看日历。她从一本书上读到，在一个月的某几天内受孕的可能性比在其他日子里更大些，但她搞不清楚是哪几天。她读过这方面的书，可书里好像提到在不同的地方有不同的时间。再说，她不知为什么总觉得自己不会怀孕。

但这一回，住在隔壁的一位实习护士一再督促尼科尔与计划生育联合会联系预约门诊。当她终于去就诊时，人家明确告诉她，她怀孕了。

告诉基普之后，情况更糟糕。他坐在那儿，生着漂亮的黑胡子和鬈曲的头发，为他们两个而爱抚她。他总想讲点什么，但讲着讲着便激动得说不出话，半天才迸出两个字。她强作笑颜坐着不动，真想对他说，我可不是个能掐会算的人，你知道吗？但当她已经猜出他的意思时，他还非要结结巴巴讲出来不可，这使她下定决心，无论如何都要逃走。

还有那可恶的幻觉。他不是怀疑有人跟踪他，就是担心妖魔鬼怪在等待着他。前头危机四伏。他常说，瞧那儿，你知道吗？可她什么也没看见。

她说声再见，便搭乘灰狗长途汽车返回犹他。二十四个小时后，她和在汽车上遇到的一个讨人喜欢的家伙一同上了床。虽然不是妙不可言，可她心情舒畅，有说有笑。说到底，她并不急于回到原来的生活轨道上去。

她曾考虑过流产，可她不忍心杀死腹中的胎儿。她再也不能容忍巴雷特，但是她却喜爱森妮。所以，她不愿眼睁睁地看着一个自己可能会喜爱的小生命被扼杀。

杰里米出世的第二天，巴雷特来到医院。她一眼看穿他对自己耍的鬼把戏。他说，他一看到杰里米就觉得他是自己的儿子。

出院后，巴雷特一趟趟来看她。杰里米未足月就落地了，她只好将他寄养在早产婴儿保育箱里，每隔一天便搭车到医院去看他一次。

巴雷特自愿陪她搭车，他迷上那婴儿了。他告诉她，他迫切需要她，还有那个新生儿。他非常激动，可这种情形她早已习以为常。好吧，她说，我和你一块住几天。她不得不承认，巴雷特来到医院、穿上白罩衫、戴上口罩，进去看望那个婴儿，是真心实意的。他从没这样对待过森妮。

杰里米出生之前，尼科尔在一家汽车旅馆上全班，干换床单台布、刷浴室之类的活。由于她仅仅读完七年级,她只能找到这种工作。没有办法,她终于和基普通了电话。除了巴雷特外,她需要一个与她生儿子有关系的人。基普不相信这个消息,他以为要再过好几个星期才生呢。这回他一点不结巴,电话里他听起来又那么和气,于是她决定再和他试试。

　　直到有一天他从皮匠铺下班回家为止,开头的几天是她和基普共同生活中最愉快的时光。那天下午,她跑前跑后收拾东西,把杂物塞到沙发底下去。他喜欢房间里井井有条,只要稍稍有点零乱,他就认为她又和野男人勾搭了——以前他一直这样。他进门时她正收拾东西。

　　她站在那儿等着和他接吻,可他看都没看她一眼。相反,他开始翻白眼,这种表情她以前见过。

　　他到处翻箱倒柜,接着跑到浴室里去了。她跟进去,看见他脑袋伸进洗衣篮里,正在翻弄她的内衣,看上面有没有黏液。这太无礼了。她绞尽脑汁也想不出是什么使他起疑心的。最后,他告诉她,刚才开车回来时他看到两个人在窗前走动。她解释说,既然窗户是双层的,有挡雨窗,又有内窗,他看到的也许是两个影子。他根本不相信,赌咒发誓说他看到的是两个人。她气得尖声大叫起来。

四

　　回到犹他,家人异口同声赞叹她生了一男一女是多么的幸运。当她甚至拿不准自己是不是连一个也不想要时,竟不得不抚养两个孩子,尼科尔看不出这有什么伟大之处。特别是在艰难的日子里,她一心想的是自己失掉了许多东西。

巴雷特又一次在机场迎接她。他们谈起往事，然后来到他的公寓，听他们喜爱的唱片。他告诉她，这套房子是他专为她预备的，他不会到这儿来打扰她。于是，她搬了进来。

可是事实上他的几个朋友正在那儿吸毒，他便赖着不走了。几天后，他暴跳如雷，说这是他养女人的房子。又开始了。重又和巴雷特混在一起，能有什么办法呢。没有汽车，没有钱，没有房子，还要养活两个孩子。凯思琳和查理从中途岛回来了，要她搬过去。但是她不愿回家低头认输，再说，父母也有他们的一大堆麻烦事。由于艾普丽尔越来越疯疯癫癫，查理不得不从海军退役。看来他们家的孩子将来全是精神病院的毕业生。她无论如何也不愿回去听家里人吵架。

就在这时，巴雷特的生意出事了。斯普林维尔的一个警察每次遇见他都要命令他停车，随便找个搜查的理由，比如说他的牌照没有挂端正，等等。一天深夜，巴雷特因为一侧尾灯不亮被那个警察拦住了。他刚刚给人注射过一百支兴奋剂，并且自己服用了一剂可卡因。他以为自己没有把柄，可是离家之前他从地板上拣起一条裤子套在腿上，根本没注意到塞在裤兜底部的兴奋剂晶体，直到那警察叫他停车后他才明白过来。他站在篷车旁，双手向上扶在车顶篷上，让警察搜身。他感觉良好。没有把柄、镇定自如。事后他告诉她，正当他四下里打量时，警察扯出了他的裤兜。他一低头，猛地瞥见警察手掌中装在塑料袋里的二十五粒白色晶体。巴雷特向她吹嘘说，自己像猫一样敏捷，一把抢了过来。当时要是把塑料袋塞到嘴里就好了，而他却使尽全力把它朝远处扔去，于是奥利佛·纳尔逊，那个警察，立刻铐住他的手腕，扯住手铐拖着他在附近转来转去搜寻。地面覆盖着白雪，要找出白色晶体是很困难的，但纳尔逊显然不肯罢手。终于，巴雷特在一根电线杆底下看见了它，奥利佛拽着他刚一走近，他便企图抬脚把塑料袋踢到雪里去。可是就在他伸腿时，那警察察觉了，看到了白色晶体。他被带到局里去了。

瑞基赶到那儿，缴了一百一十美元的保金，把他领回家。大约凌晨两点钟，瑞基将他交给尼科尔。她没有发火，完全理解他。但是，这一回巴雷特的确陷入了麻烦。几天后，他们打点行装，搬到犹他的弗诺，他暂时洗手不干了。

五

迄今为止，尼科尔一直听天由命、随遇而安。巴雷特在弗诺驾驶油车，这话的意思是说，他找到份工作，失去它，又找到一份。他脾气暴躁，动不动就叫他的老板见鬼去。有一次，对自身安全的担忧使她再也呆不下去了。她正带着两个孩子、拎着简单的行李沿街往前走，迎面碰上巴雷特开车回家。于是，他俩大打一场。他摆出一副要打得她屁滚尿流的架势，可她抓起森妮的玩具椅劈头盖脸朝他砸下去，打得他浑身上下青一块紫一块的。她也因此没有走成，她觉得他那副狼狈相怪可怜的。

每隔一阵，她就会产生重回学校的念头，她甚至写信和几家学校联系过。但巴雷特总是说，得啦，得啦，她没有必要上学，他可以养活她。她觉得他把自己当成一个心甘情愿依附于他的傻女人。

后来，巴雷特告诉她他们又要搬家。他借来一辆车，说是用来运家具的。可没等她明白是怎么回事，他就把家具卖了，立体音箱、她的电吹风、灯具，全卖了。他用这笔钱买进一批麻醉剂，外出贩毒去了，管他什么家具不家具的。她于是到学校注了册，领取了一百三十美元的救济金,悄悄搬到一处活动房小区住下。她喜欢这种清静的生活。摆脱了巴雷特,她过得很快活。只是每月九十元的房租叫她头痛。交了房租便没有足够的钱买吃的,日子又一天天窘迫起来。

这时来了一个叫史蒂夫·赫德森的家伙。他比她年纪大得多,也许他只有三十岁,但看上去却像个老头子。她感到自己对他比对以前的任何男人都更敏感。他为人正直,定期去教堂。他们相识仅仅两三个月就结为夫妻。两个星期后,她离开了他,因为他们无法相处。太没劲了。她心情烦闷,很快和一个在教堂认识的家伙好上了。这人叫乔·鲍勃·西尔斯,是个大块头,讲起话来慢吞吞的。他很会保养身体,工作努力,做爱也努力,并且真心喜欢她的孩子。说句实话,乔·鲍勃跟杰里米的关系比她跟杰里米的要好。她对杰里米一直爱不起来。他刚开始啼哭时,她会抱他起来,但哭的时间一长,她就把他扔回婴儿床上去了。她总是将他重重地往垫褥上一摔,不过从来没伤着他。乔·鲍勃待杰里米实际上比她待杰里米好得多,这也许是因为他自己也有个孩子并且很少见得着的缘故。

乔·鲍勃的父亲住在密西西比。他得了癌症,快要死了,希望他俩去一趟。尼科尔把孩子托付给查理和凯思琳,随他上路了。她对乔·鲍勃和自己的关系充满希望。他给了自己一种真正的安全感,而且又是个情欲旺盛的家伙。

在密西西比的一天夜里,尼科尔经受了平生最强烈的一次震动。鲍勃家的肉店是镇上最大的,他们家里养着几头牛供自己食用。这天晚上,尼科尔无意中来到牲口棚,隔着木板墙看到棚子另一边的围栏里一头小牛正在吮吸她的新男人。

以前乔·鲍勃曾数次开玩笑地谈过自己见过的小鸡与狗交配的照片，问她是否见到过这类事情，尼科尔当时没在意。现在她对自己说："你一辈子是个倒霉蛋，醒醒吧。"

甚至对自己，她也装着从没看见乔·鲍勃和小牛在一起。他成天盘算着继承父亲的肉店，到那时他们将生活在动物之中，死了的动物。其实他父亲的病并不像他在犹他渲染的那么严重，不过老头准备退休了。他俩打算回犹他把森妮和杰里米接到密西西比来，尼科尔感到自己掉进最可怕的陷阱之中了。

回到犹他，踏进乔·鲍勃公寓的前门仅仅十五分钟，家里就闹翻了天。乔·鲍勃喂养的几只小动物从笼子里钻了出来，到处乱窜；近来，房子正在整修，壁板和洗涤池还没安装好，地板破损严重；更糟糕的是，院子里的小活动房不见了。乔·鲍勃立刻猜出是谁偷的，因为这房子是当初那家伙没钱还他的债时，他抢来抵债的。现在活动房被偷走了。乔·鲍勃和警察谈着话，森妮和杰里米在号啕大哭，尼科尔呆立在门口，脑袋疼得快要炸了。

她听见警察对他解释说，财产占有者打官司总是占上风的，既然乔·鲍勃从未在法律上拥有过那所活动房，他就无能为力了。

他回到屋里，刚想开口解释，她就说，我知道了，我听见了，我可不愿再听一遍，并发誓说自己头晕，懒得讲话。他对她瞪起眼睛，她也对他瞪起眼睛，不知她的哪句话刺痛了他，于是，到家仅十五分钟，他就拎起她朝房间的另一头摔过去。

接着，他跑过来拎起她又摔到地上。地板上扔着几床垫褥，但有几次她撞到墙上又反弹回来。

他坐到她身上，压得她透不过气来。他说，他再也无法容忍这种行为，绝不容忍。他警告她现在她是他的奴隶。他的体重不下两百磅，大部分肌肉集中在后背和肩膀处。他在她身上一坐就是几小时，隔一阵想起来便打她一顿。后来，他把她锁在里屋，一连几天不许她出来。

乔·鲍勃每天只给两个孩子一顿或两顿饭吃，偶尔允许他们和她一起待一会。他不再锁门，但她仍然不能离开那间屋，他不准她出来。她又哭又闹，有时尖声狂叫，有时一连静坐几个小时。每当她闹得太厉害时，他就进来给她两耳光，她挨打的时候脸上没有任何表情，也不出声，好像他根本不在场似的。

他一次次奸污她——他在这方面依然如故——把她叫做"小丫丫"、"小宝宝"和"心肝"。她有时尖声叫喊，有时则漠然置之。几天之后，她记起他有一支枪，便开始盘算如何弄到他的那支大号手枪。她心里总惦记着这事，要是能把它搞到手，她非杀了他不可。她一遍又一遍地向乔·鲍勃声明，哪怕杀了她，她也决不跟他过了，决不。

又过了一个星期。这时他一天只打她一次，并且允许她到院子里去，他甚至开始外出工作了。开头，她怀疑这是个圈套，没有马上采取行动。几天以后，她溜出门来到公共汽车站。这一天是杰里米的周岁生日。她打了个电话，巴雷特又一次前来解救她。每当她在这个可恶的世界里孤立无援时，他便出现了。他知道，他乐意，他是唯一愿意帮她跳出火坑的男人，真是个理想的白马王子。

他们带着孩子住在他朋友家草场上的一顶小帐篷里，后来他们在普罗沃找到一套公寓，在那儿度过了圣诞节。在这段时间里，她一再向巴雷特声明,自己不愿意再跟他过日子,而他却反复地向她指出,她其实是愿意的。最后,在她找到斯班尼西福克那幢房子后不久,巴雷特和一个跟他同姓的朋友一起搬到怀俄明的科迪去了。这一切真像一个令人毛骨悚然的鬼怪故事。

第三部 加里和尼科尔

第七章 加里和彼得

一

六月的第二个周末，加里和尼科尔计划到峡谷去露宿，在那儿的树林里寻欢作乐。但是，劳雷尔要随父母去走亲戚，尼科尔没能找到带小孩的钟点保姆。

星期六的上午，加里来到弗恩的鞋铺为他写招牌，在那儿碰上了托妮的女儿安内特·格尼。安内特这个周末住在弗恩和艾达这里，她的爸爸妈妈和布伦达夫妇一块到内华达的埃尔科玩吃角子机①和掷骰子游戏去了。见到她，加里开口就问她愿不愿当钟点保姆。

艾达不赞成。她说，她的外孙女看上去有十六岁，但实际上才十二岁。一个人照看两个小孩子可不是件小事，安内特干不了。

加里仍不死心。后来，他干完活拎着油漆桶从鞋铺出来朝自己的汽车走去时，对安内特说他将付给钟点保姆五美元。她告诉他，她想干，可是不能干。接着，她嫣然一笑，从衣袋里掏出块饰板。那还是加里出狱后的第一个星期天，他去托妮家拜访时教过安内特画画。现在，安内特画了一幅饰板画，打算送给他。加里一时高兴，伸出胳膊搂住她，亲了亲她的面颊。随后，两个人手挽手沿着街道往前走，加里一个劲怂恿安内特去央求艾达同意她做钟点保姆。

住在弗恩房后地下室里的房客彼得·盖洛万走进铺子时正碰上他俩往外走。他注意到加里和安内特彼此挨得非常近，走到门外停住了。他不喜欢这种事。加里让安内特倚在墙上，自己俯过身对她说话,看上去他正急于说服安内特接受自己的观点。彼得转身走进鞋铺,"艾达,"他说,"依我看,加里打算勾引你的外孙女。"

三个月前安内特在艾达这儿小住时,曾经在家门口被汽车撞过,幸好那辆车刚刚开动,所以伤得不重。但不管怎么说,安内特是在姥爷姥姥这儿被撞伤的。艾达可不想给托妮造成安内特每回来这儿都要出事的印象。于是,她跑到窗前,正好看见加里和安内特手挽手往回走。

"我不知道那是不是你应该做的事,"她说,"你离安内特远点。"

后来,弗恩对加里说:"我不想看到任何出格的事。"

二

第二天晚上,安内特对托妮说:"妈妈,我们没干什么错事。我把饰板送给他,他在我脸上亲了一下。"

"那么,你为什么要跟他沿街散步呢?"

"因为一个红色的大甲虫——我从来没见过那么大的甲虫——从我们面前飞过,我们追上去看看。"

"可你们手挽着手呢。"

"我喜欢他,妈妈。"

"他碰你别处了吗?除了那亲热的一吻之外,他还对你做了什么?"

"什么都没有,妈妈。"安内特望望托妮,好像是说提这种问题太愚蠢了。

托妮和丈夫谈起这件事时,霍华德说:"加里不至于在鞋铺外

---

① 一种赌具。

面的人行道上胡来，宝贝。我认为这没什么大不了的，我们留点神，小心点就是了。"

星期一，弗恩告诉彼得，加里扬言要狠狠揍他一顿，他得留点神。弗恩说："要是加里到这儿来找事，我可不希望在铺子里打起来。你们到铺子后面去见高低吧。"不过，彼得可不想打架。他听人从头到尾讲过加里上回去爱达荷时如何把那家伙打得住进了医院。

当初，彼得曾从窗口亲眼看见加里用大锤和撬杠拆掉弗恩家的水泥路堤。加里两天之内完成了那么大的工作量，给他留下了深刻的印象，因而他一有机会就邀请加里去参加教区舞会。

正如布伦达后来告诉加里的那样，彼得比世界上所有的教徒都虔诚。他好像生来身体就晃个不停，唠叨，专爱按着别人的脖子强迫人家和他一起祈祷。他是个大块头，身高六英尺三英寸，相当结实。他的肚子稍微有点突出，生面团似的脸上总是挂着友好的微笑，双眼透过镜片专注地盯着你。因为这一切，你很难对他说出"不"字。然而，当他邀请加里参加教区舞会时，对方叫他立刻滚蛋。

彼得可不想现在跟加里打架。他是个大忙人，既要在弗恩的铺子里打工抵房租，又要在其他三个地方干活——维修普罗沃学区的游泳池、做公共汽车的钟点驾驶员以及抽空帮人打扫地毯。另外，他正在想方设法争取重新博得摩门教会的恩宠。这么多事凑在一起，他整天忙得不可开交。除此之外，他还要尽自己所能从经济上帮助他的前妻伊丽莎白，养活她第一次婚姻留下的七个孩子。

不用说，他疲劳极了，更别提他那些持续不断、各式各样的精神崩溃，为此他以前曾不得不入院接受锂化治疗。而现在，一想到加里会来找自己的麻烦，彼得的肌肉和后背立刻绷紧了。

星期一傍晚时分，彼得正在铺子里干活，弗恩说："他来了。"

加里的样子正像彼得预料的那样——怒气冲冲的。你还能想像出比这更可怕的表情吗？

加里说："你向艾达告我的状，我很不高兴。我要求道歉。"

彼得回答说："如果我惹你生气了，我很遗憾。不过，我的前妻也有个这么大的姑娘，我感到——"

"你看到我干什么坏事了吗？"加里打断了他的话。

"我没看到你干坏事，"彼得说，"但你那种表情明确无误地告诉我你心里在想什么。"他觉得这话太刺耳，连忙补充道，"为了我向艾达说过的话，我道歉。也许我该一声不吭才是。我不该多嘴多舌，我向你道歉。不过我仍然认为你对那女孩的兴趣不太对劲。"彼得讲实话时总是遮遮掩掩的。

"好吧，"加里说，"我要跟你决斗。"

这时弗恩出现了。"你们到后面去打。"铺子里有个顾客。

彼得压根不想卷入这场冲突。他先加里一两步走进后面的巷子，边走边回忆自己当年凭力气创下的业绩，拿这个给自己壮胆。他曾经是个前途无量的径赛明星，十五岁那年不小心自己射伤了自己的脚，于是改行掷铅球，并在州中学联赛上获得冠军。他当过建筑工人，还练过举重。就在他越来越自以为身材魁梧体力超人时，突然"咚"的一声，他被人在后脖梗上猛击一拳，差点摔倒了。他刚转过身，加里就冲了上来，他顺势用胳膊夹住加里的脑袋，随即把他按倒在地上。在地上扭打可比跟他比拳脚有利多了，彼得可以把加里的脑袋朝水泥地面上猛撞。

当然，彼得的肋骨硌得生疼，胸前口袋里的眼镜挤碎了。第二天，他不得不到按摩师那儿去按摩脖子和胸部。但当时他把加里牢牢压在身下。彼得瞥见弗恩站在他俩的脑袋跟前袖手旁观。

弗恩觉得，如果刚才加里等彼得站稳，跟他用拳头对打的话，他是能够打败这小子的。可是眼前，彼得占了上风，他那重达二百四十磅的庞大身躯牢牢压住加里。这种上风对彼得来说再幸运不过了。他抡起拳头劈头盖脸地揍了加里一顿，然后问："尝够了吗？"加里憋得透不过气来，"哎哟，哎哟"地答应着，这会他只剩下哼哼的劲了。弗恩等了一会才开口，他要让加里得到他应该得到的全部惩罚。"好了，他挨得差不多了，让他起来吧。"彼得这才松开手。

加里面色苍白，嘴里流出不少血。他那种歹毒的目光是弗恩从未见过的。

弗恩骂了他一通。"这是你自找的，"他说，"从背后暗算别人，太卑鄙了。"

"你这么认为？"

"你把自己叫做男子汉吗？"弗恩抓住他的胳膊，"到卫生间去洗洗吧。"加里站着不动，弗恩只好推着他往前走。他磨磨蹭蹭地不肯进卫生间，可弗恩硬是把他推了进去。他转回身说："这是我打架的方式，先下手为强。"

"先下手为强，"弗恩说，"不过不该从背后下手。你算不上个男子汉。把你自己洗干净，回去干活吧。"

彼得逐渐镇定下来，他感到浑身上下像散了架似的。不一会，加里从卫生间出来了，仍然坚持要他赔礼道歉。他一脸豁出去的神情，看样子还想打架。彼得抓起电话，说："如果你不马上离开，我要叫警察了。"

他们默默对峙了很久。最后，加里转身走了。

彼得还是打了电话，加里使他感到浑身不自在。一个警察来到鞋铺，把彼得叫到警察所里备了案。

弗恩和艾达觉得这样也好。他们告诉彼得，加里最近越来越不像话。彼得还打听到加里的假释官蒙特·考特的名字，给他也挂了个电话。但是蒙特·考特答复说，加里来自另一个州，自己不一定能够按惯例将他送回监狱。彼得感到他是在推卸责任。如果他不使劲，加里是不会被逮捕的。

当天晚上，彼得前去探望前妻伊丽莎白。他对她说："下次再出事，加里非杀了我不可。"伊丽莎白是个娇小白皙、妖艳迷人的女人，性格像一团火。在彼得看来，伊丽莎白非常明智，因为她在私生活上经历过数不清的磨难之后，依然乐观向上。她叫他别把这事放在心上。

彼得说不行。"毫无疑问，"他说，"他要杀死我，不是杀我就是杀别的什么人。"他告诉她，目前他对加里的挑衅极为敏感。是上帝赋予他的气质使他如此敏感的；同时他也知道，当他对某些事情过于敏感时，他的精神就要崩溃，因此他必须设法避开这些事。他对伊丽莎白说："我要让加里待在他无法伤害别人的地方。他是属于监狱的。我要提出起诉。"

三

第二天上班时，加里的嘴唇肿得老高，脸上青一块紫一块的。

"出了什么事?"斯潘塞问。

"我喝啤酒的时候一个家伙说了几句不中听的话,于是我和他干了一仗。"加里回答说。

"看来那家伙似乎占了上风。"斯潘塞说。

"噢,不,你该去看看他那副惨相。"

"加里,你仍处在假释期,"斯潘塞·麦格拉思开导他说,"如果你在酒吧里打架,他们会把你扔回监狱的。要是喝酒使你头脑发热的话,那就别喝了。"

那天上午晚些时候,加里走到他跟前。"斯潘塞,我仔细考虑过了,"他平静地说,"我相信你的那番话是为我好,我打算戒酒。"

斯潘塞表示赞同,接着又开导了加里一番。假设他,斯潘塞·麦格拉思,到一家酒吧喝了几杯,跟人打了一架,被警察抓进监狱,他将陷入困境,不是吗?但事情远不像吉尔摩被关进监狱那样严重,因为他那种行为是公然违犯假释条例的。

加里问:"斯潘塞,你蹲过监狱吗?"

"噢,没有。"斯潘塞说。

加里盼着尼科尔来吃午饭,可是她没露面。他坐到工头克雷格·泰勒的身旁,他们俩现在相处得不错,经常坐在一起用餐。他们在一块挺合适,加里喜欢高谈阔论,克雷格则弓着背双手抱肩静静地听着,除非有必要,从来不说一个字。

这天,加里谈起了监狱,他隔几天就要重提这个话题,今天大概又来了兴致。他拐弯抹角地暗示他认识查尔斯·曼森。[①]

[①] 即查理·曼森,美国七十年代一邪教头子,谋杀犯。

克雷格心里说，你是在拿这个往自己脸上贴金。他眨眨镜片后面的眼睛。他们喝着啤酒，克雷格已经觉察到，加里几杯酒一下肚就变得天不怕地不怕的。"我在牢里杀过一个人，"加里说，"那是个大个子黑鬼，我捅了他五十七刀。然后，我把他弄到床上坐好，交叉起他的双腿，给他戴上棒球帽，在他的嘴里插上一根香烟。"

克雷格早已注意到加里吸鸦片烟泡，这是一种白色镇静剂，叫菲奥瑞纳。他递给克雷格一支，克雷格拒绝了。看样子这种镇静剂对吉尔摩的火暴性格没起多大作用，他显然处于高度紧张状态之中。

他们刚吃完饭尼科尔就来了。她和加里一开始讲话，克雷格就看出他俩心慌意乱。他们互相紧握着对方的手，热烈地接吻告别。克雷格对那一吻没怎么在意，这是加里向大伙炫耀自己有个漂亮小妞的一贯方式，但是紧紧握手就不同了。整个下午，加里的举止一直很古怪。

克雷格派他开一辆两吨卡车外出干活，跟他同行的是一个和他同名的十八岁的小伙子，叫加里·韦斯顿。他们的任务是给一栋房屋装绝缘层。他们必须在墙里先嵌入一层塑料薄膜，然后装上绝缘材料。干这种活灰尘很大，弄得人鼻孔发干。半路上，加里钻进一家店铺偷了一箱半打装啤酒，到了地方边干活边喝酒。

加里·韦斯顿一声不吭，他知道自己才十八岁，没有资格管别人。

他们正干着活，吉尔摩说："我们偷这辆卡车怎么样？"

"你这是什么意思？"

"今晚我们摸回来偷走这辆车，然后把它漆成别的颜色卖掉。"

韦斯顿不想惹他发火。"喂，加里，我们是车主人派来给人家装绝缘层的，我们和他关系不错。"

"对对，不能对朋友干这种事。"加里一仰脖喝了一大口酒。

回来后，韦斯顿把这件事讲给几个人听，他们差点笑破了肚皮。他们对他说，加里显然喝了不少啤酒，你可不能偷卡车。

那天晚上下班前，斯潘塞问加里是否搞到了驾驶执照，加里回答说俄勒冈方面仍然没有寄来，据说他们找不到他的执照了。倒霉事一桩接着一桩。

斯潘塞说，如果他们找不到原来的那份，加里应该报名参加驾驶员培训班。

加里说："那种考试是为小孩子准备的。我是个成年人，参加那个太丢面子。"

斯潘塞竭力说服他："法律是针对所有人的，你也不能例外。"他进一步解释说，"如果我到了某个州，手头没有驾驶执照的话，他们也要让我参加考试的。你难道觉得你比我强吗？"

"对不起，"加里最后说，"我得去给尼科尔打电话。"他刚要迈步，又说，"的确是个忠告，斯潘塞，为了你的忠告我谢谢你。"说罢转身走了。

尼科尔午饭时带来的消息是蒙特·考特到斯班尼西福克他们的家中去过，告诉她彼得指控加里殴打他，如果他坚决不收回起诉的话，加里的处境将十分不妙。

加里叫她别着急,他们紧紧地握手告别。

然而,尼科尔刚刚对加里说完再见,心里就开始着急,好像有位医生找到家里要截掉她的双腿似的。一次多么奇特的会面。蒙特·考特是个相貌端正的摩门教徒,高高的个子,金发碧眼,举止有点古板,看上去像个游泳队或者网球队的队长。他进门时正好遇上尼科尔的妹妹艾普丽尔坐在她的野马车里,臊得他面红耳赤。艾普丽尔大概挺喜欢他那副模样,或者仅仅是因为天气太热——艾普丽尔做事总叫人感到莫名其妙——她脱去了背心。当他出来时,她赤裸着上身背靠车窗坐着。蒙特·考特特意从尼科尔的汽车后面绕过去,生怕人家疑心自己透过前面的车窗偷看艾普丽尔裸露的酥胸。平时碰到这种场面,尼科尔总忍不住要发笑,可是今天她满面愁容。

她知道加里的心思。别着急,别着急,我差点把彼得杀了。她认为自己最好去找盖洛万谈谈。

他住在弗恩房后一间破旧的小屋内。她试图告诉他加里也有自己的麻烦事,正在设法解决。她说,把加里送回监狱对任何人都没有任何好处。他们谈话时,彼得穿着件汗渍斑斑的旧T恤衫和肮脏的长裤,讲了许多蠢话。他说,加里把他揍得不轻。

她极力保持头脑清醒,想心平气和地解释加里的事。她说,彼得,那家伙给关了很久,出来后他需要经过一段时间才能逐渐适应。

彼得·盖洛万一个劲地打断她的话,说他不愿听这些。真是个不折不扣的老混蛋。"那家伙是个危险分子,"彼得说,"他需要帮助。"然后他又补充道,"我每天都要辛辛苦苦劳动很长时间，我不应该得到这种回报。他对我太坏了，我现在处于痛苦之中。"

她试图唤起他的同情心。她说，彼得应该理解她的话，他可以看出她爱加里，而爱是帮助一个人的唯一途径。

彼得表示同意这个观点。"爱是使上帝的精神力量降临某个局面的唯一途径。"

"不错。"尼科尔应声道。

"可眼前这个局面太严酷了，你的男人已经不可救药。我相信，他是个杀人犯，他要杀死我。"

此时，在尼科尔眼里彼得的模样显得那样丑恶，于是她说："即使你提出起诉，他会再次被交保释放，到那时他会找你算账的。"她逼视着对方，"彼得，就算他们马上把他关起来，对我来说，他仍然比我自己的生命还要重要，比你的小命更他妈的重要百倍。如果他不能找你算账，我会找你的。"

她本来还有话，可她没再说下去。她能够感觉出，彼得被吓得一激灵，仿佛他体内五脏六腑全在流血，不论过去还是现在。

四

十八岁那年，彼得一连九个月省吃俭用攒下一笔钱，成为一个摩门传教士。十九岁时，他漂洋过海，不料仅仅四个半月后，他平生第一次精神崩溃了。然而在那四个半月中，他使九个异教徒皈依了摩门教。

这就是说，一个月两个。而当时在法国，他这种年轻传教士感化异教徒的平均数字是一年两个。

对自身使命的过分专注使他开始产生奇特的宗教感悟,他甚至自信能够使正在前往法国进行国事访问途中的肯尼迪总统皈依摩门教。当教会告诉他准备送他回国时,他还以为他们要树自己为皈依总权威呢;当他们把他送进医院接受锂化治疗时,他沮丧极了。

他很快出了院。他认为自己能够从高度兴奋中恢复正常,完全应该归功于祈祷,但又觉得上帝用精神崩溃回报自己未免欠公平,所以在二十岁上他初行房事。他清楚地知道,摩门传教士无论在传教前还是在传教过程中都不应该过性生活,他是成心跟上帝作对。事情发生后,他立刻意识到自己铸成了大错,便到他的主教那里坦白认错。随后的五年中彼得守身如玉,他干过许多种工作,走遍欧洲各处的建筑工地,可无论在哪儿,他都一直坚守贞操。

一九七〇年前后,他寄宿在西雅图一位朋友处,在波音公司当保安。那时,他对自己的生活和探求大为不满。一天夜里,他无意中收听到一家宗教电台的电话预约祈祷节目。尽管彼得对这个节目不甚了解,他还是给电台打了个电话。通话中,他提到摩门教和自己的信仰,一些碰巧收听了这个节目的摩门教徒将此事报告给彼得所在教区的主教,主教随即找到他,禁止他再给那个节目打电话,说什么教会不希望盖洛万到处抛头露面,并没有委派他担当此任。彼得伤心极了,他只不过是想帮助别人。于是他递交了一份放弃教籍的书面申请,他要摆脱摩门教会对自己普度众生愿望的限制。

他参加了耶稣会的活动,住在西雅图城北的约书亚会馆里,在电视上抨击摩门教会。为此先知斯潘塞·金布尔亲自打电话给他的父亲:"你打算对自己的儿子怎么办?"父亲回答说:"别理他,这是上帝的意旨。他改邪归正后信仰会更坚定的。"

后来，彼得到了夏威夷，在那儿结识了帕特·布恩。他住在一个约有二十五个成员的村社里，负责通过热线解答瘾君子们提出的问题。他目睹过自杀也目睹过痊愈，和所有的教派打过交道，最后他认定自己的使命是改革摩门教。

可惜，他的精神再次崩溃。他被送进医院接受集体心理治疗和锂化治疗，他感到以利亚[①]的精神在自己的心中复活了，认识到世界将归于和平。病愈回到犹他后，他找到份看门人的工作。重返教门使得他无论干什么都精力充沛，他终于发迹，成为保安公司的老板并同时领导着一家清扫公司。他和许多家杂货铺签订了合同，为人家清扫店堂，他手底下的工人曾经一度达到二十个。然而，他竟把世俗成功带给他的力量用来乱搞女人，结果他被逐出教门。就在那时，他认识了伊丽莎白。

她单身一人挣钱养活七个孩子，彼得对她说："我是个大商人，我能够帮你养家。"她一再说："我觉得这不大合适。"她解释说，这不是你应当得到的最高奖赏。但最后她同意跟他结婚。

彼得与孩子们的关系很紧张。他的脾气不好，伊丽莎白的脾气不好，孩子们的脾气也不好。清扫生意是在夜间进行的，白天彼得睡觉时不许孩子们出声。一天，伊丽莎白的儿子达瑞尔从窗户伸进一只拳头，另一个孩子说："妈妈，你看着办吧，如果你跟他过，我们全搬走。"她只得向孩子们解释，他们吃的东西全是彼得付的钱。

---

① 犹太先知。

一九七五年七月,他们结婚了。十月里他拎起一个孩子朝房间另一头摔过去。警察被叫来了,孩子们号啕大哭,彼得也在哭——他们分居了。

自从教会开除彼得之后,他在奥格登的生意日趋清淡。他原先的主顾全是些德高望重的摩门教徒,现在人家不理他了。合同一个接一个中止,他差点又一次精神崩溃。

伊丽莎白已经迁居普罗沃,他找到她,和她睡了一夜。第二天他搬进罗伯特旅店,这个旅店位于弗恩家附近的拐角处。后来他干脆搬到弗恩的地下室里。普罗沃学区雇佣了他。为了挣足够的钱帮伊丽莎白养家糊口,他还同时开公共汽车和干别的活。

然而,一九七六年五月十四日——加里遇见尼科尔的第二天——彼得和伊丽莎白离婚了。他们仍然是朋友,但她坚持认为这不公平。她说,他真正需要的是和一个爱他的女人同枕共眠,而不是这种连轴转的夜班和周末加班。

五

现在,他坐在小屋的床上,睡眼惺忪、自惭形秽。他觉得周身疲乏无力,这是缺觉的缘故。在他的面前站着这个叫尼科尔的姑娘,她威胁说,要是他起诉,她非杀死他不可。彼得难过得直想掉眼泪。他看得出来,这姑娘心地善良,经历坎坷,她出身低微但并不轻浮,而且非常讨厌自己。

他吓得不轻,他可没工夫卷入这种纠葛中去。但起初他感到的不是害怕而是痛心,万箭穿心般的疼痛。尼科尔爱加里爱到愿意为他杀人的地步。唉，真叫彼得伤心，有哪个女人这样爱过他呢。

他想了一会，把所有的悲哀埋在心底。他既为尼科尔惋惜又被她感动。"好吧，消消气，"他说，"别发火了，也许那家伙应该再得到一次机会。我将收回起诉。"

他跪了下来。"如果你允许的话，"他对她说，"我想和你一起祈祷。"
尼科尔说好吧。
"这是为你也是为加里，你们俩都需要祈祷。"

他祈求上帝怜悯尼科尔和加里，保佑他们并赋予加里自我控制的力量。他记不清自己祈祷时说了些什么，也忘了当时自己是否握着她的手。一个人不应该记住自己的祈祷词，它们当时是神圣的，过后不应当重复。

尼科尔走了以后，房间里一片寂静。彼得心情十分舒畅，他动身去看望伊丽莎白。可是当他到达她家时，他的心又乱了，他仿佛觉得普罗沃全城笼罩在恐怖之中。他坐在沙发上叙述着尼科尔来访的前前后后，讲着讲着哭了起来，说："他是个危险分子，他要杀死我。"彼得越是心慌意乱，伊丽莎白就越是神色镇定，她劝他冷静点。

彼得告诉她，他打算去要一份人寿保险单，在受益人一栏里填上她的名字。听了这话，伊丽莎白不由得害怕起来。彼得说："如果我不能以一种方式给你钱，我就要安排好另外一种方式。"然后他向她求婚，和上回一样，她说，不。

"我要收回起诉,"彼得翻来覆去地说,"我不打算起诉了。"他沉默了一下,"即使我感到应该起诉。"

第二天,彼得出门去领了张保险单。然后,他来到普罗沃教堂,把加里的名字写在名册上。这样一来,人们将为他祈祷。

第八章 工作

一

那天晚上,劳雷尔带来了她的表姐妹和一个叫罗斯贝丝的伙伴。加里和尼科尔兜风归来后,劳雷尔结束了钟点保姆的工作交差回家了,罗斯贝丝却留了下来。她直勾勾盯着加里,不住地叹气。尼科尔大笑起来,罗斯贝丝那么天真,那么聪明伶俐,对加里又是如此地迷恋。第二天晚上,罗斯贝丝独自来了。尼科尔想都没想就叫她和加里接吻,三个人哈哈大笑,尼科尔也吻了加里一下。后来他们甚至发展到三个人全都脱光衣服并排躺在床上的地步。

把这件事称为纵欲是不确切的。罗斯贝丝依然保持着童贞,然而除了这个,她什么都愿意干。多么惬意啊!能把她作为礼物送给加里,尼科尔打心眼里喜欢。

到了下一个周末,他们更加放肆。有一次,罗斯贝丝大白天跑了来,加里把门窗关得紧紧的。左邻右舍的孩子们常常在房子周围转悠,你能感觉到他们在窗外探头探脑。天知道邻居们听到了些什么,已经有些风言风语了。尼科尔变得有点疑神疑鬼,如果有人发现加里玩弄幼女，他的假释立刻就会中止。尼科尔又想到，她自己的处境也将十分不妙，他们很可能把她的孩子领走。

她开始想到安内特。尼科尔敢肯定，加里亲吻安内特时心里一定在转着什么念头，他喜欢小姑娘。但尼科尔也敢肯定，他不会对安内特动手动脚的。所以，在尼科尔看来，彼得太多心了。不管怎么说，尼科尔不愿轻易放弃与罗斯贝丝干的那种事。

那个姑娘对什么都感到新鲜。说实话，尼科尔特别喜欢这一点，她自己对性从来没有产生过新鲜感，要是自己也能像罗斯贝丝那样有人传授性知识，那该多美啊！观看加里一步步唤醒她的情欲是令人激动的。当然，加里对这个小姑娘的要求也太高了，比如叫她吮吸自己，等等等等。看到这姑娘发疯般地迷恋自己，加里心中十分得意。

后来，尼科尔不得不正视另一个问题。平时加里上班不在家罗斯贝丝来访时，她也想跟她猥亵一番，她怀疑自己是不是有点雄性化了。

二

几天后，加里下班的路上到瓦尔·科林那儿去了一趟，缴野马车的分期付款。他没有按时缴纳第一期分期付款，瓦尔有点生气。当然，没什么大不了的，科林的汽车买主中有一半人总要拖欠几回款子，这不过是瓦尔精彩的发家故事中的一个小插曲罢了。

过去的十五年间，科林从厄伦姆的别克-雪佛兰公司总经理上升到林肯-墨丘利车行的老板,后来,他先是跟福特汽车公司、接着又跟合伙人发生了严重的纠纷。官司尚未分出输赢,他的情况却已经一落千丈,从犹他最大的新汽车商降为最小的旧汽车贩子。一个精彩的发家故事。瓦尔·科林车行以廉价拍卖残破不堪的旧汽车为主,剩下那些五成新的车随时供你选购。那些不能在别处赊购车的人,例如靠救济金或赡养费过活的人、刑满假释犯、五大三粗的无赖等等,都是他的主顾。

瓦尔身材颀长,戴着副眼镜,生就一张精明而和善的面孔。他的体型像个高尔夫球员——双肩松弛、腹部微微隆起。今天,他身穿红方格涤纶裤和淡黄色运动衫。而加里呢,他一副脏兮兮的样子,脸上、鼻孔里和衣服上全都覆盖着一层绝缘粉末,这种淡黄粉末正好与瓦尔的黄衬衫颜色相配。

科林就拖欠分期付款一事教训了加里一通。瓦尔·科林车行建在一家小得像个老鼠洞似的汽车餐馆原址上,展厅里根本无法展览汽车,只有几张桌子,十来把椅子和零星的顾客。所以,瓦尔·科林说的一切你都能听得清清楚楚。

"加里,"他郑重其事地说,"我不想跑出去挨家挨户敲门。我告诉过你我们是怎么做买卖的,我们努力制订出一个可行的付款周期。我们要求你每两周缴纳五十美元。别给我啰嗦那些下周缴一百美元或者下月缴二百美元之类的废话。你必须按时交款。"

"我不喜欢这辆车。"加里说。

"当然,这又不是第一流的车。"瓦尔说。

"在十字路口什么车都能超过它,这辆车太差劲了。"

"伙计,"瓦尔说,"我们打开天窗说亮话,当初让你在这儿买车就是给你面子了,除了在我这儿,你到哪儿也甭想买到车。"

"我想要一辆卡车。"

"你必须按期付款,这辆车的钱付清后,我们可以给你换一辆卡车。不过,加里,我每两周要收五十美元,否则你就请便吧。"

加里兑换了工资支票,交给他五十美元。

那天夜里尼科尔和加里的床上生活糟透了。时间拖得过长,加里又一次只勃起四分之三,后来勃起了一半,最后干脆彻底不行了。他爬起来穿上衣服,咚咚咚跑出屋,到汽车里睡觉去了。他这一走,尼科尔气得发疯,没有办法,他出去时把两个孩子全吵醒了。

她对自己说,如果她打算帮他成熟起来,她自己首先必须沉着镇定。话说回来,以前他也曾多次冲出房门跑到汽车里坐着,那往往是因为孩子们吵得他心烦。从他的谈话中她推测出,监狱里一天二十四小时嘈杂声不绝,他的耳朵又过分敏感。不知为什么,他在里面关了这么多年,对嘈杂声仍感到很不习惯。

她设法把孩子们哄好,喂他们喝了热牛奶,安顿他们躺下,然后才出门来到他的野马车里。他像块石头似的呆坐在方向盘后面,一动不动。沉默了十分钟之后,她悄悄伸过一只手去。

加里每隔一段时间就要谈起一个梦,那天晚上坐在汽车里时他又提起了它。他相信自己前世被处死过,脑袋被砍掉了。

梦中总有一个老头子的影子伴随着他,一个丑恶、老朽、正在腐烂的老头子。他讲到这儿时,她的脊梁骨上直冒凉气。她想,他从梦中惊醒时大概常常是一身冷汗吧。有一次,他谈起另一个梦,他梦见自己被装入一只匣子塞到墙上的一个洞里,洞口看上去像个焚化炉。

三

下一个周末,加里和弗恩偶然相遇。他们互相对视着,弗恩对自己说,老天爷,他在恶狠狠地瞪着我呢。"你不会认为我算不上个男子汉吗?"加里问他。

"大概是这样吧。"弗恩说着转身便走。过后,他心里一直挺别扭。

同一天,加里顺路到布伦达家坐坐时,正巧托妮也在。托妮一时不知道说什么好,她不想责备加里——这个可怜虫一生中挨的责骂已经够多了,但另一方面,她又觉得不应该装聋作哑听之任之。安内特是个漂亮的小姑娘,加里很可能心存不良。

她起身走进厨房去倒杯咖啡,加里正巧此时从卫生间里出来,两个人面对面碰上了。

加里说:"托妮,你怎么不问问我和安内特的事呢?"她回答道:"加里,如果有话要问,我会问的。"加里握住她的手,说:"我起誓,我永远不会伤害你和你的家庭。"他们沉默下来。托妮相信了他,就是说,相信了他的话。但她心里明白,她不会再让安内特单独跟他在一起的,因为另一种可能性总是存在的。最后她说:"加里,我相信你,但是不要忘了,我首先是个母亲。"他笑笑说:"如果你不是,我会对你失望的。"他吻吻她的面颊,转身回前厅了。

为了让加里开心,布伦达讲了一件瓦尔的轶事。当初瓦尔拥有林肯-墨丘利车行时,在乡间河边俱乐部里总是摆出一副大人物的派头,常常对女招待打响指。有一次,在他桌上服务的布伦达觉得他太盛气凌人了,就说:"我把这汤扣到你头上,你认为怎么样?"

"为了你这句话,"瓦尔回答道,"我叫他们开除你,你认为怎么样?"

"我会告诉老板你说瞎话。"她说。

加里哈哈大笑,他毫不费劲地抱起她来举到空中。她的体重整整一百五十五磅,可见加里的力气是非常大的。他怎么能打不过彼得呢?

加里肯定一眼看出了她的心思。他说:"布伦达,那事不算完。监狱里的人干这种事从不中途罢手。"

四

加里和尼科尔仍然打算卜星期六到峡谷游玩,但是眼下两辆野马都跟他们捣乱,这使尼科尔担心起他们的运气来。最近这个星期,加里的车天天早上出毛病,不使劲推就发动不起来,结果他上班老是迟到。到了星期六,他决定去找找斯潘塞·麦格拉思,他也许知道是哪儿出的毛病。

斯潘塞当即告诉他大概得换电瓶。加里说:"原来的电瓶没什么毛病呀。"

斯潘塞问:"你怎么知道?"加里回答说:"嗨,看上去好好的嘛。"斯潘塞笑了:"这不是你能看出来的。"

斯潘塞到厂里取来万用表测试了一下,读数低极了。他说:

"大概电瓶有一格坏了。"加里问:"那我该怎么办呢?"斯潘塞说:"去买个新的嘛,前面就有卖的,价格在二十到三十美元之间。"加里叹了口气:"唉,我没钱了。""你昨天才领的工资呀。"斯潘塞说。"工资是领了,"加里解释说,"可缴了汽车的分期付款后,剩的不多了。"斯潘塞问:"从现在到星期五你日子怎么过?"加里回答说:"也许能凑合,但买新电瓶钱怕是不够了。"斯潘塞便借给他三十美元。

半小时后加里回来了。他在凯-马特五金店看到一个上好的电瓶,标价二十九点九五美元,加上税金,一共三十二美元。斯潘塞说:"我看你得从自己腰包里掏出两块钱喽?"加里说:"嗨,是啊。"斯潘塞问:"加里,这个星期你打算怎么生活呢?"加里说他不知道。斯潘塞又借给他五美元买汽油,说:"等你付完车款后我们再算账不迟。"

为那个坏电瓶花掉的三十二美元成为一连串倒霉事的开端。星期一晚上,加里想使尼科尔大吃一惊,便到驾驶员培训学校接她。可到了那儿,他看见有四个家伙陪着自己的情人在大厅里溜达。一看到加里,尼科尔立刻眉开眼笑地迎上来,为的是让人人都知道她是属于他的。但是,她能感觉出刚才那一幕对加里的影响。回家的路上,他说:"我不会拴住你不放的。"她知道他在想李叔叔、吉姆·巴雷特、长达三天的狂欢聚会、其他几个男人和她的生活。

他把这事讲给斯特林听。"她是自由的,我不想限制她的自由。"他说。在斯特林的陪同下,他穿过街道来到斯特林家街对面的公墓。有一座墓前没有一束鲜花,这是个小男孩的墓。加里在公墓里转了一圈,从其他每座墓前取来一枝花,将它们插到小男孩墓碑前一个锈迹斑斑的小花瓶里。然后,两个人开始抽大麻。

突然，加里起身冲出公墓，他告诉斯特林，他看见自己躺在一座坟墓里。

不久后的一天晚上，在斯特林家里，加里鼓动瑞基跟自己掰手腕。他先对尼科尔吹嘘了一通自己上次是如何大败她哥哥的，然后他们才开始。

尼科尔不知道是不是因为加里前一天夜里太累了，反正这次瑞基赢了，这意思是说，眼看他要赢了，但加里明显犯规，把胳膊肘从桌面上提了起来。

加里提出试试另一只胳膊，瑞基这回彻底赢了，气得加里直瞪眼。从斯特林家回来的路上，他溜进一家昼夜营业的小店，拎着两箱半打装啤酒大摇大摆地走了出来。

从这么个小商店里偷东西是很危险的，但是加里自有办法。不是拎一箱而是拎两箱半打装啤酒，大踏步朝外走，同时故意露出一脸凶相，这样一来就不会有人为了这点东西上前盘问他是否付了钱。

这种事情一开头显得挺有趣的，可现在尼科尔越来越紧张不安。无论什么时候，他一不高兴就变得胆大起来。以前尼科尔缺什么东西时总要想到去行窃，甚至于他俩商量时往往认为应该由她先下手，不过教会她如何带着赃物往外走的是加里。有一段时间这么做只不过是开开玩笑，现在她不得不正视这一点：每逢遇上麻烦事，加里就用行窃给他俩提神。

然后他把偷来的酒喝掉，常常喝得酩酊大醉。她逐渐意识到，只有很少几个晚上他没有喝酒。她勉强陪着他喝，可实在是没有兴致。他甚至不许她放下啤酒罐。不喜欢把酒白白倒掉。如果她打开一听啤酒,他就硬逼着她喝完。

叫尼科尔恼火的是,加里不光偷东西,而且还四处张扬,他甚至跑到姨父那儿去吹牛。虽说他们的关系有点紧张,可加里还得去露露面,并送过去一个旅行箱。弗恩注意到他那辆野马的行李厢里还有两个一模一样的箱子,就问他是怎么买得起的。

"我不需要付钱。"加里说。

"你知道自己违犯假释条例了吗?"弗恩问。
"你会去告发我吗?"
"也许不会,"弗恩说,"不过如果你继续这样干,我可能要告发你的。"

一天,当他带着一副滑水板回到家里时,尼科尔心里越发不安起来。这种险冒得不值得,他偷来的这玩艺最多能卖二十五美元,可是商店里的标价超过一百美元,这意味着一旦被抓住可能会被判重刑。尼科尔讨厌这种愚蠢的恶习,为了区区二十五美元他竟然拿他们的一生去冒险。她突然意识到这是自己第一次对他产生了厌烦的情绪。

他好像感觉到了这一点,便给她讲了一个故事,她从没听过这么恶心人的故事,粗俗得不堪入耳。许多年前他还是个孩子时,有一回跟着一个不折不扣的性虐待狂去抢劫一家超市。超市关门后只有经理一个人在里面,他死也不愿说出保险箱的密码。于是他的朋友把那家伙带到楼上,将一把烧红的烫发钳捅到他的肛门里。

她不由自主放声大笑,这个故事实在让人忍俊不禁。她仿佛看见那个超市胖经理拼命抓住钱不放,一把铁钳插在他的肛门里。她的笑声意味着她恨透了那些腰缠万贯却小气得一毛不拔的家伙。

五

这天,她第一次产生了不应当跟加里同居这么长时间的念头。她身体的一半根本不愿如此长久地固定在一个男人的身边,但是,这种感觉一出现,尼科尔就立刻意识到不能告诉加里。他希望他俩永远同呼吸。然而,这种早已存在的不愉快的感觉变得越来越强烈。每当她不得不屈从于某个男人时,这种感觉就会出现。你永远也别想彻底摆脱它。虽然她仍然觉得和加里在一起比和任何其他人在一起都要愉快些,但是这并不能改变下面这个事实:她情绪低落时体内好像存在两个灵魂,其中一个远不如另一个爱加里爱得深。当然,他身体的一半也许有同样的感觉,当他们连续做爱五个钟头时,他就不可能仍那么强烈地爱恋她了。

那件事发生在他带滑水板回家的那天夜里。第二天,她觉得这大概与巴雷特有关。就在前一天,加里在厂里上班时,吉姆·巴雷特来了。销声匿迹几个月后,他突然走进门,冷静得不能再冷静了。而她的心跳却有点加速,也许是条件反射吧。

巴雷特走后,尼科尔心里很不好受,因为她没把全部真相告诉加里。不错,她说过自己对巴雷特毫无敬意,他这人女里女气的。但她没让加里知道他做爱时扭来扭去像条鳗鱼,所以加里第一次见到巴雷特时对他挺客气。而巴雷特呢,他摆出一副森妮父亲的样子,高高兴兴地接受款待。尼科尔感到自己隐瞒了一个令人恶心的秘密。巴雷特凭着一根香烟就能捞到点好处,他好像在抓挠你的手心似的,撩拨起你的记忆,暗示你必须送给他一份礼物。

那几个夜晚,为了激起自己对加里的情欲,她一直在回忆当初和巴雷特在一起时的那些快活事。巴雷特做爱选择的时间非常恰当,而加里呢——她不得不承认——渐渐变得有点不加节制。罗斯贝丝事件之后,加里每周做爱六到七次,若是哪一夜遗漏了,下一夜就要以两次来补偿。这不是她、而是他的主意,她欣赏的是隔一两天一次,而他则没完没了地要求。

那一夜,尼科尔和加里从晚上七点吵到半夜,先是为了那副滑水板,后来把一切全扯进去了。最后她终于使加里明白,她不愿意跟他做爱。那些兴奋剂、镇静剂,还有什么旋转剂,他吃得太多了。她是个性欲强烈的女人,而加里却不懂如何激起她的欲望。什么做这个、做那个之类的命令,还叫她吮吸他。她隔着两人的身体望着加里,说:"我讨厌吮吸那玩艺。"

菲奥瑞纳使他目光呆滞,但她的话还是刺痛了他,他爬起来走了。他半夜十二点跑出去,凌晨两点才回来,脚还没踏进门就嚷嚷着叫她吮吸他。

她问,为什么?就像个白痴似的。他说,干吧,因为我要你干。这一回,他们干得和头一夜一样糟糕,一直折腾到五点才睡觉。五点三十分时,加里像个疯子似的跳下床,准备去上班。

六

大约在十二点到两点之间,加里跑去拜访斯潘塞和玛丽亚。麦格拉思出来开门,加里问他,他和玛丽亚愿不愿意打扑克。

玛丽亚已经躺下了，可她仍起身下床，煮了一杯咖啡。不过，麦格拉思夫妇不想打扑克，十二点以后从来不打。斯潘塞好不容易才忍住没说出口："这么晚来串门可有点不礼貌。"

事实上，他们对加里那副醉醺醺的样子已经习以为常了。有好几次他来得都不是时候。有一回，他一进门就吹牛，说他要给一个叫彼得·盖洛万的家伙点颜色看看。他的确需要清醒清醒了。

另一次，正当斯潘塞和玛丽亚在自家后院里举办烤肉宴会时，加里来敲门。他醉得连门闩都拎不起来了，斯潘塞只好离席到前面带他进来，端给他一些菜肴。当时有不少客人在场，可斯潘塞只顾招待加里，劝他喝下了两三杯咖啡。之后，他讲了一大堆疯话，说自己灵魂转世了。

"你真的相信这个？"斯潘塞问。

"噢，当然。"加里说。

"许多人认为我们会以别的物种形式再生的，马或者昆虫什么的。"斯潘塞说，"如果总是这样穿梭般来回转世，看来事情将很难得到解决。"

加里不赞成斯潘塞的观点，他转世仍要做个人。这辈子算是倒霉了，下辈子他一定要干出点名堂来。斯潘塞真想问他："这辈子为什么不干呢？"可话到嘴边又咽了回去。

当然，自从加里得知斯潘塞对汽车略知一二之后，就经常在星期六开着野马来串门。消声器脱落了，他竟不知道要拧紧螺栓，一点都没想到。这并不是因为他懒，一个月前他大概会动动脑筋想出个办法来，但现在他没有表现出丝毫的主动精神，反倒好像是汽车出毛病惹他生气了。他根本没有认识到汽车之所以发生故障全是由于他不懂驾驶知识，这也是斯潘塞三番五次催促他参加培训班考驾驶执照的又一个原因。可这是白费唇舌，加里专会折腾得你睡不好觉。可要是陪他打扑克，斯潘塞还是睡不好觉。

必须承认，他对加里感到失望。开头几天他常常请克雷格·泰勒或者斯潘塞去看看他干的活。若是他掌握了某道新工序的诀窍，得到他们的称赞时，他得意洋洋，尾巴快翘到天上去了。可是自从他和尼科尔同居后，斯潘塞说不准他是否仍然想把工作做好，他更像是为了工资支票到他这儿来消磨时间的。唉，都是她那些截得短短的牛仔裤！加里似乎已经被她那两条腿迷住了。

斯潘塞无法入睡。想到加里白天上班时那副吊儿郎当的样子，他心里直冒火。你瞧，他吃午饭花了多长时间！此外，每逢星期四他必须提前下班去向假释官汇报，其他时间里则寻找各种理由请假，一个星期没过完他就要求增加工资，而斯潘塞并没有从他的工资里扣除事假工资和自己私人借给他的钱。有一次，加里提出加班干油漆活抵销欠款，可是他和玛丽亚刚刚开始考虑这种可能性，他却再也不提了。

第二天一早，大伙还没有正式开始工作时，加里问谁愿意买一副滑水板。一个工人找到斯潘塞，建议他问问加里滑水板是不是偷来的。斯潘塞问："是崭新的吗？"他不能相信加里竟敢偷滑水板。一个人也许可能把链扣、手表之类的东西偷偷塞进自己的衣袋，但是你怎么能够从商店里偷出那么长的滑水板来呢？

斯潘塞一向认为自己心地单纯，可现在他开始怀疑加里工作时间抽大麻或者别的毒品。今天早上，他的脸色难看极了。

"加里，"斯潘塞说，"我们谈点正事。你的钱每星期都花得精光,你为什么不把买啤酒的钱攒起来呢?"加里说:"我买啤酒不要钱。""那么到底是谁给你啤酒的呢?"加里说:"我走进商店,拎起一箱半打装啤酒,就是这么回事。"

斯潘塞说:"没人抓住你吗?""没有。""你干这种事有多久了?""几个星期了。"斯潘塞问:"每天偷一箱啤酒从来没被抓住?"加里说:"从来没有。"斯潘塞又问:"我不明白,为什么别人被抓住而你却没被抓住呢?"加里说:"我比他们能耐大。"

"我想你是在拿我寻开心吧。"斯潘塞说。

加里给他讲了自己捅那个黑人囚犯五十七刀的故事。斯潘塞觉得,加里的目的是向自己表明他有多么凶狠,看自己是不是害怕。"得啦,加里,"斯潘塞说,"五十七刀听起来和一碗杂烩汤差不多。"

两人哈哈大笑。笑声未落,加里突然对斯潘塞说,星期五他得早点下班。

"不知你注意到了没有,"斯潘塞说,"别的工人从不提前下班。他们从早上工作到晚上,下班后才料理私事,这才是正常的做法。"

他还是准了他的假,下不为例。斯潘塞感到有点不自在,毕竟加里每小时三点五美元的工资中有一半来自政府的改造罪犯拨款。这可以解释加里为什么一小时只为他干半小时的活。

七

一天下午,尼科尔外出看望凯思琳时,巴雷特来到斯班尼西福克镇那所房子里,在那儿遇上了罗斯贝丝。等到尼科尔回来时,她的小朋友已经永远失去了童贞。

起初,罗斯贝丝只是说巴雷特来过。哦,尼科尔问,多长时间?大约一个半小时吧,罗斯贝丝回答说。尼科尔笑了,如果巴雷特是个厚脸皮的话,他会上床的。一个半小时对巴雷特来说足够了。看到尼科尔没生气,罗斯贝丝格格傻笑起来。她告诉尼科尔,现在她明白是怎么回事了。尼科尔和罗斯贝丝一边等着加里下班回家,一边嘻嘻哈哈笑个没完。

而加里回家的路上到瓦尔·科林那儿去了,他是带着冰镇啤酒去的。自从那次因为他没有按时缴款两人发生口角之后,加里每回去都要带一箱半打装啤酒,瓦尔喜欢这个。

加里的目光落在停车场里的一辆车上,那是一辆漆成白色的卡车。

"老兄,"瓦尔说,"只要付清野马车的钱,我就给你换辆好车。"

"我非要那辆卡车不可。"

"无论是谁,不拿大把的钞票来,就别想得到那辆车。"瓦尔说。那辆卡车售价一千七百美元。"听着,伙计,除非你找个连署人来,那辆好车轮不到你。"

加里认为他能找到,也许弗恩姨父愿意。

"我认识弗恩,"瓦尔说,"我想他决不会参与这种赊购的。但如果你愿意,带他来填申请表。我们总能想出办法来的。"

"好吧,"加里说,"好吧。"他犹豫了一下。"瓦尔,那辆野马车糟透了,我不得不买个新电瓶装上,还有发电机,一共花去了五十美元。"

"你要我怎么办?"

"这个嘛,如果我买那辆卡车,我想你会把我为野马车花的钱考虑进去的。"

"加里,你买那辆卡车时,我们会少收你五十美元的,这不成问题。只不过你得找个连署人来。"

"瓦尔,我不需要连署人,我出得起钱。"

"没有连署人就没有卡车,伙计,事情就是这么简单。"

"那辆混蛋'野马'糟透了。"

"加里,我是在帮你的忙。如果你不想要'野马',把那狗娘养的车留在外面吧。"

"我要那辆卡车。"

"你要想得到那辆车,要么现付一大笔钱,要么找个连署人来。喏,把这张赊购申请表带给弗恩。"

加里坐在桌子对面,隔窗望着车道尽头的白色卡车,它和远山顶峰上的积雪一样洁白。

"加里,填好表送回来。"

瓦尔看得出,加里气得快要七窍生烟了。他二话没说,抓起申请表冲出房门,把它揉成一团摔到了地上。

瓦尔的推销员哈珀说:"天哪,他火了。"

"我他妈的才不在乎呢。"瓦尔说。来找他的人都爱发火,全是些平庸之辈。他那个精彩的发家故事仍在继续。

八

那天夜里他们正在做爱时,加里对尼科尔叫道,伙计。她理解错了,以为他在取笑自己跟罗斯贝丝的事呢。后来他解释说,他常常不管男人女人一律叫做老兄、伙伴、伙计或者别的什么。

第二天一大早,野马车又出毛病了,怎么也发动不起来,就好像加里性格中的某种东西天天早上会切断它的电动系统似的。

第九章 以身试法

一

凯思琳对加里的印象逐渐加深。事情是这样的,一天午饭时他来敲门,把她吓了一跳。他从头到脚覆盖着一层绝缘材料,好像是刚刚从地里钻出来的。

他告诉她,他顺路来看看她要装修的房子。凯思琳这才记起尼科尔带他来拜访自己时,她曾谈起打算给后房装绝缘层。嗯,凯思琳说,可以。她想尽快摆脱加里。

看了那间房子以后,他说他要和一块儿干活的工友商量一下,才能估算出所需费用。凯思琳说这太好了。果真,当天下午他带着一个十八岁的小伙子来了。小伙子估计大约需用六十美元,她说她要考虑一下。

三天后的午饭时分,加里又站在她的门口了。他话说得很急,我想来和你一起喝杯啤酒,有啤酒吗?哎呀,她没有,凯思琳说,只有咖啡。是吗,他对她说,不管怎么说我都要来。有什么好吃的吗?

她说她可以为他做三明治。那很好,他会到街上去买一箱啤酒来的。凯思琳无可奈何地望着自己的小妹妹凯西。

十分钟后他拎着啤酒回来了。她做三明治时,他在一旁滔滔不绝讲个没完。那是次什么样的谈话啊!他第一次来时一句话都没讲，这回可好，他直截了当地告诉凯思琳和凯西酒是他偷来的。她们缺不缺香烟？不，她说，她有的是。啤酒呢？他又问。很少喝啤酒，几乎从来不喝。

他说昨天他到商店里拿了一箱啤酒走出来，正往行李厢里装，一个不到喝酒年龄的小孩上前递给他五美元，求他帮着买箱啤酒。讲到这儿，他笑了。"我走进去拎起他要的酒，出来交给他，把钞票装进自己的腰包，开车走了。"

她们小心翼翼地赔着笑脸。"你不害怕吗？"她们问。"不。"加里说，我干那事就好像在自己家里一样。

他一个接一个地讲故事，她们简直不敢相信。给一个叫富古的人文身，假装给一个叫斯基齐克兹的性反常者拍照，用锤子猛击一个家伙的脑袋，捅了一个黑鬼五十七刀。他目不转睛地盯着她们，喂，现在你们明白了吗？他的嗓音粗哑。

她们一直强作笑脸。他每讲完一个故事，两位女士就问，加里，还有别的故事吗？她们强迫自己发笑。凯思琳说不清她是在为尼科尔还是为自己担心。他在这儿坐了一个半小时之后，她提醒他上班要迟到了。

上他妈的什么班，加里说，要是他们对我干的活不满意，他们知道该怎么办。接着，他告诉她们，他的一个朋友有一次赏给一个超市经理一把烧红的烫发钳。

他边讲边目不转睛地望着她俩，想看看她们有什么反应。她们感到她们最好作出点反应。

你不害怕吗，加里？她们一遍又一遍地问。你不怕被人抓住吗？

他大吹特吹了一通,听起来好像是驾着一叶扁舟在礁石丛中穿行似的。临走时,他对她们的盛情好客表示感谢。

二

尼科尔听说了那次午饭的情景。她敢肯定,他有专对成年人讲述耸人听闻故事的癖性。这种癖性大概从八岁起就在他的脑子里生根了。

她想起精神病院后山上的那一夜,当时她怀疑加里对凶魂野鬼有吸引力,也许他不得不举止下流以使它们不敢接近他。这个想法并没有使她感到高兴,要是果真如此,他会变得越来越下流卑鄙的。

快到半夜时,尼科尔开始感到和加里绑在一起纯粹是活受罪。她意识到自己在思念巴雷特,而且这种思念之情越来越强烈。那天下午,她收到了基普的一封信,但眼下她的心思全在巴雷特和罗斯贝丝身上了。

她迟迟没有拆开基普的信。当她终于拆开信时,她读到他希望自己回去。读完信,千头万绪涌上心头,一幕幕往事出现在眼前,她仿佛看到,汉普顿这小子竟然和她的妹妹艾普丽尔一起跑了。尼科尔想,不管是谁都他妈的想占自己的便宜。

当她沉浸在回忆之中时,加里一直坐在她的脚边。现在,他偏偏拣这个时候仰脸望着她,他的眼中闪耀着爱的光芒。"宝贝,"他说,"我真心实意地爱你的一切,永远爱你。"她低头看看他,说:"是吗?另外七个流氓也都是这样爱我的。"

加里"啪"地给她一巴掌。这是他第一次打她,打得好狠啊。她没怎么觉得疼,而是感到吃惊和失望。结局总是如此,他们一不高兴就要揍你。

接着他就向她道歉,没完没了地道歉,但是没什么用处,她不知被毒打过多少次了。孩子们躺在床上,她看看加里说:"我想死。"她的确是这样感觉的。他竭力想弥补自己的过失。最后,她告诉他,以前她也曾想到过死,但从来没有真正动手自杀过,可今晚她无所谓了。

加里拿来一把刀,他用刀尖抵住她的肚子,问她是不是仍然想死。

她吓得忘记了害怕。僵持几分钟之后,她说:"不,我不想。"其实她的确动过心。他把刀拿开后,她甚至有身落陷阱之感。她不能相信自己竟然产生了这么强烈的反感。

又一次马拉松式的争吵。他们整夜没睡,一个要做爱,一个不愿意。吵到半夜时,他爬起来出去了。不一会他回来了,手里拎着一捆小盒子。每只盒子里装着一支手枪。

她有点清醒了。能不清醒吗,枪口在她的眼前晃动着。

三

六月里最后一个星期天的下午,斯特林·贝克举办了一个生日宴会。宴会在斯特林的公寓里开始,后来挪到后院继续进行。出席宴会的有一二十位来宾,许多人是带着酒来的。尼科尔穿着牛仔短裤和背心,她知道自己这身打扮挺迷人的。加里到处向人炫耀她。好几个家伙上前恭维加里说,他有个多么迷人的女友啊。加里总是回答道:"我知道。"说罢捏捏她的乳房或是把她抱到自己腿上。

这是斯特林·贝克的生日,尼科尔对自己的这位堂兄仍未斩断情丝。她开玩笑说要用接吻向他祝贺生日。斯特林回答说,他求之不得。她问加里,可以吗?他瞪了她一眼。但她还是坐到斯特林的大腿上,久久地吻他,这一吻里倾注着她的深情厚意。

当她睁开眼睛时,加里正襟危坐,面部毫无表情。他问:"吻够了吗?"

后院放着一桶啤酒。楼上的一个家伙也请了朋友来吃饭,其中有个叫吉米的,是个奇卡诺人[①]。吉米下楼从桶里倒啤酒时拿起了斯特林放在后院停车场里一辆废汽车顶盖上的一副太阳镜。尼科尔觉得吉米也许不知道那是斯特林的,所以顺手拣起来了。不巧的是,这副太阳镜是加里送给斯特林的礼物。

加里气势汹汹地走过去。"把太阳镜还给我,"他对吉米说,"那是我的。"吉米恼火地走了。尼科尔尖叫起来。"你把宴会给搅了,"她对加里嚷着,"为那副破眼镜值得大惊小怪吗?"

吉米带着几个朋友回来了。他一进后院,加里立刻站起来迎上去。你还没来得及制止,他们早已你一拳我一脚干了起来。

---

① 墨西哥裔美国人。

大概因为加里醉得太厉害了,吉米一拳打过来,他的眼皮上立刻开了一道口子,鲜血涌出来流了他一脸。接着,吉米又是一拳,打得他跪到了地上。他站起来,朝对方冲过去。

这时,人们纷纷涌上来劝架。斯特林将吉米推到前院,把他劝走了。就在吉米出门时,加里从后院的废汽车里抓起一根车挡柄,拔脚就要追上去,被斯特林拦住了。"加里,这事就算了结了,你不能再打他。"他说。他的语气平稳,不过他身边站着一个魁梧的汉子给他撑腰。尼科尔把加里拉出来,准备带他回家。

她本来就讨厌看到自己的男人被打得屁滚尿流,何况这回是他自己挑起来的。她想,他是个不折不扣的大傻瓜,同时也是个骗子,他和自己的哥哥掰手腕时捣了不少鬼。

他吵着回去找吉米,尼科尔好不容易将他弄回斯班尼西福克镇。一路上,她好几次差点脱口告诉他自己对他这次跟人打架感到多么失望。她几乎从来没见过像他这样死不认输的家伙。想到这个,她的心软了几分,至少他挨那个恶棍毒打时没有退缩。

给他洗干净后,尼科尔发现他的伤势不轻。隔壁有个邻居叫伊莱恩,是个救护车司机。他刚刚学完急救课程,于是尼科尔带加里去找他。他说,伤口必须马上缝合。尼科尔开始担心了。她听人说过,空气中的氧可以通过眼睛附近的伤口直接进入大脑引起死亡。她连忙带他去看了医生,回来后她在他的脸上放上冰块,像照看孩子似的照看他一直到天明。考虑到近来发生的一系列事情,她挺乐意干这个的。早上他擤鼻子时,发现自己的腮帮和前额都肿得老高。

四

斯潘塞说："加里，伸着脖子到处挨打可没多大意思。"

"他们伤不了我。"加里回答说。

"哦，是吗？你的眼睛给开了口子，眼圈发青，额头鼓着个大包，鼻子上挨的那一拳也够你受的。别站在那儿对我吹大牛了，我根本不信你打架能打赢。"

加里说："我当然能赢。"

斯潘塞说："说不定哪天夜里有个身高五英尺六英寸的家伙"——这是斯潘塞的身高——"打得你满脸开花。这种事时常发生。心狠手辣的人并不都是身高七英尺开外。"

"我是加里·吉尔摩，"加里说，"谁也伤害不了我。"

晚上，和尼科尔、森妮、皮博迪一起兜风时，他在瓦尔·科林车行门口停下，进去找瓦尔·科林商量那辆卡车的事。他竟然说服瓦尔让他把那辆车借出来开一个小时。加里兴高采烈地握着方向盘，驱车紧跟在一辆摩托后面。尼科尔感到，在这段时间里他一直想着那些枪。在他的眼里，它们好像是闪闪发光的美元。

他把车开回去，就现付金额跟瓦尔讨价还价。尼科尔根本没有心思听。展厅里挤满了等着要求缓期付款的嬉皮士和无赖，和他们坐在一起无聊透了。尼科尔身旁有个姑娘，她头戴头巾式无檐帽，眼睛下面涂了一层厚厚的眼影，衬衫眼看要从腰带里滑落出来了。她对尼科尔说："你的眼睛非常漂亮。""谢谢。"尼科尔答道。

加里像台声音刺耳的录音机似的，翻来覆去地对瓦尔说："我不想要那辆'野马'。"

"那么,伙计,让我们离那辆卡车近些,现在我们离它远着呢。带钱或者带个连署人来。"

加里转身大踏步往外走,尼科尔忙不迭地招呼两个孩子追上他。一出展厅,加里破口大骂,那些脏话比瓦尔以前从他嘴里听到的下流百倍。隔着展厅的窗户,瓦尔能够看见野马车,它又发动不起来了。加里坐在车里,使劲用拳头捶着方向盘。

"耶稣啊,"哈珀惊叫道,"这回他真的火了。"
"我他妈的才不在乎呢。"瓦尔说。他穿过坐在自己周围的那些拖欠车款的买主往外面走,心里想,不错,我正站在山顶上呢。到了外面,他问加里:"出了什么事?"
"这狗娘养的,"加里骂道,"这辆该死的车。"
"听着,握紧方向盘,我们给它加点油,它就会发动起来的。"当然能发动起来喽,只需要瓦尔推一把就行了。像屁股上触了电似的,加里一溜烟开跑了,车后扬起一片尘土。

第二天夜里,加里跟一个枪贩子挂上了钩。但是买主要求见见他,这意味着必须用汽车把枪运去。加里没有牌照,尼科尔那辆野马的牌照还是去年的,两辆车的模样都够惨的,说不定会被州警察无缘无故地拦住。他们吵了半天,最后才把枪装到她那辆车的行李厢里,开车离开家。他们是带着孩子去的,有孩子在车里,州警察也许不至于动不动就挥手叫他们停车。

另一方面,今晚正是森妮和杰里米使尼科尔意识到坐加里开的车多么危险。一路上她心里直打鼓。最后加里拐到位于厄伦姆和快活林镇之间的长角咖啡厅门前停住了,这实际上是一家出售墨西哥煎玉米卷的小饭店。他进去打电话,可怎么也挂不通那个枪贩子的电话。加里变得越来越烦躁,看来这个晚上就要这么白白泡过去了。这个温柔的初夏的夜晚。

他出了咖啡厅回到车里查找另一个号码,把电话号码簿一页一页往下撕。等到他终于找到那个号码时,那家伙却已经不在家了。森妮和杰里米哭声越来越大。尼科尔还没明白是怎么回事,加里已经驱车冲出长角,直奔厄伦姆,车速高达每小时八十英里。想到孩子们,尼科尔魂都快吓掉了,一个劲地叫他停车。

车冲上路肩,发出刺耳的尖叫声,猛然刹住了。他转过身,朝着两个孩子的屁股就是几巴掌。其实,刚才这一会孩子们根本没有出声,车速那么快,他们已经吓傻了。

她跳起来扑向加里,发疯似的捶他,喊着叫他放自己下车。他抓住她的手按倒她,孩子们开始尖声哭叫。加里不许她下车,就在这时,一个傻里傻气的家伙从后面过来了。她没命地喊叫,听起来像是加里要杀她似的,可那个混蛋只是停住脚步问了声:"出什么事了?"就继续往前走去。

尼科尔不停地喊叫,终于,加里把她挤到两个单人坐位之间,一只手捂住她的嘴,她硬撑着不让自己昏过去。他用另一只手按住她的脖子,不让她起来。她透不过气来了。他告诉她,如果她保证一声不吭地跟他回家,他就放开她。看来只有这样才能逃出去,她含含糊糊地应着,好吧。他刚一松手,她立刻尖叫起来。当他又伸手捂她的嘴时,她狠狠地咬了一口他的大拇指根,嘴里感到一股血腥味。

她不知道自己是怎么下的车,记不清是他放她走的,还是她自己挣脱出来的了，也许是他放她走的吧。她穿过街道跑到公路的中心分界线上，一手牵着一个孩子往前走。她打算搭便车回去。

加里步行跟着她。一开始，他没有阻止她伸手拦车，但是当有辆车真的要为她停下来时，他又试图把她拉回到野马车上去。她站着一动不动，他灵机一动，动手抢孩子。她竭尽全力抓住孩子不撒手，两个人把孩子们扯来扯去。最后，一辆轻型货车在不远处停住，几个男人和一个少妇走了过来。

碰巧那个女人是尼科尔的一个老朋友，她们已经一年没见面了。佩珀是她平生结交的第一位女友，可尼科尔心烦意乱竟想不起来她姓什么了。

加里说："滚一边去，这是我们家的事。"佩珀昂首挺胸望着加里，说："我们认识尼科尔，你们不是一家子。"这句话一下子把他打蒙了。他松开手，沿着街道朝她的车走去，尼科尔则拉着两个孩子和佩珀一块上了轻型货车。车开动了，尼科尔回忆起自己先前时时处处为加里着想，泪水不禁涌出眼眶。她实在无法控制自己，哭了很长时间。

五

他上了她的野马车，开车来到格兰德中心超市，从货架上取下一个磁带卡座就往外走。在门口，一个保安望望他发青的眼睛，问他有没有收据。

"滚你妈的蛋！"加里说着将盒子扔到保安的怀里。他大步跑回停车场，跳上尼科尔的车。往外倒车时，他撞到了后面一辆车上。他转来转去地把野马开出它的停放处,又撞上了另一辆车,然后飞驰而去。

他飞也似的穿过普罗沃,开上通往斯普林维尔的乡间公路。半路上,他在魏普餐厅门口停住。他把装手枪的盒子藏到停车场里一个汽油桶底下,走进酒吧里的洗手间,将尼科尔的车钥匙塞到马桶的水箱里。然后,他出来要了一杯啤酒,等侍者送啤酒的工夫,他打了个电话给加里·韦斯顿,叫他来接自己。

公路上警笛声忽远忽近,最后警车在魏普餐厅门口停下了。两个警察走进来,问谁是那辆蓝色野马车的主人。他们逐个查问,记下每个顾客身份证上的名字。警车顶上闪烁不定的灯光透过窗户在酒吧里扫来扫去。警察离开后,加里和加里·韦斯顿一起走了,而尼科尔的车却被警察扣在那儿了。

大概是十一点吧,布伦达被他的敲门声惊醒了。和往常一样,约翰尼正在长沙发上酣睡。他从八点起一直躺在那儿。当初她第一次见到约翰尼时,他是州射箭B组的冠军,蓄着短短的尖胡子。在射箭场上,他看上去和罗宾汉一样英俊。可今天,如果亲爱的约翰尼没有睡足十个钟头的话,他就无法工作。布伦达困得要死,强打起精神去开门。

"我闯祸了。"加里说。
"闯祸了?"
"我从格兰德中心拿了个磁带卡座,出来时保安拦住了我,我把那玩艺摔到他身上。"
"后来呢?"
"我撞了一辆车。"他讲了后来发生的事。

他看上去疲惫不堪，垂头丧气，脸上青一块紫一块，像个烂茄子。她不忍心再对他发火。约翰尼被吵醒了，坐了起来。他脸上的表情仿佛在说，他之所以喜欢睡觉是因为睡梦中不会听见这一类坏消息。

"布伦达，我急需五十美元，"加里说，"我要到加拿大去。"

他已经考虑好了。"你去对警察解释一下，说这事与尼科尔无关。他们会让她把车领回去的。"

"你是个男子汉，"布伦达说，"应当由你去领车。"

"你不愿意帮我的忙？"

"我会帮你写坦白书的，我负责给你送上去。"

"布伦达，车后面的行李厢里有好几个喇叭，是我从一个露天汽车电影院摘来的。"

"几个？"

"五六个吧。"

"不干点什么你的手就发痒，"布伦达说，"就像个孩子。"

加里点点头。他的眼神里充满着悲哀，因为他知道自己永远看不到加拿大了。

"明天一早你必须亲自去向蒙特·考特自首。"布伦达说。

"表妹，别再拿这事烦我了，行吗？"加里说。

六

这一夜，尼科尔是在曾祖母家度过的，加里做梦也不会想到她在那儿。第二天早上，她回到母亲家。不一会，加里打来电话，说他马上就过来。尼科尔吓坏了，往警察所挂了个电话。就在她正跟值班警察通话时，加里进来了。她连忙对着话筒说："天哪，你们快来吧。"

她不知道加里来这儿是不是要把自己拖回去。他站在厨房的洗涤池旁一动不动。她叫他走开,别打扰自己。他却目不转睛地盯着她。看他那副表情,仿佛他的五脏六腑全都受伤了。天哪,伤得真厉害。沉默了一会儿,他说:"你打架跟你做爱一样有本事。"

她竭力绷紧面孔不笑,但说句实话,这句话使她不那么怕他了。他走上前,把双手搭在她的肩上,她又一次叫他走开,使她吃惊的是,他真的转身走了。出门时,他与正要进门的警察擦肩而过。

到了下午,她开始后悔当时没让他留下,担心他再也不会回来了。她的脑海里反复响着一个声音,就像隧道里的回声:"我爱他,我爱他。"

下班后,他带着一箱香烟和一枝玫瑰来了。她不由自主地笑了,跑到走廊里迎接他。他递给她一封信。

亲爱的尼科尔:
　　我不知道自己为什么这样做。你是我所见过、所抚摸过的最美的人儿……
　　你真心爱我,怀着奇妙的柔情抚慰着我的灵魂,对我体贴入微。
　　我做不到这一点。你那样纯洁高尚,而我却不懂如何与一个从不愿伤害我的诚实灵魂相亲相爱……
　　我难过极了……
　　往事如同电影一样一幕幕在我的眼前闪过。一切都毫无意义。

可我的心在呼喊。

你说你希望我退出你的生活，我不应该为此而责备你。也许，我属于那种不应当在世上生存的人。

然而我活着。

我知道我要永远活着。

像你一样。

我们俩都老了。

我希望再一次看到你对我露出笑脸，我希望在我到达永远是一片光明的地方之前看到你的笑脸。

加里

她读完信后，两个人在走廊里坐了一会，交谈了几句。然后，尼科尔回屋给孩子们收拾好，带上他们的尿布，跟着他走了。

路上，他对她讲了自己在格兰德中心出的事。回到斯班尼西福克之后，他鼓足勇气给蒙特·考特打了个电话。考特回答说天快黑了，什么事也干不成了。明天一早他会开车来接他，送他去厄伦姆警察分局的。加里和尼科尔互相搂抱着躺下了。他们紧紧搂在一起，忘掉了时间，好像这是他们在一起的最后一夜。

七

厄伦姆警察分局刑警队的中尉是个文质彬彬的男人。他中等身材，戴一副眼镜，阔脸盘，光秃秃的头顶，周围长着一圈黄里透红的头发。他的名字叫杰拉尔德·尼尔森。尼尔森是在一个农场长大的。他不但是个虔诚的摩门教徒，而且是教会里的一名长老。他正坐在办公室里，内线电话里传来值班警察的声音："外面有个来自首的家伙。"这种事虽说也曾有过几次，可是不太常见。中尉离开办公室到前面去见他。如果让那家伙自己从接待室走到尼尔森的办公室去,走路的这段时间里他说不定会丧失勇气的。

当时是清晨,那人看上去夜里没睡好觉。"我叫加里·吉尔摩,"他说,"我想找人谈谈。"他戴着墨镜,眼睛发青、鼻梁肿胀。他们互致问候之后,吉尔摩立即告诉他自己跟人打了一架。他的伤口缝了那么多针,你也许会以为他是在车祸中受的伤呢。

他们一起来到他的办公室。杰拉尔德·尼尔森端起咖啡壶给他倒了一杯咖啡,这是专为犯人准备的——开销列入另一本支出账,然后两人默默坐了一会。

吉尔摩终于开口了。"我在格兰德中心偷了个磁带卡座。当我开车离开时,撞到了另一辆车上。我开的那辆车是一位朋友的,结果它被警察扣押了。我打算跑到加拿大去,但我的女朋友告诉我应该敢做敢当。"说到这里,他仰起他那张伤痕累累的脸。

"这是全部经过吗?"尼尔森问。

"是的。"

"那么,我不明白你为什么这么紧张不安。"

"我刚出狱。"

他们坐在那儿等待格兰德中心失窃事件的警方报告送进来时,吉尔摩详详细细地讲了自己坐了多少年牢。他越往下讲,尼尔森越觉得如果不是他的假释官把他逼到警察局门口的话,他今天早上绝不会在这儿露面的。

加里咕哝了一句:"唉,我一喝酒就惹祸。"

报告送了进来,情况果然如吉尔摩所描述的那样。尼尔森打电话给蒙特·考特,后者证实是他送加里去自首的。既然考特有时间从厄伦姆返回普罗沃他的办公室,尼尔森猜想,加里大概在外面徘徊了远不止几分钟之后才鼓足勇气进来自首的。

现在,他透过墨镜盯着尼尔森,说:"你知道吗,我就是不想回去。"

"听着,"尼尔森说,"他们很少把犯这种轻罪的人送回监狱。"

"真的?"

"这是事实。"尼尔森有点着急,这家伙吓得够戗,甚至有点神经质了。他肯定以为一次轻罪足以结束他的假释。像他这种经历的人本来应该懂得更多些的。中尉又读了一遍报告,决定不把吉尔摩的违法行为记入档案。他还没有调查核实指控书中的全部犯罪行为,这意味着可以拘留他。但那样一来,正与吉尔摩来此坦白的目的相悖。于是,尼尔森说:"我肯定他们会控告你,并向法庭提交指控书的。但是,现在你为什么不赶快去上班呢?"吉尔摩困惑不解地望着他,尼尔森又加了一句,"明天要求他们延长你的午饭时间,那样你就有时间去见法官了。我将告诉办事员准备好有关文件。"

"你的意思是不准备把我关起来?"

"我不想使你失去工作。"

"真的,太好了。"吉尔摩显然吃了一惊。他默默坐了一会,问:"我可以用一下电话吗?我没有汽车。"

"随你便。"

他打了几个电话,可谁也没找到。"也许我应该到普罗沃去把被扣押的车领出来,我搭便车去。"

"正巧,"尼尔森说,"我也要去那儿,你坐我的车走吧。"

尼尔森开车把他送到普罗沃警察局,将他带到承办此事的窗口前就离开了。吉尔摩开始办理领取尼科尔汽车的手续。又出现了新情况。从露天汽车电影院偷来的喇叭被发现了。因为扣车时并没有发现它们，第二天才将它们登记入册，所以把这些喇叭也写进指控书是不符合法律程序的。魏普餐厅里的任何人都有可能将它们藏入汽车行李厢内。

八

三小时前，加里与她吻别，乘坐蒙特·考特的汽车离开，现在他开着她的蓝色野马回来了。他双眼放光，进门就嚷嚷，说他们必须尽快去法庭，这是天赐良机。据他所知，警方的指控书明天才能准备就绪。

他对尼科尔解释说，如果现在去法庭，就不会有警察在那儿详细盘问他做过的事。他只是因小偷小摸上法庭的，法官并不知道他偷了一块钱还是偷了九十九块钱。而且，他还听说，正式法官眼下在度假，那儿只有个临时的，就是说，一个正式律师在那儿代理法官的工作。他不是真正的法官，肯定不怎么内行。不过是例行公事罢了。既没有原告，又没有警察到场宣读指控书，因这种轻罪前去受审和去缴纳违反交通规则的罚款一样轻松。

甚至在听了加里的解释之后，尼科尔见到法官时还是吃了一惊。他看上去不到三十岁，个头很小却长着个大脑袋。他高声告诉他们，他对此案一无所知。加里跟他讲话时一直低声下气的，像个谈生意的推销员，并且不时称呼他一声"先生"。

尼科尔看不出这能起多大作用。从那位法官脸上的表情看，他似乎并没有产生什么好印象。一位正直的摩门教徒。当加里问如果服罪将受何种惩罚时,法官说他无可奉告。这种B级轻罪的判决可能是监禁九十天并罚款二百九十九美元。

她感到摸不着头脑。加里说:"阁下,我打算提出服罪。"法官问他是不是刚刚服用过麻醉剂或是喝过酒,他意识到他放弃了自己受审和辩护的权利了吗?这句话本身听起来挺严厉,不过这位年轻法官的语调却十分平淡。加里连连点头。她希望这只是例行公事。

法官说,他将通过缓刑假释局进行判决前的调查,加里只得说明他在本地有个假释官。尼科尔认为加里纯粹是自己找死。法官皱皱眉,要求加里五点钟之前交付一百美元保释金,否则他要向县监狱报告此事。

加里说,五点前他根本没希望搞到那么多钱,如果他的假释官为他担保,法官能不能先放了他?法官回答道:"我坚定不移地认为,人们不应因为缺钱而受到惩罚。既然你是自愿来受审的,我将考虑你的要求。让你的假释官给我打电话。"

加里笑容满面地走出电话亭。考特听说他已经自首了非常满意,所以一个月之内他们不必担心了。当然,他们要进行判决前的调查,并且七月二十四日那天他必须出庭听候判决。但是,也许到那时事情已经平息了。他们一起走出法庭。

现在,经过遭奇卡诺人毒打、公路上那个可怕的夜晚、两天的分离等一系列波折,在饱尝分离的恐惧之后,他们重新在一起了。整整一天一夜,一切都比假如他们从未分开要好得多。这就好像有个人在她内心某处她原以为是空荡荡的地方埋藏了火花。上帝啊,随着他脸上的伤口一天天痊愈,她越来越爱他了。

第十章　姻亲们

一

艾普丽尔过来住了几天，她没完没了地唠叨。她告诉尼科尔，她们的妈妈真把她烦死了。"唉，我烦透了她那些权术游戏。我所做的只不过是要躲开她的威胁，她却千方百计使我显得像个不可救药的犟丫头。我只要一开口，她就拿医院和医生吓唬我，而我也不愿意老老实实坐着看她指手划脚。她非得离开不可，王后和公主是不可能和睦相处的。"

尼科尔说，是的。艾普丽尔只来了一两天，尼科尔就得出结论，她娘家所有的人都不正常，艾普丽尔则是疯得最厉害的一个。

然而，艾普丽尔和加里相处得很好。艾普丽尔认为加里健壮，聪明，智慧过人。她来他们家的第一天晚上，加里喝了几听啤酒后开始教她画画。艾普丽尔说，他肯定深深爱着茜茜[①]，当然也爱两个孩子。

加里画笔下的一切都如同剃刀般锋利。如果他画的是只鸟，你能看清鸟的每根羽毛，就像在放大镜底下似的。但他教人画画时却不是这样。"随意往上面涂抹颜料就能画出你的感觉。"他说。艾普丽尔望着他，就好像印度教徒面对着自己的宗师。

尼科尔永远也说不清艾普丽尔的相貌是怎么回事。她很少注

[①] 尼科尔的小名。

意自己的饮食，而每当她不注意饮食时，她就显得又矮又胖。但是单就她的眼睛而论，艾普丽尔是个非常漂亮的姑娘。她的眼睛是紫蓝的，可又略呈绿色——这真令人难以置信。她的眼睛就像那些透明的宝石一样，随着你的情绪变换着颜色。

艾普丽尔的头发却像弯弯曲曲的菠菜那样垂在肩上。她的嘴巴是世界上最丑陋的。在精神病院住了那么长时间，尼科尔认得出心理失常者的嘴。艾普丽尔能够眼睛看一个方向，嘴巴则向另一个方向歪斜，犹如汽车的后屁股与车身分离开了似的。有时，她的嘴唇会像一个刚拧紧的旧水龙头那样颤抖着，有时她则会上唇放松下唇僵直。她的面部肌肉能够抽搐个不停，就好像得了破伤风。大多数时候，看她脸上的表情，你会以为她正害牙疼呢。

尼科尔特别讨厌艾普丽尔的声音。她的大嗓门与她十七岁的年龄实在不相称，天知道她是从哪儿弄来这么大个嗓门的。她自信得要命，以为自己魅力十足，那尖厉的叫声却吵得你心烦意乱。她还能像个小鬼似的哀嚎。

艾普丽尔告诉他俩，她认为加里是个杰出人物。他待人像主子对奴才那样谦和，同时又显得疲倦、悲伤。凡是奴隶吃过的苦他都吃过了。他的生存层次比她所认识的任何一个人的都高得多。艾普丽尔说，只要把注意力集中在他的肉体上，你就能感觉到这一点。

他们刚画了一会，艾普丽尔就开始给他们讲汉普顿的事。对艾普丽尔来说，汉普顿意味着一切。"这是我最近的故事。"她悄声说。汉普顿太可恨了。那些天夜里他骗她说他早上必须回自己的家。五点钟他爬起来，不是在黑暗中悄悄离去，而是叫醒她向她告别,艾普丽尔还以为他爱自己呢。后来她才发现,他径直回到他的情妇那儿去了,他必须在天亮前赶回去。

如果她不讲出来,她的胃里有个地方会感到饥饿难忍的。"你们听过《暗箭伤人者》这首歌吗?"她坐在地板上说,"听着:如果你付钱,暗箭伤人者就不会像我这样,因为我的脑海里有许多稀奇古怪的往事。"他们不吭声,艾普丽尔接着问,"今晚我讲话像个机器人吗?"

"我,"艾普丽尔说,"今天早上起来给自己做了一顿饭。用两个鸡蛋煎了一只中间夹着奶酪的蛋饼,还有几片吐司,一点果珍,草莓牛奶加香蕉片。太多了,我从来没吃过这样的早饭。真叫我恶心。把我撑坏了。后来我把隐形眼镜掉到洗涤池里了。我真粗心。"他们仍然不搭腔,她又说,"我太容易陷入情网,我的爱是一种难以磨灭的爱。我着了迷,我的意思是说,我一天到晚为自己的身体又矮又胖而犯愁。"她严厉地盯着加里,"我以前没有这么胖。"

"你不胖。"尼科尔插话道。

"你呀,茜茜,"艾普丽尔说,"你瘦得皮包骨头!"说这句话时她使劲朝加里点点头,然后又说,"茜茜是我童年最亲密的伴侣。"她一字一句说出这句话,好像这是不容置疑的,"我,迈克和茜茜常常一块跟着瑞基沿峡谷散步,在覆盖着青苔的圆木里寻找蜗牛。"

她清楚地记得,从蜗牛里渗出的黏液弄得青苔又黏又滑——她当时就是这么感觉的。当你把黏液在手指间揉来揉去时,你从头到脚都会产生滑溜溜黏糊糊的感觉,就好像所有滑溜溜黏糊糊的东西全集中到你身上来了。做爱。"我怀念汉普顿。"她说。她不想谈论他,她已经伤心到宁愿听不见看不见的地步。有时她的愿望如此强烈,以至于在它们进入她的脑子二十秒之前,她就能听到它们,尤其是在那种格外强烈的愿望出现之前。"我变得像只冷火鸡,"她说,"我已经和爱情永别了。"

加里的唱片多半是约翰尼·凯什的,他的歌声倾诉了男人们的爱情以及他们对世事残酷而甜蜜、生活之路坎坷不平的悲叹。这不是她吸毒后的幻觉。男人也可以爱男人。但她还是陪着加里吸毒并在幻觉中听唱片,而且沉浸在凯什的歌声中了。无论约翰尼·凯什现在在何处,他都会感到他的歌声触动了她,就好像他正在用一把魔勺搅动他的汤。没有音乐,人们会变得郁郁不乐,他们在听唱片时感到了这点。

"我被汉普顿迷住了,"艾普丽尔说,"每当他的眼睛变得绿莹莹时,你就知道他要讲故事了。"

"我从一开始就腻烦他。"尼科尔说。

"他在床上很行。"艾普丽尔说。她叹了口气,想起上星期茜茜回家时对汉普顿说的话,"你得理理发了。""你希望我理发?"他问。茜茜回答道:"当然。"艾普丽尔刚刚把他的头发梳理整齐,她觉得他的脑袋是属于她的。她能够感到,尼科尔手里的剪刀每剪去一绺他的头发,汉普顿对自己的爱就减少一分。她能够从剪发的嚓嚓声中听出这一点。永别了。现在,她感到加里听到了同样的声音,他恨汉普顿。"啊,我爱汉普顿,"艾普丽尔给自己的罗曼史加上了一条光明的尾巴,"他这人古怪得很。"

尼科尔哼了一声。"你是因为他古怪才爱他的?"

艾普丽尔内心一阵刺痛。"那是因为我可以生活在他的空间里。"

第二天七月四日是建国二百周年纪念日,他们去看演出。在那儿艾普丽尔碰上几个她认识的小伙子，一眨眼就无影无踪了。加里和尼科尔转身的工夫她跑掉了。用不着担心，艾普丽尔总是这个样子。

他们刚进家门，电话铃响了，是尼科尔的父亲打来的。查理·贝克告诉尼科尔，他在路那头她的祖父家里，斯坦恩正为维娜举办盛大的生日宴会。她能来吗？

尼科尔顿时火冒三丈，那么大的一个家庭宴会，他们竟然直到宴会开始后才想起来邀请她。她能够从电话里听到那边的喧闹声。"好吧，"她说，"我去，不过见了我的男朋友你们可别发火。"

二

尼科尔将会发现，她的祖父托马斯·斯特林·贝克（绰号斯坦恩）为自己的妻子维娜举办的这个七月四日宴会早在十二月份圣诞节前就开始张罗了。宴会由他的六个儿子和两个女儿共同操办，他们分散在各地。在建国二百周年纪念日这一天，他们将聚集在一起庆祝母亲的生日。格拉德·克里斯琴森和他的妻子邦妮来自怀俄明的莱曼镇，格拉德在那儿的矿山上当工头；丹尼·贝克和乔安妮·贝克以及谢利·贝克也来自莱曼附近的矿山；温德尔·贝克是开车从怀俄明的芒特维尤赶来的；查理·贝克和他刚刚结交的年轻女友温迪来自犹他州的图埃勒，查理眼下在那儿的兵站工作；肯尼、维基和罗比·贝克都来自洛杉矶；斯特林·贝克的父亲博伊德和他那位也叫维娜的妻子是从阿拉斯加赶回来的，他们已经在那儿工作好几年了。许多孙子孙女也在场，其中有些人已经长大并成家，这回是带着自己的丈夫或妻子和孩子前来出席宴会的。

七月四日早上十点钟就有人到达了，宴会一直持续到晚上十一点才结束。这天阳光灿烂天空晴朗，几乎所有人都坐在房前的院子里。前院和峡谷路之间隔着一道高高的灌木丛，外面路上汽车穿梭来往，撞到路肩上的汽车有时会把小石子甩到灌木丛上，发出劈劈啪啪的声响，这种声响他们从小就十分熟悉。

这个环绕房前和房屋两侧的院子很大，斯坦恩把这块地方打扫得干干净净，把草坪秋千和坐椅安放得整整齐齐。敞开式汽车间里，一张张大桌子上摆满各种食品：烤牛肉，土豆色拉，烘豆，薯条，各种果子冻色拉，给孩子们准备的汽水，还有啤酒。但你要是探头看看后院，也就是侧院的后部，你准会看到那块永远打扫不干净的地方。那儿堆着一大堆修剪下来的野草什么的，草堆顶上压着一块锈迹斑斑的大广告牌，以免它们被风吹得四散飘扬。草堆旁边是斯坦恩那个可以装到轻型货车上的破破烂烂的野营活动房，以及盘成圈但已经松散开来的旧橡皮管。悬挂在树上旧滑车下的是浸过水的秋千，底朝天躺在地上，油漆剥落的平底小木船，还有只破旧的红色温室用水桶摆在一块生锈的招牌旁。在一间歪歪斜斜的棚子里摆着许多苗圃工具，一辆废汽车周围躺着乱七八糟一大堆破损得不成样子的黑色轮胎。你越往斯坦恩的后院走，越能够看到人生真实的一面。

房子里面，维娜把上帝赋予世界的每一种颜色都涂到家具上了——起居室的家具有黄色的，绿色的，蓝色的，紫色的，红色的，橘黄色的，黑色的，褐色的，还有白色的。家里人常常开玩笑说，一个孩子一种颜色。房间里还摆着一台专门收听西部乡村音乐的高保真组合音响，一台落地电视机，几个铺着各色垫子的沙发，几幅镶在框里的动物画，斯坦恩的钢架皮躺椅，以及一个不知为谁准备的镀铬腿黑色人造革圆凳。也许这凳子是从浴室里拿出来的。浴室里，白、粉红、黄三色墙纸上贴着一大朵一大朵扁平的橡胶花。

这个家族太庞大了，成员多得你数也数不清。但是和它的祖先一比，它就算不了什么了。居住在犹他州卡奈地方的斯坦恩的外祖父是个信仰一夫多妻主义的旧派摩门教徒，他一辈子娶了六房妻子，生育了五十四个孩子。当然没有必要提及卡奈的往事了。自从斯坦恩和维娜一九二九年结婚以来，值得回味的往事已经够多的了。

有件事斯坦恩一想起来就冒火。他由打零工起家，整整苦干二十七年才升到普罗沃市自来水管理局负责人的高位，最后竟然被迫辞职，原因是市长决定派一个工程系毕业的大学生来领导他，他居然还厚着脸皮求他给那个新来的小子讲讲有关水的知识。当你举行宴会回顾愉快的往事时，这件事却突然闯入你的记忆，真扫兴。

三

查理·贝克负责挖坑烤牛肉。其实就是把这该死的宴会全部交给他操办，他也照样能办好。要知道宴会的准备工作大部分是他干的。他买来一大块牛后肘，把它放入自己亲手调制的腌泡汁里浸泡了整整三天。昨天早上，他从一百英里外的图埃勒把牛肉运到斯班尼西福克。为了防止牛肉里的汁渗出来，出门前他先用干酪布把它包好，然后严严实实裹上一层牛皮纸，最后缠上一层麻袋布。当然，在斯坦恩的院子里挖那个该死的坑时，他也一直注意保持牛肉的湿度。那坑可真大，比避弹坑还大。他把自己拣来的石头在坑内码好，点着火，在旁边守了好几个小时，直到那些石头从外到里烧得滚烫。要想烤好牛肉，你非得把石头烧得通红才行。把包得严严实实的后肘放入坑内后——有两种做法——

或者用泥封住坑口,或者像查理主张的那样,用一个大盖子盖住坑口,隔一会揭开盖拨弄拨弄包在麻袋布里的牛肉,这样准能烤出鲜美多汁的牛肉来。

七月三日傍晚,查理打算小憩片刻,因为他准备通宵不睡觉守在火坑旁。他找到母亲,叫她给自己找个睡觉的房间。他出了这么多力——买后肘、腌泡牛肉、为它着急上火、开车运来、挖坑、搬石头——他所需要的只不过是躺在床上睡一会儿,这样夜间他才能精力充沛。他的母亲竟说:"你不能躺在肯尼的床上,你爱出汗,准会把床弄得一股汗臭味。"真是再友好不过了,要知道她有三间客房呢。查理心里烦透了,他那位未来的新娘温迪就站在他身旁,就像天使一样年轻。这是查理第一次没跟凯思琳一块来看兄弟姐妹,他本来已经感到非常滑稽了——唉,如果他们早结婚几年,大伙肯定会前来祝贺他和凯思琳的银婚纪念日的——但是他们却离婚了。现在和他在一起的是年龄只有他一半大的温迪,而且他不得不按照妈妈的旨意睡在草坪上的一顶帐篷里。

他心里的火直往上蹿。当一个人又累又困并且想起许多不愉快的往事时,叫他去看守一堆火实在太过分了——火最容易唤起痛苦的回忆。唉,他要是没睡着该多好。当他在晨曦中醒来时,火灭了,石头冰冷冰冷的。唉,他想方设法重新点燃那堆火,可是已经无济于事了。第二天宴会过程中,叫人冒火的事情接二连三地发生,最后他们竟急急忙忙地把仍然穿在炙叉上的牛肉送上桌,这当然不如洒上佐料后再端上来好。真没办法,牛肉上厚厚一层烟灰,腌泡汁烧焦了,哪儿还有什么鲜美多汁的嫩牛肉,分明是烤得硬邦邦的老牛肉干。查理甚至没法向大伙解释自己为什么把火给看灭了,他不愿意告诉别人自己想到一些多么辛酸的往事。当那些令人伤心欲绝的往事涌到一个人的脑海中来时,除了睡觉还能干什么呢？

就在这时，他的父亲提起尼科尔跟一个家伙一同住在路的另一头。当然，整整这一夜，尼科尔的影子不时在查理的脑海里出现。尼科尔使他想起凯思琳，凯思琳又使他回忆起许多可怕的往事。他在越南时，凯思琳给他写了许多情深意切的书信，他们的关系从来没有那样好过。可是他回家不到一个星期，两人就打了个天翻地覆。凯思琳还说："我真希望他们是把你装在匣子里运回来的。"回到这种家里真他妈的活受罪。他们在德国时也是这样天天打架。她嫌他喝啤酒，那可是世界上最最好的啤酒，一毛八分钱一大玻璃杯。这么好的酒，你怎么能不夜夜喝个够呢？喝完酒，只好硬着头皮回家听她没完没了地数落。他本来应该当上中士了，可在家她把他贬成个傻瓜，至今一想起这些他的气就不打一处来。想这些事有什么好处啊，他能够感到这些痛苦的往事钻入自己的内脏，搅得它们火辣辣的。

当然，尼科尔和李那件事始终折磨着他。他妈的，这是真事！他到精神病院看望尼科尔时人家全都告诉他了。事实真相是，打那以后，他和尼科尔一直别别扭扭的。

盯着熊熊火焰，更多的悲哀从火光里升起，直扑他的心田。在夏威夷，艾普丽尔被三个黑鬼强奸了，竟没有人告诉他。当他们准备从夏威夷返回中途岛时，凯思琳说，艾普丽尔严重煤气中毒，必须一趟趟地往卫生间跑，能不能等一天再上飞机。他回答说，他们非上那架飞机不可，放几个屁有什么了不起！他就这样被蒙在鼓里作出决定。艾普丽尔难受得那么厉害，他真想过去叫飞行员调转航向送她去医院。飞机在中途岛降落后，凯思琳依然把这个消息瞒着他。直到他离开海军工程营后她才告诉他，并辩解说不敢告诉他是因为基地里有那么多黑人水手，她怕他会滥杀无辜。她竟然把他看得那么不稳重，以为他会跑出去朝着黑人随意扫射。这大大伤害了他的自尊心。还有，在中途岛的那段时间里，艾普丽尔成天疯疯癫癫的，他既不知道这是为什么，更不知道她经历过什么事情，所以他对她非常严厉。

艾普丽尔说她想出去转转。他问："打扫过你的房间了吗？""打扫了。""那么去吧。"但他到她的房间里一看才知道，她什么都没收拾。于是，当她回来时，他骂道："我要揍出你的屎来。"她说："你敢碰我一根毫毛，我立刻去找随军牧师。"这么能犟嘴，你怎能不火冒三丈地照她的屁股踹上两脚呢？有一回，他狠揍了她一顿，她头也不回地跑到随军牧师那儿。两个牧师，一个天主教一个新教，全都来到他的家里。

"喂，我知道你们对我总打她有什么看法，"他说，"如果你们认为我虐待儿童想狠揍我一顿，请便。不过我可没有虐待她，我只不过踢她两脚，因为她拿你们来威胁我。"令人伤心的是，当她的神经不正常时，他却以为她在说谎。她告诉他，她打扫过房间了，她确实是这样以为的，她弄不清两者的区别。

坐在烤肉坑旁，望着那些滚烫的石头，往事一幕幕浮现出来，火烧火燎地烤着他。在中途岛，迈克，几个孩子中最招人喜爱的一个，也开始调皮捣蛋。军士长离开基地去度假时，他和小伙伴一起闯进他的房子，把他为他的宝贝金鱼准备的食物一股脑全倒进鱼缸里。结果，鱼全死掉了。一个真正的好孩子，以前从来不惹祸，但是在中途岛他变坏了。

接着，他又想起茜茜和巴雷特在莱希一家酒吧的楼上同居时的事。凯思琳告诉他，巴雷特是个专门给人注射海洛因的粗俗下流的家伙，茜茜跟他学得吸毒成瘾了。他差点气疯了，眼前好像浮现出尼科尔被绑在床上巴雷特朝她身上戳针头的情景。在楼下的酒吧里,他一边喝酒一边想女儿就在自己的头顶上,跟一个可能手持武器的毒品贩子呆在一起。他越喝火气越大。最后,他爬上楼梯,从几个酒鬼身上跨过去,敲了敲门。一个眉目清秀讨人喜欢的小个子出来开门。虽说一看见就喜欢上他了,查理还是板着脸说:"巴雷特,我要把你那该死的屌蛋剁下来。"那小子一声不吭地望着他,好个漂亮小伙,精明能干、大有潜力。他的五官小巧玲珑,看上去和茜茜的很相像。那小子说:"喂,我知道这里面有误解。"他还没开口检讨自己,查理便开始为他感到难过。这小子身上似乎有好的一面。也许是当查理威胁说要阉割他时,巴雷特脸上的表情打动了查理吧。那家伙说:"如果这会使你好受些,我等着呢。"不管怎么说,必须承认,后来查理细细打量了尼科尔一番,"好家伙,我看你气色不错嘛,"他说,"你知道吗,你一点都没瘦。"说句实话,尼科尔那副样子真叫人心里发怵。查理小声嘀咕着:"你妈说你在这儿注射海洛因。干你的吧,没问题。"他只说了几句话,转身下楼离开了。他觉得自己像个傻瓜,像个双料的大傻瓜,因为临出门时他回身对尼科尔说:"茜茜,你能原谅我做的事吗?"当着巴雷特的面讲这种话——他肯定是昏头了。但是,他当时正为李告诉他的事情而闷闷不乐,不知怎地,他觉得这完全是他的错。

想到这儿时,他睡着了。黎明时他爬起来发现火灭了。他忙得团团转,让浓烟呛得够呛。

四

上午,宴会的气氛越来越紧张,最后查理把牛肉穿到炙叉上。人人都非常失望,可人人都告诉他味道不错。"没烤过头?""没,没烤过头。""没烤焦?""当然没有。"

就在这时,他的爸爸说茜茜住在路那头,为什么不邀请她呢?查理并不怎么想叫她来,不过他仍然打了电话。这可不容易,他从她门口路过时都从来没有进去看过她。

搁下电话,他心里直犯嘀咕,不知茜茜现在的男人是个什么样的嬉皮?由她去找那些不良分子吧。或者应该把他叫做倒霉蛋?一个穷困潦倒的怪人,或者臭气熏天的野种?

正当他的脑海里出现一个满脸脓包、长发披肩的狗杂种的形象时,茜茜和她的新男人进来了。查理认为他看上去有点老了,不过还不算出格。他想,如果他和他在军队里或者别的地方碰上,他俩可能会相处得挺好。

那个叫吉尔摩的家伙一进门就要求和他单独谈谈,于是他俩来到后院。查理还没站定,那位男朋友却已经躺到草地上了。他双手放在头底下枕着,开始和查理谈话。他的第一句话非常滑稽,查理不喜欢这句话。吉尔摩开口就问:"你从来没打算杀死哪个人吗?"

查理只好把这句话当作玩笑,一笑置之,"这个嘛,"他说,"我一直想干掉我的上司,那个狗娘养的蠢驴。"可是,吉尔摩的脸上没有一丝笑意。沉默中,查理不由自主往前迈了一步,问道:"我的意思是,你不是当真吧?"那位男朋友说:"不,我只是好奇。"

只是在谈话结束后,查理才突然意识到这句"杀死哪个人"的议论是针对他的。

到了晚上,依然事事不顺心。茜茜进门后,查理的一个弟弟偏他妈的指着温迪说:"尼科尔,过来见见你的后妈。"温迪窘得恨不得找个地缝钻进去。尼科尔愣了半天才说:"你是我的后妈?"温迪说:"我想是吧。"尼科尔神色古怪地盯着她。

接着,尼科尔当着众人的面躺在草地上,和加里拥抱接吻。查理看得出,维娜恼火透了。她做出一副笑脸,嘴里却说:"嗨,分开吧,你们两个!"这是人们吆喝正在交配的狗时常用的一句话。吉尔摩站起身,好像被人捅了一刀似的。

又过了一会儿,查理听说加里差点跟格拉德·克里斯琴森打起来。格拉德坐在丁香花丛下,用奶瓶给自己一岁的小儿子喂奶。吉尔摩拿着个橄榄球凑过去,问他愿不愿意玩扔抢球游戏。格拉德说:"我在给孩子喂奶呢。"加里坐到一个小凳子上,开始询问格拉德的工作,问到后来没词了,于是他看着格拉德说:"你想知道我的情况吗?"格拉德一心想摆脱他好单独喂孩子,便说:"不太想知道。"于是吉尔摩摆出一副找茬打架的架势,对格拉德说:"你给我的印象是个男子汉。"格拉德不想给自己找麻烦,反问道:"你怎么看出来的?"吉尔摩说:"这个嘛,你看上去就像个男子汉。"吉尔摩居高临下地俯视着他,格拉德则觉得没必要再谈下去,吉尔摩只好悻悻而去。

后来那家伙突然走了,他肯定和尼科尔吵嘴了。查理认为不应该责备他。他理解他的感情,就像你五年才去一趟教堂,当坐位上的人居高临下俯视着你时,你当然想买个位子。

事后,查理听说加里跑进屋里,踢翻一个凳子,摔倒在浴室的地板上。后来,斯坦恩说:"你的朋友像是喝醉了。"听了这话,尼科尔说:"他也许一会儿就好。"真是个理想中的情人。加里走的时候,尼科尔显得满不在乎,她正破天荒头一遭和亲戚们谈话呢。

查理开始感到不管哪儿的谈话自己都插不上嘴,这使他又一次伤心地回忆起当自己再干三年就可以领取养老金时却被赶出海军的往事。一想到这个他就寒心,他认为这全是艾普丽尔的精神障碍造成的。到中途岛后,她的精神病越来越严重,有一次她切开了自己的手腕;另一夜,她服用了过量的安眠药。查理每次离家出海执行任务时都不得不请假回来,因为艾普丽尔又犯病了。后来,他随大队去冲绳执行一项艰巨的任务,大伙遇事全靠他拿主意,可他竟不得不两次赶回家。紧急告假。由于这种情况看样子会继续下去,他们建议他退役。查理说:"我不想退役。"他们却交给他一纸退伍通知书。他拒绝在上面签字,可他们硬把这张纸片塞到他手里,说:"伙计,上飞机吧。"就是这么回事。当他只要再干三年就可以把钱拿到手时,他们一脚把他踢开了。

这个多事的夜晚。最后他叫尼科尔给凯思琳打电话,也许他们的小女儿安吉尔能够过来跟自己住一夜。他总是在为这孩子担忧,她刚满六岁自己就离开了她,她需要自己。偏偏在这时候,维娜开始向他抱怨,说什么这儿的孩子已经够多了,一个生育了八个孩子并且有数不清的孙子孙女的女人肯定不会喜欢小孩子。接着,他的父亲又来激他:"你不能在这儿过夜,孩子们也不能在这儿过夜。"结果他们吵翻了。父亲大概六十八岁了。要不是看在他那么大年纪份上,查理非得照他的屁股踹一脚不可。他使劲推了老头一把,拉起温迪,一言不发地离开了。

这就是七月四日,建国二百周年纪念日,真他妈的令人失望。

五

刚开始和加里在草地上拥抱接吻时,尼科尔对自己的亲戚充满敌意,对加里则感到双倍的忠诚。但是,当维娜刚说出"分开吧"加里就噌的一下跳起来时,尼科尔对他的敬意顿时无影无踪了。

　　说起来真滑稽,尼科尔开始为自己的家族感到几分骄傲,她有那么多放荡不羁的亲戚。加里喝红葡萄酒喝醉了,硬逼着她的表亲吃迷幻药,结果他倒像是斗败的一方。他那把刚刚蓄起来的山羊胡子看上去不过是山羊下巴上的三根毛。所以他离开时,她并不感到特别难过。

　　格兰德中心的那场波折后,她对他的爱从来没有那么强烈过,但是那种强烈的爱仅仅延续了两个夜晚。现在他又开始饮酒、服用菲奥瑞纳,她不知道自己对他的忠诚还剩下几分,她在想着另一个男人。

　　她的生活中出现了一位体面先生,她没有把他的事告诉加里,他是最近才出现的。他叫罗杰·伊顿,是个特别整洁、特别讨人喜欢的家伙,在犹他山谷购物中心当经理。他是以一种令人难以置信的方式闯入她生活的。她收到一封没署名的信,写信人说,如果星期三夜里她陪他睡一觉,他愿意出五十美元,她能留着前门的灯作为信号吗?

　　她把信拿给加里看,他三下两下把信撕了个粉碎,说他要宰了那个狗娘养的。后来她把这件事忘了,生活中五花八门的事太多了。

　　两个星期后,在一家加油站门前,这个相貌端正、体格健壮、长着一双蓝眼睛和一头漂亮褐发的家伙走到她面前,自我介绍了一番。他说他就是那个写信的人,他想请她喝可口可乐。那天她和他聊了一会儿,陪他喝了杯咖啡。后来她真的找他求援去了。

那是她和加里在公路上打架的那天晚上,当她发现在车里的扭打搞得自己遍体鳞伤时,她伤心极了,径直跑到罗杰·伊顿的办公室里,他对她深表同情。昨天,她到厂里看加里时,发现他正以啤酒代替午饭,一听接一听往肚里灌,于是从那儿出来后她又去找他了。

她从来没见过像他这样天天穿一身西服上班的家伙,她的心发痒了。今晚加里一气之下退席后,她首先想到的是罗杰·伊顿告诉过她,紧急情况下可以拨他家的电话。现在她有机会给他打电话了,但是那样一来,仅有的一点美好情感也许会全给糟蹋了。这是很久以来她第一次喜欢上一个家伙时不用考虑他的臭汗、恶习或其他令人作呕的事,而只是想着他一些特别美好之处。所以她没有打电话,和父亲聊了一会之后她就回家了。

加里回来得很晚。他跑到弗雷德酒吧,和一帮住在流浪汉之家的阿飞一起饮酒作乐去了。他告诉他们他需要辆摩托车,打算去偷一辆。说到这儿,他有点局促不安地瞅瞅尼科尔。接着他承认那帮人大大嘲笑了他一番,对他解释说,要知道警察特别注意的正是摩托车!一辆新摩托车就像一块冰,到了你的屁股底下转眼就融化了。话说回来,他们是些好小子——是和自己一样的人。他说,他盼着跟他们合伙做生意。

他像个十九岁的孩子似的,喜欢摩托车。看到摩托车手们也喜欢他时,他竟是那么开心。她被感动了,心底重又涌起一股柔情。吃饭,饮酒,与众多亲戚会面,这次宴会毕竟给他们带来了几丝甜蜜的情感。他们开始做爱,加里费了好大工夫也没有完全成功。有一段时间她还以为情况会好转呢,真是异想天开。

加里总把这个归罪于监狱。多少年来,他只能对着裸体照片发泄情欲，从来没有接触过有血有肉的女性。今晚她实在气昏了头，对他说他纯粹是胡说八道，真正的原因在于他酒喝得太多，菲奥瑞纳吃得太多。加里竭力为菲奥瑞纳辩解。"我可不希望自己做爱时头痛，"他说，"我一天到晚头痛，菲奥瑞纳可以止痛。"

她坐在那儿，满腔怒火像弹簧似的直往上顶。虽然已经精疲力竭了，他还要再试一次。她对他说，这次还没结束时不要急着来下一次，客观点。

他们又开始做爱。直到凌晨四点，他们才躺下睡觉。可六点钟时他又爬起来，服了一剂兴奋剂。药效发作了，他硬按着她做爱。她累极了，只想睡觉，不过还是顺从了他。但他又一次失败了，还是没能成功。

她躺在床上，一字一顿地对自己说："他是个废物。"

六

七月的第二个星期，一个炎热的早晨，她在母亲家里遇上吉姆·汉普顿。得知他如何玩弄艾普丽尔后，尼科尔对他没有多少好感。不过，他身边带着他的小弟弟小妹妹，她则希望有另一个男人陪自己散散心。他们开车四处游逛，甚至在斯班尼西福克她的家里停留了片刻，给孩子们弄点吃的。然后，她把汉普顿送回她母亲家，开着自己的车回来。整整一天东游西逛，她的车大概跑了将近一百英里路程。

她进门时，加里已经下班回来，正摆弄着他汽车的马达呢。她坐到前门台阶上，两个人谁也不讲话，那种沉寂你伸手都可以摸得到。

他终于开口了,问她一直在干什么。我嘛,尼科尔说,我一直在我母亲家里,坐在我自己的屁股上。我的车油不够了,所以这该死的一整天我一直待在那儿。"听着,"她对他说,"我一直坐在自己的屁股上。"那么,他说,房间里和我早上走的时候不太一样,今天你回来过吗?

是的,我今天回来过,她回答道。我以为你一整天都在你母亲家,坐在你自己的屁股上呢。她冷冷一笑,不错,我正是这么说的。

加里从汽车那边走过来,显得漫不经心,好像要进屋去。从她面前经过时,他冷不防扇了她一个耳光。太卑鄙了。她的脑袋像个闹钟似的叮叮作响。

尼科尔感到她是自作自受。他这人没克制力,谁要是无缘无故对他不礼貌,他非炸不可。可话说回来,这是他第二次打她了,她感到越来越多的怒气在自己的胸中聚集起来。

第二天,她终于抓住个发泄怒气的机会。由于常常没钱买尿布和洗衣房的肥皂,干净的内衣经常不够用,因此她夏天喜欢叫孩子们光着屁股玩。有些邻居肯定对此不满意。

这天,当杰里米坐在别人家的草坪上,其余的孩子坐在人行道和车道之间的水沟沿上把脚伸到水里时,一个警察开车经过,停下车喊叫着。尼科尔简直不能相信自己的眼睛,警察把车开得和步行那么慢,直对着她的房子开过来。他在她的门前停住车,开始满嘴胡咧,真叫你不敢相信。嗨,您的孩子在水沟旁玩生命有危险,您的小儿子可能淹死。尼科尔说:"先生,您不知道自己在讲什么。我的小儿子离水远着呢,他身上一滴水也没有。"的

201

确没有。

警察又说邻居们一再打电话抱怨,说她没有好好照料孩子。"从我的地面上滚出去,"尼科尔骂道,"夹起尾巴滚回路上去。"

她知道只要待在自己的房子里,她想说什么就说什么。警察站在外面,威胁说要取消她的救济金,她当着他的面砰地关上门。他朝屋里喊,最好别让我再看到孩子在外面,她又猛地拉开门。

尼科尔说:"那些孩子整整一天都他妈的要在外面玩,你最好别碰他们,否则我就朝你开枪。"

警察望着她。他脸上的表情好像是在问:"现在我做什么呢?"虽然在愤怒中,她也能够看出他的窘境——对一个警察来说,这个局面太难堪了,竟被一位太太吓唬了一通。她关上门,警察开车走了,加里从床上一跃而起。这些天很热,床挪到了起居室的窗前。

突然她意识到刚才这几分钟对他产生的后果,她完全忘了那些枪的存在。看到一个警察站在他们家门口,他肯定要多喝好几听啤酒,多吃一大把菲奥瑞纳的。

七

第二天一大早,他来到凯思琳家。她觉得他非常粗鲁。"出来。"他说。凯思琳吓了一跳。"你不能在这儿告诉我是什么事吗?""不能,"他说,"到外面去。"

他的举止使她十分不安,不过这毕竟是大白天。她走到门外,加里说:"我的车里有点东西,想在你这儿存放一段时间。"他走过去从野马车的行李厢里拎出个装尿布的口袋,拖到她的汽车后面。凯思琳问:"加里,你那里面装的什么呀?"他回答说:"枪。"

"枪?"她叮问了一句。"是的,"他说,"枪。"她问他是哪儿弄来的。"你以为是哪儿?我偷的。"凯思琳惊叫一声:"啊呀!"就在她汽车的后盖上,他把那些枪拿出来挨个查看。"我想把它们留在这儿。"

"我的上帝,加里,"凯思琳说,"我认为你最好别留下,我不能总把它们放在这地方。"

"我一下班就回来取。"加里说,"我只是想在这段时间里为它们找个安全的地方。"

她简直不能相信,他竟敢把那些枪在行李厢顶上摊开。如果有位邻居从窗户里探头往外看一眼,他们也不会相信自己的眼睛。

他故意把枪一支一支拿出来,像炫耀稀世美女似的向她介绍。这支是点357口径马格南手枪,你瞧瞧,那支是点22口径勃朗宁自动手枪,另一支是丹·韦斯顿点38口径手枪,看这支,再看那支。凯思琳只好说:"加里,我对枪不大内行。"

"你觉得这支怎么样?"他问。

"噢,很好,它们都很好。"她说,"加里,你预备拿它们做什么?"

"有几个家伙想买下它们。"他说。

到这个时候,每支枪的包装都拆开了。他说:"我给了尼科尔一支枪防身,那是支小巧玲珑的重叠式双筒手枪。我要你收下这支枪。"

"我不需要，加里，我真的不需要。"

"我要你收下，"他说，"你是尼科尔的母亲。"

"上帝啊，加里，"凯思琳说，"我已经有支枪了。"

"那么，"他说，"我要你拿着这支施佩希尔手枪。你和你妹妹这样两位女士单独住在这儿非常不安全。"

她对他解释，她丈夫的马格南手枪在她这儿，可加里说："那种枪太大，你甚至不应该碰它的枪栓。"

现在，他已经把枪全部放到她的汽车行李厢里了。凯思琳告诉他，自己可不愿意开着装有一大堆枪的汽车出门。于是他说："我把它们放到房子里去。"他告诉她五点钟他来取，喂喂，她赶快声明，那时她不在家。

没关系，他自己进去拿出来就是喽。说着，他扛起尿布包走进房里，把枪塞到长沙发后面，一共有七八支吧。然后他用一块旧布片把那支施佩希尔包好，塞到她的床垫底下。

那天晚上，她和凯西回家后，赶快跑去看看长沙发后面。还好，枪不见了。

八

白天加里在厂里上班时，巴雷特开车来了。尼科尔和他一起驱车到峡谷兜风。森妮和皮博迪跳下轻型货车，跑到远处玩去了。第一根柴火尚未点燃，他的裤子就脱掉了，她的也脱掉了——两人抱到一起做爱。她听见自己说："加里是个疯子，我们也许会死的。"过了一会她又对吉姆说："不管发生什么事，你要记住我爱你。"说这句话时她的确是爱他的。

加里回到家时，身上那件破破烂烂的风衣上溅满泥浆，袖子不知撕哪儿去了，裤子上也尽是泥巴。他喝得半醉，要带她一起去瓦尔·科林那儿看看那辆卡车，她叫他先把自己洗干净再说。她实在不愿意让人看见自己和他在一起，他看上去像是个在院子里睡觉的流浪汉。

加里对那个叫科林的人说话的口气像是自己很有钱似的。这实在叫人恼火。

回来的路上他停车前去拜访克雷格·泰勒，真是蠢到家了。克雷格的妻子朱丽亚住在医院里，尼科尔的孩子和克雷格的孩子你追我赶乱吵乱闹，加里拉着克雷格下棋，当他赢了时，竟"嘀嘀"狂叫起来。

接着，加里破口大骂瓦尔·科林，说他到现在还不给他那辆卡车。"我要把那地方连同他的那些汽车一起砸个稀巴烂，"他骂道，"我要把所有的车窗玻璃踹个粉碎。"真像是打开了一个臭气熏天的瓶子。

克雷格像只猫头鹰似的听着。尼科尔还是第一次见他这副长相的家伙，肩膀那么宽，却有一张猫头鹰似的脸。他一声不吭，不时眨眨眼睛。

加里说他讨厌看电视，尤其讨厌警察节目。尼科尔打了个呵欠。他们告辞时，加里问克雷格："你认为我这个人怎么样？"
"这个嘛，看来你正在努力，"克雷格说，"休息几天你就会好的。"

从克雷格家到凯思琳家的路上，就在那条通向她母亲家的长长的道路上，野马车又他妈的抛锚了。加里气得火冒三丈，踹碎了挡风玻璃。

他像骡马尥蹶子那样一脚踢在挡风玻璃上,哗啦一声玻璃全碎了。

孩子们吓坏了。尼科尔二话没说,跳下来帮他推车。车还是发动不起来。一个过路的人上前帮他们推了一把,车才发动起来。他们默默地向前开了几百码。

这一个星期来,她一直试图告诉他,他们可以分开住,不时见见面。现在,当她把意思挑明时,加里说:"我把你送到你母亲那儿去,我永远不想再看见你的脸。"

他口气轻松地叫她和孩子们下车,似乎他们是下车去杂货铺买啤酒。她原以为自己会高兴的,可她高兴不起来,事情好像不应该以这种方式结束。

十二个钟头后,他们正要吃午饭,加里在房门口出现了。他满嘴酒气地对她说,他要她回去。她回答说她不愿意。她说,我要考虑一段时间。

他不许她考虑,他要她立刻答应。使她惊奇的是,他没有强拉她走。他离开后,她觉得事情太顺利了,叫人不放心,明天他也许隔几个小时就要来一趟。于是,她打电话给巴雷特,问她可不可以在他的公寓里躲一躲。尼科尔讲得很明白,她不会赖在那儿的,她所需要的只是一张可以在上面睡几夜的床。

为了不让加里发现自己的行踪,她需要一处比巴雷特那儿更安全的住所。她四处寻找公寓，第二天巴雷特在斯普林维尔为她找到了一处。几乎没人知道那个地址，她叫他起誓保密。

现在，她住在离斯班尼西福克那所房子五英里路的地方，如果加里到普罗沃去时不走州际公路而走乡间公路的话，他将从离她的住处仅两条街的地方经过。

巴雷特想和她重归于好，再来一次心灵的旅行。小时候她爱读动物故事，凯思琳给她讲过灵魂转世是怎么回事，听起来像个神话。当时，尼科尔拿定主意，自己将变成一只白色的小鸟重返人间。现在她认为，如果她不调整好自己和情人们的关系，她重返人间时就会变得丑陋不堪，将没有一个男人愿意看她一眼。

第十一章　前夫们

一

巴雷特总把自己想像成个侏儒。事实上，以前他的爸爸妈妈常对他说，他生下来时和放在鞋盒里的一只小猫差不多大。虽然他现在身高五英尺十英寸、体重约摸一百四十五磅，但他从来没有摆脱掉把自己看成是个自负的小矮人的习惯。像只小猫。他记得，在他和尼科尔的第一次罗曼史期间，有一次整整一星期他被单独关在精神病院一间黄色的小屋里。这间屋里里外外全给漆成淡黄色，像间育儿室，可实际上这是监禁人的地方。他记得自己脱下袜子卷成筒朝墙上扔去，接住它们再扔过去。他只能这样干，他得活下去。

另一方面，他天生无力承受严厉的惩罚。一看他那又尖又长的鼻子和像女孩头发那样柔软漂亮的淡褐色头发，就知道他不是那块料。在公路上，当他从一个陌生人身旁经过时，他的头发甚至会剧烈地颤抖起来。所以，通常在某种程度上巴雷特能够预知未来。考虑到眼下他帮尼科尔躲避那个叫加里·吉尔摩的卑鄙龌龊的疯子要担多大风险，这倒也有好处。他俩的风流韵事使巴雷特大为吃惊，尼科尔那么没眼力，真叫他觉得可怕。以前只有一次他见过她如此缺乏判断力。

巴雷特陪着尼科尔走过了各种沟沟坎坎。她那一连串走马灯似的换班的情人他全见过：纵欲狂，骗子，嬉皮，人面兽心的家伙；其中有些你几乎可以叫他们残废人。但他们总有点长处，不是相貌端正、体格强壮、殷勤体贴，就是有某种你可以称之为高明手腕的本领。巴雷特知道，尼科尔是个有主见的漂亮女人。如果你也像巴雷特那样迷恋她，像他那样生活在爱的煎熬之中，那么，不管她的下一个情人是谁，你都必须跟他和睦相处，等到她打算摆脱那个家伙时，你就必须站到她的身旁。

巴雷特天生没有胆量面对凶猛的进攻，这是他自我认识的一部分。然而，他一生中最勇敢最出色的壮举都与尼科尔有关。例如，帮她搬出乔·鲍勃的房子就是一次很可怕的经历。那几个小时里，外面停着一辆借来的卡车——天哪，乔·鲍勃随时可能回来看看她还在不在屋里。那天，巴雷特身上有支枪，不过乔·鲍勃那么大的块头，枪子能不能打进去还很难说。

是的，往外搬家具的那几个钟头（那些家具是他们住在一起时他出钱买的）是他一生中最焦灼不安的时刻，但他终于把她连同包括所有灯罩在内的全部家什都弄走了。森妮和杰里米跟他们一起坐在汽车的前排坐位上，是的，她那圆滚滚的小屁股又一次得救了。当他找到斯班尼西福克的那所房子时，她甚至搬回去跟他住到一起了。

他一直在工作。他干的是浇注水泥框架的活。他一直在寻找一种可以使自己摆脱毒品贩卖的职业，他曾以为浇注水泥框架的活就是这种职业。但是，他发现坚持干下去不是件容易的事。他穿着宽松的嬉皮服和镶着流苏的鹿皮茄克，蓄着长头发和小胡子。正派人只要对他看上一眼，就立刻把他划到社会渣滓那一类里去了。开着别人的卡车辛苦一天，自己只能得到几毛钱，却为那个人挣了一两百美元，心里实在不是滋味。为此巴雷特成天垂头丧气的。贩卖毒品时，你至少是在为自己挣钱。

然而，他一直在寻找一种正当的谋生方式，以此向尼科尔证明自己的价值。从斯班尼西福克镇驾车到亚美利加福克镇去干浇注水泥框架的活，他妈的要从犹他县的一头跑到另一头，一天往返将近六十英里，而且早上的交通要多拥挤有多拥挤。这正是他梦寐以求的目标。但是，尼科尔和他开始为过去的所有事情没完没了地争吵。一想到她和别的男人的性关系他就心烦意乱，他无论如何也忘不了那些男人。

在斯班尼西福克，他们的性生活从一开始就和以前的截然不同，再也没有那种爱的感觉了。有好几次他对她说："你甚至不再需要我了。"他甚至觉得，好像有人在用刀子剜他的肉。离开尼科尔无异于生活在地狱中，她没有注意他的感觉——要是她能够时不时体会到他的痛苦该有多好。她不知道，跟她在一起，他的感觉有多么甜美，如果她愿意使之甜美的话。没有人能够像尼科尔那样给你带来感情上的满足。好像她才是那个诱惑者，当你从她身上得到那种甜美时，你仿佛觉得自己置身天堂了。而当她斩断情丝时，巴雷特尝到了地狱的滋味。

再说，斯班尼西福克那所房子每月七十五美元的租金也够他受的，于是他拔腿跑了。他在怀俄明住了几个星期，做了那些自己每次单身独处时总要做的事情，就是说，自由自在地生活，尽情享受这段风平浪静的好时光。但是，这种自由自在的生活并没有使他感到心情舒畅。相反，尼科尔的影子像个沉重的包袱，时时刻刻压在他的心上。于是，他一有机会立刻从怀俄明跑回来，冷不丁地出现在尼科尔面前。那是二月里的一个寒冷的日子，晚上十一点钟他在斯班尼西福克那所房子前停下车。

看到门外面停着另一辆汽车，巴雷特从后门走进屋。尼科尔正和一个家伙在浴室里寻欢作乐，他俩全都一丝不挂。他进去时，那个相貌古怪、邋里邋遢的家伙正坐在一只装脏衣服的洗衣篮上。他叫克莱德·多齐尔，巴雷特与他有过一面之交，知道他是个叫人恶心的卑鄙小人。要知道，巴雷特并没有暴跳如雷，而是转身走进隔壁的厨房去了。克莱德跟进来，边穿衣服边道歉，说这不是尼科尔的错。巴雷特说："别给自己找麻烦，克莱德，在我发火之前赶快从这儿滚出去。"也许他不该那么粗暴，可是他毕竟还有几位撑腰的朋友。克莱德走后，尼科尔开始哭闹："我不是你的老婆子，你自己明白，是你把我甩下跑到怀俄明去了。我愿意干什么就干什么。"

唉，当她在厨房的地板上铺好一张床时，巴雷特情欲勃发。说不上自己为什么竟在那种时刻需要性爱，不过他记得当时她顺从了自己。因为如果她反抗他会发火的。第二天早晨他变得心平气和。这真是比什么事情都滑稽，在厨房的地板上他和自己的老婆子并排躺着，说："天哪，你不能找个比克莱德好点的男人吗？"

他打心眼里想跟她在一起，于是他放弃了怀俄明的工作，在林登找了份工作，每个星期去看她两三次，直到有一天她叫他离远点。那回他进门时，又一个卑鄙龌龊的家伙在里面呢。他叫弗雷逊·费尔普斯（什么破名字！）。有很长时间巴雷特就一直躲得远远的，再没有到斯班尼西福克去过。

这次当他踏进门时，房间里面目全非，家具全换了。显然，搬来了一个新家伙。他坐下和她一起喝杯咖啡，还没有来得及开口说一句话，吉尔摩就进来了。他第一次听到这家伙的名字是在她给他们俩互相介绍的时候。

巴雷特觉得这又是一个龌龊的老混蛋，他的样子实在不顺眼。尼科尔越来越没眼力了！吉尔摩穿着牛仔短裤，露出两条苍白的腿，看上去比她老得多。巴雷特并没有感到伤心，只是有点恶心，唉，真不能相信。

他和尼科尔谈着话，吉尔摩坐在厨房的餐桌旁一言不发，显得心事重重。过了一会儿，他起身到前厅去了。巴雷特朝尼科尔点点头，两人一块走出屋。森妮和杰里米正在外面玩耍，他们在孩子们身旁坐下来，尼科尔告诉他，加里是个假释犯。后来她回屋去了，留下巴雷特一个人陪着孩子们玩。不一会，两个孩子开始一遍又一遍地嚷着同一个词，就好像他们把撬杠戳进你的锁骨，要把你撬成两半似的。"砰砰砰，砰！"他们边喊边格格笑着。

他跳上自己的卡车一溜烟开跑了。他能够感到自己那皮包骨头的屁股在坐位上颤抖着。

后来他又一次遇见吉尔摩。他进门时，加里到店里买东西去了。他和尼科尔站在苹果树下交谈时，吉尔摩回来了。他并没有叫巴雷特滚蛋，但他的一举一动都像是在暗示巴雷特，我回来你就得走。于是巴雷特站起身，尼科尔却径直回屋去了。他只好一个人朝外面走。他刚上人行道，吉尔摩就从前门跑出来拦住了他。

他说："我要警告你，我承认你是森妮的父亲这个事实，但尼科尔是我的。"巴雷特说："喂，伙计，你可以占有她，我不需要她。"听了这话，吉尔摩的脸色更加难看，凶得像条恶狗。他说："不许你侮辱她。"

巴雷特吓得心里一激灵。他对尼科尔跟男人们鬼混已经习以为常了。他曾当面见过她与别的男人亲热，他还能够说什么呢？你可以占有她，他当然无法阻止他们占有她。

除此以外，把自己的真情实感告诉吉尔摩毫无好处，他要是知道准会气炸的。巴雷特说："我并没有侮辱她。尼科尔不需要我，我也不需要她，我只是想让你知道。"他上了自己的卡车。汽车在公路上飞驰时，他突然感到一丝希望。他记起吉尔摩的那句话，"尼科尔是我的"，他们都这么说过，可到头来他们都失去了她。她不愿意长时间地属于任何人。

打那以后，巴雷特抽完泰国大麻来了精神时，会开车从她的房前绕一圈。如果看到加里的车停在门外，他就开过去；如果看上去一切平静，他就停车进去看看，试探试探尼科尔的态度。

二

有一回，罗斯贝丝开开门，告诉他加里在厂里，尼科尔带孩子出去了。这是巴雷特第一次见到罗斯贝丝。他大摇大摆走进屋，仿佛自己是这房子的主人。不管怎么说，他的全部财产都在这所房子里。罗斯贝丝说，加里和尼科尔白天肯定不会回来。房间里的气氛温暖宜人。

吉姆坐在椅子里，那个女孩躺在充作起居室沙发的床上。他想，她的身段丰满迷人，像个胖乎乎甜蜜蜜的娃娃，可惜她太年轻、太纯洁，不会陪他玩。然而，当她起身从床上揭起一条毯子时，他决定坐到她身边去。他们开始接吻，不出一分钟她就说："喂，我们把衣服脱掉吧。""好极了，"他说，"正合我意。"他们脱掉衣服躺在床上，她说："让我舔舔。"巴雷特回答说："我当然不会反对。"

他穿上衣服，她也爬起来穿上衣服，前后总共不过十秒钟。她其实并没有做什么，但她的乳房的确很迷人。他记下了她的电话号码。这是一件了不起的大事，双方都是自愿的。而做这件事时，吉尔摩随时都可能进来朝他背上截一刀。

下一次他偶然上门时，尼科尔说她要出去兜风，他把她带到峡谷。森妮和杰里米跑到远处玩去了。就在卡车里，巴雷特的情欲被她激发了，这就是那天发生的事。

他认为这是因为她重新爱上了自己，是因为她对自己有着特殊的感情。事后她告诉他，她仍旧爱他，说了不少甜言蜜语。他们从峡谷里出来后，他一直把她送到家。

这次幽会使他的爱火炽烈地燃烧起来，他更加想念她。对他来说，性是一种神圣的东西，是表达感情的一种方式。

第二天，她给他打了个电话。"我心里乱得很，"她说，"我的情绪很不好。"加里变得异常专横。

巴雷特赶到那里，发现她愁眉苦脸，无精打采，他越发爱她了。他赤身裸体贴着她的身体站立，对她百般抚慰。这正是她需要的。他向她保证，他一定把她从这个泥潭里救出去。

她在他寄宿的那间睡袋般大小的汽车旅馆客房里仅仅住了一夜，他俩就发觉自己需要更多的空间。他去找一位在斯普林维尔拥有好几处房产的朋友，说："喂，让我在你的游泳池干活抵租金吧。"那人同意了，让他们搬进斯普林维尔西三街的一处公寓。同一天，趁着吉尔摩上班不在家，他们把家具从斯班尼西福克搬了过来。

干这种事实在让人提心吊胆。尼科尔让他端着加里送给自己的那支点22口径重叠式双筒马格南左轮，这场面可比乔·鲍勃那回吓人多了。巴雷特注意到墙上钉着张纸条，上面写着："姑娘，你在哪里？"

他把子弹推上膛，把枪装到后屁股口袋里，可他脑子里总想着吉尔摩的另外几支枪。如果那家伙回来，一场枪战是不可避免的。但甚至在他们搬入公寓后，仍然平安无事。尼科尔反复告诫他，你不了解加里，他是个危险分子。巴雷特一直把枪装在身上。

这次同居，尼科尔像个妓女似的满足他的性要求。当然，她不要钱，她大概觉得他帮了她一个大忙，应该得到报答。这段时间，他们相处得并不十分愉快，她很少进入兴奋状态。尽管巴雷特非常了解她，他还是动了几天脑筋才猜出她眼下正与别的男人有来往。

三

星期二晚上，加里和尼科尔闹翻后，跑到克雷格家安安静静地睡了一夜。"在我的生活中她不存在了。"他说。可是第二天一睁开眼，他立刻嚷着要接她回来。他从自己的汽车里取回一支点22口径勃朗宁自动手枪，叫克雷格拿着。为了缓和他的怒气，克雷格把枪接了过来。最好别惹他发火。

上班的路上，加里问克雷格的熟人中有没有愿意买下这支自动手枪的。克雷格回答说没有，加里说："你拿着吧。"克雷格拿不准是加里送给他了呢，还是让他代为保存。

斯潘塞问挡风玻璃是怎么碎的，加里回答说是他踢碎的。斯潘塞问："为什么？"加里说尼科尔把他惹恼了。"那么你为什么不踢她呢？"斯潘塞问。"你知道吗？没有挡风玻璃你就通不过安全检查这一关，这一脚要花去你五十美元。"加里说他一点儿也不在乎。

斯潘塞大为光火，加里还欠着他的钱呢。于是斯潘塞问他是不是收到驾驶执照了。当加里告诉他还没有时，斯潘塞说他肯定一直在扯谎，他们只好把计划更改一下了。但加里的心思好像根本不在这上面。他问斯潘塞，自己若是买辆皮卡他觉得怎么样。斯潘塞暗想，加里的自我意识太他妈的强烈了。

白天，加里从瓦尔·科林那儿要来了那辆白色卡车的钥匙，把它开到厂里给斯潘塞过目。

这是辆一九六八年或者一九六九年出厂的福特，麦格拉思认为要价太高了,加里却说他一点也不在乎,他需要这辆车。斯潘塞说:"我可在乎,你是在要求我为一辆只值一千美元的车拿出一千七百美元来,这可不公平。你没有驾驶执照,如果你把车弄坏了,或者车给人偷走了,如果你跟人打架被抓起来关进监狱,或者如果你到头来付不起这笔款子,那么我只好替你垫上。你应该认认真真地考虑一下你要我做的事。"听了这话,加里无动于衷。他告诉斯潘塞,他完全有把握付清这笔车钱,斯潘塞根本没有必要担心,他不会失去一分钱的。

那天晚上,为了寻找尼科尔,加里跑了许多家酒吧。回家后,他久久不能入睡,便爬起来开车直奔斯特林·贝克的新居。

斯特林已经从普罗沃搬到盐湖城附近的云雀镇去了。加里赶到那儿时,夜已经很深了。他解释说,没有尼科尔陪着,一个人住在斯班尼西福克实在瘆得慌。他告诉他们,白天在凯思琳家他和尼科尔谈过了,她要跟他分居,他怎么也不能忘掉自己已经失去她了。尽管夜很深了,看到加里那副伤心欲绝的样子,斯特林和鲁丝·安还是向他表示了同情。

加里开始谈起灵魂转世,他说他死后要重新做人,过那种自己一直渴望过的日子。他讲得那么绘声绘色,斯特林被他弄糊涂了,以为加里真的要卷起铺盖搬到加拿大的温尼伯去呢。

早上,加里打电话请了病假,开车带着鲁丝·安四处寻找尼科尔。

在斯普林维尔,他们一条街一条街地寻找。不知怎地,加里感到她就在这个镇上。他们找到苏·贝克,她说她不知道尼科尔可能藏在哪儿。苏的房子里散发着浓重的尿布味,她一副可怜巴巴的样子，不知道瑞基在哪儿，不知道尼科尔在哪儿，什么都不知道。鲁丝·安开始替加里难过，她从没见过任何一个男人为一个女人伤心到这种地步，他前前后后到自助洗衣房查问了五趟。

天近傍晚，鲁丝·安返回云雀镇了，加里来到厂里上班。他刚抄起工具，尼科尔就打来了电话。

"你喝醉了吗？"她问。
"我清醒得像块石头。"他说。
她打电话是要告诉他，她刚才把她的家具从斯班尼西福克的那所房子里搬走了。他可以在那儿再住几天，直到房租到期。据她看，人家不会把房子租给他。

他问，他们可以再搬到一起吗？她说她没有这种打算，他俩中的一个会杀死另一个的。

四

看到加里悲悲切切地走进门，一言不发地坐下，凯思琳直想掉眼泪，连她自己都对此感到吃惊。他把一箱香烟和一盒纸制尿布放到桌上，说："她也许需要这些东西。"沉默片刻之后，他问："你能为我做件事吗？"凯思琳回答说："这个嘛，可以，如果我能做到的话。""请你把我的这张照片捎给她好吗？这是我能找到的最好的一张，当然，照得不怎么样，不过这是我能找到的最好的一张。"凯思琳看了一眼照片，加里身着蓝风衣站在雪地里，看上去年轻、健壮，照片的背面写着"我爱你"。她想，这大概是在监狱里拍的吧。她把照片放下，加里说："我得走了。"

那天晚上茜茜回来看她。她瞥了一眼照片，哼了一声，随手把它扔到食橱的架子上去了。后来，凯思琳把照片塞到餐具壁橱的最里面，在那儿它既不会被孩子们翻出来，又不会被果酱和花生酱弄脏。

天快黑的时候，加里跑到布伦达和约翰尼那儿去坐坐。他们的内院算不上个像样的花园，更像个小棚子，棚顶是一层淡绿波纹塑料布，光线可以从外面透进来。院里摆着几把铸铁椅和又破又脏的轻便帆布折椅。布伦达很少用心收拾她的院子，不过黑暗中坐在院子里喝杯啤酒还是满惬意的。

眼下，加里的感情正忍受着折磨，但过不了多久，约翰尼也会感到痛苦的，他必须入院动疝气手术。虽说手术时间不长，可总不是闹着玩的事。布伦达本想开玩笑说，医生动手术时千万别多割下一块肉来，可不巧的是，加里根本没有这份兴致。

他脚上那双黄白两色的袜子比以往他穿的袜子好看些，布伦达说："表兄，我喜欢你的这双袜子。"他瞪了她一眼，说："这是尼科尔的。"他好像马上要哭出来了。

太可怕了，布伦达能够感受到一个人待在斯班尼西福克那所空房子里的滋味。"我仍然能闻到她的香水味。"加里说。很明显，他已经伤心得有点神思恍惚了。
"我一定要找到她。"他说。

"亲爱的，这种事情不能性急，"布伦达说，"也许尼科尔需要一两天时间。""我不能等，"他说，"你愿意帮我找她吗？""那没有用，"布伦达说，"如果一个女人不再愿意理你的话，她会先一枪把你给崩了的。"

平时,加里不论内心感受如何,都喜欢摆出满不在乎的架势。可今天,他屁股倚在椅子边上,他那紧张不安的情绪好像正在一点一点地把空气吞噬掉。她想都不愿意想他的胃,仿佛已碎成一片片的了。她觉得他的山羊胡子难看极了。

"这是我第一次经历无法忍受的痛苦,"他说,"在此以前,我有能力应付任何局面,不管它们有多么糟糕。但是这一次比以往任何一次都更残酷。人人都在忙着自己的事情。尼科尔在哪儿?"

一种恐怖的气氛随着夜幕悄悄地降临了。布伦达感到,加里正侧耳倾听尼科尔与别的男人的谈话。他们一听接一听地喝着啤酒。几个小时以后,加里昏昏沉沉地躺下睡了。第二天早上,他爬起来就去上班。

"为什么垂头丧气的?"斯潘塞问,"为了一个不愿再跟你好的女人吗?别想她了,她知道你在这儿。"
"我要油漆我的车。"加里说。

他没把滑门升到足够的高度就把野马车往厂里开,结果汽车撞到了门上,把门撞弯了一大块。斯潘塞吭都没吭一声。加里花五十块钱就可以把车油漆一新,现在修滑门却要花三百块或者更多的钱。斯潘塞找了根绳子绑住滑门被撞弯的部分,使劲收紧拉直,以便先凑合着用。那门看上去可笑极了。

午饭时,加里开车回到斯班尼西福克,在空房子里踱来踱去。然后他到斯普林维尔的那家自助洗衣房去了一趟,还顺路拜访了苏·贝克,她仍然没有尼科尔的任何消息。

"茜茜她一点也不喜欢喝酒。"凯思琳说,"不管她多么喜欢你,她都不会容忍这一点的。她可能真心实意地爱你,"凯思琳接着说,"我想她也许真的爱你。不过你必须拿定主意,哪一样更重要,酒呢,还是尼科尔?"

"我愿意戒酒,"他说,"如果她愿意回到我的身边,我一定戒酒。"

他们坐在那儿,凯思琳感到透不过气来。"是的,我一定戒酒。"

接着,他告诉凯思琳茜茜多么聪明、多么有胆量,他从来没有见过像她那样有胆量的女人。他向凯思琳讲述了当初尼科尔是怎样闯到彼得·盖洛万的家里,并警告那家伙加里比她自己的命还重要的。"她真的会为我拼命的。"加里说。

"是的,"凯思琳附和着,"有这种可能。"

他们坐在那儿,加里望着凯思琳,他的眼神深深地打动了她的心。他说:"你知道吗?我今年三十五岁了,可我长这么大只认识三个女人,这不可笑吗?"

凯思琳笑了起来,说:"你比我还多两个呢,加里。我快四十了,可只认识一个男人。"

他们好像谈得挺对劲,她的确为他感到难过。他说:"我感到非常孤单,有时我甚至听不懂人们在讲些什么。"他又喝了几听啤酒,说:"尼科尔回来时,告诉她我爱她,你会帮我转达这句话吗?"

"我会的,加里。"凯思琳说。

"我向你保证,我一定戒酒,"加里说,"我一滴酒也不会再沾了。要是再喝酒,我就是个卑鄙下流的野种。"

几个小时后,他打电话问尼科尔回来没有。"没有,"凯思琳说,"没见她来过。"她说的是实话。

那天晚上,加里带着那些枪来到斯潘塞·麦格拉思的家里。"我想把它们放在你家里作抵押,这样你会同意做那辆卡车的连署人了吧?"

"第一,"斯潘塞说,"我不需要枪;第二,我不会跟你连署的。把它们拿走吧。"

"我要把它们留在这儿,"加里说,"你要明白,我是当真的。"

斯潘塞决定问问他枪是从哪儿弄来的。加里解释说,这些枪是波特兰一位欠自己钱的朋友送来抵债的,他还提到那位朋友的名字。加里前脚出门,斯潘塞立刻记下了几个连着顺序的枪号,打电话给几家体育用品商店询问他们是否被盗过。全都没有。然而,他没有想到应该打电话到南边的斯班尼西福克去查问一下。

这一夜,加里又是在斯特林和鲁丝·安家度过的。星期六整整一天,他驱车来往于云雀镇和斯班尼西福克之间。他跑到凯思琳那儿,碰巧教会的长老正在她家做客,于是他站在敞开的门外大声问:"她在哪里?""我根本不知道她在哪儿。"凯思琳厉声回答说。从他那副气急败坏离开的样子,凯思琳看得出来,加里不相信她的话。

午夜,加里又一次开车回到斯班尼西福克,想看看尼科尔在不在那所没有家具的空房子里。他穿过空荡荡的房间,找出自己的几件衣服,塞到野马车的行李厢里,现在他只能守着野马车过夜了。然后他开车到银美元酒吧喝了几杯。

柜台后边的镜子上贴着几幅漫画。其中一幅画上写着:幸福是个醉醺醺的少女。下面画着一个胖女人，她的乳房从背心下面耷拉出来，露在外面的大肚脐眼上布满皱纹。她正坐在一座由空啤酒罐堆成的小山上。

另一幅漫画画的是一个坐在桌旁的男人，他一脸凄楚之情，下面印着：

我在这儿幸福极了
想干什么就干什么
热腾腾的德国香肠加啤酒　　　　五十美分
幸福是一杯冰镇啤酒
只收现款
恕不赊账

他喝完自己的那杯啤酒，走出酒吧回到车里。他开车来到弗恩的房前，他们家的人全都睡了。于是他跑到地下室里找出张帆布床来。

星期天早上，加里到医院看约翰尼。他刚刚动过手术，身体尚未复原。约翰尼的爸爸正在病房里，他是位摩门主教，看上去有点古板。加里进门时穿着肮脏的白色T恤、旧便裤、网球鞋，老天爷作证，他脖子上那条滑稽的领带一直垂到膝盖——上面交替印着栗色、金黄色和白色的宽道道。他的头上扣着顶小帽子。他坐了一会儿，想试着跟主教聊聊，可是想不出几句词来。

五

斯普林维尔的那所公寓比斯班尼西福克的那所房子差远了，

只不过是个被煤渣砌块一分为二的大房间而已。它位于一条偏僻的老街上，那儿有两排这样的廉价公寓楼。楼里楼外孩子们乱跑乱窜。楼梯上，停车场里，到处是狗屎。她搬进去的那天，公寓的山墙上倚着三块发霉的破床垫，门前泥潭里躺着一辆底朝天的三轮车。公寓的房门是用三合板做成的，澡盆被前一位房客漆成血红色。唯一的好处是站在阳台上可以凭栏远眺。两个街区之外就是小镇的尽头了，远处原野渐渐地与高山融为一体。她摆脱了加里，可是获得自由后却终日提心吊胆，连呼吸都感到压抑。

没有真空吸尘器，尼科尔没法叫新公寓保持清洁，于是星期天她决定回斯班尼西福克把吸尘器拿来。她到达那儿时，房前并没有他的汽车。

但她凭直觉感到加里在里面，野马车就在拐角那儿藏着呢。果然，她朝房子走去时，看见房门开着，并且能够听到浴缸里哗哗的水声。起居室地中央，加里的衣服和她的真空吸尘器并排放着，好像是他特意为她摆在那儿的。她拎起真空吸尘器走出门，把它放到自己汽车的行李厢里，然后回身进屋拿吸尘器的配件。

她本来可以拿起配件拔腿就跑的，可她不愿趁他还在浴缸里时悄悄溜走。如果她身边没带枪，她也许不至于这么大胆。她等着他，她想看看那双眼睛。等待他的那一会，她感到十分轻松，就好像持续已久的紧张状态马上就要结束了。

他从浴室出来时，脸上没有丝毫急于报复的表情，倒是显得疲惫不堪。他对她说的第一句话就是他爱她，接着他问她是不是仍然爱自己，她回答说不。他张开双臂拥抱她，她使劲把他推开。尼科尔并没有被他吓住，不过她觉得好像吸入了某种令人作呕的气体,不马上呼吸点新鲜空气就会昏死过去。她说:"我得坐下。"

他们坐在门前的台阶上。她告诉他,她再也无法跟他生活下去。他们就这么坐着。她非得离开不可。坐了几分钟之后,她起身拉着两个孩子上了汽车。突然他不愿意放她走了。他把手伸进车窗拉住她不放,她从手袋里掏出手枪对准了他。

这是一支点22口径马格南左轮。他曾告诉过她,这枪可以像点45口径左轮那样在你的身上穿个窟窿。僵持了一分钟,又一分钟,加里一动不动地站在那儿盯着她。她心里明白,他要是敢动手夺枪,她会立刻扣动扳机的。

后来,他说:"开枪吧。"她说:"离我的车远点。"他告诉她,他不愿意离远点。终于,她把枪放回手提包里。"你把伊莱克斯的配件留下,"他说,"以后再来取。"伊莱克斯吸尘器——只有这件东西不是他偷来的。很久以前,为了给她买这台吸尘器,他没能按期缴野马车的第一期付款。现在,如果她留下配件,肯定会有人把它们偷走的。太糟了。她发动马达,挂上快挡,一溜烟开走了。

六

罗杰·伊顿倒挺坦率。他告诉尼科尔,他有许多爱慕者,上中学时他还是高年级舞会上红极一时的明星呢。他的妻子是个来自他故乡的聪明伶俐讨人喜欢的姑娘。婚前他们约会、恋爱,度过了一段愉快的时光。妻子出身于一个恪守教规的摩门家庭,这并没有使罗杰感到不方便。他自己从不遵守教规,不过他认为家庭里有点宗教色彩倒也无妨。两个人的薪水加在一起,日子过得挺宽绰的。他们为她买了一辆道奇车,为他买了一辆硬顶小型马立布汽车。他告诉尼科尔,他们的生活本来肯定会十分美满的,不料他们结婚仅仅六个月,妻子就患了结肠炎。

上中学时罗杰是学校里的篮球明星,他一度想升入大学继续打篮球,但那样一来必须等到好几年之后才能挣钱。他不愿这样做,他希望马上挣大钱。于是他应聘到犹他山谷购物中心搞管理工作。在那儿他结识了他的妻子,当时她也是那个超市的一名管理人员。他已经在犹他山谷工作好几年了,眼下他正在接受管理业务训练。他告诉尼科尔,他的年薪是一万一千八百美元。他对生活充满了信心,只有妻子的病是件麻烦事:她的病使她丧失了性能力。

罗杰有个朋友也住在斯班尼西福克尼科尔那条街上,他和这位朋友的家人关系不错,常去拜访他们,所以他见到尼科尔之前就听到不少有关她的传闻。在那样一个地方,尼科尔当然是十分引人注目的。他那位朋友的父母属于那种非常守旧的摩门教徒,可他们又是罗杰所认识的最喜欢传播流言蜚语的人。他们曾经给他讲过尼科尔的这样一件事。去年冬天,一个家伙开车给她送来了一大口袋日用品。他下车把口袋递给她时,竟然在大街上伸出手摸她的胸部。罗杰不相信这个故事,因为,第一,那是在冬天;第二,谈到性的问题时,这种人往往怀有偏见。但他听这个姑娘的传闻听得入了迷,第一次见到她就被她牢牢吸引住了。瞧她,魅力十足,离了婚,正跟一个男人同居。罗杰不由自主地一次次开车往斯班尼西福克跑,总想找个机会再看她一眼。他也知道,和这样一个女人搅到一起是很愚蠢的,可他还是希望跟她认识。一开始的时候,他压根没把那个跟她同居的家伙放在眼里。

罗杰写了一封信。他写道,她无论在哪个方面需要帮助,只要在星期三晚上打开前门的灯就可以了,他会跟她联系的。他没有在信上讲明自己的身份。星期三晚上,他开车去拜访那两位流言蜚语传播者时,看到她门前没有亮灯。他试图忘掉这件事。

几星期之后,他正在普罗沃城里给汽车加汽油,看到她的野马车在加油站门前停下了。罗杰有点害怕,如果他的妻子发现了这件事,他肯定会大祸临头的。他真不理解是什么东西吸引着自己,他一生中从来没干过这种事。他走上前问她:"你是尼科尔·巴雷特吗?"她回答说是,他又说:"我就是写那封信的人。"她嫣然一笑。"请允许我为你买杯可口可乐。"他说。她径直从他身边走过,到办公室交汽油钱去了。

他站在外面等她出来,向她重复了一遍自己的请求。终于她说,好吧,她会跟在他的车后面行驶的。他们在高地酒吧重新见面了。他对她讲了自己在哪儿工作等等,她则告诉他那个住在她家的男人是个假释犯。听到这个,罗杰连声说,别提他了。跟一个假释犯打交道够吓人的。
她说:"那么,你瞧,我也许需要你的帮助。"他只得告诉她怎样找到他的办公室。

第二天她果然没带孩子一个人去了。他们谈到许多事情。她起身告辞时,他递给她十美元。她并没有开口向他要钱,但她还是大大方方接过去塞到衣兜里了。
打那以后,她隔一两天就要到他那儿去一趟,跟他聊聊。他们彼此都很感兴趣,因为他们的生活道路是那样的不同。他打心眼里同情她的遭遇。显然,那个假释犯不是好惹的。一天早上,她披头散发跑来找他,她那两条白嫩的大腿上青一道紫一道的。

两个星期过去了,她已经养成了几乎每天来看他一次的习惯。有时她到购物中心找他,但通常他下班后到斯普林维尔的一个公园里跟她见面,聊上个把小时。有几回,他们开着他的汽车外出兜风,做爱。这很有趣,甚至可以说有点令人陶醉,不过罗杰从来没有产生过强烈的快感。因为,坦率地说,他们只有半个来钟头的时间,根本来不及等到情欲勃发,加上他心里老是七上八下的,唯恐给人看见,落得婚姻破裂。所以,他们专拣偏僻的小道兜风。至少可以说,这样做也是危险的。还有,她的孩子总是跟着她,他们常常穿得邋里邋遢的,不仅干扰他俩做爱,而且经常弄得罗杰情绪不振。罗杰记得自己头一次在高地酒吧和尼科尔约会时,那个小男孩光着屁股到停车场里玩耍,结果在沥青地面上沾了一身屎。当然喽,他只有两岁,但罗杰还是觉得非常难堪,天哪!尼科尔却满不在乎,她对杰里米喝道,滚回车上去,那才是你应该待的地方。就这样把他光着屁股打发走了。他尖声哭叫起来,嚎了整整五分钟才睡着。

一天,她来找他时告诉他一件出乎他意料的事。她已经不住在斯班尼西福克了。她从那个叫加里的家伙手里逃了出来,她的前夫为她在斯普林维尔找到一套小公寓,眼下她住在那儿。她滔滔不绝地讲着,他心里却在想,她多么需要添置几件新衣服呀。于是,他告诉她六点之后再来一趟,他要带她去买套衣服。衣服买好后,她留在他那儿没回去,他们一起度过了一个令人销魂的夜晚。她告诉他,现在她和自己的一个前夫住在一起,不过他没有什么可怕的,他们很快就可以再这么玩一次。罗杰说,周末是不可能的了,星期一也不行,因为他妻子的父母要来做客。他们约定星期二早上,也就是七月二十日,由尼科尔给他打电话。星期天夜里,罗杰翻来覆去想着怎样才能挨过星期一,一夜都没睡好觉。

七

布伦达指出:"没人认为这种事会轻松愉快地结束。"

加里说:"我忍受不下去了。"

"我知道,"她说,"在这种时候,每个人都会像你那样觉得受不了。"

"不,"他说,"你不知道,你和约翰尼一直很幸福。"

"约翰尼和我,"布伦达说,"也曾闹得差点离婚。加里,分居和离婚我都经历过,它们的确是非常可怕的事情。"

加里看上去像是在仔细琢磨自己的痛苦。"嗨,我已经开始发现这一点了。"

她说:"没有人是真正自由的,加里。只要你和别人一起生活,你就不是自由的。"

加里坐在那儿,仿佛正在心里咬牙切齿。当他终于开口时,他竟说:"我想我打算杀死尼科尔。"

"我的上帝,加里,你怎么竟是一个这么自私的情人?"布伦达嘴里劝着他,脸却吓得苍白。

"我无法忍受,"加里说,"我告诉过你我无法忍受。"

"生活中总有一些我们无法应付的事情,好吧,也许这就是你的那件。但是,事情会过去的!可如果你杀了她,事情就糟了,她永远不会复生了。你真他妈的是个混蛋,你懂吗,加里?"他可不喜欢被人叫做混蛋。

"今天,当她把枪对准我时,"他说,"我曾想把枪夺过来。可我不想弄得尼科尔尖声大叫。"他摇摇头,"她一心想摆脱我,急得快要发疯了。"

他走后，布伦达总算松了一口气。住在医院里的约翰尼已经够她操心的了。夏季的夜晚这么热，再为这件事着急上火，她可真有点受不住了。

克雷格曾经告诉过加里，如果他找不到过夜的地方，就到他家来。星期天夜里从布伦达家出来后，加里真的跑到他家，在克雷格的沙发上睡了一觉。他对克雷格说，痛苦和啤酒里外夹攻，他极有可能得胃溃疡，所以从明天起他要戒酒。

第四部 加油站和汽车旅馆

第十二章 加油站

一

有一次人家告诉她，她长得很像波提切利[①]笔下的人物，高高的身材，苗条的身段，淡褐色的头发，象牙般白嫩的皮肤，还有一个造型优美、鼻梁稍稍隆起的长鼻子。可是她对波提切利知之甚少。她在位于洛根的犹他州立大学主修的课程是艺术教育，不过文艺复兴在那儿不是讲授重点。

正是在犹他州立大学，科琳认识了她未来的丈夫马克斯·詹森。婚后每当他们谈起他们花了么么长时间才相识时，总要大笑一通。马克斯几次在校园里见到科琳·哈林时，她都正在和她的表兄谈话。马克斯以为那人是她的男朋友，所以从来没有起过邀她出去的念头。

然而，第二年，马克斯碰巧和那人住同一间宿舍，他拐弯抹角问那个人，以前自己常见他和一个姑娘在一起，不知他是不是仍然对她感兴趣。马克斯的新舍友哈哈大笑，解释说，那不是恋情——他们是表兄妹。当时科琳已经毕业，正在教育分院工作，所以实际上她并没有离开校园。

科琳注意马克斯则是从他新学年初在教堂布道开始的。那天他身着西装，显得气度不凡，看上去比别的学生老成一些。他已经完成了为期两年的传教活动，这是件非常出色的业绩。他在布道中谈到，重要的是不应该贬低别人而应该设法提高别人的自信心。他的话妙趣横生，显然，这个人很有幽默感。

他身高六英尺一英寸，体重一百九十磅左右。端正的五官、梳得光溜溜的小分头使站在布道坛上的他显得格外英俊。事实上，他在台上出现时，台下姑娘群里响起一阵窃窃私语。科琳所属的大学教区是单身教区，就是说，聚在一起举行布道会的全是单身姑娘和单身小伙。

马克斯上台讲话前，主持人介绍说，有许多对男女在这个教堂里相识并最终结为夫妻，可是这儿有个家伙去年整整一年一个朋友也没交上，他就是马克斯·詹森。"你们知道吗，他急着结婚哪。"布道坛上的那位朋友说。

这时，马克斯仍然没有站起身。科琳和她那帮舍友吃吃笑起来，一边四下里张望，一边打听，哪个是马克斯？坐在她们不远处的马克斯只好站起来。他先讲了一个故事，巧妙地回敬了那个拿自己开玩笑的朋友。他说，这家伙是个橄榄球员，一天夜里在睡梦中他喊着暗号朝对方防线冲过去——结果一头撞到墙上，把自己撞醒了。接着，他把这个故事和自己布道的主题联系起来。他指出，仅仅把《圣经》作为自己的生活指南是不够的，你必须了解你自己在生活中的位置，否则你不可能把上帝的教诲正确地运用到你自己的处境中去。

二

几星期后的一天，科琳邀请她的表兄和表兄的五位舍友前来

---

① 文艺复兴时期意大利著名画家和雕塑家。代表作有《维纳斯的诞生》《春》等。

与她和她的五位同室女友聚餐。所有的食品全摆在餐桌上，人们一个个走上前取自己那份豪猪肉丸，这实际上是用碎牛肉和米饭炖成的一种菜肴。因为大家都是严守教规的摩门教徒，所以桌上只有牛奶和白开水，没有冷茶和冰镇咖啡。这是一次愉快的聚餐，食品全部盛在正式的餐具里而不是摆在纸上。他们谈论着学校、篮球和教会的活动。科琳记得马克斯坐在离她几英尺远的一只大靠垫上，有说有笑地和大伙聊着。他的嗓音与众不同，稍微有点沙哑。后来，她才得知当时他正患花粉热，他嗓音中那种深沉的颤音是感冒造成的。事后科琳的一位舍友说，这种嗓音富于性感。

第二天，他打来电话。一位舍友告诉科琳，有人给你来电话。这是她们取乐的一个小把戏，如果打电话的是个女的，她们就喊，"你的电话！"如果是个男的，她们则喊："有人给你来电话！"科琳听到的常常是后一句话，所以她根本没有想到来电话的是马克斯。头天晚上，她根本没看出这家伙有特别讨好自己的意思，现在他却来电话问她今晚想不想出去看电影，她回答说可以。

看完电影，他们才互相承认自己以前看过《怎么了，医生？》这部电影，但又不愿扫对方的兴，真太可笑了。然后他们来到必胜客连锁店坐下，互相谈起自己对人生的看法以及他们和他们的家庭在献身上帝的工作中如何积极主动。马克斯说他是家中四个孩子中最大的一个，他的父亲是爱达荷蒙彼利埃的一个农场主，也是当地总教区的主教。科琳顿时肃然起敬，整个爱达荷州能有几个总教区主教呀。

他还向她讲述了他在巴西的传教活动。他传教的所有费用全是他自己干活挣来的，她觉得这非常了不起。传教士的往返路费和传教期间的生活费必须自己掏腰包，所以绝大多数传教士在经济上都要向父母求援。对一个十九岁的青年来说，挣够自己在他乡异国两年的传教活动中所需要的全部费用不是件容易事，但马克斯却做到了。

他喜欢巴西，他的皈依率相当高。一般来讲，在那种国家里传教两年，能够平均每月使一个人皈依摩门教，但他的成就比这大得多。在他的记忆中，那是个伟大的挑战时刻，环境逼迫他学会如何与另一个民族和睦相处。

当然，她听说过许多有关传教工作的事情，不过他解释说，某些方面鲜为人知。例如，他告诉她，传教士和自己的同伴之间很可能产生矛盾，和一个完全陌生的家伙住在一起往往是件麻烦事。在一个外国城市里，你和你的同伴必须形影不离。你们的关系比夫妻关系还要密切。你们一同工作一同生活。即使是那些深谙与他人相处之道的人有时也会因个人习惯不同与别人发生摩擦，刷牙时弄出的声响都可能惹人烦。当然，教会按期轮换传教士，在矛盾没有激化之前，他们就会被调开。

他告诉她，最有价值的是你磨练出了自己应付失败局面的能力。有时，你和一个可能的皈依者进行了多次卓有成效的谈话，他也表示这些谈话打动了他。可事隔一天你赶到他那儿时，天哪，瞧瞧，当地的天主教牧师正坐在那儿呢。他对你可不那么友好。这种挫折时常发生。渐渐地，你会懂得，一个人是否皈依并非取决于你的努力，而在于对方有没有信奉圣灵的诚意。

科琳家的情况和他家差不多。她家为教会做了不少事，她的父母希望自己的孩子做事要主动，而且要做得好。她告诉他，上中学时她曾担任学校年鉴的编辑、服务俱乐部的主席和校园画家等工作。为了攒钱上大学，她还曾在环礁湖游乐场为游人画过肖像。从大学一年级起,她就暗暗下定决心,自己的画应该比所有同学的都好。

他们谈话时,她自始至终感觉到他是个强壮的男子汉,严于律己,意志坚定,百折不回,甚至当他说他感到有责任告诉她自己正在跟另一个姑娘来往时,她也能看出这一点。不过,让她松了一口气的是,他接下来向她讲述了他和那个姑娘之间的矛盾冲突,因为在他看来,她的摩门教信仰不怎么坚定。后来他提到他有个妹妹也叫科琳,说他很喜欢这个名字。

后来,他开着他的车把她送回宿舍。那是一辆红色诺瓦轿车,他总是把它擦得油光锃亮的。她的舍友们都说,他俩在一起显得非常般配。

三

第二次约会是在星期天的晚上,他们到一家教堂去聆听一次炉边谈话式的布道。第三次约会,他们一起观看了在校园内上演的话剧《南太平洋》。演出结束后,她拉着他去参加一个舞会。平时他不太喜欢跳舞,不过这个舞会上演奏的全是舒缓优美的狐步和华尔兹舞曲,没有那些乌烟瘴气的玩艺。她拿他不喜欢跳舞开玩笑,难道在主日学校人家没有告诉他跳舞是他们祖先唯一的娱乐形式,没有告诉他他们的祖先是如何一路跳过大平原的吗?

他们开始频繁约会,然而科琳从来不认为这是一见钟情。在她看来,这倒更像是马克斯对她印象不错,她对马克斯印象也不错。

她的生日是十二月三日,他在离洛根二十英里的舍伍德山林餐厅预订了坐位,那是个吃喝玩乐的好地方。那天晚上,他为她买了一束红玫瑰,科琳对他的体贴周到感激不尽。她穿着一件天鹅绒长裙,他则身着西装,他们在舍伍德山林吃了大约两个钟头的牛排。

他们是在一九七五年二月一日订的婚。那天早上,他收到了布里格姆·扬大学法学院的录取通知书。晚上,他们一起观看篮球赛时,他一次次转过脸对她说:"明年我们在'布'时"——他指的是布里格姆·扬大学,但他还没有向她求过婚呢。于是科琳一次次纠正他:"当你在'布'时……"

渐渐地,他被她说得有点坐不住了。第二天他的父亲要在家乡的一所教堂布道。为了听这次布道,他们连夜驱车直奔蒙彼利埃。半路上,马克斯在熊湖岸边一条通向船坞的小道上停下车,微笑着招呼她下车,她回答说她会冻死的。"下来吧,下来看看美丽的风景。"他说。当时她正缩在毛皮领的蓝色风雪大衣里打哆嗦,可她还是下了车。当他俩站在船坞上眺望月亮和波光时,他突然开口向她求婚。

大约一个月前的圣诞节期间,有一次洗餐具时,她的母亲问她:"如果马克斯向你求婚,你会答应吗?"科琳转身看着母亲,说:"要是我不答应,我就是个傻瓜。"

他们回到车里,他说在交换戒指之前不要让任何人知道这件事。但是十五分钟后到达他家时,他们太激动了,脚还没有完全跨进门就把订婚的事告诉他的父母了。

订婚之后,她在马克斯身上发现了一点她不喜欢的小毛病。他是个语言纯净主义者,如果她偶尔讲了一句不合语法的话,他会不假思索地向她指出:"你犯了个错误。"并且希望她马上改正过来，一点也不顾及她的自尊心。

不过，他为她的油画和素描作品感到骄傲。有时，他当着大伙的面开玩笑说，如果他想叫她开口讲话，只要说一声"艺术"，她立刻会滔滔不绝讲个没完。

总体来讲，他们相处得十分融洽。结婚前，她的母亲问："他有什么地方你看着不顺眼吗？"科琳回答说："没有。"当然她的意思是短期内不会有的。

一九七五年五月九日清晨六时，婚礼在洛根教堂举行，在场的有三十位亲友。婚礼上，科琳和马克斯身穿白色礼服，他们将在今生和来世结为夫妻。这就是说，不仅终身相伴，而且，就像他们在主日学校向许多班级布道时所讲的，死后仍然是夫妻，因为，丈夫和妻子的灵魂将在天国相遇，从此永不分离。在其他基督教教堂里举行婚礼的夫妻也是不能离异的，只有死亡才能解除这种婚约。马克斯和科琳曾经这样教导过他们的学生，现在他们结婚了，他们将永远做夫妻。

晚上，在他们自己的教区教堂里举行了酒会，双方的家庭一共发出了八百张请柬，酒会上只有低度饮料和点心。主人们排成一行迎接来宾，数百位亲友从他们面前经过走进教堂。

四

他们决定到迪士尼乐园度蜜月。他们数了数手头有多少钱，觉得如果他们处处精打细算，钱正好够用的。他们是对的。这一周他们玩得非常快活。

不久科琳怀孕了。马克斯觉得很难理解,她为什么经常感到不舒服呢?他俩都在工作,她的胃口不好,所以午饭她常常只为他俩一人预备一小块三明治。他说:"你要把我饿死了。"她笑了,解释说,她得过很长时间才能摸透一个男人的饮食习惯。

他说话从不提高嗓门,她也是这样,即使偶尔她想大声嚷嚷,她也能克制住自己。从一开始他们就商定,每次告别都要接吻;私人问题没有圆满解决之前决不上床;如果一方对另一方有意见,那就先把事情谈开再睡觉。从来没有哪一夜他们是憋着一肚子气上床睡觉的。

当然,他们常常闹着玩,例如互相朝脸上抹剃须膏,互相泼水等等。

天天早上她呕吐时,他不住地问:"我能为你做点什么?我能为你做点什么?"但是科琳竭力掩饰自己的痛苦。她看得出,她那句"我越来越胖了"的话他早已听腻了。

到了八月份,法学院马上就要开学了,他们从洛根迁到了普罗沃。那是段愉快的时光,科琳早晨起来不再呕吐了,上班不成问题,马克斯的入学准备工作也做得差不多了。他们在离学院十二个街区的地方找到一处舒适的底层公寓,这套房子有一间小前厅和一间小卧室,每月租金一百美元。他们的生活充满快乐。

孩子出生一个星期前,科琳帮马克斯打出一篇长达三十页的论文,他送给她一打红玫瑰作为答谢。为这个,她觉得他可爱极了。情人节那天,他们的小女孩出世了,这时他们结婚才刚刚九个多月。他们的小娃娃一头黑发,体重整整七磅。马克斯为她自豪得不得了，她降生不到一天，他已经给她拍了一沓快照。他们给她取名叫莫尼卡。她稍微长大点后，他特别喜欢逗她玩。

当然，他没有多少时间。为了完成法学院第一年的学业，马克斯非常刻苦。她为他准备好早饭，他吃完就走。傍晚五点他回来吃晚饭，六点又要去法律图书馆看书，直到十点才回家。孩子全是她一个人照看的。

他们需要一个宽敞点的住处。他们看中了一座活动房，把它买了下来。这座活动房宽十二英尺，长五十二英尺，有两间卧室。现付的那部分款子是向科琳的父母借的。

活动房里摆着她的父母送给他们的几件旧家具。房前有一小块草坪，马克斯还在屋山头那儿开了一块菜园，每天他都要给他的西红柿浇水。这个小区里大约有一百座活动房，里面住着各种各样的邻居，其中大多数是他们的同龄人，他们都有孩子，都是些好人，有几对夫妇常常和他们一起去教堂。

五

有人答应夏天让他在建筑工地干活，不过放假后不能马上开始。他们先到他父亲的农场干了几个星期的活。马克斯挖沟、喂牲口，给它们打烙印、种庄稼、帮助灌溉。看到他身体放松而不是像上学时那么筋疲力尽，科琳非常高兴。

他们回到普罗沃时，那个答应给马克斯提供建筑工地工作的人说，那份工作已经有人干了，是工地上一个工人的儿子。那份工作每小时的报酬是六点五美元。

马克斯气得要命，强忍着没有发作，不过这事实在够他烦心的。这是科琳第一次看到马克斯垂头丧气。她劝了半天，他的心情才有所好转，终于他说："好吧，我想想法子，再找个工作。"他找到大学职业介绍所，但寻找夏季工作为时太晚，他只得到一份辛克莱加油站招收服务员的表格，工钱是每小时两点七五美元。

这个自助加油站位于厄伦姆一条后街上。他的工作很简单：找零钱、擦玻璃、打扫休息室，从下午三点到夜里十一点。当然，工钱比他们指望的要少得多。可整个六月和七月的头两个星期他毫无怨言地干着活，天天回到家里时满身热汗、疲惫不堪。不过，他渐渐跟一些顾客交上了朋友，经理也很喜欢他，他俩在同一个教堂做礼拜。

七月四日独立节两周后的那个星期天，马克斯和科琳应邀在教堂演讲。马克斯指出，在这个世界上真正诚实的人太少了。他慷慨陈词，论证了诚实的重要性。他说，能否打下良好的基础完全取决于是否诚实。那个星期天，科琳演讲的主题是快乐。她谈到自己认识马克斯时的快乐，他俩结婚的快乐和生孩子的快乐。回家的路上，当他热烈拥抱她时，一股激情攫住了她，她说："现在我们才开始了真正的生活，我们比以往任何时候都更加相亲相爱了。"他们各自怀着对对方深深的理解入睡了。

星期一早上，马克斯急着把莫尼卡的玩具架做起来。整个上午，他一会钉，一会锯，一会又钻，忙得不亦乐乎。科琳也有一大堆事情要做，洗啊、熨啊、做饭啊等等。通常马克斯下午三点上班前他们有充裕的吃饭时间，但今天他们有点匆忙，因为马克斯必须先把玩具架做好。他隔一会就把她叫到卧室，让她看看自己的进度如何，莫尼卡则一直坐在旁边看他干活。马克斯穿着牛仔裤，一边弯腰钉钉子，一边听着收音机，看上去他心情很舒畅。

终于他喊道:"可以把它们竖起来了,来帮帮忙。"她跑进卧室,两个人同心协力,很快把玩具架摆好了。他退后一步,长出一口气,说:"唉,总算做好了。"

他们开始吃饭。因为时间有点晚,马克斯三口两口就吃完了。他不论干什么从来没有迟到过,平时吃饭也总是比她先吃完。他急急忙忙吞下最后一口饭,站起来走进前厅,抓起他需要的东西,转身朝门外走去。这时她仍然在餐桌旁坐着呢。他正要跨出门,突然意识到没有跟她吻别,于是他转回身,咧嘴笑着说:"喂,我在这儿等着你呢。"

她绕过桌子迎上去,他亲热地抱住她吻了一下,深情地望着她的眼睛,他们多么相亲相爱啊。科琳说:"今晚再见。"他说:"当然。"他走出门,跳上汽车,开走了。

他是个十分自觉的司机,从来没有超速行驶什么的,总是把车速保持在每小时五十五英里。她仿佛能够在心里看到,他不慌不忙地沿着公路行驶,然后驶上州际公路,继续保持着那种速度,最后他拐过一个缓坡,从视线中消失了。这时,她才开始考虑自己当天必须做的这件或那件琐碎事。

第十三章 白色卡车

一

马克斯·詹森在辛克莱加油站开始上班的那个时间,加里·吉尔摩正在位于约一英里外州街上的瓦尔·科林车行的展厅里,他跟瓦尔·科林刚刚就那辆卡车达成协议，无需找连署人了。加里将把那辆野马送回车行，他已经为它缴付了近四百美元（如果你付给他电瓶钱并不去计较挡风玻璃的话），他将于两天之内缴付四百美元的现金，八月四日之前再付六百美元。瓦尔同意他现在换车，今晚他就可以签约。

拉斯蒂·克里斯琴森听见了他们的谈话，不由得笑了。她在车行兼职干零活，管理账簿、调整瓦尔的银行往来账、领取汽车牌照，总之，在这儿帮忙。现在她已经摸到点门了。

拉斯蒂暗想，瓦尔简直是漫天要价。那辆卡车标价一千七百美元，加上利息高达二千三百美元，而瓦尔买那破车时大概还没花到一千美元。现在他可以重新出售野马车，等到八月的第一个星期他还能拿到另外一千美元现金。如果拿不到钱，他可以收回那辆卡车。他没有担多大的风险。而加里用这笔钱肯定能够买到比这辆已经行驶了十万英里的"白色天使"更好的汽车。可他却偏偏爱上了这辆油漆过的车。

拉斯蒂听见科林又一次告诉吉尔摩，他，瓦尔，有一串备用钥匙，如果加里不能按时交款，他凭着这串钥匙完全可以叫加里步行。这同样是一种鼓劲的话，瓦尔准能给弱智者球队当个好教练。卡车开走时，瓦尔喊着："拿钱来，加里！"

加里开车带斯特林兜风，他得意洋洋地夸耀着自己的车。这辆新车的马力比野马车的大得多，当然，加速也比原来的强。不过，加里并没有超速开车。他小心翼翼地驾驶着，仿佛这是辆凯迪拉克。汽车缓慢地行驶了一阵，然后沿着公路飞驰起来。

凯思琳看到他时，天已经快黑了。那天她娘家的亲戚来做客。院子里的樱桃熟透了，她的母亲、几个弟弟妹妹仍在院里和孩子们一起摘樱桃，而她正和女友帕特在厨房里忙活。就在这时，加里从后门探进头问："你能出来和我谈谈吗?"凯思琳请他进来，他却说："我想在外面和你谈，事情很重要。"

她走出门。看见他的卡车，她吃了一惊，哎呀哎呀地叫起来。她觉得加里的样子很古怪，不过确切地讲，不像是醉态。他特意向她说明，他的头脑清醒得很。说句实话，她并没有在他的呼吸中闻到酒味，可他确实显得很古怪。她说，没有，她没有见到尼科尔。他说："就我个人来说，她可以见鬼去了。"他目不转睛地盯着她，那模样活像一颗旋得紧紧的螺丝帽。"让她养汉子去吧。"

听到这话，凯思琳大吃一惊，她几乎不能相信加里竟会用这种脏话骂尼科尔。他望着她，他的目光像两把锥子，好像能够看穿你内心的所有隐秘。他说："凯思琳，我要把我的枪拿回去。""加里，"她鼓足勇气回答道，"我不想把枪还给你，你的举动叫人不放心。"他说："我遇上麻烦了，我不能没有它。我已经把所有的枪都找回来了，只差三支。你瞧，有个警察知道枪是我抢来的。"

她觉得加里是在瞎编。"那个警察告诉我，如果我把枪送回商店，什么事也没有。"

凯思琳说："加里，你为什么不等明天头脑清醒了再来拿枪呢?"

他说："我没喝酒，我不想惹麻烦。再说，如果我想用枪的话——"他撩起外衣的前襟——"这个小宝贝足够我用的。"她看见他腰间别着一支手枪，那是支德国造鲁格尔手枪。"而且，我有一口袋枪呢。"说着，他拉开行李厢的门，一个竖着的小麻包哗啦

245

一声倒下了。听那响声,包里装着不下半打手枪。

凯思琳对自己说,这有什么关系呢?她从床垫底下取出那支施佩希尔手枪交给他,陪着他站在暮色中,好言好语劝慰他。他的火气仍然很大。

后来,艾普丽尔从房里跑出来,她已经近乎歇斯底里了。"帕特在哪儿?"她问,"帕特在哪儿?""艾普丽尔,她已经走了。"凯思琳对她说。"哎呀,"艾普丽尔嚷着,"帕特答应带我到凯-马特五金店去取我的吉他弦呢。"

加里突然插进来说:"我开车送你去。"凯思琳连忙对她说:"用不着你去。"但是艾普丽尔已经跳上了卡车,凯思琳只来得及重复了一遍:"加里,她用不着去的。"他回答说:"别担心,我会把她送回来的。"他们走了。

只是在这时,凯思琳才意识到,她不知道加里的姓,只知道他叫加里。

他们坐在厨房地上大大小小的箱子中间,箱子里装着他们今天下午摘的樱桃。凯思琳不想把这事报告警察。因为,如果警察拦住加里的车,他也许会向他们开枪的。帕特回来后,她俩一起出去寻找那辆白色卡车。她们沿着一条条街道来回行驶,直到清晨一两点钟,看样子她们是没法找到他了。

二

艾普丽尔朝他这边挪挪,打开收音机,说:"如果你不得不等待很长时间,日子就太难熬了。房间变得狭窄,而且常常有条狗跟着你。"想到狗她不禁打起哆嗦来。"天天都是一个样,天天都是老样子,"她点点头,"你不得不打发它们。"

"完全正确。"他说。

他来之前,她一直躺在草坪上,一边弹着断了弦的吉他,一边看别人摘樱桃。蓦地,一个念头钻进她的脑海,如果她不换根好弦,她的外祖母肯定会死的。艾普丽尔手指拨弄着断弦,脑子里却在胡思乱想。她想到已经死了的吉米·亨德里克斯和奥蒂斯·雷丁,由他们的死联想到各种疾病,想得脑袋直发涨。甲虫、蜘蛛和苍蝇都能带来疾病,高烧到来之前嗡嗡作响,到来之后却嗓音刺耳,那声音跟断了弦的吉他发出的声音一个样。如果她不换吉他弦,死亡肯定会降临到外祖母头上,这就是她躺在草地上时的想法。当她抬起头时,她面前站着一条狗。

那狗汪汪叫着,听起来像是一个人在号啕痛哭,这哭声使坐在加里卡车里的艾普丽尔回忆起往日的悲剧。她使劲点点头,她不喜欢这种感情。当她那样点头时,她也许正扬鞭跃马飞驰,马每跑一步,她的头就要剧烈晃动一下。她体内的马达猛然开动起来,仿佛撒旦钻进了她的身体,把那些终日在火星和金星上游荡的鬼魂都吸引到她体内来了。那个黑人冷酷的黑眼珠正在盯着她,那个白人则手舞足蹈,似乎整个银河系没人比他更疯疯癫癫了。吉他需要根新弦,以便吸引那些和谐宁静的灵魂。"我,"艾普丽尔对加里说,"就是那个正在弦上荡秋千的人。"她点点头,不过没敢太用力,唯恐正在奔腾的马把自己甩下来摔断脖子。

"听着,"她说,"我外祖母的洗衣机在缝纫机旁,这就是为什么人们总在它周围转悠。我讨厌脏东西。"她能够感到自己的嘴从鼻孔向唇角扭曲着。"喂,加里,我口干,我需要痛经片。你能帮我买个牙刷吗?"她感到他在轻轻拍着自己的肩膀。他说她需要的东西他全都能搞到。

你不应该一进商店就伸手从柜台里拿东西,你应该仔细看看你要买的东西,征求一下它的意见,唉,要想向人解释清楚这一点太困难了。那件东西的回答可能是各种各样的,"滚开",或者"请把我偷走",它甚至可能叫你出钱买,它对自身的关心不亚于任何人。加里走进去,丁当,丁当,扑通,三下两下就把她的痛经片和牙刷弄到手,拉着她大摇大摆地走了出来。他没喝啤酒,天哪,他紧张极了。

现在,汽车又在快活林镇里行驶了。"我不想回家,我要在外面玩一夜。"她说。

"好极了。"他说。

三

朱丽亚还得在医院住一夜,所以克雷格·泰勒仍然单身住在家里。他刚把孩子们哄睡,加里就来敲门了。他向他介绍了那个叫艾普丽尔的姑娘,说她是尼科尔的妹妹。他们显得很古怪,那姑娘的精神很不正常,不过不像是喝醉的。妄想狂。她不愿意坐下,却围着克雷格转了一圈又一圈,好像他是个木桶什么的。

加里从浴室里出来,问他那支枪还在不在。克雷格回答说,当然在。加里说他要把枪借回去,还要借几粒子弹。"噢,好吧,"克雷格说,"那是你的枪,我这就还给你。"接着他问了一句,"你要它做什么?"加里没有马上回答,沉默了片刻他才说:"我喜欢它。"克雷格把子弹递过去时感到事情有点不妙,加里显得异常冷漠。"加里，我不能拒绝你，"克雷格说，"这是你的枪。"他最后仔细看了一眼那支枪。那是支勃朗宁自动手枪，镀金扳机，黑色金属枪筒，光滑的木质枪把。

他们回到车上后，艾普丽尔说："我不想回家。""去他的吧！"加里说，"我会让你整夜待在外面的。"他开车去找瓦尔·科林签约。半路上艾普丽尔意识到他们并不是朝凯-马特五金店方向去的。她的吉他弦仍然没有拿到，不过事情越来越复杂，没法再发问。她觉得自己正和蜘蛛网激战。

他们走进瓦尔·科林车行时，艾普丽尔大声嚷嚷起来："哎呀，这是免费入场的演出呀！"加里和那个叫瓦尔的家伙死盯着汽车钥匙，活像两个老巫婆在研究晒干了的草药，真怪！她四下里转了一圈，房间竟歪斜起来，连空气都是歪歪斜斜的。她在一个角落里坐下来。这样你就能把握一切。他们走过来，可是她听不懂他们的谈话，只听见他们说："你是证人，看着这个。"他们在一张纸上签了字。

拉斯蒂·克里斯琴森烦透了，九点半能把加里打发走就不错了，等她到了家准得十点一刻。要计算利息，要把当天收的车款结算出来。他俩一趟趟跑到停车场去拆野马车和那辆卡车的牌照，坐在角落里的那个叫艾普丽尔的小姑娘隔一会就要放开嗓子大喊大叫。

谈到汽车，瓦尔的声音倒是挺和气。"我准备冒一次险，"他说，"因为我们俩关系不错。不过，加里，你他妈的记住，你最好按时付钱。""当然。"加里说。"好吧，"瓦尔说，"我准备冒一次险。"

加里出去把几件衣服从野马车拿到卡车里去。他不在屋里时，瓦尔看看角落里那个小丫头，问："喂，你中了什么魔？"她看了他

249

一眼,她那副神态好像是刚从下一个世纪来的。然后,她像只老鸹似的叫起来:"哇、哇、哇哇……"瓦尔想,嘿嘿,她不知在哪个行星的轨道上呢。她紧紧盯着他说:"有时我甚至不是姑娘了。"她哭了起来。

加里回来时,瓦尔说:"如果你两天之内拿不出第一期付款四百美元来,我他妈的马上收回卡车,你连方向盘都来不及摸一把,伙计。你不能得到这辆卡车,也不能得到野马。加里,没有钱,你就只好步行喽,明白吗?""明白,"加里说,"没问题,签吧。"他签了最后几份文件,瓦尔把车交给他。

上车后,加里对艾普丽尔说:"我们走吧。"他们开着车四处寻找尼科尔。"用用你的雷达呀。"加里说。她不愿意告诉他有干扰,他会以为她这是避重就轻认罪。即使是最强大的心灵力量,一遇到干扰也无法对准焦点。汽车继续飞驰着,艾普丽尔一心想讲两句恰当的话,因为这样可以重新获取巨大的力量,这正是雷达所需要的。这句话一出口,大家全都协调一致了。

"小时候,"艾普丽尔说,"姥姥把我放到猪圈里一头猪的背上,把我吓得半死。一大群野猪发疯似的追赶我们,我跑到浴缸里藏起来。那天晚上什么也干不成,不过我学会了如何藏身,你把身子缩进去一半就藏起来了。"她吃吃笑着,"你瞧,加里,我一直想当一头猪。"她感到了猪的力量。加里把车开到路边停好,说:"我想打个电话,问问你妈是否接到了尼科尔的电话。"

他下车后,她听到一大群人在唱《让你的爱情流淌吧》这首歌。其实唱歌的只是两个家伙而不是忧郁的一群。她要是没想到汉普顿就好了。"让你的爱情流淌吧,让你的爱情流淌吧。"她竭力回忆起从前给人家带小孩时翻人家药品柜时的情景。"让你的爱情流淌吧,让你的爱情流淌吧。"那时,当她从药品柜里找出那种能使人心醉神迷的药片时,爱情正在她的手指间流淌着。多么希望能再次和那些黑美人一起昏睡啊,她喜欢伏在他们的身上。像春天那样和谐甜美的黑美人。"我的意思是,"艾普丽尔自言自语道,"假如我是那样绝望的话,我随时可以对收音机讲话。流行音乐节目主持人能够感觉到有人在对他们讲话。"

四

加里绕过停放卡车的拐角,走进辛克莱加油站。里面静悄悄的,只有一个男人,是服务员。这是个举止文雅、神情严肃的年轻人,宽肩膀,阔脸庞,下巴骨一直突出到耳根,头发笔直地向两侧分开梳着。这人工作服的前胸上别着一块牌子,上面印着"马克斯·詹森"。他迎上前问道:"我能为你做点什么?"

吉尔摩拔出点22口径勃朗宁自动手枪,命令詹森把衣兜里的东西全掏出来。他用没拿枪的那只手抓起钞票装进自己的衣袋,随后拎起硬币兑换器对詹森说:"到卫生间去。"他们一进卫生间的门,吉尔摩便喝道:"躺到地上!"地板干干净净。在刚才的十五分钟里,詹森刚刚打扫过。他躺到地板上,竭力露出笑容。吉尔摩又说:"胳膊放到身子下面去!"詹森照办了,把两只手伸到肚子底下。他仍在竭力露出笑容。

这个卫生间的四壁上绿色瓷砖砌到齐胸高,再往上则是漆成浅棕色的墙壁。地面六英尺宽八英尺长,铺着暗灰色的地砖。墙上有个挂纸巾的架子,上面有"托尔节俭者牌"几个字。马桶座裂开了,灯装在天花板里。

吉尔摩用自动手枪抵住詹森的脑门。"这一枪是我的。"他扣动了扳机。

"这一枪是替尼科尔打的。"他又开了一枪。詹森的身体随着枪声颤动了两下。

吉尔摩站起身。那么多鲜血，而且在地上流得那么快，真叫人吃惊。他的裤脚沾上了一点血。

他手里拎着硬币兑换器，衣袋里塞满了钞票，走出卫生间，走过大号可口可乐自动售货机和墙上挂着的电话，走出这个干干净净的加油站。

五

科琳忙个不停，熨衣服、打扫卫生、在菜园翻地、摘豆子，那天她干完了不少活。她原准备等马克斯回来再睡觉，但不到十一点她就上了床。

她迷迷糊糊正要入睡，突然觉得有人在敲门。可是等她打开门时，连个人影也没有。她想，马克斯不会这么早回家的，大概是只猫吧。她回到床上，立刻睡着了。

卡车停在那条寂静的后街上，坐在车里的艾普丽尔想，也许外面很静吧。她说不准，因为车里的收音机正开得震天响。只有一株株树看上去静悄悄的。坐在这里面，夜显得多么漫长啊。

过了一会，加里回来了。她正一边抽大麻一边等着他。"快点，"他说，"我们走吧。"

当他们来到露天汽车电影院前面时，艾普丽尔看见片头里有"杜鹃"两个字。她想，他们要看的电影大概是莉莎·明尼利主演的《不生育的杜鹃》。艾普丽尔一直以为她自己的外貌正像莉莎·明尼利内心感觉的那样，所以她一直盼着看这部片子。可当他们在售票间的灯光底下停住车时，她看到了加里裤脚上的血迹。

他们停好了车。他在坐位上扭来扭去，说他想撒尿。她能够看到他在车后行李厢里翻来翻去。她好像看见他找出一条裤子，拿着到男厕所去了。艾普丽尔自言自语道："联邦调查局监视着家家户户，看是不是有人在行凶，你知道吗，是通过电视监视。"

加里走后，她竭力集中注意力看电影，可脑子里却老想着自己遭人强奸的那一夜。那是在夏威夷，她和三个黑家伙一起逛街。后来，其中一个说，那儿正在聚会，去来点可卡因，和他们一起沉入醉乡吧。她刚刚服用过麦角酸二乙基酰胺①，所以一进门就被他们那个吸毒窝里富丽堂皇的摆设迷住了。不过，看到红色的沙发，她身上的气味更重了。吸过可卡因粉末后，她浑身直冒汗，那汗味难闻极了。名叫沃伦的那个黑小子告诉她，她的身上臭气熏天。看着那些红沙发和那些黑小子，她心里的火直往上蹿。她开始转着圈子跳舞。他们问她要不要洗个澡，她说可以。后来她坐到浴缸里，再后来她光着湿淋淋的身子乱跑乱撞。她一丝不挂，跳啊蹦啊，对人家说："我想我是个花痴。"他们问："你是个痴子？"她一字一句地重复了一遍，他们又问："你是发痴的花？"她傲气十足地回答道："你们正在想方设法把我的身体和我的脸染黑。"

她和他们在地板上跳舞，跳着跳着他们把她按倒在地板上。

---

① 一种麻醉品。

她感到火辣辣地疼，血流了一地。像个娼妓。刚刚吸过可卡因的沃伦力气大极了，也下流极了。甚至于当他松软下来之后，他还结结实实地压在她的身上。她产生了可怕的幻觉，仿佛看到那个叫鲍勃的家伙额头和下巴并到一起，鼻子不停地左右摇摆着。性交，一次，两次，三次。然后他们打开一盏灯，鲍比坐在地上对她说："你为什么不坐到沙发上呢？打起精神来，别把自个看得那么低贱，知道吗？"他扑到她身上，她尖着嗓子唱起歌来。他们的扭动使她头晕目眩，她成了个马达已经发动起来的转盘，撒旦都可以在这转盘造成的旋涡里跳舞。

突然，她弄清楚自己一直在看的是什么电影了，不是《不生育的杜鹃》，而是《飞越疯人院》。①

和她一块住院的那些怪人全在银幕上出现了。她烦透了杰克·尼科尔森，他鼻子下面的那个麻木点和她自己鼻子下面的麻木点一模一样，他走路时身体绷得笔直——这使她联想起加里裤脚上的血迹。

加里回来了。她说："我们赶快离开这个鬼地方。我讨厌这部片子，那个流氓搅得我心烦意乱。"
加里显得很失望。他说："只有这部片子我想再看一遍。"
"你这个疯疯癫癫的傻瓜，"她骂道，"难道你一点品位都没有吗？"

晚上十一点钟，一个男人在位于厄伦姆北800号和东175号交叉处的辛克莱自助加油站里停下车，自己动手灌了十二加仑汽油

---

① 俚语中"疯人院"被叫做杜鹃窠。

和一夸脱润滑油。他找不到服务员,只好留下一张自己的业务名片,在上面注明自己灌了多少油。又过了一会,住在犹他州图埃勒市的罗比尔·汉密尔顿在加油站里停下来。灌满油箱后,他走到汽车修理间敞着的门前,朝里面喊:"有人吗?"没有人应声。他回到自己的汽车旁,他的妻子建议他敲敲卫生间的门。他敲了几下,里面没人应声。他把门推开一条缝,一眼看到地上有一大摊血。他没有进去,连忙回身往厄伦姆警察分局挂电话。这位来自犹他州图埃勒的汉密尔顿先生根本弄不清自己在哪条街上,他只能向值班警察笼统地介绍一下加油站四周的环境,结果警察花了整整十五分钟才找到那儿。

六

已经出院的约翰尼在沙发上睡着了。布伦达正要上床,外面传来敲门声。加里带着一个古怪的小姑娘站在门外。

"喂,表兄,"她问,"你从哪儿来呀?"

"这个嘛,"他笑了笑,"我们刚看完《飞越疯人院》。""难道你又看了一遍?""是啊,"他说,"她没看过这部片子。"

布伦达上下打量了那个姑娘一番。"依我看,"她说,"她好像根本不明白自己看的是什么电影。"

加里向她介绍:"这是尼科尔的妹妹,她叫一月。"

那姑娘瞪起眼睛。这是她进门后第一次露出点生气。

"噢,是四月①。"加里哈哈一笑。布伦达说:"好吧,四月,五月,六月或者七月,不论你叫什么,见到你我都很高兴。"她转身问加里:"她哪儿不舒服吗?"那姑娘的脸色难看极了。

---

① 英语中"艾普丽尔"的意思是四月。

"没事，"加里说，"艾普丽尔服用了麦角酸二乙基酰胺，正生活在幻觉中呢。她还是很久以前吃的药，可直到现在那药还在起作用。"

"她生病了，加里，"布伦达说，"她的脸色多苍白啊。"这时，那姑娘插进来说，她要到卫生间去。布伦达跟在她身后不安地问："宝贝，你没事吧？"她回答道："没事，就是胃不舒服，一个劲想吐。"

布伦达转身走到加里面前，问："出了什么事？"

他一声不吭。布伦达隐约感到他既紧张又谨慎。非常紧张，也非常谨慎。他屁股倚在椅边上，好像正在竖起耳朵倾听静夜里的每一点声响。

艾普丽尔回来了。"好家伙，刚才你那种举动把我吓坏了。我实在受不了。"

"什么把你吓坏了，宝贝？"布伦达问。

艾普丽尔说："加里真把我吓坏了。"

他站起身："艾普丽尔，告诉布伦达，我并没有企图强奸你或是调戏你。"

"噢，当然，你知道我不是那个意思，"艾普丽尔说，"你今天晚上对我一直很和气。不过，好家伙，我怕你怕得要死。"

"你怕什么？"布伦达追问道。

"我不能告诉你。"艾普丽尔说。她的声音中有种东西叫人听了瘆得慌，布伦达不由得紧张起来。她问："加里，你究竟干了什么事？"听到这话，他竟后退了一步，布伦达暗吃一惊。

"喂，"他说，"别问了，行吗？"

他又说："我们能到另外一间房里去谈谈吗？"他把她拉到厨房，对她说："喂，我知道约翰尼刚出院，你们不能马上拿到医疗保险支票。所以，听着，布伦达，你愿意把这五十块钱拿去用吗？"

"不，加里，"布伦达说，"我们的日用品全都买齐了，日子过得去。"

他坚持道："我真心实意想帮你的忙。"

布伦达说："宝贝，你真大方。"尽管她知道他的目的，可她还是禁不住受了感动，简直是莫名其妙。即便他是在作假，他总算没把她忘了，想到这个她真想大哭一场。不过，她嘴里却说："留着你的钱吧，我希望你学会如何花钱。"说到这儿，她突然起了疑心，脱口问道："加里，你他妈的从哪儿弄来这么多现金？"

"我的一位朋友借给我四百块钱买卡车。"加里说。

"你的意思是，这钱是你偷来的。"

"这话可不怎么好听。"他说。

"要是我说错了，"布伦达说，"那么这话是不怎么好听。"

他捧起她的脸，吻了吻她的前额，说："我不能告诉你发生了什么事，你不会愿意卷到里面来的。"

"好吧，加里，"她说，"如果事情真的那么糟糕，也许你不应该把我们卷进去。"

"不错，"他说，"对极了。"他并没有生气。他拉起艾普丽尔朝卡车走去。实际上，他是扯着她的胳膊肘把她拖出去的。

布伦达身不由己地跟在他们后面。车后行李厢里有半加仑牛奶和一捆包在破布里的衣服。她说："加里，牛奶会给颠出来的，我帮你固定一下吧。"他喝道："别碰它！离它远点！""好吧，"布伦达说，"让牛奶洒出来吧，我才不管呢。"他开车走后，她一个劲地犯嘀咕，加里在那捆衣服里藏着什么不愿让她看见的东西呢。

加里问艾普丽尔，愿不愿意找家汽车旅馆住下，可她只是反复说她不愿意回家。于是他们开着车转来转去，不一会就迷了路。

当他终于发觉他们已经顺着乡间公路从厄伦姆来到普罗沃时，

卡车偏偏没油了。

卡车停在中心路一处偏僻的路段上，一边是州际公路的出口，另一边是小城的起点。他下了车，跳到路边的沟里，把枪、弹夹和硬币兑换器藏在一丛灌木底下，然后爬出沟朝离这儿最近的一家店铺走去。

七

韦德·安德森和查德·理查森正坐在位于西中心路边上的7-11便利店里，那个家伙突然出现在他们面前。他说，如果他们带他去加油站的话，他就给他们五块钱。

他看上去非常正常，只不过显得有点疲倦，显得非常匆忙。三个人一起上了查德的卡车，他一上车就掏出五块钱来，然后坐在车窗旁向外张望着。他一遍遍向他们解释，他把女友一个人留在自己的卡车里了，他不希望任何人打扰她，尤其是警察。她喜欢乱说乱讲。

他们说，是这样啊，好吧，你瞧，我们尽量开快点就是了。但麻烦的是，当他们找到一家仍然开门营业的加油站时，那儿却没有油桶。韦德说，他们可以到他家里去拿一个来。那家伙说，行啊，不过得快点。

几分钟后他们来到城东头，从韦德爸爸的车库里找出油桶，马上返回加油站。他们装好油，开车来到那家伙的卡车前，韦德立刻动手灌油。他不久就要进中学念书了，很想提高提高自己和姑娘交谈的水平，因此一遇机会他就滔滔不绝讲个没完。眼下，他盼着能跟车上的姑娘聊聊。当然，他一直用眼瞟着那个在下面沟里转悠的大高个。那家伙从查德的卡车上借了个手电筒，正在下面照来照去寻找着什么。

韦德对那姑娘说:"你好吗?"她神情严肃地望着他,大声问道:"你是加里·吉尔摩的儿子吗?""不不,女士,我是……今晚我是头一回见他。"就在这时,那家伙在沟里找到了他要找的东西。韦德看到他从一丛灌木底下抽出一把枪和一个弹夹,接着又掏出个硬币兑换器来。然后他回身朝他们走来,一边走一边把弹夹啪的一声装到枪上。他来到车上,把枪和硬币兑换器一起塞到座位下面。韦德灌油时,查德一直站在附近看着。现在,他们的目光相遇了,天哪!

油桶里的油倒光后,那个家伙说了声"多谢"就准备开车离去。他开始发动汽车,可怎么也发动不起来,电瓶没电了。他俩用自己的车从后面顶了一下,卡车才开动了。

车开回到公路上后,加里对艾普丽尔说:"别这么开来开去了,我想找个上等旅馆睡一觉,比如假日酒店。"他驱车拐入州际公路,往前行驶了两英里路,又从下一个出口拐出来。
"我不想和你做爱,"艾普丽尔说,"我觉得烦透了。"
"我明天一早还要上班呢,"加里对她说,"我们要两个床位。"

八

假日酒店的夜班查账员弗兰克·泰勒正坐在前台,一个高个子男子拎着半加仑牛奶进来了。他的身后跟着一位矮个姑娘,她高高举着一个细长的奥林匹克牌啤酒罐,那模样仿佛她就是自由女神。弗兰克·泰勒想,这下有好戏看了。泰勒不光是夜班查账员,而且是前台值班员,所以他的下一个想法是今晚自己别打算先查账了。那姑娘看上去不会很快平静下来，可那个高个子男人过来登记时却显得十分清醒。

那姑娘向弗兰克·泰勒提了一些颇为无礼的问题，他喜欢在汽车旅馆挣钱谋生吗？这儿有臭虫吗？后来她问女厕所在哪儿，弗兰克·泰勒告诉她在大厅的左边，她立刻迈步朝自己的右边走去，泰勒连忙高声告诉她方向不对，可是她已经不见了。那个高个子男人满不在乎地笑笑。几分钟后，她从大厅的另一头绕回来了。那男的向他打听吃饭的地方，当他告诉他从假日酒店过去第三家的罗德威酒店一天二十四小时营业时，他仔细地听着。然后，他用大大的大写印刷字体签上自己的名字：加里·吉尔摩，住址是斯班尼西福克镇。登完记，他伸手从衣袋里掏出一大把零钱交住宿费。

泰勒猜想，吉尔摩和那个姑娘肯定是来幽会的，不过这不是他该管的事。如果你太爱管闲事，你可能会陷入一大堆法律纠纷之中。要是哪一天，你向一对合法夫妻暗示他们没结过婚，你准得倒霉。这儿的惯例是接待所有规规矩矩、预先付款的顾客。泰勒望着他们一人一只手扯着钥匙走远了。

过了不一会，电话交换台上他们房间的蜂鸣器响了起来，吉尔摩从212号房间打来电话，说他到走廊上往自动售货机里塞了些钱，想买牙膏、刮脸刀和阿尔卡塞尔兹消化片，不料那机器失灵了。

弗兰克·泰勒心里说，那机器从来没有正常过。他从贮藏柜里取出他们需要的东西，顺着铺着绿色地毯、两侧墙壁漆成黄褐色的长长的走廊一直朝前走。他穿过几道深棕色胶合板门，从冰箱和糖果自动售货机旁走过，最后绕过冷饮机来到212号房间的门前。吉尔摩出来开门，他光着膀子，下身穿一条红色便裤。他伸手从裤兜里掏出一大把零钱,在手里掂量了两下,好像打算把它们仔细研究一番似的,然后才挑出应该付的钱。泰勒没看见那姑娘,不过吉尔摩关门时他听到了她格格的笑声。

第十四章 汽车旅馆的房间

一

卧室里唯一的窗户开在最里头的那面墙上,窗外楼下是游泳池。窗户是密封的,窗下装着一台空调。从窗顶的乳白色塑料滑轮上垂下来的白色细绳将湖蓝色涤纶窗帘钩向窗户的两侧,窗前摆着两把黑色人造革软垫椭圆靠背椅和一张仿胡桃木八角桌,桌旁是置放在活动支架上的电视机,支架的镀铬球脚装在橡胶脚轮上,脚轮则深深地陷在粗糙的蓝色腈纶地毯里。

一张长长的仿胡桃木梳妆写字两用台靠墙摆着,梳妆台的浅抽屉里有一个灰不溜丢的信封,上面印着假日酒店的标志语,"您在大洋两岸的热情主人",信封里装着一沓信笺。台上还放着一份游泳池注意事项,一份供客房用餐的菜谱和一张长方形纸条,上面印着:请注意用电安全。

对面靠墙摆着两张床,床架也是仿胡桃木的,床上铺着湖蓝色涤纶床罩。这两张床,乃至整个房间,散发着一种怪味,这种怪味是旧空调的气味与陈年雪茄烟味的混合体。

两张床之间是一张茶几,茶几上放着一盏灯和一个八角形的玻璃烟灰缸,上面刻着绿色的假日酒店的标志语,电话上那盏红色联络信号灯一闪一闪的,这信号灯被不当心打开后,就再也关不上了。空调也是如此,从它里面发出的噪音越来越大,震得满屋子嗡嗡作响。

二

浴室门框上的开关在黑暗中熠熠发光,好像是个硬撅撅的荧光乳头。打开开关,天花板上的灯亮了,眼前出现了白色的墙壁和灰色的瓷砖地面。洗脸池上方,五个拧在墙里的塑料玻璃夹把一块厚厚的镜子固定在墙壁上。第六个夹子不知何时掉了,在墙上留下个小洞,看上去像只僵死的黑甲虫。

脸盆搁在一个仿胡桃木的高架上,那架子上还摆着好几样东西:两只包在玻璃纸内的玻璃杯,杯上刻着假日酒店的标志语;两小块装在假日酒店专用包装袋内的香皂;紧挨着它的是一小张折成帐篷形状的黄色硬纸板,上面印着"欢迎光临假日酒店"的字样;旁边还有一张通告,大意是酒吧从上午十点到晚上十点营业。所有这些纸板、纸片全都潮乎乎的。当你打开水龙头,水从洗脸池里溅到地面上时,就会发现这洗脸池的圆形池面活像一台离心脱水机。

抽水马桶座上糊着一圈白纸,这说明自从这圈纸糊上后还没有人在马桶上坐过。马桶左侧的墙上有个手纸架,架上挂着的手纸既柔软、吸水性又强,看上去甚至能粘到你的肛门上。

三

加里问:"艾普丽尔,是你把马桶上的纸扯掉,还是我动手呢?"她凝视了他一会,撕下那圈纸扔进废纸篓。"这个世界强迫你劳动,"她说,"为了那些有钱的人。要知道,所有的组织都很有钱。"

"好家伙,你真会说话。"加里说。他走过去吻了她一下。她说:"想想茜茜,茜茜不会喜欢你这种做法的。"他从她身边走开,掏出一根大麻。"给我一支。"艾普丽尔说。他笑笑,把大麻举到她够不着的地方,说:"你得先亲我一下。"

"我不能亲你,因为有茜茜,"她说,"茜茜养着吸血蝠呢。"

加里点着大麻,深吸一口,喷出一团烟雾来。"来一口?"他问。可是当她走近他时,他又把它举到她够不着的地方。

艾普丽尔满屋转悠着,一件件往下脱衣服,她觉得这些衣服束得她透不过气来。她先脱下衬衫,又褪下牛仔裤,只戴着胸罩、穿着裤衩在屋里来回走动。她感到舒服多了。"加里,你有没有早上四点钟起来烤制过小甜饼?"他正躺在床上享受吸大麻的快乐,挥了挥手没有回答。过了一会,他坐起来打了个饱嗝,脸上浮现出痛苦的表情。他伸手抓过牛奶罐,灌下去一大口。"嗨,孩子,我们放松放松吧,我给你按摩,你也给我按摩。"

她说:"联邦调查局监视着家家户户,看是不是有人在行凶。你知道,他们是通过电视监视的。"她仰面躺到床上,整个房间旋转起来。这房间和她有一次跟一个有钱人一块住的汽车旅馆房间一个样。那一夜她翻来覆去睡不着,因为那些塑料制品太死气沉沉了。

"加里,"她说,"让我抽一口吧,我心里乱极了。"他把大麻烟递给她,她狠狠地抽了一口。她不知在梦幻中沉睡了多长时间,当她醒来时,加里正吻着她的脸。"放开我!"她大叫起来。他又吻了她一下,她说:"加里,你和尼科尔是有缘分的。"

"让尼科尔养汉子去吧。"

她继续来回走动。她回忆起夏威夷的那一夜,当时她也是这么走来走去,鲍比和沃伦为她按摩,陪她跳舞。加里开始为她按摩。他跟在她身后,紧紧地跟在她身后,他的腿贴在她的腿上,好像他们是监狱里被镣铐锁在一起的犯人。他们就这么在屋里转着圈子,他用拇指按摩着她的肩膀和脖颈。过了一会,她开始觉得自己跟他非常亲近,便悄声说:"我们这么干不合适,茜茜肯定认为这么干不合适。"她决定打开自己心灵的收音机,收听保罗·麦卡特尼[①]的演唱。"打开门让他们全进来吧。"歌声在她的脑海中回荡,渐渐变成狂欢节的喧闹声。加里一会拍拍她的脊背,一会捏捏她的裤衩,一会又像头狮子似的在她耳边咆哮。她想起汽车旅馆里的那些有钱人,用胳膊肘顶开他的手。"滚你的蛋,"她骂道,"让我上床睡觉。"

"我们正站着睡觉呢。"他回答说。

他们一个是国王,一个是王后,想到他们将分床睡觉,她有点得意。然而她心里明白,她将坠入沉重的梦乡。就像她在《圣经》插图里看到的那样,那些来自黑暗空间的恶魔飞到这个星球上折磨芸芸众生,把我们的身体撕成碎片。她能够看到,成千上万的恶魔像捕捉耗子的老鹰那样铺天盖地俯冲下来。

他一直倚在她的身上,为她按摩后背。当她闭上眼睛时,她

[①] 英国流行歌手。

看到一个男人扇动着他的胳膊，他身体的两侧各有八只胳膊。那是一股邪恶的力量，它把疾病和其他所有灾难带给人间，就像那个最强大的恶魔撒旦曾经做过的那样。

现在，她意识到背后按摩出了点差错，加里的性别改变了。以前加里在她面前总是男子气十足，甚至比她父亲的男子气还要足，可现在他变成个女人了。他仍然倚在她的背上为她按摩，可如果她翻转身看看他的脸，她看到的将是一张女人的脸。他抚摩着她的乳房和肚子，只是为了感觉到他自己的乳房和肚子。艾普丽尔能够感觉到自己背上伏着个女人，她的脊梁骨不禁一阵阵发冷，天哪。

"我们睡觉吧。"她说。他并没有强拉住她不放。他上了他的床，她也上了她的床。他关上灯，她躺在黑暗中，两眼瞪着天花板。石膏天花板上嵌镶着闪闪发光的碎玻璃，看上去像是满天的星斗。她受不了房间里的气味，便又打开了灯。她背后那面墙的墙纸上是一幅风景画，上面画着棕榈树、一座石拱门遗址和坐落在山顶的一所意大利风格的房子，一些又高又瘦的人披着斗篷在乡间散步。加里说："关上灯，我需要睡眠。"

又躺了一会之后，他在黑暗中摸索着来到她的床上，要跟她做爱。她不知道他是不是当真。他们在黑暗中扭打着，她的内衣给撕破了，可她仍然紧紧抓住它不撒手。"不，"她说，"加里，我不想干。"她说："加里，你疯了。"她说："茜茜！茜茜！茜茜肯定认为这不合适。"终于，他松开了手。她躺在黑暗中，房间里的摆设渐渐清晰起来，现在她看得非常清楚了，好像眼前有一面放大镜似的。"又要在牢房里过夜了，"她自言自语道，"我一生都是在监狱里度过的。"

265

当他们准备离开时,他们看到门厅门后的墙上有一小块橡皮,有了它,212号房间的房门把手就不会撞坏墙皮。不知为什么,这块橡皮使她联想起电视机的电源线,它整整齐齐卷成一个圆盘,一根白塑料绳紧紧系住这个圆盘。在她的想像中,那好像是一条蛇缠住另一条蛇。

四

科琳从酣睡中醒来,立刻听到有人在轻轻敲门。她吃了一惊,不知道现在有几点了。她爬起来去开门,经过厨房时看了看钟,才知道已经是凌晨两点了,可马克斯还没有回来。她拉开走廊灯的开关,从门上的小窗往外看。这一看,把她吓了一跳。

窗外站着五个人,头一个就是她所在的总教区主教卡宁。
他搂住她的肩膀。"科琳,"他说,"马克斯今夜不会回家了。"
她立刻预感到马克斯永远不会回家了。
"他死了吗?"她问。
五个人一齐点点头。
她放声大哭,觉得这不是真的。

这时,那两个她不认识的人中的一个对卡宁主教说:"有你陪着,她不要紧吧?"得到肯定的回答后,两个陌生人离去了。她意识到他们是便衣警察。

卡宁主教帮她给娘家挂电话,那头没人接。她这才想起父母头天早上外出野营去了,于是她又给马克斯的父母挂电话。接电话的女士说,詹森夫妇外出野营了,不过她可以跟他们联系上。卡宁主教问还可以给谁打电话,科琳想起住在克利尔菲尔德父母家街对面的表亲。正巧，他们在家，他们说他们马上开车赶来。路上需要一个半小时。

卡宁主教又问，在她的表亲到达前，有没有谁可以陪陪她。她说同教区的一个女孩住在和她家仅隔着两户的一座活动房里。打电话把那女孩叫来后，主教和另外两个人走了。

那女孩在她家待了近两个小时，她们并排躺在床上交谈着。莫尼卡睡得很熟。科琳感到浑身麻木，她不想见马克斯的尸体，她也不想说："让我再见见他。"她坐在那儿，对邻居讲呀，讲呀，一切都显得那么不真实。她们谈着话，每隔一会，这种不真实的感觉就会重新出现。她的表亲在门口敲门时，已经是四点四十五分了。

五

在黑暗中，艾普丽尔摘下自己的耳坠，用它朝自己身上乱戳。她做了一个梦，梦见有一天自己挨了一针后一切全都结束了。她想知道那一针给人的感觉如何，于是她一个劲地把耳坠的尖头朝自己的脖子上扎。

黎明时分，天还没有完全亮，加里又爬上了她的床按着她要做爱，可是没有成功。他又喝了一通牛奶。可以肯定，他需要的不是性爱而是情爱，但艾普丽尔知道，茜茜仍然爱他，她不能伤茜茜的心。

清晨六点三十分，莫尼卡醒了。科琳对自己说，她仍然活着，她的女儿仍然活着，女儿需要人照料，无论如何也不能吓着孩子。她走进屋，笑眯眯地对莫尼卡说了声"早晨好"，把她抱在怀里亲热了一会，然后给她洗了个澡，把她打扮得漂漂亮亮的。

当外面的亮光透过窗玻璃射进屋里时，加里和艾普丽尔起身穿好衣服。加里开车把艾普丽尔送回家。当她在家门口下车时，他说:"艾普丽尔，不管昨天夜里的情况如何，我希望你记住，你永远是我的朋友，我永远关心你。"

她走进屋，里面空无一人，凯思琳开车送迈克上班去了。她拿起笤帚扫地，扫着扫着她突然大声说:"我永远不结婚，永远不。"

凯思琳一夜没上床，坐在灯下等加里和艾普丽尔回来。凌晨五点钟左右，她打了个盹，不一会就被闹钟的铃声惊醒了。每天早上她都得开车送小儿子迈克到峡谷去上班，他在那儿的森林管理局工作。汽车要在弯弯曲曲的公路上跑二十英里路才能到达那儿。她心里害怕极了，加上过去这一天一夜里抽了那么多烟，每呼吸一次她都要咳嗽好一阵。她从峡谷回到家里，一进门就看见艾普丽尔像具僵尸似的端坐在厨房的椅子上。

"你究竟跑到哪儿去了?"艾普丽尔呆呆坐着，两眼睁得大大的，一言不发。凯思琳又问:"你这一夜一直和那个下流坯在一起吗?"虽然她的担忧有所减轻，她的心依然提在嗓子眼。她感到恶心，我的上帝，艾普丽尔灵魂出窍了。"他妈的，"凯思琳吼着，"你和加里一起过夜了吗?"

艾普丽尔突然尖叫起来:"让我安静一会，你就不能让我安静一会吗? 我什么都不知道。"她冲进卧室关上门，从里面朝外喊着:"你这个爱管闲事的老太婆!"

"我实在无能为力了。"凯思琳自言自语着，唯一使她感到宽慰的是这孩子终于回家了。这是凯思琳以自己的生命支撑着的又一堵墙。

第十五章 黛比和本

一

有一天,黛比感到不大舒服,本一再提出带她去看医生。不管怎么说,她怀着身孕呢。可是"繁忙的蜜蜂日托中心"有十一个需要照顾的孩子,黛比没时间去看医生。最后本略微提高了嗓门,她打断他的话,叫他别烦自己,这就是他们之间最激烈的一次口角。

为此他们感到骄傲。他们认为,婚姻的永久目标是互相使对方幸福,与那首《我从未许给你一座玫瑰园》的歌正相反,他们是互相许了愿的,他们不打算步其他人婚姻的后尘。

黛比身高五英尺,体重约一百磅。本身高六英尺五英寸,他们结婚时他体重一百九十磅。可两年后,他的体重竟高达二百九十磅。在黛比眼中,他膀大腰圆,魁梧英俊。他总是一会儿节食,一会儿又大吃大喝,为了保持体形,他常常举杠铃。

作为一对年轻的摩门夫妇,他们的生活相当舒适。他们的冰箱里有大块的牛肉,并且喜欢外出下馆子,吃披萨。后来他们学会了自己在家里做,比外面买的还要好。本能够在馅饼上非常均匀地涂一层肉馅和奶酪。他们对衣着也很讲究。他们每月还拿出一百美元缴纳平特牌汽车的分期付款。本那副模样活像电视广告上从小小的平特车里钻出来的巨人。

然而，他们也在拼命工作。本一直想重返布里格姆·扬大学修完商业管理课程，但要是想在他上学期间维持他们目前这种幸福美满的生活，除了黛比继续开办日托中心之外，本必须同时做两三份工作。他们几乎不需要朋友；他们有自己的儿子本杰明，他是他们的命根子；他们还互相拥有对方：这就是他们的全部生活，这已经足够了。

黛比对家门之外的事情一无所知，但对塑料尿裤、一次性尿布以及日托中心里所有与孩子有关的事情了如指掌。她对孩子们的照料无微不至。若是有点空闲时间，她宁愿擦厨房的地板也不愿读书。

因为她没有驾驶执照，所以本不在家时她没法到食品店、自助洗衣房或其他任何地方去。

她既不知道他们有多少银行存款，也不知道他们有多少债务。她生活在两岁到四岁的孩子们中间，一门心思服侍丈夫和本杰明，并料理家务。每星期他们有五个晚上外出用餐，只要不是在本的节食期，下馆子是他们的一大乐趣。他们一家人有滋有味地吃着精致可口、八美元一只的披萨。

本总是不得不同时干两三份工作。本杰明出生前有一段时间，本早上四点钟起床。五点钟他把黛比送到日托中心，她在那儿为七点钟来入托的孩子们准备好各种玩具。而七点钟时，本早已驱车赶到盐湖城一家由他管理的快餐店了。那儿的工作六点钟开始，他要忙到晚上八点才能回家。后来，他又换了个工作，这样他可以等到上午十点再把她送到日托中心，不过中午十二点之前他必须赶到盐湖城一家叫"北极圈"的连锁餐馆上班（后来这家餐馆改名为花花公子三明治)。而到了夜里两点他才能回到家。路上这一来一去足足有九十英里路,到了冬天,道路上覆盖着一层冰,很不好走,本渐渐对这项工作产生了厌烦情绪。

当然他还有其他收入。他在布里格姆·扬大学的维修队工作,另外还要随时找一些清扫房间的零活干。黛比有时把本杰明带到日托中心去,有时干脆在办公室里摆张婴儿床。星期天以及平时的空闲时间里,本到克里斯琴森主教家做家庭教师。如果哪位寡妇需要修理电器或者疏通排水管道,如果她的甬道需要铲平,或者如果她的窗玻璃需要擦洗,本都乐意干。每个月他都要找到五六家这样的主顾的门上,询问人家是否需要帮忙。

当市中心汽车旅馆经理的职位空缺时,本立刻前去应聘。这份工作的最低工资是每周一百五十美元,外加一处免费公寓。这家旅馆不是新建的大旅馆,也不在公路沿线,不过他可以把生意越做越大。当生意做大时,他每周的收入很可能高达六百美元。此外,他俩还可以整天在一起。

他们的顾客主要是旅游者和到布里格姆·扬大学探望孩子的家长。住在旅馆里的大多数人都很守规矩,偶尔也有一对看上去不像夫妻的男女住进来。黛比不太赞成这种事情,总是把他们安排在嘈杂肮脏的"舒适"房间里。

一天中最忙的时候是上午九点钟分配女服务员打扫房间那阵。他们雇了四个女服务员,每个人必须在规定的时间内打扫完规定的房间。如果她们花了六小时才干完本来只需要两小时的工作,她们就只能拿到两小时的工钱。她们开始干活的头一天,本和黛比一块干了一会她们的活,为的是了解一下干这种活需要多长时间。虽然许多家旅馆都是按小时给女服务员付酬的，本却按房间数目付给她们钱。当然，如果某个房间特别脏，本会适当地做些调整。他一向是公平的。

过了一段时间后，黛比发现自己比当初预料的还要喜欢汽车旅馆的工作。他们可以经常在一起。早上那阵忙乱之后，一天都没有什么大事，只有当晚上大批顾客前来登记住宿时才又要忙起来。本开始谈起重返学校念书的事。

然而，干这一行行动有点受限制。比如说，除非事先安排好，他俩不能同时离开旅馆。这样一来，他们就无法外出用餐了，而且在家吃饭也总是匆匆忙忙，有时他们不得不提前开饭。

他们的日子过得很愉快，所以他们从未感到有必要与他人交往。本所需要的社交生活就是在市内四处招徕生意。为了扩大市中心汽车旅馆的名声，他和几家大汽车旅馆达成了一项特别协议。他们之间有个默契，那些旅馆的工作人员把多余的顾客送到他这儿来，每送一个他付给他们一美元。这样，市中心汽车旅馆总是第一家挂出客满牌的小旅馆。

他们从不担心遭到抢劫。他们偶尔也会谈起若是自己面对抢劫犯的枪口时该怎么办，而本总是耸耸肩说，要知道，为这么一点钱不值得冒生命危险，抢劫犯叫他干什么他就干什么。

二

第二天早上，克雷格·泰勒上班的路上从收音机里听到了加油站凶杀案的报道，他立刻想到这是加里干的。后来他似乎听到播音员说，詹森是被一支点32口径的手枪打死的，他松了一口气。

加里的勃朗宁自动手枪是点22口径的。

上班期间，加里显得十分正常。这当然不是说他很轻松愉快。自从跟尼科尔闹翻后，他一直烦躁不安。这天上午他还是老样子。

那天上午晚些时候，斯潘塞·麦格拉思接到一位妇女的电话。她说，她在普罗沃为吉尔摩准备了一套公寓，如果他打算租下来，他最好中午把保证金送过去。斯潘塞感到，如果说这家伙还有什么机会的话，那就是搬出斯班尼西福克，学会一个人独立生活。于是他告诉加里下午放他半天假。斯潘塞暗想，加里不在自己还能高兴点，这真是个可悲的事实。

一直到午饭前，克雷格也没找到与加里讲话的机会。不过，大约差一刻十二点时，他们正在收摊子，这时加里问他："想不想玩投钢镚？"说着，他掏出一大把零钱。那么多的零钱堆在他的手掌上，就像座小山。加里走后，克雷格不由自主起了疑心，这钱准是从那个出了人命的加油站抢来的。

加里在瓦尔·科林车行停下车，向拉斯蒂·克里斯琴森致谢，是她假装成一个准备向加里提供公寓的女房东给斯潘塞打电话的。瓦尔抓住这个机会提醒加里，叫他赶快想法搞到那笔买卡车的钱。

加里开车来到弗恩家，说他想进屋冲个澡，不巧弗恩和艾达正准备出门，艾达希望离开家时能把门锁上。事情有点麻烦了，加里的眼中射出一种古怪而疯狂的光。于是弗恩提议他们锁上房门，让加里在地下室洗澡，那儿另外有个出口。加里虽然同意了，可看上去不大高兴：他们竟然将自己拒之门外。

午饭后不久，瓦尔·科林接到加里的电话，他把卡车的钥匙弄丢了。他正在大学购物中心,需要一个人来帮他看东西,因为他无法锁上驾驶室的门。

瓦尔叫拉斯蒂·克里斯琴森去一趟。当她在停车场停下车时,加里正坐在车里咧嘴笑呢。"开老板的车来的?"他问。

拉斯蒂不喜欢吉尔摩的这种假设。她开的是她自己的蓝色雷雨鸟牌汽车,这车已经不怎么新了。为了扭转这个糟糕的开端,吉尔摩对她大献殷勤,主动跑上前为她打开车门。

一副长长的五彩回旋赛滑水板从卡车窗户里伸出来,格兰德中心的价格标签仍然拴在上面。他说他想把这副滑水板锁在她汽车的行李厢内。

然后他们四处寻找钥匙。他顺着自己刚才走过的路往回走,穿过几家店铺后,在滋补品商店找到了它们——一大串钥匙。

回来的路上经过购物中心时,拉斯蒂在儿童玩具货架前停住步。她的小女孩正在收集亚历山大夫人国际系列玩具娃娃,她看到这儿陈列着一种从西班牙进口的新型玩具娃娃。她对加里说:"你能等我一分钟吗?"他回答道:"当然,完全可以。"

两位上了年纪的女店员正在货架的另一头忙着呢。拉斯蒂等啊等啊——等了整整五分钟也没有人过来接待他们,吉尔摩有点不耐烦了。

她能够感觉出,等待对他来说是件多么痛苦的事情。终于他问:"你要的是哪一个?"她指给他看,他说:"别担心。"他打开包装盒,取出娃娃,挽起她的胳膊就往外走。她甚至没来得及说出个不字,他已经把她拉出了商店。这个娃娃的身上穿着鲜红的缎子衣服,他说:"嗨,你瞧,它多么可爱啊!"

拉斯蒂拿不准他是不是在故意显摆自己,不过到了她这个年纪,无论见到什么她都不会大惊失色的,她只想赶快离开购物中心。

当他们走在停车场里那条长长的小径上时,加里说:"你知道吗,你是个头脑冷静的女人,不论遇到什么事都很沉着,都不会惊慌失措。"她点点头,他又说:"我一直想找个人合伙干。"

"是吗,这很好。"拉斯蒂说。她恨不得一步跨到汽车里。她已经看出来了,他的精神不正常,她可不想把他惹翻。"我很高兴你认为我处事沉着。"她说。

"你的长相不坏,"他说,"不过对我来说,你老了一点。"他用挑剔的眼光打量着她,"你多大了?"他问。

"二十七岁。"

"你有没有小妹妹?"吉尔摩问。

拉斯蒂想,我的天,我要是有个妹妹,一定要把她锁在地下室里!

加里说:"真太糟了,不过你的确有点老了,我喜欢更年轻的小姑娘。"

"那么,"拉斯蒂说,"我只好认倒霉喽。"

吉尔摩半路上停下来偷了一箱半打装啤酒,所以她先他一步回到瓦尔·科林车行。"嗨,"她进门就嚷嚷,"别再叫我干这种事,科林,下一回你自己去好了。"她对他讲了滑水板的事。

加里带着他的战利品回来了。瓦尔·科林说:"我不需要这些破滑水板。"加里对他说:"这玩艺值一百五十美元呢。"

"嗨,加里,我他妈的又没有船,我要滑水板干什么?"吉尔摩不理他，径自把它放在一个角落里。瓦尔又说："你什么时候才能把你放在野马车里的破烂拿走？那辆车我要卖了。"

"你先看看这副滑水板。"加里说。

"是偷来的吗？"

"是不是偷的又有什么关系？"

瓦尔说："我这儿又不是当铺，我不要偷来的货物。我他妈的可不想给自己再惹麻烦。"

"喂喂，"加里说，"这笔买卖很上算。"

"没有船，它连狗屎都不值。"瓦尔说，"船在哪儿呢？你要记住，明天你必须交给我四百美元。"

"我会弄到的。"

"加里，你这狗娘养的，"瓦尔说，"你最好放明白点，把这事想清楚了。要是我他妈的拿不到钱，你就请便吧，你连方向盘都来不及摸一把。"

"瓦尔，你待我一直够意思，别着急，我会弄到钱的。"

"好吧，"瓦尔说，"好极了。"

沉默中，瓦尔拿过一张报纸漫不经心地看着。过了一会儿，他突然扔下报纸吼起来。"我的天啊，你能相信这种凶杀吗？这是个什么样的白痴干的？真是狗胆包天，竟然在加油站里无缘无故开枪把人打死！"他越说火气越大，"啪"地拍了一下桌上的报纸。"要知道，如果那个狗娘养的抢不到钱就开枪杀人，我还能理解。但是竟有人抢了现金后把那小伙子弄到后面房间里，强迫他躺到地上，朝他的脑袋连开两枪。这一定是个狗娘养的杀人狂！他们应该把这个狗杂种吊死。"科林感到自己激动得有点语无伦次了。吉尔摩盯着他的眼睛说："不错，也许应该把他一枪崩了。"

他的脸色是那样的阴沉，拉斯蒂暗想，他肯定知道一点凶杀的内幕。他卖过偷来的枪吗?

瓦尔嚷着:"嗨,加里,看在耶稣分上,你说说看,对准一个小伙子的脑袋开枪?天哪,只有疯子才干这种事。真是狗胆包天!"加里随声附和着:"嗯,不错……"他站起身,问瓦尔要不要再来听啤酒。瓦尔说:"不,我们还有呢,你拿回去自己喝吧,加里。"也许是因为一大早喝了那么多啤酒,整个下午车行都笼罩在阴影之中。

三

按照惯例,加里每星期二下午去向蒙特·考特汇报自己的情况。自从他在格兰德中心偷窃磁带卡座之后,他们的谈话时间大大延长了。七月里这个炎热的星期二下午,他们谈了一个多小时。吉尔摩终于开始吐露自己内心的秘密了,假释官认为这是自己了解他内心世界的好机会。几天之内,考特将要根据判决前调查提出自己的意见,他差不多已经决定提议拘禁加里一周。这样可以给他一个教训。

然而,考特不太愿意这么做。虽说吉尔摩正在利用一切机会搅得他周围的人们不得安宁,可你又不由自主地为他感到难过,特别是在这样一个星期二。

加里谈到饮酒。他表示他十二万分地想戒酒,因为他已经意识到,这是与尼科尔重归于好的唯一途径。他必须回到她身边。

谈话过程中,考特发现,尼科尔是因为害怕而离开他的,这件事弄得吉尔摩心烦意乱,因为他不希望尼科尔把自己看成一个暴徒。考特有礼貌地倾听着,心里却认为加里的想法不切实际,仅仅凭着你不希望别人害怕的愿望是不可能消除对方的恐惧心理的。不过,考特又觉得,吉尔摩已经意识到他迫切需要尼科尔,也认识到如果他戒酒,他重新得到她的可能性就更大些。在这一点上,他又是讲究实际的。

当然,现在他看上去一点也不像个滴酒不沾的人,他的衣服邋里邋遢,他的山羊胡子都快长成络腮胡子了。

这是他们之间最接近于推心置腹的一次谈话。吉尔摩可怜巴巴地坐在那儿,用平缓悲哀的语调对他说,他遇到了恋人们常常遇到的问题。考特认为,这使他们的关系向前推进了一步。

在这之后的几个小时中,为了寻找尼科尔,加里跑遍了厄伦姆、普罗沃、斯普林维尔和斯班尼西福克。当他在一条路上驱车飞驰时,尼科尔和罗杰·伊顿正在另一条路上兜风呢。

四

这天,尼科尔没精打采的。不一会,罗杰·伊顿也变得没精打采起来。他一心盼着的星期二下午并没有给他带来快乐。

她一见面就对他讲了自己星期天在斯班尼西福克见到加里的经过,并且拿出那支小巧玲珑的双筒手枪给罗杰看。看到尼科尔熟练地从手袋里抽出手枪,罗杰断定她知道如何开枪。他连忙说:"快把它收起来吧。"尼科尔眼下这种迫不得已的生活方式,他以前从来没有见过。

兜风时,罗杰告诉她,头天晚上在一家加油站发生了一起凶杀案。这是她第一次听说这件事。她告诉他,要是早知道这件事,她决不会迈出家门半步的。"我实在害怕。"她说。

沉默了一会之后,她嘟哝了一句:"我想是加里杀的人。""你是在开玩笑吧?"他问。"不,我真的这么认为。"她重复道。"但是你能肯定吗?"罗杰问。她回答不上来。

他把她带到犹他山谷购物中心,花二十五美元为她买了一条工装裤,又花三十五美元为她买了件衬衫。然后,他送她回斯普林维尔。他把车开得飞快,在离她公寓一个街区之外的地方就叫她下了车。下车前,她警告罗杰,加里看过他写的那封信。

罗杰有点担心了。加里可能会找到尼科尔,没完没了地揍她,直到她说出他的名字。然后加里会到购物中心来找他算账的。当这种想法闪过罗杰的脑海时,他自言自语地说:"我的屁股可不禁打。"

他们互相告别时,罗杰再也忍不住了。他说:"尼科尔,我担心加里会找到我的。"她说:"如果他找到你,他会宰了你的。"

"你究竟对他做了什么?"罗杰问。

她说:"没做什么,他就是想得到我。"

罗杰说:"他想得到你的愿望肯定比我的强烈得多,因为,我不想为了你掉脑袋。"

她说:"这我能够理解。"

他说:"如果这件事意味着必须搭上我的或者你的命的话,我希望我们从此分手。让我们忘掉这桩荒唐事吧。"

他对她说再见时天已经快黑了。

那天晚上,正在读报的约翰尼对布伦达说:"喂,瞧这儿,有个枪杀案。"等她读完那段报道后,他又说:"这起枪杀案里里外外全是加里·吉尔摩的印记。"

布伦达不以为然:"我知道他是个混蛋,约翰尼,可他不是个杀人犯。"

约翰尼说:"我看他是的。"

五

在汽车旅馆里,黛比·布什内尔从早晨起一直心神不定的。那天下午她一次接一次地给她的朋友克里斯·卡菲打电话。这是从来没有过的事。她们通常两星期才通一次话,克里斯偶尔会顺路到汽车旅馆来坐坐。她曾经在黛比的日托中心干过活,她们相处得不错,不过算不上是亲密的朋友。然而,在这个星期二的下午,黛比异常烦躁,于是她一次次地给她打电话。最后克里斯不耐烦了:"黛比,我有五百件事情要做呢,我没什么可说的了。"可两小时后黛比实在忍不住了,就又拿起了电话。"你在干什么?"她问。克里斯说:"没干什么,你为什么又打电话?"

还是在星期天,黛比就产生了一种奇怪的感觉,星期一这种感觉依然纠缠着她,到了星期二的下午,简直把她折磨得坐立不安了。本也是如此。星期天他们到怀俄明去拜访他最要好的朋友波特·达得逊。星期天他们是难得离开汽车旅馆的。那天在波特家里本一直坐立不安,一个劲催促可怜的波特和他的妻子帕姆快做饭、快干这个、快干那个。不过现在他已经摆脱了那种焦虑不安的情绪。星期二下午,他先做了一会减肥操,然后睡了一觉。眼下倒是黛比心里乱糟糟的。

本起来时,她已经为他准备好了牛排和色拉,他们一起坐下来吃饭。本杰明已经洗过澡睡了。夜幕终于降临了,前来登记住宿的人越来越多。本打开办公室里的电视机,收看奥林匹克专题节目。过了一会，黛比留下他一个人接待前来住宿的顾客，自己回到后面收拾屋子，可是那种莫名其妙的恐惧依然在她的胃里蠕动着。

加里在大学路与南三街交叉处的一家加油站门前停下车，这儿离弗恩家仅仅两个街区。加里认识这个加油站里的一个叫马丁·昂蒂维若斯的工人，事实上，那个星期他还抽了点时间为马丁油漆了汽车。他停下车走进去，问昂蒂维若斯能不能借给他四百美元。马丁的继父、加油站经理诺曼·富尔默告诉他，他们当天刚刚买进六千加仑汽油，眼下他们的银行户头上一分钱也没有。加油站里呢，除了信用卡还是信用卡，现金寥寥无几。加里返身把车向厄伦姆开去。

晚上九点左右，他打算回斯班尼西福克寻找尼科尔。半路上他下车到一家商店转了一圈，回到车上马达却发动不起来了，过路的人帮着推了一把车才开动。于是他调转方向回到诺曼·富尔默的加油站，跑进去发了一通牢骚。他告诉他们，这破车不光是不好发动，而且马达常常烧得滚烫。"好吧，"诺曼说，"你把车留在停车场的尽头，我们给你换个恒温器。"吉尔摩问需要多长时间，当富尔默告诉他需要二十分钟时，他说他要去做一次短暂的拜访。

吉尔摩走后，马丁钻进卡车的驾驶室，转动钥匙，按了一下起动器，马达立刻发动起来了。

黛比·布什内尔放下手头正洗着的沙发靠垫，起身走到前面的办公室里，叫本去商店买点低脂牛奶，再顺便带点冰淇淋和棒棒糖。她想到自己肯定又怀孕了，不禁格格笑出声来。她满心希望丈夫能察觉到这个秘密，可是本却不愿这个时候出门，他看奥林匹克专题节目看得正带劲呢。

清洗沙发靠垫挺费事的。起初,她用一块湿抹布擦,可擦来擦去也不满意。于是她拉开拉链,取下靠垫套,洗净烘干后再把它们套上。她一边洗着靠垫,一边想着应该用吸尘器把沙发角落里的灰尘吸出来,但当她拉过克比牌吸尘器准备开动时,她的手却怎么也按不到电钮上去。她三次抬起手来,三次都是怔怔地望着吸尘器上的"克比"商标发呆而忘了按电钮。

这时,黛比听见本在前面办公室里和什么人讲着话,接着传来砰的一声,像是气球爆炸了。她想,大概是个孩子吧。她起身朝前走去,不为什么,就因为她喜欢跟小孩子聊天。

就在她跨进连接公寓和办公室的门时,一个蓄着山羊胡子的高个子男人正要出前门。看到她从后面进来,那人转身朝她迎了上来。那个最可怕的字眼闪过她的脑海:"杀人狂来了!"她惊叫一声,转脸就往公寓跑。

她跑回婴儿室,藏到最远的一个角落里,仿佛还能看到那人从柜台的另一边瞪着自己。她的心冰冷冰冷的,那个人肯定是冲着自己来的。

黛比定了定神,穿过起居室来到厨房。她钻到电视机的后面,透过厨房和办公室之间那面墙上的小方洞向外窥视,从那儿可以看到办公室的一角。她正巧看见那个陌生人走出办公室,这才站起来走进去。

本脸朝下躺在地上,双腿颤抖着。她弯下腰,发现本的头部在流血。她学过急救课程，人家告诉她这时应该用手捂住伤口以增加压力，可是出血太厉害了，血流不断地从本的头发中涌出。她把手按到伤口上。

她坐在地上，用另一只手拿起话筒，给总机打电话。电话铃响了五次、十次、十五次，没有人接。一个男人走进办公室，说他刚才看见一个拿枪的家伙。电话铃继续响着，十八次、二十次、二十二次、二十五次，仍然没有人接电话。她对那人说："我要叫救护车。"那人接过话筒，用蹩脚的英语替她呼叫总机，还是没有回答。

她接着拨克里斯·卡菲的电话。今天下午她给克里斯打过四次电话，号码记得清清楚楚。打完电话，她就这么坐着，手捂着本头上的伤口等待着。时间一分一秒地过去，她不知道要等多久才会有人来帮忙。

第十六章　手持武器，凶残成性

一

那天晚上九点三十分左右，彼得·阿罗尔偕同妻子、儿子和两个侄女到金穗餐厅去用晚餐。差不多十点半时，他们回到市中心汽车旅馆，正准备回自己的房间。

经过旅馆办公室的窗前时，阿罗尔看见一幕奇怪的情景。登记住宿的时候，接待他的是身材魁梧的旅馆经理和他那位娇小的妻子，现在他俩全不见了。走在街上的阿罗尔看到一个蓄山羊胡子的男人从柜台里面走出来，他一只手拿着个现金盒，另一只手握着一把长筒手枪。

几个孩子什么也没有注意到,阿罗尔的一个侄女甚至想到办公室去买邮票。阿罗尔拦住了她:"只管往前走。"说这话时,他从眼角瞥见那人转身回到柜台里面去了。阿罗尔不敢再多看一眼,径直朝自己的汽车走去。他想,但愿刚才自己看到的那个人是在拿枪闹着玩,不过也许还有更简单更合理的解释。

他的斗牛士牌汽车停在离办公室大约五十英尺的地方。他走到车跟前,先把姑娘们打发到楼上去,然后动手从车顶上卸下汽车载重架。两个男人从阳台下走出来,他以为他们要到办公室去,可他们不过是出来找冰块的,找到后立刻就回楼上去了。

那个人提着枪出了办公室的门,拐入左边的街道,一直往前走去。阿罗尔这才朝办公室跑去。

他看到旅馆经理躺在地上,他的妻子坐在他的身旁,一只手握着电话听筒。鲜血流了一地,地上的那个人已经不能说话,只是痛苦地呻吟着。他的腿在微微颤抖。阿罗尔打算帮他妻子给他翻个身,可是脚下滑得很。那个人的身躯太沉重,而且又是躺在一大摊血泊之中的。

二

从汽车旅馆出来后,加里把钱塞到衣袋里,把现金盒扔到一簇灌木底下。走到离加油站大约一个街区的地方,他停住步,打算把枪丢掉。他用手握住枪口,使劲把枪往灌木丛里塞。大概有根枝条碰了一下扳机,一颗子弹射了出来,正巧从他虎口处的皮肉穿了过去。

诺曼·富尔默拎起一桶水泼到卫生间的墙上,然后用一块大海绵把墙上的瓷砖和地板擦干净。然后他走出来,打算去看看吉尔摩的车修得怎么样了。可刚一出门,加里迎面走了过来,一阵风似的卷过他的身旁,钻到他刚刚打扫干净的男厕所去了。吉尔摩的身后留下了一串长长的血迹。"我的天哪,"富尔默心里想,"他大概撞到汽车上了吧。"他一声不吭地拿起拖把,擦干净停车场地面上大滴大滴的鲜血。

头顶的扫描接收器里传出值班警察的声音,他正在报告一起发生在市中心汽车旅馆的罕见的抢劫凶杀案。诺曼开始屏息静听。他一向注意扫描接收器里的对话,这比听音乐有趣多了。值班警察说,有人被枪杀了,凶手已经步行逃走。

富尔默回到停车场的尽头,一眼看到马丁·昂蒂维若斯也在静听扫描接收器里传出的声音。他还没来得及拆下旧恒温器,可现在他三下两下拧上一只螺栓,富尔默帮着拧上另一只。他们刚刚砰的一声盖上发动机罩,加里就从男厕所出来了。他问:"换好了吗?"富尔默说:"好了,全好了。"

吉尔摩从汽车的乘客门钻进驾驶室,一点点挪到驾驶员的坐位上。富尔默看得出来,他的伤口疼得很厉害。他把身子倚到方向盘左侧的车门上,吃力地抬起右手插上钥匙。当他终于发动起汽车时,富尔默对他说:"喂,小心点。"他回答道:"不碍事。"倒车的时候,他撞到保护喷嘴式饮水龙头的水泥杆上。"哎呀,上帝啊!"富尔默在心里叫着。吉尔摩又把车停住了。虽然富尔默担心他身上仍然带着枪,他还是走过去拍拍车门,说:"喂,看上去你有点累了,你应该睡会儿觉。"吉尔摩说:"不错,是该睡会儿了。""好吧,"富尔默说,"明天见。"

285

汽车驶出了停车场,富尔默看了一眼他的牌照号,随手记了下来。他看着吉尔摩拐上南三街,心想,他很可能直接驶过市中心汽车旅馆门前。富尔默朝电话里塞了一枚硬币,接通警察局,告诉他们吉尔摩开的是一辆什么样的车。值班警察问:"你怎么知道就是他呢?"他对她讲了吉尔摩留在地上的那串血迹。她又问吉尔摩的发型是什么样的,富尔默说:"从中间向两边分开,他留着短短的山羊胡子。"那姑娘说:"就是他。"肯定已经有人描述过他的相貌了。富尔默听见值班警察通知值勤警察,嫌疑犯正沿着大学路往西逃窜。就在这时,一辆巡逻车呼啸着穿过十字路口向东驶去。富尔默赶快告诉值班警察:"喂,女士,你的一位朋友鸣着警笛向相反的方向驶去了。"听到值班警察呼叫"掉转车头往回开",富尔默这才放下心来。

三

那天晚上,住在汽车旅馆隔壁的弗恩和艾达一直坐在起居室里,他们什么声音也没听见。电视里先是放的《佩里·曼森》,接着又播出《铮铮硬汉》。他们正看着电视,房前骤然响起警笛声,他们当然要跑到街上去看看出了什么事情了。弗恩趿拉着拖鞋,艾达穿着橘红色的睡袍,她甚至没来得及穿鞋。警察出现得太突然了。

艾达长这么大还是头一回见这种阵势。巡逻车一辆接一辆飞驰而来,车顶蓝色灯光闪烁不停,警笛声此起彼伏。每辆车的扩音器都在大声呼叫着,一些声嘶力竭地向警察下达命令,另一些则声音单调地对围观的人群一遍又一遍重复着同一句话:"请你们离开人行道,请你们离开人行道。"艾达的眼前闪耀着一束束强光、一团团光环。紧接着开来了一辆救护车,救护人员跳下车向里面奔去。一道强烈的白光在人群里扫来扫去，好像是在搜寻凶手。这束光每次射到你的脸上，你都不由产生一种受审的感觉。警笛狂叫着，每隔三十秒钟就有一辆警车呼啸着驶进汽车旅馆的院子。连住在三个街区之外中心路两旁的居民都跑来了。即使整座普罗沃城烧成废墟，也不至于这么乱哄哄的。

特种武器战术小分队赶到了。一个分队先到的，紧接着又来了一个分队，每队五个人。他们穿着深蓝色的军用劳动布制服和黑色高筒跳伞靴，四处转来转去。要不是他们胸前衬衣上"警察"那两个黄色大字，你可能会以为他们是伞兵呢。他们的手中全是重武器——霰弹枪、点357口径马格南、半自动步枪和催泪枪。白天的热气已经散去了，夜晚本来很凉爽的，可他们仍一个个汗流浃背，军用制服里面穿着防弹背心，怎么能不热呢？

汽车旅馆的院子里，一个顾客起劲地咋唬着："我看见了一个人跑到那里面去了。"他指着楼下的115号房间。

要想冲进去抓住一个手持武器的杀人犯可不是件容易事，警察们用斧头劈门时一个劲地冒汗。门劈开后，他们突突突朝里放了一通梅斯毒气，这才戴上防毒面具，跳过那堆劈得七零八落的三合板冲进屋里，可里面连个人影也没有。而和催吐剂的气味差不多的梅斯毒气却从屋里飘到院子里来了，此后整整一夜，院子里无论什么都散发着一股催吐剂的臭味。

外面，一群群人拥向办公室的窗外，小孩子们从人缝里钻进去，瞅上两眼又钻出来。有那么一会，一大群人挤在办公室的大玻璃窗前，观看救护人员砰砰敲击本·布什内尔的胸膛。那时他躺在柜台前的一副担架上。艾达瞥了一眼地上那一大摊血，觉得好像做了一场噩梦。这间办公室简直就是个屠宰场。

救护人员在办公室和救护车之间一趟趟来回奔跑,他们说什么也不放克里斯和戴维·卡菲进去。克里斯依然感到昏昏沉沉的。电话铃响起来时,她和戴维已经睡了。她从睡梦中惊醒,听见电话里传来黛比的尖叫:"本被人用枪打死了!"克里斯困极了,迷迷糊糊地说:"要知道,半夜三更开这种玩笑可不大合适,这个玩笑一点也不滑稽。"当你尚未从睡梦中完全醒来时,会什么也听不明白。他们后来在房间里摸索了一阵,随便抓过件衣服套上,便急急忙忙赶到汽车旅馆。几小时后,她才注意到他们穿衣服太匆忙,戴维竟然没把裤子拉链拉上。

克里斯走到汽车旅馆的前门口,朝里喊着:"黛比,我在这儿呢。"脑袋露在柜台外面的黛比大概听到了她的喊声,站起来朝后面的公寓走去。不一会,她怀抱着裹在一条毯子里的小本杰明,手里拎着一大塑料袋尿布,从边门出来了。她走到克里斯面前,把孩子扔给她。就那么轻轻一抛,仿佛那孩子是个玩具娃娃。黛比不再尖声哭泣了,不过她的模样古怪极了。

黛比说:"本的头部中了一枪,我想他快要死了。"克里斯连忙安慰她:"不不,黛比,不会的。你还记得吗,我妈妈住在哥伦比亚特区时,有一次从楼梯上滚下来,把脑袋摔了个大口子?那次她流了多少血呀,可现在她活得好好的。本也会好的。"她实在不知道说什么好。一个人一生中有几次脑瓜挨枪子呢?她不知道这意味着什么。

黛比回屋里去了。戴维望着克里斯说:"如果他的脑袋挨了一枪,他肯定完了。"

这时,克里斯开始注意到那孩子不大正常。平时,本杰明是认得她的。他还是个婴儿时,克里斯经常在日托中心帮黛比带孩子，本杰明几乎天天见到她。平时和她在一起时，这孩子活泼得很，可现在他像个死孩子似的，眼珠死盯着一个地方，软绵绵地躺在她的臂弯里，一动也不动。

四

弗恩和布什内尔有点交情。每逢弗恩在这边给草坪洒水，布什内尔在汽车旅馆那边浇花时，他们总要聊上几句。一天晚上，旅馆那边扔过许多碎木片，全堆在达米科家的车道上，他只好去找布什内尔。布什内尔连声道歉，说他一定狠狠教训那几个木匠一顿。第二天早上，碎木片清除得一干二净。弗恩觉得，这个人办事认真负责。

马丁·昂蒂维若斯走到弗恩面前，对他说："这是加里干的。"弗恩问："哪个加里？"那小伙子说："吉尔摩呀。"弗恩又问："你怎么知道是加里干的？你看到他杀人了吗？"

"没有。"

"那么，你怎么知道不是我干的呢？"弗恩问，"你又没亲眼看见。"

停了一会，弗恩又说："还不快去报告警察。如果你认为他是凶手，那就快去报告吧。"昂蒂维若斯告诉弗恩，加里刚才还在加油站，他的裤子上沾满鲜血。

弗恩想了想，"嗯，这事得调查调查。"警察中有个叫菲尔·约翰逊的，是艾达的侄女婿。弗恩把他拉到一边，叫他去核实一下。菲尔通过警方的对讲机和什么人交谈了几句，随后走回来说："弗恩，肯定是加里。"

"你认为是他干的？"艾达问。

"是的，是他干的，那个混账王八蛋。"弗恩说。

市中心汽车旅馆的业主格伦·奥弗顿住在普罗沃市另一头的印第安山。他刚看完电视新闻就接到了黛比的电话。他立刻跳上自己的那辆绿色宝马轿车,一路闯红灯开到市中心汽车旅馆。

他到达那儿时,街上一片混乱。人行道和公路上,警察和看热闹的人你推我搡,空气中好像回荡着一个听不见的声音,似乎每个人都在期待着一声尖叫。格伦心想,这看上去究竟像一场灾难呢,还是更像一场狂欢?

他正要到办公室去,突然看到黛比孤零零地站在她公寓的外面。她看上去完全惊呆了。他伸出双臂搂住她,她一遍又一遍地问:"本会死吗?"警察不许她再回到办公室,格伦只好劝她在外面等一会。

讲明自己的身份后,格伦获准进入办公室。他看到,一些警察在地毯上用粉笔划着记号,另一些则正给地板上的一只空弹壳拍照。救护人员在本的身前身后忙乎着,其中一个正在给本按摩心脏,他的手指重重地、有节奏地敲击着本的胸膛。看到这幕情景,格伦明白了,本已经死了,或者马上就要死了。心脏按摩是最后的一着。

一个刑警过来请格伦去清点收据,估算损失,格伦当即告诉他们,现金盒里的钱从来没有超过一百美元。超出这个数目的现款一向是藏在公寓里的。

这时,救护人员已经把一切准备就绪,抬起本朝救护车走去。格伦·奥弗顿赶快找到黛比。救护车一开动,他立刻把她推进自己的宝马车,驱车紧跟在救护车后面。

汽车飞驰着,坐在方向盘后面的格伦反复玩味着这样一个具有讽刺意义的事实：正是为了保住自己的性命，本才决定到汽车旅馆来工作的。

那天，格伦第一次对本进行面试。本说，他在盐湖城工作，可是他讨厌开车走远路。他说他有一种预感，自己总有一天要给人杀死在开车的路上。不知怎的，格伦感到布什内尔讲的是真话。前来申请这个职位的人中有不少人和本的水平不相上下，但他这种无论如何都要离开公路的想法使他得到了这份工作。格伦并不后悔。说句实话，他从未见过像本这样积极主动的经理。本多次对他谈起，他要使自己的生活走上正轨。格伦一直在担心，本不知哪天就会离去。本一直不怎么安心，因为他至今大学尚未毕业，而且很可能又要有个孩子。

艾达打电话给布伦达。"宝贝，隔壁的布什内尔先生让什么人用枪打死了。"艾达不由得哭出声来。她抽抽搭搭地说："有人看见加里跑了，已经证实是他干的。"

"我的天呀，妈妈！"这个晚上，布伦达一直坐立不安，心里总有一种大祸临头的感觉。

艾达说："他会去找你的，他总是求你帮忙。"

布伦达认识厄伦姆的值班警察，她给他打了个电话，说："这只是怀疑罢了，不过我想，我的表兄来时我需要人帮忙。请在托比·贝思下岗前找到他。"

托比是她的邻居，这就好像你自己有一支私人警察部队。

随后，他们从里面锁上门，约翰尼找出自己的点22口径步枪。就在这时，电话铃响了，是加里打来的。"布伦达，"他说，"约翰尼在吗？我可以和他谈谈吗？"布伦达想："这事可真稀罕，他以往来电话总是要先跟我谈的。"

"约翰尼,"他说,"我需要帮助。"

"怎么回事?"

"我中弹了,"加里说,"我的伤很重,伙计。我在克雷格·泰勒家里,我需要你的帮助。"

在医院里,格伦·奥弗顿想方设法把黛比的注意力转移到其他事情上去。他建议她给住在帕萨迪纳的叔叔打电话,这个主意好像唤起了她与外界联系的欲望。克里斯·卡菲和戴维·卡菲抱着本杰明一走进门,黛比马上请求克里斯设法与本的主教迪安·克里斯琴森取得联系。这件事让克里斯费了不少周折。

在普罗沃-厄伦姆的电话簿上有一大串克里斯琴森,它们的拼法各不相同。这是摩门教徒中常见的姓氏,再说,克里斯搞不清楚迪安究竟是他的名字呢还是头衔①。

最后,他们把黛比安置在一间小办公室里。她坐在那儿想啊想啊,逼着自己相信还有希望。她在心里反复念叨着,本会好的。过了一会,她才注意到那位医生和克里斯琴森主教已经悄悄走进办公室,正坐在她的身旁呢。为什么医生不在本身边呢?随后,另一个医生也进来了,他们全都默默地坐着。渐渐地,她明白了,他们正在自己给自己鼓劲呢。

克里斯琴森主教望着她,悄声细语地说着什么。她直勾勾盯着他那满头银发,什么也听不见。医生说,本即使活着也是一个植物人。这句话她完全理解了,她的脑子突然清醒了。她说:"如果本活着,他的身体是热的。我可以喂他吃饭,照料他生活。"她

---

① 迪安有教长的意思。

从来没有这样信心十足过。"至少,"她说,"他可以跟我做伴。"

五

二十一岁那年,她在帕萨迪纳市立大学的摩门分院认识了本。当时她做梦也没想到自己有一天会跟他约会。他长得魁梧英俊,梳着油光锃亮的大背头。而她呢,扁扁的翘鼻子,微微后削的下巴,身材瘦小羸弱,像个小男孩。可她还是特意坐到他身后的坐位上,她想仔细看看他。

过了一段时间后,本才开始邀请她出去玩。一九七二年的圣诞前夜,他约她出去,他们一同去了教堂。黛比紧挨着本坐着,根本没听清主教讲了些什么。从那以后,他们天天晚上见面。他们深情地互相凝视着,沉浸在幸福之中。一个星期还没有过完,他们就已经决定结婚了。

格伦·奥弗顿正陪着黛比,他们来带她去见本。那是那个晚上格伦感到最难挨的时刻。眼前这个人三个小时前还在和自己交谈,现在却四脚朝天平躺着,面色铁青,嘴张得大大的。格伦曾经亲眼看见一个男孩在雪崩中被砸死,眼前这情景比那次可惨多了。

一条床单蒙住本的身躯,只有脑袋露在外面。黛比冲上前,伸出胳膊搂住他。他们想把她拉开,可她紧紧抱住他死也不撒手,他们只好让她再呆半分钟。然后,他们告诉她该出去了,她还是不动。最后他们费了好大劲才把她拖出去。

一位医生把克里斯·卡菲叫到一旁。"请问你可以把黛比带到你家吗?她在普罗沃一个亲人也没有。"克里斯回答说:"当然可以，不过今夜要请警察随时注意我房子的动静。"他们肯定还没有找到凶手。

他们从医院走出来。一个护士追到车前，递过一个纸袋，里面装着本的血衣、他带在身上的几样值钱的东西和他的手表。那护士问："你要不要他的结婚戒指？"黛比看看他俩，问："我要吗？"戴维说："当然，为什么不要呢？"克里斯却说："如果你不想要，你可以叫他们再给他戴上。"他们站在原地等着。那个护士跑进去又跑出来，对他们说："戒指取不下来，他太胖了。你愿意让我们切下他的手指吗？"黛比的脸色顿时变得十分可怕。他俩连忙说："把戒指留在他的手上吧。"黛比的身体越来越瘫软。她并没有歇斯底里号啕大哭，可她的精神已经崩溃了。

六

那天，朱丽亚·泰勒出院回家了。泰勒和她正在双人床上睡觉，外面突然传来敲门声。泰勒走到窗前向外望去，看到加里站在走廊上。他大大咧咧地说："我中弹了。"他伸出一只血淋淋的手给泰勒看，说他疼得够呛。

加里没问他可不可以进来，克雷格心里也不太愿意他进来。不知为什么，他就是不想开口邀他进来。朱丽亚刚出院，要是搞得满屋是血，还得由她来打扫。

而加里好像并不在乎这个，只是说他需要帮助，他得换套衣服。他央求克雷格送他去机场。

克雷格告诉他："如果你愿意，我可以送你去医院。"

"不，"加里从纱门的另一边说，"我不能去医院。"他的声音格外平静，就那么动动嘴唇。然后他又说："那么，替我给布伦达挂个电话吧。"

克雷格听见电话里传出她的声音,便把话筒从窗户递给站在走廊上的加里。朱丽亚太累了,他从眼角瞟见她已经回去睡了。

约翰尼正在电话上和加里交谈时,托比·贝思和他的搭档杰伊·巴克开着车来了。他们停下车,招呼布伦达出来。她走到巡逻车前,听见车上收音机里传出给全体警员的通告。"据认为,吉尔摩手持武器,凶残成性。请做好准备,发现他立刻开枪。"

她不由得哭出声来。过了一会她强忍住泪说:"进来吧,加里正跟约翰尼通话呢。"

约翰尼要去找支铅笔记下加里告诉他的地址,便把话筒递给了布伦达。她镇定了一下,问:"你是怎么搞的,加里?"

他告诉她,有个人去抢商店,他试图阻止他,结果中了一弹。这是个令人恶心的谎话,他是个令人恶心的说谎者。他的确是。

"你愿意来吗?"加里问。

"当然,"她说,"我会去你那儿的。我这儿有可待因[①],还有绷带。你在哪儿啊?"他告诉她地址,她大声重复着,以便约翰尼记下来。身穿警服站在一旁的托比·贝思和杰伊·巴克也把地址记了下来。

虽说现在知道他在克雷格家,事情依然不好办。克雷格家里有妻子和两个孩子呢。布伦达仿佛已经看见了枪战的场面。她刚挂上电话,警察就提出让约翰尼开卡车去那儿,他们可以藏在后面的车厢里。

---

① 一种止痛剂。

如果加里发现他的车上带着警察，大伙全都完蛋了。约翰尼点上一支香烟，一口没吸就放到了烟灰缸里，接着又点上一支。他说："我不愿意去。"他从来都没这么害怕过。两个警察又仔细考虑了一下，也觉得这样做太危险。

布伦达说："我去，我不相信加里会伤害我，只是请允许我给他包扎一下伤口。"
约翰尼不同意："你不能去。"
警察也说不行，绝对不行。
布伦达说不清自己究竟是感到宽慰呢，还是感到痛苦。

约翰尼和托比他们到厄伦姆警察分局想办法去了。就在这时，警察局长给布伦达打来电话。他说："尽力稳住加里，我们需要时间。"他们提出，布伦达可以通过她的私人波段对讲机和警察保持联系，这样，加里给她的电话就能随时打进来。

不一会，克雷格又打来电话。他说："喂，加里越来越着急，约翰尼走了多长时间了？"
"告诉加里，"布伦达说，"和平时一样，约翰尼的车又没有汽油了。"这也许能使加里安静几分钟。亲友们都知道，约翰尼给汽车加油时总是磨磨蹭蹭的，弄得大家跟着他误事。她家门外的街拐角处，一辆辆警车在呼啸着。

克雷格再次打来电话。布伦达告诉他，她没有任何约翰尼的消息，也许他迷路了。她解释说，厄伦姆城的街道就像棋盘上的横竖线，走起来很方便，结果弄得他们一出城就不会认路了。他们一旦陷进快活林那些七拐八弯的街道中，准会蒙头转向。那个鬼地方，北西街竟他妈的斜插到南三街上去了。

接着，她打电话通知警方，加里越来越不耐烦了。她觉得自己像个叛徒，竟把加里对自己的信任当作钉住加里的武器。她对自己说，她当然希望能够钉住他，但是她不愿意，唉，她真不愿意利用他对自己的信任来出卖他。

克雷格已经来到屋外陪伴加里了。黑暗中，他们坐在平房走廊上。这天晚上克雷格早早躺下了，所以他不知道又发生了凶杀案。昨夜的那桩凶杀依然牵动着他的心，可他并没有打算直截了当地问问加里。不过他说了这么一句话："加里，如果我知道詹森那小伙子的死与你有关，我会立刻告发你的。"

加里说："我向上帝起誓，我没朝那个家伙开枪。"他死死盯着克雷格的眼睛，他常常这样盯得你心里直发毛。

加里又叫他打电话。克雷格走进屋拿起话筒，又一次和布伦达通话。她听起来十分紧张。克雷格隐约感觉到她已经报告了警察。她并没有对他提及这方面的事，只是问他，他和他的全家是否平安，加里的举止是否规矩。克雷格回答说："我们都很好，他挺规矩的。"

他回到走廊上。

加里说，他在华盛顿州有朋友，他打算潜入地下。他提到帕蒂·赫斯特[①]，说他可以与她的老关系网取得联系。克雷格心想，谁知道他是真的认识她呢，还是在吹牛呢。克雷格再次问他愿不愿意去医院，他回答说他是个假释犯，医院不会了解他的处境的。

[①] 美国报业巨头赫斯特的孙女，七十年代曾遭绑架，被绑架期间与绑架者合作抢劫银行，后被逮捕判刑，由卡特总统赦免。

他们在走廊里坐了半个小时。加里谈起艾普丽尔,夸她是个聪明伶俐的小妞,说她"的确讨人喜欢"。他们在外面坐的时间越长,加里的情绪越稳定,他甚至变得有点忧郁。他说,在那边定居后,他会给克雷格寄来一幅画的。他还说:"我将写信告诉你我的新地址,你可以把我的衣物给我寄去。"他已经把他的画、他的诗、装满快照的马尼拉信封和其他衣物从斯班尼西福克取来了。"我在那边定居后,你把这些东西寄给我。"

克雷格在心里不住地说着:"快点,约翰尼,你这个狗娘养的,快来呀。"

七

回到家中,卡菲两口子发现黛比满身是血,克里斯只好带她到另一间屋里去换衣服。换好衣服后,黛比说她要打电话。她先后给自己的妈妈、本的妹妹、她自己所有的兄弟姐妹以及远在怀俄明的本的朋友波特·达得逊打了电话。她就这么拨呀、说呀。每次接通后,她都哭着说:"本让人用枪打死了。"简直像是在放录音。

克里斯展开起居室的沙发床。她和戴维躺在上面,黛比则坐在摇椅里,轻轻摇晃着本杰明。

电话里传来加里的声音。"约翰尼在哪儿?"他问。
"他现在应该到你那儿了。"布伦达回答说。
"天哪,伙计,"加里说,"他没到。"
"喂,宝贝,镇静点。"她说。
"表妹,约翰尼真的来吗?"
布伦达说:"他马上就到,加里。"
突然,她灵机一动,说:"加里,门牌号是多少来着,67还是69?"

加里说:"不,是76。"

"哎呀,糟了,"布伦达说,"我告诉他的门牌号是错的。"

"这一回你能不能把它改过来?"他怒气冲冲地说。

"别急,加里,"她语气温柔地说,"约翰尼的卡车里有私人波段对讲机,我这儿也有一个。我马上和他通话,告诉他正确的地址。你再坚持一会儿。"她歇口气,又说,"如果你感到头晕,或者伤口疼得很厉害,为什么不到走廊上去呢?那儿空气凉爽,你可以做做深呼吸。把灯打开,好让约翰尼看见你。"

加里火了:"你把我看成个傻瓜吗?"

布伦达连忙说:"对不起,你在屋里待着吧。"

"好吧。"他说。他仍然必须相信她。

挂上电话,她又哭了起来,这么做似乎太卑鄙了。但她还是拨通了警察局的电话,对他们说:"他已经非常不耐烦了。"

不一会,加里又打来电话。她对他说:"听着,我知道你处在痛苦之中。放松点,老老实实等一会。"

现在,布伦达的对讲机跟普罗沃、厄伦姆和快活林的三位警察局长都有联系。她从值班警察们的交谈中推测出,克雷格·泰勒家周围房子里的居民正在悄悄离开,警察正在设置包围圈。一位警察局长问她加里在哪间屋里,她说,她想是在起居室里吧。灯开着吗?警察局长又问。她说,大概没开。

就在这时,加里又一次打来电话。"如果五分钟之后约翰尼还不来,我就要溜了。"

"我的上帝,加里,"她说,"你正在逃命还是怎么的?"

加里说:"再过五分钟我就走。"

她说:"当心点,加里。我爱你。"

他说:"是吗?"他挂上了电话。

她对警察说:"他就要出来了。我知道他有枪,不过看在上帝分上,别杀死他。"停了一下,她又说,"我说话是当真的,千万别开枪,他不知道你们在那儿,你们可以设法围住他。"她不知道有没有人在听她讲话。

打完这最后一次电话,克雷格没再出屋,而是从屋里隔着纱窗跟加里讲话。最后,加里说:"把你的脑袋从纱窗里伸出来,让我看看你的脸。"

加里握住他的手,说:"看来,他们永远不会来了。我要走了。"他们拇指朝上紧紧地握了握手,加里盯住他的眼睛看了一会儿,转身朝自己的卡车走去。克雷格关上走廊的灯,望着他走上公路。

接下来的那一段时间里,布伦达简直像是在收听现场实况报道。对讲机的特别波段里传出一个声音:"吉尔摩正在离开,我看到卡车了。他正在往外倒车,他打开了车灯。"然后她听到那个声音说,加里正在朝第一道路障冲去。她不知道接下来发生了什么事情,好像是加里绕过了那道路障。他冲出了包围圈,正朝快活林方向逃窜。

她听到警察局那边有人对自己说:"我必须切断你的线路。"切断她的线路,他们的确这样做了。整整一个半小时后,她才知道发生了什么事情。

克雷格打电话给斯潘塞·麦格拉思,告诉他加里闯祸了,可能会跑到他那儿去。克雷格猜测,警察正在追捕他。斯潘塞吃了一惊:"唷,这可够吓人的。"他找出自己的猎鹿枪,把它在门旁的地上架好。

耀眼的灯光从窗口射出来,警察对克雷格·泰勒高叫着:"举起手出来。"他们里里外外搜了一遍。这些警察,他们对只穿着睡袍的朱丽亚一点也不礼貌。他们找到了加里的衣服,叫克雷格开车到普罗沃去作个交待,折腾得他一夜没合眼。

八

警察局在快活林中学里建立了一个临时指挥部。现在,这儿集中了普罗沃的一支特种武器战术分队、厄伦姆的五位警官、快活林的三位警官、县里的几位警长以及一些高速公路巡警。考虑到随时有可能发生枪战,他们已经开始疏散克雷格·泰勒房子周围的居民。警察蹑手蹑脚挨家挨户轻轻叩门,把人们叫醒并带离这个区域——这需要不少时间。与此同时,他们设立起一道道路障。

当前面报告说有人开着一辆白色卡车离开克雷格·泰勒的家时,人人都以为会有一辆车像脱缰野马那样冲向路障。出乎他们的意料,那辆白色卡车不紧不慢地开到路障前,减低速度绕了过去。那道路障并不十分结实,只不过是道把两条行车道各横挡住一半的栅栏罢了。路障旁停着辆警车,那家伙开着白色卡车绕过去后,车上的警察报告说他蓄着山羊胡子。这就对上号了,就是他。两辆警车同时开动了。

其他警察仍然守在他们的位置上。他们想,开车绕过路障的这个家伙也许只是个诱饵,他是想把所有的警察都引走,然后吉尔摩就可以从从容容地从这里走出去。

设置路障很可能招致一场激烈的枪战,因此,在快活林中学临时指挥部里指挥这次行动的皮科克中尉事先告诉过他手下的警察,如果他们拿不准车上是谁的话,就放那辆白色卡车过去。现在,他接到报告,白色卡车的驾驶员完全符合吉尔摩的相貌特征。接着,皮科克亲眼看到那辆卡车沿着离中学仅几百码的胜利溪路向东面的山区驶去。其实,那辆车开得不算太快,也许仅仅超过规定车速五到十英里,而在那条路上,规定车速是每小时二十五英里。皮科克拿起对讲机,打算调辆警车跟上它。不料这一带所有的警车都在执行各自的任务,只剩下他自己那辆没有编号的巡逻车。于是他跳上那辆没有标志的七六年四门雪佛兰车,朝吉尔摩逃走的方向追去。追了几个街区之后,他离那辆卡车已经很近了,可以清楚地看到它。他一边追一边通过对讲机报告自己的位置。很快,罗·艾伦驾驶着另一辆警车跟了上来。

白色卡车向右一拐,沿着快活林镇郊一条空荡荡的乡间公路向西奔驰。路两侧只有稀稀拉拉的几座房子,但是卡车已经掉转方向,正朝着人口稠密地区驶去。就在这时,另一辆巡逻车也跟到了他的车后面。皮科克想,现在自己有足够的后援,完全可以强迫那辆卡车停下来。虽然车轮下的这条道路不太宽,但是可供三辆汽车并排行驶。于是,他通过对讲机命令其他两辆车开到自己的左侧。它们很快赶上来了,三辆车一起打开聚光灯和车顶的旋转红灯。

皮科克通过扩音器高声叫着:"**白色卡车里的驾驶员,停下你的车,停下你的车!**"他看到卡车左右摇晃了几下,速度渐渐减慢,最后停了下来。皮科克打开车门。汽车前座上放着一支点12口径雷明顿霰弹枪,但他还是本能地拔出自己的军用手枪,跳下车。

那辆白色卡车停在路中央。皮科克隐蔽在敞着的车门后面，他能够听到罗·艾伦命令吉尔摩举起手。"在驾驶座上举起双手，把手举得高高的，这样我们可以透过后车窗看到它们。"那个人犹豫着，直到艾伦第三次重复这个命令之后，他才举起了手。接着，艾伦告诉他把双手从驾驶座旁的车窗里伸出来，那人又犹豫了片刻才照办。然后他叫他抓住车门外面的把手拉开车门。车门一打开，他立刻命令他下车。

这时，皮科克已经从雪佛兰后面绕过去，站到路右侧车前灯后面的黑暗中。他已经打开手枪的保险。他知道这个嫌疑犯看不见自己，在强烈的灯光照射下，那家伙肯定什么也看不见。其他两位警官也已经先后跳下巡逻车，站在敞开的车门后面。

那人按照命令跨离车身两步。但他仍在犹豫之中。他们命令他躺到地上，他迟迟不动。就在这当口，他的那辆卡车开始滑行。他显得犹豫不决，好像是不知道究竟应该追上卡车扳动紧急刹车呢，还是应该躺下。皮科克当即喊道："**让卡车滑走，立刻躺下，让卡车滑走。**"那人终于躺到地上，而那辆卡车则沿着通向镇内的斜坡路越滑越远、越滑越快。

卡车慢慢地、轻轻地，甚至可以说是若有所思地滑下路肩，撞过一道篱笆墙，冲过一片牧场，最后在田野里停住了。

现在，三位警官平端着枪，并排在沥青路面上一步步向前移动。皮科克和他旁边的那位警官一人手持一把军用手枪，另一个端着一支霰弹枪。

当他们走到躺在地上的那个家伙跟前时，皮科克收起手枪，把他从头到脚搜了一遍。与此同时,艾伦警官向他宣读米兰达原则。

"你有权保持沉默,你有权拒绝回答问题。你明白吗?"艾伦问道。那个人点点头没吭声。

"你说的任何一句话都可能被用来作为对你不利的呈堂证供。你明白吗?"他点点头。

"在向警方陈述之前你有权向律师咨询,而且无论在现在或者将来的任何和警方的谈话中,你都有权要求律师在场。你明白吗?"艾伦问。他点点头。

"如果你请不起律师,政府将无偿为你提供一位。你明白吗?"艾伦问。

那人点点头。

"在你没有律师到场之前,你有权保持沉默。你明白吗?"

那人点点头。

"我已经把你的权利全部告诉你了。现在,在没有律师在场的情况下,你愿不愿意回答问题呢?"艾伦问。

艾伦讲话时,皮科克中尉给他戴上了手铐。

"小心那只手,伤口一直很疼。"那人说。

皮科克锁上手铐,把他的身体翻转过来,开始逐个搜他的衣袋。在这家伙的衬衣和裤子口袋里,一共有两百多美元的零钱和小票。他的眼里射出疯狂的光,他的表情好像在问:"我现在该做什么呢?我下一步怎么办?"

皮科克觉得,这个罪犯正在绞尽脑汁寻找逃跑的机会。虽然已经把他铐住了,皮科克仍然不敢放松警惕,好像这家伙还没被抓住似的。刚才他们每发出一道命令,他都要犹豫片刻,这说明他非常顽固。他看上去就像装在口袋里的一只野猫。暂时的平静。

附近房子里的居民陆陆续续走出来，围成一圈盯着被抓获的罪犯。这时，尼尔森中尉乘另一辆警车赶到现场。一见到他，犯人突然大叫起来。"嗨！"他抬手指指杰拉尔德·尼尔森，说，"我只跟他一个人讲话。"

他们把他塞到皮科克那辆车的后座上，尼尔森跟着钻进来，问："加里，出了什么事？"吉尔摩说："我的伤口很疼，你知道吗？你给我拿一粒药好吗？"他指指一个塑料袋，那里面装着从他身上搜出来的全部东西。尼尔森说："好吧，我们送你去医院，给你包扎。"然后他们开车走了。

九

加里被捕前的几个小时里，凯思琳度过了一个可怕的夜晚。艾普丽尔不知疯到哪里去了，天热得叫人透不过气来。她们把门窗全都大敞开，一边看电视一边等艾普丽尔回来。屋子里那么闷，她们根本无法入睡。尼科尔带着孩子来了，他们娘仨一起躺在地板上睡觉，因为这样稍微凉快些。但不知为什么，凯西和凯思琳紧张得要死，她们只好坐着聊天。

突然，一束强光从窗口射进屋。我的上帝，她们不知道出了什么事。外面，一只高音喇叭里传出震耳欲聋的叫喊声，"**白色卡车里的人！**""是那个疯狂的加里！"凯思琳的脑海里蓦地跳出几个字，"天哪，我的上帝，是那个疯狂的加里！"这时，她们听到大喇叭在喊："**当我数到二时，举起你的手，举起你的手！**"接着喇叭里传来另一个小点的声音，"做好准备，如果他拒捕，立刻开枪"。

听到这里，凯西和凯思琳立刻本能地趴到地上。她们的动作之迅速简直不亚于士兵。外面，警车顶上的指示灯不停地旋转着，卧室被灯光照得通亮通亮的。当她们壮着胆子抬头向外望去时,看到三个端着枪的警察正沿着公路向前移动。又过了一会儿,有人喊道:"他们抓住他了。"

尼科尔从噩梦中惊醒,尖声狂叫起来。凯思琳紧紧拉住她,大声说:"茜茜,别出去,你不能出去。"尼科尔使劲甩开她,冲出屋,挤到那圈人群里。大伙的目光全集中在躺在地上的加里身上。那么多道强光照射在他的脸上,他似乎显得茫然不知所措。

警察不许尼科尔靠近,她只好站在远处望着他。一个警察走到刚刚跨出门的凯思琳面前,问:"你认识他吗?""认识。"凯思琳说。"是吗?"警察说,"我们截住他时,他正要拐上你家的车道。你们运气不错。"另一个警察插进来说:"我们认为,昨夜的那个人是他杀的。"听了这话,凯思琳顿时大惊失色,她们到现在还没找到艾普丽尔呢。

尼科尔说不上来自己想不想走到他面前去。她一动不动站在那儿,盯着那些对准他的枪口。她的脑子里一片空白。

回到屋里后,她浑身抖个不停,一会儿尖叫,一会儿哭泣。她抓起加里的照片扔到垃圾箱里。"这个狗娘养的疯子,"她骂道,"那一次我真该宰了他!"

那天夜里,一幕幕往事涌上她的心头。她躺在地上,他们俩从前讲过的话像一张残缺不全的唱片似的在她心里响起来。一遍又一遍。

托比·贝思打电话给布伦达。"我们抓住他了。"他告诉她。

"他没事吧?"布伦达问。"没事,"托比说,"他很好。""别的人有受伤的吗?"布伦达问。"没有,没人受伤。干得非常利索。""感谢上帝。"布伦达松了口气。她从来没有像今天这样精疲力竭过,她甚至没有力气哭了。"天哪,"她长叹一声,"加里会恨我的。他一向跟我不怎么合得来,可现在他会恨我的。"最使她着急的就是这件事。

十

黛比翻来覆去地念叨着:"我不相信本死了,我不能相信。"克里斯·卡菲根本没法入睡。

他们全都变得疑神疑鬼。克里斯爬起来去冲澡。可当她突然想到凶手可能从浴室的窗户跳进来时,她不禁哆嗦起来。水龙头开着,什么声音也听不见,活像那部叫《惊魂记》①的电影。

她回到起居室里时,吓得差点叫出声来,一个手拿电筒的大个子正在前院里转悠呢。其实,这是个警察。他发现他们的汽车门敞着,一只猫在后座上睡得正香呢。他们邀请他进来坐一会儿,这才得知已经抓住了一个嫌疑犯。那个人是不是凶手还不清楚,可不管怎么说,警察已经抓住一个了。

黛比滔滔不绝地讲着,你根本没法插嘴,就像你没法跟电视上的人们交谈一样。"在我还是个小孩子的时候,"她大声说,"常常跟男孩子们一起玩橄榄球游戏。我喜欢抓住绳子从房顶上荡下来。"她坐在摇椅上,手里抱着本杰明。"是吗,真了不起。"克里

---

① 希区柯克的经典惊悚恐怖电影,安东尼·柏金斯、珍妮·李、薇拉·迈尔斯和约翰·加文主演。

斯躺在三用沙发上，随口附和着。

"本选修了许多门簿记和商业管理方面的课程，但他的主要兴趣是跟别人一起工作，"黛比说，"给他们出主意。"
"是这样。"克里斯说。

黛比说："我们从来没有时间打网球或滑水，因为我们没有时间玩，我们没日没夜地工作。"
她怀抱着本杰明，身子在摇椅上晃动着，两眼呆呆地盯着正前方。她那对墨绿色的眼珠现在看上去暗淡无神。"是本提出采用自然分娩法生孩子的，"她说，"我同意了，我们俩无论做什么总能想到一块去。"

"是的，"黛比说，"本杰明生下来时足足七磅重，分娩十分顺利。本一直在医院里陪着我，他穿着医生的白大褂。我时时刻刻都能够感到他在我身边。那是段愉快的时光。"她停了一下，又说，"我觉得我也许又怀孕了。昨天我告诉本我认为自己又有了，我觉得他听了很高兴。"

黛比怀抱着本杰明在摇椅里坐了一夜。她竭力想把刚刚发生的事情理出个头绪来，可是中间有那么多处空白。在汽车旅馆的办公室里看到那个陌生人是她思想中的一个空白点，看到本的头部在流血的那一瞬间又是一个空白点，那是个可怕的大空白点。本死了，她从此再也没有去过那家汽车旅馆。

从第二天下午起，黛比的妈妈、同教区的教友们和主教陆续前来探望，一拨人走了，又来了另一拨。黛比在克里斯家住了三天，然后动身到帕萨迪纳去了。那是她平生头一回乘飞机旅行。

第十七章 被捕

一

抓到加里之后,在开车送他去医院的路上,加里对杰拉尔德·尼尔森说:"等到只有我们两个人时,我要把这件事告诉你。"尼尔森说好吧。

这提醒了他,加里也许会坦白的。此后他们一直沉默着,只有一次吉尔摩又说了一遍:"你知道吗,我要把这件事告诉你。"

在医院,医生给他治伤时,杰拉尔德·尼尔森一直守在跟前。普罗沃警察局打来电话,说他们要对吉尔摩的手进行金属测试,可是吉尔摩不同意。他说:"我要先跟一位律师谈谈。"杰拉尔德说:"好吧,我们会给你找位律师来的,不过在这个问题上他帮不了你的忙。这是依法搜集证据。"

吉尔摩问:"法律赋予我拒绝的权利了吗?""是的,"杰拉尔德回答道,"你有权拒绝,但法律也赋予我们强迫你接受测试的权利。""好哇,"吉尔摩说,"那你们就强迫我吧。"他骂骂咧咧地嚷嚷着,说他绝不接受测试。有一会儿尼尔森甚至以为这事就这么在他的吵闹声中不了了之了呢,可最后他还是同意了。测试结果表明,他的手拿过金属物。吉尔摩辩解道:"不错,今天上班时我锉东西来着。"大概凌晨四点钟左右,他们到达普罗沃市监狱。

医生给吉尔摩的手打塑模石膏时,尼尔森决定冒险开个玩笑。

他说:"请你在石膏上装个环好吗?这样我们可以把手铐穿在环上。"加里说:"天哪,你这种幽默感真他妈的下流。"尼尔森感到这是个好的开端。

二

犹他县检察官诺亚尔·伍顿是个小个子。他长着淡褐色的头发,高高的额头和一个像是被压扁的大鼻子。他仿佛有用不完的精力,就像一条拖船,一旦发动起来之后,突突突奔跑个不停,直到圆满完成自己那份艰巨的工作。

在诺亚尔·伍顿看来,他一生中见过的最优秀的律师是他自己的父亲。也许是因为这个缘故,他每回跨进法庭时胃里都不舒服。即使他胜诉了,他心里也不痛快,因为他觉得他本来可以赢得更顺利一些。因此,那天夜里吉尔摩被带到普罗沃市警察局时,他格外谨慎,严格履行每一道法律程序。

星期二夜间,或者更确切地说,星期三凌晨一点,一个电话打到伍顿的家里,通知他警方在普罗沃拘捕了一个汽车旅馆凶杀案的犯罪嫌疑人。诺亚尔当即派他的一个副手赶往医院,自己则赶到市中心汽车旅馆的凶杀现场,花了整整一个半小时指挥警察搜索凶器。他和马丁·昂蒂维若斯谈了一会,得知吉尔摩进门时手仍在流血。于是他带人沿着地上那串血迹从加油站顺路往回追寻,追到街边的一簇灌木旁时,血迹不见了。他们从灌木丛中找出一支点22口径的勃朗宁自动手枪。

吉尔摩被带进普罗沃警察局刑警队办公室时,伍顿正在桌子后面坐着呢。他脚登长筒靴,身穿牛仔裤,看上去不太像政府官员。这个犯人显得心绪烦乱。他的左胳膊上绷带裹着石膏,头发乱蓬蓬的,范·代克[1]式的山羊胡子简直像一把野草。他恶狠狠地瞪着眼睛,似乎对眼下这件事很不耐烦。

看来最叫吉尔摩恼火的是他的脚镣。房间里站着不少警察,这一点使伍顿感到高兴。尽管吉尔摩戴着手铐脚镣,他可不想跟他单独待在一间屋子里。

当伍顿听说吉尔摩只愿意和杰拉尔德·尼尔森一个人交谈时,他立刻把这位中尉拉到一边面授机宜:使吉尔摩镇定下来;消除他的敌意;一定要把他的权利向他讲清楚;同时还要弄清楚他的确没有喝醉,知道自己在什么地方,干什么来了。最重要的是,不要对他施加压力。

伍顿小心翼翼地避免与吉尔摩直接交谈。这种谈话很容易变成证词,那样一来他可能不得不站到证人席上去。既然他打算担任这个案子的公诉人,他当然不希望自己再以另一种身份出现在法庭上。于是,他坐到另一间屋里,听着喇叭里传来的尼尔森和吉尔摩的谈话。

三

一九七六年七月二十一日,凌晨五时

吉尔摩:为什么把我抓起来?
尼尔森:我想只能是因为持枪抢劫,我几乎能肯定就是因为这个。
吉尔摩:什么抢劫?

---

[1] 美国电视演员。

尼尔森：今夜普罗沃的汽车旅馆里发生的抢劫案和昨夜厄伦姆的加油站里发生的抢劫案。

吉尔摩：要知道，我可以圆满地解释昨夜的事，也可以解释今夜的事……

尼尔森：不那么圆满吧？加里。

吉尔摩：能，我能……我到平纳购物中心买了些汽车上用的东西，你可以在手套盒里找到收据。然后我喝了点酒。卡车一次又一次地熄火，于是我把它开到那儿，对他们说："听着，我把卡车存在这儿，明天早上上班前来取。我到里边找个房间睡一夜。"我走进门，看到这个家伙正用枪逼着那个家伙。我冲上去夺枪，他对准我的脑袋就要开枪，我把枪朝上一推，结果子弹打在我的手上。这时，我们拉拉扯扯已经到门口了。我跑出来，跳上我的卡车，向快活林开去……

尼尔森：这是你编的故事？

吉尔摩：这是事实。

尼尔森：我不相信，加里。我根本不相信，我知道你明白我不会相信……

吉尔摩：我不过是告诉你发生了什么事……

尼尔森：那么，你知道这个故事说服不了我喽？我不能理解的是那两个人为什么会被枪杀。加里，你为什么朝他们开枪呢？这一点我感到奇怪。

吉尔摩：我没朝谁开枪。

尼尔森：我认为你开枪了，加里。只有这一点我无法理解。

吉尔摩：听着，昨天整整一夜我都和那个姑娘在一起。

尼尔森：哪个姑娘？

吉尔摩：艾普丽尔·贝克。

尼尔森：艾普丽尔·贝克？她住在哪儿？我怎么才能找到她呢？

吉尔摩：她住在快活林。她每时每刻都是和我在一起的。她的母亲会告诉你，我早早地开车到她家，让她上了我的车。你瞧，我跟她的大姐相好过，她原先住在斯班尼西福克。后来我们闹翻了。我把卡车开去给他们看看，艾普丽尔说："带我出去给我弟弟买点东西吧。"我问她："你想不想出去兜兜风喝杯啤酒？"她说："当然想。"她和她的母亲相处得不好。我们就开车出来了。我们喝了点酒，又抽了几根大麻。我说："我们找家汽车旅馆住下吧，明天一早我还得上班呢。"她说："到亚美利加福克去吧。"可在那儿没找到旅馆，我们只好回普罗沃住下了。

尼尔森：哪家旅馆？

吉尔摩：假日酒店。

尼尔森：在假日酒店？你是用自己的真名登记的吗？

吉尔摩：当然，我们睡到七点才走的。我把她送回家。

尼尔森：早上七点？

吉尔摩：是的，接着我就上班去了。

尼尔森：她什么时候上的你的车？

吉尔摩：七点吧。五点，不，是七点，我说不清。我没有手表，我讨厌戴手表。

尼尔森：你在加油站门前停车时，她也和你在一起吗？

吉尔摩：我没在任何一家加油站的门前停过车。

尼尔森：加里，我认为你停车了。

吉尔摩：我没有停车。

尼尔森：你进门时看到那边放着的那支点22口径自动手枪了吗？

吉尔摩：看到了。

尼尔森：你以前见过它吗？

吉尔摩：没有。

尼尔森：好吧，如果它是用你的名字注册的，你就完蛋了。

313

吉尔摩：不是用我的名字。

尼尔森：好吧，我不知道，加里。我不能……

吉尔摩：喂，事情的经过就是这样，我知道你不相信。

尼尔森：我根本不信。加里。不相信，根本不相信。我认为是你杀的人。我不能理解你究竟为什么要向人开枪。这一点我无法理解。

吉尔摩：听着……

尼尔森：加里，我的确是这样感觉的。

吉尔摩：你认为当那个姑娘在我身边时我竟会开枪杀人吗？

尼尔森：我不知道。如果你把车停在拐角，把她留在车里，或者她不知道，那就是另外一回事了。

吉尔摩：你可以跟她谈谈……

尼尔森：我们怎么找到她呢？……

吉尔摩：她跟她的母亲一起住……

尼尔森：你能告诉我怎么找到那儿吗？……

吉尔摩：我可以告诉你电话号码。我一夜没送她的女儿回去，她大概正在气头上呢……

尼尔森：艾普丽尔·贝克。

吉尔摩：她一直和我在一起。

尼尔森：她多大岁数了？

吉尔摩：十八岁。

尼尔森：那么她已经成年了。我不知道，看来事情很不妙，加里……你能描述一下那个抢劫犯的外貌吗？

吉尔摩：他的头发很长，穿的嘛，你瞧，是牛仔裤和短外套，外套比牛仔裤的颜色鲜亮。你瞧，是牛仔裤和短外套。

尼尔森：我要去查证一下，我要去查证一下，不过我不相信。我以为从目前的情况看，特别是鉴于你有前科，他们有充足的证据指控你抢劫。我仍然不能理解那两个人为什么会被杀害，我无法理解。

吉尔摩：无法理解什么？

尼尔森：他们为什么会被杀害。我不能理解这一点，加里，他们为什么会被杀害呢？

吉尔摩：谁呀？

尼尔森：汽车旅馆的那个家伙和加油站的那个家伙……

吉尔摩：我没有杀人。

尼尔森：我不知道，我认为你杀人了。

吉尔摩：正像我刚才告诉你的那样，我知道我自己每时每刻在什么地方。

尼尔森：要是我去找那些人调查，他们会不会说"他在对你胡说八道"呢？

吉尔摩：他们不会这样讲的。

尼尔森：你敢肯定吗？没有一个人会这样说吗？

吉尔摩：他们对你说的也许在时间上或别的什么上有点出入。

尼尔森：如果我问艾普丽尔昨夜十点三十分发生了什么事，她会说什么呢？

吉尔摩：我不知道，她的脑子不大好使。她还是个小姑娘时，几个家伙把她带到外面，骗她吃下不少麦角酸二乙基酰胺，然后强奸了她。我不知道她会对你讲什么。艾普丽尔昨夜每时每刻都和我在一起……没有尼科尔我觉得非常孤独，所以我才去找她妹妹的。艾普丽尔想出去兜兜风，我们不过是在一块说说笑笑，亲亲嘴而已。我叫她陪了我一夜。明白吗，你瞧，就是这么回事。

尼尔森：我要去查证一下，我要去找她核实的。

吉尔摩：没有律师在场，我什么也不会对你讲了。就这样吧，我可以吃点东西吗？

尼尔森：快到早饭时间了，你饿了吗？我会告诉他们的。

315

吉尔摩：我手上的伤口仍然很疼……

尼尔森：现在是没有律师在场的非正式谈话，你拒绝回答我刚才提出的问题吗？

吉尔摩：什么问题？

尼尔森：你离开时他们为什么被杀害。

吉尔摩：我不知道他们为什么被杀害。我没杀他们。

尼尔森：我希望这是真的，正是这一点使我迷惑不解，只有这一点我无法理解，别的我都能理解，包括抢劫案本身。

吉尔摩：我没抢谁，也没杀谁。

尼尔森：我先去把你讲的情况核实一下，今天下午再来找你谈谈，好吗？

吉尔摩：我没杀人，我也没抢东西。

尼尔森：加里，我希望不是你干的，但是要我相信这一点很难，眼下我很难相信这一点……

吉尔摩：我饿了，我的伤口很疼……

星期三清晨伍顿回到家时，他几乎已经决定指控吉尔摩在汽车旅馆案件中犯有一级谋杀罪。那把枪上唯一的一个指纹非常模糊，根本无法辨认，不过他们做了石蜡测试并且找到了一个目击者。他叫彼得·阿罗尔，他在汽车旅馆亲眼看到拿着枪和现金盒的吉尔摩。伍顿觉得这个案子有获胜的希望。

四

那天凌晨三点半左右，瓦尔·科林接到一个电话。一个声音说：“我是警察。我们扣留了你的一辆车。”

瓦尔睡眼蒙眬地答应着：“是吗，嗯，好吧。”

"我们希望你知道我们扣留了那辆车，发生了一起杀人案。"

"好吧。"说着,瓦尔挂上了电话。他的妻子问:"究竟怎么回事?"他说:"他们扣留了一辆车,发生了一起杀人案。我不知道为什么,我不知道为什么,唉,你明白了吧。"他躺下接着睡觉,第二天起来时,他已经把这件事忘得一干二净。

第二天清晨他来到办公室时,玛丽亚·麦格拉思正等着告诉他发生了什么事呢。

"你在开玩笑吧,"瓦尔说,"前天夜里真的是他杀的那个家伙吗?"

玛丽亚问:"你这是什么意思,前天夜里?是昨天夜里。"

"昨天夜里?"瓦尔暗吃一惊。唉,哪回出了事他都是最后一个知道的。

"不错,"玛丽亚说,"昨夜他杀人时被抓住了。"这是瓦尔第一次听说汽车旅馆凶杀案,他想起了夜里三点半的那个电话。

过了没多久,警察来搜查野马车。他们把衣服从车里翻腾出来,在上面寻找血迹。他们问瓦尔:"他和你做过枪支交易吗?"

"没有,"瓦尔说,"我不喜欢枪,我一点也不喜欢枪。""你瞧,"警察说,"他偷了一捆枪,我们正在搜查这些枪。""是吗,"瓦尔说,"我不知道。"

警察在那儿折腾了整整一小时。他们走后,拉斯蒂到后院去倒垃圾,回来时她说:"看看我发现了什么?"

风把那些破烂吹得满地都是。她发现一只旧饮料箱底下压着个布袋,打开一看,里面装着包在报纸里的几支手枪。

一看到它们,瓦尔立刻叫起来:"别动!等一等,**别碰那些枪**,

快打电话叫个警察来！"

警察来了，他们又一次问瓦尔，吉尔摩有没有提出过要卖枪给他。瓦尔说："没有。即使他提出过，我他妈的也不会买，我讨厌枪。"

五

上午九点钟，加里打来了电话。布伦达问："你在哪儿？"他吃吃笑着说："没事，我被拘留了，我不能到你那儿去。"

她说："哎呀，上帝啊，谢天谢地。"在她自己听来，她的声音很不自然。由于缺觉，她浑身软绵绵的，以前她从来没有这样过。"喂，说真的，"布伦达说，"你没事吧？"

"你为什么没来？"加里问。

"我吓坏了。"布伦达回答说。

"那么约翰尼呢？"加里问。

"他们不让他去，加里。"

"你出卖了我。"他说。

"我不希望看到你的血染红89号公路。我也不希望那些去抓你的警察一去不回，撇下他们的妻子当寡妇。我认识他们，他们是我的邻居。"她又加上一句，"你不是还活着吗？"

"他们要是当场把我干掉，岂不更省事？"

"我真的不希望你像某些普通罪犯那样被当场打死。对我来说，你非常重要。你很不老实，但你和别的罪犯不一样。"

"你本来可以把我送出州界的。"他说。

"加里，你那是做梦，那是不可能实现的。"

"若是为了你我会这样做的。"他说。

"我相信。"她说。她又补充道:"加里,我非常爱你,但我不能这样做。"

"你出卖了我。"

"我不知道还有什么别的制止你的方法,"布伦达说,"我爱你。"

沉默了好一会,他才说:"喂,我需要一些衣服。"

"他们为什么把你的衣服没收了?"她问。

"作为证据。"

"我给你送几件去。"

"一定在十点之前给我送来。"

"我会送去的。"她说。

"好吧,表妹。"说着他挂上了电话。

她赶到普罗沃市中区,那儿有一座深褐色石墙的新型现代化监狱。现代化的厄伦姆市中区也有一座深褐色石墙的监狱,看上去与这一座非常相似。她带去了约翰尼的几件旧工作服。既然送去了就不可能再拿回来,何必要把最好的衣服送给他呢?

她来到监狱,得知他被关在楼下的一间牢房里。人家告诉她,现在她不能见他,因为他还没有被提审。

"他妈的,"布伦达骂道,"他总不能光着身子上法庭吧。""我们会把衣服转交给他的。"他们说。

布伦达正在大厅里坐着,一个电视摄像组赶到了。顿时,大厅里到处是电缆、小型摄像机和她以前从未见过的那一类人。她来之前根本没顾得上化妆,头发梳成个傻乎乎的马尾巴,下身只穿了条短裤。她觉得自己看上去肯定是个胖婆娘。她可不想在电视上露面。

他们把加里从牢房里带出来,推着他上楼。她闪身钻到一台摄像机后面,躲在一个大块头摄像师身后,看着他穿过大厅。她能够看出,他正在四下里寻找她。她对自己说:"我想我真的不愿意面对他。"她认为自己没什么可惭愧的,可是她的确感到惭愧。

六

迈克·埃斯普林是法庭指定的辩护律师。他看上去有点像个牧场主。的确,他们家世世代代经营牧场。他中等身材,体型匀称,蓄着两把刷子似的小胡子。他的眼睛是蓝灰色的,显得泪汪汪的,好像他刚才盯着刺眼的阳光看了很久似的。不过,他的衣着整洁,非常整洁:灰衬衫、红领带,灰底红条纹格呢西装。

那天上午,普罗沃市法院的秘书打电话找他,说法官问他愿不愿意到法院来参加一次提审。那是他第一次听说加里·吉尔摩这个人。

这不成问题。在普罗沃,几乎所有的律师事务所都设在离法院仅一两个街区的地方。不过这一次事情来得太突然,迈克·埃斯普林事先根本没有机会跟他的这个当事人谈谈。事实上,只是到了法庭上他才见到他。

当然,这没有什么值得大惊小怪的。提审犯人时,法庭指定的辩护律师甚至可以不到场。他们之所以这么早把他叫来,是因为这是个一级谋杀案。埃斯普林作了自我介绍仅仅一分钟后,就和吉尔摩一起站到法官面前了。

起诉书宣读完毕,他俩来到一间接待室里,这才有了个简短交谈的机会。但是这个地方乱哄哄的，屋里站着四五个警官，还有好几个记者，他俩几乎无法单独谈话。吉尔摩显得很不自在，开口就对迈克说："我刚到此地不久，一个律师也不认识。"接着他又说他没有钱。

埃斯普林希望能在一种更为宽松的气氛中跟吉尔摩谈话，于是他们转移到市监狱的拘留室里，这是一间有两张床铺的小牢房。吉尔摩疑心有人通过窃听器偷听，于是他俩压低嗓门悄悄说着话。吉尔摩告诉他，他到市中心汽车旅馆去投宿时碰巧遇上了抢劫犯。

埃斯普林问吉尔摩，受伤后为什么不去报告警察。他回答说，他是个假释犯，他担心警察不会相信他的话。在律师听来，这种说法纯粹是屁话。

一级谋杀案可以有两位辩护律师。所以谈话结束后，埃斯普林回到自己的事务所，一连打了几个电话。其他两位律师告诉他，克雷格·斯奈德是个优秀的辩护律师。埃斯普林了解一点斯奈德的情况，于是打电话找到他，问他愿不愿意参与此事。迈克解释说，为加里辩护只不过是他埃斯普林日常工作的一部分，他的年薪仍然是一万七千五百美元，一个子儿也不多；而一个像斯奈德这样的法庭指定的辩护律师，平时每小时可以挣十七点五美元，出庭辩护每小时可以挣二十二美元。对此斯奈德表示十分满意。

中午，埃斯普林又一次来到监狱，告诉吉尔摩这位新辩护律师的名字。他还提到，他们将要指控他与詹森凶杀案有关。吉尔摩紧紧盯着他的眼睛，说："他们办不到，伙计。"

七

警车开走后，尼科尔没完没了地重复着，加里是个疯子，自己早就应该离开他。直到第二天早上，她还在左一遍右一遍地骂着:"那个疯狂的杂种,那个疯狂的杂种。"可到了午饭前,当厄伦姆警察局打电话叫她和凯思琳去一趟时,她已经冷静下来,变得不慌不忙,甚至可以说是心平气和了。

她告诉尼尔森中尉,她和吉尔摩打过好几架,她是因为怕他才离开他的。她说,有一次,他伸手掐她的脖子,她不得不从汽车里挣脱出来,沿着公路往前跑。接着,她告诉尼尔森,加里的那些枪是从斯班尼西福克的天鹅商场偷来的。讲到这儿,她说:"我不能再往下讲了。""听着,"尼尔森说,"我不会对你提出起诉的。"于是她告诉他,加里给过她一支短筒手枪防身,但一段时间后她发觉她必须防备的正是加里。

谈话结束时,尼科尔说:"请不要对他讲是我把这些告诉你的,因为……"她嗫嚅了一下,她的心似乎偷偷溜走了,就好像她正在寻找远处的一个什么东西。过了一会,她咕唧了一句:"因为我仍然爱他。"尼尔森中尉驾车把尼科尔送回斯普林维尔的公寓,她进屋取出那支枪和一盒子弹交给他。事后,尼尔森的脑海里总是晃动着她那张神情沮丧的脸。他取证时见惯了情绪异常低落的人,尼科尔和他们一模一样。

回到局里后,中尉着手整理已经搜集到的证据。在詹森的身体下面发现了两枚子弹壳,在布什内尔脑袋旁的血泊中也找到一枚。这些是很有用处的,因为,自动手枪的特征非常容易辨认。看来普罗沃将为布什内尔作鉴定,厄伦姆将为詹森作鉴定。如果他们能够证明那支枪是吉尔摩的,这个案子就无懈可击了。

傍晚五点钟左右,尼尔森去看加里。他们已经把他从普罗沃市监狱转移到县监狱了。这是一所古老的监狱,肮脏,嘈杂。在这所真正的监狱里,尼尔森进行了一次真正的讯问。

他随身带着一只公文包。你只要轻轻弹一下公文包的把手,藏在包内的录音机就会开始录音。然而,他没敢把公文包带进牢房去。吉尔摩有权询问公文包里装着什么,是不是在给他录音,尼尔森将不得不打开公文包。那样一来,吉尔摩对他可能怀有的全部信任就荡然无存了。所以,他把开着的录音机放在铁栏外面的走廊上,能录多少就录多少吧。

县监狱是犹他县年代最久远的建筑之一。到了七月份,里面热得简直像地狱。所有的窗户都敞开着,你只好把高速公路上的废气吸进肺里去。监狱坐落在沙漠边缘一块平展的煤渣地面上,正好处在高速公路的上坡岔路和下坡岔路之间,因此,交通噪音震耳欲聋。而且,附近还有一条铁路支线。谈话过程中,一辆辆货车轰轰隆隆地开过去。回到办公室后,尼尔森打算听听这盒录音带,可他能听到的最清楚的声响是炎热夏夜里的交通噪音。

中尉对这次讯问抱有希望。自从吉尔摩在快活林被捕时提出要见他,他始终感到吉尔摩会开口交待的。尼尔森确信,完全有可能说服吉尔摩坦白,于是他迅速地、自然而然地扮演了一个老朋友和好警察的角色。

在警察工作中,你必须时常扮演一个什么角色,尼尔森喜欢干这个。关键在于,扮演这个角色时应当表现出同情心。过去的经验告诉他,这并不完全是演戏,他或迟或早会真的产生同情心的。这个完全正常,这是警察工作中更有意义的一个方面。

他有丰富的经验。几年前,当他还是个巡警时,尼尔森曾乔装改扮打进贩毒组织。当时，盐湖城警察局和厄伦姆分局之间订立了一个工作协定。厄伦姆是个小城，老百姓对城里的警察都很熟悉。所以，要想有效地进行这种秘密工作，只有从盐湖城借调警察。相应的，厄伦姆也派出几名警察到盐湖城从事此项工作。那是尼尔森第一次干这种秘密工作。

然而，他的相貌却引起了点小麻烦。他已经干了七八年巡警队长，一看就是个警察。而他那结实的体格、过早的秃顶、眼镜和橘红色的头发又使他看上去不像个与毒品打交道的人，倒像个商人。为了掩盖自己的身份，他装扮成塞夫威连锁店里一个卖肉的。当年他半工半读上布里格姆·扬大学时，曾卖过几天肉，对这种工作略知一二。他甚至有一份工会会员证。

有段时间在盐湖城，人人都知道他这个卖肉的一到周末就四处寻找毒品。这种职业的确帮了他的忙，大多数卖肉的都不怎么安分守己。尼尔森甚至常常身穿工作服到处乱跑，他的白罩衫前胸上血渍斑斑，白便裤只到膝盖，两条小腿从围裙下毫无遮掩地露出来。

八

在七月里这个炎热的夜晚，尼尔森开门见山地对吉尔摩说，很不幸，他的故事漏洞百出。他们正在调查核实，不过这个故事不合情理。所以，他想知道吉尔摩愿不愿意跟自己谈谈。吉尔摩说："你们指控我犯了死罪，可我是无辜的。你们把我的生活毁了。"

"加里，我知道情况很严重，"尼尔森说，"但我并不想毁掉任何人的生活。你也知道，如果你不愿意，你可以不和我谈。"

加里站起来走到一边。过了一会,他又回来了,说:"我愿意谈。"

尼尔森和吉尔摩一起待了约一个半小时。就在一级警戒牢房里,他们俩被锁在里面进行谈话。刚开始时,尼尔森的口气十分轻松。"见过你的律师了吗?"吉尔摩说他见过。尼尔森又问他感觉如何。"你指的是我的胳膊吗?"加里说,"唉,疼死我了。他们只给了我一片止痛片,医生说我应当吃两片。"

"好吧,"尼尔森说,"我会告诉他们,我听医生说要吃两片。"

尼尔森尽量使自己显得随和些。他问加里喜欢钓鱼吗,吉尔摩回答说,他差不多一直关在监狱里,哪有多少机会钓鱼。尼尔森谈起如何用假蚊钩钓鱼,吉尔摩对此很感兴趣。你必须经过长期的摸索,才能在不同的环境下猜测出哪一种鲑鱼可能上哪一种假蚊钩。尼尔森说,他和他的全家常常到峡谷中去游玩、露宿。

吉尔摩呢,他谈起自己在监狱里的几段经历。他讲了一个胖姑娘的死,谈到他们给自己注射过量的氟奋乃静,弄得他头晕目眩,不能动弹。他还谈到狱方要求你一举一动规规矩矩。随后,他向尼尔森询问他的家庭情况。听说尼尔森有妻子和五个孩子,他显得很感兴趣。

你的妻子是个虔诚的摩门教徒吗?吉尔摩问。噢,是的。她从爱达荷来到布里格姆·扬大学上学,他是在那儿跟她认识的。她学什么专业?吉尔摩又问,似乎他对这事真的很关心。尼尔森耸耸肩。"她的专业是家政学。"他说。他对吉尔摩咧嘴笑笑,又说:"她的兴趣——这个嘛,也许,你瞧——是找个丈夫。"两个人哈哈大笑起来。是的,尼尔森说,他们是上一年级时认识的,第二年夏天就结了婚。噢,吉尔摩说,这倒挺有意思的。尼尔森是怎么当上警察的呢?他看上去可不太像警察。这个嘛,说句实话,杰拉尔德解释道,他的老家在亚利桑那的圣约翰,他从他们家的牧场来到布里格姆·扬大学,本来想学习自然科学,将来当个数学教师。但他是个活跃的摩门教徒,在教会工作中他认识了警察局的一个刑警,他们交了朋友。渐渐地,他对警察工作产生了兴趣,结果他当了警察。

吉尔摩插话说,现在他是个中尉喽。是的,这十年来,他先被提拔为刑警,后来又提升为上士,现在他是中尉。他没有告诉加里,自己曾去设在弗吉尼亚州匡蒂科的联邦调查局培训中心进修过。

嗯,这很有意思,吉尔摩说。他的母亲也是个摩门教徒。他沉默了一会儿,摇了摇头。"这件事要是传到她耳朵里,那可真要了她的命。"他又摇了摇头。"你知道吗,她是个残废,"吉尔摩说,"我已经很长时间没见到她了。"

"加里,"尼尔森问,"你为什么要杀死那两个家伙?"

吉尔摩死死盯住他的眼睛。尼尔森习惯于在嫌疑犯的眼睛里看到仇恨、悔恨或者是能使你心头一阵冰凉的冷漠,但在吉尔摩的逼视下,尼尔森心里不禁打了几个寒颤。这家伙的目光好像能看穿你的五脏六腑似的。这种目光可真叫人受不了。

"唉,"吉尔摩说,"我不知道,我没有理由。"说这句话时,他显得很平静,或者说有些凄惨。看上去他好像马上要哭出来似的。尼尔森有点可怜他,他觉得此刻这家伙心里一定悔恨交加。

"加里,"尼尔森说,"许多事情我都能够理解。如果你杀死一个对你动手的人,或是杀死一个跟你发生争执的人,我能够理解。你知道吗,这类事情我能够理解。"他沉默了一会。他们彼此已经很接近了,他希望保持这种局面,所以,他必须竭力使自己的嗓音显得平静、自然,"但是我实在不明白,你为什么无缘无故杀死那两个家伙呢?"

尼尔森知道他正在冒很大很大的风险,甚至可以说,他已经违反了米兰达原则,犯人完全可以就此提出上诉。他还正在犯另一个错误,他一遍遍地说,"那两个家伙"或者问"你为什么杀死那两个家伙?"如果要想使这次讯问在开庭审理时有点用处的话,他就应该这么说,"普罗沃的布什内尔先生"和"你为什么杀死厄伦姆的马克斯·詹森?"因为如果你用一个词组概括两起发生在不同夜晚、不同城市的凶杀案,你将不可能把犯人送上法庭。从法律上讲,这两起凶杀案应当分别审理。

然而,尼尔森确信,如果用那种正确的方式盘问他,肯定不会有结果,那样线索就会彻底断了。他问:"是不是因为他们的证词将对你不利?"吉尔摩回答说:"不,我真的不知道为什么。"

"加里,"尼尔森说,"我必须像一个忠于职守的好警察那样思考问题。要知道,如果我想要阻止这类事情发生以便在工作中取得成功的话,我就必须理解——为什么你偏偏抢劫这两个地方?为什么你要抢劫普罗沃的这家汽车旅馆和那家加油站?为什么专拣这两个地方?""这个嘛,"吉尔摩说,"汽车旅馆正巧在我姨父弗恩的隔壁,我碰巧路过那儿。"

"但加油站呢?"尼尔森问,"它可没在谁家隔壁呀。"

"我不知道,"吉尔摩说,"它碰巧在那儿。"他看了一眼尼尔森,似乎很想帮他的忙,"现在你想想汽车旅馆案之后我藏那件东西的地方。"他说。尼尔森意识到他指的是从本尼·布什内尔[①]的柜台上拿走的现金盒。"你瞧,我把那玩意儿藏在那丛灌木里,"他说,"是因为我小时候常常在那儿帮一位老妇人修整草坪。"

---

① "本尼·布什内尔"即"本·布什内尔"。

尼尔森苦苦思考着，想从法院以前的判决中找出几个可能适用于眼下这个案子的先例来。一方面，从这样一次未经犯人的律师明确同意的讯问中获取的供词是不合法的；另一方面，嫌疑犯自己也可能会主动坦白交待的。尼尔森打算声言，今天就是吉尔摩主动坦白的。不管怎么说，今天凌晨五点第一次讯问吉尔摩时，他曾问他是否同意自己在调查核对过他的说法之后再回来和他谈话，吉尔摩并没有表示反对。尼尔森认为，目前的最高法院也许会接受这份供词的。

九

然而，尼尔森一直没有忘记最高法院对威廉斯一案的裁决。在衣阿华，一个名叫威廉斯的精神病人强奸并杀害了一个十岁女孩，警察在得梅因把他抓住并送回原处起诉。在得梅因，威廉斯的律师告诉押送他的警察："我不在场时不能盘问他。"接着他又告诉自己的当事人："不要对警察交代任何事情。"可回来的路上，一个押送犯罪嫌疑人的警官开始利用威廉斯的基督教信仰。那家伙非常虔诚，于是那警官对他说："眼下我们离圣诞节只有几天了，可那个小姑娘的家人还不知道她的尸体在什么地方。如果我们能找到尸体，在圣诞节之前给她举行一个体面的基督教葬礼的话，她的家人至少会感到几分安慰。"他就这么一直慢声细语地说下去，最后那家伙告诉了他们在哪儿能找到尸体，并且被判有罪。然而，最高法院驳回了这个判决。他们说，犯罪嫌疑人有律师后，警察未经律师允许是不能讯问他的。

可现在，他正是瞒着吉尔摩的律师和吉尔摩谈话的。不过，他可以就其中的几个技术细节据理力争。凌晨在路上时已经对吉尔摩宣读过他的米兰达原则，当时尼尔森也在场。另外，法庭指定的律师只负责普罗沃案的辩护,他们与厄伦姆案无关,因此在这一点上他是有法律依据的。何况,关键在于定罪而不是坦白。

这份供词的有利之处在于,即使他们不能利用它,它也将为他们提供材料,这样他们就可以进一步寻找出更多对这个家伙不利的证据,从而使案子无懈可击。只要他们不在法庭上公开这份供词,他们就不会因违反米兰达原则而给自己招来麻烦。

除此之外,这对鼓舞士气很有作用。警方一旦知道这家伙就是凶手,他们的干劲将会更大,将会努力做好具体工作。而且,那些持不同意见的警官也不会继续利用自己的职权加以干涉。有了这份供词,案情就完整了,这是一个心理上的胜利。

他们又兜了一个圈子。尼尔森谈到耶稣基督后期圣徒教会,谈到他的孩子为每周的家庭晚祷做些什么。吉尔摩对他讲的那些小事情非常感兴趣,他又一次提到,不仅他的母亲是个摩门教徒,而且他母亲所有的亲戚都是摩门教徒。接着,他谈到自己的父亲,说他是个嗜酒如命的天主教徒。他们避而不谈真正的话题,好像他们应该休息一下似的。

然后,他们又回到真正的话题上了。尼尔森先提出了一个问题,接着提出更多的问题。加里的脸上刚刚流露出"别再问了"的神情,尼尔森立刻把话题转到别的事情上。

在加油站里没有找到詹森的硬币兑换器。昨天,警察在假日酒店的垃圾堆里搜寻了很长时间,还是没有找到它。现在,尼尔森漫不经心地提起它。吉尔摩瞪着他看了好半天,似乎在说:"我不知道该不该回答你的这个问题,我不知道能不能信任你。"终于,他咕哝了一句:"我真的记不得了。我只记得把它从车窗扔了出去,但我记不清是扔在露天汽车电影院了,还是扔在路上了。"他停顿了一下,好像在竭力回忆一部电影中的情节。然后又说:"我记不得了,我说的是实话。大概是扔在电影院了吧。"

"艾普丽尔会不会知道呢?"尼尔森问。

"别为艾普丽尔操心,"吉尔摩说,"她什么也没看见。"他晃晃脑袋,"实际上,不论从哪方面看,她都不在场。"

正当尼尔森开始怀疑艾普丽尔可能觉察到凶杀案时,加里又重复了一遍:"别担心,她什么也没看见。在这个小姑娘自己的脑子里,她根本不在场。"

他咧咧嘴,可是没笑出来。"你知道吗,"他说,"如果过去的两夜里我的头脑像今天这么清醒,你们这帮家伙根本抓不到我。我小时候抢东西回回得手。"他脸上的神情像个拉皮条的在吹嘘多年来有一大帮女人在为他效劳。"我估摸着,"他说,"我大约抢过五十到七十次东西,也许更多,大约有一百次成功的抢劫吧。我知道怎么策划,怎么完成。"

尼尔森问他,如果他没有被抓住,他会不会继续杀人。吉尔摩点点头,他想也许会吧。他默默坐了一会,一脸惊愕的神色,即使不是惊愕,也肯定是惊奇。"上帝,我不知道自己究竟在干什么,以前我从来没向警察坦白过。"尼尔森暗想,大概没有过吧,他的档案上肯定写着他一向是个死硬分子。从个人角度来讲,尼尔森感到信心十足,他毕竟已经使一个顽固不化的罪犯坦白认罪了。

"你偷了多少支枪?"尼尔森问。"九支。"吉尔摩告诉他。"从哪儿偷的?""斯班尼西福克。""可我们只找到了六支。"还有三支下落不明，它们可能在哪儿呢？"它们不在了。"吉尔摩说。尼尔森没再追问下去。听吉尔摩的口气，它们显然被卖掉了，而且他永远不会说出卖给谁了。"我负全部责任，"吉尔摩说，"与别人无关。"

他问："是尼科尔告诉你她有支枪吗？""不，"尼尔森说，"是我问她的。"加里说："希望这些枪支不会给她带来任何麻烦。"尼尔森向他保证不会的。

尼尔森一心想从他嘴里多探听到一些凶杀案本身的事实真相。可吉尔摩总是详细叙述到他进入加油站为止，然后一下子跳到他离开后所做的一切上，他就是不肯详细谈谈杀人过程。

尼尔森苦苦地猜测着他是如何杀的人。吉尔摩命令詹森躺到地上，接着肯定是他叫詹森把胳膊放到身体底下的，没有人会自愿以这种不舒服的姿势脸朝下躺在地上。然后，吉尔摩对准詹森的脑袋开了枪。开第一枪时手枪大约在两英寸之外，第二枪则是抵在脑门上的。这是杀死一个人的最稳妥的方法，而且不会给被害者造成任何痛苦。另一方面，命令他把胳膊放到身体下面后，当你把枪口对准他的脑袋时，他就绝不可能伸手抓住你的腿。然而，尼尔森无法叫吉尔摩把这些全部讲出来。

"你为什么要这样干，加里？"尼尔森又一次平静地问。
"我不知道。"加里说。
"真的吗？"
"我不想谈这个。"吉尔摩说。他轻轻摇摇头，看看尼尔森说："我和生活脱节了。"

过了一会，他问："你认为他们会拿我怎么办？"

尼尔森说："我不知道，事情非常严重。"

"我很想和尼科尔谈谈，"吉尔摩说，"我一直在寻找她，我确实很想和她谈谈。"

"好吧，"尼尔森说，"我会尽力找到她，把她带来的。"他们握了握手。

十

那天下午五点钟左右，也就是尼尔森和加里谈话的那个时间，艾普丽尔回家了。她已经从收音机里听说了那两起凶杀案，她说那不是真的，加里没杀人。她还说，她可不想去警察局。

凯思琳打电话通知查理·贝克，艾普丽尔失踪了，他立刻从图埃勒赶了回来。现在，艾普丽尔一见他们俩在一起，她的眼光顿时充满敌意。她大声喊叫着，如果他们敢用暴力强迫她去警察局，她就打电话寻求保护，叫人来制止他们。突然，她似乎屈服了，说她愿意去。

凯思琳不愿意自己一个人带她去，谁知道这孩子半路上会不会拉开车门跳下去呢。她央求查理跟着去，他犹豫了一下，说："如果她半路上改变了主意，那就叫他们见鬼去吧。掉转车头把她带回来就是了。"他说什么也不愿意去。

一九七六年七月二十一日

尼 尔 森：他是在什么时候给汽车加的油？
艾普丽尔：当我们在快活林的加油站时。

尼尔森：是天黑以后吗？

艾普丽尔：是天黑以后，太阳已经落山了。

尼尔森：在那之后，你们开车兜风了吗？

艾普丽尔：他说他要送我回家，说我要是他妈的多嘴多舌，对他唠叨该去这儿该去那儿，他可不能容忍。他说他要找个像假日酒店那样的好地方睡一觉。我们就去了那儿。我累极了，真想躺下好好睡一觉。可不知为什么，自从家里浴室的窗玻璃被人砸破后，我总觉得有人在追我。从那以后，我一直睡不安稳。

尼尔森：你们在那儿睡到第二天早上什么时候？

艾普丽尔：八点半或者九点吧。

尼尔森：我不是在暗示什么，也不想干预你的私生活，不过那天晚上你跟他做爱了吗？

艾普丽尔：差点这样做了，可我又改变了主意。

尼尔森：他对你发火了吗？

艾普丽尔：他对我发火是因为在一半时间里我的举动像个孩子，可是我已经不再爱他，我从来没跟他睡过觉或者干别的什么事。

尼尔森：你把这事告诉你的妈妈了吗？

艾普丽尔：她没问我，因为她知道，我有我的私生活，要是我想公开的话，我会……

尼尔森：艾普丽尔，加里惹下大麻烦了。我知道得很清楚，我已经和他谈过这事，已经没有什么疑问了。他告诉我当时你和他在一起，所以我猜你知道点内情。我的兴趣并不在于要你讲出来好对你起诉，我不打算对你起诉。但我的确想说服你讲出事实真相。

艾普丽尔：我有精神分裂症，不过今天我把它控制住了。有许多时候我根本不去管它，听凭另一个人爬进爬出……

尼尔森：昨晚你离开家后上哪儿去了？

艾普丽尔：我和两个朋友一起开车兜风来着。

尼尔森：他们认识他吗？

艾普丽尔：不。

尼尔森：可以告诉我他们是谁吗？

艾普丽尔：一个叫格兰特，另一个叫乔。

尼尔森：昨晚你在哪儿过的夜？

艾普丽尔：我一夜都没睡，我坐车到怀俄明去了。我跑进大山里去，然后沿着这条路回到家里。

尼尔森：你几点到家的？

艾普丽尔：四点半或者五点吧。

尼尔森：你没想到你妈妈会为你着急吗？

艾普丽尔：我不认为她会为我着急。我不怕枪，我也不怕拿着刀的流氓。他们吓不倒我，我学过防身术。

尼尔森：我想再一次问问你加油站的事，艾普丽尔，我认为你最好告诉我你知道的事情。

艾普丽尔：我不记得厄伦姆的加油站了。

尼尔森：你还记得在加油站看见他拔出手枪来吗？

艾普丽尔：就在去假日酒店之前，我们到过一家加油站，我敢保证那儿没枪。他们也许带着枪到处去，但仅此而已。

尼尔森："他们"是谁？

艾普丽尔：许多在那儿转悠的家伙。

尼尔森：你认识他们中的任何一个人吗？

艾普丽尔：所有的人我都认识，但有些叫不上名字来。其中一个和他一起在绝缘装修厂工作。

尼尔森：绝缘装修厂？

艾普丽尔：他上班的那家"理想绝缘装修厂"。我敢肯定我们见的就是那个朋友。

尼尔森：在咖啡馆里？
艾普丽尔：也许不在那儿。
尼尔森：你是不是准备回家了？
艾普丽尔：是的，我感到很奇怪，我为什么在这儿呀？
尼尔森：如果我能帮得上忙，我一定尽力。

讯问结束后，艾普丽尔从里面出来，说："妈妈，他们告诉我加里杀死两个人，你相信吗？"

凯思琳说："不错，艾普丽尔，我想他的确杀死了两个人。"

"加里不可能杀人，妈妈。"

"唉，艾普丽尔，"凯思琳说，"我想加里已经承认是他杀的了。"

第十八章　悔悟之举

一

第二天一早，吉尔摩被从普罗沃带到厄伦姆。尼尔森在自己的办公室里等候他，为外面拥挤的人群向他表示歉意。大厅里站着许多记者和市政府雇员，电视摄像灯闪来闪去。但真正叫尼尔森感到窘迫的是，全城半数以上的警察，包括那些不在班上的警官，也全都围在这里。不少人甚至站在椅子上向里面张望着。

尼尔森叫秘书端来一杯咖啡。然后他说："斯金纳中尉准备签署一份指控书，指控你杀害了马克斯·詹森。"加里沉默了一会，说："唉，我真的为那两个家伙感到难过。昨晚我在报纸上看到其中一个人的讣告。他很年轻，有个孩子，而且他是个传教士。这使我感到非常难过。"

"加里,我也感到难过。你为了那么一点钱竟害了一条人命,我实在无法理解。"

加里回答说:"我不知道我抢了多少钱。一共有多少?"

尼尔森说:"在厄伦姆抢了一百二十五美元,在普罗沃,数目跟这个差不多。"加里哭了。他并没有放声大哭,但他的眼眶里饱含着泪水。他说:"我希望他们为此处死我,我干下这种事,应当去死。"

"加里,你拿定主意了吗?"尼尔森问,"你不怕死吗?"

"你愿意死吗?"

"我吗?"尼尔森说,"当然不。"

"我也不愿意,"吉尔摩说,"但为此我应该被处死。"

"我不知道,"尼尔森说,"大概在某一点上会宽恕你吧。"

二

过了一会儿,加里私下给布伦达打了个电话。

"警察是怎么知道我在克雷格·泰勒家里的?"他问。

"加里,你反正会知道的,我不希望你从别人那儿听说。是我叫的警察。"

"我明白了。"

布伦达说:"你也许会因此跟我彻底闹翻的。但是,加里,这种事不能继续下去了。你星期一杀死一个人,星期二又杀死一个人,我不能等到星期三了。"

"好吧,表妹,"加里说,"别为这件事发愁了。"

布伦达说:"加里,这回你的处境糟透了,你这辈子就算彻底完蛋了。"

他说:"好家伙,你怎么知道我不是无罪的呢?"

"加里,你的脑子出了什么毛病吧?"

"我不知道,"加里说,"我肯定是疯了。"

布伦达问:"你母亲怎么办?你要我跟她讲什么呢?"

他沉默了片刻,然后说:"告诉她这是真的。"

布伦达说:"好吧,还有什么要讲的吗?"

"一定告诉她我爱她。"

加里的另一位律师克雷格·斯奈德身高约五英尺七英寸,比埃斯普林稍矮些。他是个宽肩膀,长着一头金发和淡褐色的眼珠,戴一副浅色镜框的眼镜。今天,他穿着一身亚麻色西服,系一条黄、绿、橙红三色相间的领带,里面是件黄衬衫。

在厄伦姆,上午提审加里之前斯奈德和埃斯普林根本不知道杰拉尔德·尼尔森曾对加里进行过讯问。提审完毕,他们和他坐在一起时,他说这两起凶杀案是他干的,他已经告诉了尼尔森。

他们气坏了。吉尔摩被捕的时候,警察向他宣读了米兰达原则,但到监狱后他们却没有把米兰达原则的全部内容都告诉他。两个律师认定,加里坦白的任何事情都可以不作数。这事真叫人冒火,当刑警队的一个中尉在严厉地盘问犯人时,他的律师却被挡在门外整整四十五分钟。

而加里呢,尼尔森答应过带尼科尔来见他,他更关心的是尼尔森的这个许诺。他叫他的两个律师去催促尼尔森履行诺言。

三

警察来到斯普林维尔时,尼科尔正和巴雷特在一起。他们事先并没有打电话来。一个警察进来叫她做好准备。过了一会，尼尔森中尉开着车来了，他叫她上车，说要带她去见加里。

她不知道此时此刻自己心里是什么滋味，也不知道自己是否在乎内心的感觉。听巴雷特唠叨实在是活受罪。过去的几天里，他一直摆出副聪明人的架势教训她。他一遍又一遍地说，她的判断力太低下了，竟然选了一个中年杀人犯做自己的情人。

一路上，尼尔森中尉和蔼、客气，讲话很坦率。他说，他们允许她去和加里交谈，不过她必须问问他，是不是他杀的人。听到这个建议，尼科尔气得差点嚷起来，可转念一想，尼尔森要想带她去见加里就必须有个正当的理由。她肯定尼尔森不至于那么笨，竟然以为加里会当着一大帮警察的面回答她的问题。

情况果然如此。尼科尔走进监狱那散发着恶臭的平房，尼尔森中尉和两个警察紧紧跟在她的身后。她穿过几条短短的走廊，先是从一帮酒鬼模样的犯人面前走过，后来又看见几个阿飞。他们冲着她吹口哨、捻胡须，露出猫屁股似的二头肌给她看。最后，她来到一间大牢房的门前。隔着面前那粗壮的铁栏，她能够看见里面有四张床铺，地中间摆着一张桌子。

然后她看见加里从牢房深处朝自己走来，他的左手上着石膏。从她看见他躺在地上被捕的那个夜晚到现在仅仅三天，但是她感觉到了他的变化。他说："喂，宝贝。"一开始，她甚至看都不想看他一眼。

她垂着头咕哝了一句："是你干的？"

她的声音很低，即使他回答是的，警察也不一定能听清她问的是什么。他说:"尼科尔,别问我这个。"

现在,她抬起头来,她永远不能忘记他的眼睛是多么的清澈明亮。大约有一分钟的时间,他们默默地对视着。随后,他从铁栏里伸出一只胳膊,她很想伸手握住它,不过她没有动。然而,这种冲动不断地刺激着她,她感到自己内心抚摸他身体的欲望越来越强烈。

这几乎是一种怪异的感觉。尼科尔说不清自己究竟感觉到了什么。毫无疑问,她并没有为他难过,她也不为自己难过。相反,她觉得透不过气来,她几乎不能相信这一点,可是她已经快要晕过去了。就在那个时刻她意识到,过去几个星期里她说他的那些话都不是发自内心的。自从见到他的那一刻起她一直爱着他,她将永远爱他。

这与其说是一种感情,还不如说是一种肉体上的冲动,似乎有一种磁力把她吸引到铁栏边。她伸手去摸他伸出来的胳膊,一个警察走上前说:"监狱里禁止接触身体。"

她退了回来。加里显得非常英俊,英俊得令人吃惊。他的眼睛比以往任何时候都蓝,菲奥瑞纳造成的那层薄雾已经彻底消散了。他紧盯着她的眼睛,仿佛他刚刚彻底摆脱某种丑陋的东西从遥远的地方回来了。过去那几个不愉快的星期里,他每过一天都像是老了一岁,现在他看上去容光焕发。他们互相告别时,他说:"我爱你。""我也爱你。"她回答说。

就在尼科尔前去探监的同时,艾普丽尔突然发起疯来。她尖声叫喊着,说有人要把她的脑袋剁碎。凯思琳慌得束手无策,只好打电话叫警察，可后来她又决定送她去医院。太可怕了，艾普丽尔的精神彻底崩溃了。那段时间里，凯思琳甚至不得不把孩子们关在门外，自己一个人留在屋里想办法。

四

狱长肯·卡胡高高的个子，一头银发，为人非常随和。他戴着一副金属框眼镜，大鼻子，小嘴，窄下巴，腹部有点突出。他一向认为自己把这所监狱管理得相当不错，主牢房里有三十个铺位，但是，为了防止犯人滋事斗殴，他想方设法使里面的犯人不超过二十名。在厨房干活的拘留犯有他们自己的一间牢房。另外，狱中有一间可以关下六个人的一级警戒牢房，眼下只有加里一个人在那儿关着。加上位于同一条走廊上的专为监外劳教犯预备的六人牢房，卡胡的监狱一共能够容纳下四十名犯人，而且，犯人不会因拥挤不堪而发脾气闹事。

尼科尔走后不久，卡胡来到后面观察吉尔摩的动静。
"我的脚上起了水疱。"吉尔摩告诉他。
"为什么会起呢？"卡胡问。
"这个嘛，"吉尔摩说，"是我蹭的。"
"是吗，你这傻瓜，那就别再蹭那儿了。"
"不，"吉尔摩说，"给我点急救绷带，我把水疱包上，还可以接着蹭。"
第二天，他又提出同样的要求。他说，他的脚破了，需要绷带包扎。"是吗，让我们看看，"卡胡说，"伤口是不是化脓了。"
"给我点急救绷带就可以了，没那么严重。"
"不行，"卡胡说，"我要看看你脚上的水疱。"
"见鬼去吧，"吉尔摩说，"别管它们了。"

卡胡断定他是在说瞎话。那些急救绷带除了用来把违禁品绑到床座弹簧底下之外,对他没有什么别的用处。

第三天早上,加里对一个警卫说:"今天我要出去一趟。我收到了人身保护令,叫你们监狱的头来见我。"

卡胡心想,加里准以为他们成年累月待在这个破旧的鬼地方,全是些孤陋寡闻的土包子。加里用一种极其亲密的口吻对卡胡说:"你瞧,我在这儿已经五天了。我不过是因为违反交通规则被关进来的,我想马上出去。你瞧,"他说,"我必须找医生看看我的伤。你也知道,我是胳膊上打着石膏进来的,这种伤需要人护理。我希望把我送到医院去,给我的手上点药。你要是不把我送去,可能会出现并发症的。"

卡胡想,吉尔摩可以算得上是个耍花招骗人的高手了。对吉尔摩也许会借助于某种简单而疯狂的方式逃跑的可能性,他并没有一笑置之。不久前,监狱里关着一个叫丹尼斯·豪厄尔的犯人,碰巧外面又送进来一个也叫丹尼斯·豪厄尔的犯人。就在他被关进来的当天,上头传下命令,让释放第一个丹尼斯。值班看守是个新手;他浏览了一下花名册,走到那个新来的丹尼斯面前说:"豪厄尔,你可以走了,你老婆在外面等你呢。"这第二个丹尼斯走出狱门,从那个女人的面前跑过去,像一阵风似的转眼无影无踪了。

吉尔摩仍不肯放弃努力。又过了一会,他要求见他的律师。他说,他要控告监狱,因为他们拒绝给他治手。看他那副可怜巴巴的样子,倒像是很爱惜他那只手似的。

在所有的努力都告失败之后,加里说:"我明白了,犹他县里全是些没心没肺的家伙,他们对我简直是铁石心肠。不过,狱长,现在你可以放我回家了,我不再发火了。"

卡胡想,他倒是很有些幽默感。

他觉得,吉尔摩在墙上乱涂乱画的那些玩意还是可以容忍的。卡胡一向禁止牢房墙壁上出现任何淫秽图画,但加里画的不是这类东西。他画的全是些美好的景物,而且你随手就可以擦掉。他一天画一幅画,第二天擦掉重画一幅。所以,卡胡从来没有干涉过他画画。

在加里听说他们不同意尼科尔探监之前,他俩一直相处得不错。不让尼科尔来似乎是因为她不是他的亲戚,听到这个消息后,加里和谁都不讲话了。

五

布伦达第二次探监是在加里被捕一个半星期之后,那是个星期天。尼科尔也到监狱去了。布伦达不得不承认,当加里听说尼科尔在外面时,他脸上的表情美极了。"啊,上帝啊,"他说,"她答应过再来看我的,她果然来了。"

然而,他解释说,这并不意味着他可以见她。她还没有被列入他的探监名单。布伦达说:"我再想想办法。"她走到站在门口的一个魁梧健壮、显得非常自信的印第安警卫面前,问:"亚历克斯,你能不能让尼科尔·巴雷特利用我探监时间的最后五分钟进去一会儿?""这个嘛,"他说,"我们不应该违反规定。""去他妈的规定!我进去和尼科尔进去有什么不同?他不会跑出去的。喂,亚历克斯·亨特,你的意思是,你不能照顾一下这个伤了一只手的可怜虫喽?他用一只手能干什么呢?把你撕成两半吗?""好吧,"

亚历克斯说,"我想我能管住他。"

尼科尔进去看望加里时,布伦达走到尼科尔的嫂子面前,她是陪尼科尔来的。那天很热,苏·贝克满脸是汗,怀里抱着自己刚出世不久的婴儿。"尼科尔的情绪怎么样?"布伦达问。

强烈的阳光照射在监狱后面煤渣和砾石铺成的地面上。

"她完全垮了。"苏说。

布伦达说:"这一回加里别想再出来了。如果尼科尔把心全放在他身上,她会被毁掉的。"

"她不会放弃的,"苏说,"我们试着劝过她了。"

"要是那样,"布伦达说,"她肯定会受到很大伤害。"

尼科尔哭着出来了。布伦达张开双臂把她搂到怀里,说:"尼科尔,我们两个都爱他。"

随后,布伦达又说:"尼科尔,你为什么不好好考虑一下,放弃这条船呢?加里永远不会出来了,你的下半生只能这样到监狱来看他,这就是你的全部前途。"布伦达禁不住哭起来。"把那些美好的记忆埋藏在心底吧,"她说,"把它们埋藏起来吧。"

尼科尔抽抽噎噎地说:"我决不放弃。"

她心里充满了对布伦达的敌意,连她自己都不能理解这是为什么。她在心里想:"她只不过把她的探监时间让给我五分钟罢了,瞧她那样,好像我欠她一百万美元似的。"

六

预审定于八月三日在普罗沃进行。诺亚尔·伍顿下定决心,要以迅雷不及掩耳之势结束这个案子。他已经找到许多位证人，现在的问题是要使案子无懈可击。当辩护律师要求预审延期时，伍顿拒绝了。

他确信法院将作出有罪判决，或者更确切地说，他确信如果没有作出有罪判决，那就是他自己的过错。然而，他对是否会判处死刑却一点把握也没有。所以，和往常开庭审理案子之前一样，他内心非常紧张，不过那天早上他的胃没跟他闹别扭。

预审时，吉尔摩没有站在被告席上。中间休庭时，伍顿和他面对面交谈了一会儿，他们挺谈得来，甚至开了几个玩笑。伍顿觉得他非常聪明。吉尔摩对伍顿说，监狱没有进行它应该进行的工作，他指的是改造犯人。在他看来，这是个彻底的失败。

当然，他们避而不谈凶杀案本身，不过诺亚尔觉察到吉尔摩正在千方百计软化他。加里一个劲地吹捧他，说他是个公正、能干的检察官，说他具备首要的公正感，还说自己从未见过第二个具备他这种公正感的检察官。

并不是每个罪犯都会来这一手的。伍顿看出来了，吉尔摩企图一步步引他上钩。他肯定已经听说他们正在争取法院作出死刑判决。他大概以为，只要他的举止彬彬有礼，伍顿就会受到感动，从原先那个过激的立场倒退。至少，在被告看来，那个立场是过激的。

果然，吉尔摩吞吞吐吐地问伍顿，他认为审判会有怎样的结果。诺亚尔盯着他的眼睛，说："他们也许会作出死刑判决的。"吉尔摩说："这我知道，但他们究竟打算怎么办呢？"伍顿重复了一遍:"他们可能会处死你。"他看得出,这句话使吉尔摩大吃一惊。

斯奈德也走到诺亚尔面前。他建议,由他们对一级谋杀罪提出服罪,要求判处无期徒刑。伍顿拒绝了这个建议,"这绝对不行"。

看过吉尔摩的档案后,伍顿就已经拿定主意提请法院判处他死刑。档案上写得很清楚,他在服刑期间暴戾恣睢,多次越狱,并且一贯拒不接受改造。伍顿只能得出下列结论:一、吉尔摩也许会伺机潜逃;二、他的存在将危及其他犯人和警卫的生命安全;三、他已经不可救药。这些,再加上那一系列冷酷凶残的杀人罪,已经足够了。

七

八月三日预审那天,尼科尔开车赶到普罗沃,可他们只允许她和加里交谈一分钟。看到他戴着脚镣,她不禁一阵晕眩。随后,她只来得及抱住他给他一个深情的吻,他们就硬把他拉走了。她一个人孤零零地站在法院的门厅里,眼前的一切都在剧烈地摇晃着。外面,在夏天的阳光下,成群的马蝇发疯般地互相追逐着。

开车回斯普林维尔的路上,她一个劲地走神,结果翻了车。幸好没伤着人,只是汽车撞坏了。此后一路上,野马车怪声怪气地呻吟着,好像随时要散架似的。排挡坏了,她只能用二挡开车。

这简直是一次疯狂的旅行。她的内心产生了一种强烈的冲动,总想冲过马路中心线,撞到迎面而来的车流中去。第二天来邮件时,有一封加里给她的长信。他们把他从预审法庭带回监狱后,他立刻动手写了这封信。于是她意识到，当他给她写这封信时，她正驱车飞驰在回家的路上，竭力压抑着与迎面而来的汽车相撞的冲动。

她把加里的信读了一遍又一遍，大概一共读了五遍。信中的那些词句就像在世界上空呼啸而过的狂风似的在她的脑子里轰鸣着。

以我过去的经历，我对你给我的那种真诚坦率的爱没有一点心理准备。我所习惯的是谎言与敌意、欺骗与卑鄙、邪恶与仇恨，它们是我的栖身之地，它们造就了我这个人。我用猜忌、怀疑、恐惧、仇恨、欺骗、嘲弄、自私和虚荣的目光看这个世界。所有无法接受的东西，我都当作合情合理的东西全部接受下来了。看看这间污秽不堪、令人作呕的牢房吧，我知道我只属于这种潮湿肮脏的地方，我还能到什么地方去呢？那该死的马桶下水道堵塞了，脏水流得到处都是。淋浴的莲蓬头锈迹斑斑。他们发给我的薄被又旧又破，几乎变成了黑的。我没有枕头。角落里尽是死蟑螂，夜晚蚊虫成群，灯光昏暗。在这个地方，我孑然一身、形影相吊，我觉得自己老了。记得你我讨论过衰老吗？你说衰老是很丑陋的——衰老，衰老……我仿佛听见死囚车的车轮在吱吱呀呀地滚动，这声音那样刺耳，离我那样近。当我是个小孩子时，我做过被砍头的噩梦。可那不仅仅是梦，更像是往事的再现。当时我吓得跳下床来，这可以说是我一生中的转折点……近来我渐渐理解这个梦了。很久以前我欠了一笔债。谈这种事肯定会使你感到压抑的，尼科尔。这个梦，除了我母亲，我从来没有告诉过任何人。做梦的那天夜里，母亲跑进来安慰我，不过从那以后我们再也没有谈过它。有一天晚上我把这个梦讲给你听。我已经差不多讲完了，才意识到你不愿意听这类事情。有时一连几年，我完全忘掉了这个梦，可是有一天某一件东西突然提醒了我（断头台的照片，刽子手和行刑台，或者一把板斧，甚至一根绳子），它立刻浮现出来了。随后的几天里，我好像觉得已经非常接近某件与我本人有关的秘密。这桩不知为什么总是揭不开的秘密使得我与众不同。我想，我欠下了一笔债，我希望知道是什么债。

还记得有一次你问我是不是魔鬼。我不是魔鬼。魔鬼比我高明得多，魔鬼的活动范围要大得多，当然，魔鬼也不会感到丝毫懊悔，所以，我不是魔鬼。此外，我知道，魔鬼无法感受爱。但是，在魔鬼与上帝之间，我大概离魔鬼更近些，这不是件好事。在邪恶与美德两者之中，我大概对邪恶更熟悉些，这也不是件好事。我希望对人公平，对自己也公平。我愿意偿还自己欠下的债（不论付出什么代价）。这样，我身上将不再有污点，也不必终日做贼心虚、担惊受怕了。我希望这听起来不像是故作伤感。我很想站在上帝面前，很想知道自己正直、健全、清白。当你是这样的时候，你知道。当你不是这样的时候，你也知道。我们每个人心里，我们心里都有一笔账。但我想我走偏了路。当我真心实意想走正道时，我却拐上了条岔道。我越来越无精打采，懒惰，厌世，以至于最后无地容身。现在我该怎么办？我不知道。吊死自己吗？

关于这一点我考虑了许多年。我可以吊死自己——或者等着犹他州处死我？这样比自杀来得更合适更方便。但是，自从一九六三年以来，这个州没有处死过任何人（全国各地大约都是从那时起）。我怎么办呢？在监狱里腐烂发臭吗？一天天衰老憔悴直至终于醒悟到自己这个惹是生非的混蛋不过是这个虚伪社会的无辜牺牲品吗？我怎么办呢？在监狱里度过余生、继续寻找那个多年来我一直渴望认识的上帝吗？重拿画笔？写诗？玩手球？为自己星期一晚上仅仅因为不能马上得到一辆白色卡车便大发雷霆，结果失去你那美妙的爱情而悔恨不已悲痛欲绝吗？我怎么办呢？

我们总是有一个选择的机会,是吗?

  我的天使,我并不要求你回答我的这些问题,请你千万别这么认为。我必须作出自己的选择。当然,欢迎你提出任何批评或者建议。

  上帝啊,我爱你,尼科尔。

八月三日

第五部　梦的阴影

第十九章　魔术师的亲属

一

加里从马里恩出狱后住在普罗沃弗恩和艾达的家中时，曾给贝西寄去一盒重十一磅的巧克力作为母亲节的礼物。后来他写来一封信。"我真没想到我竟会如此幸福，我得到了全犹他最美丽的姑娘。妈妈，眼下我挣的钱比我偷来的钱要多。"

贝西在回信中写道："我一直希望你能这样做。我非常高兴你得到了这个姑娘。我盼着有一天能够见到你那位漂亮的尼科尔。"

此后她再也没有他的消息了。她打电话给艾达。艾达告诉她，加里拿起商店里的货物就往外走，结果惹出点小麻烦。贝西请艾达转告加里给自己打电话。她开始担心，加里出事时从不跟她联系。

得知凶杀案消息那天，她正坐在活动房的走廊上晒太阳。电话铃响了，电话里传来一个女人的声音。一听到这个声音，贝西立刻说："你是布伦达吧，加里肯定出什么事了。"她以为他抢了银行。

布伦达告诉她，加里因涉嫌一级谋杀被拘捕了。"我不相信，布伦达，加里不会杀任何人的。""唉，是真的，"布伦达说，"他杀死了两个人，开枪把自己的大拇指打掉一个。"贝西就是这样听说这件事的。

她说："不，肯定是弄错了，加里不会干这种事。别的什么坏事他都干得出来，可他不是杀人犯。"她刚挂上电话，电话铃又响了起来,是艾达打来的。她说她和弗恩亲眼看到鲜血从布什内尔先生的伤口里喷涌出来。贝西觉得,这句话她永远也忘不掉。接着,电话里传来弗恩的声音,"这儿的法律上有死刑,他们会处死他的。"贝西再也听不下去了。一提起死刑她就心惊胆战,这个字眼她连想也不敢想。小时候住在犹他州时,每回听说他们要处死犯人时,她都要找个地方藏起来。

和弗恩通话后,她没有把这个消息告诉任何人。后来小弗兰克到镇里来时,她告诉了他,但她没有把此事通知小儿子麦克尔。一天上午,他打来电话。他说,听声音你好像哭过了。贝西说,我感冒了。他说,我回家陪你一天吧。她问,你从报上读到加里的消息了吗?他说,是的,我已经听说了。

她回想起一九七二年的秋天。他们把加里从俄勒冈州州立监狱放出来,让他到一家美术学校学习。他将住在尤金的一个重返社会训练所①里,去那儿之前,他们放他回家看看。出狱的当天下午,他回家看望贝西,和她一块度过了一个夜晚。第二天早上,他要到商店去买早餐用的鸡蛋。出门时他问她,自己可不可以带回家一箱半打装啤酒,她说当然可以。于是整整一个早上,他坐在那儿,一边喝啤酒一边跟她聊天。他们感到彼此非常亲密。她为他准备好早饭,说:"这是很久以来我们俩第一次在同一间房子里过夜,加里。"他说:"不错。"事实上,已经快十年了。喝完酒,他说他该走了,他必须到尤金的美术学校去。

他走后,她回忆起十年前——也就是一九六二年——他俩单独在一起时的情景。她和加里都是约翰尼·凯什的歌迷。他从楼

---

① 专为长期监禁或治疗者等设立的一种机构。

上把凯什的所有唱片全搬下来，他俩听了整整一天。可现在一看到那些唱片她就禁不住伤心落泪。每回收音机里传出约翰尼·凯什的歌声时，她立刻就把它关掉。

还是在一九七二年的秋天，几夜之后，加里开着一辆车来了，要带她出去吃饭。她推辞说，她没有梳妆打扮，天也太晚了，于是他留下和她谈到很晚很晚。几天后的一个夜晚，她注意到她的活动房外坐着几个警察，他们拒绝回答她的任何问话。她立刻预感到出大事了。

第二天一早，一位邻居打电话问她："那个因武装抢劫被抓的是不是你的儿子？""不是的，"贝西一口否认，"不过，是哪张报纸上登的？"那女人告诉了她，她说："我要看看这张报。"读完那篇报道，她差点哭死过去。她为加里流的那些泪河中又增加了一条。

现在，在一九七六年的夏天，这简直像是一场噩梦。她一遍遍责备自己，要是自己能够到普罗沃去，加里永远不会杀死那两个人。四月一日那天晚上，他从艾达家打来电话，说："妈妈，我要搞辆车，开车到波特兰把你接来。"贝西笑了起来："唉，加里，眼下我是个讨人嫌的老太婆，到了街上人家会笑话我的。"

几个月前加里仍在马里恩时，有一天晚上她正和儿子小弗兰克坐着聊天，突然吐起血来。他们叫了辆救护车来，把她送到医院动手术。为了止住关节疼，她服用了大量的阿司匹林，它们加重了她的胃溃疡，最后造成穿孔。她的胃被切掉了一半。"我把这一头系紧点，"她对一位朋友说，"那一头又绽开了。"现在，除了到几步之外女房东的活动房去拿信，她从来不出屋门。然而，当

353

加里谈起要是她能来普罗沃帮他管家该有多好时，她却不忍心扫他的兴，再说她也一直盼着能这么做。后来，他来信说他和尼科尔同居了。

她想，这不过是自己那些美好梦想的一部分罢了，不会实现的。她甚至无法把她的这座活动房收拾整齐：它看上去和她本人一样老朽不堪。

发生凶杀案一个星期前，她给加里写了一封信。他肯定是在那两个摩门小伙子遇害前一两天收到这封信的。她在信中提到水晶喷泉大街上的那座房子。他九岁那年在那里住过，他很喜欢那个地方。那阵子，他成天口口声声说他要当个牧师。她告诉他，他们已经把那座房子拆了，在原地建起一幢公寓楼来。这是又一个你无法找到痕迹的回忆。

然而，正是在水晶喷泉大街那座房子里，加里逐渐形成担心自己会被砍头的恐惧心理。他是个勇敢的孩子，可这种恐惧一直折磨着他。他和小弗兰克共住一间卧室。以前的房客肯定用夜光漆油漆过墙壁，一到夜间墙上就绿光闪闪。加里常常被吓得叫起来："妈妈，我又看见那个东西了。"她一遍遍安慰他，说那不过是油漆，没有什么可怕的，但最后他们只好把墙壁重新油漆一遍。后来，他开始天天梦见自己被处决，这使他的心头充满了恐惧。"他一直在担惊受怕。"贝西自言自语地说，"一辈子都是这样。"

是的，加里是个忧郁孤独的人，他是世界上最忧郁最孤独的人之一。"唉，上帝啊，"贝西想，"他在监狱里关得太久了，他根本不知道如何挣钱养活自己，也不知道如何付账。在他应该学习这些事情的时候，他却一直被关在监狱里。"

活动房里异常闷热。七月底听到这个消息后，她感到憋得透不过气来，好像是在蒸汽浴室里。在波特兰，一个人坐着不动就可以减肥。"在活动房里最热的那几天，"她大声说，"我每个钟头掉五磅肉。"当然，她的体重只有一百一十磅。她朝着墙说，这哪儿是波特兰，这分明是非洲。她觉得，波特兰似乎马上就要被热浪吞没了。暑气那么强烈，那么可怕，简直是热带丛林。她面朝着墙自言自语道："第一次来这儿时，我就觉得这儿太绿了。"

活动房内似乎有台空吸泵在运转，如果有人逆向移动一步，整座房屋立刻就会四分五裂。

二

二十二岁那年，也就是他父亲死后的那一年，加里从俄勒冈州教养院出来了。他仅仅过了半年的自由生活，便因武装抢劫罪被判刑，在俄勒冈州州立监狱一关就是十二年半。当时，他们住在橡树山路的一所房子里，房子的周围有一条窄小的环形车道。这所房子是当初他们的生活富裕安定时弗兰克买下的。在那短短的半年里，有一次他俩听了整整一天约翰尼·凯什的唱片。也就是在那半年里，一天下午贝西回到家里，发现加里正在她的桌子里翻来翻去。"我要给你看样东西。"他说。他找到了他的出生证。那上面有他母亲的名字和他的出生年月日，不过他的名字和他父亲的名字那两栏里却清清楚楚地写着法伊·罗伯特·科夫曼和瓦特·科夫曼。

具有讽刺意味的是，这个名字是弗兰克给他起的。法伊是弗兰克母亲的名字，罗伯特则是他前一次婚姻生的儿子。姓科夫曼这个姓是因为他不是出生在弗兰克·吉尔摩的地盘上，而是出生在瓦特·科夫曼的领地里，这块领地在得克萨斯的麦卡米。弗兰克从一个州迁移到另一个州时常常改名换姓。贝西永远也搞不清这是为了抹掉旧的足迹呢，还是为了开辟一条新路。

当然，贝西不愿意儿子永远叫法伊·罗伯特这个名字。旅馆里的人们建议给他改名为多伊尔。贝西挺喜欢这名字，不过她觉得加里更好听些，因为她崇拜加里·库珀。为此，她和弗兰克争论了好一阵。他说，加里这个名字使他想起加雷迪，加雷迪曾经是他的姐夫，那家伙骗过他的钱。

一开始，她和加里都没有大声吵闹，不过后来当他瞪起眼睛顶撞她时，贝西说："你怎么敢这样！没经我的允许乱翻我桌里的东西！"

加里反问道："要是一定得经过你的允许，我不就永远也不能知道这个秘密了吗？"接着他又说："怪不得老头子从来都不喜欢我呢。"贝西连忙说："你千万千万不要认为自己是私生子。"

几年后贝西才得知，在她发现加里坐在自己的绿皮椅上翻自己的桌子一年半以前，加里就已经知道他的出生证上的秘密了。在俄勒冈州教养院（这是专为那些进管教学校年龄太大，进监狱年龄又太小的男孩子设立的），他的管教员曾问过他，为什么在得克萨斯那边他的出生记录上他父亲的姓是科夫曼而不是吉尔摩。这件事弄得他心烦意乱。两周后，他头疼得非常厉害，他们给他做了一次脑电图。他拒绝劳动、寻衅斗殴，结果多次受到书面警告。他对他的精神病医生抱怨说，他常做那些稀奇古怪的梦，他很难控制自己的脾气，他总是疑心有人在背后讲他的坏话。后来他的父亲死了。当时他正被关在隔离牢房里，他们说什么也不准他回家参加葬礼。

所有这些都是在加里坐在她的桌旁递给她那份出生证那天之

前发生的。

这种愚蠢的误解对他产生了什么样的后果,她实在不愿意去想。这么多年来加里闯了这么多的祸,不应当把它们全部归咎于一张出生证,特别是他很清楚,他那位走江湖的父亲有一大串名字。可是,她永远也无法肯定,那张纸片与他后来持枪抢劫以及他在二十二岁那年被判处了可怕的十五年徒刑有没有关系。不久,贝西的胆囊炎越来越严重,只得把胆囊摘除掉。手术后的恢复期中又出现了并发症,所以直到几个月后她才能够到监狱探望加里。她从来没有隔那么长时间才见他的面,那个时候她已经能够经得住任何打击,要不然当他走进探监室时她肯定会尖叫起来的。站在面前的儿子只有二十二岁,他的嘴里却只剩下下牙床上的两颗门牙了——它们看上去活像两颗狗牙。"他们正要给我装假牙。"他说。

下一次探监时,他告诉她他很喜欢他那副新假牙。"我可以拿起只苹果大口大口地吃,决不会牙疼的。"他大声说。他的头疼显然也好多了。

"好吧,"当时她对自己说,"我是最早在普罗沃安家落户的那代人的女儿。不论在父系那边还是在母系那边,我的祖辈和曾祖辈都是拓荒者。如果他们能熬过来,我也能熬过来。"布伦达、艾达和弗恩来过电话后,她又一次这样对自己说。

三

贝西仿佛看见了小溪旁那座古老的铁匠铺,她就是在那儿长大的。她也能闻到它的气味。当骡马们吓得拉出屎来时,热腾腾的气息朝她扑面而来,揭下马蹄铁后,她又能够嗅到马掌表皮散发出的恶臭，那种味比老头子的汗脚味还要难闻。她知道紧接着会发生什么事——通红的马蹄铁钉到马掌上，一股股浓烈的焦糊味钻进她的鼻孔。这种气味太熏人了，她更喜欢烧红的铁块和燃烧着的煤块搀和在一起时散发出的那种强烈的气味。她想，一个身强力壮的人被埋葬后，他的坟墓肯定也会散发出这种味儿。

铁匠铺后面是草地和果树林，一阵阵清新的微风吹来，令人心旷神怡。当然，还有那什么气味也没有的沙漠，它使你鼻孔发干，终日一身一脸灰尘。远处巍峨的群山使你觉得自己正站在一堵高墙根底下仰脸望着墙顶呢。

她生长在一个有七个女儿两个儿子的大家庭里。她的双亲又分别来自两个大家庭。她的母亲是十三个孩子中最年长的一个，父亲则有九个兄弟姐妹。母亲的娘家姓克比，跟那个吸尘器公司的名字一样的读音，不过拼法不同，一个是"Kerby"，另一个是"Kirby"。老人们告诉她，克比家从前是威尔士群岛的主人。一八五〇年她的外曾祖加入了摩门教会，结果被逐出家门。他两手空空来到美国，用一辆手推车推着自己的全部家当，跟随戈达德手推车中队一路跋涉越过大草原来到犹他定居。那一年，摩门教会因缺乏资金无力购买篷盖马车，布里格姆·扬[①]号召他的教徒们，来吧，推着你的小车到德塞瑞特摩门王国的新锡安山来吧。于是，浩浩荡荡的摩门大军推着手推车穿越落基山脉中的道道峡谷向西挺进，戈达德中队就是其中的一支。贝西常常说，那些勇敢健壮的教徒知道自己行动的目标。

她的外曾祖母玛丽·埃伦·墨菲是克比家唯一的爱尔兰人，

---

① 布里格姆·扬（1801—1877）摩门教会领袖。

其他人都是英国血统的，加上一点点法国血统。贝西身上有百分之九十八的英国血统，她永远也不能理解加里为什么逢人便说自己是爱尔兰人。他算是什么爱尔兰人，就像他不算是得克萨斯人一样。说起来，他不光出生在得克萨斯，还在那儿住过六个月呢。

贝西有七十八个堂兄弟姐妹和表兄弟姐妹，他们不能再迁移了。他们是普罗沃的国王，也是普罗沃的泥块，所有的人全是用一个模子铸出来的。后来，她常对人说："你知道他们是怎么教训我们的吗？你根本不会相信。要是我们教会的头头说，沿着路的右边走，你绝不会沿着左边走的。哪怕下着倾盆大雨……我们真是够蠢的。"

童年的那种生活也许早已不存在了，可现在她却努力回到童年中去。这总比因想到自己的亲生儿子杀死了另外两位母亲的亲生儿子，而陷入绵绵无尽的痛苦之中要好一些。这件事烧灼着她的心，就像她膝关节处感到的那种火烧火燎般的疼痛一样。痛苦是个令人厌烦的啰嗦先生，他讲完一个话题总能提出另一个话题来。

贝西仍然记得第一次世界大战时的普罗沃。当时她才五岁，家里既没有电话，也没有电灯；那年头，连电报都是件稀罕物。结结实实的砂土路面上覆盖着一层尘土，报纸出版了一个星期你才能读到它们。她家的房子只有两间屋，外加房后的一间棚屋。他们天天翻过一道小山梁到远处的山泉去汲水。夏天他们用手推车推，冬天用雪橇拖，每回只能运回两桶水。她清楚地记得，十一月的一天，天空看上去像雪那样洁白，他们听到两英里外的镇上传来可怕的汽笛声。她的母亲有点担心也有点害怕，一遍又一遍地说："德国人要打来了。"可是，她的爸爸骑上马到山那边去了一趟，带回了截然相反的消息。他们就是这样得知战争已经结束了的。

她觉得贝西是世界上最难听的名字,人们常常把马或者牛叫做贝西。她告诉大家叫她贝蒂,在刨土豆、摘黄瓜、摘菜豆时,还有和别人轮流摇动洗衣机手柄时,她都要告诉人家这么叫她。天天晚上,孩子们围坐在桌旁,他们的母亲借着一盏油灯的光亮读故事给他们听。每当别人叫到她的名字时,贝西总要纠正说:"是贝蒂。"一九五〇年后的今天,她的感觉依然如故。弗兰克总是叫她贝蒂。在她叫贝蒂的那些日子里,他们有许多钱。可不知为什么,他死后她又变成贝西了,现在她是个穷光蛋。

她坐在椅子里,呼吸着热烘烘的空气。这座活动房和当年的破铁匠铺一样热得叫人受不住,惊马的那种气味永远留在她的心和肺之中了。电话里传出的艾达的声音又在她耳边响起来,她在向她描述她亲眼看见的布什内尔先生那满头满脸的鲜血。贝西感到一阵眩晕,自从艾达和她的孪生姐姐阿达一块出生,这么多年一晃就过去了。

这对双胞胎比贝西小十岁。贝西最喜欢艾达,常常把她叫做小雪尔。小雪尔,听起来像小靴儿。现在艾达结婚了,她的男人有着和马蹄一般大的手掌,而且他这辈子一直在修鞋、修靴子。贝西的心都要碎了,这简直就像背信弃义。她一向很喜欢弗恩,而他竟然故意在电话上对她说:"他们要处死加里。"她竭力摆脱这个念头,转而回忆起这对双胞胎出生时父亲靠着家里的山墙盖的那间小屋,以及星期六晚上使用的白铁桶。

她感到一阵刺痛,这些愉快的往事不仅仅使人愉快,而且好像是敷在一个小伤口上的止痛膏。接着她想起那位每星期五从盐湖城来学校教芭蕾舞的舞蹈老师。在中学的体育课上，贝西从来不愿意打篮球或参加操练，她厚着脸皮往操场边一坐，说，给我打"E"吧，我没有理由。人们对她议论纷纷，她是个农家女，却一天到晚戴着宽边太阳帽和长手套，从来不肯在阳光下干活。

舞蹈老师把一切全改变了。贝西在舞蹈课上接连得"A$^+$"，老师把她提升到队列前排，夸赞她是个天生的芭蕾舞演员。老师感叹道，我要是在她四岁时就发现了她该有多好啊。

贝西也听收音机，并学着唱歌，可家里人连支小曲都哼不全。他们不管唱什么都是一个调。后来，当弗兰克、儿子们和她试着唱歌时，情况就更糟。每年的圣诞前夜，弗兰克都要唱那首"快点，拿破仑，天要下雨了"，每年的圣诞前夜大伙都要跟着他的歌声受罪。加里常常大声说："够了，以后你别再过圣诞节了。"可是轮到加里唱歌时，他的嗓音比他父亲的还难听，他一会儿像猪那样哼哼，一会儿像女孩子那样尖叫，听起来简直像个吞下一块砖头的西部乡村歌手的嗥叫。

猛然，她意识到，加里将在监狱里度过余生了，如果他没有被处死的话。

四

也许她不会唱歌，不过她是教会举办的金色青春舞会上的皇后。位于普罗沃以北、厄伦姆以南的格兰德维教区从十到十二个家庭里选出十五个姑娘，请来布里格姆·扬大学的大学生们教她们跳交谊舞，贝西是其中之一。那场面简直像电影里的镜头。

不过，贝西一向不喜欢看电影。她跟着父母走进一间阴暗的长方形大厅,银幕上的画面像壁橱里的一只萤火虫似的在她的眼前摇曳晃动着,不同的是它是悬挂在大厅另一头墙壁的高处的,另外还有一架风琴在黑暗中急促地弹奏着。你要是不会快速阅读,你就不知道演员们在讲些什么,可她只要一读快,浑身上下就抖个不停。

电影院里的黑暗常使她想起很久以前的一个圣诞节。那天,妹妹阿达的马脱缰了,雪橇撞到了一棵树上,她死了。当时,整所公墓全被大雪掩盖住了,他们只好把阿达深深地埋入雪中。从那以后,他们家再也没有度过一个欢乐的圣诞节。令人伤心的回忆不知什么时候就会从地里钻出来,给节日笼罩上一层阴影。

那是她一生中最凄凉的一个圣诞节,可她觉得一九五五年加里被关在麦克拉伦时的那个圣诞节过得也够冷清的。他们请求管教当局放他回家住一两天,他们一开始倒是同意了,可后来他违反了校规,他们便不许他回来了。家里还有其他的孩子,所以圣诞节那天贝西和弗兰克不能到麦克拉伦去看他。加里孤零零地待在学校里。十二月二十六日他们才给他送去节日礼物。

白天,火辣辣的阳光直射在活动房的屋顶上,到了夜晚,活动房里闷热极了。对眼下这种炎热的天气,她只有一句话可说,那就是冬天里刺骨的潮气比暑热更使她感到孤独。冬天,当她冻得手脚冰凉时,她必须借助于回忆自己过去的全部生活才能支撑住自己的生命。但是现在,在七月的中旬,当她听说加里杀死了两个小伙子时,她周身的血一下子凝固了。只有六十三岁的她却觉得自己已经八十三岁了,觉得自己仿佛是一具躺在冰雪覆盖下的公墓里的僵尸。她的眼前不时出现布什内尔先生的脸。以前她并没有见过那张脸,但那又有什么关系呢,她知道那是张血肉模糊的脸。

"唉,加里,"那个手术后一直活跃在她那残缺不全的肢体和扭曲的关节之中的小女孩低声叹息着,"唉,加里,你怎么能干这种事呢?"

是的,一个人对自己生命的回忆也许是他最好的和唯一的朋友。毫无疑问,只有这种回忆对自己这把受过伤害的老骨头是个安慰。这把骨头将在自己的肉体内不停地挣扎、躁动,直到它们成为一具脱离肉体的骨头架子。

所以,她常常回想起往昔那些美好的夜晚,回想起夏季黄昏时分山上吹下来的暖风,回想起她当初是多么爱普罗沃的一草一木。那时,她常常一坐几个小时,望着远处美丽的山峰发呆。她把那座山峰叫做Y峰。为了纪念老布里格姆·扬,第一批定居者在山峰的侧面用扁平的白色石块镶成一个很大很大的白色字母Y。小时候有一回,她正望着Y峰时,她的父亲走过来了。贝西对他说:"爸爸,我要宣布这座山只属于我一个人。"爸爸说:"宝贝,我想你和别人一样有权利拥有它。"说完他转身走了,贝西想:"他已经表示同意了。那座山属于我了。"贝西坐在活动房里,对"往事"这个好朋友说:"那座山仍然属于我。"

五

贝西研究了一番报纸图片副刊上的服装,然后动手给自己做了一身衣服。当普罗沃的犹他玛舞厅请来乐队时,她就穿着这身衣服去那儿跳舞。她有个叫鲁比·希尔斯的女友,是鲁比的哥哥开着A型福特车送她俩去的。路面上的一道道车辙像岩石中的裂缝那样深，他小心翼翼地驾驶着那辆A型福特。

她还有另外两位女友，她们婚后的名字分别是艾弗顿·戴维斯·阿特金斯和伊娃·达博尔·布里凯。那阵子，贝西常跟布里格姆·扬大学的一个大学生约会，似乎大有希望搭上一条可靠的大船。但是，她受不了他那一套。贝西对别的什么事情都感兴趣。

许多人认为她太不安分守己。她总爱自行其是。她和女友一块搭便车跑到盐湖城甚至更远的城镇，最远曾到过加利福尼亚。她常常跑出去，在外面打一阵工再回家。她的父母没工夫细问她在外面的所作所为，家里的女孩子太多了。他们教你懂得什么是正确的，然后你就可以无拘无束地做错事。你是个摩门教徒，已经明确无误地教给你应该怎样为人行事了，但基督却赋予你走自己生活之路的自由意志。贝西想干什么就干什么，她离家的次数越来越频繁。

那些年月是属于她的，她永远不会把当时发生的事情告诉任何人。叫她恼火的是，格兰德维教区里流传着许多关于她的流言蜚语。看到她出远门回来时穿着漂亮衣服，戴着珠宝首饰，他们总在背后讲她的坏话。她窝火透了，要知道那些漂亮衣服大多是她贝西·布朗自己裁剪缝制的，她仅有的几件首饰也是靠她那双善于仿制戒指的巧手劳动换来的。她就是这样告诉他们的。

她爱上了一个人。因为那人住在盐湖城，她便搬到那儿，在一家小旅馆里租了个单间住下来，为一位拥有一座大房子的老妇人干家务活。那次恋爱事件结束后，她没有另找男朋友，而是单身一人生活了整整一年。她仍然很年轻，一点没感到寂寞难熬。相反，她很喜欢单身独处。

她有个叫阿娃·罗杰斯的女友。阿娃酗酒，整天东游西荡。当时她正跟一个男人同居，她管那个男人叫达迪。达迪的工作是为《犹他月刊》的广告版面招揽生意。登一页广告一百美元，他可以从中提取百分之二十五的佣金。阿娃说，她非常爱达迪，他对女人很有吸引力。

"今天达迪给我买了一台新打字机。"阿娃得意地对贝西说。她邀请贝西到他们的房间去坐坐。贝西不喝酒——"我是一个不饮酒的人。"她总是这么说——可是在等着达迪回来的那段时间里，阿娃喝了好几杯啤酒。后来她想把打字机拎起来，不料手一滑，打字机哐的一声掉到地上。那还用说吗，打字机被摔坏了，那是台崭新的打字机。就在这时，达迪走了进来。他的个子并不高，不过他长得很结实，腿上系着皮绑腿。他显得非常自信，当然，他的脾气也不小。可怜的阿娃。贝西很快就明白了，这不是她的打字机，又一个谎言，又一声啜泣。达迪怒气冲冲地瞪着她，就好像阿娃的账单上已经列着九十五件没有付款的物品，这是第九十六件。"卷起你的铺盖，给我滚出去！"他吼道。

后来，贝西在大街上遇到达迪时，才得知他叫弗兰克·吉尔摩。"我明天要结婚了。"他说。
"祝贺你。"她说。

当她下一次在街上遇见他时，她问："你婚后的生活怎么样？"
"已经了结了。"他回答说。

她喜欢他。他处世精明老练，不论做什么都目标明确，而她不过是个农家女。他们有时在廉价杂货店买东西，有时又到大百货公司去，他们还常常加入到施粥场外面的长队中去。虽然一九三七年那会儿生活困难,她的心情却很舒畅。甚至在她对他大喊大叫时,她的心里也感到甜滋滋的。

他是个讲究实际的人,也是个硬汉子。他告诉她,他曾经当过驯狮员,他脸上的伤疤就是那时落下的。他说,他还曾经是个杂技演员,是个走钢丝的,他的瘸腿就是那会儿摔的。他告诉她,在一次杂耍表演中,他因为多喝了几杯,结果在台上表演时从高处掉到乐池里,把脚脖子摔折了。那个时候,他已经快五十岁了,白头发越来越多,但是他脸上的神采似乎能使他遇见的每个女人都甘愿做他的情妇。贝蒂①喜欢他对女人的这种吸引力,他是她主动追求的第一个男人。

她永远也说不清他是否真的向她求过婚。一天,他们从电影院出来时,他说:"让我们结婚吧。"叫他跪在地上求婚等于要他的命,他当时就会羞死的。所以他邀她出来看《勇敢的上尉》这部电影。

他很少饮酒。他这种人平时滴酒不沾,可一旦开戒,他不喝个酩酊大醉决不罢休。几年后在他们的旅途中,有一两次他竟被人家从旅馆里撵了出来。

他们决定到萨克拉门托去结婚。后来她才知道,他的母亲住在那儿,她一辈子都在娱乐业里谋生。

贝蒂问他,他的父亲是干什么的,弗兰克回答说,他也从事娱乐业。

离开盐湖城之前,他们到普罗沃探望她的家人。家里有七个

---

① 上文提过,贝西喜欢自称"贝蒂"。

女孩子呢，所以她的爸爸妈妈听到这个消息时根本没工夫坐下来哭一场。到萨克拉门托去吧。

六

弗兰克事先一点没向她透露他的母亲是个美人，贝蒂见到她时大吃一惊。法伊脸上的笑容光彩夺目。她生得娇小玲珑，满头银发，眼睛蓝得使你难以置信。她的皮肤洁白无瑕，牙齿整整齐齐，一个也不缺。她的脸上没有一道皱纹。虽然她已经进入老年——她大概接近七十岁了——她的一举一动仍然像个高贵的女王。

她从前的艺名叫娃娃法伊，现在，她是个巫师。她很少离开自己的床，她就在那张床上生活。在萨克拉门托一座大房子的一间大卧室里，她把人们支得团团转。瞧她对人发号施令的那种劲头，好像她手中握着权杖似的。当然，她从来没有这样对待过贝蒂。

然而，法伊的神态举止非常自然。她漫不经心地对贝蒂说，她和法国一个庞大的王族有血缘关系，波旁王族。"等到你们有了孩子，"法伊说，"法国王族的血将在孩子们的血管里流动。"

至于法伊做姑娘时的名字，贝蒂从未听她提起过。上世纪末这世纪初，她跟着杂技团四处卖艺。使用娃娃法伊这个艺名前，她叫法伊·拉·福，这大概就是她的本名吧。拉·福小姐决不会告诉你她不愿意讲出来的事情。

法伊每周举行一次降神会。大约四十个人围坐在她的床边，每人缴费五美元。贝蒂没有参加过，她不想离这种事情太近。在降神会上,你可以和法伊交谈,墙里或者天花板里会传出嘭嘭的撞击声。夜里,贝蒂觉得好像有鬼魂在自己的床上走来走去。在法伊为他俩主持婚礼的过程中(她有牧师执照,人们称她为招魂法师),贝蒂心里一直在纳闷,法伊的床里床外究竟游荡着什么样的精灵呢?

婚后,弗兰克和她开始四处漂泊。她遇见他的时候,他已经在盐湖城住了一年多了,但这种情况很不常见。他喜欢从一个州跑到另一个州,为某几种杂志的广告版面招徕生意。这是些尚未出版的杂志,它们往往永远不会出版。

他有好几个姓,塞维尔、沙利文、考夫曼、科夫曼、吉尔摩和拉·福。有一次他告诉她,他的父亲姓韦斯,从父亲那边讲,他是犹太人。不过他认为,既然法伊送自己上天主教会学校、用天主教的方式把自己培养大,那么自己就是天主教徒。然而,他在亚拉巴马有个犹太妻子,在别的地方也有,她们的名字分别是多利、南、巴布利、米莉、巴巴拉和杰奎琳,其中一个曾经是著名的歌剧演员。就贝蒂所知,他跟她们全都离了婚。

但他肯定在娱乐界干过。各地剧院的人们都认识他,他们不论走到哪儿,都可以搞到剧院的免费入场券。有一天,他们甚至驱车穿过盐湖城。他们没有停车,只花了一分钟就跑完了那些宽敞的大道。他们在外面漂泊了许多年,除了缅因州和纽约州,他们跑遍了全美各州。他们住在什么卡里洛旅馆,或者塞莫旅馆,塞莫倒过来拼写正好是个"家"字[①]。他有不止一份出生证。然而,她从来没有问过他们为什么要这样生活,他可能会这样回答:"如

---

① 塞莫(Semoh)倒过来拼写为"Homes",是"家"的复数形式。

果我认为这件事与你有关,几年前我就告诉你了。"也许,他感到她是个陌生人,就像他给她的感觉一样。她是在一个恪守传统的家庭里长大的,因此,他们永远不能互相理解。没有关系,她从来没有试图理解他。她认为,你爱的人是什么样就让他是什么样吧,如果你能够改变他,那么你也许会离开他的。

弗兰克驾驶的是一辆大汽车。他总爱给他那敦敦实实的身躯套上宽松舒适的衣服。如果他不使用背带,他的裤脚准会触到地面。她认为他长得很像格伦·福特,可几年后她又觉得,他那张被狮子撕咬过的脸更像查尔斯·布朗森①。显然,除了魔鬼他谁也不怕。

他也使用犹太人的语言。他有跟犹太人交朋友的诀窍,那就是讲他们的语言。他很会跟他们讨价还价,他们喜欢这个。有一次,贝蒂在一家店铺花大价钱买了件东西。当弗兰克得知她花了多少钱时,他问:"你的意思是,他是按原价收的钱?""嗯,当然了。"他带着贝蒂找到店主,那个犹太人再三道歉说,他不知道贝蒂是弗兰克的妻子。

七

那次去探望法伊,请她为他们主婚,是弗兰克二十年来第一次见他的母亲。从那以后,他和贝蒂隔一段时间就要回萨克拉门托一趟。在那儿做客期间,贝蒂不由自主注意到,弗兰克和法伊常常提起胡迪尼②。这是他们特别喜欢谈论的一个话题。显然,他

---

① 格伦·福特和查尔斯·布朗森均为电影明星。
② 美国著名魔术师(1874—1926),擅长遁身术。

们恨透了那个人。他们用各种难听的字眼诅咒他,越骂火气越大。胡迪尼已经死了十来年了,可他们仍把他叫做卑鄙小人和下贱的流浪汉。贝蒂自己对此倒无所谓,她一向不喜欢读报上那些有关胡迪尼的报道。说句实话,当胡迪尼施展出他的拿手绝技,戴着手铐脚镣从水底下一只密封的箱子里逃脱出来时,贝蒂感到非常不舒服,甚至有些心惊胆战。

然而,听法伊和弗兰克谈论他的口气,好像他们对他很熟悉。从他们的对话中,贝蒂推测出,法伊送弗兰克上私立学校的费用是胡迪尼给的。后来,她记起胡迪尼的死,一个小伙子用棒球棒猛击他的腹部,结果把他打死了。而弗兰克曾经告诉过她,他那位叫韦斯的犹太父亲是被人一棒击中腹部而身亡的。又过了一段时间,她得知胡迪尼的本名叫韦斯,他也是个犹太人。

到了那个时候,法伊已经不再煞费苦心隐瞒这件事了。当然喽,弗兰克是私生子。去世前不久,法伊指着锁着的写字台抽屉告诉贝蒂,那里面有一沓文件,它们将证明弗兰克的出身。当然,她并没有把文件拿出来给贝蒂看,只是一再叮嘱贝蒂,她临终时一定要守在她的床前。"我不希望任何别的人得到它们。"法伊神秘地说。

法伊在萨克拉门托去世时,他们远在圣地亚哥。东部的某个人得到消息后赶到那儿,把文件带回东部去了。弗兰克和贝蒂尚未接到她的死讯,葬礼就已经结束了。

然而,孩子们长大后却知道了一些内情。他们的第三个儿子盖伦并不十分喜欢胡迪尼,不过他的确被他的传闻迷住了。万圣节前夕的十月三十一日是胡迪尼的忌日。每年的这一天,盖伦都要点燃蜡烛,举行一个小小的纪念仪式。小弗兰克是十月三十日出生的,这一天正好在他的生日之后。他长大后成为一名业余魔术师,并在十五岁上加入了波特兰魔术师公会。加里却认为这没有什么了不起的。

炎热的七八月份里,坐在活动房里的贝西仿佛能够听见布伦达在嘲笑加里。"喂,表兄,现在你被关在牢里了。胡迪尼应该教给你如何逃跑呀!"

第二十章 寂静的日子

一

克利夫·邦纳斯在日内瓦钢铁公司工作。一天晚上,他下班路过银美元酒吧时,走进去要了杯啤酒。不一会,尼科尔和苏·贝克推门进来了,这下子克利夫这个夜晚有事干了。他和尼科尔聊了起来。

谈了一会儿后,当克利夫确有把握他们彼此肯定会非常合得来时,他说他想回去洗个澡,问尼科尔愿不愿意坐车到他的住处去。他觉得自己特别脏,因为她是那样的干净整洁。她身上并没有什么时髦的服饰,但她的衣着清新、淡雅。当她表示不愿意去时,他越发感到自己这一身油污实在见不得人。最后,当他同意开车送她去监狱时,她才答应了。她要把给加里的一封信送到那儿去。

听到这件事,克利夫稍感不安。他在电视新闻上听说过吉尔摩,但他不知道那家伙与眼前的这个姑娘有来往。沉思了片刻,克利夫在心里对自己说:"见鬼去吧！他被关起来了，他什么也干不成。"他们驱车来到克利夫的住处，他冲了个澡。随后，他开车送她去监狱。他们在铁路支线旁那块垃圾场似的煤渣地面上停住车。她敲开大门，让警卫把信转交给加里。随后，他们在丘陵地带兜了一阵风后，才找个地方停下汽车。

克利夫觉得，她对第一次时如何享受快乐十分在行。他们干得一点也不仓促，而是相当从容。他们在那儿待了一阵，然后他开车送她回银美元酒吧，并记下了她的地址。

打那以后，克利夫每隔几天就要到斯普林维尔她的公寓去住一晚上。他的妻子已经和他离婚了，可他们的婚姻并没有完全中止，他们依然藕断丝连。甚至在他和姑娘们约会时，他也时常感到一阵阵钻心的刺痛。所以，和尼科尔的交往使他感到格外愉快，因为他们很少互相询问对方的私事。他可以去见任何他想见的人，而尼科尔也有她自己的朋友——事实上，有一两次他敲开门时，她不得不告诉他里面有客人。

他总是说:"我不想干涉你的私事。"他从来不对她刨根问底。另一方面，有时他去看她时并没有跟她做爱，而是听她诉说她的烦恼，劝解、安慰她。尼科尔常常说，她喜欢有人陪着自己。任何人都能看出来，她讨厌孤独。

这是一种美好的友谊。如果她的香烟抽完了，他会给她带去一条。如果她来例假了，他会开车到商店为她买回卫生棉。虽然他没有多少钱，但他还是尽力帮助她。而且，他从来没有追问过她，那个骑摩托车的家伙究竟是谁——每次克利夫来找她得知里面有客人时，都可以在停车的地方看见那辆摩托车。

二

和克利夫的情况相同,尼科尔也是和苏一块外出时认识汤姆的。一天晚上,她的情绪非常低落,竟然在汽车里睡着了。苏开车带她来到一个卡车停车站,半搀半拖把她弄进去坐下,汤姆碰巧正在她们隔壁的火车座吃喝呢。汤姆·戴恩马特在一家加油站工作。当时,他正从迷幻药中醒过神来。他们聊了一会。尽管他们之间没有多少话可说,他还是用自己的摩托把她送回家。后来,他们成了要好的朋友。他俩从来没有详谈,不过他们关系密切,非常密切。

有的时候,克利夫赶到那儿时发现她正坐在黑暗中。她说她在沉思。她面前的桌上放着许多封信,看样子关上灯之前她一直在读这些信。她解释说,加里每天给她写两封长信。他用的是黄色的长方形信纸,哪封信看上去都有五到十张。

克利夫问,她是不是全都读过了。

这个嘛,几乎全读了。如果他一定要知道的话,她也许没有认认真真地读完最后一个字,有几封信她只是扫了几眼。

后来她摇摇头说,不,这些信她全部从头到尾读过了。

请把你的照片寄给我一张,我非常希望得到一张。寄张彩照来吧,因为你的肤色太美了。我渴望再见到你。当我望着你时,我常常感到透不过气来,我最后几次见你时都有这种感觉。我忘记了自己身处何时何地,我的大脑里几乎一片空白,只有一种意识仍然存在着,那就是爱(大写的爱),这种爱用语言是无法表达的。我看着你的眼睛,哪怕看上一千年我也不会厌倦。在你的眼睛里既没有邪恶也没有仇恨,只有纯洁无瑕的美、力量和爱情。

你就是你，你是真实的，你无所畏惧，对不对？我从来没有见过你流露出一丝一毫的恐惧，这的确很了不起。恐惧是件丑恶的东西，在你的脸上我从来没有见过它。你似乎已经经受住生活的考验，你懂得生活。你似乎已经到达生活的顶峰，正在极目远眺。你是多么珍贵啊，尼科尔。我写下的这些话全部出自我的真心，它们可以部分地解释我为什么全心全意地爱你。我爱你前额上的血管，我也爱你右奶头上的血管，你不知道我爱那个，对吗？

八月四日

我能够听见后院的一台收音机里正播放着《下午的乐事》，我们也有过几次下午的乐事，对吗？那个下午，我唤起了你的情欲，我们俩浸泡在汗水里。那个时候，我恨不得永远把你搂在怀里。

在那个星期一的晚上，第二天以及随后的那些天里，当我想到已经失去了你——尼科尔时，我感到自己的肉体被撕成了一条条碎片。我有生第一次感受到如此强烈的疼痛，而且，这种疼痛一直在加剧。我既不能驱散它又不能甩掉它，它时时刻刻折磨着我。我曾一度认为，自己历尽艰辛后已经不再会感觉到任何痛苦。有一次，他们用铁链把我四脚朝天锁在床上整整两个星期，当他们走进牢房狞笑着问我感觉如何时，我啐了他们一脸唾沫。他们拳打脚踢，把我揍昏过去，给我注射了那种可恶的镇静剂氟奋乃静，结果一连四个月，我简直成了个白痴。我几乎变成个瘫子，没人帮忙我就不能站起来，可是当他们扶我站起来时，我却忘了自己他妈的为什么要站起来，只好再坐下。在药力发作最严重的那三个星期里，我根本无法入睡。我坐在床上的一个角落里——各种各样的幻觉逼得我几乎发疯。我担心自己永远不能恢复正常，永远不能再拿起画笔作画了。我掉了大约五十磅肉。我甚至不能把饭送到嘴里。连站起来解小便都非常艰难。我怕解小便，因为每解一次我都不得不花上十五到二十分钟——而且我系不上裤扣。

过了一段时间后，我几乎看不见了。我的眼睛里充溢着白色的眼眵，它们在眼睫毛上结成厚厚的一层。我抬不起手来，没法将它们擦掉，所以我看不见了。每隔三天左右他们把我从牢房里带出来洗澡刮脸。我讨厌这种事，需要花费那么大的力气！他们递给我一把电动剃须刀，把我推到一面镜子前。我站在那儿，使出吃奶的力气也无法把剃须刀放到脸上。有时他们嘲笑我说："喂，你不是个硬汉子吗？连裤扣都系不上……"他们满嘴喷粪，我却只能看着他们，默默地忍受着。不过有时我也回骂几句："你们这群蠢猪，操你们的娘去吧。"听了这话，他们的鼻子都快气歪了，可是我并没有感到多大快慰……我从来没有向他们求过饶。即使当我一个人呆在牢房里时，我也从来没有哭过。我孤苦伶仃，然而我坚信苦难总有一天会结束。果然，它结束了。我有能力摆脱它。

这是一次痛苦的经历，我还曾有过其他经历——延续很久的不愉快的经历。我把它们一一摆脱掉了。因而我感到自己是强壮的。

但是我从来没有经历过当我想到我失去了你时感到的那种痛苦，我无法摆脱它——我唯一的希望是你能回到我身边。我在你的房子里住了几夜，尼科尔，我感到那样的孤独、那样的沮丧。我在房间里踱来踱去，猜想着你在什么地方。星期二你打电话到厂里找我，告诉我你搬走了，当时我感到自己的心全碎了。真的。这是一种肉体上的痛苦——不仅仅是精神上的。我的身体能够感觉到它，难受极了。星期五那天，我到处找你，可是我不知道在哪儿能找到你，你的母亲不肯告诉我。

我感到那样的孤独、那样的沮丧，好像进入了真空状态。然而，痛苦并没有减轻丝毫。我已经失去我所占有过的或知道的唯一一件真正有价值的东西。我的生命失去了意义，它变成了一个空洞洞的深渊，里面徘徊着多年来和我形影不离的幽魂鬼影。

我绝不想再次感受这种痛苦。我全心全意地爱你，尼科尔。

我想你想得发狂,我的宝贝。我读着你的那两封来信,眼前浮现出你那美丽的脸庞,黑暗渐渐褪去,我知道有人爱我。这是件多么甜美的事情啊,疼痛消逝了。我们在一起的时间只有两个月,但这是我平生感觉到的最充实的两个月,哪怕给我一座金山,我也不愿意出让它。我们仅仅在一起两个月,可我相信,很久以前我就认识你,我们相识很长很长时间了——一千年,还是两千年?我不知道从前我们是什么关系,将来我会知道的,你也会知道的,总有一天会真相大白的——但是我觉得我们始终是恋人。见到你的第一夜我就意识到这一点,那是在斯特林家,星期二,五月十三日。有些事情是不言而喻的。这种恋情变得那样深厚、那样牢固——这是一种承认、一种复活、一种团圆。我和你,尼科尔,分离很久之后团圆了。我一直爱你,我的天使。我们不要再互相伤害了。

八月七日,星期六

三

克利夫·邦纳斯非常了不起,他能够随时变换自己的情绪以迎合她的情绪,他俩可以一言不发地沉浸在相同的忧思之中。而她喜欢汤姆则是由于相反的原因。汤姆不是兴高采烈就是忧心忡忡,他那种强烈的情感可以帮她从自己的情绪中解脱出来。他不是个炸药包[①],而是只脑满肠肥的狗熊,他的身上总是散发着浓重的汉堡包味和炸薯条味。他和克利夫都很漂亮,她喜欢他们,不过她从来没有担心自己会爱上他们。说句实话,她喜欢他们就像喜欢巧克力棒棒糖一样,和他们做爱时她从来不想加里,几乎从来不想。

---

① 汤姆姓戴恩马特(Dynamite),在英语中是炸药的意思。

和他们的性生活与和加里的性生活完全不同。加里一旦兴奋起来，他的激情立刻传入她的心田，她的情绪便随之高涨，她好像变成了一只正在筑巢的傻乎乎的小鸟。所以，在她探望加里时，她从来没有想过汤姆、克利夫、巴雷特或者任何别的萍水相逢的男友。她的一个生命在地球上，另一个在火星上。

如果不是因为那些可怕的愁绪，这也许不是最糟糕的生活方式。有时，她和加里之间发生过的事显得那样真实；可无论什么时候，她只要一想起死刑，一切全都变得不真实了。

死亡端坐在她的思想里，或者不如说，是她坐在死亡里。她的身下是一把大扶手椅，她可以仰靠在椅背上。慢慢地，椅子开始倾斜，最后翻了个底朝天。她感到恶心，就好像你正坐在左冲右撞的狂欢节游车里，说不准你是激动呢，还是马上要呕吐。甚至在这种想法消失后，她仍然感到自己在不停地旋转。

我渴望阳光和空气！我已经失去了古铜肤色，不久将变得比鬼还要苍白。说句实话，也许不久后我真的变成鬼了。

四

几个星期后，他们开始带着加里一趟趟往返于监狱和精神病院之间，一个单趟大约两英里路。他们带着他从城市的西头出发，沿着中心路向东，经过一家家五金铺、服装店和冰店，来到城市的东头。那个地方离山区已经很近了。公路的尽头是一座座小山包，当初尼科尔曾经赤身裸体在山坡的草丛中奔跑。现在他来到了她从前住过的精神病院了——犹他州医院。当然，是不同的病区。

在那儿，有件事情比较好办。她去探望时他们可以坐在一起，这和探监时不一样。在监狱，他们把他带进一间小屋，叫她站在房间的另一头，他们俩之间隔着一层厚厚的网，这道网结实极了，水貂和浣熊也不可能把它撞破。她只能透过网眼望着他，那些可恶的网眼又紧又小，他们连手指尖也无法接触。在他们的谈话过程中，监狱里的各种声音在她的身后不停地鼓噪着。她正好站在那扇破门里面，警卫、拘留犯、押送人，还有不知是什么人没完没了地吆喝着，一台收音机或电视机声音一直开得大大的，囚室里不时传来这个或那个犯人的吵闹声，她必须竖起耳朵来才能听见加里的声音。为了听清楚，你非得像打仗那样全神贯注才行。

在医院，情况就不同了。他们在一间小屋里见面，她坐在他的腿上，他搂着她的腰。他们的接吻可以长达五分钟。这是性爱的另一个方面，这不像什么液体在流动，而是她的灵魂正在遨游。这是一颗心与另一颗心的接吻——不是性爱，而是情爱。他们仿佛正在展翅翱翔。

过了一会，他们降落下来，发现自己正坐在一间空荡荡的屋子里。四面的水泥砖墙上涂着一层黄漆，屋子里有四个家伙正盯着他们看呢。加里说，尽量别理他们，那是支保安队。他的嗓音傲慢到极点，而且非常清晰，那四个家伙肯定能听见他的话。他说，他们把他放到一群羊中间，这群羊只只都在圆睁双眼监视别的羊。"他们只有畜生的头脑，"他说，"除非有两个人在场，这些保安才会对你讲话。一个人刚刚讲完，另一个人立刻就会去告发他。"

他的这番话在那四个人的脸上引起不同的反响。一个像个王八蛋似的狞笑着，另一个上下打量着加里，好像在寻找疖子，第三个愁容满面,第四个则神色焦急,似乎想对尼科尔解释一下患者纲领在这所医院里所起的作用。

她是一点点弄明白的。这是一种荒唐的制度,和她从前在这儿时不一样。他们把这种制度称为纲领。一大帮等候判决的家伙和真正的疯子白痴混杂在一起,这些人刚从监狱或者管教学校出来,就和真正的疯子关到了一块。他们编写宪法,举行选举,建立起一个由病人掌权的政府。

就在那间黄色小屋里,加里当着那四个家伙的面解释着这一切。他每摸一下她的乳头,那四个家伙都要盯着看半天。他毫无顾忌地对医院的管理方式发着议论。医生赋予病人管理一切的权利,他们甚至可以选举出一个病人自己的总统。这是最臭最臭的狗屁,病人们统治的就是这个,狗屁。

加里给她讲过不少监狱里的事,可现在他才触及到监狱的本质。他谈起监狱应该是个什么样子。这是一场战斗,这应当是一场战斗。囚犯们可能会互相整治,他们甚至可能会互相残杀,但他们是处在同一条战壕中的,警卫才是他们的敌人。在这场战斗中,没有什么比告密更恶劣的了。

狱长和警卫竭尽全力建立起一个情报系统,他们只有靠告密者提供情报。加里说,告密者甚至会在吮吸你的鸡巴后立刻跑到狱长那儿去告发你。因此,犯人们总要想方设法除掉自己牢房里的告密者。在一所正规的监狱里,占上风的是囚犯,所以那儿没有多少告密者。说到底,监狱是一座囚犯们居住的城市,真正的统治权在他们的手中,警卫不过是轮流到城里站八个小时的岗罢了。监狱就应当是这个样子。

而在医院,一切全颠倒过来了。没有警卫,只有几个助手。掌权的似乎是患者,但被选入保安队的患者成为新的警卫,他们是为医生效劳的。加里指着那四个家伙说:"他们正处在被洗脑的痛苦之中呢。"听到他当面揭他们的老底,她差点格格笑出声来。"这些家伙只为自己打算,"他说,"他们没有一点生命力。他们从不看任何人一眼,他们唯一的交流方式是举行例会。"

她坐在他的膝盖上,他一边说着话,一边抚摸着她。听见他的这些话,那四个家伙横眉竖眼,一会儿怒气冲冲,一会儿伤心欲绝。接着,他俩紧紧搂抱在一起,低声谈起别的事情。他向她询问森妮和皮博迪的近况。他说,自己过去常常呵斥他们,惹得他们闹得人心烦,他感到很内疚。说句实话,他们是好孩子。他们就这样当着那几个保安的面谈着话。

过了一会,他又发起火来。他说,他们管理这所医院的方式比学生政府的还要差劲。所有人的所有事情都必须拿到会议上讨论,每件事都要设立一个委员会。扫大厅需要一个委员会,而为了拣起这个扫大厅的混账委员会掉在地上的笤帚,也需要设立一个委员会。每个委员会都在想方设法探听别的委员会出了什么差错。加里宣称,如果一个混蛋进入一所真正的监狱,并且他的确有胆量的话,出狱时他能够成为罪犯。而在这个医院,人们进去的时候是罪犯,释放出来时却变成混蛋了。"这个地方吸人血,我从来没有见过这种地方。"那些保安默默地听着。

经过几次这样的探望之后,加里不再折磨那几个家伙了。时间太宝贵,顾不上发那种议论了。他俩手拉手坐在一起,默默无语。他们回想起他们以前常去的地方,他们互相呼吸对方的气息,悲伤从一个人的心田传入另一个人的心田。她曾经伏在汤姆·戴恩马特赤裸的肩头，为了自己对加里做过的事而号啕痛哭；当克利夫告诉她，后来成为他妻子的中学时代的恋人现在竟然不许他们的儿子和他讲一句话时，她也曾陪着他落泪。然而，现在和加里在一起时她却没有泪如泉涌。悲伤从她的心头升起，飘入加里的胸膛，再带着他悲伤的气息飘荡回来。他俩仿佛正站在悬崖边上，悲伤就像脚下的空气那样轻飘。

他们又一次感受到爱。他一遍遍抚摸她，直摸得她情不自禁抬手要脱下身上的衣服。这对那些保安又是件新鲜事！时间到了，她却一心想和加里做爱。她站起身收拾好，出门来到街上，步行一段路到市内去搭便车。

有的时候，那个好像是病区头头的伍兹医生请她到他的办公室去坐一会。尼科尔觉得加里犯罪全怪她，医生一再和她谈起这个问题。尼科尔怀疑是那几个保安把自己对加里说的话报告给了伍兹医生。伍兹劝解她说，她大可不必老是这么想，加里是个性格复杂的人，他绝不可能这样对自己说：我想念尼科尔，所以我要杀人。

尼科尔静静地听着。伍兹医生有权作出加里精神失常的结论，那样一来他就不会被判处死刑了。事实上，如果加里被关进精神病院，他大概能够设法逃出去。所以，她不想得罪这位医生。然而，他实在是个再古怪不过的精神病医生。他高高的个子，体型匀称，长得很像《下坡的长跑者》里的罗伯特·雷德福，不过他比那家伙更漂亮更魁梧——他是尼科尔所见过的最漂亮的男子之一。不过，她认为他为人懦弱，无论对什么事都是含含糊糊、模棱两可。和这位英俊潇洒的伍兹医生谈话时，她感到十分滑稽，而和加里及那几个保安在一起时，她却感到情欲勃发。

她从约翰·伍兹的办公室出来，搭上辆便车回家。加里和她自己之外的世界慢慢回到她的思想中来了。渐渐地，她不再觉得自己像艘宇宙飞船了。她开始考虑孩子们的晚饭，接着她生气地想起她的车坏了那么多天，巴雷特至今还没有把它修好。生活中的麻烦事又一次占据了她的脑海。所以，当她进门就看见加里的一封信时，她产生了一种非常古怪的感觉。他的信描述了她刚刚在里面跟他见过面的精神病院的情况。这就好像是从梦中醒来听见敲门声，打开门一看，站在门外的原来是你刚刚在梦中吻过的那个人。

五

一个保安监视着我，因为我有一支铅笔——他们把铅笔折成两截，把上面的橡皮抠出来——我问他们这样做究竟是为什么，他们说是为了防止我拿铅笔刺死人。简直不能相信……

尼科尔，我究竟正在做一次什么样的旅行啊？

三个疯子正在我的门外争吵，起因是其中一个一小时前把我的尿壶端出去倒了，可是他忘了登记。第一个疯子指责第二个疯子粗心大意、玩忽职守。他说，在我的门外就挂着登记簿，他竟然忘了在上面记下他倒我尿壶的时间。第三个疯子在旁边双脚轮流跳来跳去，想说话可又插不上嘴。第二个疯子越说越激动，他求我出面消除这场国家灾难。我不知道该说些什么，可我不愿意眼看着这个可怜虫失去他看电视的特权或者别的什么特权——那天我写信时，这个家伙一直耐心守候在我的门外——于是我对他们说："喂，这家伙是个好人，我对一切都很满意，他挺机灵的。他一滴尿都没洒出来，而且尿壶送回来时干净得像只笛子。"他们全都无言对答，争论似乎结束了。他们打算找支钢笔来，在登记簿里填上应该登记的项目。

唉，尼科尔，我是那样孤单。我怀念我们过去的生活，我渴望和你躺在一张床上，双手捧起你的脸，望着你那双迷人的眼睛。我盼着晚上回家见到你——在厂里上班时，时间过得多慢啊！

上帝，尼科尔！你是世界上最重要的人物。

记得有一次做爱时，我拼命抵着你，你也拼命抵着我。坚硬。疯狂。我多么渴望能再一次那样做啊。

八月十日

饮水龙头正好在我牢房的对面，有些家伙喝水的样子真滑稽。有个家伙把嘴对着龙头一气喝上两三分钟！为了这件事，昨天他差点跟人打起来——另一个家伙等得不耐烦了，便推了他一把，说："你不需要喝这么长时间的水。"还有一个家伙咕嘟咕嘟猛灌，我以前从来没有听到过这种喝水的声音，就像个润滑油泵，简直叫人心惊肉跳。

这是一种多么可怜的生活啊！

走廊里，一支单人乐队来回行进着，那人的嘴唇发出奇怪的、极不和谐的调子，和放屁差不多。

八月十四日

天哪，我坐在这里，觉得自己真像个白痴！这是清晨七点半左右。昨天我错过了一个好机会，不是吗？你能相信我刚刚明白这一点吗？我错过了一个触摸你那甜蜜的小阴户的绝好机会。你好像说了句"你不会有另一次机会了"，可是我没大留心听你讲话，和你在一起时我经常走神。现在，今天早上我突然想起来——在那个短暂的时刻，那些可恶的保安正巧转过脸去，而我却像圆木上的一块树皮疙瘩似的坐着一动不动。上帝啊，我的宝贝，我的心在别处呢……这会，我恨不得朝自己的屁股狠狠踹上两脚,我真是太迟钝了。

八月十七日

有个家伙在饮水龙头下洗脸——我希望没人看见他,我敢肯定这是违反规定的。女牢那边的两个女人要到这儿的办公室里找个活塞,这家伙对她们说:"我有活塞,不过它缩起来了。"我觉得这真是妙极了。

八月十八日

这些天是我一生中最寂静的日子。

八月十九日

第二十一章 银剑

一

八月初的那次事故之后,尼科尔的汽车变得一团糟。先是只能挂一挡,后来不知哪个零件正常了,三个前进挡又都能使用了,但后退挡却仍然不能工作。有时候,所有的挡都挂不进去,离合器简直是疯了。

事故发生前后的这段时间里,她已经不再和巴雷特睡觉。巴雷特一句话没说,卷起铺盖到怀俄明去了。他在斯普林维尔还保留着那间房子,大约每星期回那儿睡一夜。偶尔,他也到她的公寓来一趟,问她是否需要帮忙。就算他有钱,他也不会拿出来的。但有一天他却主动提出来帮她修汽车。考虑到她仍然不肯跟他上床,他当时的表现可以说再好不过了。所以那天夜里,她给了他一点点报答。

第二天她探望加里回来时,汽车不见了,被巴雷特拖走了。他的住房也在斯普林维尔,离她家不远。她步行走到那儿,看到巴雷特正和他的几个朋友在后院的停车场上修车,她颇有兴致地帮助他们用滑轮车把汽车吊起来。后来没法干下去了。巴雷特说,由于她车开得太野,车子内部温度过高,有个叫喇叭套的零件——他好像是这么叫的——熔合到一起了。然后,巴雷特取下变速器,坐在地上检查了一番,发现她需要一个新的主离合器盘。她没钱买,其实这个问题她可以解决,只是眼下她不喜欢那种解决方法。

尼科尔前去看望艾伯特·约翰逊,他是当地一家食品店的老板。他的年龄似乎是她的两倍,是一个很讨人喜欢的有家室的人。几年前,她常常光顾他的商店,买一些她愿意付钱的东西,顺便再偷点什么。

有一天,他们当众把她抓住,从她的手提包里搜出一磅人造黄油和几罐婴儿食品。他们把她带到办公室。她解释说,她是因为她的孩子正在饿肚子才行窃的,但他告诉她,他无论如何要叫警察来。她坐在那儿浑身上下直冒汗,吓得哭了起来。一年前在另外一家商店她也曾因为偷东西被抓住过,她想,这次他们肯定会把她送到警察那儿去的。

然而听她讲了十五分钟以后,约翰逊告诉她,她是个好姑娘,不过运气不佳,一直没有机会从底层爬上来。他打算放她走。他们俩亲近了许多。他告诉她,尽管他的店铺又长又窄,横穿过道很短,看起来像是扒窃者的天堂,但由于损失过大,他们在屋顶装了监视店堂情形的单面镜。他要她转告她的朋友们小心点。

他讲了很多。他说，他注意到她是靠食品救济券过日子的人，对这种人他向来没有什么好感。他认为他们花钱大手大脚，不肯买便宜货。干活挣钱的人总是买减价牛排，而像她那样的人却专拣二点九五美元一磅的切肉，放开肚子吃方便食品、土豆条、喝饮料。如果哪个星期政府的救济支票没能及时发到他们的手里，他们就大发脾气，痛骂政府。他说，不过他挺喜欢她的。他特意解释说，他有一个跟她同龄的女儿，所以理解她的难处。如果她需要什么的话，尽管告诉他。

她第二次来的时候，他告诉她，他愿意和她做笔交易，你明白吗？他的语气和蔼可亲。他说她非常漂亮，他打心眼里喜欢她。她开玩笑地回敬他："这个星期没工夫跟你做交易。"过了一段时间后，她从普罗沃搬到斯班尼西福克去了。打那以后，她几乎没到那儿买过东西。

现在，大约一年以后，她又开始和艾伯特·约翰逊来往了。他是她所认识的唯一一个愿意用现金兑换她的食品救济券的店老板。为了使他同意兑换，她只好告诉他加里的事和她眼下遇到的新麻烦。他非常同情她，给她兑换了价值八十美元的食品券。但这一次，她手头一张食品券都没有了。她告诉他，她只需要五十美元。他二话没说，拿出五十美元交给了她。她听见自己说，她从不喜欢欠债不还。

事后，约翰逊说，他真希望他没有对她干这种事，请求她不要把这个当成自己的职业。她说她没有把这当成职业。他是有家室的人，他感到十分不安。

她叫他不要担心，她这么干只是她眼下没有汽车，而她又非常需要一辆。她告诉他，她的变速器坏了，她只好搭车去看加里，不过这些事她自己听起来都觉得不可信。

艾伯特·约翰逊对她一直不错，但和他的这种交往极不光彩。她已经告诉过加里她生活中的那么多事情，可就是不愿向他提起这位店老板。

不管怎样，她得到了五十美元的现金。她把钱交给了巴雷特，他开着他自己的汽车去买主离合器盘，她则转身回家了。过后她才知道巴雷特又跑到怀俄明去了，一个星期之后才能回来。她跑到他那儿去看自己的汽车，他还是一点也没修。野马车被拆得七零八落，地上的零件已经开始生锈，吊在滑轮上的车身像一具尸体。她想，巴雷特肯定非常生气，所以她只留了句话，说自己来过了。果然，凌晨三点钟，巴雷特来到她的寓所。他刚吸过毒，正腾云驾雾着呢。

二

和以往某些时候一样，这一天尼科尔对巴雷特动了感情。巴雷特常常回忆起他第一次带她回家见他母亲的情景。当他母亲说，他们不结婚就得睡在外边的大众车里时，尼科尔回答道："我不在乎我们睡在什么地方，我们会幸福的。"这句话老是萦绕在他的脑海里。每当他离开尼科尔，感觉不到丝毫爱情时，他都会想起这句话，于是，爱情重又回到他的心中，他感到痛苦极了。

上个星期在怀俄明，他吸了那么多次，几乎记不清自己吸的是什么，是和谁在一起的了——他甚至记不清是谁第一个告诉他尼科尔又跟加里好上了。后来谁见了他都要提起这件事。除了他巴雷特人人都知道这件事。他委屈极了,开始了伤心的旅行。他禁不住想起自己过去一次次救出尼科尔时的情景,想起自己不顾一切,冒着生命危险把她拉出火坑,而她对他的报答仅仅是陪他进卧室。不是爱情,仅仅是睡觉而已。当你最亲近的人把你压榨得变形时,你的处境是多么的可悲啊。

他对自己充满了怜悯之情,不过他断定事情还不算太坏。至少,这种自我怜悯使他回想起美好的往事。例如,第一次跟尼科尔偷情时,被汉普顿发现痛打了他一顿。经过这么多年后,他想起这件事时依然甜滋滋的。

当时他住在一个朋友家里,以贩毒为生,什么晶体啦,什么兴奋剂啦,有时候他自己也吸上几口过过瘾。他开车沿着泰可尼卡勒路从莱希到快活林镇去接上中学的尼科尔,当时她和她的父母住在一起。

是啊,正当尼科尔走出校门时,汉普顿开着他的五八年迪索托来了。他从车里跳出来。巴雷特的车这时也停在街上。他想,我知道尼科尔的脾气,如果我锁上车门坐在里面,她准会骂我是胆小鬼。于是巴雷特下车朝汉普顿走过去,心想,挨顿臭骂倒没什么关系,但愿他别打我。但汉普顿径直迎了过来,看上去好像比他高出三个头。巴雷特笑嘻嘻地问他:"你好吗?"话音未落,汉普顿一拳打了他个嘴啃泥。

巴雷特是才吸过两根大麻来的,本来已经感到浑身软绵绵的了,现在他的眼前一片黑暗,什么也看不见。大麻的劲头已经过去了。他挣扎着想爬起来,费了好大劲总算站起来了。就在这时,尼科尔走过来，骂汉普顿是个流氓。周围的人看得很清楚，巴雷特连招架之力都没有。他们把汉普顿拉开后，尼科尔和巴雷特坐进汽车向河边驶去。他们坐在水边，他告诉尼科尔他仿佛看见挡风玻璃变成黄色，然后又渐渐溶化了。你知道吗，各种各样的幻觉。在挨打和吸大麻这段时间里，他好像走过了梦幻般的一段路程。现在，一切全都过去了，他感到格外舒畅，满眼全是五彩绚丽的溪流。尼科尔紧挨着他坐着。为了得到她挨几下打算得了什么呢？想到她爱自己，站在自己一边，他觉得简直像是进了天堂。

后来有那么一天，森妮、杰里米、尼科尔和他正上汽车，乔·鲍勃·西尔斯，那个畜生——巴雷特现在还能听见他的呼啸声——突然开着车从街对面一阵风似的冲过来，横拦在他们的汽车前。看到坐在黑色麦渥瑞科车里的乔·鲍勃·西尔斯，巴雷特的心差点从嗓子眼里跳出来。乔·鲍勃拉开他们的车门，一把把尼科尔揪出来，接着把森妮也拉了出来，最后往外拖杰里米时，把他的头撞到了车门上。他挨个拎起他们扔到自己的麦渥瑞科里，而尼科尔则不停地破口大骂乔·鲍勃。巴雷特跳下汽车想看看自己能干点什么，乔·鲍勃抓起一把刀，对准巴雷特说："我要给你来个大开膛！"听了这话，吉姆·巴雷特跳进自己的汽车，先往后倒了一下，然后直对着乔·鲍勃冲过去，不料西尔斯跳到一边，钻进汽车，开车带着尼科尔和两个孩子一溜烟跑了。就在这时，一个警察走了过来，巴雷特两手朝他胡乱比划着，说："那个家伙绑架了我的妻子，噢，不，我的女朋友。"警察追上去，拦住乔·鲍勃的车，把他从车里揪出来。

尼科尔和两个孩子站在草地上，乔·鲍勃说："你知道吗，她是我的女人，她要跟我走。"那警察说："如果她不愿意，她就不必跟你走。"尼科尔说："我才不跟你走呢，你这狗杂种！"警察对她说:"喂,年轻的女士,你最好别说那种粗话,否则我把你也给关起来。"终于,森妮、杰里米和尼科尔跟着巴雷特回到车上,他开动了汽车。这是他们最后一次见到乔·鲍勃。他们回到帐篷里住了下来。

三

凌晨三点钟去看尼科尔的路上,这一切全都涌到他的脑海里来了。她正坐在那儿给加里写信,不希望任何人打扰她。但是,巴雷特闯了进来,高声宣布他要和她做爱。她说她没有兴致。

她刚想起身走开,他按住了她。虽然他没有狠命推搡她,但他用的劲却足以使她明白,她不可能很快站起来。"好哇,"他说,"你给你的杀人犯情人写信呢。"唉,接着他说,如果她知道他心里想的是什么,她马上会吓得魂飞胆破的。

尼科尔说:"没有什么东西能吓倒我。"

巴雷特一把扯下她钉在墙上的加里的照片,想把它撕碎。可这是一张结实的宝丽来快照,很难撕破。他那副样子使她觉得很好笑。他吸得晕晕乎乎的,手脚一点都不灵活。后来她来火了,说:"把那个狗杂种的照片还给我。"可巴雷特闪到一边,掏出打火机,打算把照片烧掉。她抓起一个烟灰缸,对准他的脑袋砸了过去。

他开始把她在屋里摔来摔去,就像乔·鲍勃·西尔斯干过的那样,只不过他的巴掌不像西尔斯那么狠。他一次次拎起她摔在地上。她知道自己陷入麻烦了,不过她一点也不害怕。这倒很有趣。她一直认为自己不论到什么时候也对付得了巴雷特,但今天夜里看到他那副气势汹汹的样子,她甚至没有还一下手。

后来，苏·贝克来到门外。这天夜里她打算把自己的小娃娃托付给尼科尔，出去玩一夜。这会儿她正巧从这里路过，看到尼科尔房里的灯亮着，就进来看看。吉姆叫她和她的男朋友滚开，苏二话没说转身就走。不过尼科尔知道她会去叫警察的。

警察很快就来了。看到穿警服的出现在门口，巴雷特立刻躲到过道里。这简直就像电影里的镜头。他一个劲地向尼科尔打手势，叫她不要告诉警察他在这儿。那种威胁性的手势好像是说，你他妈的最好别讲出来，但尼科尔却大敞开门，说："请你们把他从我这儿带走好吗？"

警察走进门，问发生了什么事情。巴雷特说："没有什么。"尼科尔却说："没什么？去你妈的吧！那个流氓整整揍了我一个小时。警官先生，请原谅我的粗话，不过他的确是个恶魔。"他们给他戴上手铐，向他宣读了他的权利，把他带走了。只是在这个时候，她才意识到他们正为别的什么事到处搜寻他，他们的身边带有逮捕证。那一夜，巴雷特是在狱中度过的。

只是在警察离开后，她才意识到巴雷特把自己逼得疯狂到了何种地步。他们铐上他以后，一个警察下楼到自己的车里去跟一辆巡逻车通话，另一个警察碰巧转过身去了。她看到厨房洗涤池里有一把刀，真想抓起它戳到巴雷特的喉咙上。趁着他的手被铐住，一眨眼的工夫就能宰了他。这样，他们就会把她关到加里隔壁的牢房里了。

四

巴雷特出狱以后把她的汽车卖了。这样做是合乎情理的，他需要一些钱来解决他的法律问题,而且尼科尔使他失去的远远不仅是钱。他把变速器卖给一个邻居,把那辆破车拖到麦普顿的一个废旧汽车厂,签了一张卖据。一切全完了,她再也不会见到她的野马车了。

得知这件事后,尼科尔决心把巴雷特那辆轻型货车的挡风玻璃砸个粉碎。

那是八月里一个凉爽的夜晚,她穿着一件宽袖茄克衫,手里攥着一把借来的铁锤,站在他住的汽车旅馆门外。为了使自己保持镇定,她事先吃了两片瓦利厄姆①,可每当她想到巴雷特把自己的汽车卖了,她心里的火就直往上蹿。她一直盼望着瓦利厄姆能起点作用,可它一点用都没有。此外还有一个问题,她只要砸碎玻璃,他就会听到声音,他的汽车就停在他的门外。也许,她应该往他的油箱里扔点烂泥。

她觉得应该试试另一个办法。于是她走了过去,隔着一扇上了锁的纱门说:"巴雷特,我想和你谈谈。"可他不愿开门。他正在烤牛排,她闻到味了。她又说:"快出来,我有话跟你说。"他干笑了两声。"不,"他说,"就这样谈吧。"尼科尔说:"我希望你出来谈。"他又笑了笑。"我不知道,尼科尔。我信不过你,"他说,"你看上去很反常。"这时,他的一个朋友来了。巴雷特觉得稍稍安全了些,就打开了门,说:"请进来谈吧。"就在那个时候,尼科尔决定只跟他谈钱的事情。"你欠我的汽车钱。"她说。他们开始谈话。巴雷特说,他干的事情连他自己也无法相信,他没有这种权利。

尼科尔根本不理他这一套。她没有大喊大叫,而是用一种极

---

① 一种麻醉品。

为平静的口吻威胁道："巴雷特，这回你把我害惨了。我不想浪费时间，你欠我一百二十五美元。"

巴雷特回答说："我实在没办法搞那么多钱。"沉默了片刻，他又说："明天我可以给你搞到六十美元，过几天再搞四十美元。"

她相信了他。事实上，第二天他送来了四十美元，说他只能搞到这么多钱。尼科尔非常不客气，说："我是非要那些剩余的钱不可的。"他终于又送来六十美元，这还差不多。和以前在别的事情上一样，他又退却了。她没有再买汽车，而把那一百美元花在其他事情上了，买食品、缴房租等等。

五

加里收到内华达州一位妇女的来信，信上说，她二十七岁，已经离异，身高五英尺五英寸，体形较丰满。"如果你心里有什么问题想提出来，请直说好了，因为我一向胸襟开阔，没什么事情能使我大惊小怪。我是一个生机勃勃的美国女性，并颇以此为荣。当然，我喜欢性行为，喜欢别人的关怀爱抚，喜欢做和异性有关的任何事情。"加里把信寄给尼科尔。她立即回信说，这封信对她来说不啻一记耳光。

她简直不能相信自己对这个女人竟会恨到这种地步。虽然她口头上只说自己很爱加里，但实际上她对他已经迷恋到疯狂的地步。她从来没有为另外一个男人而嫉妒到这种程度。她感到难受极了，决定马上去看望他。

可这一次很不顺利。她靠搭便车赶往精神病院，花了整整一天时间。开头,她找不到看小孩的钟点保姆。后来,当她终于搭便车来到医院时,人家却告诉她,加里那天早上已经被送回监狱去了。那天不是探监日,然而尼科尔太渴望听到他的声音了。她从精神病院步行穿过全城,来到监狱的铁丝网外边,放开喉咙喊道:"加里·吉尔摩,你能听到我的声音吗?"紧接着,里面传来了他的回答:"听到了,我的宝贝。"

"听到了!"她喊道。

然后,她可着嗓子尖叫:"加里·吉尔摩,我爱你!"这声音大概全世界都能听到。

一个警察从监狱拐角处走过来,叫她马上离开。这样干她会被逮捕的。她感到很惊奇,没想到他们竟然不准你用这种方式表达感情。她高声告诉加里她得走了,随后就离开了。不过她感到舒畅多了。

嗨,宝贝,刚才发生了一件最最甜美的事情。我听到一个神奇的小精灵在呼唤:"加里·吉尔摩,你能听到我的声音吗?我爱你!"我也爱你!天哪,天哪,我多么爱你!尼科尔——你使我惊叹,你太了不起了。我简直无法用言辞来描述你给我带来的快乐,你使我流出了幸福的热泪。

八月二十日

六

今天下午我睡了一会儿,醒来时周身冷冰冰的,我一向痛恨这种感觉。这岂止是一种感觉——这是一种认识。我仿佛彻底地认识到,自己正置身于一个匣子中,外面阳光灿烂,没有了我,万事万物仍然继续存在着。

八月二十一日，星期六

死的时候我会遇到什么？老鬼？复仇的幽灵？黑洞洞的深渊？我的灵魂在宇宙中会不会比思想飞得还快呢？我会不会像许多教会一再叫我们相信的那样，受到审判与惩罚？我会不会落入那些游魂野鬼之手？或者什么也不会发生？……仅仅是一切的终结？……我甚至想像不出"虚无"是个什么样子——我认为"虚无"是不存在的，根本没有"虚无"这种东西。无论何时何地总有某种东西——某种能量。但死的旅途究竟有多长呢？是瞬间？还是几分钟，几小时，几个星期？首先死去的——当然是肉体——但灵魂也会随之慢慢消散吗？死是不是有程度之分？——有些更黑暗、更沉重，有些更光明、更轻松，有些更实在而有些更虚无缥缈呢？

尼科尔，我相信我们总是可以选择的。我的选择是，当我死的时候，或者说当我改变存在方式的时候——或者你也可以用无论什么最好的字眼称呼死亡——我选择的是等待你、迎接你、找到你——我曾经感受到的唯一真正的爱情，而我寻找心灵的这一部分已经很久了。到那时我们会明白的。我们会明白我们现在所知道的但却不能有意识地回忆起来的一切。

你说那个女人的信就像是一记耳光——宝贝、宝贝，我把信寄给你的时候根本没有想到这一点！我只是觉得应该让你读一遍这封信，你以为我不是这样想的吗？我不会给她去信的，你是我生命中唯一的女人，是我的天使，拿一千个别的女孩子来换你我也不干。

八月二十四日

你下次领到救济支票时，能给我买几样东西吗？我希望能有两支福来尔牌毡尖笔，一支棕色、一支蓝色，笔尖要细——和一支像样点的水彩画笔：格鲁姆巴赫牌貂毛制圆形五号水彩画笔——以及一大沓纸。如果你买不起的话，宝贝，那就算了吧。我知道他们只他妈的给你一点点救济金，我不希望你又像这个月这样身无分文。

有一段时间，我苦思冥想寻找真理。我要寻找的那种真理严酷、坚固，好像是一条排斥一切的直线。这是一条简单的真理，清楚明了，朴实无华。我从来没有满足过——尽管我已经发现了许多真理。勇敢是一条真理，战胜恐惧是一条真理，说上帝就是真理未免有点太简单化了。上帝是真理，但又远远超过真理，更丰富，更深刻。我发现这些真理和其他的……

我已经发现了许多真理，但我仍然感到饥饿难忍——的确，饥饿教会我们许多事情。所以我继续寻求着，终于有一天我幸运地找到一条简单朴实而意义深远的真理，一条与我本人有关的爱和美的真理。

八月二十五日

尼科尔明白了"可怕的损失"这个词的真实含义，它意味着放弃你生活中最宝贵的东西，意味着失去比你的生命还要重要的东西。具体到她来说，它意味着加里快要死了。

她渐渐意识到，自己时时刻刻都在爱着他，时时刻刻。他一天中无时无刻不在她的心里。对此她感到高兴，她喜欢自己心中这种感情。不过她又觉得有点不可思议，她每呼吸一次都会想到，自己正越来越爱上这个即将死去的人。

七

一天夜里，汤姆·戴恩马特来了，可是她不想跟他做爱，她感到很奇怪，性与加里没有什么关系呀。这天夜里，她对他的思念之情那样强烈，她无论如何不愿失去这种感情给自己带来的乐趣。尼科尔费了不少口舌，才说服汤姆睡到长沙发旁的地板上。而她自己和往常一样躺在长沙发上。在他睡觉时，出于感激，尼科尔把手搭在他肩膀上。早上他爬起来悄悄走了，没有叫醒她。

她睁开眼睛，想起自己入睡时就已经决定第二天早上结束自己的生命。现在她仍然有同样的打算。她静静地坐在那里，就像一只伏在窝里的小鸟。

如果她先死，加里马上会跟着她死的，这一点他已经告诉过她了。她不知道自己死后将会在何处，也不知道那时还会发生什么事情，但在另一个世界里她肯定会和他在一起的。他那种强烈的爱将会像一块磁铁那样把她吸引过去。她第一次到监狱里去见他时，也是这块磁铁把她拉到他身边的。

她甚至连一个像样的刮脸刀片都没有。她想到邻居家借一个，转念一想，又觉得容易引起别人的疑心。于是她找来一把修花刀，这是一种便携式塑料小玩意。她用牛排餐刀劈开修花刀，把里面的刀片取出来，然后用一张笔记本纸包起来塞到胸罩里。她想，只要不做剧烈活动，刀片既不会掉出来，也不会划破她的皮肤。当她把孩子托付到一个朋友家时，心里很不是滋味。但她还是搭便车到监狱去了。她搭的这辆车上有两个家伙。

其中一个是个假释犯。他满嘴脏话，有点滑头。他讲话非常粗野，一再问她是不是担心他和他的哥们会把她带到山里去，强奸她，割断她的喉管。尼科尔觉得他们有点可笑。她身上藏着的那把刀片足以帮助她自己动手干这件事情了。

397

可是，他们并没有找她的麻烦，而是让她在监狱附近下了车。当然，当她告诉他们她要去看望男朋友时，这个假释犯听说过加里这个名字，他故意俏皮地说："嘿，他会轻度铅中毒的。"尼科尔听了颇为得意。旁人拿加里寻开心并不使她感到难过，她知道加里也会为此而发笑的。

她走到监狱后面，大声喊叫了几声，最后里面有人回答说，加里在另外一间牢房里。后来她隐隐约约听到他回答自己的喊声。警察走了过来，威胁说要逮捕她，她才他妈的不理他们呢。

这一次，他们把她带到前面，关了她半个小时。她就像在家里一样，把地板当作烟灰缸，对他们的威胁一笑置之，一点也不在乎。他们可以放她走，也可以把她关起来，可没有女警察，他们就不能搜她的身，那刀片就还在她身上。

过了一会儿，他们把她放了。回来的路上，她看到高速公路底下有一个小小的水泥涵洞，洞口只有几英尺宽，里面黑洞洞的，你根本看不清楚。她爬了进去，里面漆黑一团。她的衣袖本来已经挽到胳膊肘了，可她又往上挽了挽。然后她狠狠心切下去，一刀割破了自己的血管和动脉。这是一种舒适的感觉。温热温热的鲜血喷涌出来，溅到了水泥壁上。她能够感觉到血顺着自己的胳膊淌下来，滚烫、舒适。她喜欢这种感觉，它多多少少减轻了自己的痛苦。血越流越多，就好像大海涌进了这个涵洞似的。她能够看见她钻进来的那个洞口，在这个世界上她能看到的唯一的一点光亮就是那个圆圆的洞口。

她坐在那儿，那种温暖舒适的感觉消失了，她开始感到恶心，后来便呕吐起来。从头到脚一个劲发抖。她一点没觉得冷,可是却不停地发抖。水泥壁上到处是血,现在所有那些愉快而又舒缓的想法都消失了,她不再觉得自己正在滑入某种温暖的东西之中,而是感到周围的一切越来越冷。她不喜欢这个,但她还是坐着没动,她甚至强迫自己躺下来睡一觉。她对自己说,千万不要动,就这样等到一切全结束吧。

最后,她想,我得去找个医生,最起码我该试一试。我能做到的就是尽力试一试,然后我再来对付死亡。

她站了起来,可是根本迈不开步子,她觉得自己马上要昏过去了。她挣扎着走了几步,眼前直冒金星,只好蹲下来。这儿离监狱非常近,她终于一步步挪到那儿。一个警察正在刷洗汽车,他连警服也没穿。她指指自己那满是血污的衬衫,告诉他自己爬铁丝网时滑了下来。他把她送到犹他山谷医院。

医生根本不相信她那爬铁丝网的鬼话。他说,伤口好像是被什么锋利的东西割破的。他问她流了多少血,一品脱还是一夸脱,她说,这个呀,她不知道一品脱或一夸脱是多少,血从你身上流出来时你哪能知道流了多少血呢。他们给她量了血压,她感觉好多了,就搭车回家了。可回到家后,她又感到恶心,一站起来就头晕目眩。她睡了很久。第二天早上,她发现狱方吓坏了,决定允许她探监。

今天没能见到你,真他妈的把我气疯了——这些混蛋。这些流氓手里一旦有了一点权力,他们就会想方设法剥夺人民的权利……这群无能的废物。

八月二十九日

八

从医院回来的当晚尼科尔和克利夫·邦纳斯睡了一觉。她的胳膊上缝了好几针，疼得要命。她一边做爱一边想，要是不小心碰到伤口，又要流血了。第二天夜里，她是和汤姆·戴恩马特一块在床上度过的。和上一夜一样，她的胳膊疼得要命，做爱只到一半就不得不停下来。

有时，她确信加里能够知道她心里想什么。她并没有仔细考虑过，当加里仍在监狱里时自己这样做对还是不对，她只是觉得与一个人相爱但又同时和外边的其他家伙鬼混有些不大正常。以前她从来没有这样的感觉。至关重要的是要忠实，她必须要考虑考虑。

最后，她决定在给加里的信中透露一点情况，试探试探。她决定拿基普做例子。大约一个月前，基普——在这么多人当中偏偏是基普——找到她家里来看她。她在信中告诉加里，他的变化这么大，她简直不敢相信。基普成了一个摩门教徒。他常常脱得一丝不挂和她嬉笑打闹，但就是不肯跟她上床，好像是他而不是她成了挑逗者。这的确很奇怪。

例如，一天早上，基普沿着大街到耶稣基督后期圣徒教会的教堂去。回来的时候，他穿着他最好的一条裤子，打扮得整整齐齐，一副虔诚的样子。他本来打算去参加晚祷，可她做出种种媚态来引逗他。她的情欲还没上来，他的裤子上却已经沾满精液。这下把他弄惨了。他的裤子又湿又皱，他不能到教堂去了。

她在给加里的信中稍微提了提这件事，想看看他有什么反应。

不管怎么说，这是几个星期前的事，而且也并不重要。但加里根本没搭这个茬。

九

当加里问卡胡狱长是否可以让他出来谈一谈时，卡胡并没有感到惊奇。卡胡甚至把他带到前面的房间里，叫他坐在桌旁。他们进行了一次友好的谈话。加里说他赞同卡胡狱长管理监狱的办法，他希望就他和尼科尔的事与狱长达成一致意见。好吧，卡胡说，他希望加里的女朋友探监时要像个女士的样子，不要制造麻烦，衣着要整洁。当他注意到加里眼中冒出火星时，他说，当然，她的衣着并不太出格，成问题的是她的态度。加里同意他们可以达成某种谅解。卡胡说，他们的这次谈话很不错，他将允许加里给布伦达打个电话，叫她通知尼科尔，她又被允许探监了。

下一次探监时，她向加里讲了自己在涵洞里用刀片割断血管的事。她试着自杀，可没能做到。她害怕死。他告诉她，流血致死是很痛苦的，大多数试着这样死的人都会感到恶心，这是一种难以忍受的死亡方法。

她的胳膊上缠着绷带，但他最后说服她解下绷带让他看看缝着的伤口。他说："切得真他妈的不浅。"那口气听起来像是在赞扬她，就好像说："宝贝，你是为了我才这样做的。"

他根本就没提基普这个名字。

允许探监之后，卡胡又担起心来了。吉尔摩和他的那位女朋友的来往信件太可怕了。有封信甚至详细叙述了她是如何割破自己的胳膊，如何感到热乎乎的血流淌出来，如何听见鲜血滴答滴答地落到地上聚成一个小潭的。那个把信拿给卡胡的警卫说："把这种事情写信告诉一个一级谋杀犯是什么意思呢?"

卡胡仔细地读了一遍这封信。尼科尔一再谈到一把银剑和死后的生活,谈到有了那把银剑他们将过上一种更好的生活。她还写道,她到自己流血的地方去过,雨水几乎已经把血迹冲刷干净了。她每次都给他带书来。卡胡检查了其中一本,里面写的全是些来世生活的事,教人们怎样才能快活点。

警卫们被这件事弄得紧张万分。下一次探监时,尼科尔一边对加里说着话,一边伸手到手袋里掏香烟。站在旁边的警卫一个箭步蹿上去,一把抓住她的手腕。这都是因为她没完没了谈论的那把银剑。

卡胡开始考虑是否再次禁止她探监。可突然间她不再来了,信也不再写了。

十

尼科尔决定冒险试一下。在给加里的一封情意绵绵的长信的结尾,她添加了几句话,说花那么多的时间——她坦率地告诉他——"和别人睡觉"实在没意思,她想知道他是怎样看待这件事的。

我刚刚读完你的信,这是封美丽的长信,充满了爱。但是在第五页上你写道:"做这种事真丑恶,我一天到晚不是喝得烂醉就是和别人睡觉。"我觉得就像被谁打了一拳——全身顿时冰冷麻木,有好几分钟无法读下去。尼科尔,不要再告诉我这类事情,除非你想伤我的心。我不希望你跟任何人睡觉,我竭力不去想那种事情。在你给我写这封信以前我一直是这样做的。

九月五日

她好像觉得脑门上挨了一拳,她仿佛听到他的声音在自己的大脑里嗡嗡作响。他的声音怒气冲冲的,好像恨不得一口咬穿他自己的舌头。他不许她再和任何男人来往，他不许他自己脑中再出现那些想法。"人人都跟尼科尔做爱。"他的声音在她的脑海中回荡着，"别跟那些混蛋睡觉，你又要逼得我杀人了。如果我想杀人，杀谁我都无所谓——你难道不了解我吗？"她的内心深处充满了真挚的爱，这件事对他竟是这样的重要。

但这件事对她来说却从来都是无关紧要的，干那种事总比叫男人离你远点要容易些。现在她总算有理由拒绝别人了，这使她多少感到宽慰。当然，要离开克利夫或者汤姆·戴恩马特并不是那么容易的。她对他们解释说："我不想再和你们来往了，我有另外的人了。"他们一听就明白了，特别是克利夫。但这个托辞并不能阻止他们继续来找她干那种事。她确实需要陪伴。

有那么几次，她怎么也没法赶他们回家。此外，还有其他人也常到她这儿来，都是些过去的旧情人。本来她能够拒绝的，可他们总表示这是最后一次。她不愿意站在他们面前对他们尖声大叫："从我的生活中滚出去！"他们从来没有伤害过她。

她必须想出个解决的办法，所以她不再探监，也不再写信。她要一直等到自己可以告诉他，自己深深地爱着他，愿意做他叫自己做的任何事情时为止。

第二十二章　承诺

一

随后的几天，加里变得异常平静，这不像是好兆头。卡胡断定吉尔摩的心理严重变态，需要有人陪伴。于是他把一个叫吉布斯的犯人从主牢房调过来。他们两个都坐过很长时间的牢，或许能够合得来。

卡胡注意到，自己刚把牢门关上，他们就开始用监狱黑话交谈。那些话简直莫名其妙。例如他们把黑人叫"figger"而不是"nigger"①。你要是能从头到尾全部用这种黑话交谈，这就等于让对方知道你坐了多少年的牢。卡胡没听完就走了。如果他们提起"布里斯托尔来的女士"，这个短语的意思是手枪，当然他要留点神，不过吉尔摩大谈什么一啊二啊，在黑话中"一"和"二"指的都是鞋子。

吉布斯说："你还得想着你的小兔子和船。"

"操他妈的山羊，"吉尔摩说，"还是让我跟一个烦人的警察在里面溜达吧。"

"这也好，这能给小鸡加点汁。"

卡胡转身走了。他们不过是借闲聊消磨时光罢了。他想，他们这一对倒挺有趣的，两个人都蓄着中国式山羊胡子，只是吉尔摩块头比吉布斯大得多。他们俩在一起就像只猫和只耗子在一起，或者说一只猫和一只大老鼠在一起。

二

老实说，吉布斯在这个世界上只对三样东西稍微有点感情：孩子、小猫和钱。从十四岁起他就开始了独立生活。十七岁时，他靠伪造支票在一个月内搞到手一万七千美元的现金，给自己买了一辆新车。从此他一辆接一辆地换新车。

---

① 对黑人的蔑称。

吉尔摩说，他十四岁时已经偷窃了五十多家，也许还不止这个数。

吉布斯第一次到这儿蹲监狱时，已经伪造了二百五十万美元。他说，他共有二十一条罪状。他第二次被送进监狱是因为他在盐湖城炸了一辆警车，是海沃德警长的车。

吉尔摩说，他二十二岁时被判了十五年的徒刑，他是在俄勒冈和马里恩服的刑。吉布斯点点头，马里恩是磨炼人的好地方。吉尔摩告诉他，自己连续坐了十一年的牢，其中断断续续关在隔离牢房的时间全加起来大约有四年。他这话说明他是个真正的惯犯。

吉布斯告诉他，他这回被关进来是因为偷橡皮筏子。两个星期之内他一共从犹他山谷和盐湖山谷的两个平纳购物中心偷了四十个筏子，每个价值一百三十九美元。另外他还偷链锯。干这活他每天能挣两三百美元，可他不知道该怎么花才好，就是这么回事。

吉尔摩承认，他遇到了同样的问题。他也偷过平纳的一家店。

"嗯，"吉布斯说，"你我之间的唯一区别是，我干的时候，有两个人接应保护。如果有人追我，我的同伙会拦住他们问：你们追这个人干什么？"

吉布斯听得出来，盐湖地区的重要角色吉尔摩一个也不认识。巴巴罗兄弟、莱恩·克洛特、马杜和格斯·拉塔卡波罗斯等人他一个也不认识。"那么，你谈谈大人物吧。"吉布斯说。

吉尔摩谈起雅利安兄弟会和他在那里面的关系。吉布斯听他提到俄勒冈、亚特兰大、利文沃思和马里恩的几个重要角色的名字，他们不是传说中的人物，而是实际生活中的江洋大盗。吉尔摩眉飞色舞地讲着，好像他在这些家伙中很有地位似的。当然，一级谋杀会大大抬高一个人的身份。当他们问你："杀人给你带来了什么？"你回答说："自我满足。"直截了当，毫不掩饰。

吉布斯告诉吉尔摩，他那一伙人既偷艇外推进器，又偷艇内推进器，既偷活动房拖车，又偷汽车拖着的活动房。如果带着这些赃物被人看见，根本不用紧张。他们会笑笑放你过去。吉布斯说："价值五十万美元的赃物就是这样沿着州际公路运走的。"

三

"要是你比我先出去，"吉尔摩说，"你能不能给我搞点钢锯条来？"

"如果有什么人愿意替你搞的话，那个人可能就是我。"吉布斯说。他想，他也许真会这样干的。他对哪一方面都一样地忠实，就像一句老话说的那样，"你有一双蓝色的眼睛，一只朝北，一只朝南。"吉尔摩也有一双蓝眼睛。他喜欢吉尔摩。他很有气质。

"喂，"吉尔摩说，"如果你能想出个办法把我从这儿弄出去，你让我干什么都行。我只留下足够让我和我那老情人出国的钱，其余的钱全归你。"

"如果我想离开这所监狱，"吉布斯说，"我会让人来接我出去的。"
"是吗，可在这一带我谁也不认识。"吉尔摩说。
"如果有什么人愿意帮你的话，那就是我。"吉布斯又重复一遍。

他们的牢房分成两个部分，前面一小块是就餐的地方，摆着一张桌子，几条长凳；后面远离铁栏的地方有一个抽水马桶、一个洗涤池、一个莲蓬头和六张床铺。铁栅栏外是一条走廊，通向另一间牢房，那间牢房是专门用来关押女犯的。当没有女犯时，那儿就成了酒鬼收容所。吉布斯搬来的第一天夜里，隔壁关进了一个酒鬼，他不停地嚎叫着。

吉尔摩装出看守的口气训斥他："你想干什么？"他吼道。那个酒鬼说他想打电话找个保人来。吉尔摩告诉他，没有哪个法官会允许他这样做。听着，他在活动房小区撞的那个小孩子已经死了。什么小孩？酒鬼问。对你的指控是：酒后开车、故意撞人、肇事逃跑。吉布斯觉得这太有意思了，那酒鬼却对吉尔摩的话深信不疑。后来他不再嚎叫着要找看守了，而是伤心地痛哭不停。

吉尔摩开始锻炼身体。他对吉布斯说，他每天晚上都要锻炼一会，为的是使自己疲劳一点以便能睡上一会儿，不这样做不行。

他做了一百次仰卧起坐，休息一下之后，又开始做跳跃运动，每跳一下两手在头顶上拍一下掌。吉布斯躺在床上，一边吸烟，一边记数，可记着记着就糊涂了。吉尔摩肯定跳了有二三百次。他又休息了一会，便试着做俯卧撑，可他只做了二十五次。他解释说，他的左手还没有完全好。

接着他倒立了十分钟。吉布斯问，干吗要倒立呀？噢，吉尔摩说，这可以促进你头部的血液循环，对你的头发有好处。他又补充道，他一直想方设法使自己显得年轻些。吉布斯点点头。他知道，每个罪犯，包括他自己在内，对年龄都有一种情结。天呀，青春时光已经一去不复返了。"依我看，"吉布斯说，"你显得很年轻，根本不像三十五岁的人。我比你小五岁，但看上去却好像比你大五岁。"

吉尔摩闻到了烟味，说："那是因为你吸烟。"他挑了一个离吉布斯最远的上铺，吉布斯睡在对面那排床的一张下铺上。

"你不吸烟吗？"吉布斯问。

"我不赞成保持那种需要你为它付出代价的习惯，"吉尔摩说，"即使在被关起来的时候也不赞成。他们有一间以我的名字命名的隔离牢房。"

隔壁牢房的酒鬼仍在可怜地呜咽着。吉尔摩说："真的，叫加里·M.吉尔摩房间。"他们俩都笑了起来。听酒鬼哭泣和夏夜里躺在床上听树叶沙沙声一样惬意。唉，吉尔摩告诉他，他被单独监禁了这么长的时间，几乎从来没能够在监狱里干活挣钱。当然，监狱外面也没人给他送钱来。所以，他享受不到狱方允许的任何奢侈品，他已经学会没有这些东西照样生活。"此外，"他说，"吸烟对身体不好，当然，说到身体……"他看了吉布斯一眼。

说到身体，他估计自己会被判处死刑的。

"一个好的律师能够帮你降为二级谋杀。在犹他州，二级谋杀罪六年以后就可以获得假释。六年以后你就可以逛大街了。"

"我请不起好律师，"吉尔摩说，"我的律师是犹他州出钱请的。"他低头看着下铺上的吉布斯，说，"我的律师是替宣判我的人工作的。"

四

吉尔摩说："他们老是让精神病医生来跟我谈话。呸，他们总是提那些愚蠢透顶的问题。他们问我为什么把汽车停在加油站的侧面。'如果我把车停在前面,'我对他们说,'你们又要问我为什么不把车停在侧面。'"他哼了一声,"我可以装疯卖傻,这样他们就会说:'瞧,他疯了。'可是我不愿意。"

吉布斯能够理解,那样将会伤害一个真正男子汉的自尊心。

"我告诉他们我两次杀人感觉都那么虚幻。当时在我眼里一切都蒙着一层水雾。"这时,他们又听到了那个酒鬼的呻吟声。"'我好像是在一部电影里,'我对他们说,'我无法阻止电影演下去。'"

"真是那样发生的吗?"吉布斯问。

"呸,那是胡扯,"吉尔摩说,"我走到本·布什内尔面前,对那个狗娘养的胖子说:'你的钱,小子,还有你的命。'"

两人哈哈大笑,真他妈的有趣。深更半夜,就在那间闷热、简陋、驴窝似的牢房里,外面传来那个酒鬼前言不搭后语的自责自骂声,他们没完没了地哈哈大笑。"你在里面安静点,"吉尔摩对那个酒鬼喊道,"把你的哭喊留给法官去听吧。"那个酒鬼伤心得痛哭流涕,就像一只在新主人家里过第一夜的小狗。"他妈的,"吉尔摩说,"杀死詹森的第二天早上,我打电话给那家加油站,问他们是不是缺人手。"两人又哈哈大笑起来。

今天夜里,吉尔摩如果能痛痛快快地开一场玩笑,把胳膊拧下来他也心甘情愿。如果能说几句妙趣横生的话,割下他的脑袋交给你他也在所不惜。"当他们要绞死你时,你最后、最大的愿望是什么呢?"他自问自答道,"如果用橡皮绳的话,"他板起脸,装出一副在绳套里挣扎的样子,说,"我想我希望先吊一会儿再死。"

吉布斯认为他会尿裤子的。吉尔摩又问:"当你被送进毒气室的时候,你最后的要求是什么呢?"他等着他回答,吉布斯却只喘着粗气不说话。"嗨,"吉尔摩说,"管他们要笑气。"

吉布斯说:"笑气也照样会把你憋死的。"

他笑得差点被痰憋住。对他这个痰罐子来说,每吸一口烟就等于往他喉咙里撒把盐。吉尔摩问:"你打算对行刑队说什么呢?"
"我嘛,"吉布斯说,"向他们要一件防弹背心。"他们笑得前仰后合,就像转圈狂奔、越来越没有力气的动物。"喂,"吉布斯说,"我又听到那家伙的声音了。"

吉布斯看得出来,吉尔摩具有这样一种品质,他为人很随和。吉布斯相信他本人也很善于和别人接近——只需要表现出自己个性中和别人相似的那一面就行了。吉尔摩就是这样做的。今天晚上他们两个凑在一起,可谓臭味相投:一对可憎的恶魔。

他刚想到这一点,吉尔摩就变得严肃起来。"嗨,"他对吉布斯说,"他们打算判我死刑,但我也有对付他们的办法。我要查查犹他州政府这张底牌,我要逼着他们这样做。到那时候,看看谁有胆量,是我还是他们。"
吉布斯拿不准这家伙是不是个牛皮大王,他可想像不出来如何能做到这种事情。

"瞧着吧,"吉尔摩说,"他们动手时我不许他们给我戴面罩,或者夜里在外面干,或者用曳光弹在一间黑屋子里干。这样我就可以看到那些朝我射过来的可爱的子弹!"
那个酒鬼尖叫着:"我不是有意撞死那个孩子的,天哪,法官,我再也不开车了。"
"住嘴!"吉尔摩喝道。
不错,他对吉布斯说,他这种处境的人面对行刑队时,唯一的真正恐惧是,射手中有人是被害者的亲戚或朋友。"要是那样,"

吉尔摩说,"他们会朝我的脑袋开枪的,我可不喜欢这个。我双眼的视力都是二点零,我打算把它们捐献出去。"

吉布斯断定,这家伙是个轮盘赌徒。他把一切都赌在转出的数码上。"我一生犯了许多错误,"吉尔摩在上铺上说,"过去几个月里我犯下许多判断上的错误,但现在,吉布斯,我要说我已经回到我的生存环境中了。对于那些蹲过监狱的人,我从来没有看错过。"

"我希望你对我有个好印象。"

"我相信你是个好囚犯。"吉尔摩说。

这是吉尔摩对他的最高褒扬。说完这话后,他们便睡觉了。这时已是凌晨三点。他们每天都胡吹到后半夜三点才睡。

五

我不是个软弱的人,我从来不是个无能的人,我也从来不是个胆小鬼,我一直在抗争——我不是这一带最强悍的恶棍,但我一直挺直腰杆站在男子汉的行列中。我干过几件叫许多流氓胆战心惊的事情。我忍受了其他任何人都无法忍受的命运。但是,我的小姑娘,我想让你明白的是,你征服了我的心,而夺走我的心之后,你具有了碾碎我、摧毁我的力量。请不要这样做,我对你的爱使我失去了自卫能力。

尼科尔,我不能允许其他男人和我共同占有你。我宁愿死后在地狱中烧成灰也不愿看到别的男人和你在一起。

我不能与人分享你——我要完全占有你——

我只好不再做爱,你也必须这样。请原谅我的粗鲁,但这是真心话。我们相亲相爱,你属于我、我属于你,我们不要再互相伤害了。尼科尔,我们不要再互相伤害了。

这种痛苦已经压垮了我。我每时每刻都在想着你和别人在一起的情景。我无法控制自己。我竭力想把那些丑恶的画面从我的脑海里驱赶走。我不愿意任何人吻你、抱你或者和你做爱。你是我的，我爱你。

你在来信的最后一页上写道，我没有理由再像当初那样感到伤心——我他妈的已经三十五岁了，前半生的一大半时间是关在监狱里的。经历过那么多坎坷之后，我应该是个狗娘养的硬汉子。

但没有你我受不了——我无时无刻不在想念你。

一想到有个男人正搂着你那一丝不挂的胴体、望着你那水灵灵的眼睛、睡在你的怀里，我就感到难以忍受。

我不能和别人分享你——我不干。你的全部身心都是属于我的。你说，当别人请你给他快乐时，你那颗疯狂的心无法拒绝，对此我不在乎。不过我也有一颗疯狂的心。我这颗疯狂的心向你那颗疯狂的心提出一个请求——把你的心你的思想你的灵魂和你的身体全都交给我吧，不要拒绝我的这个请求。让我成为从此之后你唯一的男人吧!

上帝啊——我要你，我的宝贝、宝贝、宝贝!
只和我做爱
不要和其他人做爱　不要　不要　那会杀死我的　不要杀死我
我的要求是不是太过分了??
请写信告诉我——
告诉我　　　　　　　　　　　　　　　　　告诉我
该死
　　　　　　　　　　　　　　　　　　　　告诉我
他妈的该死的上帝尼科尔
告诉我
星期三离星期天太远了——为什么不给我多写几封信呢?!

尼科尔 不要和别人来往 不要 不要 不要 不要

不要

我这封信写得他妈的一塌糊涂

我就要写完了，我要说的是，我要<u>完完全全</u>地拥有你！我不愿意和任何人分享你，我爱你。

我爱你　　　　　　我爱你　　　　　　　　　　我爱你
我爱你

不，我没有喝醉也没有吸毒或者干了别的什么。写这封干巴巴的信的人正是我——正是我加里·吉尔摩，这个贼，这个杀人犯。疯狂的加里。将来有一天那个人会梦见自己是一个生活在二十世纪美国的名叫加里的家伙，并且他干了件大蠢事……但那是件什么蠢事，难道正如人们在二十世纪的斯班尼西福克常常说的那样，就是因为这个事情才糟糕到这种无以复加的地步吗？他将会想起在很久以前的摩门山区王国里生存着某种非常美的东西；他将会梦见一个暗红毛发绿眼睛的狐狸精。她那双眼睛含情脉脉，仿佛能够把他整个吞下去。她和他一起笃一起罘　原意永远永远跟他做爱，是她教会了他如何和姑娘做爱。而以前他只能借助自己的手以及《花花公子》上面的照片来干这件事。

九月九日

第二天夜里，关过酒鬼的牢房里关进来一个姑娘。她不停地哭闹。吉尔摩朝她叫道，嗨，小妹妹，别难过了。她果然马上安静下来了。

加里打听到她的名字叫康妮。当她向加里要支烟抽时，吉布斯顺着走廊朝她的牢房甩过去一盒。康妮向他们表示感谢。

他们想试着交谈，但你得大声叫喊才行。于是加里写了张纸

413

条甩了过去。他告诉她，自己很漂亮，喜欢年轻姑娘、西部音乐和真假声轮唱，他特别喜欢用真假声哼歌。她也写了张纸条给他们，说她在报纸上见过他的照片，她同意他很漂亮的说法，对他的好意表示感谢，并问他能否用真假声唱一段。

"那么，好吧，"吉布斯说，"开始吧。"加里根本不会用真假声唱歌，就像吉布斯不会织毛衣一样。他只好向走廊那边喊道，他是在说谎，他根本不会喔——啊——喔——啊地唱歌，饶了他吧。三个人都笑了起来。这天晚上，他们互相来回递了好几张纸条，过得很愉快。早上她被带出去了，加里又变得垂头丧气。

六

我连续三个晚上没有睡好觉了。出了一件事。昨天晚上我打了个盹，却梦见一颗被砍下来的头，把我吓醒了。我又一次听见了死囚车车轮吱吱呀呀的滚动声，听见了疾风般劈下来的大刀的呼啸声——在梦中蒙特·考特变成了个女假释官前来审问我。不一会又出现了一位医生——或者是一位男蒙特·考特或者是别的什么人。梦有它自己的发展方式。

我已经告诉过你，最近我失眠了——鬼魂从天而降，向我发动进攻，他们具有一种强大的叫我难以置信的力量。我把他们打跑了，可他们又悄悄地溜回来，爬进我的耳朵里。这些恶魔给我讲了许多下流的笑话，他们想动摇我的意志，吸干我的精力，粉碎我的全部希望，使我成为一个绝望、孤单、一无所有的乞丐。真是万恶的混蛋魔鬼，他们那毛茸茸的躯体肮脏透顶！夜深人静他们悄声讲述着邪恶的事情咯咯发笑、一脸狞笑得意地望着我辗转反侧，无法入睡，真是万恶至极。他们长着长长的黄色脚趾和手指，他们的牙齿上滴下腥臭难闻的唾液，他们已经做好了准备，当我起身离开他们时，他们就会发出刺耳的尖叫张牙舞爪地向我扑过来。肮脏的野兽。豺狼鬣狗。谎言散布者。瘟疫缠身。伤心的堕落的孤魂野鬼。可憎的恶魔。无人理睬的蠕动爬行的红眼睛蝙蝠。有耳无魂的野兽。

他们不让我这个老家伙睡上一夜安生觉。这些该死的堕落的流氓。

我需要我们的银剑来对付他们，他们是狡猾的流氓。

恶魔鬼魂

欺骗取笑逗弄

嘴咬爪挠尖叫

编织一张破旧破旧的网　套上挽具

像公牛　木制的吱吱呀呀的囚车　灰色的木头

囚车在我枯朽心脏的鹅卵石街道上

穿行

他们向我进攻　我们只搏斗了几个回合　他们就像魔鬼一样扑到我身上　给我注射氟奋乃静　一连四个月我咬牙忍受着魔鬼的暴虐——啊啊啊啊啊啊啊啊啊啊啊啊啊啊！

他们把我榨干了　我的体重减轻了五十磅，但我却变得比他们强壮得多。

我受伤害他们高兴

近来我一直在燃烧

我不愿提起这件事但是上个星期他们几乎抓住了我，他们离我那样近比过去和将来都要近。

九月十一日

吉布斯有半夜起来吸支烟的习惯。此刻，在没有尽头的午夜，他点着了一支烟，仰面躺在床上，静静地考虑自己的私事。突然，加里问："你实际上已经做了，是不是，吉布斯？"他小心翼翼地反问道:"做了什么?"加里说:"你实际上已经点着了那该死的玩意,是不是?"

第二天早晨,加里说:"你说梦话了,吉布斯。你先说了几个词,然后开始磨牙,听那声音好像你嘴里正在掷骰子似的。"吉布斯有点心神不定了。听说自己说了梦话,他不太开心,如果他说的是件不该说的事情,吉尔摩也许会把他的心挖出来的。

整整一天,加里变得越来越垂头丧气,第二天凌晨三点钟左右,吉布斯又醒了。加里问:"你好吗?"吉布斯回答道:"大概好些了,但我不敢肯定。"尽管他吸烟吸得又咳又喘,他还是干笑了两声。"喂,伙计,你的病会好吗?"吉尔摩问,"也许你需要一个人工呼吸器吧?"

吉布斯沉默着。他努力抑制住自己的喘息声。吉尔摩打破沉默说:"明天早上我们告诉看守,我们两个合不来,他们就会让你从这儿搬出去。"

"噢,是吗?"吉布斯说。
"是的,"吉尔摩说,"我认为我得把这件事提出来。要是我提出来,你就会从这儿出去,就会很快好起来。他们让你到这儿来也许只是想让你和一个杀人犯聊聊。"他点了点头。"如果他们审讯我那两件凶杀案时不能得到自我满足的话,他们会感到很失望的。"
吉布斯点了点头。"如果这就是你的希望,"他说,"我们甚至可以朝看守的脸上吐口唾沫,或者扔件东西,这样他们就会送我到隔离牢房去。""不错,"加里说,"我欣赏你的建议。我也许真的去要求让你明天离开。"
"好吧,"吉布斯说,"我听你的。"

但到了早晨,吉尔摩说再等一等,他想看看那天会不会收到尼科尔的信。果然,下午来了一封。他看信之后说:"没关系,我已经决定再等一等。"吉布斯高兴得不得了。

加里把一下午的时间都花在看她过去写的信上,他一会拿起这封,一会拿起那封,最后他说:"如果你想看的话,可以看看这封。"吉布斯注意到信纸上有几滴血迹。他有点不好意思,只是粗略地看了一遍。但他的目光不由自主地被其中一句话吸引住了。尼科尔写道:"当我的生命被从我的肉体中全部抽干时,我感到非常温暖、非常舒适。"

吉布斯很小心,他既没讲话也没流露出任何感情。但他在心里对自己说:"她要么是我所听说过的最真诚的女人,要么就是世界上最卑鄙的娼妇。"吉尔摩问:"你有什么看法?"吉布斯回答道:"我从来没有经历过你这种处境,所以没什么可说的,不过她显然钟情于你。"

现在,吉尔摩已经不再闷闷不乐了,吉布斯决定无论如何也不能再让他消沉下去。于是他和他谈起逃跑是件多么容易的事,只要能找到根钢锯条就行。这是所旧监狱,铁栏没有不锈钢芯。事实上,你可以看出有人曾割断过几根铁栏,他们只好把它们焊接成原状。

加里决定给尼科尔写信,叫她告诉斯特林·贝克,让他趁修鞋时做做手脚。吉布斯说,只要把鞋底的内外层分开,插进两根锯条,然后再仔细地按原来的针眼缝上,这种事任何一个鞋匠都会干。

加里百分之百地赞成这个主意。他立刻动手给尼科尔写信,向她解释怎样干。他不想让看守看到信的内容,所以把信交给了前来和他讨论案情的律师迈克·埃斯普林,请他帮着寄出去。

最亲爱的大美人:

我有件事想让你干。如果你愿意干并且不出错的话,我相信我很快就会带你远走高飞——也许去加拿大——或者西北部太平洋沿岸——或者其他什么地方。离开这儿,你、我和你的两个孩子。我想要的是一根优质碳钢锯条,在五金商店里就可以买到。我需要一双十一码的鞋,斯特林会把锯条塞到鞋底中间去的。也许最好让艾达探监时把这双鞋和几件衣服一起给我送来,没有人会怀疑她,或者请克雷格律师或迈克带进来也行——这是所蹩脚的乡村监狱,他们不给鞋子做X光探测,也没有金属探测仪——锯条送来的当天夜里我就可以逃出去。

为了我,干吧,天使。我会来接你,我们一块走。

当我赶到你那儿时,我不希望看到你和别的男人在一起。

替我搞到那根锯条,我会在夜里把你接走的。无论付出什么代价,只要我不被抓住——只要我不被杀死,我们将永远一起生活,一起欢笑,一起做爱,一起唱歌。

这正是我们应该做的。

九月十二日

喝了那种啤酒、吃了菲奥瑞纳之后,我头晕目眩四肢无力,恐怕再也不会让你享受到性爱的快乐了——我感到很不安——真希望现在我的身体处在正常、清洁和纯净的状态之中,而不是充满了酒和菲奥瑞纳。真希望能在这种时候跟你做爱,我要让你仰面躺着,趴到你身上,直到我们两个人都兴奋起来——然后我要把你抱到浴缸里,在水里和你狂欢。我们互相擦洗脊背、屁股、胳膊和大腿,我们浸泡在水里,你吸着烟,我给你讲故事。

宝贝，我们已经各自得到了对方——这才是最重要的，我的漂亮的长着雀斑的天使。银剑的携带者。宝贝，今天夜里把我紧紧搂在你赤裸裸的怀里，在你的心中、在你的思想中和梦中与我交欢做爱吧！当你离开你那正在睡梦中的美丽身体钻进我的心我的灵魂里时，我的身体就投入你那柔软温暖潮湿的爱河中，钻入你那美丽的嘴，钻入你的心你的灵魂。你的精髓和我一起纵情狂欢。这样，在睡梦中，在一切的一切之中，我们就会成为一个令人无法想像的统一体。

九月十三日

她再次确信，自己从来没有像现在这样爱他。他的那些猥亵的信使她兴奋到了极点，她简直不敢相信这是真的。"你净说些下流话，"她去探监时对他说，"我敢打赌，你根本硬不起来，可你偏偏专写这种事情。"他咧嘴嘿嘿笑着。她爱他。

尼科尔谈到钢锯条的事。她到一家小五金店去买碳素钢锯条，柜台后面的那个老家伙看出她不懂尺寸，而且也不在乎什么尺寸，因为店里有货的两种钢锯条她都买了。他对她做了个鬼脸，问："你想帮谁越狱？"她费了好大劲才没流露出惊慌的神情。

她已经把锯条送到斯特林那儿去了。她告诉加里，斯特林不太热心。他先说愿意帮忙，后来又说得考虑考虑。已经过去好几天了，可他还没有考虑好。

七

吉尔摩的听觉是吉布斯所见过的人当中最灵敏的。如果有什么人的耳朵具有特异功能的话，那个人就是加里·吉尔摩。从他们的牢房到前面的办公室至少有九十英尺，而且中间隔着三个大厅以及走廊，尽管如此，吉尔摩还是能够听到他们记录某人违法行为时的声音，并能告诉你这个人的名字和被指控的罪名。有这么灵的耳朵，他当然无法入睡。吉布斯注意到，吉尔摩平均每天睡两三个小时就足够了，他好像不需要更多的睡眠。

卡胡通常六点半开饭，这个时候吉布斯还在酣睡，可吉尔摩已经起床吃饭了。饭后他给尼科尔写信或者读书，这些事他都在早晨干，因为这时整个监狱都非常安静。

吉尔摩一再表示感到奇怪，吉布斯坐了这么长时间的牢竟然不喜欢读书。吉布斯想来想去，只想出三本自己这辈子看过的书：《教父》《绿色丛林》和《血仇》。加里递给他一本《傲慢彼得的转世》。他说，这本书会使吉布斯对来世生活有所了解。为了使吉尔摩高兴，吉布斯读了一遍，但这本书并没有使他成为一个信奉灵魂转世的人。

他们谈起查理·曼森。吉尔摩解释说，曼森具有通灵力。"我知道是他指使斯奎基·佛洛姆①向福特总统开枪的。"

"你真的相信这种事吗？"吉布斯问。

"当然，"吉尔摩说，"你可以用你的通灵力来控制别人。"

吉布斯觉得很抱歉，"我决不相信我看不见的事情。"

"是的，"加里说，"是曼森指使她干的。"

"怎么可能呢？"吉布斯问，"他们又没让那个姑娘去看曼森。"

"当然没有，"吉尔摩说，"曼森使用了他的通灵力。"

吉布斯感到无法理解。

---

① 查理·曼森的一个信徒。

那天晚上，吉尔摩烧水煮咖啡。他把手纸卷成面包圈形，在中间点燃，火苗缓缓地燃烧着，一直可以烧到把水煮开。烧杯是用冰淇淋杯做的，外面包着一层烘土豆用的锡箔。他把一根绳子的两端系在杯沿的两个小孔内，用手拎着绳子把杯子放到火上。

吉布斯躺在铺上，看着加里烧水，心想："如果绳子断了，我一定会大笑起来的。"就在这时，绳子着火了，杯子翻扣在地上，水泼了一地。吉布斯放声大笑，一边笑一边在铺上打滚，活像个土豆里的虫子。他噗噗放了一串屁，吉尔摩厌恶地瞪了他一眼，把杯子、绳子和别的东西一古脑全扔到抽水马桶里去了。

吉尔摩对吉布斯说："你他妈的是我所见过的最大的放屁虫。"
吉布斯说："我想放屁就能放出来。"说完这句话，他又大笑起来，并且又放了一串屁。他每次放完屁总要像个疯子似的狂笑一通。
"还好，"吉尔摩说，"我说，你的屁不臭。"
"我他妈的一直是个屁篓子。"
"你为什么不攒上一个星期，"吉尔摩说，"开个放屁音乐会呢？"

吉布斯喘过气来之后，对他说："喂，加里，我不是没有注意到你的不幸，事先我就预感到它会发生，就在它发生之前。"
加里顿时容光焕发。他说："那就是通灵力。"吉布斯想说，要让我相信你那一套，光烧断一根绳子是远远不够的，但他没让自己说出口。

不过，吉布斯确实有一个住在普罗沃的小妹妹，她嫁给了一个叫吉尔摩的人。当初他听说吉尔摩被逮捕时——他指的是加里——他还以为是他那没有见过面的妹夫出事了呢。

加里听他讲完后,说:"你想过我们之间有多少共同之处没有?也许我们真的有缘分。"吉布斯心想:"我们又回到灵魂转世上去了。"

加里开列了个单子:他们两个都坐过很长时间的牢,吉布斯在犹他和怀俄明,他自己在俄勒冈和伊利诺斯;入狱前他们两个都进过管教学校;他们两个都被看做是死不改悔的罪犯,都曾在一级警戒牢房里关过很长时间;他们两个人的左手在作案时都被打伤过;两人对他们的父亲都没有感情,他们俩的父亲都是酒鬼,都已经去世;吉尔摩和吉布斯都爱他们的母亲,他们俩的母亲都是虔诚的摩门教徒,都住在狭窄拥挤的活动房小区;无论是吉尔摩还是吉布斯都不与自己的其他直系亲属来往;此外,两人姓氏的头两个字母都是GI,尽管两人都没服过兵役①。他们初次吸毒都是在六十年代初,吸的都是同一种毒品,叫利塔灵,这是一种不太常用的兴奋剂。

"不少了吧?"吉尔摩问。

"妙极了。"吉布斯说。

嗯,加里还可以指出,两人在被捕前都和一个二十岁的离过婚的女人同居过;并且都是通过那女人的表亲认识那女人的;她们都有两个孩子,她们的大孩子都是五岁的女孩,肤色略黑;两个女孩的名字都以"S"开头。她们的第二个孩子都是三岁的男孩,而且都是另一次婚姻的结果;两个小男孩都是金发碧眼,名字都是以"J"开头的;尼科尔的母亲和吉布斯女朋友的母亲都叫凯思琳;两位母亲在他们结识了各自的女友之后都马上进入了他们的生活。

---

① GI在英语中是"美国大兵"的缩写。

在比较了这些巧合之后，吉布斯静心琢磨起来，他甚至开始感到惊异，加里说的也许有道理。

当然，加里没有注意到她们之间的差异。吉布斯的女朋友长得一点也不吸引人，尼科尔却是个大美人。看到她对加里爱得那么投入，吉布斯断定她内心也一定非常美。你瞧，如果她没钱买邮票，她就搭便车来监狱把给加里的信亲自送来；如果他们需要咖啡、果珍、信纸和钢笔什么的，吉布斯只要告诉看守从他的户头上取钱，她就会出去买了带回来的。

有一次，在开购货清单时，吉布斯问是否有什么东西没写上，加里说："你觉得速溶巧克力粉怎么样？"吉布斯回答说："不错。"实际上，他更喜欢果珍之类的冷饮料，但他却说："让尼科尔去买一箱袋装速溶巧克力粉来吧。"他看得出来，加里想买什么东西或者需要什么东西时，总觉得不好意思，吞吞吐吐半天说不出来一句话。"吉布斯，"这时加里说，"你是我在二十年监狱生活中遇到的最好的一个狗娘养的。不管怎么说，记住我的话，将来某一天我会以某种方式报答你的好意的。"

吉布斯看得出来，吉尔摩正真心实意地寻找机会报答他。他甚至谈起要帮吉布斯修他的假牙，那假牙在他睡觉时总是咯咯作响。"这个呀，"吉布斯有点不自在地说，"我喜欢咬牙齿玩。"他本来有一副完整的上假牙，可是却摔成两截了。入狱前不久，他喝得烂醉之后，开着他的黄金城牌汽车在公路上飞驰。他感到恶心，想呕吐，可是懒得停车。天哪，在州际公路上，他的车速高达每小时八十公里。他就这么拉开车窗，边开车边朝外吐。汽车又向前开了一百码之后他才意识到自己把上假牙和糕饼一块吐了出去。汽车撞到路肩上停了下来，他摸黑跑回去，找到地上那一道呕吐物，看到自己的上假牙已经从中间摔成两半了。

现在，他喜欢咬牙玩。他能像响板似的发出喀嗒喀嗒的声音，有时他会当众把假牙取下来，他这么做只是为了看看别人看到他那已经断成两截的上假牙时的表情。

不过，他却不敢在加里面前这样做。吉尔摩对自己的牙齿太敏感。他拐弯抹角好几天才讲起他在俄勒冈州一家牙科实验室里是怎样工作的。要是尼科尔能从药房里买来一套工具的话，吉尔摩就能够把他的假牙修好。吉布斯马上拿出这笔钱。

探监之后，她送来一盒假牙黏合剂，里面有一瓶液体、一管粉面底板、一支眼药水、一个塑料杯、一根搅拌用的细杆、砂纸和使用说明书。吉尔摩把说明书扔到一边，立刻动手干了起来。十五分钟之后，假牙就恢复了原状，戴着像新的那么合适。吉布斯心里很是担心，假牙修好后，加里可以把他的梦话听得一清二楚。他暗自希望，那些梦话可千万别叫他听了难堪。

那天深夜，吉尔摩坐起来动手修补他自己的假牙。显然，加里不希望别人知道他戴假牙这个秘密。夜深人静，吉布斯假装睡着了，偷偷地看着加里，后者正在聚精会神地一个人干着。他的嘴唇朝里瘪着，此时他看上去和他的年龄一样老，甚至更老些。

那四个拘留犯仅仅犯下一点轻罪，只需在县监狱里服很短时间的刑。所以他们来送饭时，怕吉尔摩怕得要死。把盘子从门上的小窗递进来时，他们尽可能站得远远的。其实，窗口很小，里面的人根本不可能伸出手来抓人，但他们仍然格外小心。他们曾听看守讲过，吉尔摩强迫他的受害者躺在地上，然后砰地给他一枪。如果其他牢房的犯人寻衅闹事的话，看守就对他说，要么停止捣乱，要么去和吉尔摩关在一起。他们会这样说，那个家伙决不会放过另一次杀人机会的。

一天,他们把吉布斯带出牢房,以便让加里独自和一位精神病医生聊聊。看守带着吉布斯去厨房里端咖啡,那四个拘留犯对他再客气不过了。他们为他做了一块配菜齐全的三明治,其中一个问他怎么从牢房里出来了。"噢,"吉布斯朝看守眨了眨眼,"他们把我们俩一个一个地带出来,好彻底搜查一下。我一回去加里就到这儿来。"吉布斯从来没见过像这四个家伙洗盘子洗得那么快的,看来他们决心赶在吉尔摩大帝到来之前把活干完。

就在这时,看守被叫到前面的办公室去接电话。他一离开,吉布斯赶快把桌上他能看得见的那些袋装潘趣酒全塞进自己的裤袋里。他对那几个拘留犯说:"如果你们中哪一个敢提一个字,你们会后悔的。"

看守把吉布斯带回牢房后,他立刻把偷来的东西全掏出来了。加里告诉他,那个精神病医生准备向法院提出报告说,他神志正常,可以接受审判。"你还指望他什么呢?"吉尔摩说,"他和我的律师是从同一个地方领取报酬的。犹他州。我的败局已定。"停了一会儿他又说,"我们还等什么,趁着那家伙还没来,赶快把酒调制好吧。"他们忙了一阵,调制了整整一加仑的潘趣酒。

第六部 加里·M.吉尔摩的审判

第二十三章 精神正常

一

埃斯普林和斯奈德获得了一次在大案中显露才干的机会,事实上,这是他们两个接办的最重要的案子。他们当然认为自己干得很努力。在普罗沃法院大理石台阶对面的地下厅里有一家咖啡馆,每天早晨和下午司法界人士都要在这里非正式聚会。他们对即将开庭审理的这个案子很感兴趣。普罗沃市已经好久没有发生一级谋杀案了,这桩案子既可能使一个年轻律师在其同行中声望倍增,也可能使他颜面扫地。

所以,他俩既渴望施展自己的才干,又因责任重大而有点胆怯。他们的辩护成功与否将决定一个人的生死。因而,当他们发现他们的当事人采取不合作态度时,感到有些灰心丧气。

他想活——最起码他们是这样认为的——他谈到过要设法把案子降为二级谋杀,他甚至盼着宣判他无罪,然而他却不愿意提供新材料以加强那份不堪一驳的辩护词。

公诉人方面掌握着详细而又严密的证据。如果把完备的证据比作一个字母也不缺的字母表的话,那么现在的情况是最多只有一两个字母模糊不清,只缺少一个字母。自动手枪上的指纹不甚清楚,无法断定是不是加里的指纹。但其他一切证据加在一起足以定案了——特别是在本·布什内尔尸体旁发现的那个弹壳。可以肯定,那个弹壳是从那把在灌木丛中发现的勃朗宁手枪里射出来的。在那簇灌木丛和加油站之间有一串血迹，而在加油站，马丁·昂蒂维若斯和诺曼·富尔默看见加里的左手鲜血淋漓。

还有直接的证据。八月三日预审时彼得·阿罗尔作证说，他亲眼看见加里一手拿着枪一手拿着现金盒。阿罗尔在法庭上的举止完美无缺。他是个有妻室的人，讲起话来口齿清楚，有条有理。假如你在拍一部影片，想找人扮演一个能够彻底击破被告辩护词的证人，彼得·阿罗尔是再合适不过了。事实上，预审之后，斯奈德和埃斯普林在咖啡馆里遇到诺亚尔·伍顿，他们拿这个证人的天才开了一通玩笑，那口气就像两个对手运动队的教练在谈论一个为其中一方效力的体育明星似的。

加里对杰拉尔德·尼尔森所做的供词也是一个极为不利的因素。但斯奈德和埃斯普林并不担心伍顿会在审判时利用这份供词。如果他这样做，他们就可以指控杰拉尔德·尼尔森侵犯被告的权利。事实上，埃斯普林已经在预审中提出强有力的抗辩。"阁下，"他说，"警方不应当把一个案子对犯罪嫌疑人公开，告诉他说，这是我们得到的证据，而等他作出交代后，他们又说，我们实际上并没有问他。要知道，语调的变化足以使一个人相信对方在向他提问！"

法官对此几乎表示同意。他说："假如我是审判法官，我对这份供词将不予考虑……但现在是预审，我将判定这份证词有效。"

现在，伍顿很可能不在法庭上公布这份供词，因为一旦公布，这个案子就会被搅得一塌糊涂，被告的上诉很可能导致推翻定罪判决。

即使这样，这份供词还是起到了破坏作用。辩护成功的可能性已经大大降低。一个自欺欺人的律师也许会无视下面这个事实：

预审之后，普罗沃司法界人士中有一半知道吉尔摩已经招供了，另一半很快也会在咖啡馆里听说此事。这样一来，根本无法运用想像力来进行辩护。在这样一份供词面前，那种布什内尔的死可能是抢劫中偶然造成的说法是很难成立的。

对加里最为不利的证据是火药粉痕迹测试。这个测试证明，他把枪抵在了布什内尔脑袋上。如果没有这个证据，你倒可以争辩说，倒霉的本·布什内尔之所以被杀，是因为他正巧在加里拿现金盒时走进了办公室，那样就可以定为二级谋杀罪，即在激烈的抢劫过程中犯下的杀人罪。这就比命令一个人躺在地上后，对准他扣动扳机的罪要轻些。后者是有预谋的犯罪，简直是冷血动物的行为。

然而，根据这些事实，还可以作出一种辩护。在所有手枪中，自动手枪的扳机是最灵敏的。既然吉尔摩几分钟后可以无意中触动这样一个灵敏的扳机打伤自己，那么你就可以争辩说，加里看到布什内尔进来，吓了一跳，随手拔出手枪。他一面考虑下一步该怎么办，一面命令布什内尔躺下。当布什内尔开口想说点什么时，加里就把枪抵在他的脑门上威胁他。就在这时，枪走火了，把他吓得目瞪口呆。失手杀人，这也许不失为一种可能的辩护。这种辩护可能会引起一些合情合理的疑问，至少它会缓和一下公诉人手中那个从感情角度来讲最强有力的证据。然而，这种辩护只能在向陪审团作辩护总结时作为几种可能性中的一种提出来，你不可能以此为依据为本案辩护，特别是在有了那份供词以后，普罗沃的许多律师都会认为这种辩护是拙劣可笑的。

二

在犹他州，凶杀案的审理是分两步进行的。如果判定被告犯有一级谋杀罪，将会立即举行调查听证会。律师可以介绍一些证人出庭，请他们就被告品格的优劣作证。这种作证结束后，陪审团第二次退庭，讨论决定是判无期徒刑还是判死刑。

如果判定加里有罪，他的生命就取决于这次调查听证会了。然而，在这一点上，他却采取了不合作的态度。他不同意传尼科尔出庭作证。他们试图和他商量这件事。在县监狱那间窄小的探监室里，斯奈德和埃斯普林向他解释说，他们应当设法让陪审团相信他是个有血有肉的人。除了他的女朋友还有谁能够证明他的本性中有善良的一面呢？可吉尔摩根本听不进去，他决不允许把她卷进这个案子里来。"我与尼科尔的生活，"他的表情像是在说，"是神圣的和绝密的。"

他拒绝合作，也不愿意提供任何证人，他透露了几个他在普罗沃的生活细节之后，就再也没有往深里谈。他不愿意说出他朋友的名字。他总是这样说："我和这个小伙子在一起干活，我们一块喝过啤酒。"他冷漠地坐在探监室里他那一侧，他的嗓音轻柔，你不能说他不友好，可他似乎不可接近。

另一方面，他对两位律师的背景很感兴趣，他好像更乐意提出问题。为了使他满意，斯奈德和埃斯普林坦率地谈了一些各自的情况。比方说，克雷格·斯奈德的父亲曾经在盐湖城开了一家私人疗养院，克雷格就读于犹他州立大学。他谦虚地咧嘴笑笑，对加里说，上学时，他是啦啦队队长，他的妻子曾经是女大学生联谊会的主席，他本人现在仍然是一个狂热的橄榄球迷和篮球迷。他喜欢打高尔夫球、板手球、网球、牌戏和桥牌。他从法学院毕业后，就搬到得克萨斯，在埃克森镇的社团征税局工作，但后来他又回犹他来了，因为他更喜欢当一名辩护律师。

"有孩子吗？"吉尔摩问。

"特拉维斯六岁，布拉狄两岁。"克雷格的表情既坦率严肃又友好谨慎。

"明白了。"吉尔摩说。

埃斯普林曾经想当一名运动场上的英雄，可小时候他得过花粉热。他在一个牧场上长大，曾经去英国传过教。二十一岁时他回到美国结了婚。在此之前很久，当他还是个十三岁的孩子时，他就已经读过了所有他能找到的佩里·曼森系列小说。使埃斯普林成为一名律师的是厄尔·斯坦利·加德纳①，不过作为私人开业律师，他受理的案件仅仅是一些破产案和离婚案。所以，从去年开始，他一直在普罗沃市担任公设辩护律师。

吉尔摩点了点头，表示理解，可他并没有相应地讲一些他自己的事情。他觉得他的监狱生活对他们没有什么用处。他只有服刑记录，不过那不是为他，而是为官方写的。他认为他的母亲是个很好的证人，可惜她有关节炎，不能旅行。

斯奈德和埃斯普林与贝西·吉尔摩取得了联系。加里说得对——她不能旅行。他的表妹布伦达·尼科倒可以作证，可是加里对她很生气。八月三日预审时，他曾经隔着法庭朝她招手，他以为她到场是为了见他呢。但不一会儿他就得知是诺亚尔·伍顿请她来的。布伦达站在证人席上，讲述了加里从厄伦姆警察局打给她的那个电话的内容。"我问他，有什么话要我转告给他母亲，"布伦达站在证人席上说，"他说：'我想你可以告诉她这是真的。'"迈克试图让布伦达同意，加里的意思是说，他被指控杀人这件事

---

① 美国侦探小说家。自一九三三年起他创作了一系列以佩里·曼森为主角的侦探小说。佩里·曼森是个律师兼侦探，常在公堂审讯中出奇制胜。

是真的。布伦达重复了一遍她的证词，采取了不偏不倚的态度。加里对此耿耿于怀。

尽管如此，律师们仍在想办法。他们打电话给布伦达，斯奈德觉得她很无礼，同时又很害怕吉尔摩。她说，他曾经对她讲过，是她出卖了他，他要跟她算账。后来，有一辆橙色篷车老是跟在她的车后面，她认为那可能是加里某个朋友的车。

她说，她是冒着风险保加里出狱的，她一直担心他会从背后给她一刀。她说，她很爱他，但她认为他应该为他造的孽而受到惩罚。

后来，两个律师又打了一个电话。加里星期一夜里和艾普丽尔一起到她家时，看上去是否吸过毒或者喝过酒？这些细节可以减轻罪责。布伦达转述了艾普丽尔的话，"加里，当你那个样子时，我怕你怕得要死。"布伦达重复道，她喜欢加里，但他应该受到惩罚。斯奈德和埃斯普林认为，布伦达充其量是个危险的证人。

他们拜访了斯潘塞·麦格拉思。他说他喜欢加里，但对发生的事情感到非常失望。几个给他干活的年轻人的母亲听说他雇佣了一个罪犯，感到十分愤慨。他已经惹了一身麻烦，人们会在大街上拦住他问："喂，斯潘塞，雇佣一个谋杀犯你有何感受？"这对他的发明计划毫无益处。

他们从来没找弗恩·达米科谈过。加里说过好几次，他和亲戚们的关系不太好。此外，两位律师还从犹他州医院弄到一份有关弗恩一次谈话的报告：

达米科先生向我提供了如下有关加里·吉尔摩的情况：

他不喜欢被人打败。如果他被打败了,他不会忘记,更不会宽恕对方。他的报复心极强。达米科先生全家感到非常害怕,因为是他们告发了他。他曾经给他的表妹写过一封信,说他希望她将为此受到噩梦的折磨。这家人担心的还有一件事,那就是他可能从监狱或者医院逃出来,因为他有这方面的记录。

三

他们四处寻找一位愿意宣布吉尔摩精神不正常的精神病医生,但没有找到。他们只好反复阅读精神病诊断报告,指望能找到一段有用的东西,哪怕是一句话也好。

心理诊断
诊断日期:一九七六年八月十、十一、十三、十四日
诊断程序:与病人交谈
　　　　　明尼苏达多项个性测验
　　　　　双向心理测验
　　　　　语句补全能力测验
　　　　　斯普雷生活规则测验
　　　　　班德-格式塔心理测验
　　　　　格雷厄姆·肯德尔测验
　　　　　墨滴心理测验

吉尔摩先生在某项测验中说:"整整一个星期,我一直有一种不真实的感觉,似乎我是在透过水看东西,或者就像我自己看着自己做事情。特别是那天夜里,周围的一切都使我感到不真实,好像我正站得远远的,看着我自己在干什么事情……我有这种模模糊糊的感觉。我走进去,叫那个家伙把钱交给我,我叫他躺在

地上，然后朝他开枪……我知道这一切都是真的，我知道我杀了人，但不知怎的，我并不觉得自己应该负很大责任，我好像是不得已才杀人的。记得我小时候，我常常把手指头顶在气枪枪口上扣动扳机，想看看枪里是否真的有子弹，我还喜欢把手指头在水里蘸一下，插到电灯插座里，想看看自己是否会触电。我好像非得这样做不可，似乎有某种东西强迫我这样做。"

智力活动：

加里智力活动的范围在中上与超常之间。他的词汇智商是一百四十，抽象能力智商是一百二十，综合智商是一百二十九。他说他一生中读过很多书，事实确实如此，在词汇测验中他只漏掉两个词……

整体个性：

在笔迹个性测验中，加里表明他是一个敌对情绪强烈、社交行为反常、对自己的生活心存不满、对他人的感情反应迟钝的人。他对现存制度持有强烈的敌对情绪。

总结和结论：

综上所述，加里，男，三十五岁，白种人，单身，智力超常。大脑器官无损害迹象。加里基本上是个个性反常的精神变态型或反社会型的人。然而，我认为，他自己讲的在他与尼科尔分手的那个星期里以及两次杀人期间，在他身上出现的那些个性丧失症状，也许有几分道理。但是事情很清楚，他知道自己在干什么——我认为只有一个选择，即把他送回法庭接受审判。

罗伯特·J.豪厄尔哲学博士
一九七六年八月十八日

精神病学诊断

  他说在他的视野里时而出现参差不齐的线条，特别是在右侧，随后有十分钟左右他什么也看不见，接着便是剧烈的头痛，偶尔伴有头晕现象。头痛延续一两个小时才消失。这种头痛总是发生在视觉消失之后；但是他还有另外一种头痛，有时"非常严重"。这种头痛与上述视觉消失没有关系，随时可能出现。头痛程度时轻时重，变化相当大。有些日子里，他只好天天服用菲奥瑞纳，这种药一般情况下可以止痛，而阿司匹林、泰莱诺尔和其他药物好像不起作用。他在几次斗殴中头部挨过几拳，不过并没有被打昏过。几个月之前，他的左眼眉处被人一拳撕裂一条口子，现在已经痊愈。小时候他哥哥喜欢打他的后脖颈，他觉得他的脖子疼是因为有块脊椎骨错了位。

  他声称，从很年轻的时候起他就有一种喜欢强迫性行为的倾向。他的心里一旦产生某种想法之后，他就无法阻止自己去实现它。他举了个例子。有一次他来到一架铁路桥中间，一直等到火车开上桥头，他才抬脚向另一边的桥头跑去，他刚刚跑下铁路桥，火车就从他的身边呼啸而过。还有一次在监狱里，他冒着可能从五十英尺高的地方掉下去的危险，强迫自己站在五楼的栏杆上伸手去够天花板……

  他在强迫感和所谓的不规则健忘症的作用之下产生的反常行为，需要从精神病学的角度作进一步鉴定，但是就目前情况来看，他的行为似乎根本不是在精神病作用之下产生的。

麦迪逊·H.托马斯，医学博士
一九七六年八月三十一日

集体诊断报告

豪厄尔博士：你接受了多少次电惊厥治疗？

  答：这个嘛，他们告诉我给我做了一个疗程，一共六

次……在那所监狱里工作的医生，精神病医生，把这个当成他的万灵药。如果你打架斗殴或者举止出格什么的，或者是他认为有必要让你驯服点，他就会把你吊到邦纳维尔水坝上去①的。

伍兹博士：许多人都被吊到邦纳维尔水坝上去了？

答：是的，当他在那儿工作的时候。他妈的，许多人都接受过这种治疗。

莱伯古博士：为什么要给你注射氟奋乃静呢？出了什么事？

答：噢，又发生了一起暴乱，是在隔离牢房里发生的。他们花了整整十一天时间才把暴乱控制住。我被用铁链锁了两个星期。在那段时间里，他们开始给我注射氟奋乃静，每星期两次，每次两毫升。等到我终于从那场噩梦中解脱出来时，我的体重减轻了五十磅，也许还要更多些。

豪厄尔博士：你估计一共给你注射了多少针？

答：一星期两针，一共四个月。

吉格博士：十二份精神病诊断报告中有十一份明确认定你精神正常，你在押的全部时间中只有一次——一份报告说你有妄想狂精神病症状。你还记得那次是什么时候吗？

答：上帝啊，在监狱里太容易被人说成是妄想狂了。我的意思是，当我和哪个家伙拌了几句嘴时，他们只要说我是妄想狂，一切就都解决了。我不知道。

豪厄尔博士：你不认为你在那段时间里患有精神上的疾病吗？

答：那些看守才有精神病呢。

丹尼斯·卡里莫尔，医务人员：在杀人的那些个晚上，你的精神

---

① 俚语，指电惊厥治疗。

状态是否有反常的情况?

答：不，没有——所有的线都断了，就好像我已经无法控制自己的行为。我的意思是，我好像是在经历电影中的镜头。我并没有事先计划好，那些事就那么发生了……

丹尼斯·卡里莫尔：你是在什么时候知道自己要开枪打死他的?

答：在我开枪的时候。在此之前，我一无所知……你明白吗，这就好像是电影里接下来发生的事情。

吉格博士：你当时是不是还有什么情感方面的波动，或许你已经不记得是怎么回事了?

答：你知道吗，我这人不大好激动，不容易动感情。有些事情我会让它们沉重地压在我身上，但那种事决不会扩展膨胀。你知道吗，这不是一时的感情冲动。

莱伯古博士：你向我们几个描述过你的那种不真实的感觉，你说你好像是透过水看东西似的，这种感觉在今年夏天以前出现过没有?

答：没有，没有真正出现过……只是有那么几次。生活节奏放慢的时候，在那些时候，你可以更细致地观察运动。就好像自己陷入了困境，打架斗殴什么的，当时的感觉与这个类似。

吉格博士：是否与你闲极无聊时的感觉类似?

答：当你闲极无聊时，你可以四处溜达，一切都是美好的。但当你处于一种紧张状态时……我说不清楚了。不，我说不准以前是否真的经历过这种感觉。

莱伯古博士：也就是说，这种感觉对你来说是一种新的现象喽?

答：对，是的。

丹尼斯·卡里莫尔：诸位还有其他问题没有? 好吧。

伍兹博士：谢谢你到这里来，加里。

答：不用谢。

综合诊断方案：

将向法庭提供一份报告，申明病人既有能力接受审判又能对其行为负责。

布莱克·莱伯古，医学博士
精神病住院医生

概述：

此人三十五岁，白种人，男，正在此处接受精神疾病检查。此人身上不存在思维混乱、精神失常、记忆缺失、大脑组织损伤、间歇性发作和其他精神反常症状，因而完全可以与他的辩护律师商讨问题，也完全可以接受审判。他了解自己的处境和行为。他的确描述了一些他犯罪期间在他身上出现的人格解体症状，但是就谋杀犯而言，短时间内丧失人性并非罕见。我认为他应该对自己当时的所作所为负责。

集体诊断：

反社会型个性紊乱症。

布莱克·莱伯古，医学博士
精神病住院医生

四

吉尔摩没有显露出任何精神疾病的迹象。斯奈德和埃斯普林越是在这些报告和文本中搜寻，越是找不到他精神失常的证据，

越是感到他凶残、刻薄、讲究实际。在法律上几乎没有攀登不上去的墙，只要你能够找到某个微小的东西，某个合法的楔子，抓住它，你就可以找到另一个支撑点。许多法律上的障碍都有裂缝，但是在吉尔摩的案子里，精神疾病这面墙上却严丝合缝。

伍兹医生在监禁病区见过吉尔摩许多次，于是他们带着这个问题去找他。约翰·伍兹与他们详细讨论了这个问题。这两位律师频繁地出入他的办公室，这使他有点担心。伍兹年纪轻轻就当上了法医学研究室主任，他喜欢自己的工作。在学术上，他深受他的上司吉格医生的治疗学观点的影响，他认为吉格医生是个了不起的创新者。因此，伍兹不想给医院带来任何麻烦，对这些来访是不是合适，他有点拿不准。但另一方面，他又非常乐意帮助辩护律师，喜欢跟他们研究探讨问题。最后，他在心里对自己说，如果检察官想要讨论这些问题的话，我也会帮助他的，我愿意尽我所能提供情况。

伍兹认为，如果打算以加里的精神状态为基础进行辩护的话，斯奈德和埃斯普林就必须找到一个能够把精神病患者和精神变态者联系起来的论据。这很不容易。法律承认精神失常，精神病患者的脑袋你总是可以保住的。然而精神变态，如果你能在法庭上使用这个术语的话（你不可能使用），则更像是一种道德本能方面的疯狂。伍兹指出，在一次与加里的谈话中，当谈到他开枪打中自己时，他说："我看着我的大拇指，心想，你这个狗娘养的大笨蛋！"那很难说是精神失常的表现。是的，它更像是以自我为中心的道德观的反映。不错，在给他人造成致命伤害之后，他丝毫没有感到自己是在犯罪，然而从心理上来说，他肯定具有控制自己所处的实际环境的能力。如果你具有这种实际能力，你就必须负法律责任。

当然，加里确实属于某一类精神病患者。对于道德上的精神失常和犯罪，医学上有个术语，叫做野性失控——随便你怎么叫它都行。精神病学家称之为"精神变态个性"或者"反社会个性"，这就是说，你蔑视社会。在法律面前，这种解释即等于精神正常。精神病个性和精神变态个性在法律上有着天壤之别。

伍兹说，精神病患者所做的事情和他本人对这件事的反应之间很少有什么联系。如果加里在射穿自己的大拇指之后说"在芝加哥，他们往热狗里下毒"，那么你就可以假定他是个精神病患者。然而，加里说的却是"你这个狗娘养的大笨蛋"，这和其他正常人说的话完全一样。

通常，出具精神病证明关键要看患者是否思维混乱，吉尔摩却没有表现出这种混乱的迹象。当然，问题并不总是那么简单。如果一个人走到你的面前说："我的母亲刚刚死了。"随后就格格傻笑起来，你会认为他有精神病。然而，如果这个人是个冷酷的惯犯，那么他那种得意的神情也许是为了表明，他对各种各样的感情都能够加以嘲笑。因此，他的态度是反社会型的，而不是精神失常型的。当然，这个例子对两位律师没多大用处，他们需要某种看起来像是精神变态但却可以证明是精神病的东西。

伍兹以前曾经考虑过这个问题。精神变态当然可以转化为精神病。一般的精神变态者毕竟是生活在危机四伏的世界中的。他们甚至有必要具备相当程度的妄想能力。你必须对自己周围环境中的麻烦事保持敏感。然而，在压力的作用下，原来对你有益处的妄想膨胀了。如果你正睡着觉，闹钟突然响了，你会紧张得以为那是火警呢，你的眼前似乎出现了火焰，于是你从高高的窗口跳出去，进入了永恒的世界。这时不管大家平时管你叫什么都无所谓了，精神变态啦，躁狂症啦，忧郁症啦，或者强迫症啦，当你从窗口跳出去时,人家肯定会把你叫做精神病。精神变态者想入非非,精神病患者则产生幻觉。

也许他们可以从这里打开一个缺口,在想入非非和幻觉之间肯定没有明确的界线。然而,麻烦的是,这几个星期里对加里所做的观察表明,他并没有任何明显的妄想狂症状。伍兹提醒他们说,他们必须认识到,法律一直坚持把精神变态和精神疾病区分开来。如果精神变态最终被法律认可为精神错乱,那么犯罪、审判和惩罚将分别被反社会行为、心理疗法和康复所代替。

第二十四章 吉尔摩和吉布斯

一

加里支起一张尼科尔的照片,用圆珠笔画了一张素描。随后他拿过一根用过的笔芯一折两截,用牙签从里面挖出了一点凝结的油墨。他往油墨上滴了几滴水,用一支水彩画笔蘸着给画着色。吉布斯则一直兴致勃勃地在旁边观看。

真希望我曾给你拍过更多的裸体照。这不是开玩笑——尼科尔。我认为你永远不应该穿衣服。裸体和你好像有不解之缘。我不是在说粗话,宝贝,这一点你也知道——不过我要说,你极富性感。你裸体时是那样自然——纯真、顽皮、快活、俏丽,就像森林中的一个小精灵。那是最适合你的。

虽然得到这张快照使我感到吃惊——我敢打赌,厄伦姆的那帮警察肯定把这张照片研究了好一会儿,是吗?狗杂种——一想到那个该死的猪猡——或者别的什么人——看见了我心上人的照片，我就气得要死。

九月二十日

我真希望你看看《圣提瑞斯的狂喜》那件雕塑的照片，我想那件雕塑的作者大概是贝尼尼[①]。我从来没有亲眼见过任何伟大的艺术品，但我觉得借助读书，我对欧洲艺术的绝大部分都很熟悉。有一次我看到一位俄国艺术家画的基督像，这幅画使我久久不能忘怀。画中的基督与流行于西方的基督圣像没有丝毫相似之处，不是我们常见的那个金光闪闪的仁慈的牧羊人的形象。他像是个普通的人，面容憔悴，非常疲惫，略带忧愁，深深的眼窝，一双又黑又大的眼睛。你可以看出，他个头很高，瘦骨嶙峋，四肢细长，完全是个凡人。我认为那幅画最突出的特点是没有光环，没有来自天堂的耀眼光束。就是这么一个非凡的人——一个使自己非凡的平凡人。他似乎在告诉我们，我们每个人都能做到这一点。整个画面充满着孤独感，并带有一丝疑虑的色彩。我真希望能认识画中的人。

九月二十一日

就在吉布斯从盐湖城监狱转到普罗沃之前，一个看守告诉他这么一件事。一个詹森当年法学院的同学曾经试图混进监狱杀死加里。他告诉警卫他是个开业律师，可他却在身上藏着一把刀。

吉尔摩说，他对此表示同情。如果一个被杀死的人竟没有朋友为他复仇，那他还有什么价值呢？随后他盯着吉布斯说："你知道吗，这是我第一次对被我杀死的那两人中的一个动了点感情。"

[①] 意大利雕塑家，画家。

我是我们家唯一一个感受到绿宝石岛吸引力的人。那是个仙境。

我想把一样东西送给你，希望你不要觉得这太可笑。这是我自己编的，它具有几分魔力。这是我挖掘出来的一种力量，一种吸引力。它很灵验。只是这么一句短短的赞美诗：

我现在交好运了。

最近我把它改成：**我们现在交好运了。**这是我个人的祈祷词，我在心中轻柔地、默默地诵读它。如果周围没人，我就高声祈祷。我希望你不会觉得这很好笑。我知道这类东西的力量。当你反复诵读一句轻柔和谐的赞美诗时，它的韵律会在空中产生魔力，它推动着、吸引着这个信徒，赋予他吸引的力量和接受的力量。

二

在他们那间被吉尔摩叫做臭地牢的囚室里，有一个裂了缝的陶瓷抽水马桶，它看上去像尼古丁那样黄。要想冲洗马桶你必须按一下墙上的按钮，但要想使里面贮存起足够的水，你必须一手抓住淋浴喷头，一手在按钮上使劲按上两分钟才行。只有这样才能产生足够的水压。

当水开始往外流时，你得把马桶活塞按在水箱的底部，一直等到水位升到顶部的边缘。只有这样做才能有足够的水把脏物冲走。在这个过程中，水箱底部密封圈周围一直在漏水，他们把这个马桶叫做露天硫矿。

一天下午，他们需要点燃料烧水煮咖啡，就把有关如何冲洗马桶的硬纸板说明撕下来用了。加里用一支神奇牌签字笔在墙上写上他自己瞎编的几句话代替原先的说明：

445

重要告示！！！
要冲洗这个破玩意儿，
用你的屁股压住水箱，
用舌头使劲按按钮，
祝你好运，混蛋。

他对那支神奇牌签字笔爱不释手。"我走后，他们一定会以为这里住过一个疯子。"他说。他在每面墙上都写上"墙"，在天花板上写上"天花板"，在桌子上写上"桌子"，在长凳上写上"长凳"，在淋浴喷头上写上"淋浴喷头"。然后他又给每张铺位编号，"一号铺""二号铺"。最后他在吉布斯和他自己的脸上写上"前额""鼻子""腮帮子"和"下巴"。

看守来送晚饭时，问道："你这是做什么？"他是个墨西哥人，叫路易斯。他的乡音重得不得了。"你这是做什么？""噢，"吉尔摩说，"他们告诉我做好受审的准备。"

他们老想耍耍这个墨西哥人。有一次加里要打电话给他的律师，而路易斯却一向不愿意为犯人干哪怕是一点点事。他问："吉尔摩，这个电话重要吗？"

"当然，"加里说，"是性命攸关的事。"他们大嚷大叫着，老路易斯只好跺着脚走开了。

那个负责理发的拘留犯不敢到加里的牢房里来，加里只好叫吉布斯为他理发。吉布斯对他说："我这辈子从来没给人理过发。"加里却称赞他是个理发大师，说自己会一步步指导他怎么理发。

路易斯给他们拿来了一把大剪刀，他们支起一张锃亮的铝箔当镜子。加里把手指插到自己的头发中间,夹住一绺头发,让吉布斯把在他手指之上的头发剪掉。他们忙活了大约一个小时,吉布斯非常谨慎小心。理完发后,加里问路易斯是否可以用一下电推子。"不行,"他说,"没有电源插座。"他懒得拉一根电线到牢房来。当时,路易斯正站在门上送饭的小窗外,加里使足劲把剪刀朝窗口扔去,剪刀砸在钢门上,断成了几截。路易斯骂道:"吉尔摩,你这个狗娘养的。"加里朝门口冲过去。"你说什么?"他恶狠狠地问。那个墨西哥人撒腿就往前面的办公室跑去。

大约一个小时之后,他手里拿着一只塑料拉链袋,跟在一位副警长的身后回来了。他从窗口把塑料袋递进来,对加里说:"把碎片放到这只袋子里去。"加里照他的话做了。现在他冷静多了。"我也许把尼科尔探监的事给毁了,"他说,"那是唯一一件对我有意义的事情。"吉布斯说:"等到六点钟大个杰克来时再说吧。""他们可以把我关到隔离牢房去,"加里说,"只要不禁止我见尼科尔就行。"

大个杰克来的时候笑个不停。"你那把剪刀把路易斯吓得够戗,"他说,"他肚子里的那点东西全吐到前面办公室的桌子上了。"

大个杰克和加里挺合得来,在所有的看守中,加里只尊重他和亚历克斯·亨特,因为他们什么也不怕。加里入狱后不久,主牢房里的几个大块头企图打倒杰克,夺路逃跑,可杰克把他们打了个半死。他是瑞典人后裔,相貌英俊,体型健美,老家在蒙大拿州。他的自信心很强,这是真的。卡胡上尉曾经下过一道命令,尼科尔来探望加里时,必须打电话叫辆巡逻车来,这样监狱周围就会增加几个警察。所有的看守都照命令做了,只有杰克和亚历克斯拒不执行。他们不需要额外的帮助。

加里开始用一种十分真诚的语气解释刚刚发生的事情。他对大个杰克说,他发了脾气,是他不对。接着他又说,他愿意接受惩罚,但希望他们不要取消他的探监权。大个杰克说,这要由卡胡上尉来决定,不过他可以亲自找卡胡谈谈,也许只需赔偿那把剪刀就行了。吉布斯插话道:"如果那样就可以弥补过失的话,"他说,"从我的户头上取钱吧。"

"吉布斯,"吉尔摩问,"你听说过拉尔夫·沃尔多·爱默生①吗?"
"没有。"

"他是位作家,他说过一句你我赖以生存的名言。爱默生说:'生命虽然短,不乏报恩时。'"

三

他们把一个大块头关到他们的牢房里来了。他以前是个伞兵,身高六英尺三英寸,体重两百一十磅,名叫巴特·鲍威尔斯。那天早上,他在主牢房里把一个小伙子痛打了一顿。

鲍威尔斯走进牢房,开口就问:"你们俩哪个家伙是吉尔摩?"他的声音又急促又刺耳又凶狠,吉布斯还以为他是来送黑报告的呢。他从床铺上一跃而起,远远地躲到马桶那边去了。

加里从正在写的信上抬起眼来,镇定地反问:"我就是吉尔摩。你想干什么?"

他原来可能正处于催眠状态吧,加里的话就像给他服了一剂兴奋剂似的。吉布斯看得出来,巴特·鲍威尔斯一下子变得忐忑

---

① 美国十九世纪著名思想家和作家。

不安起来,他怯生生地说:"主牢房的那些家伙们托我向你问好。"吉布斯强忍着不让自己偷笑出来。鲍威尔斯说"问好"两个字时,活像一个中学生。

新来的这个家伙表现得很好。他一个人老老实实地坐着读书,从不闹事。但吉布斯看得出来,加里变得焦虑不安起来。他曾经和大个杰克谈过一桩交易。杰克看到一副马鞍,他想要买下来。马鞍的价格在一百美元左右,吉布斯觉得他可以替加里弄到这笔钱。作为交换条件,杰克放尼科尔进来过一夜。这笔交易尚未成交,然而他们一直在考虑这件事。现在,鲍威尔斯一来,一切全完了。

路易斯走过来,隔着栅栏问:"鲍威尔斯,你为什么打那个少年犯?他还是个孩子,鲍威尔斯。"①说罢转身走了。

吉尔摩和吉布斯哈哈大笑。他们盯着鲍威尔斯看一会,笑一通,再看一会,又笑一通。"他还是个孩子,鲍威尔斯。"他们说,"还是个孩子。"然后他们又大笑起来。巴特·鲍威尔斯露出了一副厌恶的神色,可吉布斯看得出来,他不敢发作。

鲍威尔斯没有烟,吉布斯扔给他一盒。"你不欠我什么,"吉布斯说,"你永远也还不起,所以这包烟我就送给你了。"

"你遇到了一个慷慨的人,"吉尔摩边说边打量着鲍威尔斯,"你那件衬衫挺漂亮。"

"谢谢。"鲍威尔斯说。

"我想把它买下来。"加里说。

---

① 路易斯说话带着浓重的口音。所以下文提到吉尔摩和吉布斯嘲弄地重复他的话。

"我就这么一件衬衫。"

"喂,老兄,"加里说,"我马上要受审了,你要明白,我想在法庭上穿得像样点。"

"这件衬衫我不能卖,要知道,这是我的女朋友送给我的礼物。"

"我给你一大把香烟。"加里说。吉布斯点点头,烟由他来出。

"除了这件衬衫我一无所有了。"鲍威尔斯说。

"把我刚才扔给你的那盒烟还给我。"吉布斯说。鲍威尔斯连忙把烟还给了他。

"他还是个孩子。"吉尔摩说。

他们冲着鲍威尔斯的脸大喊大叫起来。

当天晚上,加里说:"这和你个人倒没什么关系,只是这间牢房住三个人太拥挤了。鲍威尔斯,我认为你最好去对看守说你在这儿住不惯。"加里的表情严肃得就像心脏病要发作似的,"跟他说,如果今天晚上他不让你搬出去,我就要杀了你。"

鲍威尔斯立刻喊叫着要找大个杰克。加里咕唧着:"和你个人没什么关系。"

"噢,你想搬出来?"大个杰克问。"想被隔离起来吗?出了什么事,鲍威尔斯?打不过这两个人,是不是?你不敢说'回到你的铺上去,你的脸我看腻了。'不是吗?他们不是好耍的吧?"他朝吉尔摩和吉布斯点点头。"好吧,我把你挪到隔离牢房去。这位加里已经被指控杀了两个人,不需要再增加一个了。"

"快把我弄出去,"鲍威尔斯说,"快把我关到隔离牢房去吧。"

把他弄走后,大个杰克说:"我想哪天夜里把他弄到这儿来,让你们治治他。可我们不能这样做,他正好利用了这一点。"

吉布斯知道加里不想拒绝,因为那将会威胁到让尼科尔进入牢房的谈判。尽管如此,加里还是说:"我不干,杰克,鲍威尔斯和我一样是罪犯。我不能为你们那帮人效劳。"

"好吧,"大个杰克说,"妙极了。"

第二天早晨,他们把加里带到精神病院去做精神病检查。他回来得太晚,没有赶上午饭。大个杰克从厨房给他弄来了一份加餐,有两块三明治和几根泡菜,外加一片新鲜水果。加里说:"嗬,这份饭我真的挺喜欢。"

大个杰克说:"别不高兴,加里。我没有为你效劳的义务。"

那天下午,他们玩得很开心,处于一种悠然自得的精神状态之中。吉布斯的午饭没吃完,剩下了几小块黄油。他们决定把黄油从铁栏里扔出去,看看谁在走廊墙上摔的痕迹最大。

路易斯走了过来,问吵声是怎么回事。"吉尔摩和吉布斯,"他说,"你们别想再吃饭!"他叫来两个拘留犯擦洗墙壁,吉尔摩和吉布斯把肚子都笑疼了。"路易斯,"加里说,"你来晚了一步。"

晚上真的没送晚饭来。八点半左右,路易斯拎着一壶咖啡来了,他似乎有点可怜他们。

加里问:"路易斯,你结婚了吗?"

路易斯点点头。

"你有没有你老婆的裸体照?"

路易斯大吃一惊,回答说:"没有。"

"喂,"加里说,"你想买几张吗?"

路易斯愣了几秒钟才嚷道:"吉尔摩,吉布斯,你们的那些屁话我听够了!"他砰的一声关上走廊上的门。

他妈的,吉布斯心想,这个墨西哥人是我们手中唯一的玩物。

第二十五章 精神错乱

一

斯奈德和埃斯普林问伍兹,至少他会愿意在调查听证会上为加里作证吧。

伍兹说可以,他可以设法让自己去作证。但是,他善意地告诫他们说,他上哪儿去弄那些既不违反职业道德又让地方检察官无法驳回的材料呢?

他们没有问他是否喜欢加里,如果问的话,他很有可能不回答。但如果他回答,他可能会说,是的,我认为我确实喜欢加里,甚至比我希望的还要更喜欢一些。

伍兹觉得自己能够理解困扰着吉尔摩的某些念头。爬上铁路桥跟火车赛跑或者站在监狱顶楼的栏杆上,这些冲动性行为他很熟悉。有时他相信自己也有精神病,所以,一只手能够紧紧抓住另外一只手。

见鬼,如果吉尔摩是个自由人,伍兹也许会带他去攀岩。他的意思是,如果他现在还攀岩的话。他最后一次攀岩时在一块冰上踩滑了,摔下去一大截,直到现在他仍有那种猛然坠落的感觉。这一摔彻底结束了他的攀岩运动。和他一块攀岩的那个家伙掉在冰隙里差点摔死。所以,伍兹理解当你不再疯狂地打赌时所产生的那种抑郁情绪，也理解抢先打赌的逻辑。在精神上没有比战胜自己更高的酬报了。

如果你真的遇上什么可怕的事情，而且安然无恙地熬过来了，那么，有那么一会儿你肯定会认为你是站在神灵这一边的。你似乎觉得自己不会做错事。时间渐渐慢下来，你不再做事。无论好坏，都是它在做。你进入了那另外一幅天象图里的逻辑关系之中，这里生死关系的数量与阴阳关系的相等。

这就是伍兹感受到的自居作用。吉尔摩肯定也感受到了一种拿自己的生命去冒险的冲动。吉尔摩一直与某种必不可少的东西保持联系，伍兹对此看得一清二楚，这使他感到沮丧。每当他回想起在医院里见到吉尔摩时的情景，他都要为自己对他的冷漠态度感到不安，他甚至为没能和他进行过一次像样的谈话而感到羞愧。

谈话开始一会之后，他才能使吉尔摩谈到一点杀人的事，但用处不大。吉尔摩似乎真的对自己的行为感到困惑。他一再提起自己那种隔着一层的感觉。"净是怪事，"他说，"你知道，这是不可避免的。"

伍兹觉得，这种模糊的感觉是可信的。一个想使你相信他精神错乱的罪犯会给你一种作戏的感觉，而吉尔摩给人的印象是，他是一个稳重、深沉、绝望、同时在许多地方生存的人。

另一方面，吉尔摩一直被单独关押着。这一点完全有悖于伍兹的治疗方法，因为它切断了患者与其他病人的联系。他们在这家医院推行一种新的心理疗法，伍兹力主用此法治疗吉尔摩。然而，监狱当局仅仅同意每隔两三天把吉尔摩从县监狱送到医院来接受一次治疗，而且还有一个条件，那就是必须一直看押着他。你只好如此了。这个过去十二年中几乎一直关在一间面积跟卫生间差不多大的牢房里的人，到了医院仍然得被关着。

此外，他们，包括他自己在内，一直处处小心，惟恐这个家伙出什么差错。所以，他们总是两个人一起去见他。后来，有一次他听见吉尔摩说："有一件事我对伍兹很不满意，他从来不和我单独交谈。"是的，伍兹想，我确实和他保持着一段距离。

当然，他知道这是为什么。从哲学角度来说，精神病医生的身份使伍兹处于一种很滑稽的地位。他不愿意触动自己的疑虑。他的那些矛盾心理一旦发作其势头会大得很，伍兹毕竟没有接受过那种以治疗精神病为终身职业的教育。

二

伍兹的父亲上大学时是个优秀的橄榄球运动员，他一心想把儿子培养成一个比自己更优秀的球员。伍兹是在牧场上长大的，可他的父亲设法一直在身边带着一只橄榄球，他的童年时代就是在练习传球中度过的。他的手掌长得刚刚能够抓住球，他就开始练习肩上接球。中学毕业后，他获得了怀俄明大学的体育奖学金。

在怀俄明，真正有才华的人好像都是从东部来的。伍兹认为，正如优质大土豆生长在爱达荷一样，橄榄球运动员天然产生于宾夕法尼亚和俄亥俄。伍兹原先一直以为自己条件不错，身材高大，体力充沛，但见到那些来自东部工业城市的运动员之后他再也不这么想了。上大一那年，六个来自东部的家伙——有波兰佬、中欧佬和意大利佬——同时与一个姑娘交朋友，并不是他们交不上别的女朋友，而是他们更喜欢像在一个大家庭里那样生活，他们觉得那样更舒服些。一天夜里,其中一个坏蛋看到自己总是被另一个情人所代替,觉得实在受够了,竟然往那姑娘身上撒起尿来。

还有一天夜里,地上积了厚厚一层雪,他们这帮人分乘两辆车到山里兜风,每辆车上带着一瓶酒。回来的路上他们遇上了暴风雪,前面那辆车拐弯时车轮打滑,撞到路边一辆陷在雪地里的雪佛兰车上。这第一辆车上只有两个橄榄球运动员,他们从车上跳到公路中间。跟在他们后面的伍兹的那辆车正在高速行驶,为了避免撞着他们,伍兹把车一拐,开到了沟里。那两个家伙和这第二辆车上的三个家伙一起动手把伍兹的车抬回到路上。第一辆车上的两个家伙感到非常得意,抬手把他们的驾驶执照撕了个粉碎,接着又把汽车从山上推到深山沟里去了。车撞到岩石上发出雷鸣般的轰响,最后跌到深深的积雪里时又发出风一般轻柔沉闷的声音。他们屏息静气地望着,好像在观看什么伟大的事件。

当然,那辆冲到沟里的车也已经是满身伤痕了。他们决定把它顺着公路推下去,伍兹试图说服他们不要这样做。虽然他也是参与者之一,他却没有忘记自己,有个和平使者的好名声,他必须维护这个名声。

但没人听他的。他们把那辆破车推了下去,一辆正在上坡的警车差点没迎头撞上。一位有钱的校友出钱才了结了这件事,没人愿意为这点小事失去五个有才华的二年级学生。

伍兹从没成为球队的明星。没过多久他害怕起来,担心会伤成残废。他喜欢的那个教练转队了,新任教练不同意他花那么多时间做预科实验,叫他转专业学体育。伍兹不干,所以他从没当上球星。

455

然而，他对这个问题所涉及的范围没有丝毫幻想。世界上有两种人，他也许注定要跟这两种人都认识。文明人有一些自我毁灭的小习惯，同时又患有某种可以控制的妄想症，但他们可以生活在文明的世界里，你可以让他们躺在病床上接受治疗。最使精神病学界头疼的是那些野蛮人。

很久以来，伍兹就有一种疑虑，精神病学界的最大秘密是谁也不理解精神变态者，而且很少有人理解精神病的概念。"瞧，"他有时候忍不住会对同事说，"精神病患者以为他跟来自另一个世界的灵魂有联系，他相信他是鬼魂的牺牲品。他处在恐惧之中。根据他的理解，他生活在邪恶势力的领地里。"

"精神变态者，"伍兹告诉他们，"也生活在同一领地中，可他的感觉更加强烈。精神变态者把自己看作是这个势力范围中的一股强大力量，有时他甚至认为自己可以对邪恶势力宣战，并且可以取胜。所以，如果他真的失败了，他就会处于崩溃的边缘，就会像精神病患者那样觉得鬼魂附体。"

有那么一会，伍兹觉得自己的这番解释倒可以把精神变态和精神错乱联系起来。

但有一个难题他怎么也解决不了。他的话在法律上对斯奈德和埃斯普林毫无用处，你不能在法庭上大谈什么来自另一个世界的灵魂。

三

某种法律上的可能性确实存在。加里的档案中有一份俄勒冈州州立监狱的威斯利·威沙特医生在一九七四年十一月所作的精神病诊断：

> 我的印象是，目前吉尔摩处于一种妄想狂状态，因而他无法确定自己的最切身利益。他完全无力控制自己的敌对和好斗冲动……我觉得有充分的理由对吉尔摩进行强制性治疗，因为他给其他病人乃至整个监狱带来了严重的麻烦。

这就是吉格医生在集体诊断吉尔摩时提到的那份不明确的报告。伍兹问斯奈德和埃斯普林："你们为什么不把那位医生请到这儿来作证呢？"

加里不准他来，这就是为什么。加里说过，在所有那些肮脏、卑鄙、讨厌的狗娘养的医生中，我最不喜欢让那个人给我诊断。

伍兹说，哪怕他们不得不到俄勒冈把那家伙绑来，也得让他出庭。

他们回答说，不住在这个州的人很少理会这个州的传票。伍兹说："老兄，这事对我可是至关重要。"

斯奈德和埃斯普林给威沙特打了个电话。但他告诉他们，他不想卷到这件事里来。他给他们的印象是，如果他不得不站到证人席上的话，他会说吉尔摩百分之八九十是个妄想狂，但从法律意义上讲，他不是精神病患者。这又是一条死胡同。

伍兹已经看出经验丰富的庭审律师和初出茅庐的辩护律师之间的区别，这可以说是天壤之别。他尽可能策略地对他们说，你们为什么不再找个能打出几张好牌的人呢？他的意思没被理解。

他们仍然在想方设法给加里搞一份精神病诊断证明。

实际上，伍兹讨厌氟奋乃静，他认为这种药导致钳闭中的钳闭。一天早上，他甚至筋疲力尽地从梦中惊醒，在梦中他主持了一场盘问：

问：他的剂量是多少？
答：一星期五十毫克，剂量标准完全正常。
问：但这种药使他浑身浮肿，是不是？
答：是的，所有这些抗精神病药物都有副作用。药力越大，越容易产生副作用，氟奋乃静比氯丙嗪产生更多种类的副作用。
问：那么使用氟奋乃静有什么好处呢？
答：这种药只要一个星期注射一次就行，不需要每天逼着他打针。
问：这实际上是一个用药的问题。
答：对。
问：如果你要给一匹劣马装上鞍子，你当然希望每星期只装一次，而不是每天装两次。
答：对。氟奋乃静是目前我们能够使用的唯一的一种长效药。其他一切药物都必须按小时使用，每天两到三次，或者每天一次。
问：它在吉尔摩身上产生了什么副作用？
答：他的反应很严重。噢，我想起来了，他的双脚浮肿，穿鞋很困难，走路更困难，他的手也肿了。他的反应的确很严重。
问：有多长时间？
答：这个嘛，让我这样说吧，氟奋乃静是一种长效药，如果今天打一针，那么六到八个星期之后，他体内仍然残存着这种药物。所以，如果有反应的话，需要两三个月才能消失。
问：如果氟奋乃静不起作用，你用什么药治疗呢？
答：用过那种药之后，我从没用过其他药。

问：所以他就成了一个问题……

答：仅仅谈话而已，我们仅仅是在交谈。

问：吉尔摩本人对氟奋乃静有什么反应？我的意思是，当他身上出现副作用之后，他对他与你的关系有什么反应？

答：自然喽，他对我很不满意。

问：你的意思是他对你产生了病态的怀疑？

答：噢，是，是的。

问：他认为你存心要伤害他。

答：嗯，是的。

问：使用氟奋乃静是不是让你觉得很内疚，你是不是在想，啊，上帝，我都干了些什么？

答：我不希望在任何人身上看到那种反应，当然也不希望在吉尔摩身上出现那种反应。在那之后，我认为我们相处得相当不错。

问：你对氟奋乃静是不是有一种你自己也说不清楚的担心？就像你有部机器，机器里面伸出两根杠杆，你走上前把一根杠杆推进去，另一根便从机器的另一头伸出来了。而机器内部发生了什么事，你却不知道。这样描述此种药物的作用是否合适？就是说你不了解他体内发生的变化？

答：嗯……我想你大概是对的，的确，我们不了解这些抗精神病药物对大脑细胞会产生什么样的直接作用……

伍兹根本无法肯定，氟奋乃静是否已经对加里的精神造成严重伤害。也许，他灵魂的原野已经一片凋零，没有一丝生命的痕迹。然而，你怎样才能使陪审团相信这一切呢？这种药已经为整整一代精神病医生所接受。伍兹又一次在心里感叹，要是有个能够像魔术师那样使人眼花缭乱的高超律师该多好，这样的一个律师可以像打篮球似的把陪审团摆布来摆布去。

459

第二十六章 沉醉于爱

一

尼科尔问加里是不是真的没机会找一个好律师了,加里说像珀西·福尔曼或福·李·贝利那样的大律师有时也许会为了扩大名气接一个案子,不过他的案子没有什么能够引起他们注意的特殊因素。大人物是要钱的。

当然,他说,一个真正有本事的好律师也许能够使他无罪获释,或者只被判短期徒刑。但如果不出钱,他们是不会理睬他的。

她不知道一个大律师到底要价多少,可她动了卖眼睛的念头。她从来没告诉过加里,说句实话,她觉得这样干有点傻。她不知道自己为什么会产生这种想法,这可能与那些向你宣传你的视力多么多么值钱的广告有很大关系。她想,如果能弄到五千美元的话,也许就能请得起一个好律师了。

吉布斯听说了这个打算后有点激动。盐湖城有个家伙恰巧是犹他州最有名气的刑事辩护律师,他叫菲尔·汉森。菲尔过去担任过检察官之类的职务,他经手的案子比犹他州的任何人都多,他能够创造奇迹。有一次他竟使一个当着一位警长的面枪杀了另一位警长的家伙无罪释放。吉布斯说,有时候汉森愿意免费提供辩护。加里听了以后精神大振。

然后，吉布斯说，他并不是存心使加里难堪，因为他知道一个男人的醋劲会有多大，不过他还是想告诉他，菲尔·汉森以好美色闻名。

加里马上坐下来，把吉布斯的话写信告诉尼科尔。他写道，是否搭便车去拜访汉森完全由她自己决定。但是，"如果那家伙动手动脚的话，你站起来就走"。

当晚，一个警长交给他一张尼科尔的纸条。"他并没有提出需要我的肉体，他同意星期六下午两点钟在监狱与我见面并和你谈一谈。"

她是在一间很大的办公室里见到汉森的。他的确把她当作一位迷人的女郎来接待，不过他没有对她施加任何压力。他是个中年人，不停地吸雪茄，而且隔一会就要大笑几声。谈了一会之后，他给她讲了一个故事。他说，犹他州上次处死的那个人叫罗杰斯，有人曾请他为罗杰斯辩护。他告诉罗杰斯把钱准备好。据说钱不成问题，罗杰斯在芝加哥有个很有钱的妹妹。

唉，不知道那位妹妹是什么态度，反正罗杰斯没有回过电话。于是汉森撒手不管了。后来，罗杰斯被处死了。

汉森不知道是不是出于巧合，反正罗杰斯死的那天早晨，他从床上掉了下来。他甚至不知道那天是处死罗杰斯的日子。醒来时他出了一身冷汗。

当他从收音机里听到死刑的消息时，他发誓再也不为了钱而见死不救了。

你瞧，汉森说，即使没有钱，他也愿意为吉尔摩辩护。随后他和她商谈了星期六下午在监狱里会面的事宜。

在她告辞之前,他伸出胳膊热情地拥抱了她一下,说:"不要担心,不要显得那样难过,他们不会处死他的。"他告诉尼科尔,他从来没有见过处理不了的案子。往往在你刚接手时,案子看上去非常棘手,不过没关系。一旦你掌握了案情,你就可以向陪审团作出圆满的解释。

他说,例如,即使是一个对死刑坚信不疑的人,如果受审的是他的母亲,他也会改变主意的。"我母亲不是那样的人,"他会说,"肯定弄错了。"只有当受审的是个陌生人时,人们才会同意判处他死刑。关键在于要让陪审团理解罪犯的处境。

星期六来到了。 她和汉森约好两点钟会面,可她一点半就到了。

她一直等到三点,可汉森先生一直没露面。基督啊,她站在那儿傻等着,活像个白痴。那天下午晚些时候,她给他打电话,可那天是星期六,他的办公室里没人接电话。探望加里时尼科尔忍不住哭了起来。她把一切希望全都寄托在找到一个好律师上面了。

当她接到加里的一封信时,她的心情更加沉重了:

斯奈德和埃斯普林要做的不过是使这个案子可以上诉。州当局出钱雇他们就为了让他们干这个。我并不是说有人出钱买通他们,叫他们出卖我,我没往那方面胡乱猜疑。但他们是法庭指定的律师,他们没有干好这件事的动力。我能从他们那儿得到的不过是个象征性的辩护而已。

九月二十六日

二

白天我睡不着觉。有时我试着睡一觉，可总是在一身冷汗中醒来。我听到公路上的汽车声，看到透过栅栏射进来的明亮灯光，我知道这一切离我很远很远。

我知道死只是形式的改变，我不想逃避我欠下的债，我要正视它们，我要偿还它们。我不想在这些债务上再添新债！

尼科尔，我夜夜都在自己的心里和你做爱，我把我的爱一直传送到斯普林维尔。这段路多长啊，可是我能一口气跑完全程！我爱你，天使。昨天夜里那样硬，那样湿，那样长久，我紧紧地紧紧地抱着你。你的身体摸起来多么舒服！我久久地亲吻着你的前额，你的鼻子，你的眼睛，你的面颊，我吻湿了你的双唇你的脖子，我舔着你的耳朵，我听到你的喊声，啊啊啊——宝贝，我吻遍你的全身，我把你的乳头含在嘴里，那是我能够得到的一切；我把脸埋在你的双乳之间，我吮吸着你那大大的乳头，我舔着你的肚脐，沉醉于把舌头伸到你的嘴里。

你是个精灵，我深深地爱着你。

你的诚实使我大吃一惊。长时间以来，我一直在强烈地思念着你，我的小精灵，我想起你的经历——那些认识你的、爱过你的、你所爱的、利用过你的、凌辱过你的、伤害过你的、唤起你的爱的人——我想起了李叔叔。我完全理解你，尼科尔。

我不希望你像个没有朋友的隐士那样生活。我没有给你下命令，也没有限制你的自由。

但一想到有那么多家伙去找你我就生气。

那个家伙因为曾经让你搭过车，就一定要成为你的朋友吗？

他一次又一次、每隔几天就去看你吗？去他妈的！

昨天我有一种不安的感觉。模模糊糊，萦绕脑际——你的身上散发着啤酒味……

我知道那些家伙来看你并不仅仅要找个伴，我并没有怀疑你，不过肉欲使人软弱。

你对我一直忠实坦诚，你就是你，尼科尔，你以你的本来面目站在我的面前。

昨天有件事刺痛了我，我感觉到了我不希望感觉到的东西。你的脸和你的眼泪使我想起不久前的一件事——

宝贝，我想我是个疯狂的狗娘养的醋坛子，是个自私的流氓。

我不喜欢你的那些老是来找你做伴的朋友。耶稣基督啊，我还没有听说过哪个男人喜欢这种事。宝贝，我是个男人——我知道男人需要的是什么。

我不希望你有那么多男朋友。

尼科尔一直怀着真诚的信念，不过在那个漫长的九月里，她还是跟克利夫和汤姆上过几次床。干完这种事再去见加里，她还得对这个话题避而不谈，真叫人难受。最后，她决定再告诉加里一次，因为只有这样才能弄清楚她对加里的爱是不是足以使她戒除这些下流龌龊的习惯。所以，当她读到"你的身上散发着啤酒味"时，她鼓足勇气到沃尔格林连锁店买来纸笔，绞尽脑汁给他写了一封词藻甜美华丽、情意绵绵的长信。写完以后，好像生怕弄脏了那么好的纸似的，她从冷饮柜台上拿起一张纸餐巾，在上面又写了几句话。她想说，当我处在那种情况下时，对我来说什么也没发生。但最后她是这样写的："为什么不说出我的真心话呢？加里，除了你谁也别再想和我做爱。"

宝贝，看守刚刚把你的信交给我，你老是写信告诉我跟人做爱、跟人做爱、跟人做爱，跟人做爱。人人都跟尼科尔做爱。人人都让她搭车，或者每星期来看她三四次，仅仅为了感情交流。美好的感情交流。仅仅是朋友，是伴侣，甚至不需要了解她，就那么坐在那儿，听她讲她多么爱加里，接着就跟她做爱。混账色鬼！狗娘养的混蛋！

你写信用的那张纸餐巾很别致。"但是，嗨，宝贝，你必须明白我说的朋友是什么意思，我指的是那些一次次来看我、陪伴我的朋友，他们从来没有向我提出过肉体上的要求，也没有试图从精神上唤起我肉体的欲望。"

你竟然写信给我撒这种混账下流的谎……竟然坐下来给我写这种下流的谎言，末了还署名为"爱"。如果你对哪个家伙竟他妈的同情到愿意跟他睡觉的地步，天哪，耶稣耶稣耶稣！该死的基督，该死的，该死的你睡去吧……

宝贝，耶稣基督会帮助我理解这一切。我并不是那样看待生活的，以前我从未爱过。我他妈的被关了一辈子。我想我在感情上也许是个畸形人，因为我这个人不能容忍别人占有我的女人。其他人也许能容忍，也许对别人睡他们的女人一点不在乎，但我是加里。有人跟你做爱，有人吻你，有人吻你时看到你在飞送媚眼……唉，我想那是你的肉体、你的生命。在犹他州你想和谁做爱就和谁去吧。我在乎什么？我在乎什么？我什么都在乎，我一切都在乎。

尼科尔——我对你的爱难道还不足以伴你度过短暂的一生吗？——我对你的爱难道还不够吗？难道你还要把你的肉体、你的灵魂和你的爱奉送给别的男人吗？我这个人还不够吗？我无法和你做爱，因为我身陷囹圄，难道你离了男人就不能活了吗？

<u>不要</u>跟那些一心想占有你的"可爱的"混蛋们睡觉，这会逼

得我再次杀人，我讨厌感受到那种事情。把那些杂种从我们的生活中赶走，赶走那些色鬼。如果我想杀人的话，我才不在乎被杀的是什么人呢，这一点你难道不了解我吗？杀人就是杀人，是怒气的发泄，而怒气是没有理智的——所以对谁发泄怒气又有什么关系呢？这是我第一次自觉地承认这个疯狂的真理。也许我刚刚开始成熟……和我一起成熟吧，爱我吧，教我吧，向我学习吧，和我一起悄悄成长吧。啊，美人尼科尔。

耶稣，这是一封什么信啊，我想今夜鬼魂又要来侵扰我了。一想到某个混蛋在跟你做爱，我就受不了。你知道是什么使我这样伤心吗？不仅仅是因为想到你在吮吸某个色鬼，还因为想到他们亲吻你，你也反过来亲他们，搂他们还跟那个狗屁色鬼做爱！耶稣基督啊，我真恨不得把整个世界抹掉，叫万事万物归于寂灭。我的尼科尔？我的尼科尔？谁的尼科尔？杀死你？你是这样写的，也是这样说的，你和一个家伙做了两次爱。我记得这是你说的原话，我不想读第二遍。你为什么不和所有的男人都睡上一觉呢？这对我来说都是一样的。你认识这儿的红头发看守朗尼吧，他曾经让你搭过一次车。你是不是跟他睡过？他看着我时心里是不是在想，"我和吉尔摩的女人睡过"？唉，耶稣啊，我实在受不了这个，我无法忍受。滚他妈的蛋，滚你的，你这个骚货，你就不能改掉这种下流的习惯吗？尼科尔，尼科尔，尼科尔，他们是些丑恶的魔鬼，不是吗？耶稣啊，丑恶，丑恶，唉唉，该死的！我本以为我已经控制住自己的情绪了，现在却又按捺不住了。尼科尔，我没打算干什么，也许我不应该让你读这封信。

该死的，我今天收到你的两封信，它们的气味那样清新，和你身上发出的气味一样。宝贝，这是一封丑恶的信，它以理智开始，以狂怒告终。

心肝，你读这封信时会明白我是爱你的，明白我对这件事的理解并不像我想的那样。我伤心极了，重又读了一遍信，把伤害你的部分划掉。我不想伤害你，我的天使天使天使美丽的天使。是应该把这封信交给你呢，还是仅仅把这些话写下来谁也不让看？我拿不定主意。唉，宝贝，你还是读读吧。收到这封信之前你就知道你现在会读到这么一封信的，你会一遍又一遍地读信，但是你再也不会从我这儿收到这样的信了。我知道这种情感，如果你想体会到这种情感的话，就把信读一遍吧，因为今后我再也不会向你倾诉我的痛苦了。

当我想到你把自己的肉体和爱奉送给别的男人时，我伤心欲绝。世界上的一切，失明，失去双眼，失去胳膊或腿，全身瘫痪，注射氟奋乃静，都不曾使我如此伤心过。

九月二十八日

他信中的痛苦比她所知道的任何人能感受到的痛苦都要强烈。处在悲伤之中的她不由得羞愧起来，好像天上有个人正悄悄地陪她哭泣似的。她写信告诉他，自己再也不做那种使他心痛欲裂的事了，她宁愿死也不愿意再给他带来这种痛苦了。如果她的眼睛再对他说谎的话，她就结束自己的生命。她把信送到监狱。

今天黎明时分，我感到爱情回来了——它像一股温暖徐缓的清泉向我涌来……当然，它根本没有离开过我，不过是在等着我去重新拥抱它。我又用另一种方式伤了你的心。我想，在很长一段时间内，你会感到痛苦的。

啊，尼科尔。

我给你写了一封不该写的丑恶的信，你是个好姑娘。

你尽你的最大努力靠着一点点钱辛苦度日，爱抚、养育你的孩子，这一切我不是没有看见。你是个漂亮的姑娘，我太爱你了。

此刻我又觉得受到了伤害，这是一种我不愿意感受到的情感，可它又出现了。亲爱的，伴随它出现的是一种使我丧失理智的狂怒。请你理解我的感受。我心中有个声音对我说，要温柔——要慢慢地接近，要理解，要爱，要了解我的天使，我的小精灵，要了解她的那些痛苦——了解她早年经历的一切。但更主要的是——要了解她对你的爱。她对你是信任的，她没有对你说谎，相反，她向你敞开她的灵魂，她信任你。要知道，加里，你也有许多难以改掉的习惯，你加里同样不是完人——如果你不能理解这个爱你的女人的话，你就是个大笨蛋。可昨天我竟给你写了那么一封丑恶的信——啊，天使，请不要像我处于软弱盲目的狂怒之中时那样，希望你比我更有信心，更有力量。

整整一天，我躺在床上，好像被笼罩在雾里，笼罩在瘴气里，好像处于无知觉的麻木状态之中。我后悔，我后悔，我后悔极了。我的身体沉重得好像灌了铅似的。吉布斯讲话时我很少答理他。我估计他能感觉到出事了。他一直没开收音机，因为他知道收音机的声音我受不了。

三

九月最后一天的凌晨，四个警察把一个粗壮汉子推进一级警戒牢房。这个人蓄着修剪得整整齐齐的小胡子，散发着酒气。他看到吉尔摩和吉布斯都在看他时，就大声问："你们两个认识卡梅伦·库珀吗？"没人答话。那家伙又说："喂，我的名字叫杰拉尔德·斯塔基，我刚刚宰了那个混蛋。"

吉布斯说："如果我们对此有什么疑问的话，你已经把我们的疑问打消了。伙计，有四个警察在听你讲话呢。"连加里也憋不住笑了起来，可斯塔基醉醺醺的，根本没听明白。他把褥垫和毯子往下铺一扔，倒头便睡。他的脑袋离马桶只有两英尺远。不一会儿他就昏睡过去了。

过了一会儿，早饭送来了。他们俩把他那份分着吃了，反正他几个小时之后才能醒来。

那天上午九点半左右，大个杰克来叫斯塔基起床去出庭。后来，大个杰克对他们解释说，卡梅伦·库珀出身于早年就到了犹他的一个拓荒者家族，他谁都认识，眼下主牢房的犯人中就有四五个是他的朋友，所以只好把斯塔基与吉尔摩和吉布斯关在一起。

那家伙从法庭回来时，头脑清醒多了。他问是否可以翻看桌上的袖珍本书籍。整整一个下午，他一直躺在铺上看书，看几行就要冲着书本打个喷嚏。加里不住地嘟囔着："他难道就不知道把他那肥脑袋转到一边去吗？"

后来，他告诉他们，他在莱希的气枪牛排居当厨子。他是卡梅伦·库坦的朋友。他们俩发生了争执，卡梅伦解下皮带绕在手腕上，把皮带扣朝他身上猛抽。他闪身躲过皮带，冲上前去，把一把厨刀猛地刺进卡梅伦的胸膛。"嘀，"加里对斯塔基说，"正好插在要害处了吧？"他们哈哈大笑起来。

这时他们才得知，这场斗殴开始时，布伦达和约翰尼正巧走进那家餐馆。斯塔基刺中卡梅伦后，那家伙一下子倒在布伦达身上，弄得她满身血污。"你相信吗？"加里问吉布斯，"在斯塔基的审判中，她也将是个引人注目的证人。那条母狗今年在法庭里可真够忙的。"他拿出一封布伦达的信，大声读了起来："加里，你根本不知道我内心有多么难受。预审听证会上，当我作那些对你不利的证词时，我心里痛苦极了。"他摇了摇头，"你能相信她是我的血亲吗？我现在更清楚了，她为什么会结那么多次、又离那么

469

多次婚。连一个智商只有六十的傻瓜都能看出来，她是个专朝人背上捅刀子的女人。听着，吉布斯，总有一天她会遭报应的。"

四

这几个星期我手淫的次数太多，因为我老是想着你以及我们在一起干过的事——唉，我想我手淫的次数的确太多了，一般每天两到四次，有时甚至五次。现在他们让我服用少量的菲奥瑞纳，夜间还要加服带尔眠和镇静剂，这样我可以睡安稳些了，手淫也不那么频繁了。

唉，宝贝，我一直感到心烦意乱。因为坦率地说，我觉得我做爱时从来没有使你如醉如痴、汗水淋漓过。唉，我喝酒喝上了瘾，吃菲奥瑞纳吃上了瘾，我心里一直很清楚，我毁了自己做爱的能力，我使自己失掉了某种更甜美更纯真的东西。我想，这件事我已经提到过许多次了，你能够看出来它使我心烦意乱。此外，宝贝尼科尔，我和你这样的姑娘在一起时，总是有点畏畏缩缩的，我说的是真话，我已经很久很久没和女人来往了。我这话的意思并不是说我专在吸毒窝里和娈童鬼混。当然，我告诉过你，有那么几次我亲过几个漂亮小伙子，甚至还玩过一个漂亮小伙的生殖器。但这没什么，我从没有鸡奸过他们。我只和女人做爱，但由于我那么长时间没接触过女人，当我一丝不挂地和你在一起时，我感到非常难为情。你对我一直那样温柔，那样耐心，那样体贴入微。我想大概只过了一个星期吧，你就使我感到轻松多了，也自然多了。我已经坐了十二年半的牢，我并不是在故意为自己开脱，不过这么长的一段时间确实产生了某种我没有意识到的作用。

在我年轻的时候，姑娘们非常拘谨。我的意思是说，很难把她们搞到手。当时的姑娘没有现在的那种性自由。甚至她们使用的语言和现在的也都不一样。我从没听过一个姑娘说"性交"这个词,压根没听说过。你在电视上看过《幸福的日子》,当时的情形虽然不像那里面描写得那样乏味,但也差不了多少。

唉,在我小的时候,如果你敢把手伸到女孩子的裤子里,那可是件不得了的事。我时不时跟姑娘们有点来往,可你得费好大劲才行。当时的道德观念不一样,姑娘们婚前必须保持贞洁。就像一场游戏,你明白吗?得有许多次调情和挑逗。当一个姑娘终于答应跟你做爱时,她总觉得是被你占了便宜。十次有九次她会说:"喂,你还会尊重我吗?"或者类似的蠢话。但是公猫们急不可耐,什么都愿意答应,包括答应尊重她们。这总是叫人觉得很傻,但当时这种游戏就是这么进行的。有一个姑娘曾经问过我这句话,她是一个漂亮娇小的金发女郎,人人都想摸一把她的屁股。一天夜里,我和她单独待在她家的房子里,我们两个都在十五岁上下,我们搂抱亲嘴,越来越兴奋,就在我感到我要干那事时,她突然冒出了那句陈词滥调:"加里,如果我让你干,你还会尊重我吗?"唉,我一下子松了劲。我哈哈大笑,对她说:"尊重你?为什么?我想和你做爱,你也想和我做爱,我他妈的凭什么要尊重你?你是在印第安纳波利斯五百公里汽车大赛中获得了头奖还是怎么的?"唉,正像我说的那样,这件好事就这么被我搅黄了。

唉,还有两三个星期呢。如果吉布斯被保释出去——但现在正是时候,是天赐良机。又轮到那个傻瓜墨西哥人路易斯值夜班了,他从来不到我这儿来检查,也从来不看看铁栏上是否有锯痕,他只管坐在前面看警匪电视剧。现在也是给我送鞋的最好时机——在我出庭之前,让斯奈德或者埃斯普林给我带一两双鞋来再自然不过了。

十月二日,星期六

斯特林终于表明了态度,说他不愿意把锯条缝到鞋里边去。这么多宝贵的时间白白浪费掉了。尼科尔决定自己试一试。她在一家旧货商店里买了一双翻毛皮鞋,用剃刀把鞋底割开一个口子。她费了好大劲才把锯条插进去,不料锯条太长,她只好把它折成两截。半根锯条倒可以插进去,可当她想把切口缝起来时,鞋已经不成样子了。他们绝不会允许她把这样的鞋带进监狱。

第二十七章 起诉

一

犹他县地方法院具有审判司法权。审判将在犹他县府大楼三一〇房间布洛克法官的审判室进行,这座大楼是普罗沃闹市区最大的建筑物,灰色,雄伟,就像一头年迈的狮子。这座法律殿堂使诺亚尔·伍顿想起成千上万座政府大厦,这些大厦的山墙都是希腊式的,宽宽的台阶上矗立着支撑厦顶的一根根石柱。

伍顿生在普罗沃,长在普罗沃,所以他很愿意到那儿的法庭去。这是他办理的最大的一宗谋杀案。

和这个地区的许多律师一样,伍顿先就读于布里格姆·扬大学,后来又转入犹他州立大学法学院。他对学法律没有多大热情,至少开始时是这样的,只是因为他的父亲干这行干得很成功,所以诺亚尔想,他可以先学这门专业,以后再想法经商。毕业后,联邦调查局提出要雇他,联合航空公司也有一个职位愿意给他,但他都拒绝了,因为他的父亲希望他跟着自己干。这件事做对了,老伍顿教会他很多东西。

但诺亚尔很快发现,成天守在事务所里不合他的意愿。他喜欢法庭。他瞧不起那些到盐湖城、丹佛或者洛杉矶去工作的同学,他们这辈子只能待在后面的房间里为大城市的庭审律师准备卷宗。而诺亚尔却找到了自己想要的位置，他能在法庭上和那些大律师当面交锋。

一开始他担任辩护律师的工作，但后来他得出结论，他的大多数当事人都是流氓阿飞。按照他的理解，他的职责是，如果他们是无辜的，要做到使他们无罪开释，而如果他们是有罪的，要做到使他们不被判得过重。然而，那些家伙不管有罪没罪都想着不惜一切代价逃避法律的惩罚。诺亚尔对此很反感。他开始考虑走做公诉人这条路。

有一个案子使他下了决心。他为之辩护的那个人的背景和吉尔摩的差不多。那家伙叫哈洛·卡斯蒂斯，他蹲过十八年监狱，这次仅仅因为一张伪造的信用卡而被起诉。为了这个，他们要把他送回监狱。伍顿认为这对卡斯蒂斯不公平。为了使他能够出狱，他拼搏了九个月，终于成功了。

获假释的当天，卡斯蒂斯来到诺亚尔家，索取用来抵偿律师费的几只轮胎。伍顿告诉他，除非付现款，他是不会把轮胎还给他的。听了这话，那家伙把他骂了个狗血喷头。

三个星期后，喝得酩酊大醉的卡斯蒂斯出了车祸，轧死了一个人。他没有驾驶执照。伍顿这才醒悟到，他犯了一个错误，不该为那个案子卖那么大力气。就在那个时候，他决定转而担任公诉人。

在为吉尔摩一案做准备时，伍顿常常想起他经手的另一个大案。被指控的是个叫弗朗西斯·克莱德·马丁的家伙，他使自己的女友怀了孩子，迫于压力和她结了婚。然后他把自己的新婚妻

473

子带到树林里,捅了她二十刀,割断她的喉管,然后剖腹取出胎儿,朝他戳了几刀,就回家了。

在审理那个案子时,伍顿决定不提出判处死刑。马丁是个十八岁的中学生,长得不错,没有犯罪纪录。这个小伙子是因为落入可怕的陷阱而滥杀无辜的。伍顿向法院提出判处无期徒刑。那小伙子现在正在服刑,也许有一天会减刑出狱的。

说句实话,伍顿不认为自己是个狂热鼓吹死刑的人。他觉得死刑对其他罪犯不会起到震慑作用。他要求判吉尔摩极刑的唯一理由是他是个危险人物,只要他活着,对社会就是个威胁。

二

开庭的前一天,也就是十月四日,星期一,克雷格·斯奈德和迈克·埃斯普林与加里进行了长时间的磋商。谈了一会之后,他问:"你们觉得我的运气如何?"克雷格·斯奈德回答说:"我觉得不妙——我觉得非常不妙。"

加里说:"是吗,要知道这并不怎么令人吃惊。"
他们告诉他,他们已经在精神病医生那一方面做了不少努力,可没有一个人愿意宣布加里精神失常。对这一点,加里聊表赞同。"跟我说的一样,"他说,"我可以使陪审团相信我失去了理智。但是,老兄,我不愿意那样做,我不能容忍别人贬低我的智力。"

随后他们谈到汉森的事。斯奈德和埃斯普林说,如果菲尔·汉森参加进来,他们会很高兴的。他们说,没有一个律师会自私到不愿意或者不需要接受现成的最优秀的专业性帮助的地步。但是汉森还没有联系上。

他们没有告诉他,他们不想马上给汉森挂电话。说到底,除了尼科尔的话别无凭证,如果她误解了汉森的许诺,那将是很尴尬的。

他们又一次要求加里允许尼科尔出庭作证。"我不想让她卷进来。"加里说。他们能够猜出他为什么反对。作证时她将不得不承认,是她那些令人难以忍受的行为激怒了他,此外她还得详细描述一些下流的细节。他无论如何不能同意这样做。事实上,伍顿传尼科尔作证一事已经使他火冒三丈。他告诉斯奈德和埃斯普林,他希望他们不要阻止公诉人方面的证人坐在审判室内,因为若是那样,列在伍顿名单中的尼科尔也将被挡在审判室门外。两位律师说,若是这么做就等于帮了伍顿一个大忙,他的证人将能够听到前面的证人说过的话,伍顿发言时一切都将更加顺利。这没关系,加里对他们说。

斯奈德和埃斯普林试图改变他的看法。他们说,如果证人们互相间听不到证词,他们站在证人席上时就会感到更加紧张,因为他们不知道自己将被引向何方。所以,如果让尼科尔坐在法庭上,将对被告一方十分不利。加里摇摇头,尼科尔必须坐在法庭上。

三

开庭的第一天用来挑选陪审团。第二天审判刚一开始,埃斯普林就硬着头皮请求法官让陪审团暂时退庭,因为有一个法律细节需要讨论一下。然后他对布洛克法官说,被告不顾他们的劝告,提出不希望公诉人一方的任何证人被挡在法庭门外。这是个糟糕的开端。对那种不能向当事人说明利害关系的律师,没有几个法官会尊重的。

埃斯普林:阁下,吉尔摩先生向我说明了他作出这一决定的理由。他的决定基于下面这个事实,即被告的女朋友尼科尔·巴雷特已经被列入公诉人一方的证人名单中。他不想她被挡在法庭门外。据我所知,这是他作出这个决定的唯一理由。
法　官:是这样吗,吉尔摩先生?
吉尔摩:不错,是的。直到昨天我才发现她已经被列入证人名单,你知道吗,我担心这样一来她将会被挡在法庭门外。我不愿意让她整整一天坐在那间一点也不舒服的门厅里。
法　官:是这样啊。她也许不得不坐在门厅里,不过门厅里当然有椅子和其他舒适的设备。
吉尔摩:阁下,我的决定是不要把她挡在门外。
法　官:就是这些吗?
埃斯普林:就是这些,阁下。
法　官:这就是那件法律细节?好吧,可以让陪审团出庭了。

　　好像是为了弥补他的损失似的,加里现在一个劲地盯着伍顿看。

　　埃斯普林想,具有讽刺意味的是,尼科尔根本没有到法庭来,起码他没有看见她。整个上午,加里不断转过身来寻找她。可她根本没有露面。事实上,直到午饭时间她才赶到了。看到她,加里别提有多高兴了。

四

伍顿以向陪审团介绍他的证人作为开场白。他说:"他们每个人都会向你们描述整个事件中的一小部分。他们将告诉你们,被告加里·吉尔摩……一手拿着汽车旅馆的现金盒,一手握着手枪走在大街上……在一个街区的尽头扔掉现金盒……扔掉枪。他们将告诉你们,此后不久,他出现在位于南三街和大学路拐角处的加油站并取出自己的汽车。当时他左手的伤口正在流血。证人们将告诉你们,他们沿着那串血迹从加油站一直追踪到人行道上,在道旁的一簇普非策冬青下面血迹消失了。他们将告诉你们,他们是如何发现一支点22口径的自动手枪的。这支枪似乎曾经在冬青丛里走过火,因为枪身的自动装置沾有草和树叶。他们将告诉你们,他们在那儿找到了一个弹壳。你们还将听到这样的证词,调查人员在布什内尔先生遇害的汽车旅馆办公室里发现了另一个点22口径手枪的弹壳。你们将会听到专家的证词,证词的大意是,布什内尔先生头部里的弹头毫无疑问是从一支点22口径手枪的枪筒里射出来的,那支手枪的弹道痕迹和在冬青丛中发现的那支点22口径手枪的完全相同。"

那一天里,随着物证的展示和证人的作证,伍顿对案件的剖析按照他事先宣布的那样一步步进行着,证据确凿,无懈可击。斯奈德和埃斯普林能做到的仅仅是就一些微不足道的问题提出疑问,或者设法降低几分证词的可靠程度。埃斯普林设法让第一个证人绘图员拉里·约翰逊承认,他的那张上个星期开庭前才绘制好的汽车旅馆图纸不能提供"任何关于七月二十日"在汽车旅馆窗户周围"生长着什么树木或植物的证据"。这只是个细节问题,但它却剥夺了第一个物证的权威性,使得陪审团不会轻易地受物证数量的影响。要知道，伍顿准备出示十八件物证呢。

下一个证人是刑警弗雷泽，他拍摄了一组汽车旅馆办公室的照片。埃斯普林设法使他同意，拍照前窗帘也许已经被拿掉了。

作证继续进行，他们不时对伍顿的案情分析做些小的更正和改动。格伦·奥弗顿走上证人席，描述了布什内尔死在血泊中的惨景以及他开车送黛比·布什内尔去医院时后者那悲痛欲绝的样子。辩护人沉默不语。埃斯普林知道，交叉盘问只能使那些描述更加生动逼真，所以他没有发问。

第四个证人是莫里森医生，他是犹他州医疗检查委员会的副主任，布什内尔的尸体就是他解剖的。他作证说，在布什内尔的皮肤表面没有火药灼伤的痕迹，这说明杀人凶器是直接抵在他头上的。

埃斯普林试图推翻他的结论。

埃斯普林：在解剖尸体时，你是否检查过那把被认为是凶器的手枪？
莫　里　森：没有，先生……
埃斯普林：根据我的理解，你解剖尸体时并不知道用的是什么类型的子弹，对不对？
莫　里　森：对。
埃斯普林：然而你说过，在你作结论时，这些情况确实起到了一定的作用，是吗？
莫　里　森：它们也许能起到一定作用……但依我看，在这个案子里，它们并没有起到什么作用……我不认为在作结论时子弹的类型或者武器的具体种类会牵扯进来或者会造成什么问题。但是，在我解剖尸体时，我得知所用的武器是一把手枪。
埃斯普林：但是你并没有检查它？
莫里森：但是我并没有检查那件武器？没有，先生。

辩护人只能这样冒险试试。即使没有别的作用，埃斯普林的有力盘问至少能够迷惑陪审团。所以，尽管莫里森医生说，在这个案子中他无需了解杀人的武器和子弹，因为它们对结论没有任何影响，埃斯普林还是使医生承认他没有检查那件武器。这一点也许会迷惑住某几位陪审员的。

随后作证的是马丁·昂蒂维若斯。他证实加里把卡车停在离汽车旅馆两个街区远的加油站后离开了半小时。当加里回来时，他的左手在流血。

巡警奈德·李沿着从加油站到灌木丛的那串血迹搜索时发现了那把手枪。"液体一向是顺着你走动的方向流淌的。"他说。因此，他能够确定，吉尔摩是从藏枪的灌木丛那儿向东走到富尔默加油站的。对这一证词，辩护人无法提出什么异议。

刑警威廉·布朗从巡警奈德·李那儿收到弹壳和枪，并叫人在现场给它们拍了照。伍顿把这张照片作为第三号物证提交给法庭。

埃斯普林：布朗警官，是你拍的照吗？
布朗警官：不是，先生。
埃斯普林：你知道是谁拍的吗？

布朗警官：不知道，先生。我不知道。

埃斯普林：抗议，阁下。根据不足。

伍　　顿：我有根据……阁下。我不必证实这张照片是在什么时候、在什么情况下拍的，我只需证实他见过那丛灌木，也见过那张照片，是同一个地点。

不管怎么说，这是个小小的胜利。又一个物证被抹上了小小的污点。谁知什么时候这几个小小的胜利会起到决定性的作用呢。

埃斯普林：是你用粉尘从那把枪上取的指纹，对吗？

布朗警官：是的，先生。

埃斯普林：你发现指纹了吗？

布朗警官：发现了一个。

埃斯普林：你把它转交给联邦调查局的实验室了吗？

布朗警官：转交了……

埃斯普林：结果如何？

布朗警官：他们需要做进一步的比较。

埃斯普林：也就是说，他们确定不下来？

布朗警官：是的。

埃斯普林：没有问题了。

当轮到杰拉尔德·尼尔森作证时，伍顿没有就那份供词向他提问。尼尔森只证实了一件事，吉尔摩被捕时，左手刚刚中了一弹。

杰拉德·F.威尔克斯是联邦调查局的特工，他是个弹道学专家。

伍　　顿：能否请你对陪审团谈谈你的结论？

威尔克斯：根据我对这两个弹壳的检查，我可以断定，它们都是从这支手枪里射出来的，决不可能是别的武器。

　埃斯普林别无他法，只能求助于提一些对方回答时可能讲错话的问题。

埃斯普林：要成为一项特别的证据是否需要有一定数量的痕迹……这样你才可以肯定地说，这个弹壳是从同一支枪里射出来的？
威尔克斯：不，先生。我说不准作出一项鉴定至少需要多少显微痕迹。
埃斯普林：在第十二号物证和你在实验室里射击的试验子弹之间，你发现了多少相同的痕迹、相似点或者相似之处，你心中有数吗？
威尔克斯：弹壳表面布满了相似痕迹。事实上，显微痕迹有那么多，我对我的结论深信不疑。

　彼得·阿罗尔证实，他曾看到加里在汽车旅馆办公室里。

伍　　顿：当时你离他有多远？
阿罗尔：哦，大约十英尺吧。
伍　　顿：他在办公室里面吗？
阿罗尔：是的。
伍　　顿：你在外面的车道上？
阿罗尔：是的。
伍　　顿：当时你看见他手里拿着什么东西没有？
阿罗尔：看见了。
伍　　顿：告诉我们你看见了什么。
阿罗尔：他右手拿着一支长筒手枪，左手拿着一个现金收入记录机里的现金盒。

伍　　顿：你能向我们描述一下那支枪吗？

阿罗尔：可以。

伍　　顿：告诉我们你是如何看到的。

阿罗尔：实际上，他看到我们时就停了下来。我和他打了个照面。我看看枪，又看看他的脸，想弄清楚他拿着那支枪要干什么。我以为他是办公室里的职员，正拿着枪瞎摆弄呢。我有点担心，所以我直盯着他的眼睛，他也停住手看着我。几秒钟后，他转身绕过柜台回里面去了。

伍　　顿：你们呢？

阿罗尔：我们继续朝汽车那边走去……

伍　　顿：阿罗尔先生，现在你在法庭里能认出那个人吗，就是那个你当时看见的拿着枪和现金盒的人？

阿罗尔：能。

伍　　顿：请你当着法官和陪审团的面把他指出来好吗？

阿罗尔：是穿红外衣和绿衬衫的那个人（用手指示）。

伍　　顿：是坐在我对面被告席上的那个人吗？

阿罗尔：是的。

伍　　顿：阁下，能否将证人辨认出被告的事实记录下来？

法　　官：可以。

伍　　顿：该你盘问证人了。

埃斯普林：先生，你能不能描述一下那天夜里你在汽车旅馆办公室里看到的那个人的模样？

阿罗尔：可以。他看上去好像比我略高一点……

埃斯普林：你还能描述出他的其他特征吗？

阿罗尔：他蓄着山羊胡子和长长的头发。

埃斯普林：你还能回忆起其他明显的特征吗？

阿罗尔：他的眼睛。

埃斯普林：你能回忆起他的眼睛吗？

阿罗尔：当我看着他的眼睛时，他那种眼神很难描述出来。但那双眼睛我永远也忘不了。

埃斯普林：你注意到他眼睛的颜色了吗？

阿罗尔：没有，只注意到他的眼神。

阿罗尔的意思并不难理解，整个作证过程中吉尔摩一直死盯着伍顿。

阿罗尔走下证人席之后，公诉人请求停止举证。埃斯普林站了起来，宣布被告一方也要求休庭。

法官：你们不想提出任何证据吗？

埃斯普林：不，阁下。

法官：很好。既然双方都不再提出证据，那么法庭将要履行它的职责，向陪审团提供最后说明……我已经做了准备，但我仍然需要半小时的时间，所以肯定会拖到很晚。据我所知，今晚电视里将会转播激烈的辩论。

他指的是杰里·福特和吉米·卡特之间预定的第二次辩论[①]。

法官：为大家着想，我将在明天早上而不是今天晚上向陪审团提供最后说明。明天我们将完成对此案的审理。

[①] 当时美国总统竞选正在进行中。

五

我刚刚从法庭回来。

呸!

我曾经告诉过你,我对斯奈德和埃斯普林不抱多大希望。但是我却没有想到,他们压根就没打算作什么辩护。

当埃斯普林要求休庭时,说我大吃一惊是远远不够的。

他们从来没有告诉我他们要这样做——根本不作辩护。

我真不敢相信!

我以为他们会作一点辩护的——不管多么软弱无力。

我认为他们至少会设法争取判成二级谋杀。

现在已经毫无疑问,我的案子将被判为一级谋杀——这一点埃斯普林和斯奈德今天要求休庭时心里完全明白。

他们从来没有告诉过我,他们打算干这种混账事。

休庭后我就此事向他们质问时,他们露出一副做贼心虚的防守架势,活像龟孙子。

他们甚至没有试一试。

他们要做的只不过是使这个案子可以上诉,但他们连这一点也没有做。

法庭指派的律师都是这个样子。

十月六日

休庭之后,他们立刻进行了磋商。加里对他们说他很不高兴。

"我以为你们要叫个精神病医生来呢。"

他们再次向他解释,在明天的调查听证会上他们会请一位精神病医生出庭的,但在审理时没有这种必要。没有一个医生愿意宣布他是法律意义上的精神病,所以要是请了医生来,只能使陪审团更倾向于判他有罪。而目前这种做法也许会使某几位陪审员对他的精神状态产生疑问。

"难道我们就不能找个什么人做做样子吗？"他问。

他们向他交了底。他们说，他的案子也许并不像看上去那么糟。第一，公诉人一方尚未把加里的血型与现场的血迹加以对比验证，假如发现那是O型血——加里的血型，那才将会是又一个铁证。第二，克雷格·斯奈德说，他们在手枪上没有取到指纹。所以目前他们只不过是怀疑罢了，并无法把手枪与他的手联系起来。第三，公诉人忘了把抢的钱作为物证提出来。钱就在他们手里，可他们竟没有利用它。第四，伍顿没敢使用加里对杰拉尔德·尼尔森所作的供词。克雷格的眼睛在眼镜后面变得严肃起来，他说，陪审团要判他有罪还有障碍。

他们的言下之意是，要判一个人死刑不是那么容易的。谁不担心作出这种判决后会使自己噩梦缠身呢？陪审团确实必须鼓足勇气才能越过这个障碍。所以，如果对此案的审理能够体面、够冷静地进行的话，审理的气氛也许会使陪审团谨慎从事。如果没有什么强烈的感情在支配着陪审团，要他们对一个人作出死刑判决是很困难的。

这时加里说，他想对法官发表个声明，他要求作证。

这与他们的建议背道而驰。克雷格·斯奈德说，从目前这种情况看，他百分之九十九会被判有罪，如果他作证的话，那就是百分之百了。

有一会，加里看上去很忧郁。"我要作证，"他说，"就是这样。"他坚持要站到证人席上去。

485

他们试图设想如果重新进行此案的辩论将会是一种什么局面。一团糟。他们又一次想到应该传尼科尔到庭作证，但由于这么长时间以来一直没想这么做，现在突然打算让她作证，反而使他们不安起来。这样可能会自作自受。如果加里开着装有枪支的汽车带孩子们兜风的事暴露出来，那就麻烦了。不行，请尼科尔出庭太冒险了。

一切都悬而未决。他们三个人只好各自尽量想办法去让自己入睡。

第二十八章　辩护

一

尼科尔那天上午没有出庭是有充分理由的，她仍然在为加里前一天的表现而生气。

她原以为第一天是正式庭审，可这一天却全花在挑选陪审团上了，竟没有传任何证人出庭。那一天真是又长又乏味，她甚至没有机会和加里讲句话。直到第二次休庭时，他们才允许她隔着栏杆和他面对面坐着。突然，他把她一个星期前写的信拿了出来。正是在这封信里她告诉他，为了不再给他带来痛苦，她宁死也不愿再和其他男人来往了。现在，他莫名其妙地为了这封信发起脾气来。"你讲到了死可那不过是说说而已，宝贝。"他说。他盯着她的那种眼神好像是说，她在栏杆的另一侧很安全。

于是她告诉他，如果他愿意的话，可以在法庭上当场把她杀死。事实上，她在使劲控制着自己不要哭出来，并且说他那种想法才真能杀死她呢。他口气尖刻地说:"现在我怎么当场杀死你呢？戴着手铐脚镣杀吗？"她真的不知该怎么好了。后来，他向她眨眨眼，好像对什么都一点不在乎，似乎他刚刚猛然抽搐了一阵，现在一切都过去了。

但她却一夜没合眼。上午，她把孩子们托付给邻居，自己打了个盹，醒来时脑子昏昏沉沉的，浑身上下都不得劲。

果然，当她进入审判室时，他看到她高兴得不能再高兴了。他已经把前一天的事忘了个一干二净。尼科尔迷迷糊糊地坐在那里，她甚至不知道周围正在发生什么事情。这一天结束时，她觉得她离加里比自斯班尼西福克镇那段最难挨的日子以来的任何时候都远。

那天晚上，苏来到她家，说她要带尼科尔出去喝个痛快，让她高兴高兴。

尼科尔感到，自己真的需要轻松一下，真的需要跳跳舞。虽然这不是什么非常好的主意，但苏在等着她呢。于是她跟着苏出去了。

她们穿过银美元酒吧，来到弗雷德酒吧。尼科尔喜欢这个地方那种热烈的气氛。这儿聚集着一大帮流浪汉，她和其中几个跳了一阵舞，她挺喜欢他们的。瞧，他们打弹子的姿势多么潇洒啊。

一个看起来非常有头脑的家伙告诉她，他是盐湖城流浪汉之家的前任主席。他讲话很讨人喜欢，相貌英俊，跟他跳舞非常开心。可她隔一会就要跑回自己的餐桌，喝几口伏特加和葡萄汁。

后来，苏丢下满腹心事的尼科尔，不知跑到哪儿去了。这时，那位前任主席说要到盐湖城去。尼科尔觉得，自己很想去看看那个俱乐部是什么样子。多少年来，她一直听人谈起盐湖城的流浪汉之家，也许在那儿她可以轻松轻松，结交一些朋友。

她尽量清醒地考虑了一下此行会是什么结局。当时已经是凌晨两点，赶到盐湖城大约需要一个小时，参加那儿的聚会当然又要花更多的时间。她估摸着，天亮前出不了什么麻烦。

果真，他们赶到盐湖城后，她只是坐在一旁听别人说话，自己偶尔讲几句。她心情舒畅多了，喝着啤酒，渐渐生出一种悠然自得的疲乏感来。她觉得困了，便斜倚到一个破烂不堪的旧沙发上。这么做在这间俱乐部里没有什么，这儿的气氛她很喜欢，起居室里有一个像吧台的地方，地中间摆着几辆摩托车，破破烂烂的地毯上油污斑斑。有几次她就那么合上眼皮，也许还打了个盹吧。大概到了凌晨五点的时候，她说："我想去睡一会。"

那位前任主席劝她到楼下去，说那儿比较安全。楼下是个大房间，地上铺了许多张床垫，上面横七竖八躺满了人。黑暗中似乎有几个人正在干那种事。她有点清醒了，开始考虑自己怎样才能从盐湖城脱身。这时，那位前任主席睡到了她的床垫上。她实在没法使他明白，自己一点欲望都没有，不管她说什么也没有用。他一个劲地问她，为什么他已经脱掉衣服她却还穿着。为了摆脱困境，她作了让步，但他刚刚吸了不少兴奋剂，这点小小的让步根本满足不了他。最后，她只好屈服了。她要生生死死永远忠实于加里的信念就这么被打破了。

醒来时，她感到从未有过的刺痛。她并不是害怕加里会发现，她只是感到害怕。就是这么回事。她内心感到，自己待在这么一个污七八糟的地方，一切都是那么下流低贱。要是她哭出来的话，那将是世界上最可怕最悲伤的呻吟。

那个上午过得真慢呀。她费了好大劲才把那位流浪汉之家的前任主席唤醒，叫他送自己去法庭。等她赶到时，已经开庭了。坐在他的摩托车后座上从盐湖城回普罗沃时，她想，如果加里问起这件事，她是没有本事对他撒谎的，当然她不会主动告诉他。一想到他要问，她就不由得打哆嗦。

坐在那个陌生家伙的摩托车后座上，她下定决心，在自己的余生中决不和任何别的男人睡觉了。

她再也不愿做任何使自己内心不安的事情了。也许哪一天，当她探望加里时，他会看着她的眼睛问她，是不是又和什么人干那种事了。她不知道自己会不会告诉他实情。她不敢想像，如果她望着他的眼睛毫不犹豫地撒谎，将会在他们两人的心灵上造成多么大的创伤。眼下正折磨着她的痛苦已经够多的了。

二

埃斯普林：阁下，为了这件事，我们请求您清庭。这是个有点微妙的问题。
法　　官：吉尔摩先生，你请求清庭吗？
吉　尔　摩：是的。
法　　官：接受请求。我要求除法庭工作人员和保安人员之外的所有人退庭。
（据此，上午九点清庭。）
埃斯普林：阁下，昨天被告提出不举证……当时，我们的意见和建议是吉尔摩先生应行使他在审判中保持沉默的权利，不为此案作证……昨天晚上我们讨论了这个问题，认识到他愿意作证。我们两个又一次向他阐明了我们经过深思熟虑的意见……即他不应该站到证人席上去，而应该让州政府去证实它自己的证词。但我们也又一次向他申明，这个决定应当由他本人来作出……他有权利不顾我们的劝告站上证人席。我们建议他夜里仔细考虑一下自己的决定。今天早上我们再次会见了他……

法　　官：吉尔摩先生，你愿意作证吗？

吉 尔 摩：对此我并没有非常强烈的愿望，不过我根本没有料到辩护律师昨天在那个时候就宣布不举证。我的意思是说，这次审判关系到我的生死，我一直期望着他们能作一次像样的辩护。在我看来，昨天他们宣布不举证，实际上等于承认我犯有一级谋杀罪，因为我看不出来在这个阶段上陪审团还会作出其他什么别的判决。是的。为什么要进行审理？我是说我——

法　　官：你有什么证据要提出吗？

吉 尔 摩：从表面上看，根据我律师的意见，我没有任何证据。

法　　官：你到底有还是没有？

吉 尔 摩：上帝，我不知道……我有某些感觉和信念，我觉得那些医生和他们有分歧。

法　　官：听着，吉尔摩先生——

吉 尔 摩：您得让我说完。

法　　官：可以，可以，请接着说。

吉 尔 摩：我个人觉得，以精神失常为由可以为我作有力的辩护，或者，至少应以此作为辩护的基础。但是，从表面上看，医生们持有不同意见。然而，我和他们谈话时的环境很不好，有同狱犯在场。整个事情都不对头。这对我非常不公平，真的，把我的整个辩护都给毁了。我不愿意就这么承认我犯了一级谋杀罪，就这么接受以一级谋杀定罪。他们用不了半个小时就可以了解我现在的想法。这就是我正在说的话，这就是我现在的感觉，是的。我的意思是，我一直期望会提供某种理由，即使这种理由很不充分。我想，我所能采取的最好的办法就是由我自己出面对他们谈，当然我也可以在调查听证会上谈，但那时他们已经给我定罪了。我希望他们在离开之前至少能考虑一下我要说的话。

法　　官：如果你愿意的话，你可以作证。但你应当充分理解你这样做的后果。

吉　尔　摩：是的，你知道，我告诉过你我并不非常想站到证人席上去。我不过是想要作个辩护，这一直是我的愿望。

法　　官：你愿意站到证人席上去作证吗？

吉　尔　摩：我想要作个辩护，我不想像个哑巴似的坐在这里……

法　　官：我要问你的是，你想要法庭重审此案——

吉　尔　摩：对。

法　　官：——你以证人的身份宣誓并作证？

吉　尔　摩：是的，是的，对。如果这是你要求我做的，我愿意。

法　　官：现在我希望你完全认识到，如果你这样做的话，你将不得不接受州政府公诉人的盘问。你明白吗？

吉　尔　摩：明白。

法　　官：你将不得不回答他提出的问题。

吉　尔　摩：可以。

法　　官：那些问题和你的回答可能会证明你有罪，这一点你明白吗？

吉　尔　摩：我明白。你知道吗，你要说的话我全明白，你已经说过的话我也全明白。

斯奈德：阁下，我可以再作个声明吗？

法　官：可以。

斯奈德：我希望吉尔摩先生充分认识到，埃斯普林先生和我与豪厄尔博士、克里斯特医生、莱伯古医生和伍兹医生取得了联系，我们与他们详细讨论了他们的检查和研究结果，并在犹他州医院翻阅了与此案有关的约三英寸厚的档案材料。他们所能尽力做到的只是证明他患有一种被称为精神变态或者反社会行为的精神失调症。我们已经就此事和被告谈过。我们告诉他，我们认为，根据法律我们无法从精神失常的角度进行辩护。我们告诉过被告，在这个方面，我们找不到医生、精神病学者和心理学家之类的专家出庭为他作证。而如果没有这种专家证词，法庭甚至不会指示陪审团考虑精神是否正常的抗辩。我要求法庭明确记录这一点，并且我希望提请吉尔摩先生注意这些情况。

吉尔摩：我撤回我的请求，请继续进行吧。

法　官：什么？

吉尔摩：我撤回重新审理的请求。

法　官：真的吗？

吉尔摩：是的。

法　官：好吧，请把陪审团召回来。是的，其他人也可以进来了。

　　辩护律师、公诉人、法官，甚至还有被告本人，全都感到困惑不解。在争辩时，似乎有一种听天由命的情绪突然控制了他，一种忧郁的情绪。现在他像斯奈德和埃斯普林几星期前那样看待这个案子了。

三

这天早上加里提出请求时,诺亚尔·伍顿不知所措,弄不清这到底是怎么回事。

他喜欢从被告辩护律师的角度考虑案子。有时候这种做法能够使他产生灵感,猜出对手的意图。在目前这个案子中,在吉尔摩为什么到市中心汽车旅馆去这个问题上,他一直以为被告的律师能够替他找出一个比抢劫更好一些的动机来。例如,去登记住宿,或者偶然路过,进门重新挑起争端。也许布什内尔从前有一回因为吉尔摩喝醉了酒而拒绝租给他一个房间。在那种情况下,他事先并没有抢劫的打算,所以打死布什内尔是没有预谋的,而抢劫又只是后来才想到的,这样就仅仅是二级谋杀。伍顿认为,这才是个合乎情理的辩护。如果加里走上证人席,讲述这么一个颇具说服力的故事,他还真不知道该如何去反驳。

只是到了后来,伍顿才察觉出加里拒绝与他的律师合作。但是眼下,他几乎无法理解他们为什么不举证,不过,他想他们不让吉尔摩站到证人席上的原因是出于对他性格的考虑:他肯定是个火暴脾气。所以,这天早上,加里一提出他要作证,伍顿便断定自己是对的,也许可以借此引他上钩。这样做可能会使他道出事实真相,是他命令受害者躺下,随后开枪打死他的。

加里大概注意到了他的眼神,或者感觉到了他的信心。当加里又一次改变主意时,伍顿再一次目瞪口呆。这简直像是在对付一匹一会儿顺风狂奔、一会儿又站着不动的疯马。

伍顿作了一个简短的结论性发言。他概述了一遍他的证人前一天所证实的事实，接着便列举了一系列证据，并且把重点放在莫里森医生的证词上。

"根据他的看法，"伍顿说，"本尼·布什内尔是在头部中了一颗子弹之后死亡的。但是，他告诉过你们比这个更重要的情况。他告诉你们，枪的扳机被扣动时，枪口是直接抵在本尼头部的……这一点告诉你们，这一枪并不是从房间的另一头胡乱射过来的，开这一枪不是为了威胁或者恫吓，而是存心杀人，是为了使人当场毙命。是的。"他深深吸了一口气。

"请仔细考虑这个案子，"他最后说，"作出公正的判决。我指的公正判决并不是从加里·吉尔摩的观点出发的，尽管这同样很重要；请你们从本尼·布什内尔的遗孀、他的孩子以及那个尚未出世的婴儿的角度出发作出公正的判决。"州政府的公诉结束了。

迈克·埃斯普林首先向陪审团致意，然后开始在伍顿搜集综合起来的证据中寻找弱点。

埃斯普林：考虑到当时的时间已经很晚，似乎有理由推论，开始时那位汽车旅馆的经理根本不在办公室里。这是可能的……他是在他的起居室里，他听到办公室里有人，估计那人可能正从现金盒里偷钱。于是那位经理回到前面，撞上了偷钱的人，被打死了。这不是抢劫，而是偷窃。因此，我们对此提出疑问，我们的疑问是有一定理由的。州政府公诉人尚未证实这一点。他们完全可以传唤某些证人以证实这一点……

他这里指的是黛比·布什内尔。

……但他们没有这样做。另外，他们指出，汽车旅馆丢失了一百二十五美元。他们还指出，被告当天夜里晚些时候，就因涉嫌此案而被逮捕，可他们并没有出示那笔钱中的哪怕一分钱作为证据。他们没有说明他们是否搜查了被告。被告被指控抢了钱。那么钱在哪儿？还有那支枪，无论是谁把枪塞进灌木丛的，枪塞进去时走火了，子弹射了出来。这难道没有在你们心里构成一种可能的推论，即枪会走火吗？他们必须证实这是蓄谋杀人。上述这些问题他们并没有回答。事实上，没有一个人目睹这一事件。阿罗尔先生所能证实的唯一事情是，他看到办公室里有一个人，他认出那人就是被告，他手里拿着一支与这支枪类似的枪。他说他不能作证说，那支枪就是这支枪……他能说的只是他记得他的脸，记得看见他手中有支枪。

马丁·昂蒂维若斯的证词没有多大意义。他说加里·吉尔摩到加油站去是为了修自己的卡车，这一点听起来有点滑稽可笑。我认为，如果吉尔摩打算去抢劫市中心汽车旅馆的话，他是绝不会把自己的卡车留在加油站的。因为那样一来，人们很容易证实他在犯罪现场或者在现场附近。

埃斯普林感到自己有些动情了。使他惊奇的是，这段结案陈词竟是他所作过的最富感情色彩的一次。他的嗓子有好几次变得嘶哑了。事后有人问他："你怎么会表演得那么出色？""这可不是装出来的。"埃斯普林回答道。他注意到有几位陪审员流泪了，他觉得有些希望。

当你们去陪审团议事室时，请带着这些问题，仔细地考虑它们。如果你们确实对此案有疑问，有任何合乎情理的疑问的话，我以为你们的职责应该或者是判定被告犯有稍轻一些的二级杀人罪，即二级谋杀罪，或者是宣布被告无罪。谢谢各位。

伍　　顿：我们不予反驳。

（随后，一九七六年十月七日上午十时十三分，陪审团退席商讨此案。）

陪审团离席后，埃斯普林又一次站起来。

埃斯普林：阁下，还有一点，我们抗议公诉人在他的结案陈词中所作的下面这个评论。他提到必须为本尼·布什内尔和他的遗孀等伸张正义，这将会使陪审团产生偏见，因而在这一点上我们提出，以此为依据的审判是无效审判。

法　　庭：驳回无效审判的提议。还有什么要说的吗？好，现在休庭，直到法警通知我们陪审团的裁决。

陪审团退庭是在上午十点十三分，一小时二十分钟之后，他们带回一级谋杀罪的裁决。由于已近午饭时间，布洛克法官决定休庭，下午一点三十分举行调查听证会，以决定判处加里无期徒刑还是死刑。

第二十九章　死刑

一

到目前为止，审判室里有一半坐位是空着的。但午饭时陪审团的裁决肯定通过咖啡馆传了出去，因为下午调查听证会开始时，审判室里坐得满满的。这道法律程序将决定一个人的生死——这将是个令人提心吊胆的下午。

正如布洛克法官解释的那样，调查听证会的目的是要决定：已被判定犯有一级谋杀罪的被告应当被判处死刑呢，还是无期徒刑。因此，在法庭的允许下，一些道听途说的证据也可以拿到会上来。

因为传闻将对加里非常不利，所以克雷格·斯奈德（他在调查听证会上和迈克·埃斯普林在审判时所做的一样）尽一切努力为上诉铺平道路。斯奈德经常提出抗议，布洛克法官则几乎每次都要驳回他的抗议。只要法官的某一次裁决被更高一级法院宣布是错误的，加里就不会被处死。所以，克雷格·斯奈德既寄希望于将来的上诉，又寄希望于现在避免被判死刑的可能性。

因此，他一而再、再而三地对杜安·弗雷泽的证词提出抗议。弗雷泽午间休庭时刚刚给俄勒冈州州立监狱副狱长打了个长途电话。他作证说，在这次通话中，他被告知吉尔摩是怎样"用一把锤子殴打他人"和"在另一场合殴打一位牙科医生"的，因为这两件事，吉尔摩被从俄勒冈州州立监狱转到位于伊利诺斯州的马里恩监狱。斯奈德一再抗议说，这一切都是非专业性的，不确切的。

布里格姆·扬大学的化学教授艾尔伯特·史文森作证说，加里·吉尔摩被捕后，从他身上抽取的血样表明，每百克血液中的酒精含量不足零点零七克。这个含量并不高，他肯定完全清楚自己的所作所为。然而，史文森教授告诉伍顿，由于血样是在作案五小时后才抽取的，他开枪时血液中的酒精含量也许会是零点一三克。他证实,即使在那个含量上,被告对自己所做的事情也还是清楚的,不过也许会变得不那么在乎了。

斯奈德通过盘问成功地使史文森教授承认,酒精含量很可能会高达百分之十七,这比州政府规定的判一个人犯有酒后驾车罪的酒精含量高出两倍多。加上他服用了菲奥瑞纳,被告神志不清的程度也许还要高。

总的说来,史文森的证词也许对加里有利。

下一个证人是迪安·布兰查特,他是成人缓刑假释局的地区代理人。他是代替外出度假的蒙特·考特出庭的。布兰查特先生说:"我不知道蒙特先生在什么地方。"然后布兰查特又说,他"和吉尔摩先生几乎一直没有什么直接的接触"。这时,斯奈德说,他抗议此人的全部证词。

刑警雷克斯·斯金纳走上证人席。斯奈德和法官争论了很长时间。斯奈德说,斯金纳的证词将"会导致对被告的整体偏见"。

伍　　顿:斯金纳先生……你是否协助调查了一位马克斯·詹森先生的被枪杀事件?
斯 金 纳:是的,先生。我参加了……
伍　　顿:调查是在什么地方进行的?
斯 金 纳:是在位于厄伦姆北街800号的辛克莱加油站。
伍　　顿:你赶到那儿时看到了马克斯·詹森的尸体了吗?
斯 金 纳:是的,先生,我看到了。
伍　　顿:先生,你能否描述一下你看到尸体时尸体的位置和姿势?
斯 奈 德:阁下,我抗议。

法　　官：准许抗议。

伍　　顿：你注意到尸体上的伤口了吗？

斯 奈 德：抗议，阁下。

法　　官：准许抗议。

伍　　顿：你知道这是杀人案吗？

埃斯普林：再次抗议，阁下。

法　　官：他可以回答。

斯 金 纳：知道，先生。

伍　　顿：你是怎么知道的？

斯 奈 德：阁下，我抗议就这一点所作的任何进一步的证词。

法　　官：我认为如果证人知道那是杀人案——他说他知道——这一程序是可以的。继续作证。

伍　　顿：斯金纳先生，你是否逮捕了与此案有关联的什么人？

斯 金 纳：是的，先生。

斯 奈 德：阁下，我对此表示抗议。

法　　官：他可以回答。

伍　　顿：你逮捕了谁？

斯 金 纳：加里·吉尔摩。

斯 奈 德：没有问题了。

法　　官：没有问题了？很好，你可以离席。

伍　　顿：传布伦达·尼科。

　　布伦达处在痛苦之中。她曾经请求诺亚尔·伍顿不要传她作证，他却说他有她的传票，她最好放聪明点，到法庭上去。于是她只好去。她作证时，加里自始至终瞪着她。他的这种眼光是他们克比家①特有的，能叫你的血立刻凝固。如果一个人的目光能杀

---

① 参见本书第358页。

499

死人的话，那么现在你刚刚被杀死，就像遭到电击一样，你一下子就完了。

"唉，加里，"布伦达在心里说，"别跟我生那么大的气，我的证词没有任何意义。"她又一次讲了加里叫她给他母亲打电话的事。"加里，她会感到不安的，"她承认她这样说过，"你母亲会问我，这些指控是不是真的？"然后她讲了加里是如何回答的，"告诉她这是真的。"和预审时一样，埃斯普林又一次设法使她同意，她无法确定加里的意思是说他杀人是真的呢，还是他被指控杀人这件事是真的。她始终感觉到加里在盯着自己，好像在他看来，这个不起任何作用的温和证词是她犯下的最可恶的滔天大罪。

使她担心的还有一件事，如果加里气极了要对她报复的话，尼科尔会不会对她下毒手。为了取悦加里，尼科尔什么事都干得出来。布伦达对此已经深信不疑。

二

伍顿宣布州政府一方停止举证。现在约翰·伍兹开始为加里作证。

斯 奈 德：如果你手里有一个精神变态型的病人，此人是否具备……所谓"正常人"具有的辨别行为是非的能力？
伍　　兹：他应该具备这种能力，但他很可能不愿意运用这种能力。
斯 奈 德：如果此时再加上酒精和菲奥瑞纳之类的药物，这个人辨别和理解自己行为是非的能力是增加了呢还是降低了？

伍　　　兹：这种假设的情况将会削弱一个自控能力本来很差的人的判断力和自控能力……

斯奈德：伍兹医生,被告是否向你讲述过他儿时的某些经历,这些经历在你作鉴定时曾引起你的特别关注?

伍　　　兹：讲过。他讲过一些儿时的经历。我要说的是,我认为某些人会觉得这些经历是奇特的。

斯奈德：你能否给我举个例子?

伍　　　兹：此刻我想起来的是这样一件事。有一次,他走到铁路桥上等火车开过来,然后他朝桥头跑去,想看看火车会不会追上他,把他撞下桥去。

随后伍顿开始盘问。

伍　　　顿：先生,是你写的报告概要并于一九七六年九月二日将它提供给法庭的?

伍　　　兹：是的,先生。

伍　　　顿：这是不是你对这个人所作的分析的准确概要?

伍　　　兹：是的,先生。

伍　　　顿：报告中的一部分是这样说的,请听我读一下:"我们发现他不是精神病或者'精神失常'。我们没有发现任何的器官神经疾病、思维混乱、现实感知变形、不恰当的自觉感情或情绪或者缺乏洞察力等症状……我们不认为他犯下被指控的罪行时精神不正常。我们发现他犯下被指控的罪行时具有辨别行为是非的能力,也有依照法律调整自己行为的能力。我们仔细考虑了他犯罪时自愿喝的酒和服用的药物(菲奥瑞纳)的作用,我们并不认为这些能够改变他的责任能力。"你仍旧持有这种观点吗?

伍　　兹：是的，先生。
伍　　顿：你接着写道："同样，我们考虑了他自称在一九七六年七月二十日事件发生时正患部分记忆缺损症一事，我们认为这一说法太牵强附会，因而不能成立。"你仍旧持有这种观点吗？
伍　　兹：是的，先生。
伍　　顿：谢谢，没有问题了。

被告辩护律师还有一个特别的机会，那就是传杰拉尔德·尼尔森出庭作证。预审时尼尔森宣读过一张纸条，证实加里说过"我真的感到难过"，而且当时他眼里噙着泪水。"我希望他们为此处死我"，他曾对尼尔森说过，"我应当去死"。这种悔悟的表现也许会感动陪审团。

尽管如此，传尼尔森作证的想法只是在他们的脑子里转了一转。他知道得太多了。他作证时可能会描述加里是如何滥用警官、假释官和法官对他的宽容的。随后伍顿就会指出，吉尔摩是在被捕之后才流露出悔悟之心的。总的说来，这样做太冒险。所以，辩护律师传唤的下一个证人是加里。自己为自己作证，这将是他今天最后的机会了。

三

斯奈德：吉尔摩先生，是你杀死本尼·布什内尔的吗？
吉尔摩：是的，我想是我杀的。
斯奈德：你到市中心汽车旅馆去的时候是不是打算杀他呢？
吉尔摩：不是。
斯奈德：那么你为什么杀本尼·布什内尔呢？

吉 尔 摩：我不知道。

斯 奈 德：你能否告诉陪审团事件发生时你的感觉?

吉 尔 摩：我不知道,我就是那么感觉的,我说不准。

斯 奈 德：请说下去。

吉 尔 摩：这个嘛,我觉得所发生的事情是无法避免的。布什内尔先生没有其他选择或者机会。要知道,这似乎是件无法阻止的事情。

斯 奈 德：你觉得你能够控制住你自己或者你的行为吗?

吉 尔 摩：不,我控制不住。

斯 奈 德：你是否觉得——嗯,我这样问你吧,你知道你为什么要杀死本尼·布什内尔吗?

吉 尔 摩：不知道。

斯 奈 德：你需要那笔钱吗?

吉 尔 摩：不需要。

斯 奈 德：你当时的感觉如何?

吉 尔 摩：我觉得我正在看电影,或者,你知道吗,其他什么人也许正在干这件事,而我正在看着他们干……

斯 奈 德：你觉得你好像在看别人干这件事?

吉 尔 摩：不错,我想是这样。我真的不知道,我记不清楚了。那天夜里的有些事情我根本记不起来了。有些非常清晰,有些则是一片空白。

斯 奈 德：吉尔摩先生,你能否回忆起类似伍兹医生刚才描述的那种儿时经历,你站在铁轨中间,火车朝你开来,然后你朝桥头跑去,跟火车赛跑?

吉 尔 摩：能。我没有告诉他那是心灵创伤或者别的什么。我只想叫他拿这件事和七月二十日夜晚我感到的欲望和冲动作比较。有时我感到有些事情我非干不可,似乎没有别的选择或者机会。

斯奈德：明白了。那是否与你在一九七六年七月二十日夜里的感觉相似？

吉尔摩：是的，非常相似。对，就是这样。有时，我感到某种欲望催促着我干某种事情，我试图摆脱这种欲望，可它却变得越来越强烈，直到无法抗拒。七月二十日夜里我的感觉就是这样的。

斯奈德：你觉得你无法控制自己的行为？

吉尔摩：是的。

他的证词本来可能会起到帮助作用。他们让他站到证人席上，是希望他会表示他很难过，并且流露出悔恨的神情，或者至少使陪审团不再认为他是只凶残狠毒的野兽。很难说他做到了这一点，不过他也许帮了自己一点忙。也许吧。在证人席上他非常冷静，可能太冷静、太严肃了，甚至显得有点冷漠。当然，他也太谨慎了，他本来可以作为众多专家中的一位参加这次审判的。斯奈德把他交给伍顿去对付。

形势急转直下。吉尔摩似乎永远不能原谅伍顿，因为后者试图把尼科尔挡在审判室的门外。他的每句话都充满了敌意。

"你怎么杀死他的？"伍顿开口便问。

"用枪打死的。"吉尔摩说。

"告诉我事情的经过，"伍顿说，"讲讲你干了些什么。"

"我开枪打死了他。"吉尔摩说，他满脸蔑视，既是对这个问题，也是对提出这么个问题的人。

伍　顿：是你逼他躺到地上的吗？

吉尔摩：我没有用手按倒他，没有。

伍　顿：是你叫他躺到地上的吗？

吉尔摩：是的，我想是的。
伍　　顿：脸朝下？
吉尔摩：不，我不知道我是不是对他讲得那么详细，伍顿。
伍　　顿：他是脸朝下躺着的吗？
吉尔摩：他躺在地上。
伍　　顿：你把枪口抵在他的脑袋上了吗？
吉尔摩：我想是的。
伍　　顿：你扣动扳机了吗？
吉尔摩：是的。
伍　　顿：然后你又干了什么？
吉尔摩：我走了。
伍　　顿：你是否随身带走了现金盒？
吉尔摩：我记不清是否带走了现金盒。
伍　　顿：但你在法庭里看到了这只现金盒，是不是？
吉尔摩：是的。我看到了你说的那个现金盒放在那边。
伍　　顿：你难道记不起来曾经见过它？
吉尔摩：记不起来了。
伍　　顿：你拿他的钱了吗？
吉尔摩：我也记不清了。
伍　　顿：你记得自己拿钱了吗？
吉尔摩：我说过，我也记不清了。
伍　　顿：你是否记得那天深夜你被捕时身上带着钱？
吉尔摩：我总是随身带着钱的。
伍　　顿：当时你身上有多少钱？
吉尔摩：不知道。
伍　　顿：一点也不知道？
吉尔摩：我没在银行开户头，我一直把钱装在衣袋里。
伍　　顿：你不知道钱是从哪儿来的吗？

505

吉尔摩：知道，我星期五领的工资，离出事没多久。

伍　　顿：你说过那天夜里由于一件私事而情绪不佳，你为什么不把这件事告诉我们呢？

吉尔摩：我宁可不讲。

伍　　顿：你拒绝吗？

吉尔摩：是的。

伍　　顿：即使法庭命令你讲，你也不讲？

吉尔摩：对。

伍顿走开时心里想，吉尔摩纯粹是在自己找死。他给人的印象非常冷酷。伍顿希望自己不露声色，可他心里感到十分高兴。他认为自己的盘问非常有效，特别是第一个问题，"你怎么杀死他的？"他的回答居然是"用枪打死的"。声音中毫无悔恨之意。这可不是保住你脑袋的最佳办法。

现在伍顿又看了看陪审团，心想吉尔摩要是不被判处死刑那才怪呢。伍顿一直留心观察陪审团。吉尔摩作证前，陪审团里没有一个人朝他那个方向看。在伍顿看来，这意味着参与审判这个人使他们感到不安。可现在他们一个个目瞪口呆地死死盯着他，特别是两位女士中的一位。她们是伍顿特意挑选来参加全部审理工作的。

伍顿对陪审团讲话的策略是专门冲着一位身体强壮、头脑聪明的陪审员和另一位据他看既不强壮又不聪明的陪审员说。对那位不聪明的陪审员讲话时你要试着像讲故事那样介绍案情，而对那位聪明的陪审员讲话时就应该抓住案情的矛盾之处发议论。这后一位女士目不转睛地盯着吉尔摩，她脸上的表情正是伍顿所期望的。她好像在说："你正像公诉人说的那么坏。"

四

盘问之后，伍顿非常谨慎，他没有把自己的总结拖得过长。

"本尼·布什内尔死得冤枉，"伍顿对陪审团说，"我感到很难向你们表达清楚加里·吉尔摩的这一行为给本尼的妻子儿女带来的巨大悲痛。"

埃斯普林：阁下，我抗议公诉人在辩论中使用那种会造成偏见的言辞……

法　　官：好吧，我保留对你的提议的裁决权。我将要求伍顿先生不再提及这类事情。

伍　　顿：让我们看一看被告是个什么样的人。过去的十二年中他一直在坐牢。显然，所有那些试图改造他的努力都已经以彻底失败而告终了。请注意，如果你花了十二年都没有能使一个人改邪归正的话，你以为你还能把他改造好吗？他告诉了你们是他杀死了本尼。他告诉了你们他不知道是为什么。他告诉你们他是怎样杀人的。他叫那个人躺到地上，把枪口抵在他的头上，然后扣动了扳机。这完全是冷血动物的行为。在此之前，他曾经两次被判犯有抢劫罪，并且为此服过刑。而服刑教会了他某种事情。你们知道是什么吗？他得杀死他的抢劫对象。这可真聪明。如果你想以抢劫为生，你就得那样干，因为受害者死了就不会指认你了。他本来极有可能逍遥法外的，可惜他的运气糟透了。他无意之中打伤了自己。我认为，这类事情常常发生在你喝了一点酒，带着枪四处游荡的时候。请注意，他还有越狱逃跑的历史，他曾经三次从管教学校、一次从俄勒冈州州立监狱逃出来。这告诉了你们什么？如果你们叫我们把加里·吉尔摩关一辈子，不管那意味着什么，我们都无法保证做到这一点。我们不能保证他不会再次越狱。他有越狱的历史。显然，他擅长越狱。如果他再次逃脱，那么任何一个和他接触的人都不会安全，只要他们碰巧有一件他碰巧想要的东西。请注意，他有在狱中使用暴力的历史。如果你们叫我们把他关进监狱，我们不能保证他的行为不会危及其他人，甚至包括其他囚犯的生命安全。那么，现在究竟还有什么理由允许他继续活在世上呢？改造他是根本不可能的。他逃出来会危害他人，不逃出来也会危害他人。显然，这个人现在已经不可救药了。他极有可能越狱，也极有可能对任何人造成威胁。然而，即使不考虑上述因素，我提请你们注意下面这一点：他对本尼·布什内尔的所作所为以及他使布什内尔夫人陷入的不幸，已经使他丧失了生存下去的权利。他应当被处死，这就是我向你们提出的建议。

伍顿坐了下来。斯奈德走到陪审团面前作最后发言。他的声音充满了感情。

斯奈德：我想，对于本尼·布什内尔和他家人所遭遇的不幸，我比任何人都更感到悲伤。就我个人来说，试一试这个案子都很困难。我觉得这个案子把陪审团置于一种连我也不愿意处在的位置。因为，尽管事实是在这个特定的案子里发生了这种罪行，我们在这里讨论的却是人命关天的大事。吉尔摩先生也是一个人。但愿我们大家都能从他过去的行为中学到点什么，但愿我们中没有人会再次碰到这种事情——他毕竟是个人，而且，在我看来，他同样有生存的权利。我认为，对任何人来说，生存权利都是最重要的。你们现在所处的位置要求由你们来决定是结束加里·吉尔摩的生命，还是允许他活下去。我不想为吉尔摩先生的所作所为辩解，我甚至不想去试着解释他的行为以便装装样子。然而我认为，他有生存的权利，我请求你们给他这个机会。伍顿先生发言的重点我想诸位已经听明白了。我认为，吉尔摩先生的历史确实没有什么值得骄傲之处，我觉得我们大家都不……吉尔摩先生确实做了一些他自己也许无法妥善处理的事情，但我们并不应该为此而结束他的生命……吉尔摩先生这种人需要的是治疗而不是死刑。我知道，他做了那种事应该受到惩罚，并且法律明文规定这种罪行应该判无期徒刑。伍顿先生担心他不可救药，担心他会再次越狱。我认为这类担忧是没有根据的。吉尔摩先生现年三十六岁……

吉尔摩：三十五岁。

斯奈德：三十五岁。如果你们同意的话，他将被终身监禁。那将是很长很长的时间。我想，许多年后的某一天他也许会获得假释，不过那将是很久很久以后的事了。我认为本尼·布什内尔本应该有的机会，吉尔摩也应该有。我是这样认为的，我呼吁陪审团判给他生存的权利。我还想提请你们注意，正如陪审团手册所规定的，死刑判决须经你们十二位陪审员一致通过。如果你们中间有一位没有投票赞成死刑，那么对此案的判决将是无期徒刑，法庭也将会照此执行。我请求诸位扪心自问，凭良心判处他无期徒刑。

法　　官：埃斯普林先生，你还有什么要说的吗？
埃斯普林：我认为斯奈德先生已经准确地表达了我的感情。

现在，布洛克法官问被告还有什么话要对陪审团讲。如果他想表示悔悟的话，这是最后一个机会。

吉尔摩回答说："好吧，我终于高兴地看到陪审团注意到我了。"看到对这句话的反应只是一片沉默，他又补充道，"没有，我没有什么要说的了。"

"说完了吗？"法官问。

"说完了。"

五

调查听证会结束了，陪审团进到陪审团议事室里去了。弗恩和艾达来到外面，和其他人一块在法院附近溜达，等候陪审团的裁决。他们原来没打算到法庭旁听，但几天前加里打电话给艾达，请她到场，从那以后，无论什么事都没能使他们缺席。

审判室内，迈克·埃斯普林征得警卫的同意，让尼科尔坐在离加里很近的一个位子上，这样他可以隔着栏杆和她交谈。等候裁决的这段时间里，他们说说笑笑，甚至拉起手来。这一点打动了迈克·埃斯普林。这个家伙正在等候生死判决，可他的举止竟然像个骑士。

克雷格·斯奈德感到很好奇：加里和尼科尔可能会谈什么呢？他走近他们，听到尼科尔说："我母亲想请你给她画张像。""是吗，"加里说，"我认为你母亲不怎么喜欢我。""不错，"尼科尔回答道，"她是不喜欢你。她让你画这张像只是为了以后她可以说：

'那张像是加里·吉尔摩画的。'"加里哈哈大笑。克雷格简直无法理解。对加里来说,尼科尔能够坐在他身边好像比审判中的任何事情都重要,他看上去是那样高兴。

过了一会,他要去洗手间,两个警卫随着他一起站了起来,他们排成一行慢慢走出去。加里戴着脚镣,只能一步一步地往前挪。布伦达迎了上去。"加里,"她说,"你不要那样恼火。仅仅因为我背叛了你、作证时没有替你说话你就气得发疯,这没有道理,是吧?"他低下头来看着她。看到他戴着手铐脚镣真叫人难过。她伸出手轻轻摸了摸他的手铐,他却把手缩了回去,并且狠狠地瞪了她一眼,那一眼过后很久很久仍在啮咬着她的心,她这辈子都忘不掉了。

审判结束后的几个星期里,她站在洗涤池旁洗盘子时常常失声痛哭。每逢这个时候,约翰尼就会走过去搂住她的腰说,亲爱的,不要想得太多。她总是一次次看见加里站在栏杆的后面,他那副模样比以往任何时候都可怕。

六

听说陪审团已经作出裁决,他们全都回到审判室里。陪审团入席后,法警开始宣读裁决书。是死刑。十二位陪审员当众表态,他们一个接一个地说:赞成。加里朝弗恩和艾达这边看了看,耸耸肩。法官问他:"你想选择行刑方式吗?"加里回答说:"我愿意被枪打死。"

布洛克法官说:"很好,就这样执行。"执行枪决的时间定在当年十一月十五日,星期一,上午八时。将把罪犯加里·吉尔摩押送回犹他县监狱，再递解到犹他州监狱。

这个消息在审判室里引起了一阵骚动，似乎这里曾经有过一种生存形式，现在又是另一种了：一个人要被处死了。这个消息千真万确却又令人难以理解，那个人现在正站在那儿呢。

吉尔摩选择了这个时刻跟诺亚尔·伍顿讲话，这是几个星期以来他第一次对他讲话。加里冷静地四下里看看，说："伍顿，看起来这儿除了我，人人都发疯了。"伍顿回过头去看了看，心想："是的，在这种时刻，人人都会发疯的，只有加里除外。"

眼下，折磨着诺亚尔的正是这种不安的感觉。他一直觉得吉尔摩比自己聪明得多。伍顿知道得很清楚，吉尔摩受的教育更多。虽然是自我教育，但这种教育更好。"全能的耶稣啊，"伍顿对自己说，"我们的制度在这个人身上完全失败了，就这么悲惨地失败了。"

宣判后，人们陆续往外走去，尼科尔站在走廊里哭泣。艾达和她遇上了，她俩拥抱在一起，号啕大哭起来。尼科尔说："别担心，一切都会好的。"弗恩从她们的身旁绕过去，他仍处在震惊之中。他本来已经预料到这一切，但还是受到了很大的震动。

一位还是年轻姑娘的女记者走到加里面前，问："你有什么话要说吗？"他说："没有，没有什么特别的话要说。"她又问："你认为这一切都是公正的吗？你有什么事情想谈一谈吗？"加里说："好吧，我想问你一个问题。"她问："什么问题？"他说："究竟是哪个队赢了棒球联赛？"

七

负责押送加里回牢房然后再把他递解到州监狱去的州巡警名叫斯科特，他是个大块头，相貌英俊。从一开始，他和加里之间就发生了冲突。

他走进审判室去带吉尔摩出来时，吉尔摩既没上脚镣，也没戴手铐。斯科特只好跪下来给他上脚镣。他叫加里站起来，以便让他把松紧箍锁上。斯科特认为要犯人套上这条松紧箍再把手铐穿过箍上的孔眼吊在胸前，要比胳膊被铐在背后方便得多也舒服得多，可加里站起来后却说："你把脚镣上得太紧了，我一步也不能走。"

杰利·斯科特俯下身，用手把脚镣前后扯了两下，发现脚镣一点也不紧。"加里，"他说，"它们不紧。"听了这话，吉尔摩却说："你要么把脚镣卸掉，要么背着我走。"

斯科特说："我不会背你走的，我要把你拖出去。"斯科特心里有些不忿，吉尔摩周围的人都在对他说是的，先生，不，先生，好像杀人倒使他成了个了不起的人物。斯科特一直坚定不移地主张，对待犯人不能客气，可现在大家都对这个家伙点头哈腰、必恭必敬。这也许是因为他老是死死地盯着你的眼睛，就好像他是个无辜的人。

现在，就在审判室里，吉尔摩竟然胡搅蛮缠，脏话成串。斯科特不想在众目睽睽之下动手硬把他拖下楼梯并拖到电梯里，所以只好把手铐脚镣弄松一点。吉尔摩继续抱怨着。现在斯科特已经把手铐脚镣弄得非常松了,可吉尔摩仍没完没了地抱怨着。斯科特有点疑心了,特别是当吉尔摩一遍又一遍地说"你得把我从这里背出去"时,他的疑心更大了。

"我不能再松了,"斯科特说,"抬起你的屁股,给我走,不管你愿意不愿意,我们都得下楼。如果你不走,我就把你拖下去,可我不会背你的。"斯科特说,"你看着办吧。"

听到这话,吉尔摩起身跟着他往外走。他们走得慢极了,他戴着脚镣,每步只有十英寸左右。从楼梯到汽车里,以及后来穿过中心路回牢房的这一路上,吉尔摩一直怒气冲冲的。斯科特让加里坐在前排自己旁边的坐位上,让两位副警长坐在后排。到达监狱后,他们给他卸下镣铐,把他送回自己的牢房。他们听见他一边整理打算带到犹他州监狱去的个人物品,一边跟那个同牢犯讲着话。

"哼,他们判我死刑。"吉尔摩对那人说。他摇摇头,又说:"你知道吗,我得先吃饭。"那个同牢犯说,他有一张尚未兑换的汇票,他用这张汇票从一个警卫那儿换来了五块钱。他把钱交给加里,加里说:"你太好了,我真不知道该怎么报答你。""这有什么。"那个同牢犯说。"喂,帮我一个忙,"吉尔摩说,"把这些书还给普罗沃图书馆,要不然尼科尔会有麻烦的,因为这些书是以她的名义借出来的。""这还不好办吗。"那个同牢犯说。然后斯科特看到吉尔摩递给那人一件蓝色牛仔衬衫,说:"这是尼科尔为我做的。"接着他又递给他一把西克牌伸缩式剃须刀,说,"我要你拿着这个作纪念。"他们握了握手,互相祝福对方走运。看守打开门上的锁和铁链,加里走出来后又转过身去,大拇指冲着鼻子晃了晃,那个同牢犯也做个同样的手势。卡胡狱长走过来和加里握了握手。

斯科特带着他穿过走廊。他叫他脱下衣服，要对他进行贴身搜查。这使得吉尔摩又一次火冒三丈。他对自己的身体和私人财产表现出强烈的保护意识。他所谓的私人财产不过是一沓子信和几本书，可他说什么也不让斯科特把它们从他眼前拿开，而且他那副样子好像这次搜查是一次人身攻击似的。斯科特的想法和他截然相反。这个家伙刚刚被判处死刑，对他必须严加看管。

他脱光衣服后，他们用手指在他头发里梳了一遍，以防他在头发里藏着什么东西。他的头发非常长，完全可以藏得住一把指甲锉。他们摸了摸他耳垂后面的那块地方，又叫他把胳膊高高举起，检查了他的腋毛和肚脐。接着他们掀起他的睾丸，看看他是否在阴囊下面粘着什么东西，然后他们又叫他弯下腰，掰着他的屁股看看直肠里藏着什么东西没有。不过，警察现在已经不再伸进手指去检查那儿了。最后，他们检查了他的脚掌，以确定他没在脚趾之间夹着什么东西。整个检查过程中，吉尔摩把能想到的所有骂人话都用上了。

随后，他们给他戴上脚镣，斯科特仔细检查了一遍脚镣，的确很牢固。杰利·斯科特说："加里，我不喜欢你，你也不喜欢我，但让我们把这事忘了吧。我要把你送到州监狱去，我希望你不要企图逃跑。福克斯副警长就坐在你的身后，你要是捣蛋或者快速移动，或者做出什么寻衅性的动作，他会拧断你的脖子。拧断脖子。"即使是在贴身搜查之后，你也很难保证犯人身上没有藏着什么东西。他也许会把一支扁平的发夹从下面塞到手铐里，把它打开。如果是个内行，用根圆珠笔芯他就能把手铐打开。因此，押送犯人时，警察的心总是悬着的。斯科特叫他老老实实坐在汽车里，他们要直接开到州监狱去，这样大概会平安无事。

他拖着脚镣，慢慢挪出监狱，坐进汽车里。他们仍按刚才来时的位置坐好，之后便出发了。为安全起见，杰利·斯科特安排了两个刑警开着另一辆车跟在三百码之外。他们的任务是提防有人开车跟在前面那辆车的后面，伺机帮助吉尔摩逃跑。同时，他们还要防备那些开着车冲上来对吉尔摩行刺的疯狂之徒。

然而，一路上平安无事。吉尔摩说了一些窗外夜晚的空气多么清新、风景多么美好之类的话，斯科特回答说："是的，天气很好。"吉尔摩深深地吸了一口气，又说："我这扇窗子能再摇低点吗？"斯科特说："当然可以。"他回身对身后的警官说："喂，我要俯下身把他的窗子摇低点。"斯科特弯腰用一只手摇低窗子时，福克斯探身向前监视着吉尔摩。窗子摇低后，吉尔摩似乎冷静下来了。此后一路上，他没有再讲一句话……不过他好像也放松了一点。

他们到达州监狱后，一个当班的警官带他们穿过一道道门进入一级警戒牢房区。他们解下他的绑脚带和镣铐，重又对他进行了一次搜身，然后才把他带进牢房。他没有再讲一个字。斯科特没有对他说再见。他不想惹恼他，他也许会觉得说再见是故意跟他过不去。监狱外面，夜幕已经降临，州际公路的另一边，山脊逐渐下降，就像一只巨大的四肢摊开的黑糊糊的野兽。

那天夜里，加里的小弟弟麦克尔·吉尔摩接到贝西打来的电话。她告诉他，加里已经被判处死刑。"妈妈，"麦克尔说，"我们这个国家里已经有十年没处死人了，他们不会在加里头上重开杀戒的。"可是，他放下电话时却感到一阵恶心。那天夜里，他的眼前一直晃动着加里的那双眼睛。

第七部　死囚区

第三十章　钢门的回声

一

九月份中学开学后不久，另一位教师告诉格雷斯·麦金尼斯，他七月份时在报上读到一篇报道，在犹他州，一个来自波特兰的家伙因杀死两个人而被逮捕。他记得那人姓吉尔摩。她不是也有个姓吉尔摩的朋友吗？格雷斯实在听不下去了，有些坏消息就像那些神秘的圆鳍鱼一样，你一不小心它们就溜出来了。

现在，波特兰的报纸上也登载了这件事的始末。凶手真的是加里·吉尔摩。他已经在犹他州普罗沃市被判处死刑。格雷斯想给贝西打个电话，她们已经许多年没通电话了。可是电话还没打，她却好像已经听见她俩的谈话内容了。

"我不相信，"贝西会说，"我了解加里，他不会杀死那两个年轻人的。他不可能干这种事，他天生心地善良。"

"对，"格雷斯会说，"他的确是这样。"

"我从来没见过加里干那种残忍的事情。"贝西会说。格雷斯也会再次随声附和，不过她心里明白她是在说谎。加里当然没有对她干过什么残忍的事，但在氟奋乃静治疗之后他性格中出现的那种可怕的东西她是见过的。接受治疗后，他的个性整个地改变了。说句实话，格雷斯简直不认得那个加里·吉尔摩了；似乎有某种可恶的东西钻进了他的大脑。听说他杀了两个人，她并不感到十分吃惊。在氟奋乃静治疗之后，她一直有点怕他。

那天，格雷斯已经把手放到了电话机上，但她不能给贝西打电话，还没到时候。"我是个胆小鬼，"格雷斯心想，"我是个虔诚的胆小鬼。"她想起贝西的一家，想起住在活动房里的贝西，想起老弗兰克，他生前她从没见过他，但通过贝西讲给她听的那一个又一个故事，她对他非常熟悉。她想起贝西的几个儿子，从来不说一句话的小弗兰克、差一点死在格雷斯汽车里的盖伦、麦克尔和加里。爱、痛苦和苦如胆汁的愤怒连同埋藏在格雷斯那硕大身躯之内的全部悲哀一起涌上心头。她回忆起那些可悲而又可叹的往事，以及当初促使她从贝西的生活中退出来的那种恐惧，她想起住在活动房里的贝西。

二

麦克尔是格雷斯认识的第一个吉尔摩家的人。在一九六七——一九六八学年里，这个四年级中学生选修了她主讲的文学创作这门课程。他是她所教过的最好的学生之一。格雷斯的娘家姓吉尔摩，她的全名叫格雷斯·吉尔摩·麦金尼斯。后来她和贝西查了各自的家史，发现除了姓相同之外，两家没有任何关系。有一次，她和麦克尔就杜鲁门·卡波特[①]谈了很长时间，他的敏锐机智给她留下了深刻的印象。她曾经布置全班同学阅读《冷血》这本书，麦克尔谈论这本书时很有些真知灼见。

然而，她和麦克尔的关系真正密切起来是由另一件事引起的。地方电视台第八频道邀请她主持一个国际事务专题节目，并且要求她挑选四个她认为能够对中国"文化大革命"之类的话题发表自己见解的学生来参加，她第一个就选中了麦克尔。

当时，他的头发很长。学校的一部分教师来自波特兰郊区劳

[①] 杜鲁门·卡波特（1924—1984），美国当代作家，《冷血》是他的代表作。

动阶层居住的米尔沃基区，这些乡巴佬认为绝不能允许留长发的学生作为学校的代表在电视节目上露面。格雷斯找到校长，要求召开全体教师会议来决定这件事。她指责那些教师思想僵化。她知道，要在全城的中年妇女中比谁最苗条，她永远也拿不到第一；但她却可以凭着她的个头、她的身躯和她的嗓门——她的嗓门可不低——使大家接受一点自由思想。麦克尔参加了那个电视节目，他表现得非常出色。

格雷斯偶尔会遇到这样一种学生，他们根本用不着她教，只需要她点拨一下就行了。麦克尔就是一个这样的学生。格雷斯常常在课上讲一些她认为他会感兴趣的事情。她毫不掩饰地承认自己对他的偏爱。有一天他找到她，说因为拖欠税款，他母亲的房子很快要被没收，而他又不知道该找谁替他们出主意。她愿意去和他们谈谈吗？对他的这个要求，格雷斯一点没感到惊奇。在一个星期六，她来到橡树山路。当她看到那座有一条环形车道的房子时，她的第一个想法是："上帝啊，这地方闹鬼。"房后的灌木丛中似乎有什么东西在蠕动。

这不过是个第一印象。长期以来，她对心理现象一直很感兴趣，所以这个想法并没有使她感到惊恐不安。格雷斯走进一间又大又暗的起居室，里面的家具少得可怜，而且都是那种格雷斯称为波特兰哥特风格的。这几件家具全是战后用漂亮的菲律宾红木制作的。

三

贝西身材瘦小，深灰色的头发在脑后盘成一个圆髻，衬托着她那张最最吸引人的脸庞，那张脸你越看越想看。乍一看，她似乎像是女大学生联谊会里一个出色的女管家，但后来格雷斯认为，贝西的确应该是住在某个大公馆里的太太。比方说某家公用事业公司前总裁的遗孀什么的。她一身银装素裹,好像从不必考虑钱的问题。格雷斯一见面就喜欢上她了,她是那样的端庄高贵,又是那样的娴静谨慎。

谈了一会儿之后,她更喜欢她了。格雷斯提到她娘家的姓是吉尔摩,这下可打开了话匣子,她俩滔滔不绝海阔天空地谈了整整三个小时。

后来,贝西谈起了她的房子问题。弗兰克买这栋房子的钱是一次付清的,所以不存在抵押问题,但要保住这栋房子却很难。弗兰克身后没有留下什么保险金,她眼下在史必特餐馆打杂,每月的收入不到两百美元。看来要提升为餐厅女招待她是没有希望了,因为她的手脚越来越不灵活,而且还有关节炎。她已经连续六年没有交税,为此市政当局打算没收她的财产。她已经接到通知,他们要没收她的房子以抵偿税款。唉,她不想在麦克尔上学期间失去这座房子。真的,她想保住这座房子,这样她的儿子们可以回来住住。她想为他们保留着这个他们远走高飞之前非常熟悉的家。所以,她希望摩门教会能帮她缴税,而她则准备立一个死后将房子转让给教会的契约。她希望教会会认为这是一笔划得来的投资。

在这一点上,格雷斯帮不上她的忙。她对摩门教会知之甚少,而要解决眼下问题的关键在于本教区主教和他的态度。她们转而谈起别的事情。贝西是个说话很会讨人喜欢的女人。

她谈到她在餐馆里的工作情况,说他们只给她很短的吃饭时间。"在三十分钟里,我们得先到一个怪脾气的厨子那儿预订饭菜,再跑到后面拼命把饭吞下去。有时见我来不及吃完,那个厨子就说:'以后我少给你点。''可以,'我说,'除非你再给我三十分钟,我才能吃完这些饭。'再说,"她说,"我喜欢在盘子里剩点饭,我从来都不能把饭吃得一干二净,一辈子都没这样做过。要是哪一天我把盘子里的饭吃干净了,我就该到那边去了,该回家了——不管家在什么地方。"

昨天,贝西对公共汽车驾驶员说:"你知道我们家大门口外有一只死了的鼠吗?"那驾驶员问:"你干吗不把它捡起来炖炖吃呢?"她说:"你知道吗,格伦,我以后再也不理你了。"他说:"鼠要是死了,就不会伤着你了。"她说:"它能伤着我,它身上可能有跳蚤。"

格雷斯越来越喜欢她。她们俩都不喜欢合成纤维,可谁又能买得起羊毛、棉或者丝织品呢?"我年年没有衣服穿,"贝西说,"当然我也没光着身子——然而,不穿衣服对于治愈我们这个性欲泛滥的国家倒不失为好办法。"

她开始对格雷斯谈起加里。史必特餐馆里没人知道她有个关在监狱里的儿子。有一个女人甚至说:"你真是个幸运的人,活了这么大岁数,还没遇上一件伤心事。"

格雷斯觉得贝西的嗓音非常好听。准确地说,她的嗓音并不是那种有教养的或者高贵的声音,但它的确与众不同,很像扮演拓荒女性的蓓蒂·戴维斯[①]的声音。格雷斯请求贝西给自己看看她年轻时的照片。她想,贝西那时一定很美。格雷斯觉得,在漫长的岁月里,是禁欲主义抹去了贝西的丰采。

最后,只是因为贝西必须去上班,她们的谈话才结束。她离

---

① 美国电影女演员。

开家时穿着白衬衫、黑裙子和一件海军蓝的毛衣,胳膊上搭着一条围裙,脚上穿着一双平底鞋,走起路来一点也不像一个曾经被认为有希望成为一名优秀芭蕾舞演员的女人。她的双手、膝盖和脚踝现在都患有关节炎。

格雷斯开车送她去上班。在史必特餐馆里她要了杯咖啡,看着贝西来来回回收拾盘子。她感到震惊,贝西竟然不得不干这种活。

她心里一直惦记着这个女人,惦记着这个住在闹鬼的房子里却又一心想保住这座房子的贝西。格雷斯经常去看望她,和她谈谈税金啊教会啊等等事。后来这些方面的话题谈尽了,又出现了其他方面的话题。格雷斯感到迷惑不解,贝西为什么一定要保住这座房子呢。"这座房子闹鬼,格雷斯,"有一次贝西对她说,"除了我没有人愿意在这儿长住。如果你到楼上去,你就会感觉出来。我丈夫去世前几个月,有一天夜里他病得很厉害。他从床上起来沿着走廊朝浴室走去,突然他惨叫一声从楼梯上摔了下去。就好像有个什么东西一把抓住他,把他猛地推到了楼梯脚下。幸亏他受过多年的杂技训练,要不然他准没命了。我尖叫着跑过去使劲捶着孩子们的门。'快起来,你爸爸摔倒了。'他们全跑了出来,小弗兰克扶起他,把他背回房间。后来,老弗兰克去世后的一天夜里,我和麦克尔正准备去睡觉,突然听到楼下门厅里,在卧室和厨房之间传来一种怪声,我这辈子还是第一次听到这么可怕的声音。住在这个地方叫人心惊胆战,真的。"

当然,这些事情是麦克尔上大学之后格雷斯才听说的,那时贝西已经搬到那所活动房里了。那房子是用教会捐赠的一点钱以及变卖她那些菲律宾红木家具的钱买的。

四

贝西提到星期天是她唯一的休息日,可每逢星期天波特兰和萨莱姆之间的往返公共汽车偏偏停开。格雷斯说:"我可以开车送你去监狱。"监狱每月只允许探监两次,而格雷斯的孩子们也都已经结了婚,她没有多少家务事。再说,格雷斯喜欢读书,贝西进去探监时,她可以拿本书坐在汽车里消磨时间。开车来回的路上,她们相处得很愉快。她们谈起巫婆。贝西说她差一点跑到深山老林里去了,她崇拜巫婆,可是却不想受她们的控制。"你知道吗,"她说,"我每次和那些跟巫婆有关系的人一起坐在汽车里时,心里都十分害怕,因为我相信他们会使你的汽车出事的。你必须随时提高警惕,防备那些猛烈的邪恶气流的袭击。"

那天贝西进去探监时,格雷斯坐在汽车里看了两三个小时的书。贝西出来后对她说,加里已经把格雷斯的名字列入他的探视者名单了。格雷斯并不特别想认识他,可转念一想,好吧,如果贝西愿意,就这样吧。

这种探监持续了两年,她们几乎每隔一个星期都要去一次。有时她们赶到那儿,狱方却说,你们今天不能见他,他被关到隔离牢房去了。他们事先从不通知贝西。

格雷斯第一次走进监狱时,被里面的回声吓了一跳。除了这种噪音,这所监狱并不像她在电影里看到的监狱那么糟糕。监狱的四周是一道高高的灰石头墙,这使人感到非常压抑。不过,这所监狱偏偏建在萨莱姆城边一条交通繁忙的公路旁。它的办公楼只有两层,通过一个小门进出。接待室简直就像一家小工厂或者一间配件仓库简陋的门厅。室内摆着一张问讯用的大圆桌，四周的墙上挂着犯人们画的鹿和马。屋里还有个滑动铁栏门，它通向一间小屋，小屋那边还有一道门。按狱方的要求，探监的人全都挤到那个地方，随后他们身后的门砰的一声关上了。停一会儿，前面的门打开了。这些门一开一关总要引起回声，回声顺着长长的石头墙传出去，很像闷罐车厢相撞时发出的巨大声响。然后，大家一起拥到探监室里。

探监室看上去有点像中学里家长教师联谊会开会的地方。一张张粗糙的米色木桌，周围摆满了淡橙色、淡蓝色、淡黄色和淡绿色的塑料折叠椅，靠墙摆着香烟售货机、可口可乐售货机和糖果售货机。屋里只有一两个警卫，隔着桌子交谈的倒有三四十个人，通常是两三个探视者和一个犯人谈话。

格雷斯看到各种各样的探视者。来自劳工阶层的神色忧郁的父母；怀抱婴儿焦虑不安的妻子，婴儿们的嘴角上沾着凝结的奶汁；为数不少的胖女人摇摇晃晃走进门，她们往往正和一个干瘦干瘦的犯人处在热恋中；屋里还有几个年轻标致的姑娘，她们的神态格雷斯渐渐能辨认出来。她们抹着浓重的口红，具有属于某种特殊文化层的神态。显然，她们是到监狱里探望男朋友的。后来格雷斯从加里那儿得知，她们中很多人在外边也有男朋友，那些男朋友从前蹲过监狱，现在出去了，不过肯定很快又会被送回来的。在那些现在在外面与她们同居的家伙和这些她们到监狱里看望的家伙之间，这些姑娘很有可能更爱后者。

还有那些犯人。至少可以说，有些犯人一副受欺辱的寒酸相，他们头脑简单，不是身体畸形，就是心灵畸形；不是贼眉鼠眼，就是呆头呆脑；再不然就是懦夫和笨蛋。这些人看上去好像是在仓库的院子里长大的,他们自有他们自己的笨蛋逻辑。

还有一些犯人露出一副只有他们才是重要人物的神态。瞧他们那个样子,好像他们是属于什么特权阶层似的。他们的脸上微微含笑,似乎在说,他们比那些前来探监的人更懂得人生、生活和整个世界。他们看上去或者敏捷灵活或者膂力过人。他们走起路来活像走在钢丝上的杂技演员。他们高傲得不得了,以一种嘲弄的目光打量着探视者和旁观者,好像他们已经习惯于被人注视并且值得别人注视似的。直到和前来探望他们的亲友一起落座之后,他们脸上的这种表情才消失。其他各种表情会渐渐出现。半小时之后,你在他们脸上看到的是脆弱、柔情或者强烈的痛苦。

后来她和加里彼此比较熟悉了之后,他特意对她解释说,这儿关着两种犯人:收监犯[①]和囚犯。听他说话的口气,显然这后一种比前一种优越,而他正是属于后一种的。不用他说,格雷斯自己也会把他归到这后一种里。他的衣着完全能够表明这一点。他的浅蓝衬衫和湖蓝粗布囚服非常整洁。和收监犯的服装相比,囚犯的衬衫简直像是定做的。过了一段时间之后,这两种犯人之间的区别更加明显了。她觉得可以把监狱比作一所学校。在学校里所有班干部、运动员和引人注目的孩子们总是组成一个排外的小集团。在这个小圈子之外才是芸芸众生。

然而,加里从没当着他母亲的面趾高气扬过。他和母亲谈话时态度非常诚恳。他们专心致志地谈着,格雷斯则四下里打量着探监室,以免叫人觉得自己在偷听。贝西和加里常常谈一些有趣的事情,谈到开心之处两个人便一齐放声大笑,探监室里常常回

---

① 指那些只犯过一些轻罪的犯人。

荡着他们的笑声。

他每次都要抽出几分钟和格雷斯聊聊。他的语气非常温柔，不过稍带一点讽刺意味。他每次都问格雷斯，这个星期她在脑海里遇见了什么鬼怪，然后他们就谈起鬼怪来。他也常常询问格雷斯对他正在读的那些书的看法。他最喜欢的一本书是 J. P. 唐利维①的《姜饼人》。有一次她帮加里买了一份《今日艺术》的订单。她认为他画的儿童画算得上是上乘之作。

她只见他发过一次火。那天，当贝西告诉他她已经彻底失去了房子时，他勃然大怒，把摩门教会臭骂了一通。多年后，格雷斯回想起他当时那副怒气冲冲的样子，在心里说："我敢打赌，他杀死那两个小伙子之前一定知道他们是摩门教徒。"

他也常常询问麦克尔在大学里的情况。他把麦克尔叫做神秘的麦克尔，因为他从没到监狱看过加里。格雷斯能想像麦克尔说这话的样子："我根本不认识加里。"这话说得不假，麦克尔的这个哥哥进管教学校时他才四岁。格雷斯觉得麦克尔不去探监也许与他的长发有关。坐在探监室里，有那么多囚犯盯着他，他会感到很不自在的。

每逢这种时刻，为了转移加里的注意力，贝西总要讲几件他父亲的滑稽事。你一眼就能看出，他们父子俩的关系从来没有好过，可现在不知为什么，最容易使加里发笑的却是老弗兰克的那些滑稽事。

---

① 美国小说家、剧作家，《姜饼人》是其处女作。

五

弗兰克常常吹牛说，他从前能够一个筋斗从一摞椅子顶上翻到乐池里去。有一次在丹佛，他打算露一手给她看看。贝西告诉他别冒这个险，可他喝得太多了，根本听不劝。"我翻了一辈子筋斗，"他说，"我知道该怎样做。"他爬到一摞椅子上，椅子全倒了下来，把他摔得背过气了。她还以为他死了呢。"我一个劲地往他嘴里吹气，你们把这叫什么来着？"

还有羊的故事。盖伦有一只黑羊，麦克尔哭着说："我也要一只。"麦克尔要什么就能得到什么。"当然，当然，"她说，"羊啊、马啊，或者牛啊，不管什么，你给孩子弄一只来。"弗兰克到畜牧场弄回一只黑脸白身子的羊来。当他把羊从客货两用车的后车厢里拖出来时，贝西却不高兴了。她不喜欢动物，而且还得打扫后车厢。那只该死的羊。

隔壁的女人养着三只汪汪叫的狗。当弗兰克牵着羊绕过墙角时，它突然不听吆喝了。孩子们一起尖叫起来："快帮爸爸把羊赶到圈里去。"他们足足折腾了半个小时。贝西站在走廊上大声喊道："弗兰克，拧拧它的尾巴，它就朝前走了。"可弗兰克根本听不见她在说什么。他对盖伦说："朝这鬼东西的屁股踢一脚。"盖伦抬脚的时候，羊突然掉过脸来，他一脚踢在它的脸上。弗兰克骂道："你难道连他妈的脸和屁股都分不清吗？"

羊又突然转过身去，弗兰克的脚被缰绳缠住了，摔了个四脚朝天。羊撒腿就跑，它拖着弗兰克穿过草坪、人行道和碎石铺成的路肩，一边跑一边拉绿色的稀屎。等到他们把弗兰克扶起来时，他的屁股都快磨破了。"瞧瞧，"他一边拍打着身上一边说，"浑身上下都是草。"

"弗兰克，"贝西笑道，"那不是草。"

她笑得喘不过气来，断断续续地说："那是我见过的最滑稽的一件事。"

"还记得吗，"加里说，"爸爸是世界上最蹩脚的司机？"他把脸转向格雷斯说："我父亲的车老出事。每当人家朝他按喇叭时，他不是用大拇指指着自己的鼻子，就是松开方向盘，学着糜鹿布尔温克①的样子双手贴在耳朵上扇动着手指头。等他把手放回到方向盘上时，人家都快气疯了。我们这些孩子都认为他非常了不起，所以也常常冲着别人的汽车扇动手指头。"

笑声过后，这些往事会使加里陷入沉思。他说："我真希望爸爸还活着。要是那样，几年前他就把我从这儿弄出去了。"

"这我知道，加里，"贝西说，"但我没办法把你弄出来。我一没钱，二没本事，更没有你父亲那么多门路。"

"唉，"加里说，"好多个夜晚，我睁大眼睛躺着，心想要是爸爸还活着该多好。"

"他们是两头斗得难解难分的牛，"回家的路上贝西对格雷斯说，"但加里说得对，他父亲决不会让他待在监狱里的。弗兰克知道该去找谁，也知道该说些什么。而我是在偏僻的犹他州的一个偏僻的农场里长大的。我只知道牛呀、猪呀、鸡呀、山羊呀、马呀和绵羊什么的。我对加里一点用处都没有。"她叹了口气，"要是弗兰克活着的时候跟这孩子的关系亲密点该多好。"

---

① 一卡通形象。

她们隔一个星期天就要开车往返八十英里去探监。每逢这时，往事就像砰的一声关上的钢门那样在她们的心中震荡回响。贝西有一肚子的故事，她像往外倒糖果似的把它们一个个讲出来。看来，她天生喜欢那些妙趣横生的小故事，而不愿意听见往事那深沉的回声。

六

她告诉格雷斯，在她跟弗兰克乘公共汽车横穿得克萨斯的旅途中，一天夜间停车时加里出生在麦卡米的伯尔森饭店。六个星期后，他们才又上路继续旅行。所以，加里总认为自己是得克萨斯人。

"你喜欢带着两个婴儿旅行吗？"格雷斯问。

不，她不喜欢。不过她的态度一直是：她爱的是弗兰克这个人；她从没试图改变他。她随着他四处漂泊，成天担心他出事。

在科罗拉多州，弗兰克因开空头支票被逮捕并判了三年刑。贝西回到普罗沃等他出狱，她没有钱到别处去。

她以为一切都完了。她的娘家不怎么欢迎她，她离家好几年才回来，带着两个孩子，丈夫关在监狱里。不过她一直等着他，从未想过第二个男人。她等了很长时间，总算熬出了头。十八个月后弗兰克出狱了，带着她去了加利福尼亚。他在一家国防工厂里干了一阵，随后他们又开始旅行了。盖伦出生那年，两个大孩子一个六岁，一个七岁，她设法说服弗兰克在波特兰市郊买下一座房子。这比让孩子们白天大吃大嚼热狗、晚上在公共汽车站里睡觉强多了。

弗兰克开始重新编写波特兰、西雅图和塔科马等城市的建筑法规汇编。他准备用简明易懂的语言改写这些法规,这样人们买了他的这本手册之后就能够知道应该怎样依照城市法规建房或者翻修旧房。他四处兜售手册中的广告版面。那几年,他实实在在地赚了一大笔钱。有一段时间弗兰克天天收到支票。

孩子们在教区开办的"我们的悲伤女士"学校上学,加里打算将来做个牧师。贝西非常喜欢他们在水晶喷泉大街的那座房子。房子虽小,不过总算有地方施展自己的烹饪和缝纫才干了。后来,弗兰克不得不到盐湖城去住了一年。她告诉格雷斯,就是在那个时候,加里开始梦见鬼怪。

她觉得这个全怪他们住的那座房子,连弗兰克也认为那座房子闹鬼。他这个人原来不太相信这类事,可有一次,他俩在卧室里给刚出生的麦克尔喂奶时,听到有人在厨房里说笑。等他们冲下楼去时,那儿却连个人影也没有。

后来地下室进了水,加热器的火熄灭了,可安全阀却关不上,煤气开始顺着墙噗噗往上冒。弗兰克说:"这下完了,我们都要给熏死了。"他们仿佛看见了自己的遗像登在报纸上,父亲、母亲和四个孩子全死了。

和那座房子告别她感到很高兴,可她却舍不得离开她的邻居科恩太太。那是位和蔼可亲的老妇人,贝西认识她是因为这么一件事:科恩太太卧室的窗户正好和孩子们的窗户相对,加里常常用他的水枪朝对面的窗户里喷水——噗哧!科恩太太对他说,不要这样,我是上了年纪的人,你不应该对我做这种事。最后,她对她的弟弟说,嗯,我得去找找他的家里人。她弟弟说:"他们不是犹太人,还是离他们远点好。"她说:"我一定得去。"听完她的抱怨,弗兰克说:"我向你保证,他们再也不会干那种事了。"听到这话,科恩太太要求他答应一定不打孩子。这下孩子们喜欢上她了。科恩太太在他们家玩了好长时间,以至于她的弟弟跑来找她。贝西说:"他还以为我们把她杀了,把尸体藏到地下室去了呢。我说:'不会的,我们太忙了,哪儿有空杀人呢。'唉,我真喜欢那位老太太,她曾经说过:'我永远忘不了你们,你们是我唯一的基督教朋友。'"

他们搬走的那天,科恩太太和她互相道别时哭了起来。科恩太太说:"你们很幸运,总算不住在那座房子里了。那房子充满了邪恶。"

七

从那以后,弗兰克和孩子们的关系一直不好。加里整个地改变了,他们父子俩一天到晚吵架。

回到波特兰后,加里满嘴脏话,骂起人来一串一串的。在贝西听来,好像有个臭气熏天、面目狰狞的恶魔正从他嘴里走出来似的。于是,她带着孩子们做一种家庭游戏。"如果你掌握了很多词汇,"她对孩子们说,"你们就不会使用那样的语言了。"

一个孩子打开一本词典,挑出一个词来,另一个孩子把这个词拼出来并且说出它的意思。经过多年的练习,他们掌握的词汇知识竟然能把他们的老师难住。

她是个宽宏大量的母亲。如果她答应星期六让他们去看演出,即使那天他们在家里闹了个天翻地覆她也会让他们去的。他们的父亲却正相反,打翻一杯牛奶都能把他惹火。所以,孩子们生活在两种制度之下。

当然,弗兰克的一大半生意在西雅图。他每隔一个星期回来度一次周末,和加里干一架。

为一点点小事他们就会打起来。把你身后的门关上,弗兰克说。你自己关吧,加里回答道。接着两个人便跳起来大喊大叫。人们常说空气紧张得一点就着,贝西知道这话是什么意思。

然而,加里第一次出事时,却是弗兰克把他保出来的。有好几次他雇私人侦探去证实加里没干那种事,可贝西清楚地知道他的确干了。她宠着他好的一面。弗兰克却宠着他坏的一面。

加里因偷汽车被抓后,他们把他关进了管教学校。贝西和弗兰克每月去看他一次,他们一起在草地上野餐。从外表上看,麦克拉伦的那所管教学校并不比她在旅行时看到的几所私立学校差,两层楼房,漂亮的红瓦房顶,黄色拉毛水泥墙,宽阔的绿色校园。

他进去时只是个坏孩子,出来时却变成一个冷酷的年轻人。房子里好像出现了一片真空。他的老师告诉贝西,他对学习一点不感兴趣,成天呼呼大睡。

有时夜里贝西问他:"你上哪儿去?""出去找麻烦,"加里回答说,"找点麻烦。"

有那么一两次,他回到家时被人打得鼻青脸肿。他的脾气很坏,动不动就冲着你发一通火。她一再恳求他学着克制自己。看到他被人打得遍体鳞伤,她实在受不了。有一天夜里,天快亮他才回到家,一屁股瘫倒在门前的台阶上。他的一只眼睛差点让人给打出来,他们不得不把他送医院。

他还不到二十岁,就差点要动手打他父亲。那时,弗兰克病得很重,哪能对付得了他。贝西只得央求加里到外面去过夜。

八

有一年,在俄勒冈州州立监狱发生了几起暴乱,加里参加了这些暴乱并在电视上接受了采访。有一个姑娘看了那个节目后便开始和他通信。她很喜欢他,常常到监狱去看他。据加里说,她二十六岁,名叫贝基,长得胖乎乎的,不过她的信写得非常优美。他对贝西说,他要和她结婚,收养她的小儿子。

可是,贝基得了溃疡,不得不动手术。手术后一回到家里她就死了。

狱方不准加里参加葬礼,因为他不是死者的亲属。贝西以他的名义送去了鲜花。

此后不久,在隔离牢房里,加里和另外四名犯人一起切开了手腕上的血管。格雷斯再次见到他时,他正在接受氟奋乃静的治疗。他看上去好像已经脱离了自己的躯壳,钻到一个陌生人的身体里去了。他的下巴耷拉着,大张着嘴,两只眼睛黯淡无神。他一步一步慢慢往前挪,就好像脚上戴着镣铐。

贝西一看到他立刻放声大哭起来。探监室里的人们全都愣住了,一时间鸦雀无声。犯人们一遍遍喊着:"伙计,稳住!"

在整个探视过程中,犯人们一个劲地嚷嚷着:"稳住劲,老弟。"加里想对贝西和格雷斯说点什么,可他的嘴唇一张一合的,就好像含着一嘴小石子。格雷斯只想赶快带贝西离开那儿,可贝西说什么也不愿意走,直到后来她们见到了副狱长。

535

"你们怎么能这样对待我的儿子?"贝西问。

他满脸不高兴,说他们发现氟奋乃静是治疗狂暴型精神病患者的最好药物。

格雷斯差点脱口说出:"胡说八道。"

狱方停用氟奋乃静后,那些症状渐渐消失了。但在格雷斯看来,加里已经变成了另外一个人。现在他身上存在着某种东西使得她不敢信任他。他言谈粗俗,见解下流不堪,就好像他们各自生活在不同的岛屿上。

九

盖伦·吉尔摩进入了格雷斯的生活。两年来,贝西一直跟她讲盖伦的事。所有的孩子里数他最想当作家。贝西说,他的诗写得美极了,他还会开支票。十六岁时他开始喝酒,喝醉后就到银行去,用她的名字开支票。贝西说,他堕落的原因是他长得漂亮。贝西认为,她从来没见过一个比他更漂亮的小伙子。她和盖伦在一起时比和加里在一起时笑得更开心。

盖伦干的最糟糕的一件事是在史必特餐馆兑换了一张一百美元的支票。银行拒付这张支票后,她对史必特说:"我不要我下个月的工资支票了。"他说:"不必这样,这又不是你的错。"贝西说:"我一定要这样做。"她把这次谈话的内容告诉了盖伦,他二话没说跳上自己的车就开走了。一走就是五年。

他从芝加哥打来电话说:"妈妈,这是我第一次在感恩节时离开你,我多么希望和你在一起啊。"贝西说:"如果我寄钱去,你愿意回来吗?"他说他愿意,但他并没有回来。

几年之后,他带着他的妻子珍妮特和一个总是出血的胃回来了。贝西不知道那是不是胃溃疡。他曾经被冰锥刺伤过。贝西要带他去看看加里-——他好多年没见加里了——可盖伦说:"我喝酒喝得头痛。"贝西问:"你昨晚干吗喝那么多酒呢?"他说昨晚是哈里·胡迪尼的忌日,他每年都要纪念这个日子。

后来,一天半夜时分,珍妮特打电话给格雷斯,说盖伦病得很厉害,他们没钱叫出租车。她能不能开车送他们去米尔沃基医院呢?格雷斯把他们送去了,可院方拒绝接收盖伦入院,他没有医疗福利卡,再说也没有医生。

米尔沃基医院建议他们到俄勒冈市立医院去。可到了那儿,盖伦得到了同样的回答。这时已经是凌晨两点,下一家医院还是拒绝接收。格雷斯说,不管治疗费用是多少,她都愿意签字作保。但他们说他需要找一个愿意接收他的医生。格雷斯心想,这个小伙子要死在我的汽车后座上了。

在医学院,人家叫他们等一会儿。上帝啊,他们坐在那里一直等到五点一刻。最后盖伦忍着剧痛站起来,对女人们说,他不愿意再等了。格雷斯在汽车旅馆和他们分手时说,如果我能帮得上忙,只管打电话来。在回家的路上她想,她马上也要变成个疯子了,真没办法。

过了一天,格雷斯收到加里的一封信。他随信寄来了五十美元。她曾经借给他一百美元定做一副新牙,现在他先还给她五十块。但是,信的另一部分内容叫她心惊胆战。他对监狱的憎恨好像已经到了无法控制的地步。他津津乐道地谈论着那些她无法理解的暴力行为,这和以前他们之间的谈话或者默契完全不同。

537

看到这里,格雷斯对自己说:"我只有这么多精力,我有儿孙,我实在受不了了,我是个虔诚的胆小鬼。"

她给贝西打了个电话。她说,我对你充满了爱,我对你的感情永远不会改变,可我得退出来了。

贝西完全理解,她一句责怪的话都没说。格雷斯就这样礼貌地退了出来,就是这样。打那以后,她再也没有见过他们家任何一个人。

后来她听说,盖伦死了,贝西付钱请两个警察带加里来参加葬礼。那两个警察身着制服,举止文雅,远远地站在一边。谁也不知道加里正在监禁中。后来,贝西亲自登门酬谢了那两位警察。

第三十一章 狂风呼啸

一

天使尼科尔:

我现在在狱里,我刚刚到这儿。我觉得自己好像是在隔离牢房里。这是个单人牢房,里面只有一张皱巴巴的床垫,没有枕头,地上净是别人扔的脏纸片……他们给了我一件白色的工作服叫我穿上,我讨厌穿工作服,大腿根勒得难受。

十月七日

今天早上,他们给我送来一个枕头。嗨!我现在枕在厚厚的棉花上了。

一个中尉和一个调查员给我简要地介绍了一下这儿的情况。我向他们问起探监的事,他们说你可以来看我。虽然我们不是合法夫妻,你还是可以来探望我的。每星期五上午九点到十一点之间可以来探望一个小时。在探监登记表上，我把你的名字填写成尼科尔·吉尔摩（巴雷特），在"关系"一栏里我填的是同居配偶——未婚妻。我希望你用我的姓，可你身份证上的姓当然是巴雷特——他们很有可能要你出示身份证。

十月八日

我记不清以前我是否告诉过你我对南北战争的看法——也许告诉过。如果你听说我完全同情南方，你不会感到惊讶吧？南方对我的吸引力和绿宝石岛对我的吸引力一样大。

无论他们对还是不对，他们怀着信念——鼓舞他们战斗到底的是信念和勇气。他们的给养用完了——弹尽粮绝，所有的军需品都用完了。但是他们几乎打赢了。在那场最血腥的战争中他们差一点就赢了。

> 当诚实的艾贝听到你们失败的消息时，
> 人们以为他会举办一个胜利舞会，
> 但他却请乐队为你们演奏迪克西①，
> 为南军士兵——为你们的全部信念——
> 南军士兵你们战斗到底，南军士兵，
> 你们战斗到底。

啊，这是对我最有吸引力的一段历史，最吸引我的还有阿拉莫教堂。②

尼科尔，我们的归宿将会是什么呢？我知道你很想知道。答

---

① 一首美国歌曲，在美国南北战争时期在南部各州流行的战歌。
② 位于得克萨斯州。

案很简单:怀着爱情……我们能够超脱。

尼科尔,我打算让他们处死我。如果我放弃上诉,他们的面前就只有两条路,或者减刑,或者执行判决。我想他们不会给我减刑的。

最后的决定不应由我一个人作出。我不能要求你自杀。我曾经认为我能够,但现在我不能。不过,说心里话,我所希望的是我被处死,而你自杀。

但我不会要求你,我不强迫你这样做。

十月九日

我母亲给我打来电话后,我星期五给她写了一封信。我从来没有用两天之前的那种口气跟母亲讲过话。尽管我和妈妈之间感情非常深,但我们彼此表达感情的语气却非常平淡。不管怎样,我告诉了妈妈你我之间的爱情。我对她说,我不能也不想解释是什么事造成了这种结果。不过我告诉她,在我孤独、屡遭挫折的一生中,由于我放纵自己那些脆弱的坏习惯,我已经多少变成了一个邪恶的人。我并不想做个邪恶的人,我希望自己不再是个邪恶的人。

啊,尼科尔,有时候一个人必须有勇气面对自己的罪行。你知道,在我三十五年的生命中,我有十八年是关在监狱里的。我恨透了那十八年中的每分每秒,可我从未哭过,我永远不会哭。但我坐牢已经坐够了,尼科尔。我恨那些狱规,我恨那些噪音,我恨那些警卫,我恨我感受到的那种绝望,我所做的一切都不过是为了消磨时间。监狱对我的影响也许比它对大多数人的影响都要大,它吸干了我的精力。每次被关起来时,我都感到那样的绝望,于是便任凭自己越来越深地陷下去。唉,因为这个我才在监狱里越待时间越长，我本来大概不会被关这么长时间的。希望这话你能读得懂。

你是个非常坚强的姑娘，你具有坚强的灵魂。你知道这一点，而且你也知道我明白这一点。你的力量肯定是从什么地方得到的，你不会生来就具有这种力量。我的意思是说，你可能是从前世生活中得到这种力量的，但你当初肯定是在克服了某种艰难困苦之后才获得了它。我们不过是比被我们所克服的事情强大些罢了。

十月十一日

> 我的账单全到期了，孩子们也要鞋穿
> 　　而我破产了。
> 棉花跌到四分之一镑，
> 　　我破产了。
> 得到一头奶牛却不产奶
> 　　得到一只母鸡却不下蛋。
> 一大沓账单一天天越积越厚
> 县里就要把我的东西拉走了
> 　　我破产了。
> 我去找我哥哥借一点钱
> 　　我破产了。
> 我真不愿去乞讨，像一条狗乞求一根骨头
> 　　但我破产了。
> 我哥哥说"我一点忙也帮不上
> 我妻子和十九个孩子得了流感全都病倒了
> 我正想去求你呢——
> 　　我破产了"。

最勇敢的人们是那些克服恐惧最多的人们。

我就是讨厌恐惧，我认为恐惧在某种意义上是一种罪孽……

也许不久，下个月吧，我将面临更大的恐惧，那将是我从未体验过的……我不知道到那时我会有什么样的感觉。如果那一天到来的话……我似乎觉得我的生活一直在向这个时刻发展。

十月十二日

如果你来见我，他们不让你进的话，你就去找狱长。他的名字叫萨姆·史密斯。不要跟他吵，也不要跟他生气——处在他那种地位的人根本不理会你的吵闹，他们的手中握有大权。就这么向他解释，说我们已经订婚了，很快就要结婚，探监和通信对我们俩来说至关重要。

在这个地方真他妈的无聊透了。没人陪我说话；那两个墨西哥人老是在议论那些不值一提的婊子，夸她们多么漂亮。这些表面光的小驴屎蛋。这种话我听了多少年了——从一所监狱到另一所监狱，全都是这一套。纯粹是胡说八道——臭狗屎。

我当然不是说犯法是对的。我不是在说那件事——但现在的这些监狱本身就是个错误。

十月十五日

来到这里后我没睡过一夜好觉，铁栏外面的电灯一天二十四小时亮着。夜里我把毛巾挂起来，它多少能挡点亮。可他们巡查时把我叫醒，威胁说，如果我不把毛巾拿下来，他们就要把我的那张破床垫拿走。真他妈的疯了。

十月十七日

二

凯思琳真替尼科尔担心。加里在县监狱时情况就够糟的了,但那时尼科尔只需从斯普林维尔到普罗沃去就行了。现在可不同了,尼科尔得搭车穿过快活林镇到州监狱去。她经常把孩子托付给凯思琳,回来的路上再到她那儿去接孩子。

凯思琳试探着和她谈谈加里的事,可没打听出多少东西来。"他看上去怎么样?"她问。尼科尔反问道:"怎么样?他还能怎么样?"后来,凯思琳从凯西那儿得知,加里成天说他想死。尼科尔从没提过这件事。后来当尼科尔说孩子们没有她会过得更好时,凯思琳简直吓坏了。

因为这个,她们大吵了一场。凯思琳说了一大堆刻薄话,当时她自己都没觉察到。一开始,她说搭便车叫人不放心,把尼科尔教训了一通。接着她谈起加里。"他根本不是好人,"凯思琳说,"他不过是个该死的杀人犯,他应该被判死刑。不,"她改口说,"判死刑都便宜了他。"

"你不理解他。"尼科尔说。"不错,"凯思琳说,"我是不理解他,但你为什么不试着理解理解那两位可怜的寡妇?她们不得不独自抚养那些失去了父亲的孩子,而你却每天疯疯癫癫地跑去看那个该死的杀人犯。"

其实,凯思琳并不像她装的那样痛恨加里。暗地里,她甚至有点为他感到难过。但她不得不设法阻止尼科尔搭车去监狱。凯思琳预感到,加里一旦被处死,尼科尔会精神崩溃的。

这一架吵得相当激烈。最后,尼科尔大叫起来,不过这至少比沉默好些。"好,不是吗,"凯思琳说,"去把谁的脑袋拧下来吧。""我才不在乎呢,"尼科尔说,"我根本不要听你说那些混账话。"

"唉,尼科尔,为什么,为什么?"凯思琳问,"你到那儿去究竟是为了什么?"

"因为他再没有其他人了。我天天都要去,直到他被处死为止。事实上,"尼科尔说,"我要去看着他死。"

"你怎么能这样呢?"凯思琳尖叫起来。

吵来吵去,吵到一些小事上了。"如果你想坐车去,"凯思琳说,"看在基督的分上,如果你一定要去那儿,叫我们当中的谁一声。""这个嘛,你得工作,"尼科尔说,"而且我不想麻烦你。""去它的吧,"凯思琳说,"我工作不工作有什么关系。我不许你搭便车去那儿。""是这样,"尼科尔说,"我不能浪费时间往你这儿跑。"

凯思琳的老板奥弗曼先生也对尼科尔说:"听着,姑娘,如果你要坐车的话,可以在上班时间给我们打个电话。你要早上八点钟去也没关系,你母亲可以不干活陪你去。我不喜欢你搭便车。"尼科尔只是笑了笑,说:"嗨,你们都太过虑了。"

三

有一段时间我一连三个星期几乎一次梦也没做。那是当我接受氟奋乃静治疗时,我根本无法入睡。幸运的是,我懂得梦的重要性。

所以,我尽量弥补损失。我听任我的心灵在幻觉世界里游荡。这些幻觉一直纠缠着我,但是它从来没有强大到令我无法摆脱的地步。我相信,我学到了一些几乎没有人能真正领会的东西,即精神失常是件多么可怕的事情。

事实是，我接受的是对我生命的审判，而我的律师却根本不为我辩护。当然，他们没有多少用来进行辩护的材料，可他们也从来没想过要了解这些。他们从未试着去调查调查表层之下的东西。他们认为，我和其他被判死刑的人一样，会同意他们通过上诉来保住我的性命。

我的意思是说，有许多事情他们根本就不知道——斯奈德和埃斯普林这两个傀儡，滚他们的蛋。

我猜想他们的报酬一定不低。这是他们挣来的。犹他州付给他们钱，他们做了他们该为犹他州做的事。

十月十七日

中尉……他说我们在探监室里的"做爱"行为最好收敛一点。我对他说，我们不过是见面后很高兴而已（含蓄的说法）。他说对此他能理解——他也是个人；我不知道，但规定就是规定，他不想一天到晚提醒我们。

下面的几行诗抄自《含羞草》，作者是珀西·比希·雪莱。

而那些叶子，褐色、黄色、灰色和红色
还有那带着死之色的惨白，
像成群结队的幽灵挟着冷风卷过；
声声呼啸吓得鸟儿心惊胆战。

我不敢猜测；但在这充满
错误、愚昧和争斗的人世上，
一切全不是，可一切又都好像是
而我们，是梦的阴影。

十月十八日

我对苏没有什么意见，但是你在一封信中说她老是想让你和她的男朋友的男朋友一块出去，那个该死的夏威夷人或许就是为了苏才到你那儿去的。我无法理解你为什么竟让那个夏威夷人在你的房里待那么长时间——耶稣啊，宝贝，去他妈的！跟那个色鬼直截了当说清楚，说他非走不可。我还希望，你对苏讲明白，你不需要男朋友。

不要让那个王八蛋坐在你的客厅里等他的朋友来接他——让他到阴沟里去坐吧。

你之所以在词典里找不到那个词是因为你看错了——要不就是我写错了——那个词的拼法是TAUTOLOGIC①而不是TANTOLOGIC，请再看一遍。

我曾经考虑过要求你马上自杀，我还考虑到应该告诉你，如果你真的自杀了，如果你欠下什么债没有还，我来替你还清全部债务好了。如果我有能力，我一定会这样做的。但是，当我不知道你的死会造成什么样的后果时，我怎么能作这种许诺呢？天使，我们现在是不是得到了一个天赐良机，可以重新体验被我们糟蹋了的前世生活呢？？？

这很可能就是眼下到处都在发生的事情。

瞧，我已经告诉过你，我对这类事情并不太害怕——不过，我担心我会作出错误的选择。我担心我会伤害我们两个人。我不愿伤害我们两个人。

十月十九日

四

苏一直关注着尼科尔的所有变化。一开始，加里刚进县监狱

---

① 意为"同义反复"。

时，尼科尔非常想外出散心。也许她仍然像她自己表白的那样爱着加里，但她不喜欢让任何人时时刻刻黏在她的身上，无论谁也不行。她常常和苏一块出去散心。苏生孩子之后，她们有时在尼科尔的家里聚会。

后来这事开始了。尼科尔不想再见任何男人。审判结束后，尼科尔整夜整夜地看信，要不就是不停地写信，这使苏·贝克深受感动。有一次凌晨四点钟苏发现她还在写信。她无法搁笔，这就和她吸烟一样。

有时候，读到他在信中写的那些滑稽事时，尼科尔会忍不住笑起来，而有些事情却会使她落泪。她千方百计不让苏发现她在哭泣，但你可以看见她看信时眼圈红红的，眼泪顺着双颊往下流。过了一会，她不再哭泣，坐直身体继续读那些信。

审判结束一两个星期后，尼科尔变得异常兴奋。"是的，"她对苏说，"他不再争取了，他想死。"苏问她，她对此是怎么想的，尼科尔回答说："如果他想死，他有这个权利。"你还能对尼科尔说什么呢？

一天，尼科尔听苏谈到她有一百粒瓦利厄姆，每粒十毫克，她便问："如果你想自杀得吃多少粒？"她是在一天夜里平静地提出这个问题的。苏从来没有想过这种事。她说："这个嘛，我不知道，我又不想试，我不知道。"说完她就把这件事给忘了。但随着日子一天天过去，尼科尔变得越来越忧郁，苏开始时不时地感到担心。

我经常想到我们现在所处的这种近乎令人畏惧的不真实境地。我只得接受它——我别无选择——你却心甘情愿地接受它。你表现出的巨大力量和美令我惊叹不已。就我而言,死真是太容易了,只需辞退那两名白痴律师、放弃上诉就行了。等到十一月十五日(星期一)上午八时从这儿走出去,让他们干脆利索地一枪把我打死。如果你打算和我一块死,那可难多了,因为你得用你自己选中的方式自己杀死自己:安眠药、枪、刀片什么的——你得亲自动手——难就难在这里,这我是知道的。我也不是不清楚,你相信自杀者会在自己身后留下一笔沉重的债务。我也没有忘记森妮和皮博迪。啊,耶稣!你为什么应该负债,而如果我被一枪打死之后很可能不负什么债呢?这没有任何道理。宝贝,我并不是在要求你或者告诉你与我同行,我就是不能这么做。但我告诉过你,那正是我希望的——如果这是自相矛盾的话,那我也没有什么办法。我只是想对你说实话。

十月二十日

我今天一天难受得要死,浑身不得劲。忧郁。消沉。这间该死的牢房太小了。

当我是个小孩子时,常常一天到晚唱歌。我跑到约翰逊小溪旁,这条小溪在波特兰——这是条清澈见底的小溪。一片片树林,一处处游泳水塘,我常常光着屁股在那儿游泳。每当只有我一个人时,我就会尽情地歌唱!

十月二十一日

啊,宝贝,你信中说有时你<u>感觉</u>不到我的爱。宝贝,它在这里!它每秒、每分、每时、每天都在这里,我把它全部奉献给你——

我要把我的一切全都交给你,我要让你知道我的一切。有些事情我自己并不特别喜欢,我总是把它们掩藏起来或者使它们改头换面。它们改变了一点之后,在我的心目中就不显得那么糟糕了,甚至连这些事情——我也都愿意袒露给你。

他妈的,这个地方吵死了。有个傻乎乎的蠢驴在后院拼命地叫唤,没有什么原因,他就是想叫唤。我真想穿上我那双十一号的鞋朝他的屁股狠狠踹一脚。现在正是橄榄球赛季,好像每天晚上都有比赛。我恨橄榄球。那些疯子每次看到哪个狗娘养的领先了都要尖叫一通,我讨厌听他们狂呼乱叫。

呸,去它的吧!我这人从来不闹腾,我无法理解那些家伙为什么没日没夜地大叫大嚷。我也不喜欢和别的牢房里的人隔墙讲话——和一个你看不见的人谈话简直不可思议——设想一下吧,一大群王八蛋被日日夜夜关在牢房里,大约十场各不相同的谈话在同时进行——有些谈话能够清清楚楚地从楼的这一头传到那一头。

我一直希望这里能够安静一会,可这里从来没有安静过。耶稣啊,那些门乒乒乓乓响个不停,那些该死的电视机一天到晚嗷嗷直叫。我听到那帮家伙一天到晚投票表决看什么节目——表决一次要花五到十分钟——每隔一个小时就有个傻瓜叫着嗓子读一遍电视节目预告,然后他们就对这些愚蠢的节目逐个表决。纯粹是神经病,那些可恶的电视机。

我坐过很长时间的牢——过去和现在没有什么两样。

十月二十二日

尼科尔写信告诉加里,有一个搭便车的姑娘在一辆白色面包车里被一个家伙强奸后捅了二三十刀。她写道,她才不怕这个或那个恶棍呢。如果她遇到这种情况,谁也别想碰一下她的身体,除非她的灵魂不在身体里。

加里回信时对此没表态,尼科尔很高兴。她心里明白,自己这样做是为流浪汉之家前任主席那件事表示歉意。

有时在搭车时，她会突然闪过死的念头。她在心里仿佛看见自己坐的这辆车翻了好几个个儿摔下高速公路。每次出现这个念头时她都要在心里问，自己死后紧接着会发生什么事情呢？这个想法像回声一样反复出现。她的眼前不断晃动着汽车从高速公路上翻下去的情景。她渐渐地有点担心了。要是死错了怎么办？如果就在死亡到来的前一刻，自己意识到这一步走错了，那该怎么办？她唯一的担忧就是这一点。也许她没有死的权利。

她去探监时，加里谈起安眠药。在药片的作用下，你渐渐失去知觉。他说，死得非常平静，绝不会像她在涵洞里那样感到恶心、冰冷。安眠药药效徐缓。

她仍然拿不准是不是应该去死。整整一个月过去了，她还是下不了决心。她反反复复地考虑着孩子的事，最后终于决定她宁愿死也不愿意没有他一个人活着。或迟或早，她都要走这一步，妙极了。

当然，加里每次写信都要对她提这件事。有几次她火了，告诉他他在这件事上逼人太甚了。他表示歉意说，他只不过是在描述自己心里的想法而已。但他不断谈及此事却使她开始怀疑自己究竟愿不愿意走这一步。

五

加里醒来时惊恐万状，托人捎话给监狱的摩门教牧师克莱因·坎贝尔，说自己要见他。不一会儿，坎贝尔赶来了。加里把自己刚才做的一个梦讲给他听。他说，这纯属猜疑，他梦见尼科尔搭上车后司机开始调戏她。今天他非见她不可，这至关重要。坎贝尔你可以把她带来吗？坎贝尔说可以。

第一次探访加里时，克莱因·坎贝尔提到，几年前尼科尔是他那个神学班上的学生，他曾经花了不少时间劝戒她。加里听说这件事后挺高兴的。从那以后，他俩的关系一直不错，他们一起聊过几次。

坎贝尔认为，监狱制度是彻底的社会主义生活方式，怪不得吉尔摩要遇到麻烦。十二年[①]来，监狱告诉他什么时候睡觉、什么时候吃饭、穿什么衣服、什么时候起床，这和资本主义环境中的生活截然不同。如果有一天他们把一个犯人推出前门，对他说，今天是个神奇的日子，从两点钟起你就是个资本主义者了，现在你想干什么就干什么吧。出去找个工作，自己叫自己起床，按时上班，自己掌管自己的钱，做那些监狱里不许你做的事情吧。肯定会失败。百分之八十的人还得回到监狱来。

因此，他对吉尔摩很感兴趣，盼望着能对他劝戒一番。事实上，吉尔摩入狱没几天他就抓住了第一个机会。一天晚上，坎贝尔径直走进他的牢房，说："我是牧师，我的名字叫克莱因·坎贝尔。"

吉尔摩身穿一级警戒牢房的白色囚服，正坐在铺上埋头作画呢。他手里拿着一支铅笔，面前摆着一幅画了一半的铅笔画。他站起身，和他握握手，说自己很高兴认识坎贝尔。他们很合得来，牧师常常来看他。

到目前为止，克莱因·坎贝尔从来没有全心全意地去劝戒一个即将被处死的犯人。死囚室里经常关着犯人，坎贝尔和他们聊

---

① 此处原文为"十二年"，与前文吉尔摩提到的"十八年"牢狱生活有出入。可能为作者笔误，暂且保留。

过天，开过玩笑，但他从没认真地对他们做过劝戒工作。那些人其实不会被处死——他们的上诉已经递上去好几年了——他们的生活条件很差。当然，整个一级警戒牢房区就像个动物园，像一所里面摆着许许多多笼子的平顶平房的动物园。

和正厅成直角相对的是正式牢房，大门后面两边各有五间囚室，每个犯人都可以清清楚楚地看到自己正对面那间牢房里的犯人，也可以部分地看到对面其他几间牢房里的犯人。有时所有十个犯人会同时开口讲话，于是这儿一片嘈杂，声音从钢门和石墙上反弹回来，各种回声混杂在一起，听起来好像有许多辆汽车相撞似的。住在这里和住在一根铁管里差不多。

大多数犯人只在一级警戒牢房关三个月，可死囚区里的犯人却得永远待在里面。开饭时，其他犯人可以离开他那排牢房的走廊到食堂去，或者到院子里去，而死囚只能在自己的牢房里吃饭，你永远不能到院子里去。每个犯人每天可以出来放风半小时，可以在自己那排牢房的走廊上来回走动，不过每次只允许一个人出来。你可以和其他人讲话，掏出你那——用坎贝尔的话说——上帝恩赐的阴茎，或者邀请其他人把他们的阴茎从铁栏里伸出来。有人可能会威胁你——吉尔摩就是这样的人——离铁栏远点，否则就朝你脸上泼一杯小便。这是死囚室里锻炼身体的方法。

和那里的其他犯人相比，吉尔摩很放松。事实上，坎贝尔对他的这种能力赞叹不已。坎贝尔每次都想着先去厨房给他弄一杯清咖啡来，吉尔摩会咧嘴笑笑，声音平静地问："怎么样，又要布道了吗？"

有时他们在吉尔摩的牢房里谈话，但大多数时候，坎贝尔把他叫出来，带他到一级警戒牢房区的劝戒室去，这样不会有人听到他们的谈话。吉尔摩说过好几次："我确实很乐意和你交谈，我和这儿其他任何人都谈不来。"

偶尔，他们会作较深入的交谈。吉尔摩会说："这件事我连精神病医生都没告诉。"他提到他第一次进麦克拉伦的管教学校时，几个小伙子按住他，把他鸡奸了。他憎恨这件事，但他承认自己长大一点后也对别人干过同样的事。他俩点点头。监狱里面有句老话："每只狼都会报复的"。

有一次吉尔摩讲了一句话，这句话坎贝尔怎么也忘不了。"我杀死了两个人，"他说，"我希望按时处死我。"

接着他又补充道："我才不想臭名远扬呢。"他的语气坚定有力。他告诉坎贝尔，他不想上新闻报道，也不愿接受电视、电台采访，什么也不要。"我只是相信我应该被处死，我觉得我应该承担责任。"

坎贝尔说："噢，加里，承担责任不是你要求死的全部动机吧？"加里回答说："不是，我跟你说实话，我已经坐了十八年牢，我不想再坐二十年牢。我宁愿选择死也不愿意生活在这个鬼地方。"

坎贝尔能够理解这一点。总体来讲，后期圣徒教会信奉死刑，坎贝尔当然也是如此。他认为，眼看着一个人在死囚室里变得越来越下贱、越来越可憎、越来越丑恶卑鄙，这对死囚自己和死囚区里的其他人来说都太残忍了。一个人被处死之后，他的处境要比在这儿好得多，他不会有多大的变化，因为他更像他本人了。进入灵魂世界是更为明智的——等候转世再生。在那里，人们将会有更好的机会为自己的事业而奋斗。在灵魂世界里，人们更容易得到的是援助而不是鄙视。

六

坎贝尔曾经以后期圣徒教会传教士的身份在韩国传过教,后来又在空降部队里当过随军牧师。退伍后,他教了六年的神学课,同时当周末兼职警察。每个星期五的晚上六点钟他开出一辆巡逻车,星期一早上八点钟再开回去。他是在犹他牧场的荒野上长大的,所以不需要接受任何武器训练。他还是个小男孩时身上就带着枪,而且他使起枪来手疾眼快。他能够在四分之一秒内从屁股上拔出枪击中五十英尺外的一只一加仑装罐头盒。长大后,他曾一度认为自己是布奇·卡西地第二[①]。

他认为精神不振衣冠不整是亵渎神灵的表现。他的个子不算太高,不过他站立时腰杆笔直、胸脯高挺,看上去像个射手。他的神志活像一块精制的金属。在当兼职警察的那些周末,他一天二十四小时值勤,有呼必应。当然,那是个小镇,他值勤时可以抽出时间去教堂,不过他总是随身携带一只呼机,这样就可以随时保持联系,而且实际上,他在林登逮捕的人比其他两个警察逮捕的加起来还要多,因为在周末,你不得不对付所有的醉汉和滋事者。

他最后一次见到尼科尔就是在这样一个周末,当时已经凌晨两点了。他在林登的一条街上开车巡逻,碰到她站在路边等候搭车。他说,上车吧,你在外边干什么?很危险哪。

他已经听说她有个孩子。眼下,她显然刚刚吸过毒,他完全有理由送她去监狱,不过她很听他的话,所以他把她一直送到家。

[①] 美国西部传说中的不法之徒。

一路上他回想起以前自己每星期都要对她进行一次五到三十分钟的劝戒谈话，那时他就知道她在家里的处境很不好。她告诉过他李叔叔的事，不过她对那件事非常敏感。他根本不可能让尼科尔讲出那件事的详情细节。有时在他的神学课上，她神情恍惚，就好像不知道自己在哪儿。

现在为了加里，坎贝尔这天一大早去找尼科尔了。她正在长沙发上睡觉，两个孩子睡在地板上，身上盖着一条毯子。她拢了拢头发，把坎贝尔让进屋，她甚至不知道他是谁。

拉开窗帘后，她仍没认出他来。他说："你好啊，尼科尔，不记得我了？"她盯着他看了好一会才说："记得，请坐吧。"他说："我是坎贝尔教友。"她说："不错，当然是你，请坐吧。"他们互相问候了几句，他说他来是因为加里要见她。

她把孩子送到她以前的婆婆巴雷特太太那儿。去监狱的路上，坎贝尔谈起了她的处境。她直截了当地告诉他，如果加里死了，她也会死的。

这种话坎贝尔只能记在自己的心里，他不大会向上报告的。他生活在监狱里就得保守秘密。

有时，一个犯人会找到他，说某个人找他的麻烦。坎贝尔不会去找狱长讨论这件事，因为要是这样做了，其他同牢犯就会发现那家伙打小报告，他们会变本加厉整他的。

所以，除非事关生死，坎贝尔从不泄露任何事情。而且即使是那种情况，他也得先得到那人的允许。

现在，虽然他知道加里和尼科尔正在考虑自杀的事，可他不能报告，那样做只会增加压力。要是他说出去，吉尔摩的牢房里便会时时刻刻坐着个警卫。然而，他却没法装出一副轻松自在的样子。最使他担忧的是尼科尔谈论这件事情时那种冷静的神态。除了生气动怒时，加里的眼神是坎贝尔所见过的最安详的——他不管看什么从不睁大眼睛，就像一个优秀的棒球外场手，镇定自若地等着飞过来的球，从来不会失手。尼科尔的嗓音具有同样的特点，她讲真话时嗓音从来不发颤。

七

还记得我们相识的那个夜晚吗？我一定要拥有你，不仅仅是在肉体上，而是在各个方面，永远——那个夜里似乎有一股狂风在我的胸中呼啸。

那将永远是我一生最美好的夜晚。我爱你胜过爱上帝。我很高兴，你理解我说这话的意思，我的天使。说这句话总觉得有点不好意思，但我这句话绝无恶意。我爱你胜过其他一切——我想上帝会对我微笑的。早些时候，你在一封信中谈到，你要钻进我的嘴里，用一缕头发悬着滑入我的胃，去修补那儿的穿孔，写得太好了。

上星期五你告诉我，你希望我们两个人在每天的某一时刻同时想到对方，这样我们也许会更加亲密。但在这儿我无法掌握时间，我看不见钟，只能估计出大概的时间。我知道他们早上六点钟或七点钟开饭，大约十一点钟或十二点钟开中饭，四点钟左右开晚饭，可我不知道是不是总在这同一时间里——他们或许轮流送饭，今天让这个狱区先吃，明天让另一个狱区先吃。他妈的，一句话，我根本不知道时间。

现在，亲爱的，让我们讨论一下那件不可避免的事情吧。<u>你</u>

的余生。我不允许任何男人占有你，我不允许任何男人以任何方式占有你，我特别不能容许任何男人偷走你的心的任何一部分。

如果我从那边看到另一个男人和你在一起，我可说不准自己会干出什么事情来。

我相信我会找到一种方式，彻底干净地消灭我的灵魂和我的躯体。

如果连这样一件事我都不可能做到的话，我将考虑把自己的灵魂抛向天王星的中心，那是个最邪恶的地方，那样我也许会进入永恒，不再有任何变化。

十月二十六日

宝贝，我多么希望自己能够沉思冥想啊。在某种程度上，我已经能够沉思冥想了。我这样做了，但不够深入。你明白吗？即使在安静的时候，也总有嘈杂声来打扰我。我知道，能够通过沉思冥想找出任何事情的正确答案，但由于我所处的环境，我无法沉浸到深思之中。这不仅仅是因为有嘈杂声，在这样一个地方，你根本无法让自己随心所欲——监狱里气氛紧张，火药味十足——所有的监狱——而且随时可能爆发。在这种地方有许多患妄想症的王八蛋，他们东溜西转，发泄着他们那种消极的、充满敌意的、妄想狂的快感。

你也在沉思冥想，我太高兴了。我不知道我是不是过分迷恋无意识写作了。我觉得，有了无意识写作和扶乩板之类的东西，我们就有可能打开那些最好不要打开的门。我觉得，有很多孤魂野鬼正在设法侵入人的心灵。有些鬼魂并不是善良的，许多鬼魂仅仅是孤零零的，但也有许多鬼魂是邪恶的。

宝贝，你和鬼魂打交道时可千万要小心。我并不是在吓唬你，也不是在预言灾祸，我不知道自己对这种事究竟是怎么弄明白的，但我却清醒地知道你必须控制住自己。你必须比与你打交道的那个东西更强大才行。仔细地考虑一下你获得的"启示"；如果一段时间后你感觉到一种诱惑力，感觉到有点不大对头，如果它使你感到悲伤、诧异或者不太舒服的话——你应该立即退出。和生活中所有其他事情一样，你必须控制住自己，要坚强，不要害怕。

宝贝，我不知道你死的时候会发生什么样的事情，只是觉得那件事情我们很熟悉。这仅仅是我的一种非常强烈的感觉——这种感觉多年来我一直在琢磨，我对它完全了解。关键在于死的时候你必须控制住自己，千万不要理会在你经过的路上向你招手的孤魂野鬼，它们会把你引入歧途的——它们甚至可能伸出手来抓住你。

无论什么时候发生这件事，我们俩一定要在心里想着对方。不知为什么，我的天使，这是我所知道的许多事情中的一件。在你死后你将获得生前从未享受到的自由——只需想一想你要去的地方，你就能以惊人的速度到那儿去旅行。这件事很自然，你会适应的——这不过是不受肉体束缚的意识而已。

唉，我隔壁的那个家伙放起屁来了，我他妈的从未听到过这种屁声。我原以为吉布斯是个放屁大王呢——可是和这个傻瓜相比吉布斯真是小巫见大巫！他的屁又响又刺耳，简直像震耳的雷声——我从来没有听见过这样的屁声，比割草机发动时的声音还要难听。

十月二十八日

八

判决后，斯奈德和埃斯普林又和诺亚尔·伍顿一起就这个案子作了几次事后分析。他们常常在走廊里或者咖啡馆里碰面，有时他们会针对对方的策略提出一些疑问。伍顿赢了以后的确嘲弄了他们一番，但他并不认为自己太过分。他拖着长腔问："你们敢肯定你们这两个笨蛋得到了这位当事人的全力合作了吗?"或者,"你们究竟为什么不让他的女朋友出庭?""他不让我们这样做。"他们回答说。他们双方都认为这的确是个问题;只要被告精神正常、能出庭,他就有权决定自己的证人名单。

由于加里已经被关到州监狱去了,斯奈德和埃斯普林很少和他联系。他们在电话上和他交谈过几次。一开始,他们打算安排尼科尔参与此案,但直到十一月一日上诉听证会开始前几天,他们才去州监狱见他。那一天,他们和他面对面坐在一级警戒牢房区的探监室里。这个房间大约宽十五英尺,长二十英尺,足够来回踱步的。

他们是以传递好消息的使者身份去的。他们认为,把死刑减为无期徒刑的可能性非常大。他们向他列举了种种理由。首先,上届州议会通过的犹他州死刑法没有规定对死刑判决必须进行强制性复审,这一点非常严重,也许是与宪法相违背的。"与宪法相违背",这种指责几乎是你在法律界可能遭到的最严厉的指责。许多律师认为,犹他州的法规几乎肯定会被联邦最高法院推翻。所以,斯奈德和埃斯普林的看法是,在是否于十一月十五日执行死刑判决这个问题上,犹他州高级法院肯定会迟疑不决。如果处死这个人后不久,联邦最高法院推翻了他们的判决,那么犹他州高级法院肯定会颜面扫地的。

此外,他们还有一条可以利用的很好的合法途径。在调查听证会期间,布洛克法官判定厄伦姆凶杀案的证据有效,这对陪审团当然起到了很大的作用。如果你听说这个人手里还犯下过一条人命,你当然会投票赞成判处他死刑。因此,斯奈德和埃斯普林感到乐观,他们当初那样辩护就是为了为今后的上诉打下个良好的基础。事实上,他们眼下有几分激动。有些法律在犹他县还从未有过先例。

加里听完后说:"我在这儿已经关了三星期了。我不想在这儿度过我的后半生。"他摇了摇头。"我刚进来的时候以为也许能找出个解决的办法,但电灯一天二十四小时亮着,吵闹声又太大,我受不了。"

律师们继续介绍他们的上诉依据。伍顿在总结发言中谈到黛比·布什内尔的悲痛,指责这种说法造成了对加里的偏见是件很容易的事。前景不错,甚至可以说非常好。

加里来回踱着步子,看上去有点紧张。他又把住在一级警戒牢房区里的种种不便抱怨了一遍。最后,他平静地问:"我可以辞退你们吗?"

他们回答说他们认为可以,但他们又说,他们以为不管怎样他们都得做好上诉准备,这是他们的责任。

吉尔摩问:"喂,难道我没有死的权利吗?"他对他们瞪起眼睛。"难道我不能接受对我的惩罚吗?"

加里告诉他们,他相信自己从前在十八世纪的英格兰被处死过一次。他说:"我觉得我以前来过这里。我过去曾经犯过什么罪。"他变得平静了一些,又说,"我觉得我必须为自己那时做过的事情赎罪。"埃斯普林禁不住想到,如果这段关于十八世纪英格兰的议论被精神病医生听到的话,肯定会起很大作用的。

吉尔摩接着说,他的生命不会随着这一生的结束而终止。他死之后他的生命仍然存在。这些话听起来简直像是在讨论逻辑学。最后，埃斯普林说："加里，我们明白你的观点，但我们仍然感到有责任提出上诉。"

加里又问："我能做些什么呢？"斯奈德说："这个嘛，我不知道。"

加里接着说："我可以辞退你们吗？"

埃斯普林说："加里，我们将会使法官明白，是你赶我们走的，但不管怎样我们将要求上诉。"

他们友好地分手了。

九

诺亚尔·伍顿前往旧金山参加一个全国性的凶杀案件研讨会。用他自己的话说，他是到那儿去学习如何对凶杀案提出公诉的。他们甚至还发给他一份证书。他打算把妻子接来，好好玩几天，但从他的办公室传来的消息打乱了他的计划。他的秘书打电话告诉他，加里·吉尔摩打算撤回重新审理的要求，他不想上诉了，他要求被处死。斯奈德和埃斯普林被他气得心烦意乱，不知道自己会在道义上被置于何种地位。伍顿想，自己最好赶回去。谁知道吉尔摩这个惯犯会耍什么花招呢？伍顿不记得自己以前见过这种手段。

十一月一日，审判室里十分平静，没有多少人在场。伍顿认为，考虑到全部情况，加里对法官讲的话在某种程度上既坦率又客气。这总有点不大正常。得到布洛克法官的允许后，伍顿向他提了几个问题：

伍　顿：吉尔摩先生，迄今为止你在犹他州监狱所得到的待遇

　　　　　　是否在某种程度上影响到你的决定？
吉尔摩：没有。
伍　　顿：那么你在犹他县监狱得到的待遇呢？
吉尔摩：没有。
伍　　顿：现在代表你的两位律师是由犹他县出钱聘请的，这一点你明白吗？
吉尔摩：明白。
伍　　顿：你对他们向你提供的咨询和为你所作的辩护满意吗？
吉尔摩：不完全满意。
伍　　顿：在哪些方面，先生？
吉尔摩：我对他们感到满意。
伍　　顿：他们为你辩护的方式对你的决定并没有任何影响，对吗？
吉尔摩：决定是我一个人作出的。影响到我这个决定的只有一件事，那就是我不想在监狱里度过我的后半生。不管是在这个监狱，还是在那个监狱，在任何监狱都一样。
伍　　顿：先生，除了你自己的想法之外，还有其他什么人影响到你的决定吗？
吉尔摩：决定是我自己作的。
伍　　顿：你此刻是否处在酒精、毒品或其他麻醉品的影响之下？
吉尔摩：没有，当然没有。
伍　　顿：在考虑这一决定的过程中这些东西是否影响过你？
吉尔摩：没有。我是在监狱里的，他们又不给我们提供啤酒、威士忌或别的什么。
伍　　顿：先生，根据你自己的判断，你是否觉得此刻你自己在精神和感情两方面有能力作出此项决定？

吉 尔 摩：是的。

伍　　顿：你是否愿意申明你此刻患有精神病或精神紊乱症？

吉 尔 摩：不，我知道我在做什么。

伍　　顿：先生，你是否打算请求法庭推迟行刑日期，延长上诉期限，以便让你有更多的时间来考虑这个决定？

吉 尔 摩：在这一问题上，无论到什么时候我也不会改变主意的。

《德塞瑞特消息报》
杀人犯要求按期行刑

普罗沃（美联社）十一月一日讯——一名三十五岁的假释犯被判杀害一名旅馆职员，将于十一月十五日被按期处死，除非他改变主意，提出上诉，或者法院和州长出面干预。

"你们已经判处我死刑。如果这不是开玩笑的话，我要求执行判决。"吉尔摩昨天说。

第四区法院法官布洛克告诉吉尔摩，他仍然可以改变主意，提出上诉。吉尔摩的一名律师说，他将着手准备上诉材料，以备吉尔摩决定上诉。

《德塞瑞特消息报》
胡迪尼没有显灵

十一月一日讯……万圣节前夕，许多人试图与逃遁术大师哈里·胡迪尼的魂灵建立联系，可是他们大失所望。胡迪尼死于五十年前的万圣节前夕。

星期天，几名巫师聚集在胡迪尼去世的底特律医院的一间病房里，希望能够获得来自这位大师的启示。在他们专为这项活动准备的录像带上，除了当地一家摇滚乐电台的干扰之外，什么也没有。

"那音乐并不怎么好听。"一位巫师说。

第三十二章　旧绝症、新疯狂

一

十一月二日，在接到那么多电话之后，贝西又开始听到回声了。往事在她的耳朵里轰鸣，在她的脑海里震荡，钢栅栏门猛烈地撞击着石头墙。

"那个混蛋，"麦克尔冲她尖叫着，"难道他不知道自己在犹他州吗？如果他坚持的话，他们真会杀了他的。"她极力劝小儿子镇定下来，心里却一直在想着另外一件事。从加里三岁时起，她就预感到他会被处死。他是个可爱的小家伙，但从他三岁起，她一直在为他担惊受怕。早在那个时候，他的性格就开始显露出她无法接近的一面。

在那漫长的一年里，弗兰克在科罗拉多州蹲监狱。有一次，她坐在她母亲房子里，看着加里在院子里玩耍。院子里有个泥潭，她告诉他离远点。可是她刚进屋两分钟，他就坐到泥潭中间去了。一阵恐惧传遍她的全身，他将永远这样蔑视一切吗？

眼下，活动房的墙壁似乎又在向内收缩。有人曾经问她，学会在活动房里生活是不是很难，她说不难，一点也不难。她那么说是因为当时她还从没在活动房里住过，而自从搬进那里面以后她就完了。

那是个丑陋的地方，她一向讨厌丑陋的地方。她的身体越来越糟。她想,从当油漆匠的乔治叔父那里她仅仅学来了一点如何装饰房子的手艺,不过从前那座房子她花费了那么大的精力装饰,那房子多漂亮呀。可现在她住在一间窄小的屋子里。屋子里充作厨房的那一头摆着一张桌子,桌上有台收音机,收音机下压着一本电话号码簿。她成年累月地坐在这张桌子旁,酸痛的盆骨下面垫着只枕头,她的关节炎越来越严重。

屋里所有的东西都是褐色的,一副贫寒相,甚至连冰箱也是褐色的。这是一种无法驱散的阴郁色调。黏土的颜色。黏土上面什么也不生长。

在公路旁的这块土地上一共有五十座活动房,他们把这地方叫做停车场。这儿住的都是老年人。价钱不高,她买这座活动房大概花了三千五百美元吧?她不记得了。每当人们问她里面有一间还是两间卧室时,她就说:"有一间半,信不信由你。"这座房子还有半条门廊、半个雨篷。

有时她一连几个星期不出屋,她的关节炎越来越严重。在史必特餐馆,她干活时越来越跟不上趟。每次从桌上拿起一只盘子时,她那些扭曲的手指就隐隐作痛。每挪动一步都像在重复一次不愉快的经历。有时她不得不中间停下来,想想怎样变换一下行走路线才能不使自己的脊椎骨因反射回来的疼痛而变得僵硬。终于有一天,老板说他得辞掉她了,并把最后一次工钱交给她。她每周挣七十美元呢。停止工作后,她的关节炎更加严重了。开始时只有一只膝盖疼,后来另一只膝盖也疼起来。

一位医生说,他可以给她的膝关节动手术,为她换上塑料膝盖。她不同意。她的眼前仿佛出现了装着塑料膝盖住在这座塑料房子里的情景。她那垂到腰间的长发渐渐变成灰色,她把灰发盘成个圆髻。由于抬胳膊很困难,头发盘起来后她很少拆开。"我的样子很丑。"贝西常常自言自语地说，就好像在失去房子的同时，她肯定也失去了自己的美貌。

她是在麦克尔中学毕业那一年搬进去的。麦克尔到波特兰去上大学，他是靠打工挣钱完成的学业。他非常聪明，成绩一直优秀，他得考虑自己的生活。在那些日子里，他回家的次数变少了。在她失去那座有十个房间和全套大理石面家具的房子的那一天，麦克尔去了城北，她去了城南，从此两人再也没有在一座房子里住过。

她沿着麦克拉夫林大街往南搬了一点，这条四车道大街位于波特兰城南的米尔沃基区，两侧全是酒吧、餐馆和折价商店，一家加油站的油泵上竟竖着一架二战时的旧波音轰炸机，你大概只能搞到这类剩余物资吧。由于她呆在活动房里的时间越来越多，她从一片衰败景色的麦克拉夫林大街上走过的次数就越来越少，见到那架破飞机的次数也就越来越少。

麦克尔走了，他们都走了。她不知道这在多大程度上是她的过错，也不知道这在多大程度上是外面那个不断发展变化的世界的过错。那个世界就像大草原上的铁皮车轮一样向前碾轧着。他们都走了。加里从来不回家。在梦中，她常常看见狂风呼啸着朝盖伦肚子上被冰锥刺破的裂口里猛吹；小弗兰克经常不在家，而当他偶尔回家度周末时，他又总是深深地陷入沉思，很少开口讲话。他不再玩魔术了。老弗兰克死了，已经离开她很久了。

家庭的不幸是从加里开始的，现在他要求处死他。他走了之后，他们会不会全都跌进那个深坑，互相之间从此不再追寻？她仿佛又回到了老弗兰克去世时的那些日子里。

她常常告诉别人,他那丑陋的面孔能把人吓得从房间的一头跳到另一头去。他在娱乐行业干了很长时间,身上的肌肉一条条隆起,曾经是个强壮、魁梧的男子汉。她眼睁睁地看着他一天天萎缩下去,最后死掉。

他一向惧怕癌症,他的母亲就是得癌症死的。这件事弗兰克从没提过一个字,但贝西知道。他怕癌症怕得要死,要是哪天他听人提到这个词,他那一天就过不好。

她看着他在医院里苟延残喘,他渐渐变得皮包骨头。她曾经深深地爱过他,但他们为孩子、主要是为加里吵过那么多次架,吵到最后他们之间已经没有多少感情了。可是,唉,眼睁睁地看着他死真不是滋味。她几乎又爱上了他。

她想到加里第一次被带到法官面前时的情景,禁不住落下了眼泪。因为那是弗兰克破天荒第一次站到加里一边。"什么都不要承认。"他反复叮嘱加里。他一生的智慧都在他这句话里了。只要你什么都不承认,另一方很可能没法开始这场法律与正义的游戏。

尽管如此,法官还是判加里有罪。

现在,加里已经快玩完了这场游戏了。"杀死我吧。"他说。

二

老弗兰克在科罗拉多蹲监狱时,她和法伊一起住过一段时间。一天夜里,一只蝙蝠飞进法伊的房子里,她叫来警察把它赶了出去。毫无疑问,那只蝙蝠是个不祥之兆。后来,在弗兰克去世整整一年后的那一天，一只蝙蝠飞进她那座里面摆着菲律宾红木家具、周围是环形车道的房子里，把她吓得像个二十岁的姑娘那样浑身发抖。她逃到楼上，打电话叫警察。此后不久，有一天加里坐在她的桌旁，手里拿着法伊·罗伯特·科夫曼的出生证叫她看。就在那个时候，她意识到，不管经过多少年，她终归会失去这座房子的。加里心里的仇恨多得装不下，有那么大的仇恨，你怎么能保住房子呢。

可她仍然千方百计要保住它。她努力了许多年，她的手指渐渐变粗，膝盖渐渐僵硬，四肢渐渐扭曲。如果摩门教会愿意支付她拖欠的那笔税款——总共才一千四百美元，不是个大数目——她愿意签约把房子抵押给他们，一直到她全部偿还教会的借款为止。

她原以为这件事很简单，不料结果却是她的耳朵里出现了新的声音，是真人的声音。她能够听见所有邪恶的想法。主教说，我们派人去给你的房产估价，可那人来到后说，她的房子仅值七千美元。她对那人说，她丈夫十年前买房子的钱是这个数目的两倍，她的丈夫可不是傻瓜。那人说："他们叫我尽量往低估价。"他还说，外面的庭院已经破烂不堪了。

很快有声音来问她，为什么她不愿意住在小一点的地方呢？她为什么现在还一定要住在一座大房子里呢？她随时可以去替教会里的阔太太们干活，吃住都是免费的。

主教解释说，守着一座房子又没有能力维修它，这是不明智的。例如，市政当局曾经以起诉相威胁，叫她拔去后院的野草。她有四个儿子，可她的后院野草丛生，到处是罐头盒和荆棘。教会可以派几个年轻人来清理后院,但这活很花工夫。麦克尔不能帮帮忙吗?

贝西解释说,他得学习。这个回答使她和主教之间出现了一道裂痕。

她听到有声音在谈论经济状况。这座房子,如果你加上维修它的费用的话,根本不值拖欠的那笔税款。他们又一次对她说,房外的庭院乱七八糟、杂草丛生,她的儿子根本没好好管理它。听了这话,她心如刀绞。她不喜欢听到别人教训自己她的儿子应该干些什么。她也不喜欢那些声音提出的那个建议。他们说,明智的办法是找一座她能住得起也能管理好的活动房。

她在心里对自己说,在所有伤害我的人里面,只有摩门教徒能够伤害我。她仍然清楚地记得,那天在俄勒冈州监狱的探监室里当她告诉加里教会根本不愿意帮忙保住房子时,他脸上那副气势汹汹的样子。当时他的目光就好像是发现了一个值得与之拼命的敌人似的。

现在,她坐在黑糊糊的活动房里,电视机关着,收音机也关着,她的腿裹得严严实实的。她那件睡衣看上去好像已经用了一百零二年了。她能够听见一个来自摩门教会的小伙子的敲门声,这声音打破了寂静。这小伙子是来帮她做家务的。他会把扔在桌上和洗涤池里的脏盘子洗干净,然后接着做一天前或者五天前没做完的事情,那全是她靠着扭曲的四肢一天天挨过来的记录。有时,她在黑暗中坐着不动,不去理睬那个小伙子的敲门声。她能够感觉到他正透过门上的玻璃朝屋里看,睁大眼睛寻找着她的身影。最后,她说:"你走吧。"

"我爱你,贝西。"那个摩门小伙子隔着门对她说。说罢,他转身离开。去帮助另一位老太太。本尼·布什内尔也曾经这样做过。

"加里不可能愿意死。"她在黑暗中自言自语道。

13871号
加里·吉尔摩收
亲爱的加里:

我中午听到了那个消息。加里,我亲爱的,我几乎受不了了。我爱你,我要你活下去。

加里,麦克尔爱你。他是你的朋友。你知道,我不会对你撒谎的。这件事使他心里很难过,但他会竭尽全力帮助你的。

如果有四五个人真正爱你,你就是幸运的。所以,请坚持下去。

随信寄去一张我和麦克尔几年前在盐湖城拍的照片。

爱你的
母亲
一九七六年十一月二日
于俄勒冈州米尔沃基

三

麦克尔从未告诉过贝西,加里行凶杀人激起他多大的义愤。七月份第一次听到这个消息时,他的想法是,被杀的也可能是我。

麦克尔在一家唱片商店工作。朋友们都羡慕他,因为百分之三十以上的新发行唱片是由他负责挑选的。不过他还要负责把毒品贩子和妓女从店里赶出去。他不太乐意干这种事。有一次,一个扒手拔出刀来对着他。还有一次,他差点被一个在店门口解小便的大块头醉鬼杀死。波特兰的暴力行为已经蔓延到这家商店的门口了。门外那片呕吐物就像市区海滩上的黄色泡沫,退潮后,那片海滩上到处是破胶皮、水母、威士忌酒瓶和死鱿鱼。

也许有人认为麦克尔选择这条生活道路是想从吉尔摩家的符咒中解脱出来,不过那不是他的本意。他的想法简单得多。他那么做是因为多年来他一直害怕加里。在七月那个可怕的夜晚,当他看到报纸上的标题"一个俄勒冈人因在犹他州杀人而被捕"时,立刻觉得无地自容。"被杀的也可能是我。"他同样可能在这种盲目的抢劫中成为受害者。在那个时候,他真恨他的哥哥;他的哥哥根本不在乎抢劫的可怕后果。他的哥哥根本不懂,当他抢一所房子时就等于把住在房子里的那家人给毁了。

第二天,贝西对麦克尔说:"当一个母亲所疼爱的儿子夺走了另外两个母亲的儿子的性命时,这个母亲有什么感觉,你能想像出来吗?"麦克尔不知道怎样才能向她表明,他对他哥哥的那种狂暴、反复无常的冲动感到恐惧;他不知道面对他那些冲动时应该怎么办。而且,叫他高兴的是,从一九七二年起他不必再见他了。

那一年,加里被从俄勒冈州州立监狱放出来,送进设在尤金的重返社会训练所,他们把这个叫做"教养释放"。他们放他出来是让他学习美术的。虽然麦克尔事先听贝西说过这件事,可是当加里一九七二年秋获释后的第二天拎着一箱半打装啤酒来到他在大学的宿舍时,他还是大吃一惊。加里洋洋得意地告诉他,他明天去报到也可以。尤金的那所学校远在几百英里之外,但加里好像一点都不着急。他想来看看麦克尔过得怎么样。

第二天,加里又来了。他仍然穿着那身衣服。他那双蓝眼睛紧紧盯着麦克尔,白眼珠布满血丝,眼角发黄。他要带麦克尔去吃午饭，不过得坐出租车去，他不想在大街上被人看见。

麦克尔又开始陷入深深的恐惧之中了。他很少到监狱去看望加里，但每次去都会感到这种恐惧。使他害怕的不仅仅是加里，还有探监室里其他犯人迷惘绝望的神色以及走廊里弥漫着的阴郁冷漠的气氛、僵冷的愤怒和深不可测的潜在暴力。没过多久，麦克尔就不再去探监了。他披着长发走进去时引起了很大的骚动，就好像是在海军陆战队的营房前抗议越战似的。

那一天，他们是在一家露天酒吧里吃的午饭。麦克尔觉得加里仿佛处在恍惚状态之中。他死死地盯着舞池里那些姑娘的胸脯。过了一会儿，麦克尔鼓起勇气说："显然，你不想去上学。"

加里慢条斯理、不慌不忙地回答他的话，活像个乡巴佬。该死的骗子，麦克尔一直认为得克萨斯人比俄勒冈人更会骗人。"伙计，"加里说，"我天生不是块上学的材料。画画的事我都懂，他们没什么可以教给我的了。"随后他话题一转，说他需要一支枪。他在俄勒冈州监狱里的一个朋友下个星期要被带出来看牙病。他叫沃德·怀特。他想把他救出来。

麦克尔不同意："你这是玩命。"
"这事关个人的尊严。"加里盯着麦克尔的眼睛说。当他明白不可能弄到枪时，便说："要是换了我，我会为我的哥哥这样干的。"
他用出租车把麦克尔送回去，便坐车走了。

那个月麦克尔又见过他两次。一次是他顺路过来听听约翰尼·凯什的唱片，他那副神态既可爱又庄重。还有一天，加里到学校找他，把他带到一个阔朋友的家里，领他参观了游泳池，接着又拿出一支枪来给他看。"你觉得你敢用枪吗?"他问。

这就像是一个大块头的流氓在威逼着你,想看看你的男子汉气概足不足。"如果我不得不用枪的话,我敢。"麦克尔说,"但我希望听你谈谈你打算如何活下去。"

加里收起枪,拨弄了两下他的头发。"来吧,"他说,"我送你回家。"

路上,加里不住地对一辆开得很慢的汽车按喇叭。那个司机故意气他,反而把车开得更慢了。在一个拐弯处,加里突然开上反行道,直朝着一辆迎面而来的货车冲过去。两辆车眼看就要相撞,加里一转方向盘,把车开上人行道,这才避免了一场车祸。

"你差点送了我们两人的命。"麦克尔嚷嚷道。

加里大口大口地喘着气。他把前额伏在方向盘上说:"有时你不得不面对这种情况。"

四

几天后的一个晚上,麦克尔从新闻中听到,加里因持枪抢劫已经被抓住送回监狱。几个月之后,贝西和麦克尔前去旁听对他的审判。判决前,加里在法庭上大发议论。那番话麦克尔一辈子也忘不了。

"我恳切地请求宽大处理我。我已经被关了九年半,从十四岁起我只有过大约两年半的自由。我总是被判刑,被送去服刑,可从来没被假释过。法律从没给过我一次改过自新的机会,我渐渐觉得正义有点太严厉了。到目前为止,我从没要求过自新的机会。阁下,你们能把一个人关足够长的时间,当然你们也可能把他关得太久。我要说的是，在适当的时候应该释放一个人或者给他一个改过自新的机会。当然喽，哪个人有权决定这个呢，只有那个人自己才真正清楚，这只是个能不能使人信服的问题。有许多次我都觉得，如果我能获得这样一个机会，我绝不会再闯祸的。但正如我说过的那样，我觉得法律从没给过我这样一个改过的机会。去年九月，我被从监狱里放出来，到尤金的雷恩社区学院学习美术，我非常想学习。我已经在监狱里蹲了九年了，第二天突然自由了，我感到有点震惊。我喝了几杯酒，意识到自己跑去喝酒实在是做了件蠢事。我走出酒馆，不敢带着满嘴酒气到重返社会训练所去。我担心我会被马上送回监狱去。说句实话，我很想再喝点，酒的味道真不错。唉，我就这么溜了。没过多久，我便身无分文了。我花了好几天找工作，可是找不到，因为我没有任何工作经历。如果你是个自由人，几天没钱还是可以对付过去的，关系不大。但如果你是个逃犯，身上没钱根本不行。我需要钱。尽管我干过许多蠢事傻事，可我并不笨。但我太渴望自由了，现在我终于认识到，只有一个办法能够得到并保住我的自由，那就是不再犯法。我对这个问题的认识从来没有像现在这么深刻。即使你们这一次能够给我缓刑，你们也不会马上放了我。我还有附加刑期。但正如我说过的那样，我有我的问题，如果你们给我更多的时间，我会妥善解决这些问题的。"

法官判了他九年附加徒刑。"不用担心，"加里对他母亲说，"就像我没有伤害我自己一样，他们不会伤害我的。"麦克尔握了握他那双戴着手铐的手。加里说："帮我个忙，长胖点，好吗？你他妈的太瘦了。"从那以后，麦克尔差不多有四年时间没有听到过他的声音，直到一九七六年十一月中旬他给关在犹他州监狱里的加里打电话。在那个时候，加里·吉尔摩的名字已经在半个美国家喻户晓了。